suhrkamp taschenbuch 1319

Karl Kraus, geboren am 28. April 1874 in Gitschin, ist am 12. Juni 1936 in Wien gestorben.
Kraus' lyrisches Werk, das in den neun schmalen Bänden seiner *Worte in Versen* zwischen 1916 und 1930 gesammelt erschienen ist, umfaßt außer einer Vielzahl satirischer Gedichte – den ›scherzhaften‹ Epigrammen und den ›strafenden‹ Vers-Reden – auch seine im engeren Sinn des Wortes lyrischen Gedichte von Traum und Kunst, Liebe und Natur, in denen das »Ja des Neinsagers« (Werner Kraft) vernehmlicher zu hören ist als irgendwo sonst im Werk der *Fackel*. Bei aller Mannigfaltigkeit der Themen und der Formen sind gerade diese Gedichte doch von unverwechselbarer Eigenart im Ton: der Anschauung und Reflexion, Sinnlichkeit und Besonnenheit im Gleichgewicht hält. Eine beträchtliche Zahl von Stücken beider Spielarten, der satirischen und der lyrischen, gehört zum dauernden Bestand der deutschen Lyrik dieses Jahrhunderts – wie noch das letzte von Karl Kraus veröffentlichte Gedicht, die berühmte Absage »Man frage nicht« aus dem Jahre 1933, die in dieser ersten vollständigen Neuausgabe seines lyrischen Werks ebensowenig fehlen darf wie die erste Reihe seiner »Zeitstrophen« zu Couplets von Johann Nestroy.

Karl Kraus
Schriften

Herausgegeben von
Christian Wagenknecht

Band 9

Karl Kraus
Gedichte

Suhrkamp

Der Text folgt den im Literaturverzeichnis
einzeln aufgeführten letzten Auflagen
der »Worte in Versen« I-IX (1922-1930)
sowie dem Erstdruck des Gedichts »Man frage nicht«
in der »Fackel« vom Oktober 1933 (F 888).

suhrkamp taschenbuch 1319
Erste Auflage 1989

Satz: IBV Satz- und Datentechnik GmbH, Berlin
Druck: Nomos Verlagsgesellschaft, Baden-Baden
Printed in Germany
Umschlag nach Entwürfen
von Willy Fleckhaus und Rolf Staudt
unter Verwendung einer Fotografie
aus dem Jahre 1917
Foto: Brenner-Archiv, Innsbruck

1 2 3 4 5 6 - 94 93 92 91 90 89

WORTE IN VERSEN
I

SIDONIE NADHERNY
ZU EIGEN

Verwandlung

Stimme im Herbst, verzichtend über dem Grab
auf deine Welt, du blasse Schwester des Monds,
süße Verlobte des klagenden Windes,
schwebend unter fliehenden Sternen –

raffte der Ruf des Geists dich empor zu dir selbst?
nahm ein Wüstensturm dich in dein Leben zurück?
Siehe, so führt ein erstes Menschenpaar
wieder ein Gott auf die heilige Insel!

Heute ist Frühling. Zitternder Bote des Glücks,
kam durch den Winter der Welt der goldene Falter.
Oh knieet, segnet, hört, wie die Erde schweigt.
Sie allein weiß um Opfer und Thräne.

So wird das Wunderbild der Venus fertig:
Ich nehme hier ein Aug, dort einen Mund,
hier eine Nase, dort der Brauen Rund.
Es wird Vergangenes mir gegenwärtig.

Hier weht ein Duft, der längst verweht und weit,
hier klingt ein Ton, der längst im Grab verklungen.
Und leben wird durch meine Lebenszeit
das Venusbild, das meinem Kopf entsprungen.

Leben ohne Eitelkeit

Sieh, mein Außenbild ist fügsam,
sieh, mein Haben, so genügsam,
achtet wohl des Gleichgewichts.
Hat es wenig, dankt für viel es,
wahrt des Weges, Maßes, Zieles
und Verzichts.

Doch mein Innensein verzichtet,
eh es sich genügsam richtet,
achtet nicht des Gleichgewichts.
Immer steig' es oder fall' es,
hat es vieles, will es alles
oder nichts!

Zwei Läufer

Zwei Läufer laufen zeitentlang,
der eine dreist, der andre bang:
Der von Nirgendher sein Ziel erwirbt;
der vom Ursprung kommt und am Wege stirbt.
Der von Nirgendher das Ziel erwarb,
macht Platz dem, der am Wege starb.
Und dieser, den es ewig bangt,
ist stets am Ursprung angelangt.

Mein Weltuntergang

Mir träumte, daß ich eben noch zurecht kam,
als unterging die Welt, vor meinen Augen
tat sie es, eben noch kam ich zurecht,
denn auf ein Haar wär' ich zu spät gekommen.
Ich stand auf einem Vorsprung von Sorrent,
Signore! rief der Wirt, und subito
sank Capri, hastenichgesehn, ins Meer.
Schon aber wars für uns auch nicht geheuer,
und eine Riesenflamme stach herüber,
weil einer drüben noch am Gashahn spielte.
Am sichersten, sagt einer, wärs in Wien,
wann geht der Zug, schon zeigt auch der Vesuv
der Welt die Zunge, sichrer ists in Wien.
Schon ist der Wirt erstickt und in Neapel
beteuern tausend Kuppler ihre Unschuld,
denn ihrer aller Hure sei gestorben,
und bieten zum Ersatz den letzten Knaben.
Viel sicherer wärs freilich jetzt in Wien,
wie aber kommt man bei dem Untergang
hinüber, oben schweift schon ein Komet,
der Mond ist übernächtig und die Sonne,
die schläfrige, macht heute Überstunden,
jedoch die Grotte hat heut blau gemacht
und gelb vom Schwefel eines Fremdenführers
befremdet auf der Stelle sie den Fremden,
Leuchtkugeln läßt beim Feuerwerk des Himmels
ein Bravo Stuwer in die Gärten schwirren
und aus der Barke gellt der Hilferuf
des alten Lohndieners sein »Tramontano!«,
auch der von »Loreley!« ist schon zur Stelle,
der Leiermann spielt bella Napoli,
nimmt ewig Abschied, will mit einem Aug',
das zweite ist kaput, Neapel sehn
und sterben. Voller Schrecken ist die Nacht.
Ein Zuhälter mit einem halben Ohr,

als Legitimation zeigt er es vor,
ist hier und dort und läßt mich nicht mehr los,
beteuert fort, er selbst sei der padrone.
Am sichersten ists sicher jetzt in Wien,
was macht man heute abend in Sorrent,
meine Geliebte schläft mit einem Bettler,
es regnet Blut und ich hab keinen Schirm,
man schließt das Kino, hundert arme Kinder
sind ausgesperrt und scharen sich um mich,
verlangen noch die letzte Zigarette.
Dann sind sie tot. Ein Kutscher schlägt sein Pferd
und ruft mit letzter Leidenschaft sein »Ah!«
Wer lebt noch außer mir? Denn lebte einer,
müßt' den Verlust er auf Millionen schätzen.
Jetzt springt die Flut, die Flamme brennt ins Meer,
und eine Tafel wird am Fels befestigt,
darauf gedruckt schon, nicht geschrieben steht:
Preßburger, kaiserlicher Rat, gesund!

Beim Anblick einer sonderbaren Parte

Fängt so der Tod an? Im Annonceteil?
Dahin denn kommt man?
Ein Friedhof, wo Bestattung Leichenschändung ist!
Nichts als Gewinnsucht steht um diese Särge.
Ob Feuer oder Erd' – zuerst die Zeitung!
Und wieder einen haben sie dahin getragen.
Und wieder einen.
Ein Trauerrand trennt doch den Tod vom Geld:
es kommt zum Rand, doch nicht zum Tode.
Hier ist geweihter Grund.
Die Seele ist nicht feil um einen Heller.
Halt – halt – halt – halt! Wer ruft dort aus der Gruft!
8 Kronen 40!
8 Kronen 40 Heller in der Parte!
In dieser Parte steht: 8 Kronen 40!
Wer hat das ausgeheckt? Wem fiel das ein?
Seht näher hin: ein Trauerrand – kein Zweifel!
Und er umgibt die Mitteilung: vorrätig – –
Es ist kein Blendwerk. Deutlich steht es hier.
Ein Trauerrand ist's um die Mitteilung:
vorrätig bei –
vorrätig bei Buchhändler Hugo Heller!
8 Kronen 40 wirft er in die Gruft!
8 Kronen 40 liegen in der Gruft.
8 Kronen 40 gibt die Gruft zurück!
Wie? ist das Geld gestorben? Starb ein Buch?
Der Autor starb.
Und das ersieht man prompt aus jener Parte
gleich nebenan, die das Begräbnis anzeigt.
Der Tod ein Sandwichman?
Der Sarg 'ne Litfaßsäule? Faßt euch.
So starb das Geld nicht, es erschlug den Tod,
und trauert nun um ihn. Nimmt sich den Anteil.
Unlautere Kondolenz besteht am Platz.

Der Tod ist pleite. Einfach der Kalkül:
Tut er, was er kann,
tut sie auch, was sie kann.
Und sie kann!

Tod und Tango

Zwei Tänzer, er und sie, doch wollte sie
mit ihm nicht mehr, nur mit dem andern tanzen.
Er nur mit ihr, und da sie ihm entsprang,
holt' er sie ein und trieb sie um den Tisch
im Tanz. Und so nahm er sie um die Taille,
und kam zu nah und drückte sie zu Tode.
Und blieb am Leben, als er selbst sich traf
und ward für den verbotnen Tanz verhaftet.
Die Presse fand den Fall sehr intressant,
galant, pikant, charmant, nicht larmoyant,
doch weil es einer von den ihren war,
mit ihr verwandt, Geschworne sind imstand,
fand sie den Fall im höchsten Maß genant.
Er war vom Bankverein und lebenslustig;
wie schade, hieß es, daß der Trennungsschmerz
ihn übermannt, er war nicht bei Verstand,
er hatte Grund, sie waren stadtbekannt,
wer hätt' es am Concordiaball geahnt,
u. a. genannt, in jedem Tanz gewandt,
was will man mehr, ein bißl überspannt,
sonst tanzten sie noch heut und jetzt verliere
die Wiener Creme und ausgerechnet jetzt
die besten Tänzer, in der Hochsaison.
In dieser Tonart schrieben sie, nicht fassend,
ein Bankbeamter solle Mörder sein
und wenn schon, wegen Mords verurteilt werden.
Der Angeklagte soll in seine Bank,
nicht auf die Bank des Angeklagten kommen!
Mord ist kein standesmäßiges Delikt;
steckt die Behörde solchen Mörder ein,
ist sie imstand und faßt auch die Betrüger!
Dies tut sie nicht und jenes tu' sie nicht.
Ein Bankbeamter, der gemordet hat,
ist nicht bei Sinnen. Im Moment der Tat
war er meschugge, damals wenigstens.

Der Bankverein war gleichfalls dieser Ansicht
und die Psychiater schlossen sich ihm an.
Und in die Zelle kam die frohe Botschaft,
der Bankbeamte werde nur beurlaubt,
nicht pensioniert und habe Anspruch auf
Gehaltserhöhung, denn dem Institut
sei er jetzt unentbehrlich und darum
ernenne es ihn gleich zum Prokuristen.
Die Psychiater waren auch der Ansicht.
Es sei kein Zweifel, daß der Prokurist
sinnesverwirrt war im Moment der Tat,
so daß der Sinnsverwirrte glauben konnte,
er sei schon, was er damals noch nicht war,
er sei im Tatmoment befördert worden,
kein Mörder in der Tat, doch im Moment
ein Prokurist. So ward er im Moment
der Tat, noch eh er ihrer angeklagt,
schon freigesprochen, daß er gar nicht wußte
wie ihm geschah, und er verwirrt im Sinn,
ganz Prokurist, an seine Arbeit ging
und anfangs seine Bank, die zu ihm hielt,
für jene andre, die ihm drohte, hielt,
und über beide Bänke sprang und tanzte,
wie er gewohnt es war von Kindesbeinen.
Doch kam es so, wie es die Psychiater
mit kundigem Blick erkannt: Die Sinnsverwirrung
war nur vorübergehend, ganz normal
verlief hierauf die weitere Entwicklung.
In dieser Stadt, in der die besten Grüßer
die besten Bürger sind, die besten Tänzer
jedoch die Helden, hier macht nichts unmöglich.
Der Freispruch ist nichts anderes als der Mord:
Jourunterhaltung und Friseurgespräch,
das der Betroffene gleich selber führt,
und sitzt das Messer ihm noch an der Kehle,
so ist es vom Barbier, und überstand er's,
zieht ihm die Neugier ein Triumphspalier,

durch das er in ein anderes Café geht.
Doch geht er, wenn er will, auch in das alte,
weil man sich gar nicht zu genieren braucht.
Und wird mit höherem Gehalt und Ansehn
das, was er war, ein Liebling der Gesellschaft,
und geht bei Tag ins Amt, bei Nacht zum Tanz.
In diesem Tanz der sittlichen Instanzen,
bei dem die alte Gardedame Themis
darum besorgt war, daß die liebe Jugend
nicht sitzen blieb, sondern im Gegenteil
das Tanzrecht sich eroberte, war alles
all right, korrekt und ging so wie am Schnürchen,
das selbstverständlich nicht des Henkers war.
Die Psychiater waren sachverständig.
Wenn sie auch keine Spielverderber sind,
war's ihnen dennoch ernst mit ihrem Ausspruch.
Von Protektion kann keine Rede sein,
denn dieser Angeklagte war kein Jud.
Er war das Taufkind eines höhern Richters.
Doch dies Gerücht bekümmert kein Gericht;
und wenn es wahr ist, umso wichtiger war es,
den Fall vor der Verhandlung abzuschließen.
Denn eh man zuläßt, daß die zwölf Geschwornen
den Ehmann, der die Frau erschossen hat,
freisprechen, spricht man lieber gleich ihn frei.
Geschworne sind imstand und sprechen frei.
Sie sprechen gern den Mann, der eine Frau,
sei's wegen Eifersucht, sei's wegen Habsucht,
sei es in Wien, sei es in Leitmeritz,
ermordet hat, von Straf und Skrupel frei.
Nur wenn ein Doppelselbstmord fehlgegangen,
dann schicken sie den Elenden zum Galgen;
doch wenn es dem Gesellen eines Schlossers
gelungen ist, die glüh'nde Eisenstange
dem lang gequälten Lehrling in den Bauch
zu stoßen, sprechen die Geschwornen frei.
Solch sprunghaft ungewisser Volksjustiz,

die heute so und morgen anders urteilt,
entzieht man besser einen bessern Menschen
und lieber früher als später stellt man fest,
daß ihm der Sinn verwirrt war, als er's tat.
Wie aber? Ist mir nicht der Sinn verwirrt?
Was seh ich? Eine zitternde Matrone
zum Tod verurteilt wegen Hysterie?
Im Klimakterium tötet sie den Mann,
der sie verließ, sie rächt den letzten Wunsch
nach einer Mitlust, die nur Mitleid ist,
nicht ihr Verstand, ihr Schoß schoß auf den Mann
und die Psychiater wissen es und sagen,
sie sei trotz alledem verantwortlich?
Zwar im Affekt, doch auch aus Eitelkeit
hat sie die Tat verübt und ihre Schuld
sei nur der übertriebene Egoismus? –
Ihr Götter, wenn ihr Mitleid mit ihr habt,
mit Themis, eurer welk gewordenen Schwester,
so schützt sie, duldet nicht, daß sie den Henkern
zum Opfer falle, die so blind wie sie!
Seht hin, o seht, wer für dieselbe Tat
zum Tod verurteilt, wer befördert wird.
Seht dieses Jammerbild der greisen Wollust,
seht, wie der Tod den Lebemann verschont.
Seht dort die Mutter und die jüngere Tochter,
sinnesverwirrt seit dem Moment der Tat,
von der das Blut nicht aus dem Zimmer schwindet,
jetzt angstvoll auf die Türe, ob nicht wieder
der Mann mit dem Revolver komme, starren.
Er tut nichts Böses mehr. Wie geht es ihm?
Was macht er nun? Begeht den Tag der Tat,
den Jahrestag der Frau, die er verloren?
Sie tanzten beide, eines ist gestorben.
Fastet er einmal? Oder tanzt zur Trauer?
Warum nicht, recht hat er, ein junger Mann,
sagt die Gesellschaft, soll sich amüsieren.
Er schlägt die Zeit jetzt tot, was bleibt ihm übrig,

da er doch seine Gattin nicht mehr hat?
Sie starb am Tanze, er ist lebenslustig.
Genug lang saß er, während rings die Welt
im alten Tanz sich drehte, und den neuen,
den Tango, in der Zwischenzeit erfand.
Soll solch ein Tänzer ihr verloren sein?
Er kam zurecht, er holte alles ein,
er ist auf freiem Fuß, er schwingt das Bein,
geht in die Bank und von der Bank zur Bar.
Wo ist die Tänzerin? 's ist bald ein Jahr,
da fiel sie hin, da lag sie auf der Bahr.
Und er tanzt weiter, Menschen sehen zu,
das Sinnverwirrende läßt ihnen Ruh.
Wer ist es? Wer? Wer betet dort? Wer lebt?
Wer tanzt dort mit dem Knie? Wer springt und schwebt?
O unerhörte Möglichkeit der Welt,
die nicht dem Chaos in die Arme fällt,
die so ermüdet, weiter dazu singt
und so erschüttert, nicht in Splitter springt!
Unschuldig ist der Tänzer, schuld die Zeit,
nicht zu vergehn bei solcher Lustbarkeit!
Die Nacht entflieht vor solchem Solotanz,
doch wird es Tag und solch ein Tag bleibt ganz.
Und er hat Stunden. Keine aber weckt
das Leben zum Gebet und keine schreckt
die Sünde, keine mahnt und keine klagt
und keine dumpf ihr vivos voco sagt
und keine Glocke weint ihr mortuos plango.
Das Leben starb. Die Mörder tanzen Tango.

Die Leidtragenden

Du großer Gott der Großen und der Kleinen!
Du prüfst die Großen, weil es Kleine gibt.
Du prüftest einmal Kleine durch den Großen.
Und riefst ihn weg. So hat er diese Prüfung
als Prüfer und Geprüfter schlecht bestanden.
War dies die Absicht, als Du Tod und Leben
zu seligem Unterschied erfunden hast?
Stürzt in die Bresche der Unendlichkeit
der irdische Feind, ein tollgewordener Haufe?
Und ist das Leid nicht göttlicher Besitz,
daß die es tragen, die gekreuzigt haben?
Ist selbstvergoss'nes Blut nur ein Rubin,
ein falscher Diamant die echte Thräne,
ein Putz, den sich die Judasfratze borgt?
Dann ist die Zeit zu Ende und nichts bleibt
als Deine Prüfung. Laß es sie entgelten,
in Stadt und Staat die Mißgebornen fühlen,
daß es vollbracht ist! Nimm ihr eigenes Blut
und traure über sie mit Gottes Thräne!

Kriegsberichterstatter

Wie? Es gibt Krieg? Wir wissen es von solchen,
die noch ihr dreckiges Ich haben, das erzählt,
in welcher Stimmung sie den Krieg besichtigt?
Ein Schlachtroß fänd' es unter seiner Würde
mit seinem linken Hinterhuf die Krummnas'
von sich zu stoßen – und die oben sitzen,
empfangen sie, und stehn ihr Red' und Antwort,
verköstigen an ihrem eigenen Tisch
den Auswurf? Wie, war das Ereignis denn
nicht stark genug, den innern Feind zu schlagen?
Er dringt zur Front, macht sich ums Blatt verdient?
Stellt uns den Krieg vor, stellt sich vor den Krieg?
Er wird nicht untergehn? Er lebt? Er dient nicht?
Nicht exerzieren müssen die Gemeinen?
Ist es ein Krieg? Ich denk', es ist der Friede.
Die Bessern gehen und die Schlechtern bleiben.
Nicht sterben müssen sie. Sie können schreiben.

Nun sind's so viele Monde, daß der Ruf
der hiesigen Natur intabuliert ist.
Nie mehr wird er verschwinden. Täglich, stündlich,
in jeglicher Minute nahm ihr Ohr
ihn auf. Er bleibt ihr fortan einverleibt.
Sie hört ihn, wenn der letzte Anlaß, ihr
so zuzusetzen, längst begraben ist;
sie tönt ihn noch, wenn ihn kein Mund mehr ruft;
und täglich, stündlich wird es sein, wie jetzt.
Wann immer du dein Haus verlassen willst,
wo immer du aus einem Tor hinaustrittst,
wo du auch gehst und stehst, der Ruf ereilt dich,
ist da und packt dich, hat dich, hält dich fest
und zwickt dich, und du mußt ein Ohr behalten
für die Stationen dieser Höllenfahrt,
wirst wissen, wie die Welt läuft, je nachdem.
Die Stadt, der alles Chaos wird zum Bild,
zum Sinnbild ihrer selbst, zum Wahrzeichen,
und zur Musik auch, hat dich lebenslänglich
genarrt mit falscher Optik. Und nun ist
im Drang der Zeit die falschere Akustik
ihr zugewachsen. Menschen standen schlecht
im Raum; im Knäuel des Verkehrs warst du
imstand, den Teint zu unterscheiden. Schau,
der hat ein weißes Haar hier an der Schläfe,
und der Passant dort wird halt auch schon alt.
Gut aufgelegt ist der heut, jener aber
muß Sorgen haben. Lauter Solospieler
begegnen dir, es fehlt Komparserie;
du triffst nur immer solche, die im Chor
so mitzuwirken aus Gefälligkeit
entschlossen sind. Doch stellt sich vor der Oper
ein Mann nur hin, so ist dir jede Aussicht
ins weitere Leben gänzlich abgesperrt.
Im Korridor des Schnellzugs ein Reklambild,

zur Anlockung der Fremden angebracht,
zeigt dir den Platz, ein rechtes Großstadtzentrum
und du erkennst gleich die Persönlichkeit
von drei Passanten, einer wendet sich
und lächelt zu dir, wissend, was er ist.
Er ist, was eben jeder Wiener ist,
und jeder anders: eine Sehenswürdigkeit.
Am Fuße jedes ihrer Einwohner
liegt diese Stadt. Es ist halt ein Malheur.
Ein Schnurrbart zwirbelt sich als Hindernis,
du kannst nicht weiter, ohne anzustoßen.
Leicht beieinander wohnen die Gedanken,
doch hart im Raume stoßen sich die Wiener.
Sie stehen umeinander unter andern
und stehn auch in der Zeitung so herum,
anwesend stets, die eigene Ausstellung
eröffnend, nur verbunden durch den Gruß,
denn jeder hat die Ehre, keiner hat sie.
Wie kam denn das? Bei Gott, der schlechte Zeichner
neuwienerischen Farbenwitzes hat
den Menschen hier nach seinem Ebenbild
geschaffen, alles ist lebendig, springt,
ist quietschvergnügt und dennoch todesstarr.
Ein Schönpflug zog des Lebens Ackerfurche,
aus der kein Halm mehr wächst. Die Luft ist Wand,
an der der Mensch klebt, hoffnungslos verzappelt,
und alles ist verschoben, ist verrückt
nach dem Gesetz der falschen Perspektive.
Und etwa noch nach dem Gesetz der Trägheit,
indes die Schwerkraft aufgehoben ist.
Die Menschen schreiten auf dem Fleck, die Pferde
sie hängen in der Luft. Er ist ein Dämon.
Was geht, das steht; was steht, das fällt; was fällt,
das geht. Im Zerrspiegel siehst du die Leute,
sie sind zu dick, zu dünn, Lachkabinett
ist ihre Wohnung und die Weltkugel
ein buntes Glas, worin bald breit, bald lang

der Wiener lachend sein Gesicht beschaut.
Verzeichnet sind sie und verzeichnet stehn sie
im Schicksalsbuch. Der Zeichner war ein Dämon.
Nun aber hat sich, wer will es bezweifeln,
ein böser Musikant hineingemischt.
Du warst genötigt, Menschen anzusehn,
die du nicht sehen wolltest. Die du aber
nicht hören wolltest, die mußt du nun hören.
Ein Knirps hier macht den Horizont dir voll,
wenn den der Stephansturm dir nicht verdeckt hat:
du siehst nichts andres mehr, du lebst im Dunkel.
Nun füllt er dir den Weltraum mit Geräusch:
du hörst nichts andres mehr! Hat die entfesselte
Schar von Proleten, die einst an der Wand
des Lebens stand und stumm war, stumm die Hand
zum Betteln zeigte, denn kein Lampenfieber?
Proles ist Prodromos. Das rast und rennt
dem Sieg voran und will ihn überbieten.
Das sind die wahren Herolde der Tat,
in ihrer Unbegreiflichkeit ist aller
Zusammenhang mit ihr – so halt sie auf,
mach sie verantwortlich und frage sie:
wie lang' es, wenn sie's schon verschuldet haben,
nach ihrer Meinung wohl noch dauern mag!
Sie wissen es, sie kommen von der Quelle,
sie rühmten sonst so laut sich nicht der Tat.
Was steckt wohl hinterm Spuk? Hier ist ein Pflaster,
daß sich die Technik auf die Füße trete.
Reste von Wald und Blut empörten sich
und wollten anders als der Taxameter.
Sie hatten recht, nun aber ist er da:
so funktioniert denn nur das Handgemenge,
in dem Natur hier kämpft mit dem Betrieb,
ohnmächtig beide, beide unterliegend.
Verstecken spielt das Individuum,
spaßt mit der Technik und treibt Schabernack,
unfaßbar hinter einem Telephon,

doch immer gegenwärtig, gutgelaunt: »Ja,
mir haben Sie die Nummer nicht gesagt!«
Unsichtbar will sie ein Gesicht doch haben.
Sie ist nicht Amt, sie hat noch eine Meinung;
sie sagt nicht: »Hier Amt«, sie sagt frisch: »Halloh?«;
sagt die »Halloh« hier, sagt die andere »Bitte!«;
die dritte sagt nicht »Bitte«, sondern anders,
die ist's, die »Pittapittapitta« sagt.
Ich kenne sie genau, ich unterscheide,
doch nützt es nichts, denn sie verleugnen sich.
Gespräche geben sich ein Rendezvous
und tauschen, rauschen, lauschen, plauschen, mauscheln
und hatschen, ratschen, tratschen miteinand,
die Drähte liegen wie nur Kraut und Rüben,
nein, Kraut und Rüben liegen wie die Drähte,
sie liegen Kruzitürken übereinand!
Das Telephon ist Störung. Das Bureau
für Störung aber ist die Zuflucht jener,
die nicht gestört sein möchten. Hundert Käuze
sind dort im Ruhstand, jeder lebt für sich,
läßt dich noch einmal alles sich erzählen,
wie sich's begeben hat und wie es oft
im Leben schief geht, kann man halt nichts machen.
So ward das Chaos aus der Welt erschaffen.
Das Leben ist nur eine Unterbrechung,
der Mensch ist falsch verbunden mit der Zeit.
Dem unverständlich, der sie spricht, die Sprache.
Sagst zwei du, ist es drei, hört fünf sie, sieben,
neun ist soviel wie eins. Das Einmaleins
der Hexen ist es, das dich so betrügt;
magst welche Nummer immer du verlangen,
sie kommt dir nicht heraus, und wäre sie
dir selbst erlangbar, glückt es dennoch nicht:
frei ist besetzt, besetzt ist aber frei,
du sprichst mit einem und es ist ein andrer.
Alles ist windschief und des Lebens Sinn
der Irrsinn und des Lebens Instrumente

parieren nicht dem Leben und der Zweck
ist widerspenstig, wenn die Mittel wollen.
Ein ewiger Zank mißfälligen Dialekts
von schlaffen Zungen, die das Wort nicht halten,
füllt Tag und Nacht und nennt sich Pallawatsch,
und schmeckt wie das Gemisch, das diesen Zungen
ein Wohlschmack ist: der eingebrannte Brei,
bereitet aus Gemüsen wie Gehirnen.
Gut eingestäubt nach dem Rezept sind auch
die Straßen und der allbeliebte Kot
ist wie ein gutes Papperl populär.
Windschief ist alles, selbst der Wind geht schief,
das Klima will nicht und der liebe Frühling
spielt nicht mehr mit; es zieht, wenn alles zu,
bei offenem Fenster tritt Erstickung ein,
die Erde regnet und es staubt vom Himmel;
drum spritzt man auf, wenn alles eh scho naß ist,
ist Staub, so wirbelt man ihn gschwind noch auf,
ist keiner, gleichfalls, mit der Kehrichtwalze.
Auf solchem Weg erschwert dir nun den Schritt
der Nachbar, der sich dir wie eine Mehlspeis
serviert, auch wenn du keinen Appetit hast,
aus Mehl und Wasser eine Spottgeburt.
Die Sorte ist Melange aus Jud und Christ;
noch mehr Persönlichkeit hat die Melange:
mehr Haut, mehr Gold; mehr licht, mehr dunkel. Schale
Teeschale, Nuß und Glas, weiß, braun und Kapo,
verkehrt und obersgspritzt und Doppelschlag.
Dem unterwarf sich die Bevölkerung,
in »Schlag-« und »Hautesser« teilt man sie ein.
Willst aber selbst du essen, dann bedauert
der, der dir dienen soll, daß er dir nicht
mehr dienen kann, und streicht vor deinen Augen
die Speisen alle, die du schon geschmeckt hast,
nicht vorher wußt' er's und er mußte warten,
bis du mit deinem Wunsche ihn gemahnt hast,
dann fragen zehn Verschiedene nacheinander,

ob du denn schon befohlen hast, bittee.
Es gibt nur Linzer, Sacher, Wienertascherln,
Powidltatschkerln und Engländer,
Gott strafe England, und du hilf dem Wirt,
die alte Anisscharte auszuwetzen.
Vielleicht ist aber aufmerksamer Weise
für dich das Protektionsportionderl
der weltbekannten Spezialität
der Zeppezauerschnitte reserviert.
Hast du gegessen, willst du dafür zahlen,
so rufen sie dir selbst und dann einander
das Wort zu: Zahlen!, keiner aber hört's,
der Mann, den du bezahlst, weil du ihm zahlst,
ist tief beleidigt, kommt nicht, tötet sich
vermutlich in der Küche. Einer ruft
dir plötzlich das Memento: Sosss bittee!
Du weißt nicht, was es soll bedeuten, willst
verzweifeln, da gewahrst du, wie ein bleicher
käsweißer Mann, der Todesengel ist es,
durch dieses Wirrsal schreitet und auf dich
zuschreitet, denn der Augenblick ist da,
dich, dem der Lebensmut schon sank, zu grüßen.
Es gibt noch Grüßer. Nein, es gibt nur Grüßer.
Du bist ein Raunzer; mache den Versuch,
flieh aus der Hölle, nimm den nächsten Wagen,
wenn du ihn kriegst, das heißt, wenn er nicht »bstöllt« ist.
Dann aber wird der Kutscher selbst dich rufen,
denn er hat heut noch keine Fuhr gehabt.
Er mietet dich. Er trinkt noch schnell Kaffee,
das Pferd steht da, nachdenklich wie der Mensch
kreuzt es die Beine, kriegt dann selbst ein Futter,
dann deckt der Mensch es ab und nimmt die Decke,
womit der Mensch den Taxameter zudeckt,
damit kein Mensch ihn nie mehr sehen kann.
Bist du so weit und ist es dir gelungen,
den Wagenschlag zu öffnen und zu schließen,
so wird er wieder aufgehn, eine fremde

Persönlichkeit steht da mit nackten Füßen,
läßt Wind und Regen ein, verlangt dafür
und weil's ihr ohne deine Hilfe glückte
und ohne ihre Hilfe dir gelang,
den Wagenschlag zu öffnen und zu schließen,
für diese beiderseitige Mühewaltung
Belohnung; hat sie sie, so schließt sie ihn.
Willst du dann weiter kommen, so steig aus;
kommst trotzdem weiter nicht, denn »bitte links«
mußt du ja gehen, doch es geht nicht, alles
bleibt stehn und geht es, geht es rechts und links.
Ein Pferd fällt: steht der Mensch; doch nicht aus Mitleid
Fällt keines, steht er auch aus Neugierde.
In solchem Falle geht es erst nicht weiter,
nicht Pferd, nicht Mensch. Nichts geht im Leben weiter
Es geht zugleich und steht, drum stolpert es.
Dies Unwesen, anstatt im Bund der Zucht,
die nichts als Zucht ist, endlich sich zu bändigen,
entartet an dem Vorbild immer mehr.
Sie durften schweigen und sie mußten rufen,
so schreien sie. Die Extraausgabee,
das ist ein Ruf, der anderwärts, so traurig
solch Ende ist, das Leben selbst bedeutet.
Wo Leben nur Betrieb ist und Betrieb
das Leben, in Berlin, gehört's dazu,
fällt nicht aus dem Ensemble, Mann und Ruf.
Wo Menschen singen, ist auch dieser Ruf
Musik. Musik kann eine Plage sein,
doch sie gehört dazu, bleibt im Choral.
Hier ist Diskant von Leben und Betrieb.
Ein gräßlicher Proletenton dringt vor
und etabliert sich als das Weltgeräusch.
Triffst du hier ein, kommst mit der Südbahn an,
Unglück genug; kein Wagen weit und breit,
doch hörst du, daß Kragujevaz erobert!
Du nicht und keiner, der es ruft, und niemand
weiß damit etwas anzufangen. Keiner

hilft vom Gepäck dir, doch ein ganzer Chor
von Aufgeregten, die aus eigenem Antrieb,
nicht von Hotels entsandt sind, streckt ein Blatt
entgegen dir, sie sagen, was drin steht,
einstimmig sagen sie, weil du's nicht glaubst:
soeben sei Kragujevaz erobert.
Nichts wirst du sehn als Mäuler. Keuchend rast
durch menschenleere Gassen einer, weckt
das tote Leben aus dem Schlaf und ruft
und gibt nicht nach: »Kakujefaz eropaat!«
»Fenädig pompatiert!« versetzt ein andrer,
zwei laufen um die Wette, wie bereit,
sich zu »derstessen« für das Vaterland,
sich aufzuopfern für die letzte Wahrheit,
Mobösch, sprich Maubeuge, sprich Mohnbeugl,
sei, wie es sich von selbst versteht, gefallen.
Wie aus dem Ziehbrunnen stöhnt es empor,
ein Weh der Menschheit: »Eeextraausgabää –!«
Dann wieder brüllt es: »Zweate Oflagee
vom Tagblad!« »Weltblad! Extraausgabää –!«
»Teitscha Bericht!« drischt's auf die Schädel ein.
Bald ist es Jamma, bald ist's Anklagee,
oft hörst du nur ein windverwehtes »– – bäää –«.
Ich sitz' am Schreibtisch, schreibe dieses Lied,
schließt sich der Vers nicht, hör' ich draußen: »– – bäää –«.
Schlag vier beginnt es. Nicht allein Tragöden,
auch Humoristen wachsen aus der Erde.
Ein Mäderl von acht Jahren bietet dir
»achttausend Russen für zehn Heller« an,
und »hunderttausend tote Italiena«
bekommt man um denselben Preis, warum nicht,
dem Wiener ist's Musik, kein Kusch erwidert.
Masurisch Ende ist eine Schlamastik,
verglichen mit dem Wiener Kot ein Gspaß.
Ein blasser Bettelbub sagt seinen Spruch,
steht neben deinem Tisch, doch nicht wie einst:
die Eltern seien beide im Spital,

sondern mit Leichenbittermiene sagt er,
wie ein Geheimnis: »Schwere Niederlage
der Italiener.« Dafür kriegt er Geld.
Klein Zaches hüpft von Tisch zu Tisch, verbeugt sich:
»Ssick über Ssick! Gewaltiger Ssick errungen
vom Hindenburg, Rußland und Frankreich fertig,
Gott strafe England, und vernichte gleich
Italien!« Ist dies geschehn, entspringt er –
man lacht. Dort kriecht etwas und kreischt,
zurückgeworfene Russen anzubieten!
Galiziens Flut fand Anschluß an den Strom,
des Katarakt uns lärmend überfällt.
Hier an der Kärntner-Ecke, wo das Leben
sich brandend bricht, weil vor ihm selbst ihm schlecht wird
hörst du am lautesten die Mißtöne
des völlig ungenierten Hinterlands.
Du siehst den Flüchtling Isaak Willichfort,
der nicht wie mancher reichere Landesmann
in der Pension wohnt, welche »Wiezuhause«
sich nennt, hier siehst du ihn im Kaftan stehn,
und hörst, wie er den Tonfall hat gelernt
und wie er lockruft: »Eextra-osgabee!
Koofen Sie ab mir meine liebe Herrn!«
Hier läuft ein Weib mit einem Naschmarktmaul
und regt sich an der neuen Meldung auf,
besagend Schaabaaz sei grad jetzt gefaalen.
Hier wiegt sich eine in den Hüften, wirft
so für sich selbst es hin: »Halb Serbieen
eropaat!«, lächelt, geht und gibt es weiter.
Zwei Stümpfe und ein offener Mund stehn da.
Ein Krüppel ist es mit Persönlichkeit,
kein Invalide dieses Weltkriegs ist es.
Stellt sich verkündend übern Fahrweg hin,
richtet ein Standrecht so auf Stelzen auf,
als wär der Rumpf allein auf dieser Welt,
in ihm das ganze Krüppeltum der Welt
verkörpert, nein, der Weltkörper verkrüppelt.

Mit dumpfem Ruf entschädigt sich der Rumpf:
»Extrrausgabee! Halb Serrbien ganz arrobat!«
So pflanzt er sich auf seinen Hölzern auf,
daß der Betrieb hindurch muß, wenn er kann.
Hier klingt's wie Streit, dort rufen sie um Hilfe,
sie kommen schon. Was aber sieht man hier?
Schweigende gehn auf Krücken, unbeachtet,
zuckende Leiber, Höllenbrand im Auge.
Verweist der Ruf auf sie? Wird ihnen Hilfe?
Dazwischen Leiber, die nicht Narben haben,
doch Lieferungen, und es fällt das Wort,
der Lieferant sei auch nicht zu beneiden,
das Friedensrisiko sei nebbich groß. – –
Nun aber bleibet stehn, habt acht und seht,
herzbrechend Schauspiel hier vorüber geht.
Die große Zeit persönlich schleppt sich weiter
und das ist eine Bettlerin. Begleiter
ein Kind am Arm, ein Säugling auf dem Arm,
ganz arm ist sie; die Stimme, kein Alarm,
ist nur ein Seufzer, nur das eine Wort,
ein einziger Fluch von dieser Lippe fort
schleicht er sich weltwärts: »Neue Freie Presse!«
Das Kind begleitet: »Neue feile Pesse!«
Es lallt der Säugling: »Leie leie lelle!«
Im Anfang war das Wort. An dessen Stelle
wird jetzt das Wort der Welt das Ende bringen.
Die Amme Zeit wird so in Schlaf sie singen.
Mit solchem Rufe werden sie geboren.
So rufen sie dem Welttod in die Ohren.
Und hört er noch nicht, bleibt's wie eh und je –
dann brüllt es ewig Eeextraausgabeee –!

Monolog des Nörglers

(Schluß eines Aktes.)

Nacht. Der Graben. Es regnet. Menschenleer. Vor der Pestsäule. Man kann in eine Seitengasse blicken.

So merk ich wieder, wie's von unten regnet.
Aus Schlaf und Schlamm die alte Schlamperei,
sie spricht den schlaff zerlassenen Dialekt
des letzten Wieners, der ein Pallawatsch
aus einem Wiener ist und einem Juden.
Hier ist das Herz von Wien und in dem Herzen
von Wien ist eine Pestsäule errichtet.

(Er bleibt vor der Pestsäule stehen.)

Dies Wiener Herz, es ist aus purem Gold,
drum möchte ich es gern für Eisen geben!
O ausgestorbene Welt, das ist die Nacht,
der nichts mehr als der jüngste Tag kann folgen.
Verschlungen ist der Mißton dieses Mordens
vom ewigen Gleichmaß sphärischer Musik.
Der letzte Wiener röchelt noch im Takt
und läßt die Seele irdischen Behagens
rauschend, den letzten Regen dieser Welt
durchdringend, auf das nasse Pflaster fließen.

(Er blickt in die Seitengasse und sieht dort einen Betrunkenen, der mitten auf der Straße ein Bedürfnis verrichtet.)

Hier steht er, eine Säule seiner selbst,
in riesenhafter Unzerstörbarkeit!
Er kann nicht untergehn, es überlebt
dies Wahrzeichen der staubgebornen Lüge
das Ende aller Schöpfung und er weiß,
nur er allein ist von dem allen übrig,

das Sterben geht ihn einen Schmarren an,
sein innerstes Bedürfnis muß er stillen,
es bleibt die Spur von seinen Erdentagen,
und dieses ist der Weisheit letzter Schluß.
Und gierig lausch ich seinem letzten Willen,
er hat dem Kosmos noch etwas zu sagen –

(Der Betrunkene steht unverändert da und spricht in rhythmischer Begleitung, immer wiederholend:)

Ein Genuß! – Ein Genuß! – Ein Genuß!

Beim Anblick eines sonderbaren Plakates

Seht dies Plakat, das Mozarts Requiem anzeigt.
Täuscht mich mein Auge nicht – so ist's ein Mörser!
Ein Kirchenfenster ist es nicht; seit Mörser
beschäftigt sind, gibt's keine Kirchenfenster.
Zur Aufführung paßt wohl das Kirchenfenster;
dem Zweck, dem das Erträgnis zugedacht ist,
dem wohltätigen Zweck dient wohl der Mörser.
Das Ornament hat hier genug Verstand,
zwei Deutungen zur Auswahl zuzulassen:
die fromme für den wahrhaft frommen Zweck
und für den Zweck, dem jedes Mittel heilig,
die aktuelle. Ich entscheide mich
für die. Kein Zweifel, jene ist ein Vorwand,
die Wahrheit diese nur. Kein Gegenstand,
der nicht die Form des Mörsers heute hat.
Bonbonnièren, Hüte, Sammelbüchsen,
alles ist Mörser. Heute trägt man nur
den Mörser und sogar das liebe Leben
geht wie ein Mörser auf das Leben los,
auf alle Schöpfung, auf den Schöpfer selbst.
Kein Zweifel, dies Plakat, es ist ein Mörser!
Mozart und Mörser! Wer hat diese Welten
vereinigt, wer hat es vermocht, wer rühmt sich?
»Zu haben beim Buchhändler Hugo Heller.«
Der Händler, gleich entfernt von beiden scheinbar,
dem Mörser näher. Seht, er trifft's; er macht's.
Oh wendet euch nicht ab, ertragt den Anblick,
die Zeit ist schwer, doch groß; drum haltet durch!
Freut euch, daß einer für den lieben Gott
endlich die richtige Aufmachung besorgt hat.
Nein, keine Thränen! Noch hat die Kultur
ja Aussicht. Bei den Zulunegern, die
der Feind uns und Europens edler Sitte
zu schicken wagte, wäre es unmöglich,
wär' die Vermischung, wär' die Barbarei,

wär' solcher Gottbetrug ein Ding des Abscheus.
Sie weinten zu der himmlischen Musik
und glaubten immer noch, es sei von Mozart,
nicht von dem Mörser, nicht von dem und jenem,
von beiden nicht, weil das unmöglich sei,
weil nur der Teufel diese List erfand,
den Himmel mit der Hölle anzuschwärzen,
weil Mozart schweigt, sobald ein Mörser singt,
kein Mörser schweigt, wenn Mozart wird gesungen,
und weinten zu dem Requiem Europas,
und glaubten immer noch, es sei von Mozart.

Ich werde sterben und es nicht erfahren:
Was wollten jene grüngekleideten Männer,
an denen ich vorbeikam, wenn ich ankam,
was hatten sie zu tun, wer waren sie,
die einen stummen Blick auf meine Habe
verzichtend warfen, nie vorher sah ich
so wenig Neugier, dennoch waren's Menschen,
und dennoch keine, denn ihr Blick war anders,
von jenseits kam er, streifte irdisches Gut
von oben her und trug Verlangen nicht,
es zu besehn, sie fragten, forschten nicht,
sie waren traurig und kein Ja, kein Nein
gab ihre unbewegte starre Miene,
mit der sie doch auf meine Habe sahn,
die ihren Blicken für so kurze Weile
sich darbot, denn schon bald sah ich, wie einer
dem lastbeladenen Menschen, der sie aufnahm,
ein Ding, das ich nicht sah, stumm übergab,
das er dann weiterschreitend einem Mann,
der grüngekleidet wie die andern war,
beim Ausgang übergab, der stumm es nahm,
auch er ein Wissender, auch er verzichtend,
warf einen Blick auf das, was man vorbeitrug,
doch so, als ging' es ihn noch weniger an
als jene andern grüngekleideten Männer,
und alle, der und die dort, wandten sich
nun ab, dem nächsten zu, der seine Habe
hinstellte, weiterging mit einem Ding,
das jene gaben, dieser eine nahm,
wovon ich nie erfuhr, was es bedeute,
und wieder schien ihnen auch dieser nächste
kein Rätsel zu verbergen, und so ging
die ganze Reihe lang die seltsame
scheinbar grundlose strenge Prozedur,
sie hatte Zeit genommen und sie dünkte

nicht nützlich mir, jedoch dekorativ,
da riß mir die Geduld, ich wollt' es wissen,
wozu, warum, wovon denn leben diese,
ich fragte jenen lastbeladnen Mann:
»So sagen Sie, wer sind die Ungeheuer?«
Er sagte, was ich nicht verstehen kann,
voll Ehrfurcht klang es wie: »Verzihrungssteuer!«

Weht Morgenathem an die Frühjahrsblüthe,
so siehst du Thau.
Daß Gott der Sprache dieses h behüte!
Der Reif ist rauh.

Wie haucht der werthe Laut den Thau zu Perlen
in Geistes Strahl.
Sie vor die Sau zu werfen, diesen Kerlen
ist es egal.

Kein Wort darf Seele haben, der Barbare
er lebt so auch.
Sein Stral ist Strafe, Wort ist Fertigware
zum Sprachgebrauch.

Ein jeder Wirth ist, hat er etwas Grütze,
am Wort ein Wirt.
Die Sprache ist ja als der Hausfrau Stütze
nur engagiert.

Sie streckt sich nach der Decke, keines Falles
sie Aufwand treibt.
Sie kriegt, da sie ja Mädchen nur für Alles,
was übrig bleibt.

Man ist kurz angebunden, wenn man praktisch
so mit ihr spricht.
Dann aber wird ihr noch die Notzucht faktisch
von jedem Wicht.

Der Orthograph kennt Muth nicht, hat nur Mut
vor einem Laut,
den vorschriftsmäßig er mit wilder Wut
zusammenhaut.

Nicht Wahn ist, was er tut, er ist kein Thor,
er müt sich brav.
Doch hat er wol für Gottes Wort kein Ohr,
der Ortograf.

Er ist kein Thor, er ist ein Tor, durch das
der Fortschritt ziet,
Haß habend gegen hinderliche h's
in dem Gemüt.

Der Tag ist kurz, man spart die Zeit vom Mund,
das närt das Herz.
Man knappt das Wort sich ab, das ist gesund
für den Kommerz.

Man tut und schreibt recht, scheut kein edles Wort.
Was wahr ist, war.
Die Sprache athmet nicht, sie atmet fort
fürs Komptoir.

Man schreibt und hat recht, spart die Zeit am Wort,
so gut man kann.
Das Wort ist nur ein Abteil, ein Abort
für jedermann.

Ab-ortographen gibt's in diesem Land,
die denken nach,
daß schnell wie 'n Taler get durch Mund und Hand
die theure Sprach'.

Unnütz ist doch so 'n Hauchlaut im Verkere.
Von Jar zu Jar
lert man drum eine Regel, die als Leere
recht annembar.

M. w. heißt: machen wir. Der Tag ist kurz.
Der Laut verhaucht.
Nachts widerfährt der Regel leicht ein Sturz,
wenn sie es braucht.

Auch dret man sich galant um, ob kein Stul da,
wie sich's gebürt.
Das rürt die Werte, die im Namen Hulda
das h noch fürt.

Schreib wie du sprichst, dann macht sich deine Schose
fro kannst du lachen.
Ein Heiligthum ist eine alte Hose,
nicht zu machen!

Bediene selbst dich, lebe nach der Elle,
schreib auf Raten.
Das kann ich raten dir, es faren schnelle
die Automaten.

Im Büro schinden sich, Genuß zu finden
der Son und Vater.
Doch get man abends auch die Sprache schinden
statt ins Teater.

Wenn lautlos, erlos, werlos diese Gute,
rot vor Scham,
so anungslos da rute, sie die Rute
gleich bekam.

Die Sprache aber denkt sich ihren Teil:
In diesem Land
parieren muß zum allgemeinen Heil
der Konsonant.

Befehl ist halt Befel, er trägt das Leid
im Jammertal.
Er weiß, nicht besser in der harten Zeit
gets dem Vokal.

Der Zan der Zeit benagt an diesem Ort
mit flinker Wal
und wolgemut das altbewärte Wort
zu einer Zal.

Wie Thon klingt's, rauer Ton, das Or zerreißt er.
Doch sei du still.
Gewonheit macht's, frü übt sich was ein Meister
werden will.

Der Geist dankt ab. Wie Wansinn ihn beschlich es,
's ist totgewiß.
Sein Wort ist leider längst ein öffentliches
Ärgernis.

Ein Tropf ist nur aus Lem, ihm felt der Hauch
von Gottes Segen,
drum wischt vom Thau den Tropfen so ein Gauch,
der Ordnung wegen.

Nichts, was ihm Zeit raubt, ist dem Kristen heilig,
der da front;
er raubt dem Ding das h, so wird es eilig.
Was sich lont.

Und keine Thräne wird den Roling hindern
für und für.
Er warf das h, der Träne Schmerz zu lindern,
raus zur Tür.

Nicht jedes Thier verwüstet tätig so
der Schöpfung Spur.
Nur manche Gattung Tier lebt irgendwo
fern der Natur.

Sie hat wol viel Gefül und dieses ist
dick wie das Tau.
Den Thau zertritt sie, Werth hat nur der Mist
für eine Sau.

Vae victoribus!

Wer Ohren hat, dem wird die Zeit es sagen,
daß dies der Sinn des Streits war, den sie stritten:
Die dort erlebten nichts als Niederlagen,
und die hier haben einen Sieg erlitten.

Fortschritt

Ja, ist denn unser Ohr verhext?
Den Zweck beschreit das Mittel.
Erst mauschelte der ganze Text,
jetzt mauscheln auch die Titel.

Nach Goethe

Wer Kunst und Religion besitzt, der hat auch Wissenschaft.
Wer diese beiden nicht besitzt, der habe Wissenschaft.

Sittlichkeit und Kriminalität

Wir können ruhig schlafen,
weil man ins freie Feld
der Lust den Paragraphen
als Vogelscheuche stellt.

Doch Warnung lockt den Flieger,
die Scheuche schreckt den Schlaf;
die Lust bleibt immer Sieger,
ihr Schmuck der Paragraph!

Christlicher Umlaut

Seit die Lust aus der Welt entschwand und die Last ihr beschieden,
Lebt sie am Tag mit der Last, flieht sie des Nachts zu der List.

Sexus und Eros

Dem Sexus kommt es darauf an:
»Weib ist Weib« und »Mann ist Mann«.

Eros aber deckt den Leib:
Weib ist Mann und Mann ist Weib.

Sucht das Tier den Unterschied,
Paart der Geist sich, wo es flieht.

Elegisches Versmaß

Klein ist der Mann, den ein Weib ausfüllt, doch er kann dadurch wachsen.
Größer geworden hat er keinen Raum mehr für sie.

Heroischer Vers

Aber dem Größten empor wächst sie, an der er erst groß wird.

Norm

Er ist bescheiden aus tieferen Gründen,
das Gegenteil hat er bei ihr nicht erkannt.
Um seine Zigarre anzuzünden,
entfacht er ihren Höllenbrand.
Das weitere, denkt er, wird sich finden,
so wie es sich seit jeher fand.

Reinigung

Verachtung der Prostitution?
Dirnen schlimmer als Diebe?
Lernt: Liebe nimmt nicht nur Lohn,
Lohn gibt auch Liebe!

Kategorien

Ob sündig oder sittenrein?
Ob lebend oder schon begraben?
Doch teilt ihr sie auch in Gefallene ein
und solche, die nicht gefallen haben.

Wie steht's Herr Nachbar, mit der Sinnenlust?
Hand auf die Stelle, wo kein Herz ist, sprecht
dies erste, letzte Mal die Wahrheit! Nicht wahr,
ihr lügt ja nur und peitscht für eure Lüge
den Leib, weil er euch noch die Wahrheit sagt.
Es ist ja alles Lüge, was ihr treibt;
wahr seid ihr nur im Bett. Nicht wahr, dort seid ihr's?
Weil aber eure Wahrheit euern Weibern
zu wenig ist, so lügt ihr, haßt die Wahrheit
und schickt sie auf die Straße, euch zu freun,
daß ihr vor ihr dann doch die gute Stube
voraushabt, wo die angetraute Lüge
der Ehrbarkeit für euch verwelken darf.
Die drinnen rächen jene, die schon draußen,
und retten so die Ehre des Geschlechts.
Denn gerne sterben sie für die Moral.
So tut Natur doch, was die Sitte will.
Die Freien sind verachtet; die in Ketten
stehn hoch in Ansehn. Doch bedenkt, auch ihnen,
den einmal nur fürs Leben Prostituierten,
den ein für allemal euch Prostituierten,
den euch allein und stets nur einmal Prostituierten
genügt die Ehre nicht. Die Ehrbaren,
sie möchten auf die Straße, fort, zu jenen,
die nur der Ehre bar sind, nicht des Lebens.
Ihr, spürend es, nicht wissend, macht aus Wut
die draußen schlechter und die drinnen ärmer.
Ihr seid zu feig, die draußen und die drinnen
gleich auf der Stelle zu ermorden. Geht,
was wollt ihr denn, mir wollt ihr eure Ehre
vormachen? Eure Stimme kenne ich!
Kehlköpfe hab' ich nachts auf meinem Schreibtisch,
die eure Stimme haben, drossle sie,
weil sie des Lebens Atem nie gewollt,
weil sie durch ihr Gekrächz den einzigen Wohllaut,

den Gott geschaffen hat, erdrosselt haben.
Seit euch im Hals der Adamsapfel steckt,
schiebt ihr es auf das Weib. So lügt denn weiter!
Kehlköpfe krächzt, Kahlköpfe quiekt, gröhlt, flucht,
Kohlköpfe! Weiter! Lacht die Schöpfung aus!
Erkennt, daß nur die Weiber nackend sind,
schämt euch für sie und nicht für euch. Nur zu!
Glaubt weiter, daß die tote Prostituierte
unwert des Schmerzes sei, und ein Kondukt
von Prostituierten sei noch weniger wert,
von allen den euch angebornen Ehren
nur die zu nehmen und sie zu erweisen,
die ihr nach Zeit und Rang die letzte nennt,
und die die erste ist, die Menschlichkeit,
seit der Geburt entstellt zur Bürgerfratze,
seitdem sie lebt, der Menschlichkeit erweist!
Wie ward es möglich nur, daß Jud und Christ
sich immer so in den Vokabeln irren,
nicht dort die Schmach zu finden, wo sie stehn,
und immer dort nur, wo die letzte Spur
von Menschentum sie selbst begraben haben.
Wie steht's, Herr Nachbar, mit der Sinnenlust?
Was denn? Das wahrhaft einzige Bedürfnis,
das zu befriedigen nicht wie euer Essen,
wie euere Verdauung, euer Schlaf
nur der Gewohnheit schmeckt – dankt jenen nicht,
die sich ihm opfern, schmäht sie noch dafür?
Wie, eine Welt, die alles für das Geld tut,
und nur für Geld, und auch was sie nicht kann,
und auch das Schlechte, sie verachtet die,
die ihr ein Gutes tun und es ihr schenken?
Und schmäht den Tausch von Geld und jener Gabe,
durch die das Weib erst sittlich wird zum Weib?
Ich weiß nicht, wie das zugeht. Doch das weiß ich:
Die ärmste Dienerin der Lust, die Geld
dem Zeitungsmann für die Annonce gibt
und die, doch deren Geld nicht, er verachtet,

und wär' sie mißgestaltet, und im Dunkel
bleibt ihr Gesicht, ihr zugekehrt dein Rücken –
nur dafür, daß sie ihn betasten kann,
steht näher sie dem Geist und deinem Glück
als alle Leistung sämtlicher Journale,
Kollegien und jedes Dings im Staat,
das Wohltat dir und Fortschritt soll besorgen
und dessen Dasein schon, nicht dessen Leistung,
dich aufhält und betrügt, verarmt und schwächt.
Kitzeln der Haut dient besser Euch als Lügen!
Wehrt sich der Geist denn gegen die Natur?
Erliegt er ihr? Er weiß, er lebt, er bleibt
stets im Zusammenhang. Der Ungeist wehrt sich
zugleich im Kampf mit Geist und mit Natur,
die bärtige Bildung, die mir überm Leben
schwarz wie ein Haarsack hängt, schwarz wie die Sonne
beim Weltgericht. Nehmt euch in Acht vor euch!

Grabschrift

Der großen Zeit schreib' ich es ins Gesicht:
Weh dem, der sich vermißt, das Angedenken
gefallener Frauen nun gering zu achten!
Sie standen gegen einen größern Feind,
Weib gegen Mann. Nicht Zufall der Maschine,
der grad entkommt, wer ihr nicht grad verfällt,
hat sie geworfen, sondern Aug in Aug,
aus eigenem Geheiß, eins gegen alle,
im Sturm der unerbittlichen Moral
sind sie gefallen. Ehre jenen sei,
die an der Ehre starben, heldische Opfer,
geweiht dem größern Mutterland Natur!

Beim Anblick einer Schwangeren

O rührend Anbot in der Zeit des großen Sterbens!
Nein, besser wird uns dieses Zwischenspiel entzogen.
Zwar weist es auf die letzten Spuren von Natur hin,
die diese Unmenschheit noch nicht verlassen konnte,
die Tod beschließt und dennoch Leben nicht verleugnet
Doch es kommt selten etwas Bessres nach. Seht weg denn
die letzte Menschlichkeit des heute andern Zielen
verpflichteten Geschlechts hat etwas Peinigendes.
Unheimlich ist die Vorstellung, daß dieses Weib da,
die so sich zeigt, so stillen Schrittes ihre Hoffnung
ins Leben trägt, so voll von heiligem Auftrag,
der Schmerz zugleich und Segen, in der nächsten Stund
gebären könnte einen Heereslieferanten.
Der Stolz der Mutterschaft, so groß in aller Vorzeit,
das größte Mißgefühl von Unmaß abzuweisen,
war besser auch so stolz, den unberufnen Blicken
nicht die nur ihm bewußte Harmonie der Schöpfung
zu zeigen. Doch vor dieser mißgeformten Menschheit
ist er nicht mehr berechtigt. Er soll selber wegsehn.
Stolz werde wieder Scham. Sieh du jetzt weg, du Mutte
du bist zu schwach allein, und bist auch unbescheiden;
dies ist ein gütiger Versuch, doch auch ein Anspruch
vor hunderttausend Müttern, die es sehn und wissen,
daß sie ja doch den größern Schmerz erlitten haben
als er der einen erst bevorsteht. Geh nach Hause,
was trägst du deine Bürde auf den Markt, als wäre,
was du der Welt zu bieten hast, bei weitem besser
als das was sie verloren hat, nein mehr, als ob nun,
jetzt endgültig, das neue letzte Heil erstünde,
als wär' ein Sokrates die allerkleinste Gabe,
die hier in Aussicht steht. Wir haben viel zu schlechte
Erfahrungen gemacht. Wir sind in jedem Falle,
und wär's der beste, nicht mehr neugierig und wünsche
daß die Erwartung deine Muttersache bleibe,
so keusch wie sie's verdient, bis einstens die Erfüllung

das Nachschaun einer Welt verlohnt. Geh heim, wir
kommen,
wenn's an der Zeit, bis dahin mit dir leidend, Mutter,
nicht tieferes Leid für dich als für das neue Leben,
das dank dem Mutterfluch einrückt ins alte Sterben,
der Opfer größtes durch Geburt. Geh, mach dich tauglich.
Wart auf den Jahrgang. Freiwillige, was bringst du?
Halt dich zuhaus, ein Tag ist wie der andere, immer
sieht tot wie tot aus. Geh! wir wollen überrascht sein.

Zum wohltätigen Zweck

So mag die Welt noch zu was Fernerm taugen,
dient Charitas ihr mit so schönen Augen.

Und die ihm so die rechten Wege weist,
sie hilft am Ende auch dem wunden Geist.

Sein Wort ist hin, verloren ist sein Haus,
in Schlachten ruht er von den Schlachten aus.

Er lebt, weil Anmut lebt, für die er stand,
doch seinen Namen hat die Zeit verbannt.

Er bleibt der Lüge Feind, nicht Gottes Feind,
wenn Charitas er ruft und Charis meint.

Und guter Zweck wird bessern Zweck entschuldigen.

Von einem, der nur opfert, um zu huldigen.

Die Krankenschwestern

Gott hat sich als ein Hirt des Schäfleins angenommen,
der suchts, der fands, der führts neu in den Schafstall ein.
Auch nur um eine Seel wär er auf Erd gekommen:
Wie werth muß doch bey Gott die ärmste Seele seyn.

Die ärmste Seel bei Gott war eines Schmetterlings,
der wie ein grünes Blatt auf weißer Mauer lag.
Die Welt war schwarz von Blut. Wer achtete des Dings,
das ihrer Nacht entfloh, zu retten seinen Tag.

So abgewandt der Zeit, so zwecklos, pflichtvergessen,
so Spiel und Farbe wie der grüne Schmetterling,
so freuten sich mit ihm die stolzen zwei Komtessen,
das ganze Schloß war stolz, daß es den Gast empfing.

Doch abends war man bang. Schwer wurden leichte Herzen.
Was hat der Not der Welt die beiden zugewandt?
Am Himmel brennt ein Stern, im Zimmer brannten Kerzen,
dahin zur letzten Lust – der Falter war verbrannt.

Noch zuckt das grüne Ding, die ärmste Seele zittert
vor ihrem letzten Flug. Die Hinterbliebnen weinen.
Die wundenreiche Zeit hat keine so erschüttert,
wie solcher Schwestern zwei das Sterben dieses einen.

Die Wärterin, sie muß so lang des Menschen warten,
muß warten, bis der Tod an ihre Stelle tritt.
Weh dieser Mitleidswelt, weh dieser allzu harten,
so lang will sie das Leid, dann leidet gern sie mit.

Weil wahres Mitleid schnell das Leid sucht zu beenden,
so schicken zwei zum Arzt um Äther, aus dem Haus
eilt ein beflissner Knecht, in seinen guten Händen
bringt er die Wohltat; seht, es zuckt, der Kampf ist aus.

Der Diener ist schon alt, als hätt' er viele Jahre
schon Gott gedient, so sieht er in die fremde Zeit.
Zehntausend Juden sind nicht wert dies eine, wahre,
einfältige Gesicht voll Dienst und Dankbarkeit.

Die Welt trägt ihren Fluch, hier diese Welt ist gnädig;
die kämpft um Höllenlohn, die um den Himmel warb.
Zwei Krankenschwestern stehn, so aller Pflichten ledig.
Die Welt ist todgewohnt; der hier ein Falter starb.

Hier findet Gott noch gut, was einstens er erschuf.
Hier freut er sich am Spiel, spielt Mensch und Hund und Wind.
Hier liegt ein grünes Blatt. Die Seele folgt dem Ruf.
Ihr Tag war schön, so schön wie hier die Tage sind.

Faßt Mut zum Schmerz, daß seine Thräne nicht mehr fließt
und dieser große Chor der Jugendbühne stumm ist:
Die Glocke, die Charlotte Wolter hieß;
der Hammer, der mit Lewinskys Rede das Gewissen schlug;
und einer Brandung gleich die Stimme des Zyklopen Gabillon;
Zerlinens Flüstern; und Mitterwurzers Wildstroms Gurgellaune;
eine Tanne im Wintersturm jedoch war Baumeisters Ruf;
und schwebend, eine Lerche, stieg des jungen Hartmann Ton,
vermählt dem warmen Entenmutterlaut Helenens;
und Hagel, der durch schwülen Sommer prasselt, Krastels Sang;
und edlen Herbstes Röcheln Roberts Stimme;
und Sonnenthals: die große Orgel, die das harte Leben löst.
Und all der Sänger Stimme und Manier,
die noch verstimmt, von solchem Geiste war,
daß sie bewahrt sei gegen alles Gleichmaß,
womit die Narren der Szene und der Zeit
die lauten Schellen schlagen.

Wiese im Park

(Schloß Janowitz)

Wie wird mir zeitlos. Rückwärts hingebannt
weil' ich und stehe fest im Wiesenplan,
wie in dem grünen Spiegel hier der Schwan.
Und dieses war mein Land.

Die vielen Glockenblumen! Horch und schau!
Wie lange steht er schon auf diesem Stein,
der Admiral. Es muß ein Sonntag sein
und alles läutet blau.

Nicht weiter will ich. Eitler Fuß, mach Halt!
Vor diesem Wunder ende deinen Lauf.
Ein toter Tag schlägt seine Augen auf.
Und alles bleibt so alt.

Vor einem Springbrunnen

(Villa Torlonia)

Wie doch die Kraft das Wasser hebt!
Es steigt und schwindet, schwillt und schwebt,
es steht im Strahl, es kommt und fällt
in diese nasse Gotteswelt,

die zwecklos wie am ersten Tag
bloß ihrer Lust genügen mag
und von dem holden Überfluß
an keine Pflicht verstatten muß,

nur jener einen Macht sich beugt,
die sie erschuf – zum Himmel steigt
ihr Dank, ein immer, früh und spät,
unendlich rauschendes Gebet.

Das rauscht und raunt, das rinnt und rennt
im daseinsseligen Element;
es fällt empor und steigt herab –
kalt ist die Sonne, heiß das Grab.

Und da es lebt, indem es stirbt,
das Licht noch um das Wasser wirbt:
Der Geist, dem solche Lust gefiel,
dankt ihr ein Regenbogenspiel!

Ob auch die Schale überfließt,
ob Alles sich in nichts ergießt:
der Geist, der es besieht, gewinnt,
und ob auch Lust und Zeit verrinnt.

Und nichts besteht und Alles bleibt,
dem heiligen Geiste einverleibt,
der nah dem Ursprung, treu und echt
fortlebt dem heiligen Geschlecht.

Der Brunnen rauscht, nur ihm vertraut
vom Jauchzen bis zum Klagelaut,
dem ewigen Ton, der ihm nur sagt,
daß hier die Lust die Welt beklagt,

die ihre Lust zum Zweck verdarb,
bis alles Licht des Lebens starb;
die sich die eigene Liebe stahl
und sich bestraft mit Scham und Qual.

Noch fließt ein Quell, noch flammt ein Licht,
noch streben beide zum Gedicht,
noch steigt die Sehnsucht hoch empor,
noch öffnet sich ein Himmelstor –

noch wär ich auf dem Regenbogen
beinah mit dir dort eingezogen,
daß nie verrinne Lust und Zeit.
O schöne Überflüssigkeit!

Nie kann es anders sein.
Nun wirft mein Glaube keinen Schatten mehr.
Von deinem großen Lichte kam er her,
von des Geschlechtes rätselhaftem Schein.

Nun bin ich ganz im Licht,
das milde überglänzt mein armes Haupt.
Ich habe lange nicht an Gott geglaubt.
Nun weiß ich um sein letztes Angesicht.

Wie es den Zweifel bannt!
Wie wirst du Holde klar mir ohne Rest.
Wie halt' ich dich in deinem Himmel fest!
Wie hat die Erde deinen Werth verkannt.

Du gabst dich zum Geschenk
der Welt, ich hab es für dich aufbewahrt.
Ich habe Gott den größten Schmerz erspart.
Geliebte, bleibe deiner eingedenk!

Wie glänzt mir deine Pracht.
Dein Menschliches umarmt, der beten will.
Er heiligt es im Kuß. Wie ist sie still
von Sternen, deiner Nächte tiefste Nacht.

Nie soll es anders sein.
Ob alles Irdische zerbricht und stirbt,
nur dein Zerfall ein geistig Glück verdirbt.
Vergib dich an die Erde nicht, sei Dein!

Offenbarung

Löst sich die Lust von ihrem letzten Lohn,
so klammert sich ans Herz ein Klageton.

O ewiger Abschied ewiger Wiederkehr –
wohin entrinnst du und wo kommst du her!

Du Echo, das mit einer Nymphe ruft
in der Geschlechter unnennbare Kluft!

Du Stimme, die mit einer Nymphe weint,
weil die Natur so trennt, was sie vereint –

Schmerzvoller Nachhall der Unendlichkeit!
Du Angst des Blickes in die Endlichkeit!

Durch alle Schöpfung blutet dieser Riß –
Echo klagt immer wieder um Narziß.

Hat es der Schöpfer denn gewollt, gewußt?
Lust so von Lust verkürzt, ergibt Verlust.

Lebendige Lust, du klagst am Sarg der Lust,
von deren Tod du selber sterben mußt.

Du Grabwind, Leid und Lied zum eignen Grab,
du willst nicht in den finstern Tag hinab.

So leuchtend war die Nacht; der Tag ist grau.
Entläßt die Nacht den Tag, so weint sie Thau.

Stumm ist die Wonne, der das Wort entspringt.
Lust weckt den Geist, der ihr kein Wort entringt.

Du letzter Laut, der mir von weit her spricht,
mir wird die Sprache, du bist das Gedicht!

Du reichstes Glück, das im Gewinn verlor,
du größte Kraft, die an der Glut erfror,

du Augenblick der Liebestodesangst,
der du dich selber zu verlieren bangst –

verweile Augenblick, du bist so schön!
Ich sag's zu ihm. Ich hab das Aug gesehn!

Legende

Doch ist er fort. Sie hat ihn mitgenommen
beim Abschied ihrer selbst. Ich stand beklommen.

Wie alles Licht in Rauch und Nebel schwand –
ein armes Hündchen plötzlich vor mir stand.

Sah zu mir auf und hatte ihren Blick.
Ließ sie mir ihn als Unterpfand zurück?

Und wie es wimmernd immer zu mir schaut,
so war's ihr Schmerz, so war's ihr Klagelaut.

Ihr Abschied war's und war ihr Wiedersehn –
die Zeit bleibt stehn, ein Wunder ist geschehn.

Dies Auge, diesen Ton hab ich gekannt!
Vergehendes ist in die Zeit gebannt.

Die lustverlorne Göttin ward ein Schall;
er rief mich aller Wände aus dem All.

Nun ruf' ich ihn zurück; ich warte hier –
da ruft er mich verwandelt aus dem Tier.

Wir kennen uns, ich und die Kreatur –
es ist ein Wunder: glaubet, glaubet nur!

Die letzte Spur vom Glück ist neues Glück.
Das Echo ging, ein Echo blieb zurück.

Leid klagt um Lust, ich klage um das Leid;
nun ist es da, so ist die Lust nicht weit.

Verlorner Lust verlorne Klage klingt.
Ich höre nur, daß jetzt ein Engel singt.

Verlorner Lust verlorner Ton ertönt.
Ich sehe eine Seele, die sich sehnt

und wiederkehrt. Der Abschied ist ein Spiel.
Sie ging und suchte, bis sie hin zum Ziel,

vorbei der Menschheit, irdisch unerkannt,
den Weg durch ein verlornes Hündchen fand.

Widmung des Wortes

In tiefster Schuld vor einem Augenpaar,
worin ich schuf, was darin immer war,
geschaffen, kund zu tun, was es nicht weiß,
dem Himmel hilft es, macht der Hölle heiß.

In tiefster Ehrerbietung dem Gesicht,
das, Besseres verschweigend als es spricht,
ein Licht zurückstrahlt, das es nie erhellt,
der Welt geopfert, zaubert eine Welt.

Der Mensch

Nun ists genug. Es hat mich nicht gefreut,
Und Neues wird es auch wohl nicht mehr geben.

Das Gewissen

In einer Stunde endet sich dein Leben,
Und du hast nichts gesühnt und nichts bereut.

Der Mensch

Bereuen kann man nur, was man getan.
Ich habe nichts erfüllt und nichts versprochen.

Die Erinnerung

Ich war dein Zeitvertreib. So wurden Wochen
Aus Jahren. Denkst du noch? Sieh mich nur an!

Der Mensch

Ich sah stets hinter mich, und du warst da.
Warst du nicht da, so schloß ich gern die Augen.

Die Welt

Ich schien dir nicht in deine Welt zu taugen.
Du sahst nur alles Ferne immer nah.

Der Mensch

Und alles Nahe fern. Bleib mir vom Geist!
Stell dich nicht vor, ich stell' dich besser vor.

Der Geist

Wenn sie dich plagt, was leihst du ihr dein Ohr?
Von mir hast du, von ihr nicht, was du weißt!

Der Mensch

Was weiß ich, was ich weiß! Ich weiß es nicht.
Ich glaube, zweifle, hoffe, fürchte, schwebe.

Der Zweifel

Du fällst nicht, Freund, wenn ich dich höher hebe.
Verlaß dich auf mein ehrliches Gesicht.

Der Mensch

Ich kenne dich. Du hast durch manche Nacht
Mir eingeheizt und manches Wort gespalten.

Der Glaube

Ich aber, glaub mir, hab' es dir gehalten,
Mit meinem Atem dir die Glut entfacht.

Der Mensch

Zu viel, ich hab' die Seele mir verbrannt.
Oft wars wie Hölle, oft wars wie der Blitz –

Der Witz

Da bin ich schon. Im Ernst, ich bin der Witz.
Ich bins im Ernst, und doch als Spaß verkannt.

Der Mensch

Wer wäre, was er ist, wo Trug und Wesen
Die Welt vertauscht in jämmerlicher Wahl!

Der Hund

Ich bin ein Hund und kann nicht Zeitung lesen.

Der Bürger

Ich bin der Herr und wähle liberal.

Die Hure

Ich, weil ich Weib bin, von der Welt verachtet.

Der Bürger

Weil ich kein Mann bin, von der Welt geehrt.

Der Mensch

Nach ihrer Ehre hab' ich nicht geschmachtet.
Und ihre Liebe hat mich nicht verzehrt.

Gott

Im Dunkel gehend, wußtest du ums Licht.
Nun bist du da und siehst mir ins Gesicht.
Sahst hinter dich und suchtest meinen Garten.
Du bliebst am Ursprung. Ursprung ist das Ziel.
Du, unverloren an das Lebensspiel,
Nun mußt, mein Mensch, du länger nicht mehr warten.

Sendung

Der tote Bruder schickt mich in dein Leben
und läßt dir sagen: Nie verläßt er
die Freundin, ihm verloren nur als Schwester.
Etwas von ihm blieb hier, sich zu verweben
mit einem Teil von dir; sich so zu binden,
daß du ihn sollst im Diesseits wiederfinden.
Beklagst Verlust du, ist Gewinn daneben.
So still er ist, gestillt ist auch sein Sehnen;
nur der Erfüllung fließen deine Thränen.
Zu klarer Aussicht sollst den Blick du heben!
Ganz nah dort, Freundin, auf dem lichten Hügel
spielt er und in dem Erdenspiegel,
den uns des Lebens Schatten noch umgeben,
beschaut er gern sein unverblichnes Bild,
und staunt, daß er es sei: so mild
vor der Vollkommenheit, sie anzustreben
so feurig; und das ganze Herz bereit,
zu Gott zu fliehen aus der engen Zeit,
der Staub und Blut an Kerkerfenstern kleben.
Er will nicht, daß du weinst. Es sprach der Tote:
»Geh du zu ihr, sei Ich ihr, sei mein Bote!
Tod heißt nur: zwischen ihren Sternen schweben.«

WORTE IN VERSEN
II

DEM PARK VON JANOWITZ

Zuflucht

Hab' ich dein Ohr nur, find' ich schon mein Wort:
wie sollte mir's dann an Gedanken fehlen?
Von zwei einander zugewandten Seelen
ist meine flüchtig, deine ist der Hort.

Ich komme aus dem Leben, jenem Ort,
wo sie mit Leidenschaft das Leben quälen
und sich die Menschen zu der Menschheit zählen,
und technisch meistern sie den Tag zum Tort.

So zwischen Schmach und Schönheit eingesetzt,
rückwärts die Welt und vorwärts einen Garten
ersehend, bleibt die Seele unverletzt.

Fern zeigt das Leben seine blutigen Scharten,
an mir hat es sich selber wundgehetzt.
Öffne dein Ohr, um meines Worts zu warten!

Was leicht mir in den Schoß fiel,
wie schwer muß ich's erwerben,
bang vor des Worts Verderben.
O daß mir dieses Los fiel!

Zuerst war's in der Hand mir,
dann wollt' es sich entfernen,
da mußt' ich suchen lernen;
es schwindelt der Verstand mir.

Das Wort hier ist ein Zunder
für das an jener Stelle.
Gleich brennt die ganze Hölle.
Das Wort ist mir ein Wunder.

Wie öffnet es die Lider,
die sonst geschlossen waren.
Hier gibt es nur Gefahren.
Ich kenn' das Wort nicht wieder.

Tausch' ich es, wird's mich täuschen.
Wie es sich an mich klettet,
seitdem ich es gerettet
aus vielfachen Geräuschen.

Das was mir einfiel, hat mich,
der ich's nie haben werde,
ich steh' auf schwanker Erde
und setze selber matt mich.

Ich wähl' im Zweifelsfalle
von zweien Wegen beide.
Ich röste mich am Leide,
bin in der Teufelsfalle.

Ein unerschrockner Tadler
will ich mir nichts erlauben,
als aus dem reinsten Glauben
zu spielen Kopf und Adler.

Und wenn der Kopf aufs Wort kam,
der Adler fällt getroffen –
so blieb der Zweifel offen,
ich weiß nicht, wie ich fortkam.

Wer mit dem Geist verwandt ist,
in Bildern und in Schemen
die Welt beim Wort zu nehmen –
beim Himmel kein Pedant ist!

In sprachzerfallnen Zeiten
im sichern Satzbau wohnen:
dies letzte Glück bestreiten
noch Interpunktionen.

Wie sie zu rasch sich rühren,
wie sie ins Wort mir zanken –
ein Strich durch den Gedanken
wird mich ins Chaos führen ;

obgleich ein Strichpunkt riefe ,
dem Komma nicht zu trauen :
ein Doppelpunkt läßt schauen
in eines Abgrunds Tiefe !

Dort droht ein Ausrufzeichen
wie von dem jüngsten Tage.
Und vor ihm kniet die Frage:
Läßt es sich nicht erweichen ?

Wie ich es nimmer wage,
und wie ich's immer wende,
ein Werk ist nie zu Ende –
am Ausgang steht die Frage.

Und eh' mein Herz verzage,
den Ausgang zu erreichen,
setz' heimlich ich ein Zeichen –
dem Zeichen folgt die Frage.

Es zündet immer weiter
der Blitz, der mich zerrissen.
Mein eignes besseres Wissen
will Antwort vom Begleiter.

Mit angstverbrannter Miene
stock' ich vor jeder Wendung,
entreiß' mich der Vollendung
durch eine Druckmaschine.

Wie schön ist es gewesen,
am Wege waren Wonnen.
Was heimlich süß begonnen,
nun werden's Leute lesen.

O Glück im Wortverstecke
des unerlösten Denkens,
Versagens und sich Schenkens –
was bog dort um die Ecke?

Noch nicht erseh'n, ersehn' ich's.
Vorweltlich Anverwandtes,
eh' ich's gesetzt hab', stand es,
und nun mir selbst entlehn' ich's.

Entzückung fand der Gaffer
am tausendmal Geschauten.
Aus tagverlornen Lauten
erlöst er die Metapher.

Im Hin- und Wiederfluten
der holden Sprachfiguren
folgt er verbotnen Spuren
posthumer Liebesgluten.

In Hasses Welterbarmung
verschränkt sich Geist und Sache
zu weltverhurter Sprache
chiastischer Umarmung.

Wer sprechen kann, der lache
und spreche von den Dingen.
Mir wird es nie gelingen,
sie bringen mich zur Sprache.

Das Wort trieb mit den Winden
und spielt mit Wahngestalten.
Im Wortspiel sind enthalten
Gedanken, die mich finden.

Wenn ich so weiter fortspiel',
vor solchem kühnen Zaudern
wird es die Nachwelt schaudern.
Denn alles war im Wortspiel.

Dem ewigen Erneuern,
zum Urbild zu gelangen,
entrinn' ich nur, gefangen
in neuen Abenteuern.

Durch jedes Tonfalls Fessel
gehemmt aus freien Stücken,
erlebt sich das Entrücken
auf einem Schreibtischsessel.

Was leicht mir in den Schoß fiel,
wie schwer muß ich's erwerben,
bang vor des Worts Verderben.
O daß mir dieses Los fiel!

Fahrt ins Fextal

Als deine Sonne meinen Schnee beschien,
ein Sonntag wars im blauen Engadin.

Der Winter glühte und der Frost war heiß,
unendlich sprühten Funken aus dem Eis.

Knirschend ergab sich alle Gegenwart,
Licht tanzte zur Musik der Schlittenfahrt.

Wir fuhren jenseits aller Jahreszeit
irgendwohin in die Vergangenheit.

Was rauh begonnen war, verlief uns hold,
ein Tag von Silber dankt dem Strahl von Gold.

Der Zauber führt in ein versunknes Reich.
Wie bettet Kindertraum das Leben weich!

Voll alter Spiele ist das weiße Tal;
die Berge sammeln wir wie Bergkristall.

Trennt heut die Elemente keine Kluft?
Ein Feuerfluß verbindet Erd' und Luft.

Wir leben anders. Wenns so weiter geht,
ist dies hier schon der andere Planet!

Ins Helle schwebend schwindet aller Raum.
So schwerlos gleitet nach dem Tod der Traum.

Nicht birgt die Zeit im Vorrat uns ein Weh.
Bleicht sich das Haar, so gibt es guten Schnee.

Uns wärmt der Winter. Leben ist ein Tag,
da Silvaplanas Wind selbst ruhen mag.

Nicht Ziel, nur Rast ist's, die das Glück sich gab,
hält einmal dieser Schlitten vor dem Grab.

An einen alten Lehrer

(Henricus Stephanus Sedlmayer)

Da neulich sah ich wie in der Jugendzeit
Dich weißen Hauptes, irgendwohin den Blick
  Gerichtet nach einer Vokabel,
    Welche ein Schüler verloren hatte.

Ein andrer mußte, nicht auf den Ruf gefaßt,
Eh er sich fassen konnte, sie fassen schon,
  Und war auch er es nicht imstande,
    Nanntest du es eine Seelenroheit.

Von strenger Milde war dieser Unterricht.
Du guter Lehrer hattest den Schüler gern.
  Doch näher deinem reinen Herzen
    Lag wohl das Wohl eines armen Wortes.

Latein und Deutsch: du hast sie mir beigebracht.
Doch dank ich Deutsch dir, weil ich Latein gelernt.
  Wie wurde deutsch mir, als ich deinen
    Lieben Ovidius lesen konnte!

Denn jenes wahrlich machte mir Schwierigkeit.
Mir fehlten Worte, und es gelang mir nicht,
  Den Frühling, den ich erst erlebte,
    In einem Aufsatz auch zu beschreiben.

Ovid ja selber hätte es nicht vermocht,
Und Goethe länger als eine Stund gebraucht –
  Wie sollte es ein Schulbub treffen,
    Wenn er nicht grade ein Journalist war?

Du guter Lehrer wußtest das nur zu gut.
Du übtest Nachsicht und weil ich in Latein

Vorzüglich doch bestanden hatte,
Gabst du in Deutsch mir nicht nichtgenügend.

So kam ich durch und besserte später mich,
Weil ich es fühlte, daß ich dir schuldig war,
Im deutschen Aufsatz nach der Schule
Deinen Erwartungen zu entsprechen.

Hätt' ich schon damals gleich zwischen acht und neun
So Deutsch geschrieben, wie zwischen zehn und elf
Latein ich las, wär' diese Ode,
Diese horazische, nicht entstanden.

Nimm diese Fleißaufgabe als Jugendgruß.
Denn du stehst milde heute wie einst vor mir.
In Bild und Wort bist du mir nahe,
Als ob ich heute noch vor dir säße.

Ich sehe dich, wie du mit der feinen Hand
Die Stirn dir streichst, die sorgende, als ob du
Ein krankes Wort betreuen müßtest –
Heilige Pflicht vor profanen Zeugen.

Schneeweiß wie damals, neigend den Kopf, doch hoch
Den Sinn wie damals, traf ich dich auf dem Weg
Zur Schule neulich und es war mir,
Daß ich mit dir in die Schule ginge.

Wohin verlor sich, sag mir, dein Altersblick,
Mir unverloren? Lehrest du immer noch
Verlorner Gegenwart die Sprache?
Folg mir und lasse die Klasse fallen!

»Alle Vögel sind schon da«

Das Zimmer schweigt und vor dem Fenster
brütet der Sonntag seinen Plan,
führt auf dies stumme Ab und An,
die Pantomime der Gespenster.

Und rechts und links in meinem Zimmer
hängt was gewesen an der Wand,
ein toter Freund reicht seine Hand
und was gewesen ist, bleibt immer.

Es schweigt mich an wie eine Sage,
ein jedes Ding von seinem Ort.
Die heimgegangne Göttin dort
ruft des Geschlechtes heilige Klage.

Wie laut wird alles, was da schweigt.
Nun bin ich schon im frühsten Alter.
Da wird die Stille rings zum Psalter,
zu dem des Nachbars Junge geigt.

Des ersten Frühlings Glückerleben
wird wieder mir so greifbar nah.
Ach, »alle Vögel sind schon da«!
Ich seh' sie durch das Zimmer schweben.

Bang war das Herz. Mit ahnendem Gemüte
sah ich ins Land, als mir der Frühling blühte.

Vor jedem Schritte stand als Schicksalswende,
ob morgen in der Schule ich bestände.

Soweit die Rätsel von zehn Jahren reichen,
ward alles da von allem mir zum Zeichen.

Als sie zum erstenmal die Liebe nannten,
löst' ich die Gleichung mit der Unbekannten.

Erfüllt von Lust war's, auf die Lust zu warten.
Durch alle Gitter sah ich in den Garten.

Von allen Seiten sah ich in die Stunde:
um ein Geheimnis ging ihr Gang die Runde.

Nachts sitzt ein Ding, das fiebrig mich befühlt,
auf meiner Brust, die sich ins Chaos wühlt.

Was ist es nur, das so mit Zentnerlast
mir alle Sinne gleich zusammenfaßt,

daß ein Geräusch mir ein Gesicht erschließt,
Geschmack und Tastsinn mir zusammenfließt?

Das war die Botschaft aus dem neuen Land;
der Teufel war vom Leben vorgesandt.

Will heute ich, daß ich ein Kind noch sei,
schnell, eh' ich einschlaf', ruf' ich ihn herbei.

Doch aller Ängste heiliges Wunder du –
ich schloß die Hölle mir von innen zu.

Ich schmeckte aller Zweifel Süßigkeit,
ich schuf die Hemmung, wenn das Ziel noch weit.

Daß ich zu ihm mein Leblang nicht gelange,
lud zum Verweilen eine Kletterstange.

Schon vor dem Kuß der Seligkeit entbunden,
hab' nie zur kahlen Endlichkeit gefunden.

Zu eurem Schein, der nur was ist begreift,
ist nie mein Glück der Scheinbarkeit gereift.

Ihr habt nur, was ihr habt, kurz ist die Weile,
dieweil ich mir die Ewigkeit verteile.

Ihr zehrt von des Geschlechtes Proviant.
Verflucht zum Mannsein, seid ihr gleich entmannt.

Verwesung weist mir eures Samens Spur,
verbraucht im Kreuzzug gegen die Natur.

Entweibtes, das im Schlaf ich schauen mußt',
ein Zug von Leichen folgte eurer Lust.

Jetzt tönt die Glocke zu dem Hochgericht,
jetzt blitzt ein Blitz aus tragischem Gesicht.

Im Wolterton unendlich ruft von hinnen
die Klage Shakespearischer Königinnen.

Nicht länger zögernd, Zeuge muß ich sein!
Laßt mich durch dieses Tor zum Richter ein,

daß ich für Gottes Absicht mich verbürge
und endlich doch einmal den Teufel würge!

Viel totes Leben drängt sich an der Pforte,
hier wimmern Weiber und hier weinen Worte.

Wer wehrt mir? Weh, wer stellt mir Hindernisse,
Natur zu heilen von dem blutigen Risse?

Da hat es mich und sitzt mir auf der Brust!
Und macht der armen Kindheit mich bewußt,
im Lohn der Last und in dem Leid der Lust.

Vor dem Einschlafen

Wovor ist mir denn bang?
Was soll mir denn geschehen?
Ich werde Neues sehen.
Und bis dahin ist's lang.

Was das nur heute ist.
Es kommt doch immer näher.
Entging' ich doch dem Späher!
Täuscht' ich ihn nur mit List!

Oh das verlorne Glück!
O stände doch die Stunde!
O ging' es in der Runde
zum Anfang doch zurück!

Nehmt alle Uhren fort!
Die Zeit klopft mir im Herzen.
Wie flackern schon die Kerzen.
Wie dunkel wird der Ort.

O gäb's doch Aufenthalt!
Geheimnis, brich dein Siegel.
Zerbrecht mir dort den Spiegel!
Ich trotze der Gewalt!

Schlaf, rett mich vor dem Tod.
Laß mich vom Leben borgen.
Bring wieder mir den Morgen.
Beende diese Not.

Hier neigt sich mir ein Bild,
und durch ein weises Walten
verwandeln sich Gestalten,
es fließt um mich so mild.

Dies alles war einmal.
Jetzt wird die Last mir linder.
Wir waren einmal Kinder.
Ich sinke in mein Tal.

Schon weicht mir das Gesicht.
Es kommen die Gesichter.
Verlösch' ich noch die Lichter,
so wird es wieder licht.

Nun fühle ich schon Mut.
Es schwindet das Bewußtsein.
Ah, es wird eine Lust sein.
Nun wird mir wieder gut.

Der Ratgeber

Was immer sich in meinen Traum gedrängt,
hat stets mit meinem Tage sich vermengt.

Doch nimmt der Traum das Leben leicht in Schutz.
An seinem Dunkel klärt sich aller Schmutz.

Wie sich im Wechsel da die Dinge drehn,
wird Schönes häßlich, Häßliches wird schön.

Schon manche Freundschaft plötzlich mir entschwand,
weil ich durch einen Traum den Freund erkannt.

Schon manche Feindschaft habe ich versäumt,
weil mir einmal vom Feinde hat geträumt.

Der Todfeind, den ich auf der Straße traf,
das war der Freund von meinem letzten Schlaf.

Der freundlich meinem Tage sich genaht,
an meiner Nacht übt heimlich er Verrat.

Tagsüber wußt' ich nicht, wie mir geschah,
wenn ich den andern andern Augs besah.

Es narrt mich etwas, doch ich weiß nicht was,
da ich des Winks der letzten Nacht vergaß.

Zur nächsten erst hängt wieder an dem Flaum
des Bettes der am Tag vergeßne Traum.

Künstler sein, das bedeute: sich selbst in Gestalten zu tragen.
Doch diese Wirklichkeit trägt in den Künstler sich selbst.
Nicht vor ihm zu erschrecken, vermißt sie sich, nach ihrem Maße
Ihn zu zeichnen; erschrickt dennoch nicht vor sich selbst.
Macht ein Bild sich von mir und trifft sich so gut, daß sie fürder
Wie einem Schatten vermag nicht zu entrinnen dem Bild.
Seht, diese Ähnlichkeit, wie ist sie zurück doch geworfen!
Nie hätte ähnlich ich selbst es an euch selber gekonnt!
Wenn ich euch meinte, nie vermochte das Bild zu gelingen
Wie ihr euch selber traft, da ihr mich treffen gewollt.
Plötzlich erkannte die Zeit ihr häßliches Antlitz im Spiegel,
Warf ihn wütend nach mir, hoffend, nun sei es mein Bild.
Denn der Splitter bewies, daß mich der Spiegel getroffen.
Fürcht' ich nicht die Gewalt, fürcht' ich die Schwäche der Zeit!
Zwist ist immer in ihr; so wird sie dem Einen gefährlich
Und Historie macht heute allein Hysterie.
Wo ein Licht ich ersah, erwächst mir solches Gelichter,
Meine Flamme verbrennt mir dieser elende Schein.
Ach, von wie hartem Stoff ist die Zeit, die nur aus Papier ist!
Und mein Stoff ist ja nur Notwehr, ach, gegen den Stoff.
Könnte der Geist ihm entfliehn, um zu sich selber zu kommen!
Ginge der Stoff mir doch aus! Ginge der Atem nicht aus!
Fieber macht dieser Stoff, von Krankheit bin ich umgeben.
Ich zitiere die Zeit, sie aber wirft sich mir vor.
Schritte Christus vorbei, sie riefen: »Händler und Wechsler!«
Nie ein Echo mir tönt, nur dieser Schrei aus dem Nichts.

Elysisches

Melancholie an Kurt Wolff

Dort in Prag, wo neukatholsche Christen
heimisch sind, teils aber Pantheisten,
hingeschwellt am Tag,
dort ertönt manch morgendlicher Triller
aus der Jugendbrust des andern Schiller;
ausgerechnet das geschieht in Prag.

Aus dem Orkus in das Grenzenlose
wird gewendet eine alte Hose,
was Ergetzung schafft.
Der dort schaukelt auf der Morgenröte,
der hier hat den Ton des alten Goethe;
denn Gewure heißt auf deutsch die Kraft.

Aber besser noch sind zwo Gewuren,
denn das zeucht dann hin wie Dioskuren,
was nur mich nicht freut,
unterscheid' ich unbeirrter Mahner
junge Prager, alte Weimaraner;
doch Talent hat schließlich jeder heut.

Wer im Himmel oder unberufen
gar an des Olympus heiligen Stufen
wie das Kind im Haus,
morgen hat er wieder andre Sorgen,
etwa zwischen Hölty und Laforgen
kennt er sich mit jeder Note aus.

Wer entzückt im Flügelkleide wandelt
oder andrer Art mit Büchern handelt,
Gott gefallen mag.
Die hier gehn nur – merkt auf das Exempel –
nebst der Kirche in den Sonnentempel
und erscheinen auch im »Jüngsten Tag«.

Reingebadet in entlieh'nen Lenzen,
läßt der Seele Überschwang nicht Grenzen
fremdem Element.
Heute ist sie à la Rimbaud tropisch,
morgen schlicht kopiert sie schon den Kopisch,
hat ein ausgesprochenes Formtalent.

Solchem Wesenswandel wehrt kein Veto,
hin zu Goethen geht es aus dem Ghetto
in der Zeilen Lauf,
aus dem Orkus in das Café Arco,
dorten, Freunde, liegt der Nachruhm, stark o
liegt er dort am jüngsten Tage auf.

Wer in altem oder Neugetöne,
jedenfalls in ausgeborgter Schöne
sich dahin ergeußt,
pochend mit der Jugend Nervenmarke
letzt sich noch mit seinem letzten Quarke
an der Quelle, die da für ihn fleußt.

Denn vom schönen Einfluß der Kamönen
können sie sich nun mal nicht entwöhnen,
und kein Hindernis
ist es für der Phantasei Erfindung
und die literarische Verbindung.
Diesen Faden keine Parze riß!

Und geklagt sei es dem ewigen Gotte,
daß der Literaten heutige Rotte
ihr Elysium
findet, denn wer nur am Worte reibt sich,
wird gedruckt bei Drugulin in Leipzich.
Edler Jüngling Wolff, ich klage drum.

Bekenntnis

Ich bin nur einer von den Epigonen,
die in dem alten Haus der Sprache wohnen.

Doch hab' ich drin mein eigenes Erleben,
ich breche aus und ich zerstöre Theben.

Komm' ich auch nach den alten Meistern, später,
so räch' ich blutig das Geschick der Väter.

Von Rache sprech' ich, will die Sprache rächen
an allen jenen, die die Sprache sprechen.

Bin Epigone, Ahnenwertes Ahner.
Ihr aber seid die kundigen Thebaner!

Der Reim

Der Reim ist nur der Sprache Gunst,
nicht nebenher noch eine Kunst.

Geboren wird er, wo sein Platz,
aus einem Satz mit einem Satz.

Er ist kein eigenwillig Ding,
das in der Form spazieren ging.

Er ist ein Inhalt, ist kein Kleid,
das heute eng und morgen weit.

Er ist nicht Ornament der Leere,
des toten Wortes letzte Ehre.

Nicht Würze ist er, sondern Nahrung,
er ist nicht Reiz, er ist die Paarung.

Er ist das Ufer, wo sie landen,
sind zwei Gedanken einverstanden.

Er ist so seicht und ist so tief
wie jede Sehnsucht, die ihn rief.

Er ist so einfach oder schal
wie der Empfindung Material.

Er ist so neu und ist so alt
wie des Gedichtes Vollgestalt.

Orphischen Liedes Reim, ich wette,
er steht auch in der Operette.

Wenn Worte ihren Wert behalten,
kann nie ein alter Reim veralten.

Fühlt sich am Vers ein Puls, ein Herz,
so fühlt es auch den Reim auf Schmerz.

Aus allgemeinrer Sachlichkeit
glückt neu der Reim von Leid auf Zeit.

Weist mich das Wort in weitere Fernen –
o staunend Wiedersehn mit Sternen!

Der erdensichern Schmach Verbreitung
bedingt dafür die Tageszeitung

und leicht trifft einem irdnen Tropf
der Reim den Nagel auf den Kopf.

Dem Wortbekenner ist das Wort
ein Wunder und ein Gnadenort.

Der Reim, oft nur der Verse Leim,
ist der Gedanken Honigseim.

Hier bietet die Natur den Schatz,
dort Technik süßeren Ersatz.

Ein Wort, das nie am Ursprung lügt,
zugleich auch den Geschmack betrügt.

Dort ist's ein eingemischter Klang,
hier eingeboren in den Drang.

Sei es der Unbedeutung Schall:
ein Schöpfer ruft es aus dem All.

Dort deckt der Reim die innre Lücke
und dient als eine Versfußkrücke.

Hier nimmt er teil am ganzen Muß,
die Fessel eines Genius,

Gebundnes tiefer noch zu binden.
Was sich nicht suchen läßt, nur finden,

was in des Wortglücks Augenblick,
nicht aus Geschick, nur durch Geschick

da ist und was von selbst gelingt,
aus Mutterschaft der Sprache springt:
das ist der Reim. Nicht, was euch singt!

Der Irrgarten

Die Sprache ist, dies glaubt mir auf mein Wort,
ein Zwist, bei dem ein Wort das andre gibt.
Es leben Lust und Zweifel immerfort
im Zwiespalt und es neckt sich, was sich liebt.
Was treibt es nur? Geburt zugleich und Mord?
Ich steh' dabei und habe nichts verübt.
Wie kam ich an den zauberischen Ort?
Die Welt ist durch das Sieb des Worts gesiebt.

Epigramm aufs Hochgebirge

Text einer Ansichtskarte:
»Wenn diese Berge dem größten
Dichter neue Kräfte geben könnten –
wie viel schöner wären sie!«

Es ist der schönsten Berge Eigenschaft:
sie geben nicht dem Geist, sie nehmen Kraft.

Der Bürger fühlt sich im Gebirg erhoben;
talwärts ist meine Phantasie zerstoben.

Am Alpenglühn entflammen keine Lichter.
Vor höherm Berg gibts nur geringern Dichter.

Die Luft der Alpe schafft des Alpdrucks Qual.
Um hoch zu steigen, bleibe ich im Tal.

Den Höhenrausch trink' ich nicht von den Höhn.
Um Sturm zu haben, brauch' ich nicht den Föhn.

Zu andrer Freiheit bin ich aufgerafft;
die hier bringt meine Sinne in Verhaft.

Den Gletschern dank' ich keine Geistesfrische;
mir liegt nicht allzusehr das Malerische.

Oft wirkt Natur der Leere nur das Kleid.
Mich lockte nie die Sehenswürdigkeit.

Wo so viel fertige Schönheit gegenwärtig,
ist keine Dichtung, nur der Dichter fertig.

Und keine Lyrik, Epos oder Drama
schenkt sich dem sogenannten Panorama.

Umsonst ist's, daß ich auf den Genius warte.
Natur ist häufig eine Ansichtskarte.

Der schönste Schnee wird schließlich doch zum Schlamm.
Es ist die Landschaft für ein Epigramm!

Verzicht

Man sagt, zu sauer seien uns die Trauben.
Sie hängen höher, als man glaubt.
Begehre jeder, was er raubt!
Wir glauben nicht mehr an die Welt. Wir glauben.

Der Besiegte

Streit' ich vergebens gegen allen Schmutz der Gosse,
entschädigt mich die Ohnmacht vor dem Licht.
Das Leben, meistens greller als die Glosse,
ist manchmal schöner doch als ein Gedicht.

Der Unähnliche

Wenn ich mich so in eurem Spiegel sehe,
so seh' ich ein: ich habe oft geirrt.
Doch wäre ich's darum noch immer.
Ein andres ist es, was mein Bild verwirrt,
und die Entstellung ist weit schlimmer.
Daß ich es nur gestehe:
Der Spiegel hat sich oft in mir geirrt.

Zum Namenstag

Sag, hat nicht jeder Tag, an dem du lebst
In meinem Leben, deinen Namen?
Dankt meine Saat nicht deinem guten Samen,
Ob heute, ob du morgen zu mir strebst?
Noch spür' ich, wie du hebst
Ins Namenlose, Taglose, den Lahmen.
Es glaubt ja Gott an dich. So sag' ich Amen!

Drei

So nehmt zum Abschied dieses Liedes Lohn,
Ich schenk' euch gerne ein Akrostichon.
Die Namen zweier sind nicht zu verkennen,
In Lied und Leben sind sie nicht zu trennen.

Doch bitt' ich euch, nehmt mich in euern Bund.
Ob Sidis Ohr, ob Doras Liedermund –
Ruf' ich »Verwandlung« ihnen beiden zu,
Antwortet beides, Stimme mir und Ruh'.

Kaum glaubt' ich je, ich ahnt' es selber kaum,
An eurem Maß blieb' mir noch Reim und Raum.
Reicht mir die Hand, so schließen wir die Reih' –
Leicht finden sich zusammen alle drei.

Das Buch und die Frau

Sprach einem Buch sie zu, so sprach's ihr zu.
Es machte nicht viel Kopfzerbrechen,
und ließ das Herz in Ruh.

Sprach sie von einem Buch, so sprach sie gut.
Sie haben beide mit sich sprechen lassen,
und waren leicht zu fassen.

Doch einmal nahmen beide es genau:
die Sprache selbst und selbst die Frau.
Sie zeigten höhern Mut
und konnten zueinander sprechen.

Den Neubildnern

Wer seinen Durst am Sprachquell stillet,
dem winken ungeahnte Wonnen.
Wem sich das alte Wort erfüllet,
der hat es wahrlich neu begonnen.

Es schwelgen mißgeborne Knaben
in adjektivischen Gefilden.
Sie müssen eine Krankheit haben:
der Krebs nur neigt zu Neugebilden.

Gespräche

Die beiden ließen sich durch mein Gespräch nicht stören.
Sie horchte auf, wenn er dazwischen sprach.
Es war so wichtig ihr, mir zuzuhören,
daß sie mich, sagt sie, unterbrach.

Selbstlose Gesellschaft

Mit jenen schlimmen Schwindlern Vorsicht übe,
die sich in deine Sachen mischen.
Sie machen dir das Wasser trübe,
ohne darin zu fischen.

Sie mengen sich in deine Interessen
zu einem ganz selbstlosen Zwecke.
Sie möchten nicht von deinem Tische essen,
nur: daß es dir nicht schmecke.

Gerüchte

Der Mann war das leibhaftige Gerücht.
Lief er auf leisen Sohlen durch den Saal,
so war es ein Skandal,
und man erfuhr die Quelle nicht.

Wie gleich und gleich sich gleich verflicht,
die Gattin, die er nahm, sah aus wie Fama.
Das gab ein Ehedrama,
das Kind war ein Gerücht.

Und eh die Ehe, die nicht ehern, bricht,
gesellt sich einer zu dem Pärchen,
erzählte ihr ein Märchen.
Was war die Folge? Ein Gerücht.

Dem Schönfärber

Der beste Teil ist noch das Eingeweide.
Wie rosig malt Kokoschka manchen Wicht!
Ihn zu entlarven, das gelingt ihm nicht.
Wie anders Schattenstein! Der malt am Kleide.

Wiener Mode

Helfen wir uns aus der Not,
schlagen wir die Fremden tot!
Doch zu heben hilft uns mehr
mit den Fremden den Verkehr.

Heiter auch in ernster Zeit,
durch und durch voll Süßigkeit,
untergehen tun wir nie.
's Herz ist unsere Industrie.

Der Geschmack muß gschmackig sein.
Unsre Mode zu befrein,
mangels anderer Idee
gründen wir ein Komitee.

Ham mr nix, so mach' mr was.
San mr traurig, gibts an Gspaß.
Nicht zu waschen ist die Wäsch' –
aber heimisch! San mr fesch!

Wiener Mahlzeit

Die Nahrungsfrage abzuwickeln,
findet der Dialekt Verwendung.
Er hat es schwer mit den Artikeln
und leugnet doch der Speisen Endung.

Ach Gott, es fehlt uns an der Fetten,
wir müssen fleischlos uns bequemen.
Wenn wir nur einen Butter hätten,
wir würden auch die Schinke nehmen.

Der Wiener spricht

Wir brauchen keinen Richter nicht.
Uns protegiert das Weltgericht,
daß unsereins kein Unrecht g'schicht.
Und wenn die Welt zusammenbricht,
wir richten's bei der Weltgeschicht'.

Das Hochquellwasser ist gesund.
Drum ist das Ausland auf dem Hund.
Und richtet sich die Welt zugrund,
mir san ja mir bekanntlich und
so richten wir's uns selbst – zugrund!

Merkwort

Dreifachem Reim entziehe sich die Welt:
Dem Reim auf Feld und Geld und Held.
Ein Anfangsreim beendet alle Not:
Technik und Tinte führt in Tod.

Ich und die Zensur

Nie wird bis auf den Grund meiner Erscheinung
der kühnste Rotstift eines Zensors dringen.
Verzichtend auf die Freiheit einer Meinung,
will ich die Dinge nur zur Sprache bringen.

Einem schwerhörigen Freunde

Glaubst du noch jetzt, es geh' zu Gott empor?
Mißtrau dem Aug, hat dich getäuscht dein Ohr.
Hätt'st du so gut gesehn, wie schlecht gehört,
du wüßtest, daß sich's gegen Gott empört!

An den Schnittlauch

O gutes Grün, wie sprichst du mich zärtlich an,
Wie heilig schweigst du von dem Geheimnisse.
Du letzter Schmuck der armen Mutter,
Die ihren Schoß mit der Söhne Blut färbt.

Daß du zugleich bist und daß mit dir zugleich
Der Wille lebt, an dem eine Menschheit stirbt –
Ach, irdisch Unmaß! und dir wird nicht
Fahler die Farbe, du grüne Hoffnung.

O letztes Leben und wie das Leben auch
Verkannt, du Anbot wahrster Bescheidenheit,
Du selbstgenügsam stille Pflanze,
Die nur wie Schnittlauch schmeckt und duftet.

Nach etwas suchend, welches kein andres ist,
Im Kreis des Lebens, das im Ersatz sich lebt,
Bloß deine gute Gabe sah ich,
Chemischem Zauber unerreichbar.

Daß gleichwohl, grüne Freundschaft, du eßbar seist,
Wenn auf dem Teller treu du dich hingestreut –
Es rührt noch von dem alten Hunger.
Stets hat der Mensch von der Seele gegessen.

Grabschrift für ein Hündchen

(Woodie, gestorben 22. Mai 1913.)

Ein kleiner Hund mit langem Haar, den ich persönlich kannte,
er lachte, wenn man zu ihm sprach, er weinte, weil er
stumm war,
sein Blick war Dank der Kreatur, für sich und für die andern.
Da kam ein Wagen ohne Pferd und tötete das Hündchen.
Wer hatte es so eilig, ach, wer hatte es so eilig.
Wie wenig Raum hat der Passant für sich gebraucht im Leben.
Wie eine Schlange konnte er, wenn du ihm pfiffst, erscheinen.
Wer füllt die schmale Stelle aus? Unwürdige sind am Leben,
sie brauchen mehr und dennoch bleibt der Würdige
unersetzlich.
Und auch sein Beispiel bessert nicht, sein Opfer nicht
die andern,
die immer allzu übrig sind. Der dort ging seines Weges
und starb daran. Die kleine Frau, sie sah sich um und rief ihn,
sie rief und rief und sah ihn nicht, da lag er in der Sonne.
So wenig Stelle nahm er ein. Und so viel Stille bleibet,
wo Leben keine Worte hat.

Es war ein Hund, der glaubte sich am Ziel,
er sah den fremden Mann, dem lief er zu
und ließ ihn nicht und folgt' ihm in die Wohnung.
Am nächsten Tag erschlägt der Mann den Hund
mit einem Beil, zerlegt ihn kunstgerecht
und Stück für Stück bestattet er im Ofen.
Doch hieß es auch, er habe ihn tranchiert,
gekocht und dann mit einem Anverwandten
gemeinsam Stück für Stück den Hund verzehrt.
Deshalb steht wegen Fundverheimlichung
der Mann vor seinem Richter. Doch er leugnet,
den Hund verzehrt zu haben, gibt nur zu,
aus Mitleid habe er ihn aufgenommen
und dann erschlagen, weil er ihm die Wohnung
unsauber machte, also ordnungshalber,
doch auch aus Angst; dann hab' er ihn zerlegt
und dann verbrannt, jedoch nicht aufgegessen,
er werde doch das Fleisch von einem Köter,
der nur ein hundsgemeiner Hund gewesen,
nicht essen, denn das sei nicht appetitlich,
was auch der anverwandte Zeuge meint.
Der Neffe, sagt er, habe wohl den Hund
betäubt durch Schläge erst mit einem Pracker,
dann mit dem Beil erschlagen und hierauf
tranchiert und endlich Stück für Stück im Ofen
verbrannt, und dies in seiner Gegenwart,
jedoch gegessen – da sei Gott davor.
Er hätt' es doch gesehn; allein auch er
hab' von dem toten Hunde nicht gegessen,
der Neffe, der ein Tramwaykondukteur,
er selbst, ein Offizial, sie seien doch
gefeit durch ihre soziale Stellung
vor dem Verdachte, Appetit zu haben
auf Hundefleisch. Das sei Geschmacksache,
versetzt der Richter. Überhaupt jedoch,

ergänzt der Zeuge, dieser tote Hund
war nur ein schäbiger Hund, ganz ohne Rasse,
schon dies allein entkräfte den Verdacht.
Er war ganz abgemagert, sagt der Zeuge.
Die Zeugin schildert, wie der Hund gestöhnt;
dann habe sie durch's Gangfenster gesehn,
wie sie die Haut ihm abgezogen haben.
Ob sie den Hund gegessen haben, wisse
sie leider nicht, doch hab' sie es gehört
und sich gewundert, daß Gebildeten
so was erlaubt sei. Einen andern Zeugen
befragt der Richter, wie der Hund denn lebend
beschaffen war, wie er denn ausgesehn hat.
Hierauf wird aus dem Akte konstatiert,
daß sich der Eigentümer des Kadavers
bis heute nicht gemeldet hat. Hierauf
erhebt der Richter sich und fällt das Urteil,
der Angeklagte werde freigesprochen,
denn dieser Hund, der ihm da ohne Beißkorb
und ohne Marke zugelaufen war,
sei anzusehn als eine herrenlose,
vom Eigentümer preisgegebne Sache. –
Ist's eine Greuellüge unsrer Feinde?
Nein, es geschah. Der Zeuge bin ich selbst!
Und nun erhebt, da so der Fall beendet,
Stummheit des Tiers sich und sie schreit zum Himmel.
Ruft Rache, Pest und Sintflut von dem Himmel
herab auf eine ganz entartete
Abart von Tier, die nur zwei Beine hat,
jedoch zwei Arme nur zum Morden hat.
Den Menschen, unter dessen blutiger Hand
auch Kalb und Huhn und Hase nicht verscheiden
dankbaren Blicks, ihn trieb die Fleischnot nicht,
und daß es Sache des Geschmackes sei,
der Witz des Richters ist der Ruhepunkt,
von dem man dieses Wirrsal des Gefühls
schaudernd betrachtet, und dann denken wir,

auf diesem menschbevölkerten Planeten
sei's mit dem Standesvorurteil vereinbar,
den Hund zu schlachten, dessen Fleisch nicht eßbar.
Nähm' Hunger so vorlieb, so hätte nur
tierisch der Mensch gehandelt, und das wäre
entschuldbar in der Zeit, wo Menschen nichts
zu essen haben, weil ja eben Menschen
geschlachtet werden, damit eben Menschen
zu essen haben. Da es nicht der Fall ist,
so hat der Mensch nicht tierisch nur gehandelt,
nein menschlich. Menschlich ist die Anklage
auf Fundverheimlichung. Menschlich die Laune
des Richters, der den Wert des Lebensmittels
abschätzt. Das Urteil menschlich und die Gründe.
Menschlich ist auch der sachliche Bericht,
der subjektiv nur in der Wendung ist,
die Klage wegen Fundverheimlichung
sei merkwürdig durch die Begleitumstände.
An der Tragödie war alles menschlich.
Tierisch allein war nur der Opfertod
der Treue, war der Heldentod des Tiers,
um die zum Tier geflohne Eigenschaft,
die Schutz noch einmal bei dem Menschen suchte,
die Treue, die sich preisgegeben fand,
so unbetreut vom menschlichen Verstand,
ganz ohne Arg, ohn' Wissen, ohne Wittrung,
daß eben er der Mörder könnte sein.
Wie die bewußtlose Natur des Weibs,
wie letzte Lust sich zu dem Mörder rettet,
verendet hier die Treue so des Tiers.
Der Treue treu, treu noch im letzten Atem
einer Idee, fällt so das Tier im Tod,
der tragischer als jener Heldentod ist,
welchen der Mensch vor der von ihm erfundnen,
von ihm verschuldeten Maschine leidet.
Im wahrhaften Konflikt, zwischen der Lust
zu leben und der Pflicht, das letzte Pfand

des Schöpfers aus der menschverratnen Schöpfung
zu retten, sinkt die arme Kreatur,
die wahre, die im Mund der Menschenlüge
zum Schimpf gewordene stolze Kreatur.
Schwein, Esel, Ochs und Hund – Schimpfworte hat
der Mensch daraus gemacht, um seinesgleichen,
die sittlich tief stehn unter all der Gattung,
zu unterscheiden. Will er aber Ruhm,
so ruft er Hund und Pferd als Helfer an,
gibt sie Maschinen preis, wie er sich preisgibt,
gibt die Unwissenden dem Menschen preis.
Und nur das Tier, das Menschlichem erliegt,
ist Held des Lebens. Oh, daß diese Menschheit
in einen Traum verfiel', worin sie selbst
vor Lastwagen gespannt, von klugen Pferden,
die schon ihr Hü und Hott erlernt haben,
vorwärts getrieben würde mit der Peitsche!
Worin der räudige, schlechtrassige
Mensch einem Hund zuläuft, weil sein verkommner
Instinkt in ihm den letzten Retter sieht,
und von ihm kunstgerecht dafür tranchiert wird.
Wann tötete der Hund den Menschen je?
In einen dunkeln Schacht gestürzt, vom Hunger
in Wut gejagt, wenn ein Verunglückter
ihm dorthin nachfiel, biß er ihn und ließ
dann von dem Fund, dem herrenlosen. Der hier
springt, suchend den verlornen Herrn in jeder
Gestalt, auf die Maschine, und er muß
am Biß des tollen Menschen sterben. Seht,
er glaubte sich am Ziel, o seht, er sprang,
wie Hunde selten tun, auf eine Bahn.
Er wird verjagt, springt dennoch wieder auf,
verläßt den Mann nicht mehr und folgt ihm nach.
Der Ordnung halb und halb aus Angst erschlägt
ihn jener mit dem Beil. Aus Mitleid tat er's,
dazu kam Furcht, das gibt ein Trauerspiel.
Und Stück für Stück bestattet er im Ofen,

der Ordnung halb und halb aus Lust. Ei seht –
ich sah ihn oft – ei seht doch nur, solch einer,
der keiner Fliege je ein Haar gekrümmt,
sitzt einem gegenüber im Coupé
und schlägt, damit die Fahrt schneller vergeht,
mit seiner Schlächterpratze eine tot.
Totschlag der Zeit, die nicht vorüberfliegt,
nur kriecht und justament am Fenster sitzt,
bloß für ein Weilchen, das den Tod ihr bringt.
Patsch – aus ist es. Und lacht. Denn es ist aus.
Trifft ihn der Schlag, so jammern die Verwandten.
Er fragte artig, ob die Zeitung frei,
er fragte nicht, ob es erlaubt denn sei,
die Fliege mir zu töten. Hätte ich
die Wahl gehabt, ihm oder dieser Fliege
Schicksal zu sein, ich hätte gern gewählt!
Wie es da auf dem Fenster lief, so war es
ein Mechanismus, den er nicht erfand.
Sein Stolz verträgt es nicht, es kränkt ihn immer,
wenngleich er es nicht weiß. Wozu sind Fliegen?
Auch er kann fliegen, fliegen kann er auch!
Wir schaffen es; allein das Unnütze,
das stört ihn und gar überlegen ist er
den Tieren, denn er hört vor seiner Stummheit
nicht ihre Sprache, vor all seiner Stummheit.
O hätte man mir nur die Wahl gelassen,
den Hund oder den Schlächter zu tranchieren,
ich hätt' gewählt! Doch in dem großen Schlachthaus,
in das wir eingeboren, ist der Hund,
der seinen Herrn sucht, nur der Fund des andern;
und gönnt das Recht die Folterung von Kindern,
erlaubt's die Massakrierung auch des Hunds.
Er war sehr groß, doch war er dunkler Herkunft
und schlecht genährt. Was war er weiter denn
als eine preisgegebene Sache. – Hört!
Ihr, die ihr richtet über Mensch und Hund,
hört, was ich weiß! Hört zu: Solch eine Sache

kann vieles, was ein Mensch nicht kann. Hört zu!
Solch eine Sache kann ihm all das sagen,
was niemals er zur Sache sprechen könnte.
Unsäglich leidet sie, sucht ihn ihr Auge,
durch das allein sie es ihm sagen kann,
der es versagt ist, es ihm anzusagen,
der Gott, zu schweigen, was sie leidet, gab;
unwissend, ob sie preisgegeben ist,
stets preisgegeben ihrem Menschenglauben,
traut sie uns auf ihr ehrliches Gesicht!
Und jede Bürde des Gefühles trägt sie,
die das Bewußtsein uns erleichtern hilft.
Man sieht sie sitzen, aber niemand ahnt,
daß in der Sache eine Seele sitzt,
daß ein Gefühl jetzt schmerzt, daß eine Hoffnung
in ihr jetzt treibt, ihr aufgetragen hat,
just an der Stelle hier zu warten. Seht,
so sitzt sie wartend hier am Bahnhof, wo
die Herrin – denn die Sache war ein Hund –
davongefahren ist vor ein paar Stunden.
Denn als man Abschied nahm, da schritt die Sache,
der Hund, groß, traurig und ergeben, schritt er
den Hang hinauf und dem Begleiter nach,
blieb immer wieder stehn und sah zurück.
Seht hin – nicht anders geht ein schweres Herz.
Noch sieht man ihn, noch grüßt ein stummer Blick.
Und bald ist er entschwunden unserm Blick.
Und bald ist er entschwunden seinem Hüter.
Er wird gesucht, gefunden: an der Bahn –
denn jetzt, ja doch, ist ungefähr die Stunde,
daß einst die Herrin angekommen war.
Nun kommt sie nicht. Enttäuscht verschmäht die Sache
jedwede Nahrung, selbst die Leckerbissen,
die sonst geliebten. Wendet sich von allem,
was tierisch sie ihr Lebtag hat begehrt,
gibt sich dem Hunger preis; verzehrt sich selbst.
Noch ein paar Tage, da begibt sich etwas.

Man führt den Hund zur Bahn, denn eine Freundin,
die mit der Herrin abgereist war, kommt.
Sie selbst kommt nicht. Nun wird der Hund es sehn.
Er aber rührt sich nicht vom Fleck, er hofft noch,
blickt auf den Wagen nur und sucht und sucht.
Nun geht's nachhaus. Er ißt noch immer nichts,
nimmt etwas Milch nur an, so viel grad nötig,
um nicht am Leid zu sterben. Und das geht so
die Woche lang. Der Hund verschmäht das Essen.
Er war ganz abgemagert, sagt der Zeuge.
Dann hilft Arsen, dazu wohl noch die Einsicht
ins Unabänderliche und Gewöhnung
der stellvertretenden Barmherzigkeit,
dies alles bringt ihn endlich doch hinauf...
Seid ihr so weit hinunter, daß ihr nicht mehr
wie Kinder seid, hört es doch wie ein Märchen,
Kindern erzählt, die ihr Beginnen noch nicht
im Schützengrabenspiel verschüttet haben
und noch aufhorchen können, wenn ein Beispiel
sittlicher Haltung ihnen dicht ans Herz
gerückt wird. Tretet ehrfurchtsvoll zur Seite.
Seht doch nur hin. O du erhabnes Vorbild
in dieser Zeit profaner Hungersnot!
Von deinem Hunger trenn' ich mich nicht mehr.
Es risse einen von der Menschheit weg,
wär' man nicht längst schon über alle Berge.
Dort lebt ein Hund. Dort lebt ein wahrer Hund.
Gott hör's: Der Menschenehre ersten Preis,
der Ehre, die sich preisgegeben hat,
sich selber preisgegebener Menschheit Preis
geb' ich dem Hund! Und nimmer will die Andacht
fort von der Stelle, wo das Tier da wartet,
für eine halbe Stunde herrenlos,
länger verlassen, wartet, und in Treue
halt' ich die rechte Hand über der Sache,
dem Fund, dem Hund, damit ihn nicht der Mensch,
der Schinder, finde und verheimliche,

er, der noch nie aus Sehnsucht hat gehungert
und der mir dieses Fleisch hier nur verschmäht,
weil gramverzehrt es ist und dem Geschmack
und Stand des Mörders widrig ist, und der
Gottes Geschöpf mir dennoch töten würde,
weil es ein Tier ist, er aber ein Mensch!

Als Bobby starb

(22. Februar 1917)

Der große Hund ist tot. O Herz steh still,
das diese Trauerbotschaft fassen will!

Das stolze Aug, der stummen Gottheit Pfand,
das Licht der Liebe ist nun ausgebrannt.

Wie lautlos lebte er vorbei dem Streit.
Würdig und weise schritt er durch die Zeit.

Wir andern leben auf des Glaubens Grab.
Sein Auge dankte, daß es andre gab.

Die Not des Tages lehrt' ihn keine List
und nur im Traum bestand er unsern Zwist.

Oh Freude, wenn ihn seine Herrin rief!
Oh Wirrsal, wenn er ihr zu Füßen schlief.

Doch eh' er schlief, des Hundes Majestät
sich um sich selbst herum im Kreise dreht.

Wenn er die Stelle fand, hier auszuruhn,
so hatt' er es mit manchem Feind zu tun.

Mag wacher Haß die Hundeseele schelten:
im Schlaf nur lebt der Hund in unsern Welten.

Im Wachen wendet Wahn die Menschenseele,
daß sie sich um den eignen Vorteil quäle.

Kein Wort, kein Handschlag waren zu Gebote
dem Glauben je wie diese gute Pfote.

Verlorner Einfalt letztes Lebenszeichen
war dieses greisen Hunds beflißnes Keuchen.

Nie hat der Hund die Ansicht uns verhehlt.
Er zeigt sich eifrig, hat er was verfehlt.

Was er verfehlt hat, tat ihm ehrlich leid.
Wedelnd bewährt sich Ehrenhaftigkeit.

Ein Tanz vor uns war seines Eifers Dank.
Aus Sehnsucht wird die Hundeseele krank.

Das Menschenherz kennt Hunger nur aus Haß.
Verlaß den Hund und er verläßt den Fraß.

Dem hier ruf' nach ich's in die Ewigkeit:
Er hungerte aus einer Trennung Leid!

Nun aber, da das Schicksal sich verkehrte,
er selber uns die Sehnsucht kennen lehrte.

In Thränenschrift sei's darum aufgeschrieben:
Er ist dahin und wir sind hinterblieben!

Und abschiedsvoller schlägt mir jede Stund',
nun du noch stummer bist, du großer Hund.

Was? Es kann sprechen? Dieser Schlauch hier ist
ein Mensch?
Und dieser Bauch hier, jener Blasebalg ist einer?
Und hier der Leguan, der Hamster dort sind's auch?
Der links am Fenster, einem Schlafsack gleich,
der rechts, einer Matratze gleich, auch der?
Dort öffnet sich ein Maul wie ein Lavoir,
hier naht ein Walroß und bestellt die Zeitung,
und dieses, meint man, habe Blut wie wir?
Selbst dieser, der so aufgeregt sehderanda
sich herkommt, als ob er, noch ganz in Schaum,
persönlich jener Kreuzigung beigewohnt
und nun erzählen wollte, wie's gewesen,
und wer dabei gewesen unter andern,
und was er angehabt, den sie nun los sind?
Hier röchelt etwas und es ruft: Ich nehm!
Was ist das? Wär's ein Tier, so hätt's Fasson.
Es ist eins und doch keines, doch kein Mensch.
Was? Es kann sprechen? Atmen kann es auch?
Dies ward geboren? Mitgeborne sinds?
Ein Weib trug Schmerzen, viele freuten sich,
als es zur Welt kam? Heute offeriert es
freihändig, hat per Zufall tausend Kilo
von dem und jenem, und noch vier Waggons
von Prima-Seife und ein Aquarell.
Und vieles gibt es, während dies da ist.
Und Amethyste gibts und in den Pampas
schaukelt – oh sieh – ein blauer Schmetterling.
Da reißt sich einer los und brüllt: Auf Ihnen
hat man gewartet, Kleinigkeit, wer sind Sie?
Und Zähne hat das Ding dem Eber gleich,
die hacken sich ins Fleisch und mahlen alles
mit wilder Wut zu hunderten Prozenten.
Der Apparat dort kommt nicht leicht zu sich.
Doch tippt man an, so sagt er: Ausgerechnet!

Hat das auch Milz und Nieren so wie wir?
Es kam wie wir aus dem Geheimnisse
und wird wie wir in das Geheimnis eingehn?
Ist dieses nicht ein größeres Geheimnis?
Die Luft ist voll von Ziffern und Miasmen.
Ich sitze da und bin narkotisiert,
ich fühle, diese sind nicht, doch wie lange
wohl dieser Übergang noch dauern mag.
Und ob er glaube, frag ich meinen Nachbarn,
daß es noch Hoffnung gibt oder schon jetzt
dem Bottich dort, der eben ein Getränk
einschlürft, Verständnis zuzutrauen sei
für mein Problem, nämlich ob hier ein Beistrich
statt eines Strichpunkts wohl am Platze wäre
und wie das Wort »chiastische Umarmung«
in Sinn und Form und Klang erfüllt erscheint,
und ob nicht, wenn ich ihm die Stelle zeige,
dies auch vielleicht die Zauberformel wär
und ob das Chaos wär, wenn ich ihn weckte.
Mein Nachbar schweigt erschrocken und er blickt
starr wie ich selbst auf diesen Kreis von Formen,
die durch den rätselhaften Ratschluß Eines
doch sprechen und sich leicht verständigen können,
nur nicht mit uns. Da wird es lebhafter,
weil sie, im Vielerlei des Gelderwerbes
ein Ideales fest im Aug behaltend,
auf Pferde setzen und von Pferden wissen,
daß sie geschaffen sind, um zu gewinnen
für sie, da umgekehrt ja doch die Pferde
auf sie zu setzen nicht imstande sind.
So sitzen wir im Schlaf und hören zu.
Da würgt mich etwas und es ist ein Wort,
und jenes Maul, auf das wir beide starren,
hat jetzt ein wunderbares Wort gesagt,
obschon gesagt im Dialekt der Hölle:
Glaukopis! – und was er verdienen wird.

Mit der Uhr in der Hand

> Berlin, 22. September 1916: Eines unserer Unterseeboote hat am 17. September im Mittelmeer einen vollbesetzten feindlichen Truppentransportdampfer versenkt. Das Schiff sank innerhalb 43 Sekunden.

Dies ist das Aug in Aug der Technik mit dem Tod.
Will Tapferkeit noch Anteil an der Macht?
Hier läuft die Uhr ab, aller Tag wird Nacht.
Du mutiger Schlachtengott, errett uns aus der Not!

Nicht dir, der du da dumpf aus der Maschine kamst,
ein Opfer war es, sondern der Maschine!
Hier stand mit unbewegter Siegermiene
ein stolzer Apparat, dem du die Seele nahmst.

Dort ist ein Mörser. Ihm entrinnt der arme Mann,
der ihn erfand. Er schützt sich in dem Graben.
Weil Zwerge Riesen überwältigt haben,
seht her, die Uhr die Zeit zum Stehen bringen kann!

Geht schlafen, überschlaft's. Gebt Gnade euch und Ruh.
Sonst sitzt euch einst ein Krüppel im Büro,
drückt auf den Taster, hebt das Agio,
denn grad flog London in die Luft, wie geht das zu!

Wie viel war's an der Zeit, als jenes jetzt geschah?
Schlecht sieht das Aug, das giftige Gase beizen.
Doch hört das Ohr, die Uhr schlug eben dreizehn.
Unsichtig Wetter kommt, der Untergang ist nah.

Entwickelt es sich so mit kunterbunten Scherzen –
behüte Gott den Gott, daß er es lese!
Der Fortschritt geht auf Zinsfuß und Prothese,
das Uhrwerk in der Hand, die Glorie im Herzen.

Gebet

Du großer Gott, laß mich nicht Zeuge sein!
Hilf mir hinab ins Unbewußte.
Daß ich nicht sehen muß, wie sie mit Wein
zur Not ersetzen ihre Blutverluste.

Du großer Gott, vertreib mir diese Zeit!
Hilf mir zurück in meine Kindheit.
Der Weg zum Ende ist ja doch so weit,
und wie die Sieger schlage mich mit Blindheit.

Du großer Gott, so mach den Mund mir stumm!
Nicht sprechen will ich ihre Sprache.
Erst machen sie sich tot und dann noch dumm,
es lügt ihr Haß, nimmt an der Wahrheit Rache.

Du großer Gott, der den Gedanken gab,
ihr Wort hat ihm den Rest gegeben.
Ihr Wort ist allem Werte nur ein Grab,
selbst Tat und Tod kam durch das Wort ums Leben.

Du großer Gott, verschließ dem Graus mein Ohr,
die Weltmusik ist ungeheuer!
Dem armen Teufel in der Hölle fror,
er fühlt sich wohl in diesem Trommelfeuer.

Du großer Gott, der die Erfinder schuf
und Odem haucht' in ihre Nasen,
schufst du die Kreatur zu dem Beruf,
daß sie dir dankt mit ihren giftigen Gasen?

Du großer Gott, warum beriefst du mich
in diese gottverlassene Qualzeit?
Strafst du mit Hunger, straflos setzte sich
der Wucher zu der fetten Totenmahlzeit.

Du großer Gott, warum in dieser Frist,
wozu ward ich im blutigen Hause,
wo jeder, der noch nicht getötet ist,
sich fröhlich setzt zu seinem Leichenschmause?

Du großer Gott, dies Land ist ein Plakat,
auf dem sie ihre Feste malen
mit Blut. Ihr Lied übt an dem Leid Verrat,
der Mord muß für die Hetz' die Zeche zahlen.

Du großer Gott, hast du denn aus Gemüt
Vampire dieser Welt erschaffen?
Befrei mich aus der Zeit, aus dem Geblüt,
unseligem Volk von Henkern und Schlaraffen!

Du großer Gott, erobere mir ein Land,
wo Menschen nicht am Gelde sterben,
und wo im ewig irdischen Bestand
sie lachend nicht die reiche Schande erben!

Du großer Gott, kennst du die Mittel nicht,
die diese Automaten trennten,
wenn sie sich trotz dem letzten Kriegsgericht
bedrohen mit Granaten und Prozenten?

Du großer Gott, raff mich aus dem Gewühl!
Führ mich durch diese blutigen Räume.
Verwandle mir die Nacht zu dem Gefühl,
daß ich von deinem jüngsten Tage träume.

Ein Shakespearescher König spricht

nachdem der Botschaftsrat Haymerle, zurzeit im Felde, in der Zeitung erzählt hat, wie zu Tränen gerührt er am Tage der Kriegserklärung war, als er noch um neun Uhr abends durch den Jubel des Volkes von ihr erfahren hatte.

O Haymerle, zu viel der Tränen flossen,
Seitdem geschehen, was dir Tränen schuf,
Und eh du es berichtet. Spar die Tränen,
Daß künftig sie der Menschheit nicht mehr fließen.
Du Bote blutig tränenvoller Tat,
Ich dank' dir nicht! Zieh wieder ab ins Feld,
Bring bessre Botschaft; bring auch bessre Zeitung!
Du Haymerle des Unheils, mach dich fort,
Ermüde nicht das Ohr mit dem Bericht,
Der Jovis Donner macht zum Schwatz des Pöbels.
Was malst du Pinsel uns den grauen Himmel
Zum Sonnentag, das Elend zur Idylle?
Harmloser Bote du des Schaudervollen,
Zu lang' hat Trauer unter uns geweilt:
Du bannst sie nimmermehr durch Langeweile!
Und merk, vielfältig greuliches Erlebnis
Wird durch die Einfalt kindischer Erzählung
Nicht ausgetilgt. Wer hat dich hergesandt
Zum Spott auf uns und dieses heil'ge Land?
Unhaymerle, ich geb' dir diesen Rat:
Die Rede spare, spare auch die Tat.
Hättst noch nach neun du nichts von ihr erfahren,
So käme all dies Unglück nicht zu Jahren.
O wär', was nachher, heute noch zuvor!
Botschaft und Zeitung lähmten Aug und Ohr.
Nimm meinen Zorn, es sei dir nicht verhehlt:
Man liest, hört, glaubt euch, weil der Glaube fehlt!

Landschaft

(Thierfehd am Tödi, 1916)

Thierfehd ist hier: das sagt dem Menschsein ab,
daß er es werde –
wie an der Wand empor zum Himmel reicht
die Erde.
Was hinter uns, war schwer. Hier ist es leicht.
Die Welt verläuft in einem grünen Grab.

Ein Stern riß mich aus jenes Daseins Nacht
in neue Tage.
Fern webt von blutiger Erinnerung
die Sage.
Der weltbefreite Geist ist wieder jung,
nichts über uns vermag die Menschenmacht.

Du Tal des Tödi bist vom Tod der Traum.
Hier ist das Ende.
Die Berge stehen vor der Ewigkeit
wie Wände.
Das Leben löst sich von dem Fluch der Zeit
und hat nur Raum, nur diesen letzten Raum.

Gebet an die Sonne von Gibeon

Sonne, immer du noch purpurnen Abschied nimmst,
immer doch unbeirrt, immer den Erdentag
segnend, der ins Gesicht dir in Finsternis prahlt –
wieder vorbei dem Menschenkreis.

Keines irrenden Sterns zitternder Funke war
je verborgener den vom Dunkel Verblendeten
als dein flammendes Meer, das den Abend umarmt
wie ein brennendes Gottesherz.

Sonne, dankloser dir, dunkler sich selbst verbleibt
alles Lebendige, das nicht Athem der Pflanze hat,
nicht die Weisheit des Thiers – wahllose Geberin,
nur du, Sonne du, weißt es nicht!

Sieh diese Kugel aus Kot, die einst der Teufel warf
in die Planetenbahn, wie sie sich um sich dreht,
und nur um dich, daß sie in gutem Lichte sei,
Spielball eigener Eitelkeit.

Oder aus Raum und Zeit sprang dieser Wechselbalg,
wähnt sich selbst eine Welt, wähnt, daß die Welten nur
seine Trabanten sind – doch für den Sternenlauf
lebt er ein ewiges Hindernis.

Daß du noch Farben hast, Sonne, ob solchem Grab
aller Liebe, die je kosmischer Geist vergab!
Daß du noch prangen kannst vor der Armseligkeit –
Wunder dieser Entgötterung!

Nicht das Gold deines Strahls hält ihren Blick gebannt,
für einen Silberling ist eine Andacht feil.
Daß vor höchstem Gericht du ihres dunkeln Sinns
zeugtest, fürchtet die Erde nicht.

Liehe die ewige Nacht ihr eine Aussicht nur
auf noch besseres Gold als sie dem Tage stahl,
gingst du auf immer dahin, keine Thräne dir nach
flöß' aus erloschenem Menschenaug.

Welcher Sinn denn befiehlt irdischen Lebens Gang?
Nicht in Athem und Dank an Gott, daß er Athem gab,
lebt der Mensch seine Zeit, sondern er zahlt damit,
endlich schuldig nur an sich selbst.

Gibt es der Götter noch, denen das All sich beugt:
blieb der Bezirk, worin Wahn mit der Gier regiert,
blieb die Stätte, worauf Menschliches irregeht,
unvermindert Jehovahs Reich.

Heil dir, o Israel! wer ist wie du, vor ihm,
der deiner Hilfe Schild und deines Sieges Schwert?
Siehe, es schmeicheln dir deine Feinde, o Volk,
aber du trittst auf ihre Höhen!

Keiner von ihnen soll vor dir bestehn, und du,
fürchtest du Gott allein, aber sonst nichts in der Welt:
durch alle Wässer gehst trockenen Fußes durch,
immer den Kopf zum Ziel gewandt.

Durch die Schärfe des Schwerts schlugst du sie, immer sind
gottverschworner Vertilgung alle sie ausgesetzt.
Und es fielen vom Himmel große Steine auf sie.
Denn der Herr stritt für Israel.

Sie zu vertilgen gab er sie in Israels Hand,
daß es setzte den Fuß auf der Könige Hals;
alles Lebendige gab, alle Seelen der Gott
gottverschworener Rache preis.

Und so wird es der Herr all ihren Feinden thun,
denn er stritt wider sie, stritt nur für Israel.
Denn ihr Herz war verstockt, daß sie sich weigerten,
Zins zu geben dem Gottesvolk.

Nicht Weib noch Mann entrann, nicht Kind und Greis
dem Schwert,
verschont nur ward und geehrt, wer den Verrath ersann,
und alles Silber und Gold und alles Geräth aus Erz
legten sie zu dem Schatz des Herrn.

Doch die zu Gibeon hielten zu Israel.
Denn sie fürchteten sich. Nicht erwürgt wurden sie,
nur verflucht wurden sie, ewig Sklaven zu sein
für die Gemeine Israels.

Weil sie schlossen den Bund, wurden sie nur bestimmt,
Holz zu hauen und auch Wasserträger zu sein
für die Gemeine und auch für den Altar des Herrn,
desselbigen Tags bis auf diesen Tag.

Doch der Geschlechter Geschlacht nichts Lebendiges ließ,
und so plünderten sie alle Beute für sich.
Und es war auch kein Tag diesem erwählten gleich,
vor ihm keiner und nach ihm nicht.

Denn zur Feier des Siegs am Himmel ein Wunder war
und die Sonne blieb stehn, die Sonne zu Gibeon,
und auch der Mond im Thal stand stille zu Ajalon.
Denn es geschah für Israel.

Mitten am Himmel stand, wie es geboten war,
beinah sie den ganzen Tag, nicht eilte sie unterzugehn,
bis das Volk sich gerächt an seinen Feinden. Dies
im Buch des Frommen geschrieben steht.

Und der eifrige Gott, welcher am siebenten Tag
der Zerstörung nicht ruht, hieß sie vollenden, bis
sie der besiegten Welt den Fuß auf den Nacken gesetzt
und ein Geschrei erheben gedurft.

Denn es ward ihnen gesagt, nicht zu erheben so lang
Geschrei, bis ihnen gesagt, daß sie erheben Geschrei,
dieses hielten sie ein, dann aber gingen sie hin,
Geschrei zu erheben wie ihnen gesagt.

Wie das Geschrei nun erscholl, da fiel die Mauer ein,
und wie das Volk es sah, daß da die Mauer fiel
auf das Geschrei, das Volk ein großes Geschrei erhob,
herzufallen über die Stadt sogleich.

Völker, die es gehört, wurden hörig dem Volk;
alle schrieen wie es, alles ward Israel.
Alle Sprachen durchdrang einzig die Melodie,
deren Schalmei das Geld anlockt.

Und sein Wechsel verlangt anderen Wechsel auch –
Schwarz von Tinte der Tag, rot vom Blute die Nacht!
Aber welche es sei: Fluth, die im Wechsel wuchs:
Israel ging trocken durch.

Ist die Erde ein Meer, so braucht die Erde mehr,
mischt das Blut mit dem Meer, immer noch mehr
und mehr –
Rache, der Raubfisch, steigt, Drache, hoch in die Luft,
daß sie Freistatt des Mordes sei!

Näher, mein Gott, zu dir! Näher der Sonne zu!
Sonne, die angethan bleibt es in Ewigkeit!
Leuchtest wieder und lachst? Hingang und Wiederkehr
bleibt die Uhr dieses Menschentags?

Wirft diese Erdenschmach keinen Schatten auf dich?
Sonne, quält es dich nicht, wenn du im Mittag stehst,
daß der Strahl deines Augs fällt auf das Leichenfeld,
wo die Hyäne Mahlzeit hält?

Lasse stehen die Zeit! Sonne, vollende du!
Mache das Ende groß! Künde die Ewigkeit!
Recke dich drohend auf, Donner dröhne dein Licht,
daß unser schallender Tod verstummt!

Goldene Glocke du, schmilz in eigener Gluth,
werde Kanone du gegen den kosmischen Feind!
Schieß ihm den Brand ins Gesicht! Wäre mir Josuas Macht,
wisse, wieder wär' Gibeon!

Richte dich auf zum Gericht! Eile nicht unterzugehn,
bis sich das Licht gerächt an dem dunkeln Geschlecht,
und deine blutige Pracht trockne sein elendes Blut
gottverschworener Rache gemäß!

Keiner von ihnen soll vor dir bestehn, und du
auf ihre Höhen tritt, zum dunkeln Untergang
brenne, leuchte herab, lache Sonne, daß du
es nun doch an den Tag gebracht!

Aber ein Wunder hier thu auch an Pflanze und Thier.
Flamme des Menschentods sei ihnen Wärme nur.
Rufe Frühling zurück allem, was unterthan
rauchgeborenem Leben war.

Allem Erschöpften gib Farbe und Lust zurück.
Laß den Menschen jedoch, Henker an allem was
mit der Natur verwandt, laß die Maschingeburt
sterbend sehn, wie das Gras gedeiht!

Und das Thier, das er trieb, seine Ware zu ziehn
und in den Kampf zu ziehn um seiner Ware Heil –
labe es, wenn du statt Strahlen doch Blitze hast,
zu vertilgen den Seelenfeind.

Wenn du ein Ende gemacht hochmüthiger Niedertracht
und du dem Blutgeschäft unendlichen Sieg entreißt –
von deiner Glorie schweigt irdischer Lobgesang
weil sie den Schmeichler hinweggerafft.

Aber es rauschen dir erwachende Sphären. Dank
tönet im Äther, wo Harfen der Liebe sind.
Welch einen Wandel führst du den Sternen herauf!
Staunend erkennt die Schönheit sich.

Es wird ein Sonntag sein. Götter kommen zum Fest.
Ursprungs eilen herbei Geister, ledig der Zeit.
Ohne den Menschen ist Freude. Am neuen Tag
sonnt sich, der dich geschaffen hat.

Und die Liebe um dich höret nun nimmer auf,
und die Musik im All schallt deiner Herrlichkeit,
und dein erhabener Glanz ist ohnegleichen heut,
weil ihm das Menschenauge brach!

WORTE IN VERSEN
III

DER HÖRERIN

Vergelt's Gott!

Ich steh' als Bettler hinter meiner Tür
und mein Begehr:
Nimm's an!
So ist's mir wohlgetan.
Dein Dank gibt mehr.
Hab Dank dafür!

Der Siebenschläfer

Lieg' ich im Bett, so deck' ich mich
bis an die Ohren zu.
So habe ich doch sicherlich
von euren Plagen Ruh.

Dann aber bricht der Tag herein,
ich hab's ihm nicht geschafft.
So früh schon ihm gewachsen sein,
dazu fehlt mir die Kraft.

Der Teufel weckte mich und war
bei mir mit einem Brief.
Nur wachen Augen droht Gefahr,
wie gut war's, als ich schlief.

Zu meiner Nacht hin wend' ich mich,
leg' mich aufs andre Ohr.
Das ist ein wahres Glück, daß ich
den Traum noch nicht verlor.

Das hätt' mich allzu früh verbraucht,
was ich für euch gemußt.
So bleibt's in halben Schlaf getaucht
und halb wird es bewußt.

Bleibt auch das Glück nur halb gespürt,
das damals ich erfuhr,
so hat durch rauhen Tag geführt
des Traumes weiche Spur.

Und endet niemals eure Qual
und schafft der Tod erst Ruh,
und lieg' ich auf dem Bett einmal,
so deckt mich tüchtig zu!

Wiedersehn mit Schmetterlingen

Wie nach den Lebensnächten
es prangt in neuen Prächten,
vom Morgentau benetzt!
Was hebet aus den Grüften
und letzt mit linden Lüften
auch mich zuguterletzt?

Es heilt das Herz vom Hirne
und kühlt die kranke Stirne
am jungen Tag gesund.
Das strömt von andern Sternen
und läßt die Liebe lernen
auf einem grünen Grund.

Der Welt war ich ein Riese.
Ein Kind bin ich der Wiese.
Nun ist's wie dazumal.
Dort drüben hinterm Berge,
dort kämpfen feige Zwerge.
Ich spiele in dem Tal.

Hier, fern von Trug und Tadel,
leiht Rittersporn den Adel,
mein Mut ist Löwenzahn!
Die Zeit mir zu begleiten,
erzählt der Bach von Zeiten,
die hat die Zeit vertan.

Und daß ich wieder singe,
erscheinen Schmetterlinge,
o grenzenloses Glück!
Auf einem Sonnenstrahle
die stolzen Admirale,
sie kehren mir zurück!

War's schwer, ihr Papilionen,
auf dieser Welt zu wohnen?
Verlort ihr diese Spur?
Zusammen hier zu rasten,
lockt uns ein Leierkasten,
der spielt »Nur für Natur«.

Wir junggewohnten Schwärmer,
wir wurden arm und ärmer
in der papiernen Pein.
So sagt, ihr losen Lieben,
wo wart ihr denn geblieben,
und ließet mich allein?

Der Walzer ist verflossen,
wir waren Zeitgenossen,
bleibt doch ein Weilchen stehn!
Die Zukunft ist begraben,
die fressen schon die Raben.
Wann werden wir uns wiedersehn?

Verlöbnis

Unendliche, laß dich unsterblich ermessen
und es sei mir dein Fühlen bewußt.
Meines entschwand mir zu höllischer Lust.
Denn der Gedanke bricht ins Vergessen.

Wie dein Gefühl auf steilenden Stufen
immer verweilend den Himmel erzielt –
wissend, hab' ich es nachgefühlt,
und ich will es ins Ohr dir rufen!

Laß es mich denken, wie einer ermattet
an deiner Kraft, in dein schwellendes All
begehrte der irdische Einzelfall,
der das ewige Licht beschattet.

Und die zufriedene Gier läßt die Lüge
dort zurück, wo die Lust vertan.
Und er sah dein Gesicht nicht an,
als sich dir heimlich verklärten die Züge.

Ach, den Verlust am liebenden Leben
hast du ihm, sehnende Nymphe, vertraut.
Aber die Stunde hört nicht den Laut,
wenn vom Leid die Äonen beben.

Und seine Armut flieht von dem Feste,
daß sie nicht an der Fülle vergeh'.
Weibsein beruht in Wonne und Weh.
Mann zu sein rettet er seine Reste.

Fällt auch die heilige Welt zusammen
in dem unseligen Unterschied –
ich setze fort dein verlassenes Lied!
Ich will entstehen aus deinen Flammen!

Was immer dir fehle, von dir empfangend,
schöpfend aus deinem lebendigen Quell,
so wird dem Teufel der Himmel hell,
immer doch deine Lust verlangend!

Muß sich der Geist in dir versenken,
reißt ihn aus der Höh' keine irdische Macht.
Verbuhlen wir so diese Lebensnacht!
Unsterblich küssen, unendlich denken!

Der Anlass

Was ist mein Anlaß? Nichts, ein Schein,
wie es sich anläßt insgemein.
Ich lass' es leicht an mich heran,
doch lass' ich es an mir nicht an.
Hart lass' ich's an, wenn's nicht will weichen,
dringt mir ins Leben so ein Zeichen.
Doch jeder Tonfall, jede Miene,
es läßt mich an, mich, die Maschine
und meine Kraft erliegt dem Reize
des Irgendwas, womit ich heize.
Und wie den Stahl zu seiner Hitze
läßt es mich an zu Wut und Witze.
Am Staubgefäß fass' ich die Pflanze
und setze kühn den Teil fürs Ganze –
kein Anteil an dem Werk gebührt
dem Anlaß, der's herbeigeführt.
So jedem Anstoß ausgesetzt,
stoß' ich von innen doch zuletzt.
Wie wehrlos schein' ich, wenn ich meine,
daß mir die Welt im Schein erscheine.
Deckt diesen sie mir endlich zu
und hab' ich vor dem Anlaß Ruh,
so steht zu ihrem, meinem Heil
das Ganze wieder für den Teil.
Viel leichter wird's, die Welt zu fassen,
will sie mich an mich selber lassen!

»Wie dein Versmaß jenem von Goethe gleicht!
Schien da sein Vorbild nicht vorzuschweben?«
Kann sein, denn was ich mit der Sprache erreicht,
dran hab' ich mir nie die Schuld gegeben.

Ich schreib' es nicht mir zu, ich schreibe durch Glück
und halt' es mit Geistern, die über mir walten.
Doch liegt wohl mein Ursprung noch weiter zurück,
und ich muß nur treffen, was vorbehalten.

Denn wißt, das Wort, das am Anfang war,
das sind meine biblischen Siebensachen.
Wer's nicht glaubt, dem biet' ich die Forderung dar,
ein Gedicht von Goethe mir nachzumachen!

Bitte an Verehrer

Nicht Ruhm, nur Ruh!
Müßt' ich alle, die über mich schreiben,
auch hören,
so würde nichts bleiben,
was sie verehren.
Und meine Tür blieb' von selber zu.

Sonderbare Gäste

Daß mancher Fant bei mir gesessen,
sollte mir hinterdrein übel bekommen.
Er hat die Weisheit mit dem Löffel gegessen,
den er von meinem Tische genommen.

Die Zwangslage

Wie rächen sich die Zwerge
an den Riesen?
Sie machen sich über die Berge
oder Psychoanalysen.

Den Psychoanalytikern

Was mir vergangen ist,
euch ist es gegenwärtig.
Was mir im Traum befangen ist,
damit werdet ihr fertig.

Mir aber soll's eine Lust sein,
allein zu träumen,
und nachher in eurem Bewußtsein
aufzuräumen!

Die Satire ist wehrlos

Das Ungereimte aus Zeit und Ort
es drängt sich in den Löwenrachen.
Unendlich erliegt dem Reiz das Wort,
sich zu der Welt einen Reim zu machen.

Instanz des Reimes

Zwei Sphären und zwei
beginnen zu zanken,
der Reim ist Gericht.
Zum Klang wird der Schrei,
der Klang zum Gedanken,
der Zank zum Gedicht.

Wie man's anpackt

Durch die treulose Welt zu Schaden zu kommen,
das wird von den meisten Menschen beklagt.
Ich hab' jedes Ding noch beim Wort genommen,
und nie hat es mir seine Hilfe versagt.

Höllenangst

Die Freiheit trug ein teuflisches Verlangen,
der Autor werde nach dem Tode frei.
Er werde sonach von Verlegern gefangen
und mißhandelt in jeder Druckerei.

Lieber die Hölle mit glühenden Zangen
als des Druckfehlerteufels Barbarei!
Zwar die Andern, deren Namen klangen,
hörten nie des verstümmelten Wortes Schrei.
Was mit ihrem Geiste vorgegangen,
war ihnen bei Lebzeit schon einerlei.
Wie werde ich armer Teufel bangen,
sind erst die dreißig Jahr' vorbei!

Warnung des Lesers

Wenn an eurem Horizont mein Wort erscheint –
ahnt ihr denn, was vorhergegangen?
Euch würde nach andrem Klima verlangen.
Ihr meint, der Himmel sei heiter gemeint?
Blitz, Hagel und Wetter!
Titanenkampf mit einer Letter!

Deutsche Literaturgeschichte

In keiner Literaturgeschichte
wirst du meinen Namen finden.
Wie ich die Geschichte mir richte?
Ich lasse sie drucken und binden,
und bringe die Literaturgeschichte
in die Literaturgeschichte.

Dienst der Kunst

Die Kunst, sie diene mir zum Schutz
vor dieses Lebens Qualen.
Da ist die Malerei nicht nutz,
den Leuten was zu malen.

Auch die Musik geht nicht drauf aus,
es ist ihr nicht zu eigen,
um einem gutbesuchten Haus
gehörig heimzugeigen.
Nur mit der Wortkunst halt' ich's drum,
die ist für mich und jeden,
sie hilft, um mit dem Publikum
doch einmal deutsch zu reden.

Der Vorleser

Ich muß sie alle vereinen,
die ich einzeln nicht gelten lasse.
Aus tausend, die jeder was meinen,
mach' ich eine fühlende Masse.
Ob der oder jener mich lobe,
ist für die Wirkung egal.
Schimpft alle in der Gardrobe,
ihr wart mir doch wehrlos im Saal!

Das abgeschaffte Orchester

Musik ist der allgemeine Dunst,
damit die Leute zusammengelangen:
es ist die allerschwerste Kunst,
gleich mit dem Anfang anzufangen.

Damit der mannigfache Verstand
sich zu der Wirkung versammelt spüre,
hat man ihn mit Musik übermannt
und fällt in das Haus mit der Ouvertüre.

Jenen oben war es darum
immer mit solchen Geräuschen lieber.
Fehlt es, hat doch das Publikum
mehr als sie selber Lampenfieber.

Deutscher Stil, dem die Wahrheit beliebt,
will den Erfolg ohne Schwindel gewinnen.
Und seitdem's keine Schauspieler gibt,
ist's eine Kunst, das Spiel zu beginnen.

Die Claque

Die Theaterclaque dient dem guten Zwecke,
daß sie den geweckten Beifall wecke.
Doch kann sie den Beifall auch selber geben,
denn ohne sein Stichwort kann die Bühne nicht leben.
Die Vernunft, die nicht fühlt dieses Wechsels Gewalten,
mag den Wunsch nach Akustik für Eitelkeit halten.
Darum liebt das Berliner Reformerpack
den Kaffee nur als Kaffee und das Theater ohne Claque.

Einem Polyhistor

Zu wenig Verstand muß unterm Fluch
des vielen Wissens wanken.
Ich sehe dich stets mit einem Buch
und nie mit einem Gedanken.

Das Originalgenie

Nie nahm er etwas aus zweiter Hand
und hielt sich bloß an die Originale,
und wo er nur etwas Gutes fand,
dort stahl er es stets zum ersten Male.

Als Knabe, sagt man, war weltvergessen
versunken er gern im Waldesweben.
Da sei er oft an der Quelle gesessen,
und habe sie niemals angegeben.

Der Erotiker

So manche Mutter entließ mit Bangen
– und dem Verführer galten ihre Flüche –
ihre Tochter, die sie lieber versteckte,
in seine erotische Teufelsküche.
Und jede noch ist als perfekte
Köchin daraus hervorgegangen.

Klassiker-Ausgaben

Der neue Glanz im Geistesleben
vermag selbst Klassiker zu retten:
sie werden von jenen herausgegeben,
die sie sonst verklopft hätten.

Die neue Generation

Welcher Empfindungen buntes Gedränge,
sie hören Farben, sie sehen Klänge.
Wo ist denn die Rasse auferzogen,
kein Satz ist gebildet, jeder gebogen.
Sie sind imstand, nach Belieben zu schalten
mit totgeborenen Lebensinhalten.
Das ist ein sonderbares Geschlecht,
sie schmecken falsch, sie riechen nicht recht.
Sie denken nicht und wollen doch nicht lesen.
Das Schreiben ist Selbstbefriedigung.
Sie sind noch jung.
Sie sind noch nicht bei der Zeitung gewesen.

Täuschung

Immer in hellen Haufen,
über Stock und Stein,
sind sie mir nachgelaufen,
ließen mich nicht allein.
Schon glaubt' ich, es wären Weiber,
sie waren es von Natur,
doch vom Berufe Schreiber
und leider auch von Statur.

Der Übermannenden

Ein Weib war sie in allen Banden,
in die der Mann die Weiber schlug,
weil ihm die Klugheit kam abhanden.
Sie war ein Weib und dennoch klug.
Da fühlte sie sich Manns genug
und machte die Gewalt zuschanden
mit ihrem Witz und Weltbetrug.
So hat sie ihren Mann gestanden
und noch ein Schock in einem Zug.

Eifersucht ist immer unberechtigt

finden die Fraun.
Ei, lasset uns schaun.
Entweder ist sie berechtigt oder unberechtigt.
Ist sie unberechtigt,
so ist sie doch nicht berechtigt.
Ist sie aber berechtigt,
so ist sie, ei verflucht, nicht berechtigt.
Traun!

Drum, hätt' ich doch Glück
und erwischte einmal den Augenblick,
wo schon und noch,
ach erwischt' ich ihn doch,
wo sie eben noch grad ist berechtigt!

Der Anstoß

Wenn man die Natur nur ließe,
die sich am Menschen nicht wetzt!
Wenn sich die Moral nicht stieße,
würde sie nicht verletzt.

Die Geschlechter

Ich muß sie erst, wie sie ist, vergessen,
daß ich mich ganz in sie versenke.
Dann stehe ich unter dem Eindruck dessen,
was ich von ihr denke.

Kompliment

Nein, das kann sie nicht verletzen,
ich will sie nach ihrem Verdienst überschätzen!

Begehrlichkeit

Das schafft ein ewiges Bangen,
macht immer wieder betrübt:
so viel von ihr zu verlangen,
als sie von sich selber gibt.

Dank

Nicht viele gibt es, die geben,
gab's einmal solche, die gaben.
Leicht, ohne Frau zu leben.
Schwer, ohne Frau gelebt zu haben.

Grabschrift

für Elisabeth R.

Dein Erdentag war ein Ermatten,
Dein Erdenglück war der Verzicht.
Dein armes Herz erkor den Schatten,
Dein reiches Herz, uns gab es Licht.

Der Mann und das Wort

Ein Mann ein Wort:
so ist die Sprache denn der Ehre Hort.
Doch diese, die verspricht, kann sich versprechen.
Oft haben Worte einen Mann ersetzt.
Doch kann ein Mann ein Wort ersetzen?
Ich möcht' es so gering nicht schätzen.
Die Ehre bloß, das Wort wird nicht verletzt
und jene kann man, dieses nimmer brechen,
da wohl der Mann, das Wort nicht anders kann.
Das meine ist: Ein Wort ein Mann!

Kompetenz vor der Sprache

Ja, die Sprache beherrscht unser Herr, der Kommis.
Ihm ist sie zur Hand und mich zwingt sie aufs Knie.
Sie ist seine Magd und er geht mit ihr um,
und ich bin ihr Diener und mich macht sie stumm.

Was hör' ich? Wer vor einem Bild sich nicht traut
zu sprechen, wird vor dem Gedichte laut?
Das macht, er selbst kann nicht malen, doch sprechen,
drum kann er sich gleich an dem Sprachwerk rächen.

Wenn einer vor Symphonieen zwar schweigt,
so weiß er doch, wie so ein Dichter geigt!
Das macht, er kann selber sprechen, nicht geigen,
drum wird er einmal es dem Dichter zeigen.

Man sollte die Kompetenzen vermehren,
die sprechenden Esel auch singen lehren,
und die Umgangsmusik durch die Kunst noch ergänzen,
die Kleider mit Farben anzutrenzen.

Die Frage »Wie gehts?« sei gemalt, sei gesungen,
zur Not sei sie gar in Gips noch gelungen.
Daß vor keiner der Künste verstumme, nein nie,
der die Sprache beherrscht, unser Herr, der Kommis!

Der Satiriker geisselt die Schwächen

Was so der Pöbel Satire heißt,
ist: wenn an des stärkern Geistes Schwächen
die Schwäche sich will mit der Frechheit rächen,
sich entschädigt der inferiore Geist.

Und doch besteht die Schwäche der Stärke
vor aller machtlosen Stärke der Schwachen,
und vergeht ihnen niemals auch das Lachen,
so vergeht doch der Lacher vor dem Werke.

Beschwörung des bösen Geistes

Wer sind sie, die mein Dasein peinigt?
Bekreuzen sich die frommen Christen?
Ich habe die Hölle ein wenig gereinigt,
da wird der Teufel zum Exorzisten!

Glossen werden Symbole

Nur jenen, die fern in Zeit oder Land,
wird der Inhalt meiner Satiren bekannt.
Nachbar Meier mich einen Kleingeist nennt,
weil er den Müller persönlich kennt.

Gerhart Hauptmann

Drei Engel redeten einst aus dir,
ich liebte dich, verzeihe.
Doch Hannele träumt, so träumte mir,
von der sechsten Kriegsanleihe.
Und Pippa tanzt im Hauptquartier
und freut sich, daß jene gedeihe.

Richard Dehmel

Du hast die deutschen Pferde gepriesen,
daß sie sich deutsch und treu erwiesen
und hielten fest die Wacht am Rhein.
Stolz stampften sie die deutsche Erde!
Sie waren stolz, nur deutsche Pferde,
doch deutsche Dichter nicht zu sein.

An denselben

Du hast das Geräusch der Maschinengewehre
mit Mut eine Sphärenmusik genannt.
Das war verdrießlich.
Doch schließlich,
ein guter Sphärenmusikant
ist noch kein Dichter der höheren Sphäre.

Hugo v. Hofmannsthal

Daß du in Warschau eingezogen,
das hat dir der Bahr nur vorgelogen.
Denn als du dann nach Warschau gekommen,
war Warschau längst von andern genommen.
Um Warschaus Widerstand wieder zu brechen,
beschlossest du Schulter an Schulter zu sprechen.
Und als dann erschien, was du Warschau gesagt,
hat sich Warschau über den Druck beklagt.

Derselbe

Schwarzgelblicher Haltung blutlosen Trophä'n
galt, als es galt, seine tapfere Wahl.
Es schlug eine Brucken zum Prinz Eugen
der edle Ritter von Hofmannsthal.

Arthur Schnitzler

Sein Wort vom Sterben wog nicht schwer.
Doch wo viel Feinde, ist viel Ehr:
er hat in Schlachten und Siegen
geschwiegen.

Bahrs Himmelfahrt

Wie der Vater der »Mutter« als frommer Christ
sich zum Vaterunser gewendet,
da hat, wie die Welt nun einmal ist,
die Sache mit Zweifel geendet.

Er hat als Sohn seinen Geist bereut
und zum heiligen Vater gefunden.
Er hat sich im Wiener Journal kasteit
und sich dort zu Gott überwunden.

Er hat jeden Sonntag den Glauben geprobt
und ließ das Gehabte gut sein.
Da hat die Welt seinen Eifer gelobt
und sagte: Das muß ein Jud sein!

Prager Klassiker

Literatur, das ist ein Katzensprung
von der Fürstengruft zum Prager Graben,
und von Moriz Schiller dürfte mancher Jung
Goethes ellenhohe Socken haben.

Berichtigung

Leider, herich, fehlt bei Schillern dorten
ein Artikel, der nicht Frauen kleidet.
Fehlt die Sache zu den rechten Worten,
das Gedicht nicht, das Geschäft nur leidet.
Dieser Mangel läßt sich leicht vermeiden,
da, an Prager Schick sich zu gewöhnen,
sich in Schillers Flügelkleider kleiden
dorten, herich, Weimarer Kamönen.

»Die Kunst sich zu freuen«

Er freut sich, wenn die Sonne scheint,
er freut sich, wenn es regnet.
Nie hat er noch ein Ding verneint,
stets hat er es gesegnet.

Ein Freund von allem was da ist,
von Fauna wie von Flora,
er fühlt als Türke, fühlt als Christ,
nicht abgeneigt der Thora.

Ihn freut, ob Krieg, ob Frieden sei,
ob's billig oder teuer,
er bleibt der guten Sache treu
als Nibelungentreuer.

Ob's nur ein Mensch, ob es ein Hund:
der Liebe ein Erfüller;
er ist am Werkeltage und
am Sonntag der Hans Müller.

Wie findet sich die Welt zurecht
bei so viel Sonnenscheine?
Erglänzt des Geistes Gold wie echt,
so bleibt man nicht alleine.

Vor solchen Schätzen stehn allhier
Bewunderer und Diebe.
Die Leser freut's. Das dumme Tier
zeigt keine Gegenliebe.

P. A.

Klarer als jene wohlerzognen Dichter
hast du im Nachtlokal und bei der Flasche
die halbe und die ganze Welt erfaßt.
Du steckst das ganze Taggelichter
von Dichtern und Bürgern in die Tasche,
wiewohl du andres drin noch lieber hast.

Marmor-Chronik

Der gute L. baut einer schlechten Welt
aus guten Materialen.
Wenn sie trotzdem zusammenfällt,
wird sie noch prahlen.
Weil sich der Marmor doch erhält.
In den Annalen
von Luxuswüsten wird erzählt,
von den Schakalen,
hier raubten sie das schlechte Geld;
wir mußten's zahlen.
Unter Opalen,
von wo des Lichtes Gnade fällt
in Qualm und Qualen,
saß alles was da unbeseelt
vor den Journalen
und ließ von jenen, die's nicht quält,
den Tod sich malen
und schlug ihn aus dem Feld,
die Schalen vor den Schalen,
wie gleich und gleich sich gern gesellt.
O seht die Pracht in den Lokalen,
gebaut für die Vandalen,
der gute L. hat's hergestellt!

Luxusdrucke

Die Kultur, die ihr Bett nicht auf Rosen hat,
wird auf Büttenpapier erledigt.
Wer in Berlin nur zerfranste Hosen hat,
wird durch Luxusdrucke entschädigt.

Tipptopp sei es im Bücherschrank.
Denn die auf der Börse spielen,
sind neben dem Hauptbuch durch die Bank
mit die feinsten Bibliophilen.

Der Schieber, mit Blute dick gesaugt,
will schnell von dem Schwindler geschröpft sein.
Ach, 's ist ja zum Schießen, ein Buch sogar taugt,
doch muß Bütten handjeschöpft sein.

Der geistige Bankert sei ausstaffiert
mit dem protzigsten Sonntagskleide.
Der Vater hat ihn persönlich signiert.
Und dafür gab der Wurm seine Seide!

Auf den Inhalt kommt es weniger an,
wo die Aufmachung der Ruhm ist.
Man wickelt in Kaiserliches Japan
den ungeformtesten Kuhmist.

Der Dreck auf Velin sei numeriert,
und sie tun's auch nicht unter Zanders.
Denn wenn sich der Dichter nicht geniert,
sie lesen nu mal nich anders.

An van Geldern lassen die Jobber nicht,
nicht mal an Old Stratford rütteln!
Und so wird ein handgeschöpftes Gedicht
selbst mundgerecht den Bütteln.

Der neue Wiener

Ein buntes Rassen- und Klassengemisch,
der Bastard von allen Stilen,
Kostgänger an der Kulturen Tisch,
Parasit an Wetten und Spielen.

Und in der Fremde, die ihn nicht rief,
seines Daseins beflissener Bote,
propagiert er sich schlau und dennoch naiv,
und zahlt drauf mit der Wiener Note.

Nach unten und oben gleich konnivent,
kommt er seinem Schicksal entgegen.
Er hofft, da er sich's ja doch richten könnt',
es werde sich's noch überlegen.

Gefeit, daß in seiner Librettoluft
die Tragik ihn überrasche.
Er kennt sich aus in der Kapuzinergruft,
wie in Rothschilds Westentasche.

Der triftige Grund

Um heute zu verreisen,
braucht man einen triftigen Grund.
Ich kann ihn nicht beweisen,
ich werde verlegen und
ich bitte, mich zu vertreiben.
Ich dachte, man braucht ihn, um hier zu bleiben.

Für Nichtraucher

Noch liest man oft: »Das Rauchen ist verboten«,
ein Warnruf für die Tauben,
für die er schließlich nicht erlassen.

Man sollte neuerdings durch neue Noten
es endlich doch erlauben:
Nichtraucher fänden sich in Massen.

Die kranke Valuta

Nein, da dürft ihr, liebe Leut, nicht hoffen.
Gold kriegt ihr nicht mehr zurück für Eisen.
Nach dem Kriege könnt ihr erst nicht reisen.
Auch die offne Welt steht euch nicht offen.

Wartet nur und sitzet wie auf Kohlen
– denn den Kohlen müsset ihr entsagen –,
und vom Krieg soll in den Friedenstagen
einzig die Valuta sich erholen.

Czernins Rede

Der Ort, wo er sprach, war doch am Platz.
Wo sind seine Hörer denn gesessen?
Ein Mittagessen
ist heut nur Delegationsersatz.

Der neue Pair

Im Krieg ward er, ja wer? ja der, woher, berufen.
Die Nachbarplätze blieben leer daher, auf Ehr!
Denn es versteckt sich jeder Pair,
den mehr Geburt und Air dazu erschufen.

Das ist der Krieg, la guerre, so dachte der, der Pair,
Malheur, gab sich ein Air, und stieg die exklusiven Stufen;
das Feld der Ehre unberufen
ist heutzutage auch bekanntlich leer.

Da sie zur Wehr den Schützengraben sich erschufen,
so sieht man keine Leute mehr, kein Militär.
Und sehr versteckt sich jeder Pair,
seit jenen man im Krieg hieher berufen.

Auszeichnung eines Überlebenden

Er hat den Graben mit kühnem Handstreich genommen,
doch zerfetzt ist er auf dem Platze geblieben.
Der Siegfried, der es gehört und geschrieben,
hat dafür das Verdienstkreuz bekommen.

Die Kriegsberichterstatterin

Ein Weib an der Front?
Ich muß mich verlesen haben!
Was kann die nutzen?
Oh, sie ist es gewohnt.
Sie schaut zu, wie sie den Graben
ausputzen.

Ehrendoktorate

Er wurde Doktor der Philosophie.
»Wie?
Ei, da hat er wohl während der Schlacht
ein Philosophem gar ausgedacht?
So sagt doch, welches Werk er schuf!
Oder wollte er just durch Schweigen
der Welt sich als Philosophen zeigen?«
Er sprach, und zwar das Wort: »Nur feste druff!«

Der Bericht vom Tag

»Durch welche Schlacht traf Sie der harte Schlag?
War es ein Sturm, wo ihn das Glück verließ?
Erschlug das Trommelfeuer Ihren Helden?
Wie lautet der Bericht von jenem Tag?«
»Es war der Tag, von dem es hieß:
Nichts Wichtiges zu melden.«

Der Bauer, der Hund und der Soldat

(Wolhynien)

»Der Hund ist krank! Was fehlt dem armen Hunde?«
»Er ist verwundet, Herr. Das ist der Krieg,
und davon eben hat er seine Wunde.«
Der Bauer sprach's und streichelt' ihn und schwieg.

»Wie aber, wann und wo empfing die Wunde
der arme Hund? Er kann ja gar nicht gehn!«
»Herr, es ist Krieg und da ist es dem Hunde,
er stand so da, da ist es ihm geschehn.

Der Hund stand da und da kam ein Soldat,
der ging vorbei und stach nach meinem Hunde,
der keinem Menschen was zu leide tat,
nie biß er wen, nun hat er seine Wunde.

Seht ihn nur an, es war ein gutes Tier,
er dient mir lang', und in der weiten Runde
der beste Schäferhund, er führte mir
das Vieh allein, nun hat er seine Wunde.

Seht, wie er hinkt. Das tut er seit der Stunde,
da der Soldat vorbeikam, der Soldat,
der stach nach meinem alten Schäferhunde,
der keinen Menschen noch gebissen hat.«

»Und warum, glaubt ihr, bracht' er ihm die Wunde,
der Mann dem Hund die schwere Wunde bei?
Der Hund ist stumm, sein Blick befiehlt dem Munde
für ihn zu sprechen, sprecht nur frank und frei.«

»Wir wissen's nicht. Doch wißt ihr's selbst wie wir,
daß Krieg ist. Mir und meinem armen Hunde
und Gott und jedem Kind und auch dem Tier
ist es bekannt, und Krieg schlägt jede Wunde.

Ich sagt's euch Herr, der Mann war ein Soldat
und wer die Waffe hat, der schlägt die Wunde.
Wißt ihr denn nicht, wie viel's geschlagen hat
in dieser gottgesandten Zeit und Stunde?«

»So solltet ihr, daß er vom Schmerz gesunde,
das arme Tier sogleich mit Gift vergeben.
Erschießt ihr ihn, wißt ihr, daß eine Wunde
auch Wohltat sei, und helft ihm aus dem Leben!«

»Ach Herr, ich ließ' es nimmermehr geschehn,
ich kann nur leiden mit dem armen Hunde.
's ist Krieg, ich kann ein Huhn nicht sterben sehn,
's ist Krieg, da, wißt ihr, gibt es manche Wunde.

Der Hund war gut, vorbei ist's mit dem Hunde,
seit der Soldat vorbeiging. 's ist der Krieg.
Man muß es nehmen, was sie bringt die Stunde.«
Der Bauer sprach's und streichelt' ihn und schwieg.

Vision des Erblindeten

So, Mutter, Dank! So fühl' ich deine Hand.
Oh, sie befreit von Nacht und Vaterland!
Ich atme Wald und heimatliches Glück.
Wie führst du mich in deinen Schoß zurück.

Nun ist der Donner dieser Nacht verrollt.
Ich weiß es nicht, was sie von mir gewollt.
O Mutter, wie dein guter Morgen taut!
Schon bin ich da, wo Gottes Auge blaut.

Meinem Franz Grüner

(getötet am 19. Juni 1917)

Wo bleibst du denn? Andacht und Wissenschaft
will ich von deiner reinen Stirne lesen.
Welch öder Zufall hat dich mir entrafft?
Was triebst du dort, wo du zuletzt gewesen?

Lebhafter Hörer – sprachst du mir vom Geist,
wie ward dem unruhvollen Herzen stille.
Du frommer Forscher. Sprich, da du es weißt:
Wohin wies dich der unerforschte Wille?

Die letzte Nacht

(Aus dem Epilog zu der Tragödie »Die letzten Tage der Menschheit«.)

Der Horizont ist eine Flammenwand. Nachdem Gasmasken, sterbende Soldaten, ein General, Kriegskorrespondenten, ein Totenkopfhusar, der Doktor- Ing. Abendroth aus Berlin und andere Erscheinungen gesprochen haben, setzen die folgenden Auftritte ein. (An diese schließen sich die Wechselreden von drei gelegentlichen Mitarbeitern an, hierauf Rufe von Kriegern, Ordonnanzen und Kinooperateuren, Stimmen aus dem Kosmos und die Stimme Gottes.)

– –

Es wird dunkel. Es erscheinen Hyänen, die Menschengesichter tragen. Als Sprecher der Hyänen Fressack und Naschkatz. Sie kauern vor den Leichen und sprechen, rechts und links, in ihr Ohr.

Fressack

Wenn Sie vielleicht was bedarfen, wenn Sie vielleicht
was bedarfen,
wir sind da, wir tragen Gesichter als Larven.
Doch erschrecken Sie nicht vor Bärten und Mähnen:
wir sind doch keine Menschen, wir sind nur Hyänen!
Nur daß Ihr Opfer umsonst nicht wäre,
sind wir hier am Platz, auf dem Felde der Ehre.
Bedarfen Sie nichts, nehmen wir Ihnen was ab,
was solln Sie mit Schmuck und Barschaft ins Grab!

Naschkatz

Ihr seid nebbich froh, daß alles erledigt.
Für eure Verluste haben wir uns entschädigt.
Auf unseren Rat gingt ihr frisch in das Feld,
gabt ihr euer Blut, nahmen wir euer Geld.
Damit wir gewinnen, mußtet ihr wagen,
jetzt gilt's noch ein Scherflein beizutragen.

Wenn ihr auch besiegt seid, wir werden doch siegen.
Das Blut ist gesunken, das Fleisch ist gestiegen.

Fressack

Ihr könnt euch in dem Punkt auf uns verlassen:
bald wird euch des Kaisers Rock nicht mehr passen.
Mit euren Granaten und Bomben und Minen
fahrt weiter so fort und laßt uns verdienen.
Das ist ein Vergnügen, herum hier zu lungern,
ihr braucht nicht zu frieren, ihr braucht nicht zu hungern!
Wir wissen es doch, unser Ehrenwort, heuer
sind Kohle und Fett noch dreimal so teuer!

Naschkatz

Wir sagen es ins Ohr euch, ihr solltet uns danken:
dadurch, daß ihr hier liegt, gehts besser den Banken.
Durch die Bank konnten sie das Kapital sich vermehren,
die Fusion mit der Schlachtbank kann man ihnen nicht wehren.
Ihr könnt noch von Glück sagen, so ruhig zu liegen,
wenn zugleich mit den Kugeln die Tausender fliegen.
Doch ihr seid entschädigt: ein jeder ein Held!
Ihr schwimmt ja in Blut, und wir nur in Geld.

Fressack

Ihr werdet doch fortleben in den Annalen!
Umsonst ist der Tod, doch dafür muß man zahlen.
Wir haben den Krieg ja nicht angefangen.
Wir haben ihn nur gewünscht, aber ihr seid gegangen!
Von unsern Verdiensten wird niemand singen,
euch müssen doch schon die Ohren klingen!

Von euch werden euere Enkel noch sagen.
So solln sich die unsern über uns nicht beklagen.

Naschkatz

Meine Kinder wärn auf ein Haar an die Front gekommen.
Zum Glück aber hat man sie nicht genommen.
Der eine is für Hintertürln zu ehrlich,
er is im Geschäft einfach unentbehrlich.
Der andere is zu stolz, so war ich für ihn oben,
a conto dessen is er heute enthoben.
Aufs Jahr lass' ich meinen Jüngsten entheben.
Ihr wart auch einmal jung – da soll man erleben!

Fressack

Mein Bub hat ka Protektion, doch er hat sichs gerichtet,
der andere hat Talent, er hat über Siege gedichtet.
In demselben Moment, wie ihn das Vaterland rief,
macht der Jung ein Gedicht und kommt ins Archiv.
Er will aber hinaus – statt dort is ihm lieber
er geht, und wird gleich Dramaturg bei Ben Tiber.
Bittsie drin muß er schreiben, was sich draußen ereignet!
Der Jüngste is nebbich ungeeignet.

Naschkatz

Ihr könnt nicht genug die Mezzie euch preisen,
ihr starbt doch für Wolle, wir leben für Eisen.
Und wir müssen gestern und heute und morgen
uns noch für Leder und Seife und Tafelöl sorgen.
Freihändig offeriert man und erlebt noch die Schand,
ein Dutzend Waggons bleibt einem in der Hand!
Jetzt gehts noch, doch im Frieden – da sag ich von Glück,
wenn, Gott geb, entsteht eine Waffenfabrik.

Fressack

Gott verhüte das Unglück, wer redt heut von Frieden,
wir haben uns zur Not mit der Kriegsnot beschieden.
Wir liefern und leisten, und geben auch was her –
dann wärn wir geliefert, und das wär ein Malheur.
Was heißt Waffenfabrik, ich bin zufrieden mit Skoda,
die Wirkung wie treffend beschreibt Roda Roda.
Wenn ihr schon genug habt, so laßt nackt euch begraben,
meine Frau will einen neuen Pelzmantel haben.

Naschkatz

Ihr könnt es uns glauben, das Leben ist sauer,
ihr Toten, ihr solltet für uns tragen Trauer.
Wenn sich einmal herausstellt, man hat umsonst sich geplagt
das Friedensrisiko – Ihnen gesagt!
Wie wenig bleibt einem, denn für meinen Sohn
kauf' ich jetzt ein Gut, und mein Freund wird Baron.
Einem jeden das Seine. Dem Helden das Grab.
Wir sind die Hyänen. Uns bleibt nur der Schab!

Chor der Hyänen

So sei's! So sei's!
Doch nur leis! Nur leis!
Die Schlacht war heiß
und durch eueren Schweiß
und durch unseren Fleiß
ist gestiegen der Preis.
Gott weiß, Gott weiß.
Noch drei Waggon Reis
und noch drei Waggon Mais
stehn auf dem Geleis.
Steh auf, geh leis!
Wir schließen den Kreis.
So sei's! So sei's!

Tango der Hyänen um die Leichen. Die Flammenwand im Hintergrund ist inzwischen verschwunden. Ein schwefelgelber Schein bedeckt den Horizont. Es erscheint die riesenhafte Silhouette des Herrn der Hyänen. In diesem Augenblick stehn die Hyänen still und bilden Gruppen.

Der Herr der Hyänen

Schwarzer, graumelierter, wolliger, ganz kurzer Backen- und Kinnbart, der das Gesicht wie ein Fell umgibt und mit ebensolcher Haarhaube verwachsen scheint; energisch gebogene Nase; große gewölbte Augen mit vielem Weiß und kleiner stechender Pupille. Die Gestalt ist gedrungen und hat etwas Tapirartiges. Jackettanzug mit Piquéweste. Der rechte Fuß in ausschreitender Haltung. Die linke Hand, zur Faust geballt, ruht an der Hosentasche, die rechte weist mit gestrecktem Zeigefinger, auf dem ein Brillant funkelt, auf die Hyänen.

Habt acht! Und steht mir grade!
Ich komme zur Parade,
und es gefällt mir gut.
Ihr habt die Schlacht gewonnen!
Nun ist die Zeit begonnen!
Nun zeiget euren Mut!

Müßt nicht mit leisen Tritten
den Tod um Beute bitten.
Weh dem, der jetzt noch schleicht!
Nein, sollt mit freiem Fuße
ihn treten, Gott zum Gruße!
Denn jetzt ist es erreicht!

Und der es einst vollbrachte,
an seinem Kreuz verschmachtete,
wert, daß man ihn vergißt.
Ich tret' an seine Stelle,
die Hölle ist die Helle!
Ich bin der Antichrist.

Dank steigt von allen Dächern,
daß jener zwischen Schächern
nun auch sein Spiel vollbracht.
Sein bißchen Blut, verronnen
ist's kläglich an den Tonnen
der unverbrauchten Macht!

Die Liebe ist gelindert!
Sie hat es nicht verhindert,
was nun zum Glück geschah.
So hört, ihr wahrhaft Frommen,
das Heil ist doch gekommen,
der Antichrist ist nah!

Die nie besiegte Rache
half der gerechten Sache,
ich war ihr gutes Schwert!
Sie zogen blank vom Leder
dank meiner guten Feder.
Die Macht nur ist der Wert!

Aus diesem großen Ringen
mit vielen Silberlingen
gehn siegreich wir hervor.
So schließen sich zum Ringe
die altgedachten Dinge.
Das Kreuz den Krieg verlor!

Und die gekreuzigt hatten,
wir treten aus dem Schatten
mit gutem Judaslohn!
Mich schickt ein andrer Vater!
Von seinem Schmerztheater
tritt ab der Menschensohn.

Er weicht dem guten Bösen.
Er wollt' die Welt erlösen;
sie ist von ihm erlöst.

Damit sie ohne Reue,
was sie erlöst hat, freue
und für den Himmel tröst'!

Der Haß mußt' sich empören.
Um nimmer aufzuhören,
war Liebe nicht gemacht.
Dank dieser Weltverheerung
gilt eine ewige Währung,
zu der der Teufel lacht!

Geht auch die Welt auf Krücken,
der Fortschritt mußte glücken,
ging aufs Geschäft er aus.
Was Gott nicht will, gelingt doch,
der Teufel selber hinkt doch
und macht sich nichts daraus.

Mit invalider Ferse
geht dennoch er zur Börse
und treibt den Preis hinauf.
Dort ist's gottlob nicht heilig,
der Teufel hat's nicht eilig
und läßt der Welt den Lauf.

Ich bin sein erster Faktor.
ich bin des Worts Redaktor,
das an dem Ende steht.
Ich kann die Seelen packen
und trete auf den Nacken
von aller Majestät!

Ich züchtige die Geister.
Drum zollet eurem Meister
den schuldigen Tribut.
Nach diesen großen Taten
auf größern Inseraten
die neue Macht beruht.

Das Leben abzutasten
mit unbeirrtem Hasten,
seid, Brüder, mir bereit.
Versteht der Zukunft Zeichen,
tastet noch ab die Leichen,
in Ziffern spricht die Zeit!

Laßt keine Werte liegen,
die dann die andern kriegen,
macht eure Sache ganz!
Tragt ein in die Annalen
die intressantern Zahlen
und macht mir Blutbilanz!

Der alte Pakt zerreiße!
So wahr ich Moriz heiße,
der Wurf ist uns geglückt!
Weil jener andre Hirte
sich ganz gewaltig irrte!
Ich heiße Benedikt!

Ich bin gottlob verwandt nicht,
die andere Welt sie ahnt nicht,
daß ich ein andrer Papst.
Denn alle an mich glauben,
die wuchern und die rauben
und die im Krieg gegrapst.

Die Frechen und die Feigen
vor meinem Thron sich neigen,
denn nun erst gilt das Geld.
Daß nie der Zauber weiche
von diesem meinem Reiche!
Es ist von dieser Welt!

Ging' es nicht über Leichen,
die dicken, schweren Reichen
das Reich erreichten nie.
Steht auch die Welt in Flammen,
wir finden uns zusammen
durch schwärzliche Magie!

Durch die geheime Finte
zum Treubund rief die Tinte
die Technik und den Tod.
Mögt nie den Dank vergessen
den Blut- und Druckerpressen.
Ihr habt es schwarz auf rot!

Ich traf mit Druckerschwärze
den Erzfeind in das Herze!
Und weil es ihm geschah,
sollt ihr den Nächsten hassen,
um Judaslohn verlassen –
der Antichrist ist da!

Walzer der Hyänen um die Leichen.

Die Hyänen

So sei's! So sei's!
Wir treten mit Mut.
Wir treten nicht leis.
Wir trinken das Blut!

Wir treten mit Mut.
Wir trinken es heiß.
Wir treiben das Blut.
Wir treiben den Preis!

Vergossen, vergessen,
genossen, gegessen,
wir prassen und pressen,
wir treiben den Preis!

So sei's! So sei's!
Wir treiben es mit Mut.
Die Schlacht war heiß.
Wir pressen das Blut!

Nicht sinke der Mut.
Wir bleiben im Kreis.
Wir treiben das Blut.
Nicht sinke der Preis!

Vergossen, vergessen,
genossen, gegessen,
wir fressen und pressen,
wir treiben den Preis!

Wir treten und treiben
und trinken das Blut.
Wir pressen es gut!

Wir treten und treiben
und trinken es heiß.
Wir treiben den Preis!

Schlaft gut, schlaft gut!
Wir treten nicht leis.
Eia popeia!
So sei's! So sei's!

Die Hyänen lagern sich über die Leichen.
Drei gelegentliche Mitarbeiter erscheinen.

- -

Meinem Franz Janowitz

(getötet am 4. November 1917)

Ein Landsknecht du? Vier Jahre deines Seins
hast du dein frühlinghaftes Herz getragen
durch Blut und Kot und alle Pein und Plagen
und wurdest der Millionen Opfer eins?

Und durftest, was du mußtest, uns nicht sagen
und fühltest Vogelsang des grünen Rains
und lebtest stumm am Rande dieses Scheins
und fromm genug, um ferner nicht zu fragen.

Und da dein reines Herz erstickt in Kot,
das Mitgefühl der Zeit mußt du entbehren.
Ein treuer Bursch nur stand bei deinem Tod.

Doch seine Tränen wird die Welt vermehren,
färbt einst nicht Blut mehr, färbt die Scham sie rot.
Bis dahin mag sie ihre Henker ehren!

In einem totenstillen Lied
vom Weh zum Wort die Frage zieht:
Wer weiß wo.

Wer weiß, wo dieses stille Leid
begraben liegt, es lärmt die Zeit
vorüber so.

Sie schweigt nicht vor der Ewigkeit
und stirbt und ist doch nicht bereit
zur letzten Ruh.

In einem lebenslauten Lied
vom Wahn zum Wort die Frage zieht:
Wer weiß, wozu!

Krieg

Der Bauer bat:
»Herr, dies hier ist mein letzter Rock
und all mein Gut ist dieser Bienenstock.
Bewach' ihn Gott und ein Soldat,
daß die Soldaten ihn nicht nehmen!«
»Ein braver Mann hat so was nicht vonnöten!«
Der stiehlt nicht Bienen. Der kann Bienen töten.
Denn Krieg ist Krieg, da hilft kein Grämen.
Bei Nacht geschah's, die Nacht schwieg still –
im Garten Lärm, und jener eilt zu retten
und er begegnet ihren Bajonetten,
da er es ihnen wehren will.
Denn Krieg ist Krieg, der Herrgott mag's bedauern,
und was da ist, das ist gewesen
und ohne Furcht und Federlesen
zerschlugen sie den Bienenstock dem Bauern.
Es tagt. 'nen Bettel bietet man ihm an.
»Behaltet's, Herr!« »Ist's dir zu wenig, Schuft?«
die Stimme des Gewissens ruft.
»Ich will kein Geld! Nur sehn, wer es getan!«
Sie stehen mit erwartungsvollen Mienen,
da führt man jenen Führer her
der Rotte, die den Stock zerbrochen.
»Ich bin entschädigt! Dies ist mehr!
Sie haben ihm die Stirn zerstochen!
Denn Krieg ist Krieg. O meine braven Bienen!«

Kinematographischer Heldentod

Das Weltgericht macht uns nicht bang,
doch wird uns gerne weltgeschichtlich.
Kein Epos, ein Kino die Zeit besang:
»Sämtliche Heldentaten ersichtlich!«

Tradition

Wie? Herder schon war dem U-Boot gewogen?
Die Kunde wurde in Preußen laut.
Auch die älteren deutschen Theologen
hätten somit auf die Waffe vertraut.

Bomben auf den Ölberg

Laßt Hosianna erschallen, laßt Hosianna erschallen:
Bomben sind auf den Ölberg gefallen!
Das gläubige Ohr kein Zweifel belästigt:
Der Ölberg war längst militärisch befestigt!

Lob sei von euch dem Kühnen gesungen,
und preiset mir auch den Weisen laut:
dem endlich der große Wurf gelungen,
und jenen, der rechtzeitig vorgebaut.

Jenen und diesen, die's endlich vollbrachten,
laßt sie auf Lorbeern, auf Dornen nicht ruhn.
Denn wenn sie sich auch etwas anderes dachten,
ach, sie wußten doch, was sie tun.

Wenn statt der Kanone das Kreuz getroffen,
bei verfehltem Ziel ist die Absicht löblich.
Nicht splitterrichtend, wollen wir hoffen:
Der militärische Schade ist unerheblich.

Der Flieger

Arsenale zu treffen, wäre nicht ohne,
doch werden nur Kinderzimmer ruiniert.
Vielleicht, wer auf einen Säugling visiert,
zerstört endlich doch einmal eine Kanone!

Der neue Krieg

Am schwersten in diesem Krieg wird mir:
Gasmaske zu einen und Panier.
Wie ist das? Die vor dem Feind nicht weichen,
den Tod ihm mit chemischen Mitteln reichen,
die chlorreich bei der Waffe geblieben,
ob auch die Sonne über uns scheint –
sie wurden nicht aus der Armee getrieben
für rühmliche Feigheit vor dem Feind?

Siegesfeier

Sieg entflammt die Bürgerherzen,
das Gemüt erstrahlt im Trugschein.
Anzuzünden auch die Kerzen,
braucht man leider den Bezugschein.
Auch das Holz für Freudenfeuer
sollte füglich man bestellen.
Doch der Umstand, daß es teuer,
reicht, die Siege zu erhellen.

Zwischen den Schlachten

»Er strebt nach Lorbeer. Unter welchem Titel?
Durch welche Tat will er hervor sich tun,
auf daß sie seinen Namen nicht vergessen?
Bloß der Erkorne darf auf Lorbeer ruhn!«
»Die andern aber wollen ihn nur essen.
Er strebt nach Lorbeer, der ein Lebensmittel.«

Vorräte

Wir hoffen doch, es wird erklecken,
wenn wir das Mehl und den Zucker strecken.
Noch weniger Müh' aber würde es schaffen,
mit weiser Voraussicht zu strecken die Waffen.

Ausgleich

Daß dich dein Schuster jetzt beraubt,
das schaffe dir kein Grämen.
Hast je du an deinen Schneider geglaubt,
sollst du dich selber schämen.
Ich habe mein Mütchen daran gekühlt,
wie jetzt der Schneider den Schuster bestiehlt.

Knappes Leben

Ich wollte in einem Kaffeehaus Kaffee;
da sagte der Kellner: »Gar ka Idee!«
So bat ich ihn um zwei Zigarren:
da sah er mich an wie einen Narren.
Ich hatte zum Glück noch eine bei mir:
da sah er mich an wie ein Wundertier.

Nun wollt' ich sie rauchen, da brauchte ich Feuer:
da schien ich ihm vollends nicht geheuer,
er sprach: »Ja was fallt Ihnen ein, lieber Herr,
wo nehmen denn mir ein Strafhölzl her?«
Ich hatte noch eines bei mir zum Glück:
ihn faßte das Staunen, er prallte zurück.
Ich rief ihn wieder, da stand er stumm,
mein Wesen ging ihm im Kopf herum.
»Was ist noch zu haben?« Da brachte er bloß
von Zeitungen einen ganzen Stoß.

Kriegsküche

In einem Gasthaus gab's noch eine Speise
und einen Kellner, der nicht eingerückt;
die letzten Gäste hatten Kummermienen.
Daß er den Notstand vollends mir beweise
– ich hoffte schon, es sei geglückt –
der Kellner kam und sprach: »Kann nicht mehr dienen!«

Die Redensart

Ja beim Bäcken!, sagt von je der Wiener,
wenn er meint, daß etwas nicht zu haben,
neckend die Verneinung zu verstecken.
Will er heut an einem Brot sich laben,
ist's zu haben doch, korschamer Diener,
wohl beim Bäcken, nicht wahr? Ja, beim Bäcken!

Propaganda

Die Gunst der Neutralen uns zuzuwenden,
ist's verkehrt, unsre Künstler hinauszusenden.
Ich freilich bin wieder nicht zu gewinnen,
läßt man unsre Künstler bei uns herinnen.

Ich denke, es wäre zu Gunsten des Staats,
und hätte für mich einen eigenen Reiz:
man gibt ihnen einen Paß in die Schweiz
und behält unsre Künstler in Kontumaz.

Burgtheater-Tradition

Der Zustand macht uns nicht wenig stolz:
unsre Kunst war aus Marmor, jetzt ist sie von Holz.
Ich hatte stets das beste Kleid:
spricht ein Parvenü der Vergangenheit.
Wenn wir so mit dem Gehabten protzen,
hat der Gast nichts zu essen, aber reichlich zu kotzen.

Girardi im Burgtheater

Hat man deiner Kunst den Palast erschlossen,
o fliehe den Fluch der unseligen Erben!
Es glückt ihnen, deine Natur zu verderben.
Spiel ihnen, ebendort, einen Possen!

Der Ruf der Wienerstadt

Wie anders als sonst eine Frau, die gefallen,
steht diese Stadt da in schlechten Tagen.
Es darf als ihr guter Ruf erschallen,
ihr eine Vergangenheit nachzusagen!

Der Fremdenverkehr

Die Vindobona ergab ihre Ehre
einem geregelten Fremdenverkehre.

Sie wollte es immer am liebsten erleben,
er sollte sich womöglich noch heben.
Sie lockte sie, die sich ließen verführen:
Komm Kleiner, wir werden sich gut amüsieren.
Und jetzt im Krieg steht sie auf der Gassen
und fühlt sich von jedem Verkehr verlassen.
Die Fremden ließen sie schnöde im Stich –
nur durch die Hoffnung allein geht der Strich.
Doch jene bleibt: wird es Frieden geben,
so werde der Fremdenverkehr sich heben.

Die Instrumente

Ich habe es nie so recht vertragen,
daß ein Fleischer sich füllt seinen eigenen Magen.
Es hat mich besonders aufgeregt,
daß ein Schneider selbst einen Anzug trägt.
Der peinliche Anblick gab mir den Rest,
wie ein Friseur sich einmal die Haar' schneiden läßt.
Nur eine Betrachtung schien mir zu frommen:
ein Beamter hat eine Grobheit bekommen.

Unsere Post

Das ist nun hierzuland der Brauch:
die Post ist findig, doch verliert sie auch.
Du beklagst den Verlust von einem Brief?
Du wußtest doch selber, es gehe schief!
Was immer dir widerfährt durch die Post,
ein jeder Verlust hat in sich schon den Trost.
Du gabst einen Brief auf die Post – nun eben:
da hattest du ihn doch aufgegeben.

Repressalien

Konnte kein Fremdenverkehr sich entfalten,
so fühlte sich unsere Ehre verletzt.
Wie mochten wir's dennoch zum Vorteil wenden?
Die Fremdwörter waren in unseren Händen.
So haben wir sie zurückbehalten
und schlecht übersetzt.

Etymologie

Sehr wahr, der Söldner kommt von Sold.
Soldat wird man aus Pflicht.
Was so ein Händler frei gewollt,
ein Held kriegt so was nicht.

Sprachgebrauch

Was komisch ist, in deutschem Land
sehr häufig »gottvoll« wird genannt,
und als 'ne Moschee ein Berliner betrat,
er sie deshalb gottvoll gefunden hat.

Vergnügungsanzeiger

Schulter an Schulter zusammen zu wandern,
so kommen wir bis in den Wurstelprater.
Was ist dort los? Nun, unter andern
das Bundestheater.

Ersatz

Das ist ein sonderbarer Fall:
es braust ein Ruf wie Donnerhall.

Zeichen und Wunder

Lieb Vaterland, magst ruhig sein,
doch kann ein Umschwung geschehen.
Der Opposition fiel das Drohwort ein,
in die Opposition zu gehen.

Revolution in Deutschland

Genossen Schliefke aus Teltow fiel es bei,
einmal auch zu Hof zu spazieren:
Wir sind eine revolutionäre Partei,
wir müssen uns revolutionieren!

In eigener Regie

Die Deutschen sind das Volk der Dichter und
Denker.
Drum eben nannt' ich sie das Volk der Richter und
Henker.
Stante pede aber köpfte mir ab dies Wort
ein deutscher Denker.
Und gnädig machte dann den Russen sofort
es zum Geschenk er.
Wahr wahr, die Barbaren waren ohne Recht,
da Zaren die Lenker.
Der Deutsche aber ist sein eigener Knecht,
sein eigener Henker!

Revolution

Die Zeit hat sich männiglich aufgerafft
und hat den Tyrannen vertrieben.
Ein Selbstherrscher wurde dort abgeschafft,
die Selbstknechte hier sind geblieben.

Die Balten und die Letten

Dem Freund der Freiheit ist es nicht leid:
die Deutschen haben die Balten befreit.
Nun haben also endlich die Balten
ihre Freiheit von den Letten erhalten.
Erfreulich wär's nur, wenn bald auch die Letten
durch die Deutschen schon ihre Freiheit hätten.
Und wenn beide befreit sind, so wär's an der Zeit,
daß man die Balten und die Letten von den Deutschen befreit!

Die deutsche Schuldfrage

Nichts ist schwerer zu erraten:
Haben deutsche Diplomaten
erst das Volk durch ihre Taten
auf dem Hassesherd gebraten?
Oder – wer zerteilt die Wolke –
schulden sie den Haß dem Volke?

Wie es kam

Wie sie traten in Erscheinung,
machten sie die fremde Meinung.
Wollet ihr den Fall ermessen,
so begleitet nur ihr Wandeln,
sehet ihnen zu beim Essen,
höret ihnen zu beim Handeln.
Trat hinaus der Platzagent,
macht er, daß die Erde brennt.

Expansion

'nen Platz an der Sonne erlangen?
Nicht leicht.
Denn wenn er erreicht,
ist sie untergegangen.

Made in Germany

Den Handel hat uns eingerührt
die kommerzielle Gilde.
Denn das, was sie im Schild geführt,
das führte sie im Schilde.
Eh' sie die Herkunft deklariert,
hat sie die Warenbilder
dem Feinde aus- und eingeführt.
Nun Schilde gibt's für Schilder.

Verkehrte Götterwelt

Das ist ja ein mythologischer Spott,
man staunt nicht genug des Wandels:
Seit wann ist Merkur denn des Krieges Gott
und Mars der Gott des Handels?

Mit Gott

Vor solchem Saldo, solchem Siege
bleibt keine Allmacht ungerührt.
Geschäftsbücher und Kriege
werden mit Gott geführt.

Das mag dem lieben Wotan gefallen:
Die Warenhäuser sind Walhallen.
Da macht sich auch der Jehova nichts draus:
Walhalla ist ein Warenhaus.

Wenn man so germanisch den Zeitgeist würzt,
so klingt auch die Edda wie abgekürzt,
die gar jene Bugra noch übertrifft
als die Erste Deutsche Draht-Anschrift.

Bei diesen Götter- und Heldensachen
haben die Feinde bei Gott nichts zu lachen,
denn die Welt ist längst eine wabernde Loh'
dank einem Fenriswolff-Büro.

Drin lassen die Deutschen sich nicht stören;
zu hörig sind sie, um aufzuhören.
Denn was sie mit frischem Mut mal begannen,
das braucht keine Männer, das braucht nur Mannen.

Schwerindustriell ist das Leben gerichtet,
da wird so leicht kein Weltkrieg geschlichtet.
Wie sollten sich die Maschinen empören?
Das Herzblut rinnt durch Mannesmannröhren.

Wahnschaffe

Ja, wenn es die wahren Junker doch wären!
Liehn Schaffern und Schleppern sie Wappen und Waffen?
Dies bunte Gemisch hat der Wahn erschaffen.
Der neue Plan lebt von alten Chimären.

Da ist uns die nüchterne Wirtschaft doch lieber
als ihre Verbindung mit heiligem Geist,
deren Regierungsvertreter Wahnschaffe heißt,
als dieser Treubund von Junker und Schieber!

Wir fliehn nicht die Farbe, wir fliehn das Geflunker,
Romantik der Börsen, Geschäft mit Basalten,
wahnschaffnen Bastard des Neuen und Alten.
Das sind nicht die wahren – sind Warenjunker!

Der Heldensarg

Treu bin ich dir bis an und übers Grab!
So sprach ein treuer Mann zum Österreicher.
Dem schmolz das Herz und auch das Hirn ward weicher,
er sprach: So habe alles, was ich hab'!

Der Bruder nahm und füllte seinen Speicher;
der Bruder leerte seinen, gab und gab.
Der dort gedieh und der hier kam herab.
Blutrot ward jener, dieser bleich und bleicher.

Da schickt' er, sich 'mal doch zu revanchieren,
dem toten Bruder einen Heldensarg,
treu dessen idealem Lebenszweck.

Grenzüber in sein Land wollt' er ihn führen.
Schwer wog die ird'sche Last. Der Sarg, der barg –
den Toten? Nein, nur seinen letzten Speck.

Bunte Welt

Der Unterschied war einst die Norm,
das war im Frieden.
Jetzt ist jeder durch eine Uniform
vom andern unterschieden.

Und Feld und Wald ist nur ein Feld
in dunkler Stund'.
O Gott, wie farblos wird die Welt,
treibt sie's so bunt!

Die Werte

Ein weiser Wechsel herrscht im Land,
der Wesen und der Dinge.
Denn Blut und Geld sind blutsverwandt;
es rollt im gleichen Ringe.

Geld: nichts es uns und alles gilt;
und Blut, so viel man wolle.
Was jetzt die größte Rolle spielt,
das spielt jetzt keine Rolle!

Das Lebensmittel

Hungernd die Familie lungert,
»Vater, Brot!«, so rief sie aus,
als derselbe kam nachhaus.
»Kinder!«, rief er, »Rußland hungert!«

So lesen wir alle Tage

Der Feind, er leidet, uns geht's gut,
nur er hat unsere Sorgen,
was er schon jetzt entbehren tut,
entbehren wir erst morgen.

Der Feind, er lügt, wir sprechen wahr,
er soll uns nicht verlästern,
er lügt so grob, er lügt so klar,
wir lügen schon seit gestern.

Zusammenhänge

Die Butter fehlt, das Obst ist teuer,
Kartoffeln noch schwerer zu kriegen heuer,
mit den Eiern hat's seine liebe Not,
Brot braucht man wie einen Bissen Brot,
es ist verboten das Zimmer zu lichten,
mit der Kohle kann man vielleicht es sich richten,
man setzt sich bei manchem Klachel in Huld,
denn Vorräte hat man nur an Geduld,
das Rauchen verbieten sie zu erlauben,
ein Wahn ist's an ein Stück Seife zu glauben,
dem Wucher öffnet man weit alle Taschen,
die Hand wird nur noch in Unschuld gewaschen,
ein Schuhband vermiss' ich schon lange schier,
der Kaffee ist aus Eicheln und der Spagat aus Papier,
Papier ist knapp, möcht' unter Siegel es geben,
daß dieses immer schon schöne Leben
mit jedem weiteren Siegestag
wird schöner – es stinkt der Siegellack.
Da möchte man fort, doch weil sie doch siegen,
ist auch kein Wagen zur Bahn zu kriegen.

Das alles tut mir vom Herzen leid.
Wie immer jedoch sie den Notstand benennen,
was immer uns fehlt, es läßt doch erkennen
unsre artilleristische Überlegenheit.

Der Geschäftskrieg

»Der Krieg ist am Kommerz entbrannt!«
Zur unfrommen Meinung der Teufel lacht.
Er hätte ihn Religionskrieg genannt,
denn ein Geschäft hat ja keiner gemacht.

Der allgemeine Verteidigungskrieg

Da zehn Millionen Menschen begraben,
so bleib' ich der Menschheit weiter gewogen.
Nur möcht' ich das gute Gewissen nicht haben,
mit dem sie in jenen Krieg gezogen!

Die Schuldfrage

Wer diesen Krieg hat angefangen:
die endlose Frage den Schlaf mir stört.
Doch soll ich wieder zur Ruhe gelangen,
beginnet: Wer hat damit aufgehört!

Einem Strategen

Dem wahren Ruhm tut keine Herkunft leid;
er ist durch allerlei erwerblich.
Du wirst dank massenhafter Sterblichkeit
ganz sicher einmal unsterblich.

Aschermittwoch

Was ist von der Menschheit geblieben?
Kein Menschenmaterial!
Wir haben es toll getrieben
im tragischen Karneval!

Linguistik

»Einrückend«: ist's nicht auch schon hart,
dies Partizip der Gegenwart?
Nun setzt man zu dem Massenleid
ein Partizip der Vergangenheit.
Das hat dem Herrgott Zweifel gebracht.
Seine Menschheit wurde »einrückend gemacht«.
Er wandte sich von dem Haufen weg:
Zwei Mittelworte für keinen Zweck!
Den Handel machte erst abnorm
des Zeitworts wahre Leideform.

Vor dem Heldentod

Ja, beim gefährlichen Ungefähr
muß jeder seinen Mann stellen.
Jedoch die Plackerei vorher?
Auch zum Sterben muß man sich anstellen!

Jahreszeit

Das Leben geht weiter – ins Varieté
und in die Theatersäle.
Man macht sich warm, schon fällt der Schnee
auf dem Monte Gabriele.

Die Tauglichen und die Untauglichen

Der Baum der Menschheit ist ein eignes Holz
und es gefällt den strengen Gärtnern allen,
daß er verkehrt muß treiben,
und solches Wachstum macht ihn selber stolz:
Die grünen Blätter fallen,
die welken bleiben.

Wahlspruch

Nur immer heiter,
den Tod übertollt!
Das Leben geht weiter –
als Gott es gewollt.

Sinn und Gedanke

Die Sprache ist ein umständliches Wesen,
dem man nicht beikommt mit geschäft'ger Hast,
und was geschrieben, dreimal sei's gelesen,
auch wenn aufs erste man den Sinn erfaßt.

Ein leicht verständliches Epigramm

So mancher manches Wort verschmäht,
weil er es einfach nicht versteht.
Was kann der Leser denn erfahren
aus dem Gedichte »Memoiren«?
Doch merk' er sich: Das Wort ist gut,
weil er es nicht verstehen tut.

Was kann an manchem Worte sein,
sagt mancher, denn ihm leuchtet's ein.

Geh, sagt er, bring uns schwerere Kost
als dieses Witzwort von der »Post«!
Doch merk' er sich: Das Wort ist gut,
wiewohl er es verstehen tut.

Er kann an diesem Merkwort sehn:
es ist zwar gut, doch zu verstehn.
Geht leichten Reims der Sinn hervor –
die Seele ist der Sprache Ohr.
Denn was da Wort und Welt verband,
das trennt das Rätsel vom Verstand.

Unterricht

Mein eigner Zweifel ist mein Wesen,
ich weiß nur sicher, daß der eure nicht weit her ist,
nie wird von ihm mein Wort erreicht sein.
Ich rate jedem, dem's zu schwer ist,
es noch einmal zu lesen –
dann wird es ihm vielleicht schon leicht sein.

Doch wenn's zuvor schon leicht gewesen,
und wenn es unschwer vom Verstand erreicht ist,
auch da muß ich zum Lehrer werden.
Ich rate jedem, dem's zu leicht ist,
es noch einmal zu lesen –
dann wird's am Ende schwerer werden.

Es klingt anders

Weil euch der Reim nur ein Klang ist,
mag eure Ohren er immer erfreuen.
Wie würden sie allen Genuß bereuen,
wüßte das Herz, daß er ein Zwang ist!

Die Schwärmer

Als ich in der Nacht mein Werk geschrieben,
sind an meinem Licht
viele Mücken hängen geblieben.
Und ihr Summen stört mein Gedicht.
So müssen, will ich weiter schreiben,
fortan meine Fenster geschlossen bleiben.

Nun sitzen sie an den Fenstern
und sehen mir zu.
Nun ist keine Ruh
vor den Nachtgespenstern.

Der Hörerin

Daß mir die letzte Freude niemand stört!
Die Freude, ihr es vorzulesen? Nein.
Doch will sie größer als, mir zuzuhören, sein.
Nur eine Freude habe ich allein:
ihr zuzusehn, wie sie mich lesen hört!

Goethe-Ähnlichkeit

»Erstaunlich, wie manches an Goethe gemahnt!«
erkannte einer, der es gelesen.
Die Beziehung hab' ich nicht angebahnt,
doch vielleicht ist er wirklich bei mir gewesen.

Gedanklichen Reimspruchs engeres Bett
hat ein für allemal er bereitet.
Nur wie sich die Sprache zu strecken hätt',
sie sich neu die inneren Grenzen erweitet.

Was offen vom eigenen Ursprung kommt,
das führt nicht den fremden Plan im Schilde.
Doch einem lebendigen Ding es frommt,
ist's geschaffen nach Goethes Ebenbilde.

Und wie sich Wesen und Form verzahnt,
und wenn die Sprache des Worts will genesen –
da hat es der Ähnlichkeit selber geahnt,
und ich bin bei Gott bei Goethe gewesen!

Ich und der Stoff

Mir fehle es an Stoff, so höhnt ein Stoffel;
gern gäb' ich ihm von meinem Stoffe ab.
Was ist mein Stoff? Nichts andres als ihr selbst
und drum der eure! Doch, den ihr nicht seht,
der meine ist nur die unendliche
Notwehr und Flucht und Rettung aus dem Stoff.
Wie brächt' ich, daß es so, dem Stoffe bei!
Die Müh' ist größer noch als jene Not;
hier geht der Atem aus und nie der Stoff.
Der Stoff macht Fieber, und ich denke nach,
von welcher Krankheit ich umgeben bin.
Und von wie hartem Stoff die Zeit muß sein,
die aus Papier ist, Stein und doch Papier,
und nicht zerfällt bei solchem Widerspruch.
Not an dem Stoff? Wär' nicht die Not mein Stoff,
so wäre Not. Not ist nur durch den Stoff!

Phantasie an eine Entrückte

Wie kam's, daß deine Räusche mich berauschen
und deine süße Ohnmacht mich belebt,
die Kraft sich mir an deiner Schwäche hebt –
ich möcht mit keinem deiner Sieger tauschen!

Mit Allen bleibt mir meine Lust verwebt
und Aller Liebesschwüren laß mich lauschen,
und wie die Brunnen deiner Gnade rauschen,
zu deiner Allmacht mein Gedanke strebt.

Nie wird die Zeit mir diese Gluten kühlen,
an fernen Feuern will ich dir erwarmen,
mit dir zu wissen und in dir zu fühlen.

Nun bin ich du, und du bist das Erbarmen,
und läßt mich in gewesenen Wonnen wühlen.
Und Alle halte ich in deinen Armen!

Da schon die Blätter falb,
will ich nicht säumen,
innen und außerhalb
Frühling zu träumen.

Eh mich umfaßt die Qual
dunkler Gewalten –
o holdes Dazumal,
lasse dich halten!

Wie es von mildem Weh
weht durch die Zeiten!
Will, wenn ich schulwärts geh',
gern mich begleiten.

Hab' vor dem Ziele bang,
nie mich erdreistet.
Wenn es mir auch gelang,
war's doch geleistet.

Länger davor verweilt,
wird es mir lieber –
ach, wie die Zeit enteilt,
ich habe Fieber.

Wie es mich trieb mit Hast
zu Hindernissen,
drückte wie Zentnerlast
gutes Gewissen.

Nicht ohne Lust ich litt
vieles Versäumnis,
nie ohne Furcht ich schritt
in das Geheimnis.

Glück war es und Beruf,
Glück zu entbehren;
was mir Verehrung schuf,
scheu zu verehren.

Mut aber und Gewalt
vor der Gemeinde,
Sturm ohne Aufenthalt
faßte die Feinde.

Herz, wie du wieder bangst
im weitern Raume,
weckte dich Kinderangst
aus deinem Traume.

Pocht es von altersher,
öffn' ich die Sinne,
daß es wie damals wär',
wo ich beginne.

In trüber Lebensluft
voller Gefahren
ahn' ich den Gartenduft
aus frühen Jahren.

Ruf' ich's, so ist es da,
daß ich es hege.
Grün, wie ich's nie mehr sah,
wuchs mir am Wege.

Liegt mir die Zeit im Ohr,
um mich zu täuschen,
dringt doch ein Kinderchor
aus den Geräuschen.

Heuer geht's früh aufs Land,
auf blasser Wange
fühle ich deine Hand.
Fort bist du lange.

Fern als ein Leierklang
klingt's in das Leben,
will's einem Leid entlang
spielen und schweben.

Ja dort in Weidlingau,
in jenem Alter,
war mir der Himmel blau,
rot war der Falter.

Bin schon im Herrenbad,
Schwimmeisterstimme,
welch eine Wundertat,
daß ich schon schwimme!

Dann in der Bildung Frohn,
bessrer Berater,
spielt mir der Lebenston
Sommertheater.

Da ward mir frei und froh
vor bunter Szene.
Liebte Madame Angot,
schöne Helene.

Blaubarts Boulotte und,
nicht zu vergessen,
Gerolstein, Trapezunt,
alle Prinzessen.

Und bis zum letzten Lohn
schwebender Wonne
tanzte und schlug den Ton
Gilette von Narbonne.

Leben kein Sündenplatz,
Kunst keine Sühne.
Schwerlosen Wissens Schatz
bot mir die Bühne.

Gern den gebührlichen
Dank will bewahren
jenen figürlichen
Achtziger Jahren!

Was ich vereine,
dort schien's gefunden,
und ihrem Scheine
Wesen entbunden.

Wer bliebe ungerührt
von ihren Künsten?
Doch keine Brücke führt
zu euren Dünsten!

Kunst war nicht Nebenbei,
konnte noch gelten,
rief als ein Wolterschrei
tieferen Welten.

Was nun in Dunkelheit
leide und sehne,
weiht jenem bessern Leid
Sonnenthals Träne.

Jünger bin ich als jung,
leb' ich im Alten.
Welche Erneuerung!
Welches Erhalten!

Zieht in der Zeiten Kluft –
ich wohne besser,
bau' ich mir in die Luft
brüchige Schlösser!

Blick' ich nur aus von dort
in eure Fenster,
ruft euch mein Zauberwort:
seid ihr Gespenster!

Neuer ist meine Art,
freier ich wohne.
Es brach die Gegenwart
ein Epigone!

Rückwärts mein Zeitvertreib!
Jugend erst werde!
Länger als ihr verbleib'
ich auf der Erde!

Und weil die Blätter falb,
soll es mich laben,
innen und außerhalb
Frühling zu haben!

Es werde Licht

Bin so viel Jahre schon und Nacht für Nacht
in einem Unterstand gesessen.
Und habe dennoch nicht vergessen,
daß Gott der Herr den Tag gemacht.

Ihr aber habt geschlafen unterdessen.
Ich aber habe nur gewacht,
und hab' darüber nachgedacht,
daß ihr geschaffen wurdet, um zu essen.

Wir werden niemals mehr zusammenkommen,
ich unten, ihr am sichern Herde.
Ich bin verdammt und ihr, ihr seid die Frommen.

Und steig' ich auf, und ihr seid auf der Erde,
so bleibt uns die Verständigung genommen.
Ihr lobet Gott; ich weiß, wie Licht es werde.

Vallorbe

Mai 1917

Du himmlisches Geflecht, du Glockenblumenkorb,
Ursprung der Orbe, der Welt, du unversehrtes Ziel,
du Wonnewort Vallorbe, das in den Mai mir fiel,
du Tal der Täler du, traumtiefes Tal der Orbe!

Du Sonntag der Natur, hier seitab war die Ruh.
Ursprung der Zeit! So hat, da alles war geglückt,
der Schöpfer diesen Kuß der Schöpfung aufgedrückt,
hier saß der Gott am Weg zum guten Lac de Joux.

Du Gnade, die verweht den niebesiegten Wahn,
wie anders war es da, und da entstand die Zeit,
dieweil sie staunend still stand vor der Ewigkeit.
Wie blau ist doch die Welt vom Schöpfer aufgetan!

WORTE IN VERSEN
IV

DEM TAG VON VALLORBE

An eine Falte

Wie Gottes Atem seine Fluren fächelt,
so wird es leicht und licht
in diesem klaren Angesicht.
Es hat die Erde gern
und schwebt ihr fern
und liebt und lächelt.

Und Gottes Finger bildete den Bug
vom Ebenbilde.
Es zieht so milde
hin über alles Leid,
und es verzeiht
der edle Zug.

In dich, o unvergeßlich feine Falte,
betend versanken
meine Gedanken.
Daß diese letzte Spur
seiner Natur
mir Gott erhalte!

Sehnsucht

Es war einmal.
Ich leb' am Tage vom Gedanken,
nachts von der Qual;
oft träum' ich nur vom Traum.
Du gehst dahin und bist dir selbst es kaum.
In meinem Wahn jedoch, dem fieberkranken,
sind deine Wesen ohne Zahl.

Auferstehung

Mein Haupt war Flamme, dem beschwingten Schritt
entstiebten Funken, als ich von dir eilte.
Ich riß mir die Minute mit,
wo uns die Ewigkeit verweilte!

So ist das alte Wunder wieder wahr.
Es half ein Gott die Endlichkeit besiegen.
So ist ein müdes Menschenpaar
zu jungen Tagen aufgestiegen!

Mit beiden Händen trag' ich zitternd mir
dein Herz, das die Vergänglichkeit umfangen.
So werde ich zu dir gelangen!
So bin ich auf dem Weg zu mir!

Sage von Steinen

Da nun die Menschheit sich gesteinigt,
so träumt' ich mir die Erde menschenleer,
befreit vom Zwingherrn aller Kreatur,
vom Wahn erlöst, vom Haß gereinigt,
zu Lande, Luft und auf dem Meer
von Zucht und Unzucht keine Spur.

Und in der Wonne dieser Wüste,
wir zwei allein im weiten Einerlei,
ergriff mich jenes ungemeine
deukalionische Gelüste,
und meine Pyrrha war dabei,
und rücklings warfen wir die Steine.

Da zeugten wir der Menschen viele,
doch friedlich schienen sie entschlossen
und alle unter sich geeinigt.
Versöhnt zu allgemeinem Ziele,
so haben sie kein Blut vergossen –
und nur uns zwei allein gesteinigt.

Die Büsserin

Wie viele Lieder blieben ungesungen,
wie viele Taten blieben unvollbracht,
wie viel' Genüsse blieben unerrungen,
wie viel' Gedanken blieben ungedacht,
wie viele Sterne blieben ungesichtet,
wie viele Erden blieben unbewohnt,
wie viele Nächte blieben ungelichtet,
wie viele Wünsche blieben unbelohnt,
und wie viel Schönheit blieb mir ungeboren,
und wie viel Heiligkeit verhüllt ihr Haupt,
und wie viel Ehre habe ich verloren,
seit ich getan, was mir die Welt erlaubt!

Die Schwangere

Erschaffen ward ich Einem oder Allen:
durch Ihn zur Menschheit oder ohne Ihn!
Und mußte ihrer einem nur gefallen
und ward der einen Notdurft Dienerin.

Die Mutter, deren Schoß mich einst getragen,
geheimnisvoll hat sie mich zugeführt
und ohne mich und ohne Gott zu fragen,
als etwas, das dem fremden Mann gebührt.

Der Ordnungssinn trieb aus der Sinne Tempel
die Andacht in des Bürgerbetts Geruch
und ließ mir zur Entschädigung den Stempel
der Trächtigkeit von meinem Gattungsfluch.

Wär' ich stets nur verkauft dem ersten besten,
die Stunde, die mich hingab, macht mich frei.
Mein Leben bloß mit einem zu verpesten,
war sichrer und die Sitte sagt: es sei!

Dem ich zu seiner Kurzweil angebunden,
er hat zum Spaß mir nun entstellt den Leib;
als Unterbrechung seiner Schäferstunden
macht mir mein Mann ein Kind zum Zeitvertreib.

Der Lebensernst hält draußen ihn in Banden,
darum läßt er im Hause mich nicht los,
und also macht er die Natur zuschanden
und brennt ein Sklavenmal in meinen Schoß.

So stirbt die Welt und glaubt sich zu erhalten
und ihre Liebe ward entehrt zur Pflicht.
Wo bleibst du, Retter? Eh' ich muß erkalten,
komm, küß mir von der Lippe dein Gedicht!

Einer Geberin

So hing dein Herz einst in des Schicksals Schlinge:
Du standest da mit offnen, schönen Händen,
um allem Kindervolk davon zu spenden,
und als sie leer, verlorst du noch die Ringe.

Die reichre Gabe, welche Götter senden,
wenn Kinder brav, sie selber guter Dinge:
der Schnee begrub den Schmuck. Natur verbringe
in Schönheit sich und seligem Verschwenden!

So warten wir, bis auch die Zeit verginge.
Dann weist es sich, das Ganze war ein Spiel
und was Verlust schien, ist zuletzt ein Lohn.

Ich trug ja nur des Anblicks Glück davon.
Doch du gibst viel und so bekommst du viel.
Einst schmilzt der Schnee – da liegen deine Ringe!

Die Flamme der Epimeleia

(»Pandora«)

Meinen Dankruf,
Für mich selbst nur:
Ihr bedürft's nicht,
Aber hört ihn!
Eines Gottes
Wort- und Weltbrand,
Goethes Sprachflamm'
Hüllt mein Haupt ein!

Epimetheus'
Angstverbrannte
Tochter reißt mich
Mit dem Feuer,
Das sie ausruft,
Himmelaufwärts,
Rettet Ursprung
Aller Weibmacht,
Und im Weltsturz
Steht das Wort auf!
Nun als Wunder
Von dem letzten
Hin zum ersten
Tag der Schöpfung
Wieder aufragt's!

Wen erschlägt es?
Jene Schuld, wem
Droht und winkt sie,
Schreckhaft Auge,
Ins Gericht hin?
Diesen hier nicht,
Die zugrund gehn,
Doch zum Grund nicht.

Mit verpichten
Sinnen leben
Rauchgeborne,
Nie Entflammte,
Unverzückter
Zeiten Wegwurf.

Und vergebens
Strebt zum Himmel
Feuersäule
Meines Danks an
Gott und Goethe!

Suchen und Finden

Die Dinge sind schon an der Fläche tief,
du mußt sie nur mit Ehrfurcht sagen.
Willst du dich aber weiter wagen,
so weist sich's oft, daß dich kein Rätsel rief.

Beneide nicht, die allen Sinn benagen
und den Gedanken, der da schlief,
eh' er durch ihre Tageszeiten lief,
gefühllos weckten durch ihr lautes Fragen.

Sieh das Gewohnte stets zum ersten Mal.
Dann hat sich alles Suchen dir gelohnt,
das Vorgefundne fügt sich deiner Wahl.

Bleibt nur, was ruht, von deinem Drang verschont,
so wird dir das Entlegene banal,
und neu das Nahe und wie ungewohnt!

Halbschlaf

Bevor ich war und wenn ich nicht mehr bin,
wie war ich da, wie werde ich da sein?
Zuweilen dringen Duft und Rausch und Schein
vom Ende her und von dem Anbeginn.

Hab' ich geschlafen? Eben schlaf' ich ein,
und nun verwaltet mich ein andrer Sinn,
noch bin ich außerhalb, schon bin ich drin,
noch weiß ich es, und füge mich schon drein.

Dies Ding dort ruft, als hätt' ich's oft geschaut,
und dies da blickt wie ein vertrauter Ton,
und an den Wänden wird es bunt und laut.

Dort wartet lang' mein ungeborner Sohn,
hier stellt sich vor die vorbestimmte Braut,
und was ich damals war, das bin ich schon.

Furcht

Vor Tönen, Formen, halb erwachten Träumen
wird mir im innern Herzen bang.
Ich lebe in dem Untergang
und wohne in bedrohten Räumen.

Nicht fürcht' ich mich vor irdischen Gewittern
und bin für jeden Donner taub.
Doch zittert wo ein Espenlaub,
so werde ich mit ihm erzittern.

Ich wahre vor Gefahren nicht mein Leben
und spotte ihrer Gegenwart.
Doch wenn es an den Wänden knarrt,
so kann ich wie ein Kind erbeben.

Ich fliehe nicht vor Räubern oder Recken
und spreche den Gewalten Hohn.
Doch kann vor einem Menschenton
ich wie am jüngsten Tag erschrecken.

Mich faßt so bald kein ängstevolles Zaudern
und hab' der Feinde nie zu viel.
Jedoch vor einem Mienenspiel
wird's mich wie vor der Hölle schaudern.

Und solche Furcht erregt in mir den Dichter
und ich erfülle die Figur
und brauche etwas Asche nur
für die lebendigsten Gesichter.

Und so erwachse ich im Widerstreiten,
und seit ich so den Mut verlor,
gewannen Auge mir und Ohr
die Herrschaft in zerfallnen Zeiten.

Ich habe einen Blick gesehn

Ich habe einen Blick gesehn und werde
an meinem letzten Tag ihm nicht entgehn.
Erbebt nicht diese schuldbeladne Erde,
seitdem ich diesen Blick gesehn?

An einer Lastenstraße, staubgeboren,
im Frühjahr allzu kümmerlich erblüht,
steht ein Gesträuch, in eine Welt verloren,
für die sich Gott vergebens müht.

Und vor dem Strauch ist eine Frau gestanden,
und ich stand auch und sah nur ihren Blick.
Wie wurde mir! Wie hielt mit heiligen Banden
allhier ein Wunder mich zurück.

Der Blick, so arm, aus blassem Angesichte,
verlebt, verdorrt von Marter, Mangel, Mühn –
da wird vor so viel irdischem Verzichte
die ganze Welt auf einmal grün!

Was immer ihr das Leben vorenthalten,
seit sie das Schicksal in das Dunkel wies:
nun ist es da und vor dem Blick der Alten
wird das Gestrüpp zum Paradies.

Kein Gärtner hütet zärtlicher die Reiser
als diese Abendsonne dieses Blicks.
Kein Himmelsstern grüßt gnädiger und weiser
die Fülle abgewandten Glücks.

Ich habe einen Blick gesehn und werde
an meinem letzten Tag ihm nicht entgehn.
Erbebt nicht diese schuldbeladne Erde,
seitdem ich diesen Blick gesehn?

Absage

Wo die Maschine mit dem Menschen rauft,
wo Blutverlust bedeutet Geld-Erraffen,
wo Hunger herrscht und Reichtum Nahrung kauft –
mit solcher Menschheit hab' ich nichts zu schaffen!

Wo Männer ächten, was sie selbst begehrt,
und wo die Sinne zu der Sünde finden,
wo Liebe Schmach bringt und Natur entehrt –
mit solcher Mannheit kann mich nichts verbinden!

Wo Freigeborne jedem Schall und Schein
gehorchen, ewiger Menschenfurcht verschworen,
um als Tyrannen Sklaven noch zu sein,
in solchen Reichen hab' ich nichts verloren.

Wo Druck in jeder Form die Geister lähmt
und wo die Phrase sich von selbst entzündet,
wo Technik sich dem Tode anbequemt,
in solcher Welt ist nicht mein Glück begründet.

Wo fauler Zauber allen Lebens Zweck
dem schnöden Mittel heimlich längst vermietet,
wie sehn' ich mich aus dieser Wohnung weg,
in der ein Besen mir die Stirne bietet!

Wo Willkür, Wucher, Krankheit, Haß und Schmutz
als die Verbündeten des Schlachtruhms schalten,
da will ich kühn dem Vaterland zum Trutz
mich für den allergrößten Feigling halten!

Wo Wissenschaft den Heldentod erfand,
in Gift und Gas die Glorie sich erneuert,
da hat sich mir das teure Vaterland,
denn Krieg ist Krieg, bedeutend noch verteuert.

Wo statt der Glocken die Kanonen nun
die frommen Christen zum Gebete rufen,
mit solchen hat der Teufel nichts zu tun,
da sie auf Erden schon die Hölle schufen.

Wo Ehre fällt und Schande aufwärts steigt
und heute gilt, wer gestern erst gestohlen –
gern hätt' ich Jenem doch den Weg gezeigt,
daß er mir könnte diese Ordnung holen!

Wo sie vor jedem Sonnenuntergang
durch Wort und Tat ihr Seelenheil verfluchen –
mein Leben und mein weiteres Leben lang
hab' ich bei dem Gelichter nichts zu suchen!

Der sterbende Soldat

Hauptmann, hol her das Standgericht!
Ich sterb' für keinen Kaiser nicht!
Hauptmann, du bist des Kaisers Wicht!
Bin tot ich, salutier' ich nicht!

Wenn ich bei meinem Herren wohn',
ist unter mir des Kaisers Thron,
und hab' für sein Geheiß nur Hohn!
Wo ist mein Dorf? Dort spielt mein Sohn.

Wenn ich in meinem Herrn entschlief,
kommt an mein letzter Feldpostbrief.
Es rief, es rief, es rief, es rief!
Oh, wie ist meine Liebe tief!

Hauptmann, du bist nicht bei Verstand,
daß du mich hast hieher gesandt.
Im Feuer ist mein Herz verbrannt.
Ich sterbe für kein Vaterland!

Ihr zwingt mich nicht, ihr zwingt mich nicht!
Seht, wie der Tod die Fessel bricht!
So stellt den Tod vors Standgericht!
Ich sterb', doch für den Kaiser nicht!

Silvester 1917

Dies alte Jahr versank so wehrlos
und aus der Mördergrube steht ein neues auf.
Sind denn die lieben Zeiten ehrlos?
Hemmt keine Scham der Jahre Lauf?

Ein frommes Ohr horcht in die Weiten:
nur manchmal bebt es in der Erde Raum.
Doch unerschüttert gehn die Zeiten
vorüber diesem Sündentraum.

Sie laufen fort mit den Kalendern,
im neuen Jahr das alte Werk zu fördern.
Und nehmen Abschied von der Menschheit Mördern
und sagen Prosit zu der Schöpfung Schändern.

Friedensbereitschaft

Herbeizuführen den Friedenstag,
schlug er mit dem Schwert
auf den Verhandlungstisch,
denn so 'n Vertrag
ist ja doch nur ein Wisch
und nicht der Rede wert,
und kriegt man ihn nicht wie man mag,
so haut man den Verhandlungstisch
um die Erd',
die einem doch ohne Frag'
gehört!

Czernins Verzicht

Wir woll'n vom Feinde keinen Fußbreit haben,
der Lohn des Friedens wird uns reichlich lohnen,
und selbstlos gehn wir in den Schützengraben
für bundesbrüderliche Annexionen.

Affaire Friedjung

Lang' hat in Nibelungenstaaten
man durchgehalten und sich treu gefrettet.
Nun tut man gütlich sich am Braten
der Gans, die jüngst das Kapitol gerettet.

Am Scheideweg

Der Freund hat für zehn Tage Mehl euch verheißen,
der Feind euch fürs Leben die Freiheit gewährt.
Ich rat' euch, nachdem ihr das Mehl verzehrt,
getrost in die andere Speise zu beißen.

Sprichwörter

Wer einstmals Fülle mochte mehren,
dem sagte man, es möcht' umsonst geschehn,
und weise diesem Drang zu wehren,
wollt' man ihn durch das Wort belehren:
er trüge Eulen nach Athen.

Die jetzt den Mangel noch vermindern
mit sieghaft mitleidloser Miene,
die soll man rasch entschlossen hindern.
Denn solch Beginnen bringt den Landeskindern
Getreide aus der Ukraine.

Vorsicht

Die feindlichen Tröpfe
zerbrachen sich die Köpfe,
um Lügen auszuhecken.
Wir wissen, was wahr ist,
die größere Gefahr ist,
daß sie unsre Wahrheiten entdecken.

Wien im Krieg

Im allergemütlichsten Frieden
zur Not zusammen ging's.
Der Wachmann am Weg auf die Wieden
der mahnte und bat: Bitte links!

Zu unserem Seelenheile
brauchten wir keine Disziplin.
Wir waren im Gegenteile
die Bewohner der Hauptstadt Wien.

Im Schlendern und Spazieren
haben wir vom Weg uns entfernt.
Nun mußten wir marschieren,
noch ehe wir gehen gelernt.

Einem Grüßer

Du höflicher, du wohlerzogner Mann,
der mir den tiefsten aller Grüße gönnte.
Doch sagt er nicht, daß ich Gedichte schreiben kann,
nur, daß ich einen Angriff schreiben könnte.

So guter Wink erduldet kein Versäumnis,
ich tu's, schon tu' ich's, du kulanter Tropf.
Du lüftest mit dem Hute dein Geheimnis
und sichtbar wird die Butter auf dem Kopf.

Verschiedene Grüßer

Die einen grüßen mich, wenn sie allein sind,
doch schämen sie sich meiner vor den andern.
Die andern grüßen mich, wenn sie zu zwein sind,
um grußlos einzelweis vorbeizuwandern.

Die grüß' ich nicht zurück, wenn sie zu zwein sind,
weil ich mich dieses, jenes, meiner schäme,
und andre grüß' ich nicht, wenn sie allein sind,
weil ich von solchem Umgang Umgang nehme.

Reiseabenteuer

Auf einer Eisenbahn,
wo man sich nicht gut gegen Ansprach schützen kann,
hat's einer einst mir angetan.
Ich sagte: Herr, Sie sprechen mich nicht an,
obzwar Sie's tun. Und überhaupt –
Er sagte: Sind Sie nicht der Karl Kraus?
Ich sagte: Nein! und stieg gleich aus.
Ich glaub', der Esel hat es doch geglaubt.

Der Feuilletonist

Wie macht er das? Wie kommt er zu dem Glanze,
der schimmernd seine Sprache schmückt und ziert?
Aus Nichts entsteht zwar Nichts, jedoch das Ganze
ist gut geglättet und so schön geschmiert.

Naturalismus

Als anno neunzig war die Bühnenluft verstaubt,
da hat die Polizei es ausdrücklich erlaubt,
aufs Podium zu spucken.

Da fühlte die Natur sich ganz und gar erfrischt,
so hat man in Berlin mal tüchtig aufgemischt,
wer wollte da noch mucken.

Und daß am Ende nicht der alte Bühnenton
entarten möchte in der trägen Tradition
und in der Zucht verlottern,
so lernten alle, die zu sprechen nicht erlernt
und welche von Natur schon vom Beruf entfernt,
die rechte Kunst, zu stottern.

Das rülpste sich nun aus wie vor 'nem Schweinetrog,
allein verboten war allein der Monolog
in allen Dialekten.
Beiseite spucken statt beiseite sprechen schien
Errungenschaft zu sein, als damals in Berlin
sie die Natur entdeckten.

Kastans Panoptikum

Hereinspaziert, ihr Affen, sehet hier,
was die euch Fortgeschrittnen leisten!
Durch übermenschliches Erdreisten
ward dieser Mensch zum Untertier.

Ihr Ur- und Hinterlandsgelichter,
beneidet diesen um sein Wissen.
Er schreitet fort in Finsternissen,
fährt auf der Hochbahn, wohnt im Trichter.

Ihr allzu primitiven Ahnen,
ihr lebtet lange nicht so hastig.
Stumm staunet ihr vor der Gymnastik
auf dieses Untergrundes Bahnen.

Der Neid auf solche Tiefe, Höhe
soll euch nicht allzu selbstlos machen.
Hinausspaziert mit euern sieben Sachen,
der Enkel fängt euch schon die Flöhe!

Lied des Alldeutschen

Barbarische Melodie

Ob unter See, ob in der Luft,
wen Kampf nicht freut, der ist ein Schuft.
Doch weil das Schuften ich gewohnt,
so schuft' ich nicht bloß an der Front,
ich kämpf' auch schneidig und gewandt
und halte durch im Hinterland,
ich schufte früh, ich schufte spat,
die Schufte das erbittert hat.
Nur feste druff! Ich bin ein Deutscher!

Im Frieden schon war ich ein Knecht,
drum bin ich es im Krieg erst recht.
Hab stets geschuftet, stets geschafft,
vom Krieg alleine krieg' ich Kraft.
Weil ich schon vor dem Krieg gefrohnt,
hat sich die Front mir auch gelohnt.
Leicht lebt es sich als Arbeitsvieh
im Dienst der schweren Industrie.
Heil Krupp und Krieg! Ich bin ein Deutscher!

Ich scheue keine Müh' und Plag',
zu wenig Stunden hat der Tag.
Daß fester steh am Rhein die Wacht,
hab' ich die Nacht zum Tag gemacht.
Weil vor dem Krieg ich nicht geruht,
drum gibt es Krieg und uns gehts gut.
Wir schlagen uns mit Vehemenz
und schlagen kühn die Konkurrenz.
In Not und Tod: ich bin ein Deutscher!

Ich geb' mein deutsches Ehrenwort:
wir Deutsche brauchen mehr Export.

Um an der Sonne 'nen Platz zu haben,
gehn wir auch in den Schützengraben.
Zu bessrer Zukunft Expansionen
hilft uns so unbequemes Wohnen.
Einst fragt' ich nicht nach Gut und Geld,
der neue Deutsche ist ein Held.
Der neue Deutsche ist ein Deutscher!

Krieg dient uns, damit Waffen sind,
wir drehn den Spieß, wer wagt gewinnt.
Das Lebensmittel ist uns Zweck,
drum nehmen wir vorlieb mit Dreck.
Wir mischen Handel mit Gebet,
die Kunst im Dienst des Kaufmanns steht.
Es war einmal, doch jetzt ist's aus,
Walhalla ist ein Warenhaus.
Für Ideale lebt der Deutsche!

In solchem Leipziger Allerlei
lebt es sich fromm, jedoch nicht frei.
Fehlt es dann aber auf dem Tisch,
lebt es sich fröhlich, doch nicht frisch.
Lebt von der Hand sichs nur zum Mund,
so ist das Leben ungesund.
Denn mehr noch von dem Mund zur Hand
hält durch des Deutschen Vaterland.
Von Idealen lebt der Deutsche!

Für dies Prinzip, und es ist gut,
schwimmt heute der Planet in Blut.
Für Fertigware und Valuten
muß heut' die ganze Menschheit bluten.
Nehmt Gift für Brot, gebt Gold für Eisen
und laßt den deutschen Gott uns preisen!
Gebt Blut – habt ihr das nicht gewußt? –
für Mark: das ist kein Kursverlust!
Darum erhofft Profit der Deutsche!

Steht unsre Sache mal so so,
gibt Wahrheit uns das Wolffbüro.
Doch geht die andre Wahrheit aus,
verköstigen wir uns doch im Haus.
Fehlt selbst das Fremdwort Surrogat,
wir Deutsche wissen dennoch Rat.
Wir setzen prompt an seinen Platz
das gute deutsche Wort Ersatz.
Auf deutsch gesagt: ich bin ein Deutscher!

Der Hungerplan wird ausgelacht,
den Willen haben wir zur Macht.
Im U-Boot sitzend lachen wir
und sagen einfach: Machen wir;
um Zeit zu sparen, auch: m. w.
Die Schiffahrt lernt man auf der Spree.
Was nützt den Feinden alle List,
die Mahlzeit machen wir aus Mist.
Nicht unterkriegt der Krieg den Deutschen!

Und wenn die Welt voll Teufel wär',
die Fibel sagt: Viel Feind, viel Ehr.
Drum: Deutschland über alles setzt
sich kühn hinweg zuguterletzt.
Weil bei uns alles schneidig ist,
die ganze Welt uns neidig ist.
Gott weiß allein, wir sind so brav,
wir wünschen, daß er England straf'.
Beim deutschen Gott, ich bin ein Deutscher!

Wir preisen Gott auf unsre Weise
wie vor dem Krieg zum alten Preise.
Zur Ehre Gottes, des gerechten,
woll'n wir auch gern im Schatten fechten.
Gäb's alleweil nur Sonnenschein,
man könnt' des Lebens sich nicht freun.

Das wahre Glück bringt Schießen nur,
drum gaudeamus igitur.
Ein muntrer Bursche bleibt der Deutsche!

Das eine aber weiß ich nur,
wir Deutsche haben mehr Kultur.
Kultur, bei allen andern Gaben,
ist mit das Beste, was wir haben.
Wir schwärmen für die Schlachtenlenker,
doch sind wir auch das Volk der Denker.
Gern woll'n für Schillern und selbst Goethen
wir ein »Denn er war unser« beten.
Mit Bildung schmückt sein Heim der Deutsche!

Deutsch ist das Herz, deutsch der Verstand,
mit Gott für Krupp und Vaterland!
Die Grenzen sichert Hindenburch,
im Innern halt ich selber durch.
Wir Deutsche haben zu viel Glück;
gehn wir bescheiden drum zurück,
nimmt man, des Sieges sich zu freun,
die eigne Siegfriedstellung ein.
Hurra! sagt in dem Fall der Deutsche!

Wir sagen stolz: Viel Feind, viel Ehr'!
Belegte Brötchen gibts nicht mehr.
Und mangels derer unentwegt
die Welt mit Bomben wird belegt.
Uns hilft die deutsche Wissenschaft
nebst Gott, der eben England straft
und der den Menschen nur erschuf,
zu dreschen immer feste druff.
Denn Gottes Ebenbild ist nur der Deutsche!

Noch lieber laßt uns als den Feind
die Phrase dreschen, die uns eint.

Am Ende wird die Wahrheit stehn:
Der Kampf wird bis zum Ende gehn!
Wir sorgen, daß uns nicht entgeh'
das erzne Becken von Briey.
Der Friede uns nicht intressiert,
eh wir die Welt nicht annektiert.
Die wenigstens gehört dem Deutschen!

Es geht uns doch nur um die Ehr'.
Nein, Belgien geben wir nicht her!
Wir halten rein das Ehrenkleid;
in Ehre wissen wir Bescheid.
Der Endsieg unser Recht beweist:
die Welt wird von uns eingekreist!
So muß und wird es uns gelingen,
die Pofelware anzubringen.
Ja, made in Germany ist doch der Deutsche!

Nur weil man etwas Sonne braucht,
haben wir die Welt in Nacht getaucht.
Mit Gift und Gasen, Dunst und Dämpfen
woll'n bis zum jüngsten Tag wir kämpfen.
Denn bis wir Gottes Donner hören,
muß unsrer uns Ersatz gewähren.
Drum überall und auf jeden Fall
braust unser Ruf wie Donnerhall.
Ist das nicht praktisch von dem Deutschen?

Schon brennt die Erde lichterloh
dank unserm Fenriswolff-Büro.
Solang es andere Völker gibt,
ist leider unsres nicht beliebt.
Wo man nichts auf die Waffe setzt,
wird unsre Leistung unterschätzt.
Die Welt will weniger Krawall,
und unsrer braust wie Donnerhall.
So hört man überall den Deutschen!

Nach'm Krieg wird noch mehr Arbeet sein
und noch mehr Krieg und noch mehr Pein.
Wie freue ich mich heut' schon drauf,
die Liebe höret nimmer auf.
Ach, wenn nur schon der Friede wär',
damit ich seiner müde wär'!
Es gilt die Technik auszubaun.
Zum U-Boot haben wir Vertraun.
Den Fortschritt liebt nun mal der Deutsche!

Wir woll'n die Wehrpflicht dann verschärfen,
die Kleinen lehren, Flammen werfen.
Wir woll'n indes auch für die Alten
die Kriegsdienstleistung beibehalten.
Was wir gelernt, nicht zu verlernen,
laßt uns vermehren die Kasernen.
Die Welt vom Frieden zu befrein,
steht fest und treu die Wacht am Rhein.
Aus der Geschichte lernt der Deutsche!

Und wenn die Welt voll Teufel wär',
und wenn sie endlich menschenleer,
wenn's endlich mal verrichtet ist
und jeder Feind vernichtet ist,
und wenn die Zukunft ungetrübt,
weil es dann nur noch Preußen gibt –
nee, darauf fall'n wir nicht herein!
Fest steht und treu die Wacht am Rhein!
Und weiter kriegt und siegt der Deutsche!

Mir san ja eh die reinen Lamperln

Was Schiedsgericht und Völkerbund!
Sie Kellner, bringen S' ein paar Stamperln!
So etwas brauchen wir nicht und
mir san ja eh die reinen Lamperln!

Was Völkerbund und Schiedsgericht!
Wenn wir die Friedenspfeife rauchen,
so brauchen wir so etwas nicht,
denn mir wer'n doch kein Richter brauchen!

Kennt uns der Wülson von der Näh',
macht sich die Weltgeschicht' von selber.
Und Euer Gnaden wissen eh',
die Hölle ist noch weit schwarzgelber.

Im Ernstfall wär'n wir ja geschnapst,
die Welt soll Österreich nicht verlieren!
Drum wird, so hoffen wir, der Papst
uns doch beim Wülson protegieren.

Der Wiener geht nicht unter und
dann geht die G'schichte wie am Schnürl.
Gehn wir schon in den Völkerbund,
so gehn wir durch ein Hintertürl!

Dann kann man halt nix machen, doch
es macht sich alstern alles gütlich.
Wir pfeifen aus dem letzten Loch,
doch pfeifen wir noch sehr gemütlich.

Wir hab'n ja niemanden gekränkt,
ich bitt' Sie, weg'n dem bisserl Sengen!
Zwar hab'n wir viele aufgehängt,
doch lass'n wir unsre Köpf' nicht hängen.

Dagegen hängt uns zum Genuß
seit je der Himmel voller Geigen.
Das werden wir beim Friedensschluß
den Feinden wie den Freunden zeigen.

Da von der Nibelungen Spur
wir uns ein Alzerl westwärts wandten,
verlor'n wir doch nicht den Hamur,
wir Burg- und Bettelmusikanten.

Nur zugeteilt, nicht aufgeteilt!
Als a Ganzer sein, wenn auch als Torso!
Rasch sind die Wunden dann verheilt
und nix mirkt man am Grabenkorso.

Mit der Ernährung hat es zwar
noch vorderhand so manchen Haken.
Doch heißen wir, das ist doch klar,
dereinst das Volk noch der Phäaken.

Wir nannten unsere Helden brav,
sie haben tapfer sich geschlagen –
und Jud und Christ, Portier und Graf
sie werden sich Hab' die Ehre sagen.

Wie schnell die große Zeit vergeht!
Wern S' sehn, Euer Gnaden, auf die Wochen,
wird allseits, wie's da geht und steht,
wieder von vorn in 'n Arsch gekrochen.

Auf demokratisch tut's es nicht,
die Richtung wird uns wenig frommen.
Wir woll'n nicht wegen der Weltgeschicht'
um Eigenart und Trinkgeld kommen!

Was Völkerbund! Das is doch stier!
Sie Kellner, bringen S' noch paar Stamperln!
Was Selbstbestimmung! Mir san mir,
und mir san eh die reinen Lamperln!

Die Gerüchte

Laßt mich der Regierung ein Loblied singen,
damit sich die Feinde gehörig giften.
Denn nimmermehr wird es ihnen gelingen,
in unseren Reihen Verwirrung zu stiften!

Die weise Vorsicht warnte beizeiten,
Gerüchte zu glauben und zu verbreiten.
Sie mahnte, das Unkraut auszujäten
und den Gerüchten energisch entgegenzutreten.
Denn solche Gerüchte, wie sattsam bekannt,
sind doch eine Mache der Entente.
Hat man die Quelle nur, den Lauf
hält jeder gleich mit Empörung auf.
So riß denn jeder sich um die Ehre,
daß energisch er den Gerüchten wehre,
und jeder fragte jeden empört,
ob er schon so etwas gehört,
und jeder erwiderte beklommen,
daß auch er schon von den Gerüchten vernommen,
so daß keiner im Land mehr das Faktum bestreitet:
Die Feinde haben Gerüchte verbreitet.
Sie im Keim zu ersticken, ist keiner faul
und jeder steht da mit offenem Maul,
zu spucken in alle Feindessuppen.
Es bilden sich schon die bekannten Gruppen.
Bald gab es Gerüchte ohne Zahl
und jedes schwoll an zur Ohrenqual,
doch niemand wußte, welches der Feind
Verwirrung zu stiften hatte gemeint.
Denn solcher Art sind seine Schliche:
ist man den Gerüchten auf der Spur,
und hat man sie schon, so vermißt man nur
noch von den Gerüchten das eigentliche.
Doch jeder schwört, kriegt er's zu fassen,
es sollte ihm ordentlich Haare lassen.

Drum ist auch jeder mit Recht beflissen,
was man nicht sagen darf, doch zu wissen.
Und weit und breit im Publikum
gäb' jeder jedem viel darum,
wenn er ihn nicht mehr mit Gerüchten quälte,
sondern ihm die Gerüchte erzählte.
Und es erhob sich ein großes Geschrei,
was in den Gerüchten enthalten sei.
Jedoch sie zu glauben, war keiner verleitet,
denn sie waren ja doch von den Feinden verbreitet.
Drum eben gab es ein Fürchten und Flüchten
vor den verbreiteten Gerüchten,
es liefen die Männer, die Kinder, die Damen,
sobald nur die Gerüchte kamen,
und alle gelobten, darüber zu wachen,
um einander aufmerksam zu machen,
und den Gerüchten entgegen aus ihren Betten
sprangen sie, um sich davor zu retten,
und alles rief und riet und rannte,
bis Stadt und Land wie ein Lauffeuer brannte.
Nur durchgehalten, nur durchgefrettet –
schon ruft eine Stimme: Alles gerettet!

Drum sei der Regierung ein Loblied gesungen,
die Feinde aber sollen sich giften.
Denn ihnen ist es fürwahr nicht gelungen,
in unseren Reihen Verwirrung zu stiften!

Die Ballade vom Papagei

Couplet macabre

In Wien entkam ein Papagei.
Und als der arme Vogel frei,
rief deutlich er die Worte bald:
»Der wird noch hundert Jahre alt!«

Er rief es früh, er rief es spat,
er rief es durch die ganze Stadt,
er rief es durch den Wienerwald:
»Der wird noch hundert Jahre alt!«

Man fing den klugen Papagei,
doch setzte fort er sein Geschrei.
Er schrie, als wäre er bezahlt:
»Der wird noch hundert Jahre alt!«

Was fällt dem losen Vogel bei?
Und wem gehört der Papagei?
So riet man hin und riet man her,
von wo er denn entflogen wär'.

Da brachte man den Papagei
aufs Fundbureau zur Polizei.
Dort schrie er erst mit aller G'walt:
»Der wird noch hundert Jahre alt!«

Kaum daß er diesen Ruf getan,
sahn sich die Fundbeamten an,
sofort entschied der Kommissär:
»Der Vogel g'hört ins Belvedere!«

Gleich fragt dort an ein Polizist,
ob man nicht so etwas vermißt.
Erfreut sagt man, daß dem so sei,
und es kehrt heim der Papagei.

Mit Ungeduld erwartet ihn
schon längst die Frau Erzherzogin.
Und es versetzt Franz Ferdinand:
»Ich bin vom Warten abgespannt!

Wo warst du denn die ganze Zeit?
Erzähl die letzte Neuigkeit!«
Da ruft er, daß im Schloß es schallt:
»Der wird noch hundert Jahre alt!«

Erzürnt sagt drauf Erzherzog Franz:
»Ja, jetzt erkenne ich dich ganz!«
Und es ergänzte die Sophie:
»Das ist die alte Melodie!«

Der Erzherzog war recht erbost:
»Weißt du mir keinen andern Trost?
Geht das so fort, so werd' ich halt
noch selber hundert Jahre alt!«

Jedoch dem klugen Papagei
war dieser Standpunkt einerlei.
Er rief – die Wirkung ließ ihn kalt:
»Noch hundert Jahre wirst du alt!«

Er übertrieb. Denn um ein Jahr
war diese Ansicht nicht mehr wahr.
Der Papagei, stumm trauert er
in dem verwaisten Belvedere.

Er schwingt sich auf – was will er tun?
Er ist schon fort – schon in Schönbrunn.
Mit der ihm eignen Konsequenz
fliegt er direkt zur Audienz.

Klar ist's, daß ihn sein Herz herzog;
denn er beweint den Erzherzog.
Er singt sein Lied, sein Gott erhalt':
»Der wird noch hundert Jahre alt!«

Und vor ihm steht ein Heldengreis,
der sich nicht mehr zu helfen weiß.
Der Vogel kreischt um die Gestalt:
»Der wird noch hundert Jahre alt!«

»So schrei nur, bis du heiser bist!«
»Ich schrei, solang du Kaiser bist!«
»Was ist denn das für eine Art?
Mir bleibt bekanntlich nichts erspart.

Trotzdem hat es mich sehr gefreut,
ich bin erst fünfundachtzig heut.
Das weitere werden wir noch sehn.
Bisher, das weiß ich, war's sehr schön.

Du prophezeist mir, hoff' ich, gut.
Doch bis dahin brauch' ich noch Blut.
Denn jetzt bin ich, das ist doch klar,
bin jetzt erst fünfundachtzig Jahr'.

Noch fünfzehn Jahr, du kluges Tier,
leb' ich fürs blutige Pläsier.
Dann gratulier, hast du noch Lust,
mir erst zum 18. August.«

Da ward dem armen Vogel bang.
Der Weltkrieg dauert ihm zu lang.
Und er verließ den grausen Ort
und sprach nicht mehr das alte Wort.

Die Jahre gingen nach und nach.
Es starb das Tier, von Alter schwach.
Es starb die Welt. Es starb die Zeit.
Es starb das Lied. Es starb das Leid.

Nur einer blieb. Nur einer war.
Nur einer wurde hundert Jahr'.
Und in des Todes Einerlei
lebt fort ein Urgroßpapagei.

Heldengräber

Es reut uns fürs Leben. Und auf dieser Sünde
nie Freude, nie Glück, nie mehr Hoffnung sich gründe.

Es reut uns wohl alle, die wir's nicht verschuldet,
uns reut die Geduld, mit der wir's geduldet.

Es reut uns, daß nächtlich im Bette wir ruhten
bei diesem Verbluten der Edlen und Guten.

Es reut uns, die wir uns freuten und lachten
in der Zeit, die in Qual und in Schmutz sie verbrachten.

Es quält uns durchs Leben, beschmutzt uns das Leben,
daß es diesen Krieg, diesen Kaiser gegeben.

Wir alle, wir alle, wir wollen uns kränken
und mit Grämen und Fluchen der Schande gedenken.

Nun ist sie vorüber und nichts wird uns freuen,
vorüber die Sünde, nun wird es uns reuen.

Wir sehn nur Hyänen, wir hören nur Raben,
dort sind sie verscharrt, dort sind sie begraben.

Ich aber schaue in rosiger Wolke
die Zukunft von dem mir vertrautesten Volke.

Das wird sich über den Untergang gfretten.
Denn es gibt Operetten und es gibt noch Soubretten.

Keine Laus, die es hat, läuft ihm über die Leber.
Am Graben gibt's halt keine Heldengräber.

Doch schade um jeden Zug'reisten wäre,
der sich nicht nacher anschaut die Felder der Ehre.

Für ein kleines Dussör wolln m'r gern ihn begleiten
zu die Friedhöf' und sonstige Sehnswürdigkeiten.

Ist alles auch hin, lebt die Wienerstadt, der es
gereicht zur Hebung des Fremdenverkehres.

Hausmannskost

Redensarten sind die Reste,
die wir in den Mund noch kriegen
als den Schmaus zum Siegesfeste,
wenn den Hunger wir besiegen.

Sie sind unsre letzte Labe
in den glorreich großen Tagen,
da wir all mit unsrer Habe
unsre Haut zu Markte tragen.

Unser Mangel schmeckt noch besser,
weil auch drüben manches Loch ist.
Seelentrost für starke Esser
heute mit der beste Koch ist.

Freilich, wenn von heut auf morgen
schwindelnd steigen alle Taxen,
ist den nächsten Nahrungssorgen
meistenteils kein Kraut gewachsen.

Auf des Feindes Mangel zählen,
schadenfroh ihm Rübchen schaben,
macht noch nicht, daß sie ihm fehlen,
doch auch nicht, daß wir sie haben.

Andernfalls, ich möchte wetten,
würde Fülle uns betrüben.
Wenn wir Kraut und Rüben hätten,
lägen sie wie Kraut und Rüben.

Im chaotischen Betriebe
nähren wir uns von Gerüchten,
da nichts andres übrig bliebe,
als den alten Kohl zu züchten.

Doch um ihn nicht fett zu machen
und den Friedensdrang zu stillen,
opfern wir dem Höllenrachen
mit vermehrtem Siegeswillen.

Jeden Tag ein neuer Treffer,
daß die Lebenslust sich hebe.
Ja, da läg' der Has' im Pfeffer,
wenn es Has' und Pfeffer gäbe.

Fehlt das Fleisch, so gibt es Blut noch,
weil die Weisheit so geruhte.
Der Gehorsam und der Mut noch
stecken uns im Fleisch und Blute.

Deutsch das Herz, deutsch der Verstand auch:
immer wird es so was geben.
Könnte nur von deutscher Hand auch
in den deutschen Mund man leben!

Uns die Siege zu versalzen,
scheut der Gastwirt keine Mühe.
Nur die Rechnung ist geschmalzen
und der Gast sitzt in der Brühe.

Kommt der Appetit beim Siegen,
soll man an kein Wunder glauben.
Meist sind's Flieger, selten fliegen
in das Maul gebratne Tauben.

Wie erklärt sich's dem Verstande,
daß wir stets das Schwert noch zücken?
Weil wir gern im Feindeslande
irgendwo ein Hühnchen pflücken.

Des gerechten Gottes Zorn noch,
ach, den müssen wir verschärfen.
Wo gedeiht denn heut ein Korn noch,
um die Flinte hinzuwerfen!

Wie die neue Ernte, raten
alle Bürger nur mit Bangen.
Wissen bloß, daß blutige Saaten
wieder glücklich aufgegangen.

Eine Schlachtbank läßt nie darben
die dort angestellten Kunden.
Raben haben, seit wir starben,
täglich Nahrung noch gefunden.

Doch den Untertan verlockt hat,
er besorgt es unterdessen,
was man so ihm eingebrockt hat,
bis zum Endsieg auszuessen.

Sitzt man mit Gemeinschaftsmägen
an dem ungedeckten Tische:
heute gibt es außer Schlägen
höchstens etwa faule Fische.

Manche diplomat'sche Note
für die Welt nur ein Geräusch ist,
die im Friedensangebote
schmeckt, daß es nicht Fisch, nicht Fleisch ist.

Riecht man dann selbst hier den Braten,
kriegt man ihn doch nicht zu schauen.
Ich mag diesen Surrogaten,
nein, beim deutschen Gott nicht trauen!

In Geheimrats Teufelsküche
möcht' in keinen Topf ich gucken;
müßte wegen der Gerüche
Hexen in die Suppe spucken.

Wovon man denn fett wird, war schon
schwierig ehedem ergründet;
während man seit manchem Jahr schon
nicht mehr weiß, wovon man schwindet.

Bleibt der Seele ein Gehäuse,
wird der Mensch noch nicht begraben.
Einstens hierzuland die Läuse
auch nichts mehr zu beißen haben.

Von den deutschen Chemikalien
scheint das Gas allein gediegen,
während durch die Viktualien
der, den's trifft, sofort bleibt liegen.

Um das Leben zu ersetzen,
sinnt die Wissenschaft noch heute.
Sonst ist alles da an Schätzen,
nicht so wie bei arme Leute.

's ist wie einmal, da der Prahlhans
war der deutsche Küchenmeister;
doch das Mahl nicht mal vom Schmalhans,
denn die Soß nicht mal ein Kleister.

Eine schöne Soße wär' das,
wenn das nicht ein Fremdwort wäre.
In der Tunke sein: auf Ehr' das
fordert nationale Ehre.

Alle diese welschen Speisen
sind ja doch zu gar nichts nütze.
Unschwer ließe sich's beweisen
mit ein wenig deutscher Grütze.

Üppigkeit von damals muß sich
heute durch Entbehrung rächen.
Ach, wie ließ' man mit Genuß sich
wieder mal vom Hafer stechen!

Während wir um schlechte Währung
mit noch minderm Vorrat geizen,
blüht auf unterster Ernährung
heute bloß des Wuchrers Weizen.

Statt des Fleisches äße Leder
schon der eingefleischte Sparer.
Aber Leder, das weiß jeder,
ist ja noch bei weitem rarer.

Daß dem Wirt schon alles Wurst ist,
führt in Irrtum nur die Toren.
Aber auch für ihren Durst ist
Malz und Hopfen längst verloren.

Nimmer mag das Volk der Denker
über seine Lage denken.
Gern vermeiden seine Lenker
reinen Wein ihm einzuschenken.

Aber Zuckerbrot und Peitsche
nicht mehr der Erziehung ziemen;
denn es fehlt ja doch der deutsche
Zucker und der deutsche Riemen.

Täglich sie die Milch der frommen
Denkart diesem Volk entzogen.
Kinder, die jetzt angekommen,
haben Drachengift gesogen.

Totentanz ist's, sei der Titel
Tango oder wieder Ländler.
Hast du keine Lebensmittel,
werde Lebensmittelhändler.

Hin ist hin, die Hetz ist hin und
G'spaß gibt's keinen gegenwärtig.
Krieg ist Krieg, sagt man in Wien und
da gibt's keine Würstel, fertig.

Wenn das Schicksal sich vollendet,
wird kein Kren mehr übrig bleiben,
daß den Wiener man verwendet,
um im Notfall Kren zu reiben.

Dafür ist man kaum entschädigt
durch ein kriegsgemäßes Leben,
wozu mit der Sittenpredigt
ihren Senf die Sieger geben.

Schnittlauch selbst auf allen Suppen,
Zutat fremdem Wert und Werke,
bilden sie um Gräber Gruppen,
hoffend, daß man sie bemerke.

Hungert man im Hinterlande,
bleibt der Mut doch ungebrochen
jener, die am Weltenbrande
ihre eigne Suppe kochen.

Nimmer würde sie's verdrießen
und sie würden unablässig
Öl noch in das Feuer gießen,
damit aber ist es Essig.

Vor den furchtbaren Kontrasten
lernt man diese Ordnung hassen,
in der die Gerechten fasten
und die Ungerechten prassen.

Diese Ersten, die sich mästen
und sich selbst die Kreme heißen,
wenn die namenlosen Besten
ungezählt ins Gras doch beißen –

keinen gibt es, der nicht nähme,
während andere verrecken.
Welch ein Abschaum diese Kreme!
Längst schon kann ich sie nicht schmecken!

Durchzuhalten, wird von Tröpfen
manch ein Scherflein beigesteuert,
wenn die Butter auf den Köpfen
aller Schieber sich verteuert.

Dazu würden Siegesweisen
wie ein Ei dem andern gleichen,
könnte man zu höchsten Preisen
das Vergleichsobjekt erreichen.

Lange schon auf Mehl wir harren.
Finden wir's, wenn wir es suchen?
Da sagt man in Wien: Ja Schmarren!
In Berlin sagt man: Ja Kuchen!

Was du noch bekommen solltest,
nicht bekömmlich ist's. Zum Hohne
heißt's dort, wenn du fragen wolltest:
»Gibt es Kaffee?« »Nicht die Bohne!«

Aber unser täglich Brot doch
wird man uns wohl nicht verstecken!
Das gibt's in der Zeit der Not doch
stets beim Bäcker? Ja beim Bäcken!

Neue Nahrung ward dem Neide,
nicht uns selbst: mit Duldermiene
hörten wir von dem Getreide,
lagernd in der Ukraine.

Billig wie die Brombeern waren
nicht einmal die Brombeern heuer.
Sie zu kriegen, war seit Jahren
guter Rat nicht mehr so teuer.

Vor den Obstgeschäften standen
viele Füchse auf der Lauer;
wären Trauben noch vorhanden,
keinem wären sie zu sauer.

Fruchtlos ferner uns zu fretten,
ward von oben uns geheißen.
Möchten gern, wenn wir ihn hätten,
in den sauern Apfel beißen.

Auch die Zuversicht, sie glaubt nur
täglich noch den schlimmern Wandel.
Fortan kriegt man überhaupt nur
eine harte Nuß im Handel.

Über weitere Annexionen
freuten wir uns ungeheuer,
trügen gern zu allen Thronen
die Kastanien aus dem Feuer.

Und mit diesen Staatsgewalten –
fast hätt' ich den Punkt vergessen –
wär' es gut, sich zu verhalten
und mit ihnen Kirschen essen.

Essen suchen selbst die Rüpel,
die sich jenes Krupp erinnern,
Herbergsvaters aller Krüppel,
Vorbilds allen Kriegsgewinnern.

Schön ist es, im Sommer ländlich
so im deutschen Wald zu wohnen.
Wie die Pilze schießen endlich
aus der Erde die Kanonen.

Aber diese herzlos harten
Winter soll der Teufel holen.
Wärmeres Wetter zu erwarten,
sitzt man fluchend wie auf Kohlen.

Mit Tabak ist's noch viel schlimmer.
Doch man wird ihn nicht mehr brauchen,
wenn doch immerzu die Trümmer
nur in diesem Kriege rauchen.

Jedenfalls bei weitem schärfer
spürt den Mangel man an Zündern,
da vermehrte Flammenwerfer
solchen Notstand nicht vermindern.

Opfervoll ist diese Prüfung,
hält die Treu' durch Not und Tod man.
Ach, des Bündnisses Vertiefung
braucht wie einen Bissen Brot man.

Und den Ausbau, den verlangen
Nibelungenpflichten eben.
Auf den Speck sind wir gegangen,
als wir unsern hingegeben.

Und wir müssen es beklagen,
die wir Höchstes doch besessen:
daß wir auf den Lorbeern lagen
und sie nicht gleich aufgegessen.

Denn nach vielen Feindeslügen
eine ward erst jetzt vernommen:
daß die Deutschen dieses Siegen
endlich einmal satt bekommen!

Verzicht

Laßt uns nach der Ehre streben,
Sieg sei unser täglich Brot.
Unerschwinglich ist das Leben
und umsonst ist nur der Tod.

Mittel und Zweck

Wir dienten dem Lebensmittel
und setzten uns dreist hinweg
unter des Fortschritts Titel
über des Lebens Zweck.

Nun ist der Zweck entschwunden,
nun wird das Leben frei,
und nach wenigen schmerzvollen Stunden
ist's auch mit den Mitteln vorbei.

Die Sterbemittel ergeben
der technischen Eile Gewinn.
Wir kamen zwar um das Leben,
doch auch um des Todes Sinn.

Orakel

»Sag an,
wer wird in diesen Kriegen
unterliegen?«
»Der tapfere Mann.«
»Der kann nur siegen!«
»Wohlan!
Weil er nur siegen kann.«

Religionskrieg

Nun wird gar der Glaube hienieden
der feindlichen Völkerrotte
zum frechen Spott.
Denn keinen Verständigungsfrieden
schließt mit dem deutschen Gotte
der liebe Gott.

Hurra!

Kein größres Glück kann einem Sieger widerfahren,
als wenn er sich zurückzieht, zum Verdruß
des Feinds. Der fühlt sein ganzes Ungemach.
Er folgt enttäuscht und zögernd nach,
und während er den Sieger suchen muß,
kann der die Kräfte für den nächsten Rückzug sparen.

Die veränderte Lage

Als der deutsche Herrgott in Frankreich gehaust,
da kam man ihm mit dem Verständigungsfrieden.
Er drohte mit der gepanzerten Faust:
»Der Krieg wird nur militärisch entschieden!«

Verständigungsfrieden hieß dem, der gesiegt,
daß er einen Toten vom Tode verständige.
Bis er selbst eines Tags auf der Erde liegt,
denn es war gar kein Toter, es war der Lebendige.

Einen Räuber freute der tägliche Sieg,
denn ihm wollte ein Platz an der Sonne behagen.
Nun ruft er: »Das ist ein Verteidigungskrieg,
wir können uns auch im Schatten vertragen!«

Es sagte ein Sieger am Siegestag:
»Na wart, du bekommst keinen weichen Frieden!«
Und als er nun selbst auf der Erde lag:
»Der Krieg wird nicht militärisch entschieden!«

Die militärische Lage ist günstig

Worauf wir gewartet und was wir erstrebt,
vorbei ist's, wir hätten's zu gerne vernommen.
Fast hätten wir freudig die Kunde erlebt:
die Deutschen sind nach Paris gekommen!

Doch hat eine Hoffnung den Schmerz uns genommen,
wir haben noch Aussicht und die ist gewiß:
Denn wären wir nach Paris gekommen,
wir kämen im Leben nicht nach Paris!

Die Parole

Immer feste druff: das bleibt nun mal die deutsche Reichsparole,
ob man sich dabei nun Lorbeern oder etwas andres hole.
Bis zum Endsieg durchzuhalten – nein, das war kein eitles Prahlen,
denn nun gilt's beim Sieg der andern immer feste druffzuzahlen.

Der Nationalitätenstaat

Der weltgeschichtliche Wille verheißt,
so sagten alle Braven,
daß endlich der germanische Geist
wird fertig mit den Slaven.

Die Patrioten sagten es laut
und dachten sich die Böhmen
auch ihrerseits patriotisch erbaut
von diesem Unternehmen.

Ja, hatten die Czechen denn einen Grund,
den Erwartungen nicht zu entsprechen?
Man hielt sie für Österreicher und
sie waren im Grunde Czechen.

Die Deutschen aber wagten frisch
und sie verloren später.
Das ist ein buntes Völkergemisch:
Esel und Hochverräter.

Feindliche Propaganda

Gerüchte und Lügen sind abgeprallt
an unsrem Ehrenschilde.
Wer uns so schwarz in schwarz gemalt,
der traf sich selber im Bilde.

Nun haben sie erst unsre Ehre verletzt,
uns gereizt mit rotem Tuche.
Denn deutsche Wahrheit ward übersetzt
aus dem deutschen Fliegerbuche.

Straßenrufe

Hätt' man mich gefragt, ich hätte die Zeit
mir gewählt, in die ich geboren,
sie mir ausgesucht nach der Neuigkeit,
die der Tag mir ruft in die Ohren.

O könnt' ich noch einmal zurück aus der Qual!
Wie lärmen doch Handel und Händel!
Einst hatte die Zeit – ach hätt' ich die Wahl –
nur die Neuigkeit: »Kaufts an Lavendel!«

Jetzt kreischt mir am Sonntag die Vettel ins Ohr
als verkörperte Weltgeschichte,
die den Sieg gewann und den Atem verlor:
»Extraausgabee! Beide Berichte!«

Optimismus

Bei diesem gewaltigen Weltensturze,
bei dem kein Stein auf dem andern steht,
und alldieweil hinterm Schicksalsschurze
der Wind bald dahin, bald dorthin weht,
trau' ich einem weltgeschichtlichen Furze,
daß alstern der Wiener doch untergeht.

Die unzulängliche Macht

Was uns so radikal verheert,
was uns durch Macht geführt zum Dreck,
war neben Herzverhärtung Hirnerweichen.

Nicht Bosheit, Dummheit hat uns aufgezehrt.
Wir waren fähig zu dem schlimmsten Zweck,
unfähig aber, diesen zu erreichen.

Rekonvaleszenz

Die Welt soll am deutschen Wesen gesunden?
So zahlen wir erst die Erholungsspesen
und gehen selber dann in die Kur!
Nicht allzuweit: wir brauchen ja nur
zu sorgen, bis unser deutsches Wesen
von Potsdam nach Weimar zurückgefunden.

Fluch, Kaiser, dir! Ich spüre deine Hand,
an ihr ist Gift und Nacht und Vaterland!
Sie riecht nach Pest und allem Untergang.
Dein Blick ist Galgen und dein Bart der Strang!
Dein Lachen Lüge und dein Hochmut Haß,
dein Zorn ist deiner Kleinheit Übermaß,
der alle Grenze, alles Maß verrückt,
um groß zu sein, wenn er die Welt zerstückt.
Vom Rhein erschüttert ward sie bis zum Ganges
durch einen Heldenspieler zweiten Ranges!
Der alten Welt warst du doch kein Erhalter,
gabst du ihr Plunder aus dem Mittelalter.
Verödet wurde ihre Phantasie
von einem ritterlichen Weltkommis!
Nahmst ihr das Blut aus ihren besten Adern
mit deinen Meer- und Luft- und Wortgeschwadern.
Nie würde sie aus Dreck und Feuer geboren!
Mit deinem Gott hast du die Schlacht verloren!
Die offenbarte Welt, so aufgemacht,
von deinem Wahn um ihren Sinn gebracht,
so zugemacht, ist sie nur Fertigware,
mit der der Teufel zu der Hölle fahre!
Von Gottes Zorn und nicht von seinen Gnaden,
regierst du sie zu Rauch und Schwefelschwaden.
Rüstzeug des Herrn! Wir werden ihn erst preisen,
wirft er dich endlich zu dem alten Eisen!
Komm her und sieh, wie sich ein Stern gebiert,
wenn man die Zeit mit Munition regiert!
Laß deinen Kanzler, deine Diplomaten
durch dieses Meer von Blut und Tränen waten!
Fluch, Kaiser, dir und Fluch auch deiner Brut,
hinreichend Blut, ertränk sie in der Flut!
Ich sterbe, einer deutschen Mutter Sohn.
Doch zeug' ich gegen dich vor Gottes Thron!

»Bei dem traurigen Anblick nicht sowohl der Übel, die das menschliche Geschlecht aus Naturursachen drücken, als vielmehr derjenigen, welche die Menschen sich untereinander selbst anthun, erheitert sich doch das Gemüth durch die Aussicht, es könne künftig besser werden; und zwar mit uneigennützigem Wohlwollen, wenn wir längst im Grabe sein und die Früchte, die wir zum Teil selbst gesät haben, nicht einernten werden.«

Nie las ein Blick, von Tränen übermannt,
ein Wort wie dieses von Immanuel Kant.

Bei Gott, kein Trost des Himmels übertrifft
die heilige Hoffnung dieser Grabesschrift.

Dies Grab ist ein erhabener Verzicht:
»Mir wird es finster, und es werde Licht!«

Für alles Werden, das am Menschsein krankt,
stirbt der Unsterbliche. Er glaubt und dankt.

Ihm hellt den Abschied von dem dunklen Tag,
daß dir noch einst die Sonne scheinen mag.

Durchs Höllentor des Heute und Hienieden
vertrauend träumt er hin zum ewigen Frieden.

Er sagt es, und die Welt ist wieder wahr,
und Gottes Herz erschließt sich mit »und zwar«.

Urkundlich wird es; nimmt der Glaube Teil,
so widerfährt euch das verheißne Heil.

O rettet aus dem Unheil euch zum Geist,
der euch aus euch die guten Wege weist!

Welch eine Menschheit! Welch ein hehrer Hirt!
Weh dem, den der Entsager nicht beirrt!

Weh, wenn im deutschen Wahn die Welt verschlief
das letzte deutsche Wunder, das sie rief!

Bis an die Sterne reichte einst ein Zwerg.
Sein irdisch Reich war nur ein Königsberg.

Doch über jedes Königs Burg und Wahn
schritt eines Weltalls treuer Untertan.

Sein Wort gebietet über Schwert und Macht
und seine Bürgschaft löst aus Schuld und Nacht.

Und seines Herzens heiliger Morgenröte
Blutschande weicht: daß Mensch den Menschen töte.

Im Weltbrand bleibt das Wort ihr eingebrannt:
Zum ewigen Frieden von Immanuel Kant!

Flieder

Nun weiß ich doch, ’s ist Frühling wieder.
Ich sah es nicht vor so viel Nacht
und lange hatt’ ich’s nicht gedacht.
Nun merk’ ich erst, schon blüht der Flieder.

Wie fand ich das Geheimnis wieder?
Man hatte mich darum gebracht.
Was hat die Welt aus uns gemacht!
Ich dreh’ mich um, da blüht der Flieder.

Und danke Gott, er schuf mich wieder,
indem er wiederschuf die Pracht.
Sie anzuschauen aufgewacht,
so bleib’ ich stehn. Noch blüht der Flieder.

Rückkehr in die Zeit

Mein Zeiger ist zurückgewendet,
nie ist Gewesnes mir vollendet
und anders steh' ich in der Zeit.
In welche Zukunft ich auch schweife
und was ich immer erst ergreife,
es wird mir zur Vergangenheit.

Und allem, was an Schmach und Schöne
als Bilder ich bewahr' und Töne,
dem bin ich ewig untertan.
Ich sitze bei der Schicksalsspinne
und was sie immer mir beginne,
ich seh' es mir von außen an.

Bin meines Werdegangs Behälter
und schaue alle Jüngern älter
und fühle in den Tod mich jung.
Und ich entwirre das Gewebe
und was ich immer noch erlebe,
erleb' ich als Erinnerung.

Ich bin mein treuester Begleiter
und lebe das Gelebte weiter,
und Neues kann mir nicht geschehn.
Von einem Urbild war gesegnet,
was mir zum erstenmal begegnet,
und ist mir wie ein Wiedersehn.

Bei einem nie gehörten Klange
wird mir nach meiner Vorzeit bange,
wird Niegesehnes nahe sein.
Und wenn ich einmal auf der Bahre
in unbekannte Länder fahre,
dann tret' ich in das Leben ein.

Vor dem Schlaf

So spät ist es, so späte,
was werden wird, ich weiß es nicht.
Es dauert nicht mehr lange,
mir wird so bange,
und seh' in der Tapete
ein klagendes Gesicht.

Allein bin ich, alleine,
was außerhalb, ich weiß es nicht.
Ach, daß mir's noch gelänge,
mir wird so enge,
und seh' in jedem Scheine
ein fragendes Gesicht.

Nun bin ich schon entrissen,
was da und dann, ich weiß es nicht,
ich kann sie nicht behalten
die Wahngestalten
und fühl' in Finsternissen
das sagende Gesicht.

Gebannt steh' ich auf diesem Fleck
und kann nicht zurück und kann nicht weg
und suche mit dreimal flehenden Händen,
ein sicheres Schicksal abzuwenden.
Alles um mich in den bangen Stunden
hat Macht über mich, der gebannt und gebunden.
Gelingt's mir, nur dies und nicht das zu denken,
so wird mich mein Wille zum Ausgang lenken,
und ich weiß mir, der Sklave dem Herren, Dank,
entrinn' ich nur diesmal noch meinem Zwang.
Dort wäre der Weg: wo der Zweifel steht,
ob rechts oder links es sich besser geht.
Ich könnte fliegen, ich möchte eilen,
und geschwind noch beschwör' ich die Zeit, zu verweilen.
Ich schlage mich durch, ich krieche und hinke,
wie fass' ich die Klinke? Wie faßt mich die Klinke!
Schnell könnten drei Wünsche mir noch verderben:
Herrgott, so laß meine Freunde nicht sterben –
was hältst du mich, scheinbare Vorhangfalte,
was will mir das Fiebergesicht, das alte –
Gott, rette mir jenen, behüte mir diesen,
bewahr ihm das Auge für Wunder und Wiesen –
wie kränkt' ich mich damals, ich wollte nicht warten,
denn ich war krank und die andern im Garten,
eine Spieldose hat die Gavotte gespielt,
ein Gesicht im Vorhang hat nach mir gezielt –
Gott, hilf ihnen, die die Zeit mir verwehte,
und die längst nicht glauben, daß ich für sie bete,
und jenen, die du zu dir schon entboten,
vergiß nicht die Toten, vergiß nicht die Toten!
der Einen aber hier auf dem Bilde,
es lächelt zu meinem Aufruhr so milde,
und dieser aber, o daß ich's nicht dächte,
wenn nicht das Denken Erfüllung mir brächte,

ihr mögest du Leben und Leben und Leben
in vielfach lebendiger Fülle geben
und wirken, daß ihr in unendlichen Lenzen
wie Sonne und Mond die Züge erglänzen,
und für mich selbst, o hör den unendlichen Jammer,
bitt' ich, daß ich in dieser Kammer,
geschmiedet an aller Erden Qual
mich zu Formen erlöse ohne Zahl,
und aus dem vorbestimmten Kreise
mir erbarmungslos und ausnahmsweise
gestattet wäre zu entrinnen,
um immer von neuem zu beginnen,
denn es lähmt mir das Herz, daß einst hinter mir
sich schließe die vorbereitete Tür,
und an dem Gedanken, mich nicht zu beerben,
würd' ich ganz sicher noch einmal sterben!
Laß es nicht zu und lasse mich bleiben,
und bin ich erst fertig, beginn' ich zu schreiben,
denn dem das Wort den Ursinn gelichtet,
sieh, der hat nie zu Ende gedichtet,
und war ich stets des Anfangs gewärtig,
war Leben im Wort: so werd' ich nicht fertig!
H i e r ist mir ein heiliges Rätsel gewesen,
ich habe in Hieroglyphen gelesen.
Nie lass' ich das dreimal lebendige Wort,
verstummend in dein undenkliches Dort,
nie lass' ich den Streit und den Zweifel hiernieden
für jenen unwiderleglichen Frieden.
Nie mögst du von diesem Sessel mich heben.
Lieber den Tod als nicht mehr zu leben!
Nicht feige fleh' ich um meine Errettung;
doch hängen in blutig gespürter Verkettung
an meiner Gestalt die vielen Gestalten,
die du zu bewahren mir vorbehalten,
und in dem schmerzbeseligten Bund
unzählige Stimmen an meinem Mund.

Sie nachzuschaffen hast du mich gelehrt,
die von dir sich zum eigenen Abbild verkehrt;
und gleich' ich nicht jenen, die du erschaffen,
so kannst du mich nicht zu dir entraffen.
Drum laß aus dem marschbereiten Haufen
zurück mich in deine Ewigkeit laufen,
und gib mich mir wieder Stück um Stück!
Mit Macht reiß' ich sonst mein Gedächtnis zurück,
um nimmer zu denken, was noch nicht geschah –
ich will ja nicht weg, ich bleibe doch da!
Was ist das nur heut, was ist das nur hier,
wie dreht sich und droht mir, wie knarrt mir die Tür,
wie rennt mir die Stunde in rasendem Lauf,
wie halten mich alle die Dinge hier auf,
und Falten und Kanten, sie starren mich an,
des Zufalls unseligsten Untertan!
Gebannt und gebunden steh' ich auf dem Fleck,
und kann nicht zurück, und will nicht weg –.

Magie

Wie alles zudrängt, daß es sich mir binde!
Wie sucht mich alles, daß ich eines finde!
Vorschwebend Form, sie hängt mir wie ein Netz:
nun strömt es ein nach bindendem Gesetz
und setzt sich an, und alles Vorgefundne
wird, was es immer war: das mir Verbundne.
Ist dies ein Stück noch von der Außenwelt?
Steht es vor mir, weil ich es vorgestellt?
Ich und die Welt, wir hängen an der Kette,
ich und die Zeit, wir laufen um die Wette.
Vorbei an Worten, die zu schlafen schienen;
ein totes Wort hat sonderbare Mienen.
Füllt sich der Raum mit Leichen und mit Larven,
schon reimen irgendwo im Traum die Harfen.
Nun schafft in den Kontur sich ein Gesicht
und in den fernen Tonfall ein Gedicht.
Da mischen sich die Stimmen mir zu Hauf
und jeder Blick reißt mir das Denken auf,
das wahllos sich ergibt und ohne Schranken
endloser Lust nie fertiger Gedanken,
und büß' in Zweifel ich und Ungeduld
die eigne Lust, so büß' ich fremde Schuld.
Unendlich Hasten, Tasten, Rühren, Spüren
und durch die Dinge in mich selber Führen!
Unendlich Langen, Hangen, Bangen, Fangen,
durch mich hindurch zum Urbild zu gelangen!
Und sollt' ich auf der Strecke auch erbleichen:
ich kann es nicht, doch muß ich es erreichen!

Und wieder mir träumte, ich wäre geflogen,
und diesesmal war es doch sicherlich wahr,
denn ich hatte so leicht wie die Luft ja gewogen
und hatte die Knie an den Körper gezogen,
und es ging wie im Flug, im beherztesten Bogen
hoch über der schwergewichtigen Schar,
es war keine Täuschung, ich war nicht betrogen,
es flogen die Stunden, die Tage, das Jahr.

Mit fliegenden Hoffnungen vollgesogen,
so wach' ich mit müderen Gliedern auf.
Zu Lande ist Leben; und angelogen,
vom leichtesten Trug an der Nase gezogen,
aus allen Himmeln zur Erde geflogen,
da lieg' ich, da liegen die Lügen zuhauf.
Und trotzdem bleib' ich dem Traume gewogen,
so läuft er sich leichter, der Lebenslauf.

Das zweite Sonett der Louise Labé

O schöne Augen, Blicke abgewendet,
o Seufzer, Klagen, o vergossne Tränen,
o dunkle Nächte, die durchwacht mein Wähnen,
o lichter Tag, vergebens mir verendet!

O Trauer du, da Sehnsucht stets verweilt,
o alle Übel wider mich bereitet,
o tausend Tode rings um mich gebreitet,
o Ewigkeit der Qual, da Zeit enteilt!

O Geigenton des Leids, Musik im Schmerz,
o Lächeln, Stirn und Haar, o edle Hand –
zu viele Flammen für ein armes Herz!

Weh dir, der alle diese Feuer trägt,
daß du sie an mein Leben hast gelegt,
und bleibst von jedem Funken unverbrannt!

Nach dem Original und einer vorhandenen Übertragung.

Wollust

O Unterschied im Liebesspiele!
Wie kommt es aus ganz andern Quellen:
bei ihr zu sein,
und sie sich vorzustellen!
Denn sie ist nur ein Schein;
doch wenn sie fern, erwachsen die Gefühle.

Kurz ist die Gier,
und man ist bald am Ziel
und fühlt nur eben, was man fühle;
das ist nicht viel.
Gern wär' man aus dem Spiele,
ist man bei ihr.

Wie bin ich anders aufgewühlt,
ist sie entrückt!
Wie wird sie vielfach neu und nah
und endlos bleibe ich verzückt,
denn sie, sie selbst ist da,
und ich, ich fühle, was sie fühlt!

Schäfers Abschied

Sind die Wiesenglocken mir
in den Herbst verklungen:
dauert nur der Sommer dir,
ist ein Lied gesungen.

Sehnsucht macht den Dichter stark,
glühendes Entsagen.
Darb' ich, so gedeiht mein Park
in den Tränentagen.

Zweifel drückt mir auf die Brust:
irrte so viel Liebe?
Deine Schafe, deine Lust –
irgendwo sind Diebe.

Steht wie ehmals Stern an Stern –
Insel schwand und Schwäne.
Sterne sind noch. Einer fern
fiel herab als Träne.

Sommernächte – wie erhellt
war die Lust vom Lichte,
untertan die ganze Welt
glänzendem Gesichte!

Ach, das war die schönste Zeit,
ich vergess' sie nimmer.
Du trugst nachts ein grünes Kleid
in dem weißen Zimmer.

Wie verklärte sich der Pfad
unter deinem Scheine!
Steine, die dein Fuß betrat,
waren Edelsteine.

Springbrunn, himmelhoch und hell,
ist er mir verflossen
und dafür ein Tränenquell
in die Welt gegossen?

Tagwärts in die dunkle Zeit
ist dein Bild verronnen.
Aber nachts das süße Leid
weckt mir deine Wonnen.

Sonne schien in Alp Laret
loderndem Verlangen.
Daß mein Herz nicht untergeht,
war sie aufgegangen.

Sonnentrunkner, heißern Blicks,
irrt mit blauem Flügel
durch Vallorbe, das Tal des Glücks,
helle Lust zum Hügel.

Selig hat mich aufgetaut
ein lebendiger Wille.
Tönte mir dein Klagelaut,
war der meine stille.

Ach, geschäh' es noch einmal,
in den bessern Zeiten!
Dahin sei der Trennung Qual
inneres Geleiten.

Segen deinem stolzen Schritt
in die fernste Richtung!
Du nahmst meine Seele mit.
Ich bewahr' die Dichtung.

Das ist ein Sonntagabend,
wo ich in fernem Land
vor rotem Himmelstore
verlorner Liebe stand.
O Melodie, im Ohre
den Gram der Welt begrabend.

Das ist die wehe Wunde,
des guten Volkes Leid,
Erkennungsmal der Herzen
in angstgebundner Zeit.
O armer Schall der Schmerzen
um eine Heimatstunde!

Wie in verirrtem Klange
verhallt das alte Glück,
kehrt wieder mit Erbarmen
uns aller Harm zurück.
Wie wird den guten Armen
um Land und Liebe bange!

Was ich zum ersten Male
schon hundertmal gehört,
hat die entschlafnen Wonnen
zu Qualen aufgestört.
O Hingang aller Sonnen
in einem Tränentale.

Du bist mir nur von weitem noch. Und kaum
an meinem Horizont ein Rand mehr, nur ein Saum
purpurnen Abschieds. Nur noch eine Spur.
Schien mir die Sonne? Nein, sie schien mir nur!
Du bist es nicht! Den Brand noch im Gesicht,
ruf' ich dir nach: Bist du nicht, warst du nicht!
Warum verglommst du mir? – Doch warst du, doch!
Du warst, du bist es: denn ich seh' dich noch.
Wohin entsinkst du mir? Zurück bleibt Nacht.
Wo lebst du, leuchtest jetzt? Wohin die Pracht?
Noch spielt mein Geist mit deinem Licht; im Wähnen
um das lebendige, stets nachgezogen,
schaff' deinem Schimmer ich durch meine Tränen
den nie verlöschend letzten Regenbogen.

Ich weiß von Wüsten, wo ein Mittag war
und nichts als Lust,
und alles wurde klar.
Aufriß das große Licht mein Menschenauge,
daß ihm die dunkle Welt nicht tauge;
und aller Ursprung wurde mir bewußt.
Und über mir war Mittag, stand die Zeit,
und eine Weile war Unendlichkeit,
ein Teil von dir. Mit Armen hielt ich sie,
da war kein Anfang und das Ende nie!
Dein Strahl traf durch mein Haupt und diese Welt
brach auf in Flammen, die mein Herz verbrannten.
Als alle Sinne dich erkannten,
war ihnen gleich der Geist gesellt.
Naturhaft jedes Ding um uns; der Mond
nannte dich Schwester, und ein weher Wind
war Stimme dir, die Stürme übertönt,
und Sterne flohen, schwebten wir vorbei.

Vorbei du mir! Dies ist der andre Herbst,
dem niemals mehr entwandelt die Natur;
sie ging ins Grab, woraus ich sie empfing.
Und überall ist nichts als Zeit, und nichts
als Erde. Und du ließest nichts zurück
als die Gewalten, die mich rückwärts rufen,
und alles Opfer, das umsonst sich bietet,
Herzuntergang in gnadenloser Weite,
irres Gebet zu niemand und um nichts,
gottlosen Altar, sternenlose Nächte,
furchtbare Mächte der Gewesenheit!
Ich renne rasend durch die Erdenzeit
zurück in dich und finde dich nicht mehr!

Unter dem Wasserfall

Wer vor mir ließ von diesem Wasserfall,
von dieser Sonne sich begnaden!
Wer vor mir stand, das Haupt im All,
stolz an der Ewigkeit Gestaden!

Von Gott bin ich hier eingeladen,
so hoch in Gunst wie jedes Tier,
und hier ist niemand außer mir,
hier will ich frei von mir mich baden!

Was ich mir selbst schuf, nahm mich selbst nicht auf,
und Wort und Weib, sie wiesen nach den Schatten
und alles Leben wurde ein Ermatten,
zurück in mich lief meiner Welten Lauf.

Nun bin ich zu den Wundern heimgegangen
und auf der Gotteswelt allein.
Hier dieser Sonnenstrahl ist mein.
Wie hat die Schöpfung festlich mich empfangen!

Lust ohne Leiden, Liebe ohne Last,
Naturdrang ohne Scham und Schranken –
ich bin an Gottes goldnem Tisch zu Gast
und hab' mir nichts mehr zu verdanken!

Weit hinter mir ist alles Weh und Wanken.
Wie hat der Wasserfall Bestand!
Wie segnet dieses Sonnenland
vor meiner Nacht mir die Gedanken!

WORTE IN VERSEN
V

DEN VERLASSENEN

Im vorigen Jahrhundert war's, im letzten,
vor solchem Wechsel schon erstarrten Jahr
war's, daß ein gutgelaunter Gegendämon
sich diesen ernsthaften Aprilscherz machte
und mich ersah, ihn jenen zu bestellen,
den abwärts fortgeschrittenen Zeitgenossen,
im Lauf nur lesend, weil der schwarze Fluch
sie antrieb, auf dem Laufenden zu sein.
Und du, rief dieser Widerpart der Zeit,
bestehe sie, je flüchtiger sie lesen!
Ermüde nicht an ihrer atemlosen
naturentflohnen, zeitverrannten Hast;
dein Weg, vom Ursprung übers Ziel hinaus,
ist länger, darum sollst du nicht ermüden!
Sei Zucht und Strafe, Licht zugleich und Brand;
durch Liebe sind sie nimmermehr zu halten:
so opfere dein Herz den Haßgewalten –
dein Heft, es bleibt als Heft in deiner Hand!

Weh, welche Gnade war da nicht am Werk,
vom allgemeinen Fluch mich zu begnaden!
War's nicht des eignen Schicksals Wetterwende,
des eignen Lebens launischer April,
in den die Götter mich zu schicken drohten?
Mein Ohr erfüllend mit der Qual der Welt,
daß meine Zunge die Geräusche forme!
Aufreißend ach mein himmelsuchend Aug
den Mißgebilden dieser Erdenhölle!
Doch all der Ohrenschall und Augenschein
ohne die Zeugenschaft des Sehns und Hörens:
bloß aus der Ferne drängt es sich mir zu,
den Schall und Schein der Lüge wahrzunehmen.
Dies kann ich nur, weil ich nicht anders kann,
und weiß, dies ist ein Zwang und kein Talent.
Und nie war einer, der das Leben meistert,

so mitten drin ein ärgrer Dilettant
und hat's von außen so gemeistert; gleichsam
vom Hörensagen, aber freilich so,
daß er nicht einmal hörte, was sie sagen,
und dennoch hörte, wie sie's sagen, und
daraus verstand, wie jenes Leben sei.
Hätt' ich in zwanzig Jahren das getan,
was Leute tun, die unter Leute kommen,
ich hätte kaum erfahren, was ich wußte.
Ich hab' mir nur den Lohn der eignen Kunst
mein Leben lang vergönnt und diese war,
mir auch das fremde Leben zu ersparen.
Ich meide die Theater jeder Art,
weil ich schon ganz von selbst weiß, wie sie spielen;
und lockte hier und dort ein Vortragssaal,
so ging ich nur hinein, um selbst zu sprechen.
Zerstreuung aller Art hab' ich gefunden
in siebentausend und dreihundert Nächten,
die ich bis an den Tag hab' durchgewacht,
ihn zu belauschen und ihn zu betrachten,
völlig verschont von seiner Gegenwart.
So konzentriert auf euch und was euch nur
in zwanzig Jahren die Zerstreuung bot,
doch so verstrickt in solche Abenteuer,
von denen ihr am Spieltisch, auf der Jagd,
im Drange der Geschäfte nichts, ja selbst
nicht liebend oder betend etwas ahnt.
So spielt' ich, jagte, feilschte, betete
und liebte so auf einem Schreibtischstuhl,
und schlug mich durch ein Dickicht von Gesichten.

Nun fragt mich nicht, was ihr davon bekamt.
Ich weiß es nicht, und kann nur ehrlich staunen,
daß solcher Flucht und Inzucht irgend etwas,
das in das Leben wirkt, entsprossen sei.
Am gläubigsten begegnet noch mein Zweifel
dem eueren. Ich weiß kein bessres Lob,

als wenn mir einer sagt, ein Feuilleton
flöß' ihm am Sonntag lieblicher ins Herz
als die zehntausend Seiten, meiner Nächte
höchst ungesundes Paradoxon. Oder:
die Trauben, die ich in Verruf gebracht,
sie wären unerreichbar mir gewesen,
hinc illae lacrimae und so entschloß
ich mich, ein Narr auf eigne Faust zu sein.
So sprechen jene, deren Vorzug ist,
dort recht zu haben, wo sie recht haben.
Halb ein Phantast aus Mangel an der Welt,
halb ein Pedant aus Überfluß an mir,
kenn' ich im Ganzen mich mit mir nicht aus.
Bald drückt mein Größenwahn den eines Nietzsche
so an die Wand, daß ich das ganze Sprachgut
der deutschen Literatur nicht für ein Wort
von mir, nein auch sogar für keine Pause,
die zwischen zweien meiner Worte Platz hat,
ja nicht einmal für ein Jargonzitat,
das meinem Ohr ein ferner Korso zuwirft,
ja selbst nicht für den kleinsten Zeitungsausschnitt,
den ich nur eingestellt, doch nicht verfaßt hab',
eintauschen möchte. Bald ist's wieder so,
daß ich den letzten Schmierer, eben jenen,
der selbst verfaßt hat was ich nur zitierte,
beneide und wenn mich, den Bettelmann
die Scham nicht hemmte, ihn, den satten Krösus
von Herzen bäte um ein Adjektiv.
Doch der geht stolz vorbei und kennt mich nicht.
Still bleibt's um mich, und diese Stille macht,
daß sie den eignen Lärm nicht hören können.

Fragt mich nach zwanzig Jahren, wie es kam,
daß solcher Ruhm aus solchem Schweigen wuchs,
das rings mich einhüllt; daß er lauter tönt,
als wenn durch zwanzig Jahr' die Pressemeute
mich täglich hätt' im schmutzigen Maul geführt –

ich weiß es nicht. Ich muß wohl selbst dran schuld sein;
doch weiß ich eben nicht, woran es liegt.
Welch eines Mangels Fülle, die mehr aufregt
als sie befriedigt und am hungrigsten
sich selbst zurückläßt, und ein Feuerkreis
von Hysterie mit Liebeshassesflammen
umspielt den winzigen Winkel meines Tags.
Wozu der Lärm? Von mir gibt's lange Sätze,
und längere Ohren, die sie nicht verstehn.
Das gibt ein Aufsehn; doch schafft's eher wohl
Verdruß dem Leser als dem Autor Ruhm.
Wer soll's denn fassen, daß den seitenlangen
Periodenbau ein Atemzug durchweht,
wenn er an Asthma leidet? Dieses kommt
vom vielen Laufen. Diese flüchtigen Leser
sie bleiben stehn, dann laufen sie zurück,
und kommen nicht zum Schluß des langen Satzes.
Dann gibt es wieder einen kurzen Vers,
der auf den ersten Blick erfaßbar ist –
doch plötzlich dehnt er sich zum Labyrinth.
Das ist ein Zauber, und der Leser hat es
beinah so schwer wie ich, und jedes Wort
ist uns ein Kreuz, mir und den Schriftgelehrten.
Auch mir sang Philomele, oh, sie rief
mich aus dem Stoff, der heillos mich bedrängt,
eh ich ihn meistre. Aber Schönheit war,
wo mir die Sprache zu Gefallen war,
und alles lyrische Geheimnis ist
mir auch im widrigsten Geräusch erschlossen.
Lyrik ist alles, was am tiefsten Grund,
mögt oben ihr die Widersprüche lesen,
identisch wird zu immer neuem Wesen,
aus Klang und Ding ein unlösbarer Bund.

Doch solches sind Allotria, und die Welt
will, daß die Feder sich ihr nützlich mache,
wenn schon nicht angenehm. Was bleibt ihr denn

in ihrer Hand? Vom blutigen Turnier
ein Silbenstechen und ein Haarespalten;
und wer's so bunt durch die Jahrzehnte trieb,
hat ausgespielt für alle Lebenszeit.
Dies, was die Form betrifft; der Inhalt war
noch dürftiger. Beim Licht der Tageszeitung
zerstiebt der Spuk. Versuch's und leg den Geist
auf deine flache Hand: nichts bleibt davon.
Das Element, es läßt sich nicht zitieren,
potz Element, es rinnt dir durch die Hand.
Gedanke war's in aller Konsequenz,
und Meinungen, einander widersprechend,
wies man mir nach, und als die Welt dahin,
ganz wie ich's längst aus kleinlichen Symptomen
erschaut, da riefen Überlebende,
ich hätte, da die Welt zum Teufel ging,
nur die lokalen Tatsachen bemerkt.
Indes war nicht das Augenmaß verfehlt,
doch ich vergriff mich in der Reihenfolge.
Ich sang der Zeit das Grablied, eh' sie starb.

Hier war ein Anlaß, in das alte Testament
mich rückzusenden und den Fluchenden
dem alten Fluche wieder zu verknüpfen.
Doch eher glaub' ich wohl: daß unsereins
mit der Geburt den Pflichten seines Stammes
genug getan und dann gings höherwärts,
und unerreichbar hoch der Menschenrasse,
die unter allem Recht geboren ist,
sich christlich noch von Juden abzusondern.
Denn welch ein Schrei nach Geld vereinigt sie!
Und welch ein Gott der Nächstenliebe war
der rachevolle Gott vor dem gerechten,
in dessen Namen so viel Blut verrann!
Aus solchem Fegefeuer ungeläutert
hervorzugehn – da blieb' ich lieber drin;
ich bin nicht Jud genug, um Christ zu sein!

Doch wünsch' ich fromm, daß gelbe Heiden kommen,
die Ornamente unserer Heiligkeit
an unsren Eisenstirnen zu zerbrechen,
und diese dann an ihrer Menschlichkeit!
Denn über alle Maßen trostlos war's,
zu solcher Zeit an solchem Ort zu leben.

Zuweilen gibt es zwar Entschädigung,
die kleinen Ansprüchen genügen mag.
So wacht' ich neulich auf und las die Nachricht,
daß Österreich dahingegangen sei.
Seit zwanzig Jahren hatt' ich es erwartet,
und wären seine letzten Züge nicht
mit reichlicher Verspätung eingetroffen,
hätt' es der Menschheit all dies Weh erspart.
Ich atme auf, die lästige Begleitung,
das andere K. K., der nom de guerre,
der Schatten meines wahren Namens wich
mir von der Seite in das Schattenreich.
Dies Leid ist Tröstung, und das Menschentum,
das insgeheime, außer Dienst gesetzte,
das keines Scheins bedarf und keiner Macht,
und Würde nur, nicht Würden sich verleiht,
schöpft Hoffnung gar aus diesem schlichten Faktum:
Mein Wort hat Österreich-Ungarn überlebt.

Dies Wort mag einer Welt, der alles fehlt,
doch nichts so sehr wie Ehre, wenig gelten,
so wenig selbst wie mir, der es erlebt hat
und lieber seinen Zweifel ausgekostet
als den Erfolg. Und dennoch war dies Wort,
und wenn ich's gleich am Tag nicht mehr erkannte,
verwandt dem innern Wesen. Wort und Wesen –
die einzige Verbindung, die ich je
in dieser nutzbeflißnen Welt erstrebt.
Kein Opfer gab's, an allem, was euch freut,
Besitz und Geltung, Ruh und Nervenglück,

das ich nicht mit Begeisterung dargebracht,
um euch am Geist kein Opfer darzubringen,
im Erdensturz dem Umbruch einer Zeile
noch zugewandt, bis an den jüngsten Tag
erfüllend jene heilige Satzung, wo
es auf das Komma ankommt, mag ich stammelnd
dereinst nicht wissen, was das Thema war.
Geschlecht und Lüge, Dummheit, Übelstände,
Tonfall und Phrase, Tinte, Technik, Tod,
Krieg und Gesellschaft, Wucher, Politik,
der Übermut der Ämter und die Schmach,
die Unwert schweigendem Verdienst erweist,
Kunst und Natur, die Liebe und der Traum –
vielfacher Antrieb, sei's woher es sei,
der Schöpfung ihre Ehre zu erstatten!
Und hinter allem der entsühnte Mensch,
der magisch seine Sprache wiederfindet.
Ein Irrgang seiner bangen Zeitlichkeit,
der Leichenfelder streift und Paradiese,
ist diese Welt des Worts, so bunt an Stoff
wie voller Irrtum. Aber was im Ursprung
jeweils das Angesicht der Wahrheit trug,
es wird die Zeit am Ende Lügen strafen.
Was hilft es ihr, daß sie mir nun entflieht,
und mich die Jüngern spielend überwinden!
Ich treff' sie noch in meinem Abschiedslied,
und Junge werden leichter zu mir finden.
In ihrem dunkeln Drang und Weltverwirren
zurück als Führer bleibt mein ganzes Irren!

Sprachschöpfung

Denn eben wo Begriffe fehlen,
da stellt ein Wort zur rechten Zeit sich ein.
Doch wollt' ich wahrlich nicht zu jenen zählen,
die wesenlos verpflichtet nur dem Schein.
Ich glaub' dem Wort, es weiß schon was es tut;
wenns mit mir gut es meint, so mein' ich's gut.
Ich kann aufs Wort in allen Lagen zählen,
es führt zum Wesen fort mich aus dem Schein,
und stellt es sich zur rechten Zeit mir ein,
so wird auch der Begriff nicht fehlen
und wird sogleich zur Stelle sein.

Zweifel

Am Scheideweg der Worte muß man schwanken,
ob dies da besser oder jenes dort.
Denn der Gedanke hält nicht immer Wort,
jedoch das Wort hält mancherlei Gedanken.

Versäumnis

Da ist mir neulich was widerfahren
und fast wär' es gut mir ausgegangen.
Mir träumte von einem späten Verlangen,
mir träumte, daß ich nach hundert Jahren
punkt drei die Schönste von allen Schönen
zu treffen versprochen und leider versäumt.
Doch als ich den Traum zu Ende geträumt,
da schien mich das Schicksal halb zu versöhnen,
und da ich erwachte, da war's erst zwei
und ich fand, es wird mit der Zeit noch langen!
Doch schon befiel mich ein neues Bangen:
denn ach sie selbst war leider vorbei.

Der Erotiker

Fiel ihm ein Liebesglück in seinen Schoß,
so war er im Erlebnis gar nicht tüchtig;
und nie genoß er es in vollen Zügen,
wenn es gelang, den Gatten zu betrügen.
Der Glückliche, er war ja ahnungslos –
dagegen jener für ihn eifersüchtig.

Oft hat er, wenn sonst alles hätt' geklappt,
die Frau beim Ehebruch mit sich ertappt,
und den Beweis hielt er in seinen Armen.
Hier half kein Leugnen. Da er's selbst gesehn,
so mußte sie, was sie getan, gestehn;
und seine Liebe kannte kein Erbarmen.

Mahnung

Willst vor dir selbst in Ehren du bestehn,
darfst du mit einem Weib zu Gott nicht gehn.

Denk dreist vor jedem heiligen Gesicht:
so scheint es; doch grad diese ist es nicht!

Erspar der Wahrheit allen harten Streit.
Gewahr des Spieles dieser Scheinbarkeit.

Denn dringst du tiefer, geht es abwärts; und
gehst auf den Grund du, schwindet dir der Grund.

Wie deine Seele auch betreut das Haus:
die andere fand anderwärts hinaus.

Und hast in einem Luftschloß du gewohnt,
so war sie längst bei einem Mann im Mond.

Dein Wort vermaß sich; und es blieb ein Schall.
Ein jeder Narr hat seinen Ausnahmsfall.

Der Misogyn

In Leidenschaft und in Wissenschaft,
in Hangen und in Bangen,
in Geistes zweifachem Verhaft
bleibt ihm das Leben gefangen.
Ich aber verdanke dem Weib die Kraft,
über sie emporzugelangen!

Die Verlassenen

Berückend gar, aus deinem Zauberkreise
gezogen sein!
Nun zieht nach unerhörter Weise
die Lust auf ihre letzte Reise
allein.

Und nie ersattend findet sie die Nahrung,
vertraut
dem Urbild einer Menschenpaarung
und einer Flamme Offenbarung,
die sie geschaut.

Wie mag es sein, aus meinem Feuerkreise
geflohen sein!
Nun zieht nach ungewohnter Weise
die Seele auf die lange Reise
allein.

Traum

Stunden gibt es, wo
mich der eigne Schritt
übereilt und nimmt
meine Seele mit.

Könnt' ich halten sie,
würd' ich selig sein.
Ach, zuweilen glänzt
in den Tag der Schein.

Weiß dann, wie es war,
seh' ein lichtes Land,
eh' ich in die Zeit
wurde umgewandt.

Staunend stand ich da
und ein Bergbach rinnt
und das ganze Tal
war mir wohl gesinnt.

Und der Wind befiehlt,
damit leichtbeschwingt
alles in der Luft
heute mir gelingt.

Habe jedes Glück
schon im Flug ereilt.
Alles ist Geschlecht,
wir sind ungeteilt.

Alles, er und sie
und ein jeglich Ding
mir in dieser Nacht
an die Sinne ging.

Wie sie vollends mich,
wie sie sich vergaß,
und mein Todfeind ach
ihr zur Seite saß –

unvergeßlich Bild
unverlorner Spur
von der Übermacht
schwacher Weibnatur!

Elfenbeine sinds:
sagt ins Ohr der Traum,
und die ganze Welt
ist ein Zwischenraum.

Sie verduftet mir
durch die Sphären hin,
immer ist es so,
wie wenn Pappeln blühn.

Wie dein Stern zerbrach,
weiß nicht, wie's geschah.
Deiner Erde doch
bleib' ich ewig nah.

Immer heißer wird's
mir auf dieser Bahn,
viele Pforten sind
schon mir aufgetan.

Eh mir noch verläuft
dieser Lebenslauf,
ruf' ich was es gab
mir zum Zeugen auf.

Alles wird Gesicht,
jedes Ding ein Mund.
Welche bunte Welt!
Plötzlich spricht ein Hund.

Grundlos leben wir,
reichen bis zum Mond.
Einer zeigt mein Grab,
das noch unbewohnt.

Einer führt ein Buch
und trägt Sünden ein –
alle retten sich,
alle trinken Wein.

Eine Glocke schrillt,
daß die Decke birst.
Wenn du heute nur
nicht gerufen wirst!

Schon betäubt der Tag
das verlorne Ohr;
noch umfängt den Blick
jener grüne Flor.

Wär' mein Tag vorbei!
Wieder umgewandt
kehrt' ich aus der Zeit
in das lichte Land!

Oft träumt mir, wie war das, ich fasse es kaum,
mir träumt noch am Tage, mir träumt noch vom Traum.
Eines Tags, eines Morgens entschlief ich, doch bald
war's Frühling, da stand ich im frischesten Wald.
Wie schade zu schlafen, o wär' ich doch wach
und träumte verlorenen Frühlingen nach!
Da lag ich und stand ich, ein reuiger Schläfer.
Ich schlief, und es lief und es rief mir ein Käfer.
Und er hob sein bekümmertes Haupt aus dem Grase
und hatte ein riesiges Horn auf der Nase.
Er klagte, was ihm da soeben geschehn,
und er fragte, ob ich seinen Sohn nicht gesehn.
Den Jungen, verliebt bis über die Ohren,
er hab' ihn im Frühjahrsgedränge verloren.
Der Alte erzählte von vieler Bemühung,
die er stets verwandte an die Erziehung,
und seufzte, daß er den Sohn vermisse,
und allerlei sonstige Ärgernisse.
Da rackern und sorgen wir uns, wir Alten,
doch das leichte Tuch war nicht länger zu halten.
Ich versprach, unter allen vorhandenen Tuchen
in Wald und Feld nach dem rechten zu suchen,
und wandt' mich voll Mitleid zum Gehen endlich
und fand es traurig, doch selbstverständlich.
Und wie ich so meiner Wege ging,
kam flugs mir entgegen ein Schmetterling,
der schien es mir allzu bunt zu treiben,
und er verlockte mich, stehen zu bleiben.
Von allen Feuern und Farben brannt' er.
Kein Zweifel, es war ein alter Bekannter,
wir waren uns beide, ich und der Falter,
erst neulich begegnet im Kindheitsalter.
Doch schien auch er etwas zu vermissen,
und erzählte von allen den Hindernissen,

die man ihm daheim in den Weg gestellt,
drum nahm er Reißaus in die weitere Welt.
Nun wüßte er selbst nicht, wozu er tauge.
Ich sah ihm fest in das Pfauenauge.
Da fragte er schüchtern, mit zitterndem Ton
– und sah aus wie der verlorene Sohn
und ach, es entstürzte ihm Träne auf Trän' –:
Haben Sie nicht meinen Vater gesehn?
Ich fragte, wer denn sein Vater wäre,
ich hätte noch nicht ihn zu kennen die Ehre.
Da schalt er mich einen vergeßlichen Schläfer,
sein Vater sei doch ein Nashornkäfer!
Wie, sagte ich, jener dort auf der Matte,
den ich soeben getroffen hatte?
Derselbige, sagt er, da muß ich mich tummeln –
und überflog die behäbigsten Hummeln,
die dicken Tanten und auch die Cousinen,
die schon ein wenig behenderen Bienen.
Schon schien ich verwandt mit der ganzen Verwandtschaft
und bekannt mit jedem Grashalm der Landschaft.
Doch spürte den Schmerz ich der heutigen Welten,
in denen die Tagpfauenaugen so selten,
und wann hatt' ich denn, ach wie die Dinge vergehn,
den letzten Nashornkäfer gesehn?
Und was mir drum gar nicht zusammenging,
war, wie heutzutage ein Schmetterling
da konnte zu allen herrlichen Gaben
noch einen Käfer zum Vater haben,
und gar ein Käfer zu allem Daseinslohn
einen Schmetterling haben zum leiblichen Sohn!
Doch wenn sie sich nun in die Arme sanken,
so haben sie es nur mir zu verdanken,
dem jeder mit einer Ursprache Laut
das Geheimnis der Sehnsucht anvertraut.
Doch trieb es mich fort zwischen Hummeln und Bienen,
fern summten schon Rotationsmaschinen,

schon war es die Sprache von allerlei Leuten,
noch träumte ich, daß sie den Traum mir deuten,
und in Furcht um die verlorne Bedeutung
erwacht' ich und griff nach der Tageszeitung.

Dichterschule

Was sind denn das für ausgelassne Knaben,
die in der Form ein Nichtgenügend haben?
Sie machen heute sichs wie ehedem
in Fleiß und Sitten immerzu bequem,
die nur im Fortgang von der Schule glänzen.

Und froh, daß sie die Syntax nicht beherrschen,
so wetzen sie auf ungegerbten Ärschen
und lassen hier und dort das Komma aus.
Dann aber tragen sie ein Nichts nachhaus,
das sie zuhaus zu einem Dreck ergänzen.

Heißt man zur Strafe sie dada zu bleiben
und ihren Aufsatz zweimal abzuschreiben,
so wird er darum doch nicht besser sein,
und besten Falles fällt es ihnen ein,
daß sie ihn noch beklecksen und betrenzen.

Kein Substantiv steht mehr an seinem Platze,
der Hauptsatz wird zu einem Nebensatze,
der Nebensatz ist nur ein Adjektiv.
Die ganze Gottesschöpfung lacht sich schief,
wenn solch ein grüner Lümmel singt von Lenzen.

Hier wirkt Natur in andern Dimensionen,
in solchem Wirrsal wollt' kein Teufel wohnen,
nichts was sie greifen, wächst zur Wortgestalt.
Allein ihr Ethos freilich ist geballt
und sehr dynamisch sind die Impotenzen.

Ein Rattenschwanz im gegenseitigen Loben,
wenn sie in allzu freien Rhythmen toben;
mit uns geht alles bei dem Treiben rund!
Doch schließen sie zumeist den Vers mit Und.
Und dennoch geht es über alle Grenzen.

Seht mir die Rotte von den letzten Bänken,
sie wollen nur den Oberlehrer kränken,
der schwergeprüft in solcher Klasse sitzt.
Was sie nicht konnten, haben sie verschwitzt.
O laßt uns diese Dichterschule schwänzen!

Die Verehrer

Sie nannten ihn ihren Erzieher.
Er hatte mit ihnen Geduld.
Jedoch eine einzige Schuld
sich selbst nicht vergab und verzieh er.

Er war ihnen allen gewogen.
Sie wollten nicht, daß er schliefe.
Sie schrieben ihm ihre Briefe.
Er hatte so schlecht sie erzogen.

Sonderbare Polemik

So mancher, den ich von mir entfernt,
führt er für mich, führt er gegen mich Fehde?
Er hat von mir das Reden gelernt
und stellt mich dafür nun zu meiner Rede.

Die Lage der Deutschen in Österreich

Sie war, man denke an die Friedenszeiten,
halt immer eine rechte Menschheitsplage.
Nichts hörte man als täglich Zank und Klage,
Vereinskrakeel und Zeitungsstreitigkeiten.

Ob Schande! man, ob Hanba! dazu sage,
blieb ein Problem, und einmal zu entscheiden
wer recht wohl hätte von den beiden: beiden
erst recht war eine nationale Frage.

Und dies zumal erbitterte die Böhmen:
die Deutschen hatten wahrlich alle Tage
in Östreich ihre ganz besondre Lage,
und jene wollten sich nicht anbequemen.

Um endlich auf des Krieges Völkerwage
das Hochgelegene zu Fall zu bringen,
konnt' ihnen doch der große Wurf gelingen:
die Deutschen hatten nun die Niederlage.

Es war geglückt, den Sieger zu besiegen,
und ob er an dem deutschen Gott verzage,
er kam in jene fürchterliche Lage,
in Österreich einmal allein zu liegen.

Doch daß dem andern der Triumph behage,
und daß die Katze munter weitermause,
behielt er einen Teil von ihm im Hause,
und daß geteiltes Leid sich leichter trage.

Sich selbst bestimmend, hat er's eingerichtet,
damit kein Zweifel am Gewissen nage
und er mit jenem dieses gleich erschlage;
und also ward der alte Streit geschlichtet:

Der Antwort folgt die nationale Frage.
Denn um sich ganz an Österreich zu rächen,
bestimmten sie, die konsequenten Czechen,
den Deutschen selbst nun eine neue Lage.

Die liegt nun gut in Tschechien gebettet;
und daß die Qual in alle Neuzeit rage,
die alte Klage, Frage, Menschheitsplage,
sie werden österreichisch fortgefrettet.

Und klingts nicht anders doch mit einem Schlage?
Ists nicht die Umkehr aller bösen Geister?
Der Arrestant versperrt den Kerkermeister,
Tag ward aus Nacht und diese folgt dem Tage.

Nur offen bleibt die nationale Frage,
ob denn die Katze nicht bei ihrer Jause
sich und der Maus gönnt eine Atempause,
damit die Katze halt, in solcher Lage,
nicht mehr die Maus, doch sich mit ihr vertrage.

Der Redner

Es ist nicht so einfach, mit ihm zu sprechen,
denn er hat die Gewohnheit, zu unterbrechen,
und wirft, kaum daß sie begonnen, in jede
Rede sofort seine Gegenrede.
Doch mag es indessen nicht jedem gelingen,
ihm gleich das nötige Stichwort zu bringen.
Viel besser darum als den anderen allen
pflegt er sich selber ins Wort zu fallen.
Einmal, als er heftig mit sich im Disput war,
und über manches Moment schon in Wut war,
war ich bereit, in Geduld mich zu fassen.
Er aber rief: bitte ausreden lassen!

An denselben

Nie wird sich einer, der das Wort nicht fand,
als stiller Hörer über dich beklagen.
Wer so viel Herz läßt sprechen und Verstand,
hat viel zu sagen.

Du regst es an, was man verhalten muß,
man dankt dir, was man auf der Zunge hatte,
und fühlt sich hochbefriedigt im Verdruß
solcher Debatte.

Ein Schwätzer schafft mir weit geringre Pein;
wo aus dem hohlen Raume Worte schallen:
keinem Gedanken fällt es füglich ein,
mir einzufallen.

Nicht jeder, den man hört, hat ein Gesicht;
nur seiner Rede Maß ist ungewöhnlich.
Du bist dir selbst, und ich verkenn' es nicht,
zum Sprechen ähnlich.

Peter Altenberg

† 8. Januar 1919

Wer lebte unter diesem Pseudonyme?
Ein Mensch, den ich vor einem Dichter rühme.

Man las ihn früh und man erkannt' ihn später,
den hohen Altenberg, den höhern Peter.

Ein größrer Mann stand hinter großem Werk,
und niemals hielt er hinterm Altenberg

mit seinem Herzen; trug es auf der Hand
und brachte es durch Leben, Liebe, Land.

Und wie er zu uns rief und zu uns schwieg,
vor uns versank und in Ekstase stieg,

mit seiner Wahrheit unsre Lüge trog,
und wie er uns voranlief, uns entflog,

wie er sich überschlug und wie er litt:
er nahm uns alle allerwegen mit!

Er gab sich weg und war sich selbst nur treu.
Die alte Welt, von ihm ersehn, war neu.

Wie er es sah, von fern und in der Nähe,
so schien, so war es, als ob Gott es sähe.

Und zwischen Einerseits und Anderseits
war aller Wunder wechselvoller Reiz,

und welchen Lebens Fülle, Geist und Art
so zwischen Kinderblick und Greisenbart!

Wie er es sah und wie er es drum glaubte,
und über sich zu lachen uns erlaubte:

sein Paradoxon war nur unsre Welt,
just zwischen ihrem Wert und ihrem Geld;

und was er uns zu seinem Tod vermachte,
sind Tränen, die er übers Leben lachte.

Er schaut uns an. Noch auf dem Katafalk
ist es der Blick von dem gerührten Schalk.

Dies Auge sah den Herzen auf den Grund
und fühlte Schmerz und Liebe mit dem Hund.

Es sah empor zum Tier, zur Magd, zum Kind.
Ihm waren alle Sterne wohlgesinnt.

Vergebens bot er euch das Leben an.
Er gab das Wort. Ihr glaubt nur den Roman.

Ihr seid Papier; er war ein Element,
dess Zorn und Güte keine Grenzen kennt.

Er konnte toben; ihr jedoch seid stumm.
Ein Narr verließ die Welt, und sie bleibt dumm.

Wie wurde mir in seiner Nähe warm.
Ein Bettler ging von uns. Wie sind wir arm!

Christen

Sagt, warum achtet ihr die armen Kinder,
die nicht entstammt dem anerkannten Bunde
und also der naturgeweihten Stunde,
die außerehelichen Kinder minder?

»Nur um in sündenfernen Tagen
der eignen Unmoral sie anzuklagen.
Weil wir nicht sorgsam vorgebeugt,
zeugt gegen uns, was wir gezeugt.
Längst fault die Zeugin unsrer Lust.
Auf Gottes Schweigen läßt sich bauen.
Was wir getan, ist einem noch bewußt,
und grade diesem möchten wir nicht trauen.
Was einstens eine Stunde konnt' versüßen,
zu viel, ein Leben lang dafür zu büßen,
und täglich größer wird das Sündenmal.
Die Mutter starb, der Sohn ist ein Skandal!«

Und was nicht aus der Welt zu schaffen ist
– denn wahrlich leichter konnte es gelingen
und lustiger, es in die Welt zu bringen –
verwünscht ein Vater und ein guter Christ.

Das siebente Gebot

Es stahl
ein ruhmbedeckter General.
Man weiß
gar viel von manchem Heldengreis.
Und scharf
besprachen sie, was man nicht darf.

Ihn fichts
nicht an, der Vorwurf gilt ihm nichts.
Zuletzt
hat er ihn gar noch übersetzt.
Man darf
– er wollt' es ihnen nicht verhehlen
und scharf
sprach er und ohne jedes Zieren –
nicht stehlen?
nein: nicht generalisieren!

Schlechter Tausch

Gut und Blut und vorher den Verstand
hat man uns fürs Vaterland genommen,
und es war ein trauriges Erleben.
Ach, wir haben nichts zurückbekommen,
und bloß so viel Grütze vorderhand:
daß wir, gäb' es noch das Vaterland,
wünschten, es für Gut und Blut zu geben!

Prestige

Für das Prestige ging dieser Krieg verloren:
wer zweifelt noch, daß es die Wahrheit sei.
Prestige bedeutet Ansehn für die Toren,
doch ursprünglich bedeutet's: Gaukelei.

Müßt' ich es aber ferner noch beweisen,
so sind Beweise schnell genug zur Hand.
Schnell, wie sie Gold verwandelten in Eisen
und Gut und Blut im Handumdrehn verschwand.

Prestigiateure waren Diplomaten,
und wir vergessen diesen Zauber nie.
Für das Prestige – wer kann die Kunst erraten –
verschwand geschwind die ganze Dynastie.

Felix Austria

Sie wollte sich durch Heirat nur vermehren
und hat das Siegen andern überlassen,
und dies behagte allen Landeskindern.
Um aber noch gemütlicher zu spassen,
geizte sie einmal doch nach blutigen Ehren.
Und glänzend glückt' es ihr, sich zu vermindern.

Nibelungentreue

Zwei Kaiser sind in den Krieg gezogen
und wußten nicht, wie zurückgelangen.
Denn der eine hatte es reiflich erwogen,
drum ists auch dem andern schief gegangen.

Doch hätte gewiß ihm davor gebangt,
wiewohl er alles reiflich bedacht hat,
und er ist nur darum ins Unglück gelangt,
weil der dort ihn nicht davon abgebracht hat.

Und Schulter an Schulter vom Feinde besiegt,
sie gaben für Eisen ihr letztes Gold,
und dieser fühlte sich drangekriegt
von jenem, welcher es nicht gewollt.

Doch jener tat nur, was dieser geplant,
jetzt weiß er, wer ihn hineingezogen.
Er hatte ja nicht im geringsten geahnt,
daß der da sich alles reiflich erwogen.

Wie haben wir drob dieses Leben verbracht
und wie viele Seufzer sind uns verschollen!
Ach, hätte doch dieser nicht nachgedacht,
und hätte doch jener etwas wollen!

Wie ich zur Welt bin kommen,
da war a Schlamperei.
Ich hab mir vorgenommen,
mir is alles einerlei.
An Pallawatsch hats 'geben
von einer eigenen Art.
Was? Ich soll in das Leben?
Mir bleibt doch nichts erspart.

Als Bub spiel ich Theater:
von Barrikaden schaun s' zu.
Ich spiel, hilf Himmelvater,
»Wirrwarr« von Kotzebue.
Das Volk, es schreit sich heiser,
noch fehlt des Kaisers Bart –
da bin ich schon der Kaiser.
Mir bleibt doch nichts erspart.

Nach Ruh nur allweil lechz' ich,
daß ich von nix nix weiß,
denn spiel ich sechsundsechzig,
den Preis gewinnt der Preiß'.
Ja, das muß ich doch sagen,
das Glück war mit mir hart.
Mein Reich lag mir im Magen
und mir blieb nichts erspart.

Ich kann mich nicht erinnern,
daß ich erlebt nicht hätt'
im Äußern und im Innern
ein Kreuz und halt ein Gfrett.
Der Sohn, die Frau, der Otto –
bis in die Gegenwart
bleibt meines Lebens Motto:
Mir bleibt doch nichts erspart.

Nur Pech in der Verwandtschaft –
längst hätte ich es satt,
hätt' ich nicht die Bekanntschaft
mit ihr, der Kathi Schratt.
Mit ihr allein ich's aushalt,
obschon sie schon bejahrt
und kostspielig der Haushalt –
auch ihr bleibt nix erspart.

Doch find ich, sie und alles
in Österreich war sehr schön.
Das Reich hat zwar den Dalles,
doch hoff ich, 's wird schon gehn.
Die Ehre ist oft bitter,
von Gold die Schande starrt.
Ich mach den Jud zum Ritter –
er hat sich was erspart.

Nur Ärger, nix als Kummer,
oft krieg ich eine Wut.
In Ischl nur, im Summer,
da g'freut mich mancher Jud.
Der denkt, wie er nur Geld krieg' –
was der zusammenscharrt
in diesem saubern Weltkrieg!
Hätt' ich mir den erspart!

Nur einem Freudenfeste
hab ich einst beigewohnt:
das war der Fall des Este –
der hat sich doch gelohnt!
Wie man es hinterbracht hat
ganz schonend mir und zart,
mein linkes Aug' gelacht hat:
Schaut's, der bleibt uns erspart!

Es war sehr schön, so meint' ich
und grüßte alle Leut,
leutselig lacht' und weint' ich,
es hat mich sehr gefreut.
Recht g'schichts ihm, schmecks, nun büß' er,
weil auf mein' Tod er g'wart.
Der Geizhals war kein Grüßer
hat am Gemüt gespart.

Ein freudiges Erlebnis
für mich und für das Land
war das spanische Begräbnis
des Neffen Ferdinand.
Wir folgten unsrem Hasse
auf lustiger Leichenfahrt.
Begräbnis dritter Klasse –
da blieb mir was erspart.

Die G'schichte war erledigt,
erlöst hat uns der Tod.
Für den Verlust entschädigt
hab ich das Reich durch Not.
Wär' das Malheur nicht gschehen
durch Geistesgegenwart,
wär' ein Malheur geschehen!
So blieb es uns erspart.

Laßt Gott uns dafür preisen!
Mein Kreuz ist endlich rot.
Gold geben sie für Eisen,
Gift nehmen sie für Brot.
Nachdem ich so viel Leid trug,
mein Reich liegt aufgebahrt.
Das Volk sein Scherflein beitrug,
auch ihm bleibt nichts erspart!

Doch spür ich keine Reue,
doch geb ich keine Ruh.
Durch Nibelungentreue
drückt mich nicht mehr der Schuh.
Der Wilhelm, hätt' Geduld er!
Der Treubund ist sehr hart.
Jetzt drückt mich nur die Schulter.
Da wird mir nix erspart!

Die Schulter statt zu stützen,
sie drückt mich noch zu Tod,
und zu den faulsten Witzen
gehört der Nibelungen Not.
Das Schicksal hat, man weiß es,
mich oft und oft genarrt –
sein Essen, ach der Preiß' es
von meinem Munde spart!

Was hab ich von dem Bund doch!
Es geht mir glorreich schlecht.
Beim deutschen Gott, kein Hund doch
so länger leben möcht'!
Ach ums Panier der Treue
haben wir uns schön geschart –
der Freund frißt meine Säue,
mir bleibt ein Dreck erspart.

Es ist ein Bund des Pferdes
mit einem Reiter toll
und für den Schutz des Herdes
verlangt er hohen Zoll.
Das Volk, es preist das Deutsche.
Es war sehr schön beim Start.
Mich aber peitscht die Peitsche –
das Ziel bleibt mir erspart!

In dem Kalkül ein Loch ist:
der Preiß', er macht mir heiß.
Hoch ruft das Volk, doch hoch ist
von allem nur der Preis.
Ein Roß nicht ahnen kunnte,
wohin es ging' der Fahrt.
Der Preiß', man wanen kunnte,
der bleibt mir nie erspart!

Wie immer ich mich wende,
ich sitz dem Reiter auf
und kehr mit blutiger Lende
von seinem Siegeslauf.
Der Preiß' sitzt mir im Nacken,
die Treu er mir bewahrt.
Mein Thron ist seine Tacken,
kein Tritt bleibt mir erspart.

Nicht endet meine Klage,
nicht endet mein Verdruß,
auf meine alten Tage
ich hohenzollern muß!
Wozu, das möcht' ich fragen,
hab so ich mich gepaart –
nur um wiederamal zu sagen:
mir bleibt doch nichts erspart?

Was sind denn das für Sachen?
Bin ich nicht Herr im Haus?
Da kann man halt nix machen.
Sonst schmeißt er mich hinaus.
Wär' ich im Sommer sieben
gefolgt dem Eduard,
so wäre mir geblieben
so mancherlei erspart.

Mit Hurra gehts herunter
bis auf den Kladderadatsch.
Jetzt geht der Wiener unter!
Wir heißen's Pallawatsch.
In diesem Weltenkriege
krieg ich den schoflen Part
und wie ich immer siege,
der Sieg bleibt mir erspart.

In der Geschichte steht es,
was immer mir geschah.
Seit siebzig Jahren geht es
in einem Pfui k. k.!
Mit Justament regier ich
auf eine eigene Art,
und meine Völker führ ich,
daß uns ka Hetz erspart.

Ihr dürft noch lang nicht hoffen
aufs End von mein' Couplet.
Es hat noch Katastrophen –
Euer Gnaden wissen eh.
Mir wern kan Richter brauchen
nach dieser Praterfahrt!
Wenn erst die Trümmer rauchen,
wird am Tabak gespart.

In der Geschichte steht es,
was immer mir geschicht
und wie man immer dreht es –
sie bleibt das Weltgericht.
Den Narren gab ich Titel
dem Volk des Kaisers Bart.
Die blutigsten Kapitel
hab ich mir aufgespart.

Mir war seit Kindesbeinen
schon alles einerlei.
Doch g'freut mich heut wie keinen
die blutige Schlamperei!
Heut bin ich ja noch rüstich,
noch rüst ich nicht zur Fahrt,
noch nicht für alles büßt ich,
noch viel bleibt euch erspart!

Noch bisserl Blut sehn will ich,
man nimmt an Weisheit zu,
und justament erst spiel ich
Wirrwarr von Kotzebue!
Noch bin ich ja der Alte,
Lorbeer den Kopf behaart.
Dem Volk mich Gott erhalte!
Ihm, dem ja nichts erspart.

Erhalt' er mich in Plagen!
Noch ists nicht an der Zeit,
»Es war sehr schön« zu sagen,
»es hat mich sehr gefreut«.
Die Welt muß erst verzweifeln,
worauf ich gnädig wart.
Dann fragen s' mich bei den Teufeln,
ob mir noch was erspart!

Und der nur Ruh wollt haben,
geht endlich selbst zur Ruh.
Doch eh' sie mich begraben
und eh' der Sarg fallt zu –
»So jung noch, soll ich«, frag ich,
»schon auf die letzte Fahrt?«
Und noch einmal g'schwind sag ich:
Mir bleibt doch nichts erspart!

Der fliehende General

Da kann man nicht weiter,
die Erde hat Risse,
da gibts spanische Reiter
und sonst Hindernisse.

Die Schlacht hat nunmehr
eine Wendung genommen,
wir sind bis hieher
nach vorne gekommen.

In unsere Jahr'
da is nicht zu spassen,
wir sind in Gefahr,
das Leben zu lassen.

Nicht wanken und weichen
die Mannschaften ziert.
Fahrn S' über die Leichen,
sonst sind wir petschiert!

Was hat denn der eine:
der hat keinen Kopf,
dem fehlen die Beine,
und am Rock fehlt a Knopf!

Das is ein Skandal,
da werd' ich leicht schiech,
Sie toter Korpral,
adjustieren Sie sich!

Das is doch zuwider,
da krieg' ich ein' Pick,
ah, da legst di nieder –
hörn S', jetzt is doch Krieg!

Der hört nicht. Herstellt!
Sie, was machen S' denn dort –
mir san doch im Feld!
Sie gehn zum Rapport!

Das is doch verboten,
die Wirtschaft hier vorn!
Fahrn S' über die Toten,
sonst sind wir verlorn!

Chor der Offiziere

Weil sie Cadorna heute wiederum verschonte, weil die Granate wiederum gerade um ein Viertelstündchen zu spät kam –

gabs Blumen, Kipfel, Kaviar,
so muß es sein, das ist doch klar.

Wir sind die bessern Herrn vom Stab,
in diesem Punkt geht uns nix ab.

Wir gehn nicht in den Schützengraben,
weil's dorten keinen Schampus haben.

Statt Kaviar auf Butterbrot
gibt's nix als einen Heldentod.

Wir fressen, die dort müssen zahl'n.
Fürs Vaterland is schön zu fall'n.

Und das weiß heut doch jedes Kind:
Wir fall'n nur, wenn wir b'soffen sind.

Cadorna, der hat uns schon wieder verschont.
[: Sehn S', solche Kontraste gibt's nur an der Front! :]

(Schluß der letzten Szene der Tragödie)

Alle Lichter sind erloschen. Draußen Tumult. Man hört das Platzen von Fliegerbomben. Dann tritt Stille ein. Die Anwesenden schlafen, liegen in Somnolenz oder starren völlig entgeistert auf die Wand, an der das Tableau »Die große Zeit« hängt und nun der Reihe nach die folgenden Erscheinungen aufsteigen.

– –

Nun kommt ein Zug von Gasmasken, die vor den im Saale Anwesenden Front machen und sich der Tafel zu nähern scheinen.

Die Gasmasken

Gesegnete Mahlzeit, wir stecken den Rüssel
aus purer Neugier in fremde Speise.
Denn unsre leider war nicht geraten.
Wir hatten heute nur auf der Schüssel,
und zubereitet auf deutsche Weise,
Dörrgemüse mit Grünkreuzgranaten.

(Die Erscheinung verschwindet.)

Bei der vordersten Linie in den Karpathen. Es ist alles ruhig. In den Schützengräben stehende Leichname, Mann neben Mann, das Gewehr im Anschlag.

Die erfrorenen Soldaten

Kalt war die Nacht.
Wer hat diesen Tod erdacht!
Oh die ihr schlieft in Betten –
daß euch das Herz nicht bricht!

Die kalten Sterne retten uns nicht.
Und nichts wird euch erretten!

(Die Erscheinung verschwindet.)

Ein alter serbischer Bauer schaufelt sein Grab.

Der alte serbische Bauer

Wir standen rings um unsere Truh.
Soldaten schrieen auf uns zu.
Wir hatten nichts mehr. Sie wollten was haben.
Drum muß ich jetzt meine Grube graben.
Wir waren arm, wir waren nackt.
Uns selber haben sie angepackt.
Sie stellten die Kinder mir an die Wand,
sie haben sie mir vorausgesandt.
Verbrannt ist mein Feld, verbrannt mein Hab.
Nun grabe ich mir das eigene Grab.
Schon rufen die Kinder – ich komme gleich!
Herr, hilf mir in das Himmelreich!

(Die Erscheinung verschwindet.)

Der Kronprinz bei den Flammenwerfern der 5. Armee. Zur Begrüßung des Kronprinzen wird durch Flammen ein »W« gebildet.

Die Flammen

Wir sind die Flammen! Es waren verloren
in unsrer Höllenqual
viele, die Mütter in Schmerzen geboren.
Wir sind ein Initial!
Oh W der Zeit! W diesem blutigen Tropf!
Er hatte nichts im Sinn,
er führte was im Schilde.
So mähte er die Menschheit hin!

Geschaffen nach Teufels Ebenbilde,
hat er vorm Kopfe einen Totenkopf.

(Die Erscheinung verschwindet.)

Zwölfhundert Pferde tauchen aus dem Meer, kommen ans Land und setzen sich in Trab. Wasser strömt aus ihren Augen.

Die zwölfhundert Pferde

Wir sind da, wir sind da, wir sind da, wir sind da –
wir sind da, die zwölfhundert Pferde!
Die Dohna'schen Pferde sind da, Dohna, da –
wir stiegen empor zu der Erde.

Oh Dohna, wir suchen dich auf im Traum.
Uns wollte der Platz nimmer taugen.
Wir hatten kein Licht, zu viel Wasser hat Raum
in zweimal zwölfhundert Augen.

Graf Dohna umgeben von zwölf Vertretern der Presse. Plötzlich stehen statt ihrer zwölf Pferde da. Sie dringen auf ihn ein und töten ihn.

(Die Erscheinung verschwindet.)

Eine altertümliche Erfinderwerkstatt.

Lionardo da Vinci

–– wie und warum ich nicht meine Art schreibe, unter dem Wasser zu bleiben, solang' ich bleiben kann; und dies veröffentliche ich nicht oder erkläre es wegen der bösen Natur der Menschen, welche Art sie zu Ermordungen auf dem Grund des Meeres anwenden würden, indem sie den Boden der Schiffe brächen und selbige mitsamt den Menschen versenkten, die drinnen sind ––

(Die Erscheinung verschwindet.)

Ein süßer Ton erklingt. Meeresstille nach dem Untergang der Lusitania. Auf einem schwimmenden Brett zwei Kinderleichen.

Die Lusitania-Kinder

Wir schaukeln auf der Welle –
wir sind nun irgendwo –
wie ist das Leben helle –
wie sind die Kinder froh –

(Die Erscheinung verschwindet.)

Zwei Kriegshunde, vor ein Maschinengewehr gespannt.

Die Kriegshunde

Wir ziehen unrecht Gut. Und doch, wir ziehn.
Denn wir sind treu bis in die Todesstund.
Wie war es schön, als Gottes Sonne schien!
Der Teufel rief, da folgte ihm der Hund.

(Die Erscheinung verschwindet.)

Ein toter Wald. Alles ist zerschossen, abgehauen und abgesägt. Hüllenloses Erdreich, aus dem sich nur ab und zu ein paar kranke Bäume erheben. Zu Hunderten liegen noch die gefällten, entästeten, zersägten Stämme mit halb schon verwitterter Rinde am Boden herum. Eine zerfallene Feldbahn führt quer hindurch.

Der tote Wald

Durch eure Macht, durch euer Mühn
bin ich ergraut. Einst war ich grün.
Seht meine jetzige Gestalt.
Ich war ein Wald! Ich war ein Wald!

Der Seele war in meinem Dom,
ihr Christen hört, ihr ewges Rom!
In meinem Schweigen war das Wort.
Und euer Tun bedeutet Mord!

Fluch euch, die das mir angetan!
Nie wieder steig' ich himmelan!
Wie war ich grün. Wie bin ich alt.
Ich war ein Wald! Ich war ein Wald!

(Die Erscheinung verschwindet.)

Ein Oberst läßt eine dalmatinische Frau mit ihrem zwölfjährigen blonden Knaben festnehmen. Während die Frau weggezerrt wird, gibt er den Auftrag, dem Knaben in den Kopf zu schießen. Er steht rauchend dabei, indes Soldaten auf den Händen des Kindes knien und die Exekution vollzogen wird.

Die Mutter

Daß nie, durch alle Tage die ihr schändet,
sich euer Blick von diesem Bilde wendet!
Und seid am Ende ihr der Höllenfahrt,
bleib' euch erst dieser Anblick aufgespart!
Die Splitter dieser edlen Kinderstirn,
sie bohren sich in euer Herz und Hirn!
Lebt lang und ewiger Begleiter sei
durch eure Nächte dieser Mutterschrei!

(Die Erscheinung verschwindet.)

Ins Fiebrige verzerrte Heurigenmusik setzt ein. Die Hinrichtung Battistis. Lachende Soldaten umstehen den Leichnam, Neugierige recken die Hälse. Die Hände über dem Haupt des Toten der fidele Scharfrichter.

Das österreichische Antlitz

Aus Tod wird Tanz,
aus Haß wird Gspaß,
aus Not wird Pflanz,
was is denn das?
Is alles stier,
is' einerlei,
denn mir san mir
und a dabei.
Ein guter Christ
sagt: Kinder bet's,
und Henker ist
man nur aus Hetz.

(Die Erscheinung verschwindet.)

Die Klänge erheben sich während des folgenden Phantoms zu furchtbarer Musik. Auf dem Monte Gabriele. Zu einem hohen Haufen geschichtet unbegrabene, halb verweste Leichen. Ein Schwarm von Raben umkreist krächzend die Beute.

Die Raben

Immer waren unsre Nahrung
die hier, die um Ehre starben.
Aber eure Herzenspaarung
macht, daß Raben nimmer darben.

Wir, die wir uns nie bewarben,
Nahrung haben wir erworben.
Ihr nicht, wir nicht dürfen darben,
euch und uns sind sie verdorben.

Ihr und wir vom Siege schnarren,
wenn die Opfer sich vermehren,
weil im Reiche rings die Narren
eurem, unsrem Ruf nicht wehren.

Waren Generale Raben,
schnarrts von Phrasen dort im Saale.
Draußen sind sie unbegraben,
da sind Raben Generale!

Dürft getrost die Schlacht verlieren,
wir und ihr in keinem Falle
müssen uns vor uns genieren:
Kriegsgewinner sind wir alle!

Ja wir sind noch sehr lebendig,
wir sind beide noch die Alten,
und wir freuen uns unbändig,
diese Kriegszeit durchzuhalten.

Während ihr zum Fraß vereinigt,
brauchen wir nicht zu entbehren.
Hunger hat uns nie gepeinigt,
seit wir folgen euren Heeren.

Hunger würd' uns nimmer munden,
und wir stürben an der Schande,
und wir sind euch sehr verbunden,
daß wir nicht im Hinterlande.

Dort ist wahre Not, die Greise
und die Kinder dort verderben,
weil hier auf die andre Weise
uns zum Trost die Männer sterben.

Eure Schlachtbank läßt nie darben
ihre angestellten Kunden.
Raben haben, seit sie starben,
immer Nahrung noch gefunden.

(Die Erscheinung verschwindet.)

Die Musik, völlig abgedämpft, begleitet das nun einsetzende Schauspiel, um allmählich zu verstummen. Ein unübersehbarer Aufzug von bleichen Frauen marschiert vorüber, flankiert von Soldaten mit aufgepflanztem Bajonett.

Die weiblichen Hilfskräfte

Wir, die Wehrmacht zu entzücken,
eingerückte Heereshuren,
kehren nunmehr euch den Rücken
als Brigade der Lemuren.

Opfernd heldischem Verlangen,
angesteckt von eurem Mute,
Rosen blühn uns auf den Wangen
und die Syphilis im Blute.

Blut und Tränen, Wein und Samen
flossen euch zum Bacchanale,
und was wir von euch bekamen
tragen heim wir zum Spitale.

So verabscheut sind wir heute,
denn uns schlottern die Gewänder,
und wir schleppen unsre Beute
in die fernen Hinterländer.

Doch wir wachsen durch die Zeiten!
Einstens rast ein Landsturm, brausend,
alle Menschheit zu bestreiten,
durch ein schauderndes Jahrtausend!

(Die Erscheinung verschwindet.)

Nun erfüllt ein phosphoreszierender Schein den Saal.

Der ungeborne Sohn

Wir, der Untat spätre Zeugen,
bitten euch, uns vorzubeugen.
Lasset nimmer uns entstehn!
Wären eurer Schmach Verräter.
Woll'n nicht solche Heldenväter.
Ruhmlos möchten wir vergehn!

Wehlust irdischen Getues!
Liebend hinterläßt die Lues
mir mein Vater, dieser Schuft.
Ruft uns nicht in diese Reiche!
Wir entstammen einer Leiche.
Ungesund ist hier die Luft.

(Der Schein erlischt.)

Völlige Finsternis. Dann steigt am Horizont die Flammenwand empor. Draußen Todesschreie.

Schneddererereng, schnedderedeng!
Die Luft hier ist mein Leibparfeng.
Wir sind die Totenkopfhusaren,
in unsrem Handwerk wohlerfahren.
Wir haben eine schlanke Tallie,
ich lasse stürmen die Kanallie.
Hält man von außen uns für Puppen,
vom Auge fall'n dem Feind die Schuppen.
Denn nimmermehr läßt an die Wimpern
ein Totenkopfhusar sich klimpern!
Jetzt sollen mal die Jungens ran
und jeder zeigen, was er kann,
sie sollen, denn wer wagt gewinnt,
jetzt zeigen, was sie imstande sind.
Seit damals, seit dem Tag der Marne,
ich täglich vor Erschlaffung warne.
Wir müssen warten vor Werdeng.
Schnedderedeng, schneddererereng!

Schnedderedeng, schneddererereng!
Mein Mieder wurde mir zu eng.
Mein Vater ist ein zahmer Panther;
in dem Punkt bin ich viel gewandter.
Ich bin ein junger Jaguar,
das Vaterland ist in Gefahr.
Mein Bart ist britisch zugestutzt;
zu wenig Mörser sind verputzt.
In Frankreich lebt es sich nicht leicht;
es ist bei weitem nicht erreicht!
Solang man jung, solang man jung,
braucht man noch mehr Betätigung.
Doch eh ich opfere die Garde,
soll ins Quartier mein Lieblingsbarde.
Schlag zwölf ist Sturm, glock fünf ist Vesper,
den einzigen Reim drauf weiß mein Presber.
Denn Kunst ist heiter, Dienst ist streng.
Schneddererereng, schnedderedeng!

Ja aus Flak und Dag
und aus Rag und aus Kag
bezieh jeden Tag ich das Menschenpack.

Auch das Hinterland
an die Front wird gesandt.
Wer sich nicht ermannt, der gspürt meine Hand.

Dem gemeinen Mann
tu ich an, was ich kann.
Gott weiß es allein, was liegt daran.

Wer hier tachiniert,
wird zurückinstradiert
und wird aufgehängt oder eingespirrt.

Wer verdächtig wär
oder gar Deserteur,
den schick ich zurück auf das Feld der Ehr.

Wer an Bauchschuß hat
und er steht mir nicht grad,
der stirbt mir zur Straf als a Frontsoldat.

Denn hier ist mein Reich
und mir ist alles gleich
und bevor einer stirbt, is er schon eine Leich.

Und hier ist man gesund,
sagt der Stabsarzt und
der Mensch is im Grund nur a A-Befund.

Ja da gibts keine Wahl,
hier entscheidet die Zahl,
überall is a Menschenmaterial.

Volkshymne

Gott erhalte, Gott beschütze
vor dem Kaiser unser Land!
Mächtig ohne seine Stütze,
sicher ohne seine Hand!
Ungeschirmt von seiner Krone,
stehn wir gegen diesen Feind:
Nimmer sei mit Habsburgs Throne
Österreichs Geschick vereint!

Fromm und bieder? Wahr und offen
laßt für Recht und Pflicht uns stehn!
Nimmermehr, so laßt uns hoffen,
werden in den Kampf wir gehn!
Eingeheizt die Lorbeerreiser,
die das Heer so oft sich wand!
Gut und Blut für keinen Kaiser!
Friede für das Vaterland!

Was des Bürgers Fleiß geschaffen,
schützet keines Kriegers Kraft!
Nicht dem Geist verfluchter Waffen
diene Kunst und Wissenschaft!
Segen sei dem Land beschieden;
Ruhm und Wahn, sie gelten gleich:
Gottes Sonne strahl' in Frieden
auf ein glücklich Österreich!

Laßt uns fest zusammenhalten,
in der Eintracht liegt die Macht!
Mit vereinter Kräfte Walten
wird das Schwerste leicht vollbracht.
Laßt uns, eins durch Brüderbande,
gleichem Ziel entgegengehn:
Ohne Kaiser glückts dem Lande –
dann wird Österreich ewig stehn!

Uns gehört, was Gott verwaltet,
uns im allerhöchsten Sinn,
reich an Reiz, der nie veraltet –
Reich der Huld, arm an Gewinn!
Was an Glück zuhöchst gepriesen,
gab Natur mit holder Hand.
Heil den Wäldern, Heil den Wiesen,
Segen diesem schönen Land!

Franz Joseph

Wie war er? War er dumm? War er gescheit?
Wie fühlt' er? Hat es wirklich ihn gefreut?
War er ein Körper? War er nur ein Kleid?
War eine Seele in dem Staatsgewand?
Formte das Land ihn? Formte er das Land?
Wer, der ihn kannte, hat ihn auch gekannt?
Trug ein Gesicht er oder einen Bart?
Von wannen kam er und von welcher Art?
Blieb nichts ihm, nur das Wesen selbst erspart?
War die Figur er oder nur das Bild?
War er so grausam, wie er altersmild?
Zählt' er Gefallne wie erlegtes Wild?
Hat er's erwogen oder frisch gewagt?
Hat er auch sich, nicht nur die Welt geplagt?
Wollt' er die Handlung oder bloß den Akt?
Wollt' er den Krieg? Wollt' eigentlich er nur
Soldaten und von diesen die Montur,
von der den Knopf nur? Hatt' er eine Spur
von Tod und Liebe und vom Menschenleid?
Nie prägte mächtiger in ihre Zeit
jemals ihr Bild die Unpersönlichkeit.

Der Letzte

In manchem waren sie doch nicht zu tadeln,
was immer sonst Habsburgs Häupter vollbrachten:
sie verstanden den richtigen Unwert zu adeln
und waren perfekt in verlorenen Schlachten.

Einstens, wenn Kaiserwetter uns lachte,
so war's doch sehr schön, wenngleich miserabel,
wie alles gemütlich und würdig verkrachte,
Gemischtsprachenhandlung und Sündenbabel.

Der uns mit weiser Hand so geführt hat
in das Verderben, ließ nie uns vergessen,
da er uns die Blutsuppe eingerührt hat,
daß sichs gehört, sie korrekt auch zu essen.

Aber bei weitem schon nicht so pedantisch
war, der als letzter zu herrschen erkoren.
Seit Menschengedenken ging so dilettantisch
keine Schlacht, keine Macht, keine Ehre verloren.

Zusammenhänge

Im Pferch und Stank, im stundenlangen Zwange
riß einer Wartenden die Schafsgeduld.
Verzweifelt rief sie hieramts auf dem Gange:
Die Habsburger, die sind an allem schuld!

Ungläubig lacht dazu ein Bildungsbengel
und spottet in der Zeitung jenem Schrei.
Sie aber war ein ahnungsvoller Engel
und kennt den Urgrund aller Schweinerei.

Kein bessres Wissen treibt sie in die Enge,
ihr guter Spürsinn führt sie blitzesschnell.
Nicht spanisch sind ihr die Zusammenhänge
von Wiener Dreck und Zeremoniell.

Gespräch mit dem Monarchisten

Die den Krieg gemacht und was weiter entstanden,
sie werden nimmer daran zu Schanden;
und sich zu behaupten auch ohne Degen,
sind sie vor Not und Tod nicht verlegen,
indem sie mit Recht sich darüber beklagen,
daß die heutigen Zustände nicht zu ertragen.
»Wir wären, wenn wir einen Kaiser noch hätten,
zwar auch keine Prasser,
doch längst heraus aus den Fatalitäten,
wenn schon nicht aus dem Blut, so doch aus dem Wasser.
Als er noch regierte, war alles viel billiger,
und die Arbeiter waren auch arbeitswilliger.
Ja, Krieg ist Krieg, da war nicht zu spaßen,
und im übrigen: leben und leben lassen!
Selbst im Krieg war's noch besser zu leben für jeden;
von der schönen Vorkriegszeit gar nicht zu reden.
Als Franz Joseph sein Ultimatum geschrieben,
nachdem er alles reiflich erwogen,
ist jedem noch was erspart geblieben.
Heut werden wir vorn und hinten betrogen.
Es war doch sehr schön und hat uns gefreut,
jetzt woll'n s' nicht mehr arbeiten, die Leut!
Das kann mich von allem am meisten erbosen:
man züchtet ja förmlich die Arbeitslosen.
An dem Hunger und sonst allem Mißgeschick
ist schuld nur, ich sag's ja, die Republik!«
Um mit dem Trottel ans Ziel zu gelangen
und ihm zu zeigen, wie richtig er's meint:
»Wer hat denn«, sag' ich, »den Krieg angefangen?«
Sagt drauf der Trottel: »Natürlich der Feind!«
»Falsch!« sag' ich und straf' ihn mit einem Blick.
»Wer denn?« sagt er. »Wer? No die Republik!
Und wissen S', warum so viel Monarchisten
sich laut über die Republik entrüsten?
Weil nicht mehr der Kaiser das Staatsoberhaupt ist,
sondern im Gegenteil: weil's jetzt erlaubt ist!«

Restauration

Schon kehren wieder alle Diebe
in das durch sie verarmte Heim
und ihnen geht die alte Liebe
halt immer wieder auf den Leim.

Wie findet sich, wie freut sich alles
und wie vollendet sich das Glück:
erst hinterließ man uns den Dalles,
nun kehrt man gar noch selbst zurück!

Seitdem sie von einander schieden,
der Dieb und jener, dem's geschah,
da waren beide unzufrieden
mit einem, der zum Rechten sah.

Mit Undank jene ihm vergalten,
die packten ihre Frechheit aus,
der Dieb und der Bestohlene schalten
auf den, der nun betreut das Haus.

Des neuen Elends gleiche Hasser,
das von einander sie getrennt,
sind die hier endlich aus dem Wasser,
die dort in ihrem Element.

Doch ahnen nicht die gern Beraubten,
wie häufig sich die Hoffnung irrt.
Was immer sie im Herzen glaubten,
der Dieb ist doch der bessre Wirt.

Denn jene, die da Speichel lecken,
sie finden ihre Nahrung schon.
Doch diese wollen weiße Wecken
von ihrer Restauration.

Was sie getan, es ist vergessen
von jenen, welchen es geschah.
Sie haben alles aufgefressen
und finden, nun sei nichts mehr da!

Vermögenssteuer

Die ihr so heftig widerstreben,
man tadelt sie für ein gerechtes Walten.
Wenn die andern schon ihr Blut hergegeben,
so wollen sie doch ihr Geld behalten.

Das Kirchenvermögen

Sag an, wer ist im ganzen Land
der schlecht'ste Zahler?
Es fällt ihr Lebtag aus der Toten Hand
kein blanker Taler.

Der Funktionär

Entgegenkommend zu sein und verbindlich
des k. k. Beamten äußerstes Lob war,
das in der Amtssprache tunlichst erfindlich,
wenn er nicht diesbezüglich auch grob war.

Um die Bestandteile gut zu verbinden,
mußte der Funktionär konnivent sein,
nach oben, nach unten, nach hinten sich winden,
rücksichtlich weil mr eh schon am End sein.

Nun, da sie doch auseinandergegangen,
was soll ihm noch seine Verbindlichkeit frommen?
Tunlichst, um hinsichtlich anzufangen,
unserem Ende entgegenzukommen.

Freiheit in Wien

Wann ist es Matthäi am Letzten?
– Der Österreicher hat keinen Vorgesetzten.

Sprachenpflege

Als Kaiser Karl sich aus Österreich entfernte,
für jeden Fall er schnell Ungarisch lernte,
damit er, wär' er bald genötigt heimzukehren,
hätt' er das Land, die Sprach' nicht müßt' entbehren.

Die Jahre gingen hin und siehe, unterdessen
hat Kaiser Karl längst sein Deutsch vergessen.
Doch von Natur begabt und prächtig aufgeweckt,
sprach er indessen Ungarisch perfekt.

In hohem Alter noch saß Kaiser Karl auf Kohlen,
daß man ihn möcht' zurück nach Österreich holen.
Da endlich fragt' er sich, vom Ziele weit entfernt:
Wozu hab' eigentlich ich Ungarisch gelernt?

Erzherzog Friedrich

Heroischer Vers

Als er, im Kino geschah's, sie da fallen sah, rief er: Bumsti!

Wozu der Lärm?

Wozu der Lärm? Brächt' er mich auch zum Schweigen,
der Ausgang könnte nimmer uns versöhnen.
Den Lärm, zu dem sie sich entschlossen zeigen,
ihn würde laut mein Schweigen übertönen.

Und wenn die unberufnen Stimmen rufen,
und wenn sie noch so laut den Saal durchschallten,
in dem Skandal, den sie sich selbst erschufen,
werd' ich den letzten Pfuiruf doch behalten!

Nachruf

an alle, die mich an einem Grabe geschmäht haben

Und wurde einer unter Sünden alt,
sobald er starb, war's eine Lichtgestalt.

Als könnte ihm, der starb, sein heillos Handeln,
weil es vorbei, der Tod in Tugend wandeln.

Die weite Welt versank in Tod und Nacht –
sie priesen des Vollbringers Geistesmacht.

Und daß vom Vaterlande nichts geblieben,
auf s e i n e r Fahne steht es aufgeschrieben.

Wir haben alle dieses Dasein satt.
Er wirkte unermüdlich für das Blatt.

Gram beugt die Welt, es kam der Fluch von oben.
Das Blatt wird täglich seinen Meister loben.

Ein Sphärenklang ist aus dem Leben fort.
Der Leitartikel sprach das letzte Wort.

Kein Mißton trübt uns dieses reine Ende.
Bankdirektoren falten ihre Hände.

Der uns sein Lebtag um die Wahrheit trog,
die Lüge hält ihm nun den Nekrolog.

Die Wahrheit folgt lebendigem Gebot
und totgeschwiegen, sprach sie v o r dem Tod.

Und schweigt nicht: daß die hochgeweihte Ehre
der Ewigkeit dies Tagwerk nicht verkläre.

Und nimmt vor jener Zunft den Hut nicht ab,
die mich verschimpft bei ihres Meisters Grab.

Wer feige schwieg und erst den Toten rächt
im großen Schutz des Todes, betet schlecht!

Gott mag der armen Seele gnädig sein.
Doch kein Journal macht dieses Leben rein.

Dem Mitarbeiter bot ein Leben Zeit;
nun hat er leichtere Gelegenheit.

Ein Gottesdienst war dieses Tagewerk.
Wer zweifelt, ist ein giftgeschwollner Zwerg.

Schmach dem, der Geistesgröße so verkannt;
ich bin ein Zwerg und er war ein Gigant!

Zum Himmel ruft die Sippe den Verlust.
Wie haben wir um edlern Gram gewußt!

Nie lassen wir für bessere Annalen
das Bild der Zeit mit Tintenfingern malen!

Mit unserm Untergang und seinem Höhnen
soll uns sein Tod, sein Schweigen jetzt versöhnen.

Doch als die Kreatur im Krieg verreckt,
hat er Hyänen noch zum Schmaus gedeckt.

Und als ein Feindesschiff zur Tiefe glitt,
wünscht' er den Haien guten Appetit.

Des schweigt die Lüge, daß Millionen starben,
die lautlos unsre Ehrfurcht sich erwarben.

Sie übt die allerschlimmste Pietät,
da sie die Wahrheit erst am Grabe schmäht.

Denn Wahrheit lebt und gibt der Welt sich kund.
Der eigne Tod allein schließt ihr den Mund!

Trost des Generalstabs

Faßt euch und zählt die Häupter unsrer Lieben,
ein süßer Trost ist wahrlich euch erlaubt:
es fehlt – wir alle sind zurückgeblieben –
kein Haupt.

Wie immer wir's in diesem Krieg getrieben
– teils in den Tod und teils nur in Misere –
so ist das letzte doch, was uns geblieben:
die Ehre.

Immer feste druff!

Sie sahen nur das, was nicht geschehn,
und hörten nur das, was ihnen frommt.
Ich hab' schon am Anfang das Ende gesehn
und wußte, was nach dem Ende kommt.

Dies Volk, genährt mit Weltenhasse,
des Wahnes entbunden, der Lüge bloß,
sie stürzen mit Messern hinaus auf die Gasse
und gehn dort aufeinander los.

Und sollt' ich nun in die Zukunft schauen,
so würde der Horizont mir zu eng.
Denn wieder seh' ich das alte Grauen
und höre das alte Schnedderedeng.

Sie werden die Welt gegebenen Falles
verwandeln ins unentbehrliche Feld.
Denn dieses geht Deutschland doch über alles,
über alles doch in der Welt!

Die Republik ist schuld

Es war ein Mann, dem sein Begleiter
die Börse stahl, und der Gewitzte
ging dann mit einem andern weiter,
der ihn vor solchem Unfall schützte.

So traurig es auch war, so heiter
war's, wie er die Erfahrung nützte:
Er schalt den schützenden Begleiter,
weil jener ihm das Geld stibitzte.

Denn damals, als er mit dem andern
spazierte, war er noch vermögend.
So arm jedoch dahin zu wandern,
verleidet ihm die ganze Gegend.

Er seufzt, die Zeit kehrt nicht mehr wieder;
wie muß die Gegenwart er hassen!
Wer wollt's auch leugnen: er kam nieder,
als jener andre ihn verlassen.

Schon klingen ihm die alten Lieder.
Bald hat a Ruh die arme Seele.
Und rasch ruft er den Räuber wieder,
damit er ihm das Hemd noch stehle.

Ja, war er denn nicht der Gewitzte?
Die Wahrheit lautet, unverhohlen:
es hat auch, daß ihn nichts mehr schützte,
ihm jener den Verstand gestohlen.

Verflucht, durch Schaden dumm zu werden,
büßt er nun erst die alten Sünden.
Das dümmste aber ist auf Erden:
Mit Trotteln Republiken gründen.

Reaktion

Die mit ihm allzulange lustgewandelt
und die er dafür hat mißhandelt,
rief einmal doch die Polizei
zu ihrem Schutz und ihrer Sicherheit herbei.

Nun, seit es keine Schläge mehr gegeben
und seit sie nicht mehr bei dem Leben,
fand sie, daß es kein Leben sei
und überhaupt, und rief den Rohling rasch herbei.

Da endlich waren sie erst eins im Hasse
wie auch im Glück der Seitengasse.
Und, was auch zwischen ihnen sei,
nicht schützt vor ihm, doch er sie vor der Polizei.

Umsturz

Heil dir in dem Siegerkranze!
tönt es weiter zum Entzücken,
und sie gehen noch aufs Ganze
in zerschlagnen Republiken.
Und sie fühlen noch das gleiche
Gott erhalte, Gott beschütze.
Und es haben Kaiserreiche
Präsidenten an der Spitze.

Bessere Methode

Sie wußten es, sie sagen fest und steif:
das Volk hier ist zur Freiheit noch nicht reif.
Damit das Volk zur Freiheit endlich reife,
zäumt man das losgelassne Pferd beim Schweife.
Es kann das Volk, wer sollt' es nicht begreifen,
nur in der Sklaverei zur Freiheit reifen.

Wohnungswechsel

März und November sind die Ausziehzeiten
für jenen Hausherrn, dem der Mieter kündigt
beim Weltgericht.
Und leider gehts nicht ohne Streitigkeiten
und ohne daß man blutig sich versündigt
gehts leider nicht.

Ihm heimzuzahlen, das ist die Entlohnung,
mit welcher jener jetzt vorlieb muß nehmen
statt des Gewinns.
Und die Parteien wechseln nun die Wohnung,
der Hausherr muß sich fürder anbequemen
und zahlt den Zins.

Nicht werden die Parteien ihrem Hasse
– politisch-garstgen Liedes letzter Strophe –
je ganz entfliehn.
Ein Kabinett mit Aussicht auf die Gasse
ist jenem mit der Aussicht nach dem Hofe
doch vorzuziehn!

Miserere

Meine von mir verheerten Hörer,
hin und her, sind sie alle Verehrer
und hören nicht mehr, daß ich mir selbst nicht gehöre
und daß ich selbst mich nie in der Arbeit störe,
und begehren so sehr mit mir zu verkehren,
denn was ich gebäre, soll ich auch ernähren,
ich darf nur gewähren, ich kann mich nicht wehren,
ich muß ihn erhören, sie will mich verehren,
das erhört nicht die Bitte, mich nicht zu verheeren!
Doch bin ich nicht willig und will es entbehren,
mich sperrend ums leere Geplärre nicht scheren –
so werden sich Wetter und Wirrnis schon klären,
vorüber die Wolken, vorbei die Chimären:
die Verehrer werden sich selber verkehren,
mich Mores und Psychologie dazu lehren!
Denn ihre Verehrung ist tief und sinnig.

Drum wenn ich nur höre von einem Verehrer,
hör' ich auf und hör' nur den Ruhestörer
und erwehre mich derer, die stets ich vermehre
und deren jeder entschlossen doch wäre,
bei mir zu schlafen, zu meinen Ehren,
statt meiner auf meinen Lorebeeren.
Und mag ich nicht was ich gebäre begehren –
sie, die sich in sehrender Sehnsucht verzehren
und das Hehre daher in Haß gleich verkehren,
sie werden wie weiter eiternde Schwären
fortwährend noch mehr hysterisch gären
und, während sie zehrend am Namen sich nähren,
sich über und gegen und durch mich empören
und den Krieg wie vorher mir die Liebe erklären
und sagen, ich soll mich zum Teufel scheren!
Denn ihre Bekehrung ist echt und innig.

War ich der Betörte? Bin ich der Lehrer?
Sind sie die Verehrten? War ich der Verehrer?
Was immer ich füllte, es bleibt eine Leere.
Und nährt sich das Nichts auch an kosmischer Sphäre,
wird dennoch sein Anspruch an mich nicht verjähren.
Sie zerren mich fort durch ihre Miseren,
um aufbegehrend mein Werk zu erschweren –
Gefährten? Nein, miserable Hetären,
unbrauchbar noch wenn sie den Rücken mir kehren.
Erinnyen sind es, die mich beehren,
mißratene Huren, gelungene Keren!
Sie stechen mit den mir gestohlenen Speeren
und versperren den Weg mir, mich zu durchqueren.
Und wenn sie nur meinen Namen röhren,
dann werde ich, eh sie selber es wären:
mir abtrünnig!

Schnellzug

Auf dieser Lebensbahn
rattert es drauf und dran
in schnellem Zug.
Und meine Melodie
macht es, ich weiß nicht wie,
zu einem Trug.

Draußen das liebe Land,
das noch nicht stille stand,
wie es sich dreht!
Alles bleibt mir versäumt,
alles bleibt ungeträumt,
alles vergeht.

Man wird vom Schauen stumpf,
hier drin die Luft ist dumpf,
draußen ist's schön.
Dann wird die Zeit mir lang,
dann wird mir wieder bang
vor dem Vergehn.

Welch eine Menschennot
schlägt sich die Zeit hier tot
auf ihre Art.
Hier drin ist nichts wie Schmutz,
und ich bin voller Trutz.
Welch eine Fahrt!

Doch was auch quält und närrt,
ich bleibe eingesperrt
bis an das End'.
Wollte mich gern befrein,
wollte die Landschaft sein,
die rückwärts rennt!

Als ein Stern fiel

Was ich je empor gesprochen,
mündet es in mich zurück?
Heute ist ein Stern zerbrochen
und es bleibt ein Erdenstück.

Was da einem Himmelskreise
sich in meiner Nacht entwand
und sich jäh entschloß zur Reise
in ein allzu irdisch Land –

ach, es strahlt in eine Richtung,
die mir tief das Herz verstört.
Und es hat die eigne Dichtung
mir nicht, mich nicht angehört!

Weh, wie über alle Grenzen
riß ich die Natur ins All!
Welch ein trügerisches Glänzen
ach, begleitet diesen Fall!

Welch ein Aufruhr unter Sternen,
der die Ewigkeit zerreißt!
Alle Höhen, alle Fernen,
alle Herzen sind verwaist.

Und sie stöhnen ob der Stunde,
wo mit unumwundner Hast
nun aus der verklärten Runde
eilt ein gottgeliebter Gast.

Eingedenk des großen Gestern,
lichtbefangen, wertbewußt,
klagen wir verlorner Schwestern
unerforschlichen Verlust.

Und wir blicken ihrer Bahnen
noch die letzte lichte Spur.
Welch ein Abschied! Welch ein Mahnen
an die sterbliche Natur!

Welch ein Absturz in das Wilde,
der ihr so die Heimkehr weist!
Einst erschuf ein Luftgebilde
seiner Schöpferlust der Geist.

Dunkel wirds. Dem Aug verloren
ist das glühnde Meteor.
Zu den unverrückten Horen
schau' ich in die Nacht empor.

Hypnagogische Gestalten

Ei das ist was Schönes,
dieses hier und jenes
zwinkert, lacht und wendet sich zurück.
Lustige Gemeinde,
lauter gute Feinde,
doch durchbohrend dünkt mir jener Blick.

Der hat eine Nase
wie 'ne Walfischblase,
der hat einen mir bekannten Kropf.
Aber jener Schwarze
ist nur eine Warze,
jenem wachsen Würmer aus dem Kopf.

Und nach meinem Reste
greifen diese Gäste,
und ich habe alle schon durchschaut.
Männer sind und Weiber
Häute ohne Leiber,
aber lauter Löcher hat die Haut.

Das sind mir die Rechten,
wie sie spiegelfechten,
keinem möcht' ich über meine Gasse traun.
Und zu meinem Spasse
ist's die Seitengasse
mit den mitten durchgerissnen Fraun.

Diese Ausgehurten
führen Mißgeburten,
immer dichter wird das Wortgespinst.
»Innen spinnt der Dichter«:
spricht der nichtigen Wichter
einer, der dort durch das Dickicht grinst.

Schon erscheinen Schatten,
um sich zu begatten
gegen alle vorgeschriebne Scham,
die den meisten Christen,
diesen nachher tristen,
leider Gottes längst abhanden kam.

Nur heran, ihr Bäuche,
gut sind solche Gäuche,
seid ihr einmal da, so ist bald Ruh.
Kennen uns persönlich,
aber ungewöhnlich
geht es nachts in diesem Zimmer zu.

Was sind das für Sachen,
kann man halt nix machen,
ihr seid viele und ich bin allein.
Und bei euch Gorgonen
läßt sichs wahrlich wohnen,
wenn ihr Wache haltet, schlaf' ich ein.

Gierig zum Verhöre,
gute Voyeure,
alles wissen sie, was schon geschah.
Nie zu solchem Nahsein
ward mir je das Dasein,
nie war ich mir nah wie diese da.

Dort mit strenger Stirne
schaltet eine Dirne
und sie bietet auf Verlangen Qual.
Das ist eine Roheit,
nackt von aller Hoheit
hängt am Fensterkreuz ein General.

Ach und jene Freche
reizt die Männerschwäche,
wiegt sich in den Hüften her und hin.
Deutlich hör' ich sagen
aus versunknen Tagen:
Sehn S' so heiter ist das Leb'n in Wien.

Nun marschiert ein Dutzend
sich die Nase putzend
mit vollendetstem Gesellschaftstakt.
Alle Kunst ist Kleister,
sie nur sind die Meister
und ich bin im Innersten gepackt.

Dort ein Mandarine
schneidet eine Miene,
ruft mir das verlorne Wort ins Ohr.
Eines Satzes Wendung
wächst mir zur Vollendung,
wenn ich sie bis morgen nicht verlor.

Wie im Kindheitszittern
riechts wie nach Gewittern,
angefühlt von jenem Element,
wie die kleinen Knaben
leicht ein Fieber haben,
glückts mir, daß es in den Adern brennt.

Wie die Finger tasten,
fühl' vielleicht ich Lasten
und sie sind zugleich so weich und leicht.
Schwebend in der Bindung,
hab' ich die Empfindung
eines Vorlebendigen erreicht.

Hier ists nicht geheuer,
voller Abenteuer
ist im Raum hier das geringste Ding.
Drüben an der Mauer
lauert ein Zentaur,
wenn zur Urzeit ich vorüberging.

Wie sie mich verwalten
diese Wahngestalten,
wie sie mich umgeben links und rechts.
Ach in welcher Landschaft
schloß ich die Bekanntschaft
dieses nie versagenden Geschlechts!

Nationalismus

Daß du nicht meiner Mutter Sohn,
das wird mich dauernd empören.
Es ist und bleibt der Stolz der Nation,
zur andern nicht zu gehören.

Völkerrechtschreibung

Wie konnte er Europa so verletzen,
ihm solche Neuerung zu reichen!
Durch vierzehn Punkte läßt sich nicht ersetzen
das nationale Fragezeichen.

Die Zeitungssetzer

Sie stehen mit neutralen Mienen
und selbstlos wenden sie den Blick
als unparteiliche Maschinen
von ihrem eigenen Geschick.
Denn Krieg ist Krieg, und da gilt es zu dienen
in der feindlichen Munitionsfabrik.

Die große Zeit

Wer von uns allen hätt' es gedacht,
durch sie hindurchzugelangen?
Teils hat man sie mit Bangen verbracht,
teils aber auch mit Hangen.

Ungarische Monarchie

Durch dieses technoromantische Balgen
verkehrte sich jedem Ding die Natur.
Ein Thron ist der praktikabelste Galgen,
der Strick eine goldne Husarenschnur.

Mord in Ungarn

Es wird die Welt für Karl und Zita
noch lang nicht ihres Daseins froh.
Extra Hungariam non est vita
et in Hungaria ebenso.

Dilemma

»So kann's nicht weiter gehn!« Das ist schon möglich
und wäre immerhin erträglich.
Seid ihr gefaßt, das Schlimmere zu sehn?
Es kann ja auch nicht anders weiter gehn!

Entente bestiale

Der Besiegte vergießt das eigene Blut
und schlägt um sich in seinen Niederlagen.
Der Sieger findet das Ende gut,
er ist vom Sieg aufs Haupt geschlagen.
Schon packt den Teufel eine Wut
und er sie allesamt beim Kragen.

Militarismus

Wie sind nur die hiesigen Menschen benommen!
Wie sind doch die heutigen Leute verrannt!
Habt acht! riefs, als zur Welt sie gekommen,
und Ruht!, wenn sie in die Grube gesandt.
Und ganz umnebelt von solcher Neigung,
verweigern sie Gott die Ehrenbezeigung.

In perpetuam rei memoriam

Nach tausend Jahren,
wenn keine Ahnung dieser Fieberträume
weht an das Denken neugeweihter Räume,
sie sollen es erfahren!

Die auferstanden von dem Sündenfalle
nach tausend Jahren,
sie sollen es erfahren:
Die Beter waren, waren Töter alle!

Herr ihrer Scharen!
Sie führten dies und das im Schilde
und schufen dich nach ihrem Ebenbilde
mit Haut und Haaren.

Laß jene, die da werden sein
nach tausend Jahren,
laß sie es doch erfahren:
Du littest einmal große Pein
um solche, die nicht waren!

Zu eurem unendlichen Schädelspalten
haben wir bis zum Endsieg durchgehalten.
Nun aber wißt, in der vorigen Wochen
hat der Mars die Beziehungen abgebrochen.
Wir haben alles reiflich erwogen
und sind in die Defensive gezogen.
Wir sind denn entschlossen, euern Planeten
mit sämtlichen Fronten auszujäten
und mit allen vermessenen Erdengewürmen,
die sich erfrechten, die Sphären zu stürmen,
und wie immer sie sich gewendet haben,
das Bild der Schöpfung geschändet haben,
die Tiere gequält und die Menschen versklavt,
die Schande geehrt und die Würde bestraft,
die Schlechten gemästet, die Guten geschlachtet,
die eigene Ehre am tiefsten verachtet,
sich als Hülle irdischer Güter benutzt,
ihre Sprache durch ihr Sprechen beschmutzt,
und Seele und Sinne, Gedanke und Wort
und ihr Jenseits nur aufgemacht für den Export,
und Tod und Teufel und Gott und die Welt
und die Kunst in den Dienst des Kaufmanns gestellt,
den Lebenszweck hinter dem Mittel versteckt,
mit dem Leib ihre Fertigware gedeckt
als Knechte ihrer Notwendigkeiten,
die ihr Dasein mit ihrem Dasein bestreiten,
sich selber für das Produkt verkauft
und mit dem andern um den Rohstoff gerauft,
und ihren Handel mit Haß nicht geendet,
mit Geld und Gift sich die Augen geblendet,
in ihrem ruchlos verblendeten Nichts
sich unwert erwiesen des ewigen Lichts
und unter den Strahlen der Sterne und Sonnen
sich Schlachten geliefert und Schanden gewonnen,

im Frevel geeint, von Süden bis Norden
den Geist nur verwendet, um Leiber zu morden
und einverständlich von Osten bis Westen
die Luft mit Rache und Rauch zu verpesten,
die beten konnten, um besser zu töten
und nicht vor Scham, nur von Blut zu erröten,
ihren Gott gelästert und ihrer Natur
zertreten die letzte lebendige Spur,
das Blaue vom Himmel heruntergelogen,
mit Landesfarben die Landschaft betrogen,
Eisen gefressen, jedoch zumeist
mit siegreichen Lügen sich abgespeist,
auf die Not des Nebenmenschen gepocht,
am Brand des Nachbarn die Suppe gekocht,
von fremdem Hunger die Nahrung genommen,
und sich dabei selber nicht satt bekommen,
das Haupt des andern mit glühenden Kohlen
beladen, um sich etwas Wärme zu holen
und diese Empfindung frech zu besteuern
und die Butter am eigenen Kopf zu verteuern,
erpreßt und geplündert, gelogen wie gedruckt
und als Kost nur den eigenen Wahn verschluckt,
Invaliden auf allen Siegeswerkeln,
Agenten mit Lues und frischen Tuberkeln,
Händler und Helden und Menschenjäger,
Bombenwerfer, Bazillenträger,
Raubbauer am Schatze der Phantasie,
Bankrotteure der eigenen Ökonomie,
Buschräuber hinter dem Ideale,
Glücksritter in einem Jammertale,
gepanzert mit Bildung, gewandt und gelehrt,
überbewaffnet und unterernährt,
von Gnaden ihrer Maschine mächtig,
hochmütig und dennoch niederträchtig,
von sich überzeugte Untertanen,
erbaute Erbauer von Bagdadbahnen,

Hochstapler der Höhen und Schwindler der Tiefen,
Hyänen, die Leben und Tod beschliefen,
Flieger, die an dem Irdischen haften,
Sklaven der neusten Errungenschaften,
in Tort und Technik bestens erfahren,
elektrisch beleuchtete Barbaren,
die vor dem Tod noch den Einfall hatten,
ihn mit allem Komfort fix auszustatten,
so daß er bei jenen behaglich gelebt,
die auf der Flucht vom Ursprung das Kriegsziel erstrebt! –
Nicht abgeneigt einem Verständigungsfrieden,
hat das Weltall sich folgendermaßen entschieden:
Wir vom Mars sind gar nicht eroberungssüchtig.
Doch greift man was an, so greift man es tüchtig.
Zum Heil des Alls und all seiner Frommen
haben wir eure Methoden angenommen.
Sowohl um zu forschen wie um zu töten
war uns eure Wissenschaft vonnöten.
Durchs Fernrohr betrachtet war euer Stern uns nur Schnuppe:
wir besahn den martialischen Zwerg durch die Lupe!
Wir woll'n nur ein wenig das Wetter erheitern,
doch nimmer an euch unsre Grenzen erweitern.
Die Prüfung war schwer. Vernehmt das Ergebnis:
Wir planen mit euch ein besondres Erlebnis.
Fern sei es von uns, euch zu annektieren,
wir würden dadurch an Prestige verlieren.
Zu friedlicher Arbeit dem Kosmos zu nützen,
wollen wir nur die eigenen Grenzen schützen.
Entschlossen, auf euern Besitz zu verzichten,
wollen wir das Geschäft ganz anders verrichten.
Die Kriegskosten werdet ihr freilich bezahlen,
da der Schuldner getilgt wird aus den Annalen,
damit auf Ewigkeitsdauer die Sphären
sich über Störung der Harmonie nicht beschweren,
nicht greife in den verschlossenen Äther
die Hand der Denker und Attentäter

und kein Schlachtendonner, kein Handelstauschen
je dringe zu unserm verschwiegenen Rauschen!
Habt lange genug im Weltall gesprochen.
Die Ewigkeit ist bereits angebrochen.
Lang' wartetet ihr und warteten wir,
wir harrten geduldig, ihr hofftet mit Gier.
Und damit doch auf eurer noch hoffenden Erde
nun endlich der endliche Endsieg mal werde,
und damit sich dagegen kein Widerspruch regt –
haben wir sie erfolgreich mit Bomben belegt!

Und wieder fiel ein Stern, der Wermuth hieß,
und brannte einer Fackel gleich die Erde
und Wermuth ward der Ströme drittes Teil.
Wild um mich tobt die Zeit im Untergang,
sie töten sich, zum Ausgang zu gelangen:
der aber ist versperrt, so räumen sie
einander weg und immer weniger
verbleiben hier, einander Raum zu machen.
Doch jene andern, von den Strömen her,
die bitter nicht und ohne Trübnis sind,
befruchtend ihre Welt: die Menschen, die
nicht von den Wassern sterben, drängen zu
und werden immer mehr; ihr Antlitz ist
der Menschen Antlitz, doch sie haben Haare
wie Weiberhaare und die Zähne sind
wie die der Löwen und sie haben Schwänze
den Schlangen gleich und Köpfe haben sie,
zu schaden. Und wie Skorpionen haben
sie Macht, zu schaden. Doch es ward geboten,
nicht zu beleidigen das Gras auf Erden,
noch etwas Grünes, keinen Baum, jedoch
die Menschen, welche nicht das Siegel Gottes
an ihren Stirnen haben, die allein.
Die Zahl des Heerzugs ihrer Reiterei
war zweihundert Millionen und ich hörte
die Zahl. Und ihre Panzer feuerrot,
schwarzblau und schwefelfarbig und den Mäulern
brach Feuer, Rauch und Schwefel wild hervor,
und Rasseln wie von ungezählten Wagen
der Rosse, welche in das Schlachtfeld rasen,
zerriß die Luft. Schwarz wie ein Haarsack ward
die Sonne und der ganze Mond wie Blut.
Die Erde bebte, Sterne aber fielen
wie Feigen ab, wenn sie ein Feigenbaum,
vom großen Wind geschüttelt, wirft zur Erde.

Und Hagel ward mit Feuer und Blut gemengt;
und brennend stürzt ein großer Berg ins Meer.
Ein fahles Pferd. Und der drauf saß, hieß: Tod;
die Hölle folgte nach. Getötet ward
das dritte Teil der Menschheit. Vormals sprach sie:
Wer ist dem Tiere gleich? Und wer vermag
mit ihm zu streiten? Denn dem Tiere war
ein Maul gegeben, Lästerung zu reden
und große Dinge, und ihm war die Macht
gegeben, daß es zweiundvierzig Monat
sein Wesen trieb und öffnete das Maul
zu Lästerungen gegen Gottes Namen,
so daß der ganze Erdkreis sich des Tiers
verwunderte. Doch über alle Stämme
und Sprachen und Nationen hat es Macht,
von allen angebetet, deren Namen
im Buch des Lammes nicht geschrieben steht,
das vom Beginn der Welt dem Tod bestimmt ist.
Und war ein andres Tier, das redete
dem Drachen gleich und zwang damit die Menschen,
daß sie das andere Tier anbeten mußten.
Denn große Zeichen tat es und verführte
mit diesen Wunderzeichen und belebte
das Bild des andern Tiers und machte, daß sie
getötet wurden, welche anzubeten
des Tieres Bild sich weigerten, und daß sie
ein Zeichen trugen und daß niemand konnte
verkaufen oder kaufen, ohne daß er
des Tieres Zeichen oder dessen Namen
und dessen Zahl an seiner Stirne trug.
Und hinter ihnen thront die große Hure
und sitzt auf vielen Wassern, allberauschend,
und mit ihr buhlten alle Könige
und alle Untertanen wurden trunken
vom Wein der Wollust. Und die Haut des Tiers,
auf dem sie sitzt, ist ganz rosinfarben,
sie selbst in Purpur angetan und Scharlach,

und ist mit Perlen und Edelsteinen
behangen und von Gold ganz übergoldet
und einen goldnen Becher in der Hand
hält sie, voll Greuel und übervoll von Unzucht.
Und trunken von dem Blute aller Heiligen
ist sie; und ihrer mich verwundernd
sah ich sie. Doch sie fährt in die Verdammnis
mit jenem Tier. Und auch das andre Tier,
verführender Prophet der Lüge, wird
bald nachgeworfen in den Feuersee.
Und jeglicher nach seinem Werk gerichtet!
Mein Herz schlägt an das Tor der Ewigkeit,
daß ich Vollendung schaue und der Tod
vorbei sei und kein Leid, kein Schrei und Schmerz
vorhanden mehr und alle Augen schon
von Gott getrocknet und die Nacht vorbei!
Groß in der Sonne steht ein Engel da,
mit großer Stimme ruft er zu den Vögeln,
die durch die Weiten aller Himmel fliegen:
»Kommt, sammelt euch zu Gottes großem Mahl!
Fresset das Fleisch der Könige, der Feldherrn,
das Fleisch der Mächtigen, der Totschläger,
und aller, die das Fleisch der Kreatur
zum Fraß der Raben ausgeworfen haben,
und aller, welche auf den Rossen sitzen,
der Greulichen, der Lügner, freßt ihr Fleisch!« –
Und wieder strömt des Lebens lautrer Strom,
und an den Ufern grünt des Lebens Holz.

WORTE IN VERSEN
VI

DEM KNABEN LENKER

Nun bist du los der allzulästigen Schwere,
Bist frei und frank, nun frisch zu deiner Sphäre!
Hier ist sie nicht! Verworren, scheckig, wild
Umdrängt uns hier ein fratzenhaft Gebild.
Nur wo du klar ins holde Klare schaust,
Dir angehörst und dir allein vertraust,
Dorthin wo Schönes, Gutes nur gefällt,
Zur Einsamkeit! – Da schaffe deine Welt.

Eros

Stimm' ich nimmer den Verstimmten,
der mich immer suchend fand?
Wenn die Gluten dir verglimmten,
oh wie dunkel wird das Land!
Du, der mir auf allen Spuren
rannte nach in Brand und Hast,
aller Formen und Naturen
nie ersattend gier'ger Gast –

Dichter

– noch genießend im Gedenken,
lebt' ich nie die Fülle aus!
Willst du ferner sie mir schenken,
so verschließe ich das Haus.
Laß die Gluten mir verglimmen,
auf den Kopf die Asche streun!
Nimmer wirst du mich bestimmen,
nie mehr wird es sich erneun!

Eros

Fliehen mich die Halben, Leeren,
meinem Geiste unverwandt –
soll ich nun auch dich entbehren,
dem aus Nichts die Welt entstand?
Wie ein Schwacher sich ergänze,
wenn er eine Ganze schwächt,
bleib' ich fern von solcher Grenze
und es bleibe im Geschlecht.

Dichter

Ja, das war wohl unsre Richtung,
wir verstanden uns im Nichts.
Nun entbehre meine Dichtung
auch noch dieses Schwergewichts.
Ach wie waren wir verloren
doch an das geringste Ding!
Selbst gezeugt und selbst geboren
hatte man auf deinen Wink.

Eros

Brauchte nur was hinzuhalten
und gleich hatte es Gestalt
und im Wechsel der Gestalten
war der schönste Aufenthalt.
Himmelwärts erwuchs die Gasse
und der Nacht entflammt' ein Licht.
Wir erkannten der Grimasse
göttergleiches Angesicht.

Dichter

Aber immer doch vom Weibe
ging die ganze Wohltat aus.
Suche solchem Zeitvertreibe
endlich dir ein andres Haus!
Wie das Himmelreich aus Plunder
einem Augenblick ersteht,
ausgelernt ist dieses Wunder,
lehr ein anderes Gebet!

Eros

Wie du heute mir verwehrend
und verzichtend auch verzagst,
wie du in dich selber kehrend,
immer klagend mir entsagst –
durchgebrannt von deinen Gluten,
reißt es dich von mir nicht fort.
Willst du dich auch noch so sputen,
nehm' ich schneller dich beim Wort!

Dichter

Ach beim Wort, es eilt, verweile,
hab ich dich, schon ist es fort,
welche wonnevolle Eile,
wie erregt mich dieses Wort!
Hinter ihm mit einem Satze,
dichter schon auf seiner Spur –
welcher liederlichen Fratze
form' ich feurig die Figur!

Eros

Du erkennst sie, die du immer
nah bei solchem Ding erkannt.
Himmlisch wird ein Frauenzimmer
erst durch solchen Höllenbrand!
Nimmer hältst du mich vom Leibe,
du, der mich so stolz bekriegt.
Hier ist keine Spur vom Weibe
und ich hab' dich doch besiegt!

Dichter

An der andern Welt Gestade
staun' ich, wie du's mit mir meinst.
Ganz verwirrt von deiner Gnade,
fühl' ich reicher sie als einst.
Werde jenen holdern Bildern,
welchen meine Lust entfernt,
dankbar doch in Worten schildern,
was ich ihnen abgelernt!

Du seit langem einziges Erlebnis

Du seit langem einziges Erlebnis
außer dem was ich mir selbst ersonnen,
unerfaßlich nahes Neubegebnis,
das von altersher zu Schlaf geronnen –

Wie du bang erwartet an mich blitzest,
lieblich spielst du am Bewußtseinsrande,
bannst mich, ehe du mich ganz besitzest,
bald erkannt in jeglichem Gewande.

Eben noch von nie geschauter Schöne,
zwingst du mich als Monstrum dich zu lieben
und erlaubst, daß ich mich leicht gewöhne
an den Anblick einer bösen Sieben.

Nun erscheint mit eines Räubers Augen
ganz aus Unheil eine alte Eule.
Aber gleich wirst du mir anders taugen,
denn schon tanzt ein Bär um eine Säule.

Was bedeuten alle diese Leute,
die ich nie gesehn und die da staunen,
daß wir uns begegnen hier und heute,
jeder mit so ganz verschiednen Launen.

Nichts in mir besinnt sich, was verschulde
dies Getriebe zwischen Tag und Traume.
Wenn ich mich ein Weilchen noch gedulde,
nimmt es mich nach einem neuen Raume.

Schon verschieben sich die trüben Sinne
und ich spüre andre Dimensionen.
Und ich weiß nur noch, daß ich beginne
besser bald als irgendwo zu wohnen.

Das Rätsel

Wenn andern sich ein Rätsel leicht gelöst,
so wird mir erst die Lösung rätselhaft.
Was andern sich in Freiheit drängt und stößt,
hat Raum mir in dem innersten Verhaft.
Zu vielem fühle ich die Kraft.
Doch hält ein Bild, dann eine Tür,
ein Ding, ein Wort, ein Stück Papier
mich zauberhaft.
Ich kann dawider nichts, und nichts dafür.

Auf die wunderbare Rettung der Wunderbaren

Als dich die Flut uns entriß,
nie in der Welt noch war
so viel Wasser und doch
nicht so viel Wasser, als wir
Thränen um dich vergossen hätten.

Und wir hörten den Schrei,
weißem Munde entquoll
letzte Frage an Gott,
ob es in seinem Plan
oder nur zur Versuchung sei.

Schon Verwaiste, dahin
stürzten wir, hin zu dir,
hin durch die Todgewalt
riß uns das bebende Herz
zu deinem ringenden Herzen fort.

Er aber, den es rief,
rief den Tod und die Flut
ab von dem Wunderwerk,
das er doch nicht erschuf,
um es so blind zu zerstören und uns.

Wunderbegnadete du,
Glückliche, die den Tod
vor dem Leben erfuhr –
wir, die nur einmal sind,
sind entschädigt, wir wissen: du lebst!

Schöpfung

Bevor es eintrat in die Zeit,
war's da in aller Dagewesenheit:
von dort muß es der Dichter haben.
Wo dichtend sie am Dichter sich erlaben,
da dringt kein Leben in das Leben ein.
Sie bilden nicht, was vor und nach gewesen,
sie leben nicht, noch ehe sie begraben,
die, ehe sie gelesen werden, lesen.
Sie sind als ganze nicht und nie vorhanden,
gebildet aus Vorhandenem; zuschanden
am Leben wird der zeitgeborne Schein,
und was sie wirken, tritt nicht aus der Zeit:
es bleibt im Banne der Erlesenheit.
Und nur das Vorvorhandne ist erhaben.

Unter einem Künstler verstehen sie einen,
der sich nicht abgibt mit solchen Schweinen
und nichts zu tun hat mit allen den Dingen,
die ihnen im Handumdrehen gelingen,
um sich dafür mit Schaffen und Schreiben
und hauptsächlich ihnen die Zeit zu vertreiben;
und da er doch von Beruf ein Träumer
und deshalb auch Schuldterminversäumer,
der das tut, wozu er nicht ist verpflichtet,
und das andere lieber läßt unverrichtet,
so kann er zwar leichter als sie sich entflammen,
sonst aber geht es ihm gar nicht zusammen.
Und teilten die Bürger nicht besser sichs ein,
ja dann könnten sie auch solche Künstler sein!

Nun haben sie, sagen wir's ehrlich und offen,
den Nagel nicht weit von dem Kopfe getroffen,
und hätten sie just nichts andres zu tun,
so könnten sie auch auf Lorbeern ruhn.
Denn wem nur die Bürgertugenden fehlen,
der mag sich heut gleich zu den Künstlern zählen
und in diesem Belang und zu diesem Behufe
genügt schon die Scheu vor dem andern Berufe;
da wird man wahrlich in kürzester Frist
und am leichtesten das, was man nicht ist,
und wo nichts ist, erwartet zum Lohn
jeder Trottel die Inspiration.
Und fehlte sie, fiele den Künstlern nur ein,
ja dann würden sie auch solche Bürger sein!

Indessen sitzt einer, als wärs zur Strafe
und wie ein Bureau- oder Bagnosklave,
und wartet auf nichts, sondern zwingt es herbei
im täglichen, nächtlichen Einerlei,

und er ringt um das Wort und ringsum ist es still
und es folgt ihm aufs Wort, weil er will, weil er will,
und was seinem werbenden Willen gelang,
es bezwang ihn noch mehr als er selbst es bezwang,
und nicht frei wie der Künstler hat er es verrichtet,
doch er fühlt sich auch nicht wie der Bürger verpflichtet,
und er schuf es sich selbst und sich selbst zum Verdruß
und das ist sein Genuß, denn er muß, denn er muß.
Und Künstler und Bürger, sie sind überein:
nein, sie möchten nicht solche Narren sein!

Lyrik der Deutschen

Wer kann, ist ihr Mann und nicht einer, der muß,
sie irrten vom Wesen zum Scheine.
Ihr lyrischer Fall war nicht Claudius,
aber Heine.

Er

Er trug ein Haupt, das ragte himmelan,
daß es im Götterkreise wohne.
Und keinem Gotte untertan,
neigt Goethe sich zu einer Fürstenkrone.

Der zu den Müttern sich hinabgewagt,
war auch um Ahnen noch beflissen;
und was in Weimar blieb der Welt versagt,
gab Gotha ihrem Genius zu wissen.

In seinem Geist konnt' Höchstes nur geschehn,
doch mocht's ihn nach dem Allerhöchsten dürsten.
Beethoven ließ er gnädig stehn
und drehte sich devot zu einem Fürsten.

Er war nach oben und nach oben
ein immer strebender Vollender.
Wie war die Welt von Goethes Faust erhoben!
Und er von Gothas Hofkalender.

Der Antichrist

Wie heiter und listig und insgeheim,
wie vielverheißend und frustra!
Und das Ergebnis ist dieser Reim,
denn also versprach Zarathustra.

Welch weise wissender Arzt der Zeit!
Es war ihrer Krankheit Wesen,
daß sie seit damals und bis heut
von ihm nicht konnte genesen.

Welch fröhliche Philosophenart!
Sie spielte mit einer Feder;
ging irre, noch ehe sie irre ward,
und tanzte auf dem Katheder.

Und lachte ohne jeden Humor
ein dionysisches Lachen.
Da konnte der Kant als ein unreiner Tor
sich stumm aus dem Staube machen.

Man lachte sich über den Herrgott schief,
metaphysische Sehnsucht zu stillen.
Ein kategorischer Diminutiv
verlieh uns zur Macht den Willen.

Die Heiligen wurden ausgelacht,
und was sie auch litten und lehrten.
Er hat es dem Unwert leicht gemacht,
die Werte umzuwerten.

An diesem halkyonischen Fest
wird die Welt noch lange kranken.
Die deutsche Literatenpest
hat sie dem Arzt zu verdanken.

Der christliche Gott ist gut genug,
daß er uns von dem Übel erlöse.
Es verhieß uns ein anderer Pfaffenbetrug
ein Jenseits von Gut und Böse.

Ein Satiriker

In einem Buch, wo ers ernst getrieben,
ein wahrhaft teuflischer Spott wohnt.
Da wurden Rezensionen geschmiert,
weil er die »Briefe an Gott« geschrieben.
Doch hat jene findige Post sich blamiert,
indem die Zustellung unterblieben.
Er wußte nicht, wo Gott wohnt.

Literatur

Weil er sich nicht geniert hat,
glaubt er, er sei ein Genie.
Weil er uns nicht amüsiert hat,
hält ers für Poesie.
Weil er einst onaniert hat,
wirds eine Autobiographie.

Expressionismus

Dem, der den Dunst
im Spiele ballt,
wird keine Gestalt,
nur ein Eindruck glücken.
Es ist die Kunst –
daß ihrs nur wißt –:
was drinnen nicht ist,
auch nicht auszudrücken.

Der Journalist

Warum er just diesen Beruf erwählt hat?
Weil er alle andern verfehlt hat.

Der Vielschreiber

Wie schrieb er so viel,
was mir nicht gefiel?
Er schrieb nicht, was ihm einfiel,
das war ja nicht viel,
doch er schrieb, was ihm einfiel,
das war viel und gefiel.
Ist im zwanglosen Stil
nur der Zufall im Spiel
und der Beifall das Ziel,
gibt es viel und nihil.

Heine und die Folgen

Seit dieser Prosa, diesem Buch der Lieder
hats jeder leicht, die Lust der Sprache zu verringern.
Er löste ihr das Mieder,
damit sie an ihren Brüsten fingern.

Erlebnis

Ich hab von dem fahrenden Zuge geträumt,
ich werde den letzten Zug noch versäumen
und werde den jüngsten Tag dann verträumen
und warte in ewigen Warteräumen
und du bist mir dahin und ich hab dich versäumt.

Und so fährst du dahin und du hast mich versäumt
und ich muß meinen Traum deinem Leben räumen
und er lockte zu leben, dich trieb es zu träumen
vorüber an Bäumen und Himmelssäumen,
als ich von dem fahrenden Zuge geträumt.

Fernes Licht mit nahem Schein

Fernes Licht mit nahem Schein
wie ich mich auch lenke,
lockt es dich nicht da zu sein,
wenn ich an dich denke?

Wo du bist, du sagst es nicht
und du kannst nicht lügen.
Nahen Schein von fernem Licht
läßt du mir genügen.

Wüßt' ich, wo das ferne Licht,
wo es aufgegangen,
naher Schein, er wehrte nicht,
leicht dich zu erlangen.

Fernes Licht mit nahem Schein
mir zu Lust und Harme,
lockt es dich nicht da zu sein,
wenn ich dich umarme?

Dein Fehler

Dein Fehler, Liebste, ach ich liebe ihn,
weil du ihn hast,
und er ist eine deiner liebsten Gaben.
Seh' ich an andern ihn, so seh' ich fast
dich selbst und sehe nach dem Fehler hin,
und alle will ich lieben, die ihn haben!

Fehlst du mir einst und fehlt dein Fehler mir,
weil du dahin,
wie wollt' ich, Liebste, lieber dich ergänzen
als durch den Fehler? Ach ich liebe ihn,
und seh' ich ihn schon längst nicht mehr an dir,
die Häßlichste wird mir durch ihn erglänzen!

Doch träte selbst die Schönste vor mich hin,
und fehlerlos,
ich wäre meines Drangs zu dir kein Hehler.
Ihr, die so vieles hat, fehlt eines bloß
und alles drum – ach wie vermiss' ich ihn –
ihr fehlt doch, Liebste, was mir fehlt: dein Fehler!

Verlust

Welche Armut soll erwählt sein!
Welch ein trauriger Verzicht!
Meinem nächtlichen Gequältsein
abgewendet dein Gesicht!

Zum Verlust war ich erkoren,
weil du so dich mir verlorst.
Doch du selbst warst dir verloren,
als du dich dir selbst erkorst.

Was kann uns denn uns ersetzen?
Du auch darbst, weil ich entfernt.
Wie sich deine Augen netzen,
seit mein Himmel unbesternt!

Nie war tiefere Verwandtschaft
zweier Seelen in dem All.
Wie betrübt ist alle Landschaft,
wie versiegt der Wasserfall.

Nie mehr wird die Wiese grünen,
niemals mehr ein Himmel blaut.
Ach wie schmerzlich muß ich sühnen,
daß ich dich zu groß geschaut!

Aber ist's nicht größre Sünde,
was Natur an mir verbrach?
Denn es stürzen alle Gründe
und ich stürze ihnen nach.

Du bist sie, die ich nie gekannt

Du bist sie, die ich nie gekannt,
die ich nicht nahm, die ich nicht hatte.
Du keine Gattin, ich dein Gatte
in einem andern Eheband.

Du bist ein Wahn und bist ein Wille,
ein himmlisch Wesen, Erdenwurm.
Du rufst, und rings um dich ist Stille.
Du schweigst, und rings um dich ist Sturm.

Du bist der Baum in seiner Blüte.
Du bist das Tier in seiner Kraft.
Du bist die reine Gottesgüte.
Du bist die dunkle Leidenschaft.

Du bist mir da und bist mir dorten,
ein tiefer Ton, ein weiter Schall.
Du bist Musik zu meinen Worten,
ein Nirgend und ein Überall.

Des Tags bist du ein Traumgebilde;
in jedem Traum bist du mir nah.
Zuständig bist du dem Gefilde,
das ich mir vor der Zeit ersah.

Bei Tag und Nacht streift eine Wonne
vorüber meinem Horizont;
und sinkst mir unter du als Sonne,
so steigst du wieder auf als Mond.

Du lebst in Tiefen, webst in Höhen,
du schwebst und fällst in Lust und Qual.
Um dein heroisch Auferstehen
sieht man dich manchesmal banal.

Nie bleibst du an der Erde haften,
du stehst in einem höhern Plan;
vereinigst alle Eigenschaften
und bist doch keiner untertan.

Lebst ohne Ruh und ohne Reue,
es schwindelt mir auf deiner Spur,
und immer nur hältst du die Treue
dir und der liebenden Natur.

Hab ich gewonnen die Verlorne,
bestreitet sie mir den Gewinn.
Entschwand sie mir, erstand dem Sinn
die nie gekannte Schaumgeborne.

»Sag mir, wie lange währt die Ewigkeit?«
»Nicht länger, als den Augenblick
das Glück,
das ich empfange und gewähre.«
»Nicht die! Die andre, die auf Zeit;
die du versprachst,
eh du die Treue brachst.«
»Versprach ich sie auf Ehre?
Du Tor, da ich sie dir versprach,
da war ich doch so schwach, nicht weniger schwach,
als später, da sie nach und nach,
ich weiß nicht wie, 's ist eine Ewigkeit,
und heut
ist's mir unendlich leid,
mir brach.
Sei's wie es sei,
dies Glück ging mir vorbei zum Glück.
Und da es doch vorbei,
ist's einerlei
im Augenblick.
Auf den, bei meiner Ehre,
auf den nur kommt es an, von Zeit zu Zeit,
und ach, er währt, den ich empfange und gewähre,
glaub mir, so lange wie die Ewigkeit!«

Was weiß die Welt, wie Weiber sich erwärmen!
Mit seinem Maß nur mag der Mann sie messen,
was drüber ist, verachten und vergessen,
und was darunter, minniglich umschwärmen.

Moral des Mangels will die Lust verhärmen
und bindet sie an Normen und Intressen;
läßt sie sich ins Prokrustesbett nicht pressen,
fängt jener ob der Größe an zu lärmen.

O Welt, die niemals zu der Quelle dringt,
durch die sie lebt – an jedem Tage neuer
empfängt der Geist sie und das Werk gelingt!

Dich Gnadenvolle fühl' ich ungeheuer,
der meine Seele in Äonen singt.
Ich stürze mich in deine Abenteuer!

Sturm und Stille

Weh mir, daß deine Stille mir versagte,
als ich in meinem Sturm zu dir mich wagte.
Allgegenwärtig war, was mich verzückte!
Und nie im Leben traf ich die Entrückte.

Weh mir, daß ich das Beste, was ich wußte,
dich selber, selbst vor dir verbergen mußte.
An dir empor: welch grenzenloses Wagen!
Erlangt, erlebt – und konnt' es dir nicht sagen.

Die Welt ist neu, wir wollen Anteil nehmen.
Aus Blut erblüht. Und immer wieder Rosen.
Wir haßten, um zu kosen.
Wir wollen uns zum Glück bequemen.

Und euch gelingts; und wie es immer sei,
ein jeder triffts und jeder führt's am Arm.
Daß Gott erbarm!
Der meinige ist frei.

Weiß, wie es kam, und daß der Tag vergeht
und daß er Platz macht andern Tagen.
Und eure Kinder werden einst erschlagen.
Wie viel ist's an der Zeit? Zu spät.

Kärntnerstrasse

1918

Da kroch einer mit zerbrochenem Rücken
auf zwei Krücken.
Das war einer von den Helden, den Recken;
man mußt' ihm das Geld in die Tasche stecken.
Da trat Einer aufrechten Schritts aus dem Sacher,
jeder Zoll ein Macher.
Die Annalen werden an ihn erinnern:
es war einer von unsern Kriegsgewinnern.
Er kam gerade vom Mittagessen
und konnte es nicht vergessen,
denn er hatte zwischen den Zähnen eine Lücke,
da war Platz für eine Krücke.
Und im Maule das Holz
schritt er stolz
durch das Spalier von Helden und Hungerleidern
und sonstigem Volk mit zerrissenen Kleidern.
Und sie sahen ihm nach und sie sagten: Seht,
wie sieghaft er über uns Leichen geht.
Denn wir andern, wir sind ja doch heute
nichts als durch den Krieg ruinierte Leute.
Wer aber heute so ausschreiten kann,
der ist durch den Krieg ein gemachter Mann;
ders mit Recht noch verübelt, daß ihm die Leichen
nicht in der Lage sind auszuweichen
und daß man ihm nur im Wege steht,
wenn er vom Fressen wieder ans Geldmachen geht.
Und da schritt Einer, auch der schien nicht faul,
doch hatte er eine Importe im Maul.
Wir andern, die wir kein Essen brauchen,
wir haben auch lange schon nichts zu rauchen.
Er fühlt, es trifft ihn manch flehender Blick;
denn wer ersehnte sich heut keinen Tschick?
Und er blickt in die Runde – Bewerber genug! –
und macht noch im Suchen manch kräftigen Zug.

Doch wie er den zerbrochenen Rücken sieht,
regt sich das Gemüt.
Ja, das ist einer von unseren Braven,
der hat vor dem Feind gewiß nicht geschlafen,
der ging immer druff, der fiel immer feste –
dem spendier' ich den Rest vom Zigarrenreste!
Den armen Leuten gehts jetzt an den Kragen,
da gilt es sein Scherflein beizutragen.
Und so, mit der Nächstenliebe im Sinn,
wirft er den Stummel dem Stummel hin.
Der möchte sich gerne noch tiefer bücken,
doch hindert ihn der zerbrochene Rücken.
Gleich stürzt herzu ein wilder Haufen
von Toten, die um den Stummel raufen,
Helden und Bettler und Bettelkinder,
den Leuten gehts schlecht, das sieht doch ein Blinder.
Nur die Blinden, die gleich daneben stehn,
die haben es dennoch nicht gesehn.
Und vor denen braucht man sich auch nicht zu schämen,
denen könnte man statt zu geben noch nehmen.
Doch jener hat Herz und wirft auf den Teller,
ihm kommts nicht drauf an, gleich mehrere Heller;
und sieht sich, da es der Blinde nicht sieht,
nach Zeugen um für sein gutes Gemüt.
Die Zigarre geopfert und – ist's nicht genug? –
dazu nun noch dieser schöne Zug!
Da bleiben die Leute staunend stehn,
denn so etwas haben sie noch nicht gesehn.
Und jener sieht sich die Wirkung an
und denkt: So ist es wohlgetan.
Man möchte gern öfter die Leute beschenken,
doch muß man ja auch an sich selber denken.
Man lebt nicht allein zur Gemütserbauung,
und allzuviel Hunger ist ungesund;
man kann doch nicht allen helfen und
es stört einem schließlich die Verdauung.

Wien

In einer Straße des dritten Bezirkes
ist ein wutkranker Schakal aufgetaucht.

Nirgend auf der Hemisphäre
leben solche Mißgeburten
wie im Land der Habedjehre;
und jetzt tragen sie noch Gurten.

Aug vom Schwein, Hyänenpranke,
doch ein elegantes Tragen,
in den Köpfen kein Gedanke –
da muß man schon tulli sagen.

Drahn und obidrahn ihr Leben,
es ist eine eigene Sekte,
und mir wills den Magen heben
schon vor diesem Dialekte.

Taarlos –! ist ihnen alles,
stets wird Kaiserwetter lachen.
Hat jedoch der Dreck den Dalles,
no da kann man halt nix machen.

Doch es kann ja nix geschehen,
darum nur sich nicht genieren,
denn man wird ja doch da sehen
oder gar net ignorieren.

Diese jüdisch-arschen Töne
kommen wie von einem Grimmen
und gebannt von Schönpflugschöne
hör ich schaudernd Wiener Stimmen.

Bot der Himmel was er konnte:
D' Geigerbuam die bestbekannten,
so erstehn am Horizonte
sogenannte Resitanten.

Aber zu den Drahdiwaberln
zählt die mudlsaubere Nichte,
Mädchenbrüste sind Gspaßlaberln,
aber Mehlspeisen Gedichte.

Dort bei Sirk, gleich um die Ecke
gilt es, seine Zeit zu nützen.
Denn das Leben dient dem Zwecke,
teils zu wurzen, teils zu blitzen.

Schieber schieben auf dem Striche,
Strizzi, Mizzi, Kipper, Wipper.
Aber jener fürchterliche
Oberleutnant hat den Tripper.

Gustomenscherln gibts hienieden –
manche, die es hergegeben,
mit dem Tausch war wohl zufrieden,
denn sie kriegte was fürs Leben.

Nichts besteht. Jedoch zu haben
alles ist bei den Lemuren.
Gehn die Weiber gern am Graben,
sind dafür die Männer Huren.

Wie sie wackeln mit den Ärschen,
eingedenk der Lorbeerreiser,
gerne ließen sie beherrschen
wieder sich von einem Kaiser.

Müssen mit dem Feind sich fretten –
Katzelmacher haben Lire.
Weiber bieten ihre Betten
und die Männer stehn Spaliere.

Diesen ist es eine Ehre,
jene heben ihre Hemden,
alles hebt sich im Verkehre
mit den langentbehrten Fremden.

Also fahr' ma, also drah' ma
um und auf vom Turf zum Thury –
Hetz und Gstanz und Ramatama,
Pallawatsch und Remasuri.

Unterhalten, überhalten
und ein Griff tief in das Tascherl.
Ehe alles bleibt beim Alten,
trinken wir halt noch ein Flascherl!

Nichts gelingt in diesem Lande,
dem gemütlich faulen, holden,
wo der Dialekt imstande,
den Verdruß dir zu vergolden.

Willst in hoffnungslosem Harren
telephonisch dich beklagen,
hält ein Kobold dich zum Narren
und wird gleich »Momenterl!« sagen.

Alles steht dir zu Gebote,
doch es steht. Und wie am Schnürl
geht es nur mit einer Note.
Oder auch durchs Hintertürl.

Alles steht herum im Raume,
alles hindert dich im Schreiten
und du lebst in einem Traume
wo dich Lamien begleiten.

Auf Plakaten, grell und gräßlich,
stößt ein Eber seine Hauer
in das Leben – unvergeßlich
bleibe dir der Rockenbauer!

Tausendfacher Alpdruck täglich
soll dir ins Bewußtsein dringen.
Jenes Ungetüm, unsäglich,
kann die ganze Welt verschlingen.

Farbenbrüllend weist ein Satan,
wo die Quelle für den Durst ist,
doch das Maul vom Leviathan
zeigt, daß eh schon alles Wurst ist.

Magyar ember packt zuhause
Menschen an mit einem Messer.
Kurzerhand macht ers zur Jause
ab als der Salamifresser.

Pest der Straße, Fest der Presse,
diese prassen, jene fasten.
Tag und Nacht ist Teufelsmesse
zu den gräßlichen Kontrasten.

Unbewegt vom Untergange,
fühllos wo die Menschheit duldet,
wird dem Bürgersinn nur bange
nach den Mächten, die's verschuldet.

Kinder haben keine Windel.
Ganz und gar in Seidenwäsche,
trauert dieses Erzgesindel
um die Majestät, die fesche.

Frierend läßt um eine Semmel
eine für ihr Kind sich hunzen.
Vormittag schon frißt bei Demel
eine pelzgefüllte Funzen.

Wie der Feschak, unerschlagen,
dieser süße, dieser satte,
ihr gleich »Kißtiand!« wird sagen
und »Was macht der Göttergatte?« –

grausend fühl ich die Gebreste
und das Chaos rings um diesen
und vor dieser einen Geste
welken alle grünen Wiesen.

Welch ein Ratschluß, daß hienieden
nur der Schuft gesund spaziere!
Blinde gibts und Invaliden,
Göttergatten, Gürteltiere.

Welch ein Korso! Jene hungern,
jene mühn sich und ermatten.
Und um die Hoteltür lungern
Gürteltiere, Göttergatten.

Diese Mienen, diese Mähnen
sonderbar gekerbter Wesen!
Schwarzgelb fleckige Hyänen,
doch sie können Kurse lesen.

Seht, wie sie die Luft beglotzen,
eh sie sie den Menschen nehmen.
Und sie können Phrasen kotzen,
diese blutgenährten Schemen.

Daß von Müttern sie geboren,
nimmer möchte ich es glauben,
die, nachdem die Schlacht verloren,
unverzagt den Tod berauben.

Nein, dem Teufel, ich will wetten,
sind sie als ein Furz entsprungen
oder gar aus Operetten
in das Leben eingedrungen.

Und noch immer nicht genug war,
was für sie die Menschheit büßte,
deren Opfer ein Betrug war.
Und das Leben wächst zur Wüste.

Wölfe sind es, groß und greulich.
Wahrt das Blut, das euch geblieben!
Schon hat sich ein Schakal neulich
wütend hier herumgetrieben.

Moderluft erfüllt die Gasse,
denn es leben nur Gespenster.
Um zu atmen, rat ich, lasse
schleunig schließen alle Fenster!

Die drei gelegentlichen Mitarbeiter

Der erste

Der Frühschein schon über der Finsternis liegt.
Der Walzer hat über den Tango gesiegt.

Der zweite

Wie sich endlich der Frohsinn der Trübsal gesellt!
Es sind die Vertreter der Handelswelt.

Der dritte

Das Leben erholt sich von mühvollen Taten.
’s gibt Industriekapitäne und Bankmagnaten.

Der erste

Ich muß nicht mehr in der Einsamkeit wandern.
Ich habe sie schon bemerkt unter andern.

Der zweite

Mir scheint selbst, das Ziel ist gar nicht mehr weit.
Ich hatte bereits die Gelegenheit.

Der dritte

Man hat auch genug von dem Treiben der Truppen.
Es bilden sich wieder die anderen Gruppen.

Der erste

Das wird, mein’ ich, jetzt ein ganz anderer Fall.
Ich wittere Morgenluft und Concordiaball!

Der zweite

Er übertrifft ganz gewiß seine Vorgänger weit.
Frau Fanto trägt ein Ecru-Creme-Crepe-Souplekleid.

Der dritte

Die Estrade wird kaum ihre Zugkraft verlieren.
Das Publikum seh' ich bereits sich massieren.

Der erste

Daß sie, gottbehüt, nicht zusammenbräche!
Jetzt ziehn sie sich alle schon in die Gespräche.

Der zweite

Jetzt kommen auch die, die sich immer begeben.
Was sich sonst noch begibt, soll man nicht erleben.

Der dritte

Der Salvator hat einen elastischen Schritt.
Drei kaiserliche Räte erscheinen zu dritt.

Der erste

Zwei Konsuln erscheinen, weil man sie vermißte
sonst in der sonst schon vollzähligen Liste.

Der zweite

Man verliert keine Zeit, die Verlustliste lesend.
Zum Glück ist, was Namen hat, heute anwesend.

Der dritte

Denn hier geschieht, was längst geschah;
schaun Sie her, der Angelo Eisner ist da!

Der erste

Es wimmelt von Sternen und auch Koryphän,
nein, was sich da tut, man wird doch da sehn!

Der zweite

Der Generalstab ist verhindert, aber der Höfer ist erschienen.
Noch liegt der Ernst auf den sämtlichen Mienen.

Der dritte

In der welthistorischen Faschingsnacht
weiß man doch, wofür man die Opfer gebracht.

Der erste

Gern möcht' ich noch wissen, was der Feind sich da dächte.
Denn, ei, der Humor tritt schon in seine Rechte.

Der zweite

Sieh, alles ist da, die Niedern und Obern.
Die Jugend will sich das Tanzrecht erobern.

Der dritte

Ich fürchte, zu Ende geht dieses Fest.
Sie sehn doch, der Teufel tanzt mit der Pest!

Sie entfliehn.

Die Zeitung

Weißt du, der du die Zeitung liest,
wie viele Bäume mußten bluten,
damit geblendet von Valuten
du dein Gesicht in diesem Spiegel siehst,
um wieder dich an dein Geschäft zu sputen?

Weißt du, der du die Zeitung liest,
wie viele Menschen dafür sterben,
daß wenige sich Lust erwerben
und dafür, daß die Kreatur genießt
der Kreatur unsägliches Verderben?

Und kannst du, wissend, doch die Zeitung lesen?
Verhängt das Blatt des Tags dir nicht das Licht?
Wie wächst der Trug gewaltig zum Gewicht
und drohend dieser Schein zum Wesen!
Ich seh den Wald vor lauter Blättern nicht!

Definition

Was ist
der Journalist?
Beim Element:
Ein unser Denken störender,
mit unsern Ohren hörender,
mit unsern Augen guckender,
uns auf die Zunge spuckender,
uns die Kopfhaut juckender,
unsre Kultur verdruckender,
sich unser Blut verschreibender,
doch uns nichts schuldig bleibender,
ja uns die Zeit vertreibender,
uns blendender und betäubender,
und unsre Felle beizender,
und unsre Hölle heizender,
unsre Nase schneuzender,
unsern Ekel reizender,
mit seinen Händen redender,
aber sonst uns ganz vertretender
Agent.

Couplet des Schwarz-Drucker

Im Anfang war die Presse
und dann erschien die Welt.
Im eigenen Interesse
hat sie sich uns gesellt.
Nach unserer Vorbereitung
sieht Gott, daß es gelingt,
und so die Welt zur Zeitung
er bringt.

Die Welt war es zufrieden,
die auf die Presse kam,
weil schließlich doch hienieden
Notiz man von ihr nahm.
Auch was sich nicht ereignet,
zu unserer Kenntnis dringt;
wenns nur fürs Blatt geeignet –
man bringt.

Wenn auch das Blatt die Läus hat,
die Leser gehn nicht aus;
denn was man schwarz auf weiß hat,
trägt man getrost nachhaus.
Was wir der Welt auch rauben,
sie bringt uns unbedingt
dafür doch ihren Glauben;
sie bringt.

Sie lesen, was erschienen,
sie denken, was man meint.
Noch mehr läßt sich verdienen,
wenn etwas nicht erscheint.
Wir schweigen oder schreiben,
ob jener auch zerspringt –
wenn uns nur unser Treiben
was bringt.

Die Welt, soweit sie lebend,
singt unsere Melodie.
Wir bleiben tonangebend
von aller Gottesfrüh.
Nach unsern notigen Noten
die Menschheit tanzt und hinkt,
weil Dank sie für die Toten
uns bringt!

Die Zeit lernt von uns Mores,
der Geist ist uns zur Hand,
denn als Kulturfaktores
sind wir der Welt bekannt.
Kommt her, Gelehrte, Denker,
komm, was da sagt und singt,
daß hoch hinauf der Henker
euch bringt!

Wir bringen, dringen, schlingen
uns in das Leben ein.
Wo wir den Wert bezwingen,
erschaffen wir den Schein.
Schwarz ist's wie in der Hölle,
die auch von Schwefel stinkt,
wohin an Teufels Stelle
man bringt!

»Ja, die Zeit ändert viel«
(Der Talisman)

Wer hat nicht den glorreichen Helden gekannt,
Wie sein Zigarrl steckt er eine Ortschaft in Brand.
Die Mannschaft war ihm gut genug zum krepieren,
Derweil sich die Herrn in der Mess' amüsieren.
Ja, damals war's bunt, aber nacher wird's bunter,
Beim Umsturz da reißen s' die Stern' ihm herunter.
Jetzt is er ein einfacher Schieber in Zivil.
Ja, die Zeit ändert viel.

Käm' einer aus'm Grab heut, der erlebt' allerhand!
Um den Preis einer Villa fahrt er jetzt auf das Land.
Den Zins in der Stadt zahlt er mit ein' Packl Zigarren,
Aber um a paar tausend Kronen kriegt er erst einen Schmarren.
Mit'n Aufhängen gehts nicht, dazu is er zu stier,
Und außerdem sein ja die Strick' aus Papier.
Nur die Regierung is ihr Geld wert. Sie druckt, wie viel s' will.
Ja, die Zeit ändert viel.

Jetzt sieht man Gestalten in unserem Wien,
Die sind g'wiß von der Hölle direkt ausgespien.
Bevor diese Erde in Brand aufgegangen,
Haben s' irgendwo unten ganz klein angefangen.
Jetzt sind sie obenauf, und vom Felde der Ehre,
Wo die andern begraben, beginnt ihre Karriere.
Jetzt sitzen s' in Logen, fahren im Automobil.
Ja, die Zeit ändert viel.

Es hat einer einst alles reiflich erwogen.
Drauf sind Millionen zur Schlachtbank gezogen.
Ja, das ghört sich, daß die Völker fürs Vaterland sterben,
Denn nur so kann es sich ein Prestige ja erwerben.

Jetzt, wo sie statt dessen ein bißl Fleisch dürfen suchen –
Ja, jetzt möcht man doch glauben, daß sie die Betrüger verfluchen?
Konträr, sie ersehnen sie tränenden Blicks.
Nein, die Zeit ändert nix!

»Da hab' i schon g'nur!«
(Der Talisman)

Die Minister jetzt gfall'n mir; man weiß, was sie wollen,
Ihr Programm ist, daß die andern mehr arbeiten sollen.
Und weil die Minister bisher zu verschwenderisch waren,
So sollen die andern dafür jetzt mehr sparen.
Ja und nacher möchten s' auch Ordnung und Ruh.
Na, da hab' i schon g'nur.

Um nicht immer wieder zu warten und lauern
Auf Milch für ihr Kind, fährt eine zum Bauern.
Sie bietet einen Tausender. Doch der Handel ist ihm fremd,
Er spekuliert nicht auf Gewinn, er will bloß ihr Hemd.
»Was? An Tausender?« – und haut gleich die Tür vor ihr zur –
»Da hab i schon g'nur!«

Uns fehlts ja an allem und vor allem an Geld,
Denn wir haben es in Fülle und so kommts, daß es fehlt.
Wir wollen's ja net g'schenkt hab'n, was glauben S' denn, ich bitt,
Euer Gnaden, so fahr' mr halt gegen Kredit!
Und Versprechungen strömen uns schaffelweis zur.
Na, da hab'n wir schon g'nur!

Es gibt einen Schnorrer – Sie wer'n ihn ja kennen –
Der will sich von seinen Gobelins halt nicht trennen.
Er bettelt mit aufgehobenen Händen
Um a Brot, doch er laßt keinen Teppich verpfänden.
Er kann ja nicht leben ohne Kultur!
Na, da hab' i schon g'nur.

Zur österreichischen Bank is einer gegangen,
Denn es steht auf der Note: sie zahlt sofort auf Verlangen
Das gesetzliche Metallgeld. Er besteht auf dem Schein.
Da sagt der Kassier: »Ja, was fallt Ihnen ein?
A Metallgeld! Gehn S' ham und geb'n S' a Ruh!
Da ham mer net g'nur!«

»Die Welt steht auf kein' Fall mehr lang«
(Lumpazivagabundus)

Es is kein' Ordnung mehr jetzt in die Stern',
D' Kometen müßten sonst verboten wer'n;
Ein Komet reist ohne Unterlaß
Um am Firmament und hat kein' Paß;
Und jetzt richt' a so a Vagabund
Uns die Welt bei Butz und Stingel z'grund.
Aber lass'n ma das, wie's oben steht,
Auch unt' sieht man, daß's auf'n Ruin losgeht.
»Ja, a Kontroll' muß halt sein, sonst gibt's kein' Kredit!«
So hab'n s' g'sagt, doch sie wer'n mit uns anders noch quitt.
Was ein richtiges Schaf is, gibt auch so seine Woll':
Jetzt krieg'n ma an' Dreck und dazu a Kontroll'!
Da wird einem halt angst und bang,
Die Welt steht auf kein' Fall mehr lang lang lang lang lang
Die Welt steht auf kein' Fall mehr lang.

Am Himmel is die Sonn' jetzt voll Kapriz,
Mitten in die Hundstag' gibt's kein' Hitz;
Und der Mond geht auf so rot, auf Ehr',
Nicht anderster, als wann er b'soffen wär';
Die Millistraßen oben, die verliert ihren Glanz,
Die Milliweiber ob'n verpantschen s' ganz.
Aber lass'n ma das – herunt' geht's bunt,
Herunt' schon sieht man's klar, die Welt geht z'grund.

Ich war jüngst im Theater, das vergesse ich nie,
Vom Stück weiß ich nix mehr, aber von der Regie!
Überm Orchester war a Steg und auf der Bühne a Treppen
Und g'spielt hab'n s' wie die Trotteln und applaudiert hab'n
die Teppen.
Da wird einem halt angst und bang,
Die Welt steht auf kein' Fall mehr lang lang lang lang lang lang
Die Welt steht auf kein' Fall mehr lang.

Der Mondschein, da mög'n s' einmal sag'n, was s' woll'n,
Ich find', er is auf einer Seiten g'schwoll'n;
Die Stern' wer'n sich verkühl'n, ich sag's voraus,
Sie setzen sich zu stark der Nachtluft aus;
Der Sonn' ihr' G'sundheit is jetzt auch schon weg,
Durch'n Tubus sieht man's klar, sie hat die Fleck'.
Aber lass'n ma das, was oben g'schiecht,
Herunt' schon sieht man, 's tut's in d' Länge nicht.
Nein, das wird sich nicht halten, wir brauchen an' Herrn,
Denn fürs Vaterland sterben die Leut' halt so gern.
Wann wir erst einen Kaiser hab'n, da is nacher ka Kunst,
Dann krieg'n ma das Fleisch und die Butter umsunst.
Nach'm Kaiser is uns halt schon bang,
Denn dann steht d' Welt g'wiß noch recht lang lang lang
lang lang lang
Denn dann steht d' Welt g'wiß noch recht lang.

Die Fixstern', sag'n s', sind alleweil auf ei'm Fleck,
's is erlog'n, beim Tag sind s' alle weg;
's bringt jetzt der allerbeste Astronom
Kein' saubre Sonnenfinsternis mehr z'samm';
Die Venus kriegt auch ganz eine andre G'stalt,
Wer kann davor, sie wird halt a schon alt.
Aber wenn auch ob'n schon alles kracht,
Herunt' is was, was mir noch Hoffnung macht.
Die Bankschieber, die retten uns – doch ziagt es sich hin.
Zuerst legen s' uns hinein und so lieg'n ma halt drin.
Dann retten s' uns wieder – da is's wieder aus.
Da hab'n s' g'sagt, ja die Notenbank, die reißt uns heraus.

Bis zur Rettung, da brauch'n ma noch lang –
Sie schieben sie halt auf d' lange Bank Bank Bank
Bank Bank Bank
Sie schieben sie halt auf d' lange Bank.

Mit den Himmelszeichen, da is's auch a G'schicht',
Der Schütz trifft halt den Löwen noch immer nicht;
Der Wassermann in so viel tausend Jahr',
Hat die Fisch' halt noch nicht g'fangt, 's is wahr;
Mit der Jungfrau, da is's auch a Sach',
's rennen ihr so stark die Zwilling' nach.
Aber lass'n ma das, was oben passiert,
Herunt' geht's zu, daß ei'm fast übel wird.
Wie der Wiener neulich unterging, schön langsam halt ging's,
Und der Wachmann bei der Oper, der rief: Bitte links!
Ja so geht das nicht, das geht ja drüber und drunter,
Jetzt gehn S' noch amal zruck und erst nacher gehn S' unter!
Ja, da wird einem halt angst und bang
Bei so einem U – unter – gang gang gang gang gang gang
Bei so einem U – unter – gang.

Da hab'n s' oben im Tierkreis sich zusammeng'funden,
Dem Stier den großen Bären aufgebunden.
Ja was fallt denn denen ein, der fallt nicht 'rein:
Der Stier wird doch am End' kein Wolff nicht sein!
Doch ginget man der Sache auf den Grund,
So is g'wiß der große Hund ein Grubenhund.
Dahinter steckt, das is doch klar, der Schütz –
In unserm Tierkreis macht er noch viel bessre Witz'.
Beim nächsten Erdbeben gibt's wieder a paar Stöß',
Da nimmt der Schuster die Bussole und schreibt's in die Press'.
Denn das ist nun einmal so der irdische Lauf:
Wenn die Welt untergeht, sitzt die Presse doch auf!
Da lachen die am Sirius sich krank,
Weil 's wieder einmal so gelang lang lang lang lang lang
Weil 's wieder einmal so gelang.

Die Herrn Kollegen, die von meinem Fach,
Die entdecken neue Stern' und denken nach,
Wie so ein Stern, den selbst am lichten Tag
Man doch nicht sehen kann, wohl heißen mag.
Ich bitt', wie können s' denn mit ihrem Geist
Herauskrieg'n, daß a Stern grad Zita heißt!
Ich glaub's ja selbst, daß sich das Firmament
Nach allem Allerhöchsten gern benennt.
Das haben die Sterne am Himmel so gern,
Im Herzen sind s' doch Monarchisten die Stern';
In der Republik gibt's kein' Orden, das hat keinen Reiz,
Und gibt es kein Sternkreuz, so is's für ein' Stern halt ein Kreuz.
Da wird ihnen halt angst und bang –
Die Republik steht auf kein' Fall mehr lang lang lang
lang lang lang
Die Republik steht auf kein' Fall mehr lang.

's geht droben drunter und drüber, das is gewiß,
Es scheint, daß 's jedem Stern schon schnuppe is.
Herunt' hat man zu wenig Angst davor,
Wie wir mit Bomben, schmeißen s' mit die Meteor'.
So mancher Glücksstern hat schon lang kein Glück,
Der Merkur gibt 's G'schäft auf und der Krebs geht z'rück.
Doch kennt kein Fixstern und auch kein Planet
Nicht unsre Pleite und nicht unser Gfrett.
Was wir immer projektieren, so lautet 's Programm:
Da kann man nix machen und die G'schicht geht net z'samm.
Uje, da gäb's Strophen zu diesem Kuplet!
Doch denk ich mir lieber: Euer Gnaden wissen eh.
's is g'scheiter, ich hör auf mit dem G'sang –
Denn sonst dauert's am End noch zu lang lang lang
lang lang lang
Sonst dauert's am End noch zu lang.

»Dieses G'fühl – ja da glaubt man, man sinkt in die Erd'!«
(Papiere des Teufels)

Man liest was von Nestroy und es kommt einem vor
Wie eine höhere Welt und ein tieferer Humor.
Doch die unsrige Welt liebt ganz andere Stück',
Denn sie schreitet im Fortschritt gewaltig zurück.
So riskiert man, wenn ein Stück von Nestroy ist aus,
Daß sich keine Hand rührt, daß man hört kein' Applaus;
Und die Leut' finden fad, was man selber verehrt . . .
Dieses G'fühl – ja da glaubt man, man sinkt in die Erd'!

Es war einst ein König, der hatte kein Land
Und außerdem leider noch weniger Verstand.
Paar Trotteln – paar andre – die raten ihm: Flieg z'rück,
Das ist für die Völker das allerhöchste Glück!
Voll froher Erwartung fliegt er hin durch die Luft,
Steigt ab und schon hört er, wie niemand Eljen ruft.
Da möcht' er wieder hinauffflieg'n – doch das ist jetzt erschwert . . .
Dieses G'fühl – ja da glaubt man, man sinkt in die Erd'.

»Sich so zu verstell'n, na da g'hört was dazu!«
(Der Zerrissene)

Auf der Welt, da gibts Räuber, Geld her oder Leben!
Ja Krieg ist halt Krieg, und Krieg wird's immer geben.
Und stets wird's den Staatsmann nach Kriegführ'n gelüsten
Und rüstet der eine, wird der andre auch rüsten.
Doch halt . . . nur diplomatisch! bei so nützlichen Werken
Darf der andre doch nicht unsre Absicht gleich merken.
Wir sind für den Frieden! Ohne Fürchten und Beben
Soll'n künftig die Lämmer mit den Löwen z'sammleben!
So sagt es der Löw' und frißt die Schafsköpf' im Nu . . .
Sich so zu verstell'n, na da g'hört was dazu!

»So gibt es halt allerhand Leut' auf der Welt!«
(Der Zerrissene)

Wenn S' mich nicht verraten, ich weiß eine Stadt,
Da is's bunt – daß der Herrgott seine Freud' daran hat!
Zwischen Verhungern und Erfrieren bleibt den einen die Wahl
Und sie sterben dahin ohne Lärm und Skandal.
Die andern, die leben mehr lärmend dahin
Und was die dort verlieren, is denen ihr G'winn.
Nichts stört sie und niemand, 's wird weitergepraßt;
Hier ist das Leben eine Lust und dort nur eine Last.
Die zahl'n nur mit dem Leben; aber die andern mit Geld . . .
So gibt es halt allerhand Leut' auf der Welt!

Alles, nur nicht die Gobelins!

Den Kunstschatz schützen sie, den wohlbewußten,
und jeder stöhnt und reißt sich auf die Brust.
Von eines Weltkriegs sämtlichen Verlusten
wär' dieser doch der schmerzlichste Verlust.

Denn die Kultur, sie ist ja doch das Letzte,
was bleibt uns denn, trägt man auch sie davon,
all jenes Köstliche, das uns versetzte
in eine noch weit höhere Region!

So protestieren sie aus allen Ecken,
in Sorge um die höchsten Güter nur.
Sie gönnen ja dem Volke das Verrecken,
man nehme ihnen nur nicht die Kultur!

Zwar fehlt die Nahrung, fehlen auch die Kohlen,
allein nicht dieser Umstand schafft den Schmerz.
Selbst als die Mona Lisa war gestohlen,
wars keinem Kenner weher um das Herz.

Wer schätzt sie nicht, die kostbaren Gewebe,
sie sind sogar im Ausland sehr beliebt,
und wichtiger als daß die Menschheit lebe,
ist, daß es Sehenswürdigkeiten gibt.

Nicht nötig ist es, Nahrung zu erwerben,
der Wiener kann auch so nicht untergehn.
Und andernfalls wird er in Schönheit sterben,
sonst kann ihm nix als höchstens das geschehn.

Hohn bieten die Vandalen unserm Leide
und sind für das Kulturbedürfnis blind,
indem sie für vergängliches Getreide
den Kunstschatz hinzugeben willens sind.

Wir aber schützen ihn mit reinern Händen,
das Hungerthema haben wir schon satt.
Wir lassen nimmer die Gobelins verpfänden,
wie einen Bissen Brot braucht sie die Stadt.

Von Lebensmitteln, wenn sie aufgegessen,
hat man doch zweifelsohne einen Dreck.
Der Teppich in Schönbrunn ist unterdessen
mehr haltbar und entspricht dem Lebenszweck.

Und Tag für Tag ertönt es fort im Chore:
Der Mensch, er lebt vom Brote nicht allein!
Nein, größer war fürwahr nessun dolore
und wer nicht von Kultur lebt, ist ein Schwein.

Wir haben etwas noch, woran wir glauben:
die Kunst, die nach Geschäften man genießt.
Sie wollen uns die Ideale rauben,
von denen man im Leitartikel liest.

Und jeder stöhnt und jeden hört man flennen
und jedem wird persönlich es geschehn:
Ach, von den Teppichen soll ich mich trennen?
Und hab, ich Tepp ich, keinen noch gesehn!

Kriegswelt

Sie waren bei Laune, es ging ihnen gut,
nur unser Leben hatten sie über.
Tags waren sie schon betrunken von Blut
und gossen des Nachts noch Wein darüber.

Sie lebten und lachten in Saus und Braus
und konnten nicht über Langweile klagen.
Und gingen ihnen die Menschen aus,
so haben die Zeit sie totgeschlagen.

Die Räuber

Nicht alles muß man sonst dem Räuber geben,
noch bleibt die Wahl, man hat es in der Hand.
Es heißt ja: Geld her oder Leben,
jedoch nicht: Gut und Blut fürs Vaterland!

Mißvergnügte der Republik

Die niedergebrannte Stätte ist leer
und im Rauch ist alles vergiftet.
Die Brandstifter sagen, die Feuerwehr,
sie habe den Schaden gestiftet.

Fortschritt

Was haben wir nur in all der Zeit
getrieben?
Wir sind mit dem Fortschritt vorausgeeilt
und hinter uns zurückgeblieben.

Der Zeit ihre Kunst

Wohl angepaßt ist ihrer Zeit
ihr ganzes Kunstgestalten;
sie sind schon von Natur bereit
und können ihr nichts vorenthalten.

Ihr Zeitgefühl ist nicht gering,
sie wissen, wann sie leben;
was jeder von der Zeit empfing,
will er getreu zurück ihr geben.

Der ganze Dreck erscheint auch mir
in dieser Zeit enthalten;
drum lasse ich mich nicht von ihr,
doch sie läßt sich von mir gestalten.

An die Sucher von Widersprüchen

Mein Wort berührt die Welt der Erscheinungen,
die darunter oft leider zerfällt.
Immer doch meint ihr, es gehe um Meinungen,
aber der Widerspruch ist in der Welt.

Die österreichische Lage

Kein Grund zum Pessimismus und
er hat auch keinen Zweck.
Zwar ist es wahr, man geht zugrund,
doch kommt man nicht vom Fleck.

Österreich bei der Molière-Feier

Tout comprendre c'est tout pardonner,
Euer Gnaden wissen eh.
Und uns kann nix g'schehn.
Was bleibt einem übrig bei den Zeiten, den teuern
als betteln zu gehn
und nach Paris, um Molière zu feiern?

Genua

Viel Schwatzen und Schmausen und Lungern
und Laufen und Saufen durch Wochen
in diesem lachenden Lenz.
Und nur eine Wahrheit gesprochen:
»Die Völker Europas hungern
nach dieser Konferenz.«

Im Untergang

Es schaudert mir, in dieser dunklen Zeit
vor Mensch und Menschenähnliches zu treten.
Fiebriges Licht belügt das große Leid;
auf Gräbern tanzend, um im Tanz zu töten,
nützt ihre Gier nur die Gelegenheit –
um Beute könnten sie zum Herrgott beten!
Ach, als der Bluttat einziges Ergebnis
erleben wir des Menschentums Begräbnis.

Es dorrt das Mark, es stöhnt das Lebensholz.
Unselige Zeit, der Baum trägt Zeitungsblätter!
Sie nennens Fortschritt und zum Abgrund rollts,
und nirgend zeigt sich der Natur ein Retter.
Geschändet liegt der hohen Schöpfung Stolz.
Wie kam ich in das gottverfluchte Wetter?
Wie wird in diesem Weltenlauf mir bange!
Es ist die Stunde vor dem Untergange.

Alles dahin. Nichts blieb als der Genuß,
den sie mit ihrer Seele zahlen mußten.
Gefallen ist der Menschheit Genius,
seit sie das Blut in Geld zu wandeln wußten.
Musik betäubt ein furchtbar mahnend Muß,
das Nachwort allen inneren Verlusten.
Sie können täglich noch in Kursen lesen
und fallen tiefer selbst, als sie gewesen.

Und gierig greifen sie nach Schmach und Spiel;
und dafür mußten jene Bessern bluten.
Auf Ehre speiend, zu der Selbstsucht Ziel
sich hastig ziffernd durch die Zeit zu sputen,
zertreten sie was vor die Füße fiel,
der Blick erstarrt vom Abglanz der Valuten.
Sie haben sich das Weh der Welt erworben.
Und jene Guten sind uns abgestorben.

Gekerbte Puppenmänner schreiten aus,
daß man die Brut an ihren Gürteln fasse.
Doch blutiger Wucher wohnt im sichern Haus,
daß er vom Tagwerk sich erholend prasse,
und überlebt den Sturz des Weltenbaus.
Oh wie ich diese Geldvampire hasse!
Sie trotzen lachend allen Galgensträngen –
wir waren längst zu schwach, sie aufzuhängen!

Ganz ausgeblutet, waren wir zu matt,
um vorerst unsern Mördern heimzuzahlen.
Die dürfen weiter auf der Leichenstatt
von den verblichnen Herrlichkeiten prahlen.
Des Wuchers aber werden wir nicht satt,
geduldig hungernd bei den Bacchanalen.
Es finden sich nach heldisch tollem Wähnen
todsicher ein die praktischern Hyänen.

Sie schlugen uns die Pranken tief ins Herz,
die wir um nichts als um die Nahrung sorgen.
All unser Denken zielt nicht höherwärts
als an die niedere Not sich zu verborgen.
Es stand ein schuldbeladnes Haus aus Erz,
dem danken diese Nacht wir ohne Morgen!
Wie hat sie uns in Tod und Not betrogen
die Majestät, die reiflich es erwogen!

Sie riß uns alle mit in ihre Gruft.
Ich hatte Atem noch, ihr nachzurufen,
mit jenem Ruf, der durch die Zeiten ruft
und bis hinauf zu des Gerichtes Stufen.
Und dringe durch die grauenvolle Kluft,
die Wahn und Wucher aus der Welt erschufen.
So duldet stumm! Es wird in lichtern Stunden
mein Mund doch diese Dunkelheit bekunden!

Silvesterruf an die Welt

Welt, wie starrst du doch von Lanzen,
und willst noch auf Gräbern tanzen,
nein, da schnür' ich meinen Ranzen,
denn das halt' ich nicht mehr aus!

Welt, wie hast du dich verändert,
seit dich Völkerhaß bebändert.
Ach wie bist du schwarz umrändert
und ein großes Totenhaus.

Doch du spottest deiner Trauer,
Himmelstrauben sind dir sauer,
Welt, vor dir faßt mich ein Schauer
bei dem frohen Grabgesang.

Welch ein Toben, welch ein Töten,
Rasen, ohne zu erröten
vor den besseren Planeten –
Welt, du wohnst im Untergang!

Sag, wie lange willst du's treiben?
Welt, dir wird nichts übrig bleiben,
als dich Jenem zu verschreiben
mit dem ganzen Inventar.

Nein, du packst ihn selbst beim Kragen,
Welt, du wirst den Teufel plagen,
und du könntest ihn vertragen,
wie er ist, mit Haut und Haar!

Welch ein Balgen, welch ein Johlen,
Welt, du wirst den Teufel holen,
hast ihm schon den Dreck gestohlen
und der arme Teufel weint.

Wo die Hölle schon auf Erden,
wirst allein du fertig werden,
Welt, du lachst der Angstgebärden,
weil dir noch die Sonne scheint.

Kennst nur Feld- und Winkelzüge,
Macht ist deines Lebens Lüge,
Welt, du willst, was nie genüge,
und du gierst und stierst nach Geld.

Tief gesunken, hoch erhoben
gegen einen Vater droben,
Welt, wie lange wirst du toben
unter einem Sternenzelt!

Reißen Waffen dich in Stücke,
fällst du einst durch deine Tücke,
wird das Weltall ohne Lücke
sich des Glücks der Fülle freun.

Ehrlos bis zu diesem Datum,
Mörderwelt post Christum natum,
wie verfluche ich mein Fatum,
Welt, auf deiner Welt zu sein!

An eine Heilige

Mutig trägst du die Last, daß sie die andern nicht drücke.
Liebend leihst du dein Licht allem was finster um dich.

Immer gibst du, als ob dein Sein allein nicht genügte;
dich zu wissen, beglückt mich mit dem herrlichsten Lohn.

Nimmer gibst du dich aus und einst wird selbst nicht
im Himmel
so viel Huld für dich sein, wie du hienieden vergabst.

Arbeit

Es engt mir allen Lebenstag,
es drängt mir zu bis in den Schlaf,
und ob ich auch entrinnen mag:
es denkt in mir ohn' Aufenthalt
und alles was mir einfiel, traf
mich mit vernichtender Gewalt.

Noch ging ich, wenn die Sonne brennt,
noch lange ging ich nicht zur Ruh.
Und ob die Zeit zum Ende rennt,
und ob sie mir vorbeigerannt:
es hält mich ab, es schließt mich zu;
ich bin an meinen Punkt gebannt.

Und was da wird, ob schlecht, ob gut:
ich tat es nicht, ich litt daran,
und weiß nicht, wer es für mich tut.
Er wird es immer weiter tun
und läßt mich, der es nicht getan,
dafür bei Tag und Nacht nicht ruhn.

Der Tag

Wie der Tag sich durch das Fenster traut,
schau ich auf den Platz,
staunend, daß der Nacht
noch ein Morgen graut,
die ich so durchwacht
ohne Freudenlaut,
aber immer bauend Satz auf Satz.

Wie der Blick sich durch das Fenster traut,
geht ein Wagen, geht,
langsam geht er hin
ohne Klagelaut.
Liegt ein Toter drin,
eine arme Haut.
Und ich geh zurück an mein Gebet.

Todesfurcht

Hab verlangend alles schon empfangen,
allen Wechsel, den es gibt auf Erden:
aller Lust und allerlei Beschwerden
froh und unfroh immer wieder werden.
Und dazwischen ist die Zeit vergangen.

Neugier regt sich nach dem andern Kreise,
wie mags, frag ich, drüben nur bestellt sein;
und ob schwierig die besondre Reise,
und ob ich auf wunderbare Weise
werde wiederum auf meiner Welt sein.

Immer das Erlebte zu erleben,
lüstet mich, ich will es frei bekennen;
immer dieses zwischen Feuern schweben,
dieses atemlose Lastenheben
und dies hoffnungslose Herzverbrennen.

Ist's dort grün wie meine Kinderstunden?
Ist der Tag dort grau wie meine Tage?
Warten alle Wunder, aller Wunden
Wonnefieber, schmerzliches Gesunden,
aller Wollust wechselvolle Plage?

Bleib ich aller Feuerflammen Beute
und erhitzt von allen Hindernissen?
Glüht mir dort der helle Haß des Heute,
und entflammen mich die kalten Bräute?
Ach ich brenne schon, es nur zu wissen!

Was sich so lebendig mir verdichtet,
was mit Aug und Ohr ich je erworben,
nimmer sei von mir darauf verzichtet!
Anders werde dieser Streit geschlichtet
und das Leben nur zum Teil gestorben!

Einverleibt der Welt, der es entbrannte,
will es nimmer sich vom Leben trennen.
Wenn ich sie nicht mehr mit Namen nannte,
die ich bis zum letzten Blick erkannte,
würde sie sich selbst nicht mehr erkennen.

Wortverbunden bleib ich den Gestalten,
gegen die ich mich des Geistes wehre.
Nimmer würde anderen Gewalten
wehrlos ich mich zur Verfügung halten
dort in einer wortverlassnen Leere.

Dreist entreiß ich mich dem faulen Frieden,
nichts zu haben als die Totenstille.
Sie zu meiden, will ich nicht ermüden;
da zu bleiben, wenn ich abgeschieden,
fortzuleben sei mein letzter Wille.

Todesfurcht ist, daß Natur mich bringe
einst um alles mir lebendige Grauen.
Jener ewigen Ruh ist nicht zu trauen.
Ich will leiden, lieben, hören, schauen:
ewig ruhlos, daß das Werk gelinge!

WORTE IN VERSEN
VII

MEINER SCHWESTER MARIE

Die Nachtigall

Ihr Menschenkinder, seid ihr nicht Laub,
verweht im Wald,
ihr Gebilde aus Staub,
und vergeht so bald!
Und wir sind immer.

Wir verkünden euch den Wechsel im Jahr,
ihr fragt uns um Rat
und wir sagen euch wahr
und wir führen die Tat.
Wir weben und wissen.

Ihr habt das Gesetz, wir haben die Welt
und uns ist erlaubt,
was uns gefällt.
O kommt und glaubt!
Wir lieben Verliebte.

Zuerst war Eros im goldenen Licht
und wir wurden im Hag
als sein Hochgedicht
am strahlenden Tag
von ihm erschaffen.

Wir Vögel, vor den Göttern erwacht,
der Tiefe entstammt,
wir Enkel der Nacht,
vom Tag überflammt,
wir sind die Liebe!

Imago

Bevor wir beide waren,
da haben wir uns gekannt,
es war in jenem Land,
dann schwand ich mit dem Wind.

Dann flog ich mit der Zeit
und keinem ließ ich Ruh
und blickte stets dir zu
und immer war ich fort.

Und immer war ich da,
ich schenkte, was du schenkst,
du denkst, weil du mich denkst,
ich gab mich überall.

Du nimmst mich überall,
ich bin im Lebensqualme,
ich sprieße aus dem Halme,
die Welt hat meinen Blick.

In einen Hund verliebt,
in jede Form vergafft,
mit jeder Leidenschaft
ist mir dein Herz verbunden.

Vor jeder Melodie,
die dir ein Bettler spielt,
stehst du tief eingewühlt
und nennest meinen Namen.

Ich schwand und schwand dahin
im süßen Michverschwenden,
um nimmermehr zu enden
in deinem Dank dafür.

Und reiner taucht mein Bild
aus jeglicher Verschlingung,
wie du aus der Durchdringung
der Erde steigst empor.

Nächtliche Stunde

Nächtliche Stunde, die mir vergeht,
da ich's ersinne, bedenke und wende,
und diese Nacht geht schon zu Ende.
Draußen ein Vogel sagt: es ist Tag.

Nächtliche Stunde, die mir vergeht,
da ich's ersinne, bedenke und wende,
und dieser Winter geht schon zu Ende.
Draußen ein Vogel sagt: es ist Frühling.

Nächtliche Stunde, die mir vergeht,
da ich's ersinne, bedenke und wende,
und dieses Leben geht schon zu Ende.
Draußen ein Vogel sagt: es ist Tod.

Der Grund

Warum mich das Leben nicht freut,
wenngleich ich es nie genossen?
Würgende Stimmen der Zeit
wohnen in mir verschlossen.

Warum ich vom Leben nicht lasse,
wenngleich es mich nie gefreut?
Wurzelnd dort wo ich hasse
wachse ich über die Zeit.

In diesem Land

In diesem Land wird niemand lächerlich,
als der die Wahrheit sagte. Völlig wehrlos
zieht er den grinsend flachen Hohn auf sich.
Nichts macht in diesem Lande ehrlos.

In diesem Land münzt jede Schlechtigkeit,
die anderswo der Haft verfallen wäre,
das purste Gold und wirkt ein Würdenkleid
und scheffelt immer neue Ehre.

In diesem Land gehst du durch ein Spalier
von Beutelschneidern, die dich tief verachten
und mindestens nach deinem Beutel dir,
wenn nicht nach deinem Gruße trachten.

In diesem Land schließt du dich doch nicht aus,
fliehst du gleich ängstlich die verseuchten Räume.
Es kommt die Pest dir auch per Post ins Haus
und sie erwürgt dir deine Träume.

In diesem Land triffst du in leere Luft,
willst treffen du die ausgefeimte Bande,
und es begrinst gemütlich jeder Schuft
als Landsmann dich in diesem Lande.

An den Bürger

Daß im Dunkel die dort leben,
so du selbst nur Sonne hast;
daß für dich sie Lasten heben,
neben ihrer eignen Last;
daß du frei durch ihre Ketten,
Tag erlangst durch ihre Nacht:
was wird von der Schuld dich retten,
daß du daran nie gedacht!

Naturgewalt

Ihr klammert euch an den Besitz.
Das hat was, sagt ihr, von Naturgewalten.
Versteht sich, nur der Trieb, ihn zu erhalten;
und dementsprechend würdig zu verwalten.
Das ist der beste Menschheitswitz.
Denn das Verlangen, sich in den Besitz erst zu setzen,
wozu sie jene, die ihn nicht haben, verhetzen,
ist entgegen den göttlichen Gesetzen!

Habgier und Habgier

Ja freilich Habgier: Die es nicht haben,
die möchten's darum den anderen nehmen;
die noch nicht gespeist haben, sind noch nicht satt,
noch lebend, lechzen sie, sich zu erlaben.
Doch hätte die Habgier dessen, der hat,
nicht eher sich vor der andern zu schämen?

Den Monarchisten

Wollt ihr die altgewohnten Symbole,
mit denen das Volk der Teufel hole?
Sinnliche Zeichen für Begriffe,
womit auf dem letzten Loch es pfiffe?
Hier wäre nichts Neues dazu erworben,
denn auf die Art sind sie schon einmal gestorben.

Standpunkt gegenüber der Revolution

Nur nicht vom Kaiser abgewandt!
Seht, Wallensteins Diener wehrt dem Ungestüm.
Der arme Mensch! Er hat im Kärntnerland
ein kleines Gut und sorgt, sie nehmen's ihm.

Österreichs Pietät

Die Republik Pensionen bezahlt
Vampiren, Lemuren, Chimären.
Haben wir schon kein Blut mehr, so müssen wir halt
die Blutsauger anders ernähren.

Die Kriegsgurgel

Daß nicht drossle die Kehle
der goldene Kragen!
Damit er weiter befehle,
daß Herzen aufhören zu schlagen.

Derselbe

Daß die Jugend er in den Tod gesandt,
an ihm niemand räche!
Er sterbe für das Vaterland
an Altersschwäche.

Wilhelm

Man tat ihm unrecht, hat zu spät erfahren,
daß er den Krieg gewann.
Er steht in seinen Memoiren
als Mann.
Und der Beweise, daß er nicht geprahlt,
gibts doch genung:
last not least, Amerika hat ihm bezahlt
eine Kriegsentschädigung.

Schluß!

Die Schreiber haben den Krieg begonnen
und den Generalen ist er mißlungen.
Aber wenn er auch nicht gewonnen,
so haben sie doch Erinnerungen.

Jetzt scheint denn diesen nichts übrig zu bleiben,
als wie jene zu tun und gleichfalls zu schreiben.
Und erst dann ist vorbei aller Kriegesschrecken,
wenn diese und jene die Feder strecken.

Frommer Brauch

Warum macht die Reichspost bereits
zu jeder Reklame ein Kreuz,
tät' mich einer da fragen.
Das war sicher kein Christ,
weil er wahrscheinlich sonst wüßt',
daß sie Vergelt's Gott! will sagen.

Im Zeichen des Kreuzes

Dies Gebet soll uns stärken:
Was wir so merken,
es dient frommen Werken,
in diesen Rubriken
läßt man sich entrücken
und uns soll es glücken,
hier ist es nicht weltlich,
sondern entgeltlich
und per Zeile erhältlich,
wir feiern die Messe,
Gott helfe der Presse
im eignen Interesse,

er möge vor Stürmen
die geehrten Firmen
schützen und schirmen
und zu fernern Aufträgen
soll er sie bewegen,
wir machen den Segen
in seinem Zeichen und Namen
auf Textreklamen.
Amen.

Christentum

Seelsorger nennen sich die Pfaffen,
denn sie preisen die Presse und segnen die Waffen.
Jubilate!
Und schon dies mag auf Erden zum Trost euch gereichen:
Giftgase tragen das Kreuzeszeichen,
und Textinserate.

Was bezahlt ist, erkennbar zu machen,
verlangt das Gesetz, das war ja zum Lachen
und ein Richter sagte, sie hätten recht,
weil solches Verlangen übertrieben sei:
denn daß für jede Reklame geblecht
und keine Zeile gratis geschrieben sei,
das, sagte Herr Wessely, wisse in Wien
der gebildete Leser ohnehin.
Die Presse, von diesem Wahrspruch entzückt,
hat weiter genommen und eingerückt.
Irgendwo war irgendein Hinweis versteckt,
welchen Handel das Zeichen des Kreuzes da deckt:
die Butter am Kopf roch bereits etwas ranzig,
von P. G. stand was da und von 26.
Wenn der gebildete Leser im Zweifel wäre,
so gab ihm das Landesgericht noch die Lehre,
sich bei solcher Lektüre nicht zu bequemen,
nein, auch das Gesetzbuch zur Hand zu nehmen.
Denn die Zeitungen seien die höhern Gewalten,
doch die Leser verpflichtet, sich an die Vorschrift zu halten.
Daß die Presse vom Preßgesetz sich losmacht,
kein Wunder: vis major und sechste Großmacht.
So ungefähr reimte sichs Wessely,
der sein Intresse jenem der Presse lieh.
Doch gibts nicht nur Kellner, bitte sehr bitte gleich,
sondern auch Richter in Österreich.
Und von der Justiz nahm die höchste Instanz
die Schande und gab sie der Presse ganz.
Vorbei die Hoffnung, sichs doch noch zu richten,
um nicht auf den Schandlohn ganz zu verzichten.
Gezwungen, von dem Lohn sich zu trennen
oder die Schande ganz zu bekennen,
zieht, wer heutzutage kein Tor,
ohne Federlesen das letztere vor.
Will eine lieber prostituiert sein,

so muß es halt deutlich angeführt sein;
und nicht der Leser muß sich bequemen,
sondern die Zeitung, das Büchl zu nehmen.
Hatte sie ohnedies durch das Kreuz
beim Käufer schon etwas verloren an Reiz,
so trägt sie wie keine andere Dirne
nunmehr das Berufszeichen auf der Stirne.
Die totale Enthüllung verringert den Lohn,
denn man zahlte ja doch für die Illusion,
und den Leser kann sie nun nicht mehr betrügen.
Doch hofft sie noch Kundschaften dranzukriegen,
die da meinen, daß es ein Publikum gibt,
vor dem sie sie um ihrer selbst willen liebt.
Denn gibt es so manches bei dem Leben,
so muß es auch solche Käuze geben.
Diese letzte Hoffnung, es werde ihr glücken,
bewegt sie, das Schandmal sich aufzudrücken
und lieber in Ehren am Striche zu gehn
als ganz ohne Schandlohn dazustehn.
Denn besser ein magerer Gewinn bei dem Handel
als nichts durch soliden Lebenswandel!
Keine Aussicht mehr, die Welt anzuschmieren
mit dem öffentlich Meinen und sich geheim Prostituieren.
Vollzieht sich selbst dieses nun öffentlich,
so macht man die Rechnung kurz durch den Strich.
Ist die Schande auch größer als der Gewinn,
so bleibt doch zuweilen im Strumpf was drin.
»I bin a Hur!«: mit Müllers tragischer Miene
entschloß sich die Presse als Heroine;
und schrieb's an die Spitze der ersten Seite
und bot gleich zum Kauf den Passanten die zweite
und sie, die seit jeher schon immer erhältlich,
bekannte nun deutlich, wo sie entgeltlich.
Das brauchte nicht langes Überlegen,
nicht gerne tut man's, man tut's aber doch.
Und wahrlich, das caudinische Joch
war eine Siegespforte dagegen!

Definitionen

Leben ist, wenn es längst schon kein Leben.
Freiheit ist, wenn Gewalt gleich daneben.
Behörde ist, wenn man sichs richtet.
Zeitung ist, wenn es meistens erdichtet.
Gerücht ist, wenn man nicht weiß, wer's erlogen.
Geschäft ist, wenn man gleichfalls betrogen.
Ordnung ist, wenn man die Unordnung duldet.
Ruin ist, wenn er meist selber verschuldet.
Friede ist, wenn man ihn nicht kann erlangen.
Krieg ist, wenn man nicht angefangen.
Mut ist, wenn oberster Kriegsherr befiehlt.
Gut und Blut ist, wenn Vaterland mordet und stiehlt.
Republik ist, wenn halt nicht Monarchie ist.
Monarchist ist, wenn man ein Vieh ist.
Majestät ist, wenn sie geruht hat.
Kritik ist, wenn man auf wen eine Wut hat.
Theater ist, wenn Direktion in Krisen.
Frühling ist, wenn Herbst auf den Wiesen.
Adel ist, wenn es zu nichts verpflichtet.
Andacht ist, wenn man's vor Leuten verrichtet.
Moral ist, wenn grad niemand dabei ist.
Zweifel ist, wenn es ganz einerlei ist.
Glaube ist, wenn man jenseits den Lohn hat.
Ruhm ist, wenn man sonst nichts davon hat.
Flucht ist, wenn Siegfriedstellung bezogen.
Zusammenbruch ist, wenn alles reiflich erwogen.
Abgrund ist, wenn man davor immer stehn tut.
Wunder ist, wenn es trotzdem gehn tut.
Sanierung ist, wenn die Toten gesunden.
Justiz ist, wenn die Augen verbunden.
Inserat ist, wenn es unten ein Kreuz hat.
Gesetz ist, wenn Umgehn seinen Reiz hat.
Abgeordneter ist, wenn man gegen alles immun ist.
Volkszählung ist, wenn nichts Gscheitres zu tun ist.
Tugend ist, wenn es vorbei mit dem Durst ist.
Staat ist, wenn schon eh alles wurst ist.

Goetheaffen

Und kann ich die Talente nicht verleihen,
Verborg' ich wenigstens das Kleid.

Nun tragen sie's und werden täglich dreister.
Der legt den abgelegten Schlafrock an,
der hat sich eingespielt in Wilhelm Meister
und spricht mit sich als seinem Eckermann.
Allwärts umblickend, weit und breit gesinnt,
notiert geruhig er, was man so find't,
scheint briefzuwechseln gar mit einem Kind.
Und siehe, im Olympischen nicht faul,
verachtet er wie jener den Jean Paul
und tut sich um und um in Weimars Landschaft,
mit dem Bewußtsein tiefster Wahlverwandtschaft.
Träf' ihn so allverklärt und heidnisch-fromm
Poincaré, er spräch': voilà un homme!
Stirbt er dereinst, so fehlt das Letzte nicht,
der Zweifel, ob es lautete: Mehr Licht!
Den drängt es faustisch ohne viele Faxen,
denn er ist bei den Müttern aufgewachsen.
Was er nicht fühlt, er wird es sich erjagen
und magisch-kophtisch-orphisch sich ergehn,
im Nachgefühl zum Augenblicke sagen:
Verweile doch, man wird ja doch da sehn!
Der, angefrischt, eratmet im Ergetzen,
der mögte sich in einen Hofkreis setzen,
der fühlt sich wühlend mit dem Tonfall treiben,
der wird im July an Ulriken schreiben
und wenn auch mühsam, wird's ihm doch gelingen,
hiebei kein grades Wort hervorzubringen.
Und er begibt sich schon, des zum Beweise,
aus dem ihm angenehmen Hoheitskreise,
stracks auf die dritte italiänische Reise.
Von dort jedoch, fällt grade ihm nichts ein,
schreibt er es angelegentlich der Stein.

Der eine macht es mit der Frohnatur,
der andere hat vom Vater die Statur.
Der reimt sich was vom Lieben und vom Leben,
das wird ein artig Angebinde geben,
denn er hat es vom Leben wie vom Lieben
des alten Goethe einfach abgeschrieben.
Doch daß die Ähnlichkeit tritt ganz hervor,
fehlt ihm fürs Lustspiel jeglicher Humor.
Drum zeigt man besser gleich das ernste Führen;
da müßt' man sich im Karlsbad nicht genieren.
Und dort gefiel' ihm sicherlich, ich wette,
nebst allerlei das Chor der Operette,
und besser hat's, so fände er am End',
kein Neutrum als das alte Kontinent.
Nur daß vergebens man, kein Glück ist ganz,
zur Kur und Cour erwartet seinen Franz.
Mit Goethes höherer Muse sich begatten
erweist sogleich: die Frau ist ohne Schatten.
Zieht uns hinan dies Ewig-Weibliche,
dort war's getan, das Unabschreibliche.
Reckt zur Bedeutung sich das Vergängliche,
wird Ereignis der Zeitung das Unzulängliche.
Mit klassizistisch gemessner Gebärde
erlebt sich gar noch dieses Stirb und Werde;
Urväter Hausrat ein Divan ziere,
daß man west-östlich sich orientiere;
und sowieso befaßt mit Altertümern,
braucht man sich fürder nicht zu bekümmern,
denn wer schon vom jungen Goethe geborgt,
der hat auch fürs Alter ausgesorgt,
und muß von Natur man mit Wasser kochen,
man nimmt, und wenn die Welt voll Teufel wäre,
dazu osteologisch ein paar Knochen
und wirft sich einfach auf die Farbenlehre.
Über derlei hat sich noch niemand beschwert,
denn das Delikt ist im Begehen verjährt,

und keiner hat, wenn's so vollkommen klappt,
den Täter je auf frischer Tat ertappt;
und dem wird im unwiderstehlichen Zwange
bei seiner Goethe-Ähnlichkeit nicht bange.
Doch was immer von diesem sich einer auch leiht,
den Tonfall, die Haltung, das Alterskleid,
eins haben sie bis heut nicht nach Hause getragen –
was doch jeder Deutsche von Goethe hat,
das täglich von allen Zungen genannte,
freilich von keiner noch angewandte
– und gerade ihnen ließ er es sagen –:
das am besten bekannte Goethe-Zitat.

Thyrsigeri multi, paucos afflavit Iacchus

In einem Wörterbuch find' ich das gottvolle Wort.
Wer wohl der Schöpfer war, der solches Anschaun gewährt hat
und den Kontrast gestellt, stärker als in dem Wort
christlich ordnender Güte, das zur Erklärung daneben
und, die nicht auserwählt, die Berufenen nennt.
Viele Stabträger sind, doch wenig von Bacchus Erfüllte;
und die Letzten der Kunst werden die Ersten nicht sein.
Lärmend erraffen sie zu Efeu und Weinlaub den Lorbeer
und sie tragen den Stab, ohne des Gottes zu sein.
Thyrsigeri multi: es sondert die Spreu von dem Weizen,
und es bricht über sie, Unberufne, den Stab.

Wiedergeburt

Lange Jahre war das Theater verraten
an Kastraten und Literaten.
Wann bringt die Zeit wieder Spiele hervor,
die Bühnenfüllenden, die Lebendigen,
oder wann raffen empor sich die Toten
und heften die Warnung ans Bühnentor:
Den hier Unzuständigen
ist der Eintritt verboten!

Theaterkritik

Will man den verkehrten Weltlauf besehen,
so blicke man auf die Theaterwelt.
Die weniger als die andern verstehen,
die sind zum Urteilen angestellt.

Nach Laune zu loben und dumm zu verdammen,
mit fertiger Ansicht gehn sie ins Haus;
sie stecken bisweilen die Köpfe zusammen,
und doch kommt am Ende kein Kopf heraus.

Sie haben vor vielen, die auch nichts meinen,
das Amt voraus, es ihnen zu sagen,
und lassen es schwarz auf weiß erscheinen,
was sie getrost nicht nach Hause tragen.

Eros der Szene

Die einen finden es heiter,
wenn Hans die Grete bekäm'.
Die andern gehen schon weiter
und machen daraus ein Problem.

Dort ist noch die Sache verboten
und darum sagen sie's laut.
Hier schürzt sich ein gordischer Knoten
aus einer Jungfernhaut.

»Da hab' i schon g'nur«*
(Der Talisman)

Tänze des Grauens, des Lasters und der Ekstase –
Damit tanzte man uns durch Wochen auf der Nase,
Und was uns nebstbei noch ganz schauerlich packte,
Das waren die täglichen Schulden und die gebrochnen
Kontrakte.
Eine hat nix an als a Monokel und tanzt Beethoven dazur ...
Da hab' i schon g'nur.

Ich les' gern die Zeitung, da erfährt man was Neu's,
Und alles was erlogen is, kriegt man schwarz auf weiß,
Und alles was bezahlt is, steht so prächtig vereint
Mit allem, was die Presse nicht glaubt, aber meint.
Und im Notfall machen s' halt noch ein Kreuzel dazur ...
No is das net g'nur?

Nach ei'm Krieg gibts kein' Frieden, doch ein Krieg folgt
darauf,
Der Strom der Entwicklung nimmt den um'kehrten Lauf.
Und kein Strom, wo nicht Blut strömt, sie sind es gewohnt so;
Nach Marne und Weichsel und Somme und Isonzo
Gehts zur Abwechslung jetzt wieder los an der Ruhr.
Die hab'n noch nicht g'nur!

Der Nestroy'sche Geist durch die Zeiten erglänzt:
Das zeigt sich noch, wenn sein Couplet man ergänzt.
Was immer heut g'schieht, ihm kann nix geschehn –
Er bietet die Spitze mit seinem Refrain.
Doch am End' muß ein End' sein; geb ich weiter was zur,
So hab'n S' am End' g'nur.

---

* Siehe Band VI

»So gibt es halt allerhand Leut' auf der Welt«*
(Der Zerrissene)

Im Krieg haben die Leut' sich verschieden bewährt:
Der eine, der hat vier Jahr' unter der Erd'
Gelebt und ist nachher gleich unten geblieben;
Der andere hat anders die Zeit sich vertrieben,
Der fand es im Feld viel zu fad und zu stier
Und auch sicherer schien's ihm im Pressequartier.
Der dort kriegt Narben und der da kriegt Orden;
Der eine muß sterben, der andere kann morden,
Denn sein Feld ist, mit der Feder zu führen ins Feld.
So gibt es halt allerhand Leut' auf der Welt!

Vom Numerus clausus ist viel jetzt die Red',
Das heißt auf deutsch: weniger Juden für die Fakultät.
Und ich hab' 'glaubt, sie woll'n einführ'n, daß weniger Idioten
Sich Doktor soll'n nennen und die's schon sind, wern verboten.
Noch heut sich der Mars seinen Buckel voll lacht,
Wie s' im Weltkrieg den Friedrich zum Ehrendoktor g'macht,
Also so einen, der von der Philosophie
Bloß die allerletzte Silbe und selbst die nur mit Müh
Kapiert hat – aber er war halt ein glorreicher Held . . .
So gibt es halt allerhand Doktoren auf der Welt.

Der Breitbart und ich, wir haben vieles gemeinsam.
Der Unterschied is: er schafft weniger einsam;
Auch kann er weit besser noch Ketten zerbeißen,
Aber schließlich, auch er kann nix als niederreißen.
Mit'n Aufbaun, da stehts eben bei uns beiden schief
Und jeder von uns is halt nur negativ.
Zwar könnt' ich mich nicht produzier'n beim Ben Tiber,
Auch glaub' ich, es hat ihn die Presse doch lieber.
Wenigstens hat sie von ihm schon weit mehr erzählt . . .
So gibt es halt allerhand Künstler auf der Welt.

---

* Siehe Band VI

»Ja, Spaziergäng' zu machen, das ist eine Pracht,
Wenn man so den stillen Beobachter macht«
(Eine Wohnung zu vermieten in der Stadt, Eine Wohnung zu vermieten in der Vorstadt, Eine Wohnung mit Garten zu haben in Hietzing)

Ich hab' heut nimmer 'glaubt, daß ich z' Haus kommen wir',
Denn so gut unterhalten hab' ich mich noch nie,
Z'erst bin ich a wen'g auf der Seilerstatt g'west
Und hab' Spargeln ein'kauft zum heutigen Fest;
Das war auf der Seilerstatt wirklich a G'spaß,
Verliert a Frau vor mir g'rad drei Vierting Kas,
Eine kauft einen Butter, der fallt ihr auf d' Erd',
Wie der Butter hat ausg'schaut, das war der Müh' wert.
Ja, Spaziergäng' zu machen, das ist eine Pracht,
Wenn man so den stillen Beobachter macht.

Dann bin ich über'n Graben 'gangen, schau' mir all's an,
Da hab'n d' Fiaker in ei'mfort g'schrieen: Fahrn wir, Euer Gnad'n?
Beim Schottentor hab'n s' a neue B'schreibung verkauft,
Und ein Milliweib hat mit ei'm Bettelweib g'rauft;
Einer Fleischselcherin war 's halbe G'sicht ganz verschwoll'n,
Und ein Pudel hat sieb'n Saverlatiwürst g'stohl'n,
A Frau bei die Fleischbänk' unt' am Lichtensteg,
Geht g'rad, wo's am schmutzigsten war, über'n Weg,
Ja, Spaziergäng' zu machen, das ist eine Pracht,
Wenn man so den stillen Beobachter macht.

Denk' ich mir, durch die Kärntnerstraße gehst halt zurück –
Aber da war's gefehlt und da hatt' ich kein Glück.
Hunderttausend Beobachter wie ich waren schon da,
Aber die waren nicht still, sondern machten a G'schra.
So was von einer Menschheit hab' ich noch nicht gesehn,
Denk' ich mir, ja was gibst denn, was is denn geschehn?
Man weiß nichts Gewisses – man munkelt – es heißt –:
In ei'm G'schäft drin is einer, der Ketten zerbeißt.
Ja, Spaziergäng' zu machen, das ist eine Pracht,
Wenn man so den stillen Beobachter macht.

»Nein, ich reis' nur nach Fischamend«
(Weder Lorbeerbaum noch Bettelstab)

Viele fahren über Hütteldorf bis nach Paris,
Dort verspiel'n s' ihr Geld, uj', da machen s' a G'fries.
Viele fahren nach London, bloß so zum Vergnüg'n,
Dort boxen s' dann, bis s' a paar Rippenstöß' krieg'n;
Von dort über Petersburg g'schwind hin nach Mainz,
Dann machen s' ein' Abstecher übri in die Schweinz,
Da steig'n s' auf die Gletscher, tun Wegweiser zahl'n
Und kraxeln so lang, bis s' auf d' Nasen herfall'n.
So was ging' mir ab vor mei'm End',
Nein, ich reis' nur nach Fischamend.

Eine Reise nach Asien, so was ist brav,
Da nehmen s' ein g'fangen, dann ist man ein Sklav'.
In Amerika d' Wilden, na, da ist's erst schön,
Die braten ein' lebendig, hernach kann man gehn.
Vor Afrika warnt ein jeder, der's kennt,
Fallet ich so einem Negerhändler in d' Händ',
Der malt mich mit Kienruß, wer schützt mich davor,
Mischt mich unter d' andern, verkauft mich als Mohr;
So was ging' mir ab vor mei'm End',
Nein, ich reis' nur nach Fischamend.

No ja, nach'm Nordpol, da ginget's zur Not,
Aber wissen S', in Lundenburg, da schlagen s' einen tot.
Wann bei mir ein Finanzer ein Schnupftüchel find't,
Wie komm' ich über Grußbach hinaus oder Gmünd?
Mit die Grenzen is's z'wider und das is kein Spaß,
Passiert's ei'm in Passau und man hat keinen Paß.
Da machen s' ein' Wirbel, da gibt's eine Soß,
Ja, beim Reisen is nix als die Wut grenzenlos.
Herrgott, wer kann's wissen, am End'
Brauch' ich noch ein Visum für Fischamend!

»Dieses G'fühl – ja da glaubt man, man sinkt in die Erd'«*
(Die Papiere des Teufels)

Verlockt von der Aussicht auf Schlachtruhm und Kohlen,
Kamen sie an die Ruhr, um sich beides zu holen.
Doch das geht nicht so leicht, wie sie anfangs geglaubt,
Und man sammelt bloß feurige Kohlen auf ihr Haupt.
Und die glühenden Kohlen, auf denen sie sitzen,
Die können zu keinem Transport sie benützen.
Nur ein Schlachtruhm wär' zu holen, doch der Schacht ist versperrt . . .
Dieses G'fühl – ja da glaubt man, man sinkt in die Erd'!

»Unsere Leut' sind gar g'scheit, hab'n zum Kriegführn ka Freud'«
(Judith und Holofernes)

Krieg von allen Seiten, drum geht auch per se
Auf Urlaub die ganze hebräische Armee;
Der eine hat a Weib und fünf Kinder in der Wiegen,
Der andre wohl nicht, aber er kann s' ja noch kriegen.
Kurz, jeder geht ham. Die Völker, die's nicht verstehn,
Spotten freilich, wenn s' uns sehn mit Waffen herumgehn,
Wir tragen die Waffen nicht als Luxus bloß, wie mancher meint,
Wir müssen doch was haben, was wir strecken vorm Feind.
Unsere Leut' sind gar g'scheit,
Hab'n zum Kriegführn ka Freud'.

Wie Gott freie Wahl unter allen Völkern hat g'habt,
Hat er ohne viel Besinnen auf die Hebräer gleich 'tappt.
Wir sind seine Passion, drum werd'n wir auch reussieren,
Ohne daß wir mit Schlachten uns abstrapazieren.
Tut der Himmel aber auf unsern Fall spekulieren,
Nutzt's uns nix, wenn wir den Feind und uns selbst malträtieren;
Wir Hebräer haben Wunder genug in unsrer G'schicht',
Auf die Wunder der Tapferkeit leisten wir Verzicht.
Unsere Leut' sind gar g'scheit,
Hab'n zum Kriegführn ka Freud'.

---

* Siehe Band VI

Krieg von allen Seiten, das ist ein Vergnügen, ich weiß.
Erst lernte die Welt preußisch, jetzt is der Franzose ein Preuß.
Sie haben halt Waffen und die gehen halt los,
Und kommt der Preuß' nicht nach Paris, möcht' nach Berlin der Franzos.
Nur ihr Gott ist gemeinsam und eh sie im Feld sich begegnen,
Muß er, ob er will oder nicht, ihre Waffen gschwind segnen.
Denn sie sind nicht bloß Mörder, Gott verhüte den Spott,
Sie sind doch auch Christen und glauben an Gott!
Unsere Leut' sind gar g'scheit,
Hab'n zum Kriegführn ka Freud'.

Kruzitürken, das ist ja doch gar kein Malheur,
wir stehn Schulter an Schulter in schimmernder Wehr,
uns kann nichts geschehn, wir sind sturmerprobt
und Majestät haben die Truppen belobt!
Das Lamentier'n hat wirklich doch gar keinen Sinn,
so ein feindlicher Sieg ist nur ein Anfangsgewinn.
Da bin ich beruhigt, 's wird weiter nichts sein,
da setzt man halt neue Reserven gschwind ein,
und wenn wir halt keine Reserven mehr haben –
na so lass'n wir uns deswegen halt auch nicht begraben!

Kruzitürken, das ist ja doch gar keine Schand,
unsere artilleristische Überlegenheit ist bekanntlich bekannt.
Nicht durch Feindesgewalt, nur durch Hunger besiegt
ist der Spatz an der Front; aber wir hab'n was kriegt!
Das Lamentier'n hat wirklich doch gar keinen Sinn,
man muß sich nur trösten, denn hin ist doch hin.
Da bin ich beruhigt, 's wird weiter nichts sein,
da setzt man halt neue Konserven gschwind ein,
und wenn wir halt keine Konserven mehr haben –
na so lass'n wir uns deswegen halt auch nicht begraben!

Brunnenvergiftung

Die diesem Versstück unterlegte Geschichte soll keinesfalls als die Anekdote unterschätzt werden, wie ich sie an den Titel eines antisemitischen Zeitungsartikels angesponnen habe. Die Kriegserklärung Deutschlands an Frankreich im August 1914 ist zwar mit der Lüge realer Bomben auf Nürnberg begründet worden, aber zur Aufpeitschung der Kriegsleidenschaft hat auch das damals verbreitete und geduldete Gerücht beigetragen, feindliche Ärzte hätten in Süddeutschland die Brunnen vergiftet, was ganz gewiß auf die mißverstandene Metapher zurückzuführen war, auf irgendwelche Anklage wegen »Brunnenvergiftung«, die aus dem politischen Phrasenschatz in das bereite Gemütsleben jener Tage Eingang fand, genau so wie sie es heute – hüben und drüben – wieder vermöchte. Die Möglichkeit, daß das mißdeutete Zeitungsklischee Mord und Vernichtung bewirkt, hält sicherlich der planvollen Kriegsmache des Zeitungsgeistes die Wage.

In Wien, noch heut erzählt man's mit Beben,
hat einst sich das folgende begeben,
doch weiß ich nicht mehr, ob es bloß geschehn
oder ob gar ich's im Traum hab' gesehn.
Denn eben, wie es dort geht, wo nichts geht
und sogar alles was gehn tut steht,
wie sie eilenden Fußes stehen bleiben
und sich inzwischen die Zeit vertreiben,
wie sie stehenden Fußes jappen und jagen:
das weiß ich zumeist vom Hörensagen
und selbst dieses hör' ich erst, wenn ich allein bin
und mit mir selber darin überein bin,
daß wir zwei nicht unter die Leute müssen,
um alles Wissenswerte zu wissen.
Geläng's denn, so viel ihnen abzunehmen,
wenn wir wirklich unter die Leute kämen?
So aber, von der anderen Erde,
folg' ich der Stimme, dem Gang, der Gebärde,
folgt mir Mißton und Wirrsal und Überdruß,
und die Entfernung schafft den Genuß.
Verwebt und verbunden, gewähr' ich mich allen,
die mir zu Gefallen mir nicht gefallen.

Von welchen laß ich aus heutigem Leben
jedoch zumeist und zunächst mich umgeben?
Die mir immer Gegen- und Widerwärtigen,
die hinterbliebenen Weilandswichter,
wie sie vergebens entgegenharren,
die unzerreißbaren Kaiserbärtigen,
die kaisersemmligen Gesichter,
dem aufzuwärmenden Kaiserschmarren!
Diese Art, mir im Innersten äußerst zuwider,
scheint gleich verteilt mir auf Hoch und Nieder,
vertreten in allen sozialen Rängen,
in die ich nicht liebe mich einzumengen.
Das Hirn aus Pappe, das Antlitz von Kleister,
so hält es im Haus wie der Herr so der Meister:
tief eingebettet in jede Falte
der fromme Wunsch, daß Gott erhalte,
woran ja das Herz des Menschen hing
und was definitiv zum Teufel ging.
Seh' ich auf der Straßenbahn so ein Tier
mit der aufgezwirbelten Manneszier,
bei dessen Anblick mir nichts bleibt erspart,
denn innen steckt doch der Kaiserbart;
muß ich, Gott beschütze, hieramts verkehren,
mit den konniventen Funktionären,
so lob' ich die Rasse um das Bestreben,
sich von der meinigen abzuheben.
Denn die häßlichsten traun in diesem Lande,
dem angegossen der Reim der Schande,
sind von allen die völlig Ausgeschamten,
jene nach oben und unten Klüglichen,
die unverbindlichen Diesbezüglichen,
von der k. k. Hölle ausgespiebenen
und im hintersten Hintern hinterbliebenen,
doch entgegenkommenden Biamten,
die ausgehungerten Ordensjäger
und würdelosesten Würdenträger,

die lang' vor dem Krieg verloren das Schämen,
tunlichst bereit, keinen Anstand zu nehmen.
Republik heißt auf deutsch die kaiserlose
und noch vom Umsturz volle ärarische Hose.
Seht die wutverzerrten Gotterhaltegesichter:
es kuscht im geschichtlichen Zwang das Gelichter,
doch kein Feind wär' imstand, um das Glück sie zu bringen,
von Lorbeerreisern sich etwas zu singen.
Sie planen bereits, doch einstweilen ganz stad,
eine Brucken zu schlagen nach Belgerad,
und wenn ihre Blütenträume reifen
und für sie wieder andre den Sabul ziehn,
so reißt es sie unwiderstehlich hin,
auch der Adria an den Busam zu greifen.
Derweil g'hört sie freilich dem Wallisch, dem Gauch,
und nicht er, sondern man liegt vor ihm auf dem Bauch,
denn man ist ja doch leider in den und in diesen
Belangen auf jene angewiesen,
die sich derweil noch ins Fäustchen lachen
und bekanntlich außerdem katzelmachen.

Hier ist alles ein Kreuz, aber keiner bereut's,
hier kriecht die Justiz vor der Presse zu Kreuz,
hier wo Euer Gnaden schon wissen ja eh,
hier steckt die Hermandad in des Bösen Livree;
wo die Autorität für die Zeitungen schmiert
und auch sonst sich tunlichst gar nicht geniert,
wo die kleinen man hängt, jedoch Menschenhaufen
Spalier bilden, wenn man die großen läßt laufen,
wo Hoch und Nieder, jeder von allen
für den Fall, es schiene was abzufallen,
dabei ist – trinken wir noch ein Flascherl,
während jener den Staat steckt in das Tascherl –
kein Wort, das nicht Geld ist, kein Geld ohne Diebe;
die leben vom Spiel, die verkaufen die Liebe:
ja bei dem Leben, da lebt sichs wie toll,
tu felix Austria stehst unter Kontroll'!

Dies Volk, das seine Kriegsschuld vergessen,
hält seine christliche Pflicht für erledigt
und sich für den Hunger sattsam entschädigt,
wenn es nicht aufhört, die Juden zu fressen.
Sie wollen ja nix als ihre Ruh;
ist hier denn jemals gemordet worden?
Wenns drauf ankommt, sie möchten schon morden,
nur sind sie halt doch zu kommod dazu.

Wie malerisch man dieses Treiben finde,
mir graut vor der ganzen Käserinde.
Unmöglich, das bunte Treiben zu bändigen,
der Parasiten sowohl wie der Bodenständigen,
die sich in der Symbiose bequemen,
jenen den Saft wieder abzunehmen.
Jüngst hat die Behörde, die dazu gehört,
dies Volk durch die Zählung aufgestört.
Denn einzig nur der Versuch, sie zu zählen,
erfüllt die Erwartung, daß keine fehlen,
und man war überrascht von der Fülle der Seelen.
Eine Rasse von einer ganz eigenen Rasse,
die die ganze Welt liebt und ich allein hasse,
und die, als sie plötzlich »Momenterl!« sagte,
mich aus aller menschlichen Vorstellung jagte,
weshalb mich der Zweifel an Gott überkam –
träf' ich einen am Ganges, korschamadiener,
ich wüßte von weitem: das ist ein Wiener,
und wenn ich von ihm keinen Laut noch vernahm.
Auf der Kultur allerunterster Stufe,
unterworfen der Trägheit Gewalten,
lassen sie von der Welt sich nicht schulen,
trotzen der Zeit als die deutschen Huzulen
und sie werden zu diesem Behufe
tunlichst von oben noch angehalten.
Den geborenen Sklaven gereicht es zur Ehr',
daß auf sie aufpaßt ein Generalkommissär,

bei dem sie so frei sind sich zu beehren
über zu viel Freiheit sich zu beschweren;
Obrigkeit nennt die Behörde Herr Schober,
der Untertan nennt schon den Zahlkellner Ober.
Der Korso voll Feschaks und Küßdiehänder,
und Göttergatten gehn auf die Länder.
Mit der Sprechart, die längst den Naturlaut verloren,
im Sprachengemisch zum Abschaum gegoren,
mit diesem kollernden Kauderdeutsch-Sprechen
und taarlos perfektesten Radebrechen:
ganz entartet dem echteren Wesen
und den bescheiden harmonischen Formen,
aber verwirrt von den technischen Normen,
doch schon imstande, Zeitung zu lesen,
stehn sie beständig im Weltraum herum;
jeder Schritt weiter gehorcht nur dem Drah'ma,
nennen dies Chaos dann stolz Ramatama
und es geht höchstens rundumadum.

Aber einen Standpunkt doch auf Erden
haben, die patrizisch sich gebärden,
die kulturbekannten Schubert-Erben,
die bereit sind, fürs Dreimäderlhaus zu sterben,
während Mozarts Erben wieder wetten
auf die Zugkraft anderer Operetten.
Eint das Weltall Geist und Wiener Bürger?
Nach Beethoven hungern Rindfleischwürger.
Über Goethe geht halt doch der Sacher,
aber Nestroy war ein Lustigmacher.
Kunst und Seele und Natur und Weib
nur ein Ornament der Bürgerwelt ist;
alles Wesen ist nur Zeitvertreib,
Zubehör ist alles, was nicht Geld ist.
Was Kauf und Lauf ist, hier ist's noch verbogen;
hier ist das sichere Ende abzusehn,
und schneller wird das Leben ausgesogen:
denn zum Ruin trat völkisch Auferstehn.

Längst verfault ist der Kern, doch die Schale,
daß sich das trunkne Auge gewöhne,
leuchtet in christlich-germanischer Schöne
gleich einem milden Kraliksgrale.
Heiliger Geist, des Wunders Verüber:
hier wo schon alles drüber und drunter –
seht wie es wechselt, wie regt es sich munter,
und es geht alles schon drunter und drüber.

Ja, das Saniertwerden wird niemanden reuen,
nichts ist da not als jenen vertrauen,
die, imstande die Kriegskrüppel abzubauen,
die Tuberkulose von den Kindern befreien.
So lasse sich die Heilung nicht erwerben?
Mit diesem Mittel wehrt man nicht dem Hungern?
So tadeln solche, die den Staatsmann neiden.
Die Tat beweist's: wenn hunderttausend sterben,
so brauchen sie nicht arbeitslos zu lungern
und müssen keineswegs mehr Hunger leiden.
Beim Untergang aber hofft jeder mit Bangen,
durchs Hintertürl hinaufzugelangen
und vom Schicksal, das jene verschlingt, inzwischen
ein Protektionsportionderl zu erwischen.
Die Wiener Wirklichkeit ist Übertreibung.
Was immer in diesem Sonntagsstaat
so steht wie geht, es ist windverdraht
und das Klima selbst spottet jeder Beschreibung.
(Jedoch im Versuch, im Wiedererleben,
vergaß ich zu sagen, was hier sich begeben.)

In dieser verzauberten Gegenwart,
wo der Stundenzeiger der Ringstraßenuhren
vorbei an immer den nämlichen Huren
zum Zeichen der Zeit, zum warnenden Zeichen,
vorbei dem Spalier animierter Leichen
zum warnenden Zeichen der Zeit erstarrt,

da kamen die Leute einmal geloffen,
als wären sie vom Zeichner Schönpflug getroffen,
oder auch von der Tarantel gebissen,
kurz von einem Dilettantel falsch umrissen,
mit unbeweglich stürmenden Haxen
und Übertreibung der Maße und Taxen,
so verkrampft in diesem Flüchten und Fliehn,
als hätte die Reichspost sie ausgespien:
so erwachte der dumme Kerl von Wien.
Jahrüber, ihr kennt ihn nicht anders, ich wette,
liegt er an der Gemütlichkeit Kette,
in der Welt gelitten und löblich bekannt,
denn er küßt den verkehrenden Fremden die Hand
und dudelt ihnen was vor zur Jause
von dem ihm seinerzeit entrissenen,
um das Wohl der Völker bemühten, beflissenen,
kurz dem angestammt glorreichen Herrscherhause.
(Ich irre wieder ab, aus Widerstreben,
von einer Begebenheit Kunde zu geben,
die sich dazu noch in dieser Stadt
vielleicht nicht einmal begeben hat.)

Kasmader saß mit den Anverwandten,
Geschwisterkindern und Resitanten
und Onkeln und Nichten und Basen und Vettern
und sie lasen die balkendicken Lettern
und sahen sich an ganz empört und verstört:
Da habts es – ja habts ös scho so was gehört –
was sagts ös – ah so was – dös war no net da –
ah da legst di nieda – da schaurija –
ah dös war net schlecht – ah, wos da all's steht –
ja wanns net da stengert, i glauberts ja net!
Und unverkennbar stand es geschrieben
und schwarz auf weiß, wie sie es getrieben:
sie hätten sich widersetzt der Sanierung
und ließen nicht ab von der täglichen Schürung

des Brandes, den sie mit Eifer gestiftet,
und nun hätten sie auch noch die Brunnen vergiftet.
Und über dieses Geheimnisses Lüftung
stand in riesigen Lettern: Brunnenvergiftung.
Kasmader, der's in der Reichspost las,
im Nu seine gute Erziehung vergaß,
und schwor, das sollten sie bitter bezahlen,
die Judensozi, die Kohnnationalen.
Fürs erste, wiewohl er auch sonst kein Prasser,
verbot er sich und den Seinen das Wasser:
daß keiner, solang auf der Welt noch ein Jud,
von euch einen Tropfen mir anrühren tut!
Bald war's in der Nachbarschaft bekannt
und überall, wo sie nicht hinkam die Zeitung,
da sorgte dennoch für die Verbreitung
das Gerücht und extra die Resitant.
Und kreuz und quer durch die Gassen rannte
der Ruf, der wie ein Lauffeuer brannte,
des Ursprung bald niemand mehr ergründet:
Die Juden haben es angezündet!
Da gab es nur Rächer und keinen Retter –
das Leben war längst entlaufen der Letter.
Eins hatte das Feuer vor dem Wasser voraus:
man sah nicht brennen ein einziges Haus.
Sonst wehrten sie sicher mit müßigen Händen,
zum Löschen das Wasser zu verwenden,
denn es war ja, sie hörten's mit eigenen Ohren,
zu jedem Gebrauch der Menschheit verloren.
Dies Wissen war keinem mehr zu rauben;
es stand gedruckt, und da war nur zu glauben.
Jeder ward zum Verbreiten angestiftet:
Die Juden haben die Brunnen vergiftet!
Denn »Brunnenvergiftung« stand deutlich geschrieben
und drunter, was sie auch sonst noch getrieben
und was sie sich hierzulande erlauben.
Und so mußten auch die Juden dran glauben.

War's nur ein Traum, so erweist doch der Tag,
was jener an Wahrheit zu bergen vermag.
Wo kein Band zwischen Menschengeschick und Gestirnen,
da waltet das Wort doch über den Hirnen,
und auf jeder Stufe der Menschheit meistert
das Leben die Macht, die die Hirne verkleistert.
Sie allein vermag es, Brände zu stiften
und die Brunnen des Landes zu vergiften.

Doch diese Methode ist ungesund;
zeig dem Tropf, wieviel Uhr: er nimmt sie in den Mund.
Drum sei auf der Hut und sprich vor den Leuten
nicht Worte, die etwas andres bedeuten,
damit nicht, wenn sie zum Wetter sich ballen,
die Tröpfe dann aus den Wolken fallen.
Und die deren Tun durch die Letter lenken,
die dem Vogel die Feder ziehn durch die Nase,
sie sollen ermessen den Vorsprung der Phrase
und mindestens denken, was jene nicht denken!
Das Leben wird Zierat verfallender Zeiten,
und von der Phrase kommt ihnen der Tod;
um Todesmittel ist's heute nicht not –
man leite den Blick vor die Wirklichkeiten!
Doch will man zu Dank sich verpflichten die Gaffer
und daß sie ihren Augen nicht trauen,
so lasse man sie einen Hofwagen schauen –
aber keine Metapher!

Und nun, da ich jedem das Seine gab,
nachdem ich den Schleier endlich gelüftet –
rufts aus dem Brunnen, welcher vergiftet:
Sö, wer gibt Ihner einen Affen ab!

Aus Libyen kamen plötzlich brausend
von Kranichen etliche dreißigtausend,
sie trugen die Steine in den Kröpfen,
die siebentausend Ibisse behauten,
als ob sie an Pyramiden bauten,
dazu fünftausend Taucher mit Töpfen
die konnten jenen das Wasser reichen;
und zehntausend Störche zum Ziegelstreichen,
sie machten ihre Arbeit nicht übel,
dann dreitausend Reiher mit Lehm im Kübel,
den manipulierten mit ihrem Bein
zweitausend Gänse als Schaufler hinein;
tausend Enten im Schurzfell trugen die Ziegel,
die Schwalben rührten gleichfalls die Flügel
und führten die Kelle, und unsre Sperber
waren diesmal auch keine Spielverderber;
achthundert Spechte behauten die Tore,
der Schall ihrer Hiebe dröhnt mir im Ohre.

Nach Nestroy

»Man findt's ganz natürlich und kein Hahn kräht danach«
(Judith und Holofernes)

In Babylon hab'n s' wollen einen Stephansturm baun,
Der hat soll'n unserm Herrgott in die Fenster eini schaun,
Kaum war'n s' ober der Uhr, war'n s' schon alle verwirrt,
Eins hat spanisch und das andere chinesisch diskriert.
Das hab'n d' Leut' unerhört
Für ein Wunder erklärt.
Jetzt auch wollen viele baun bis in d' Wolken hinauf,
Aber 's tuts nicht, die G'schicht' löst in sich selber sich auf,
Denn beim Grundsteinleg'n hab'n s' ang'stimmt ein'n Diskurs,
Gegen den alles Babylonische verstecken sich muß.
So was nennt man kein Wunder jetzt mehr heutzutag,
Man findt's ganz natürlich und kein Hahn kräht danach.

Als bei den Juden in der Wüste der Hunger und die Not
Aufs höchste war gestiegen, regnets himmlisches Brot
Und Wachteln mit Manna – da waren s' vor Freud' ganz verwirrt,
Wie der Moses die Lage des Landes saniert.
Das hab'n d' Leut' unerhört
Für ein Wunder erklärt.
No ich bitt Sie, also is denn das auch schon a Tat,
Der Moses war ein Nebbich und noch lang kein Prälat.
Unser Retter geht nach Genf, und wir nicht zugrund
Und uns fliegen die gebratenen Tauben in'n Mund.
So was nennt man kein Wunder jetzt mehr heutzutag,
Man findt's ganz natürlich und kein Hahn kräht danach.

Der Glaube an Wunder lebt vom blauen Dunst.
Den babylonischen Turm zu baun – no war das eine Kunst?
Die Sprachenverwirrung war grad unser Panier
Und wir trotzten der Welt, denn mir waren doch mir.

Das hat die Welt unerhört
Für ein Wunder erklärt.
Da hat Er's reiflich erwogen und wir riskierten den Sturm,
Die Sprachen verstummten, aber zurückblieb der Turm.
Jetzt heißt's halt auf Gott und den Prälaten vertraun,
Und schön langsam den babylonischen Turm abzubaun.
Wenns gelingt, wär's ein Wunder am hellichten Tag –
Doch ich glaub', nur der Seipel, aber kein Hahn kräht danach!

»Da ließ' sich viel sagen«
(Eine Wohnung zu vermieten in der Stadt, Eine Wohnung zu vermieten in der Vorstadt, Eine Wohnung mit Garten zu haben in Hietzing)

Ein Mann hat ein Einkommen, wirklich nicht z'groß,
Und doch hat er ein'n Wagen und ein schönes Paar Roß,
Im Sommer kriegt d' Frau ein Quartier auf'm Land,
Sie hat all's aufs nobelste, 's wär' sonst a Schand;
Er ißt und trinkt viel, denn er kann was vertragen –
Und von was all's? Von Schulden! Da ließ' sich viel sagen.

Ein Mensch ist im Elend, schreit Ach und schreit Weh!
Jetzt bringt ihn ein glücklicher Zufall in d' Höh',
In Pracht und in Herrlichkeit tut er jetzt leb'n,
Früher hat er nix g'habt, als was die Freund' ihm hab'n geb'n.
Wie tut nun der Mensch gegen die Freund' sich betragen?
Was das anbelangt, ließ' sich viel drüber sagen.

Von unserer Sanierung – no ich sag ja nix und
Ich denk' mir nur, davon wird man halt auch nicht gesund.
Und was das Abbaun betrifft, na da bleib' ich schön stad,
Und wenn s' ein'n Invaliden abbaun, steht er erst noch nicht grad.
Aber wenn die Leut' hungern und sie hab'n die Regierung im Magen –
Na da sollten sie's doch satt kriegen, das möcht' ich schon sagen!

»Da bleibt man zeitlebens gern eine Partei«
(Eine Wohnung zu vermieten in der Stadt, Eine Wohnung zu vermieten in der Vorstadt, Eine Wohnung mit Garten zu haben in Hietzing)

Ich bin vom Quartiersuchen völlig schon matt
Und bleib' doch wieder im alten Quartier in der Stadt.
Ich wär' gern a Hausherr, da bauet ich mir
So ganz nach mei'm Gusto ein kommodes Quartier.
Doch g'fallt Ihnen diese Quartiersucherei,
So bleib' ich zeitlebens gern eine Partei.
(Da bleibt man zeitlebens gern eine Partei.)

Oft wundert sich einer, der a Stuck hat geschrieben,
Über das, daß der Beifall geteilt ist geblieben.
's muß so sein, denn 's Theater is a Haus allemal,
Drum müssen Parteien drin sein, auf jeden Fall.
Denn ohne Parteien stund ja 's Haus allweil leer.
No der Hausherr bedanket sich schön für die Ehr'.
(Ja der Hausherr bedanket sich schön für die Ehr'.)

Mir sind alle Partei'n, was sie immer auch sei'n,
Noch lieber als jede von die g'wissen Partei'n.
Denn die streiten sich alleweil in ihrem Haus
Und geben erst keine Ruh, wenn die Sitzung is aus.
's Haus zusperr'n, das nutzt nix – doch wußt ich an' Rat:
Eine Ruh wird erst sein, wann s' zusperr'n den Staat.
(Ja eine Ruh wird erst sein, wann s' zusperr'n den Staat.)

»Sich so zu verstell'n, na da g'hört was dazur«*
(Der Zerrissene)

Die Zeitung erscheint täglich als die klarste Erscheinung:
Hinten ist sie bezahlt und vorn hat sie eine Meinung.
So meint es der Leser, doch irrt er sich halt:
Denn auch vorne die Meinung ist meistens bezahlt.
Doch halt . . . nach dem Gesetz sei's erkennbar gemacht,
Es schlägt auf das Fäustchen, in das die Presse sich lacht.
Wie kommt man aus dem Gedränge, daß der Leser nix weiß
Und das für ein Lob hält, was sie schreiben zu an' Preis?
Da machen die Juden ein Kreuz halt in einer Tour . .
Sich so zu verstell'n, na da g'hört was dazur.

Die Nation, der die Menschheit das Menschsein verdankt,
Die ist jetzt unheilbar am Kriegführ'n erkrankt.
Die fraternité, ja die war früher einmal,
Und die egalité ist ihnen auch schon egal.
Doch halt . . . was die liberté betrifft, sind sie doch noch so frei,
Wenn der Nachbar nichts hat, ihn zu führ'n in Sklaverei.
Die Nation der Ideale ist jetzt der reine Barbar
Und statt der Kultur hat man halt die gloire.
La France marche à la tête – das heißt auf deutsch: an die Ruhr . . .
Sich so zu verstell'n, na da g'hört was dazur!

Ich kenn' einen Staat, der lebt von der Hand in den Mund
Und sein Fortschritt besteht darin: er geht b'ständig zugrund.
Provisorisch sein Leben, sein Tod, sein Budget,
Mir wern kein Weltgericht brauchen, euer Gnaden wissen eh.
Doch halt . . . darum braucht man, eh die Geschichte ist aus,
Milliarden für Saus, Braus und für ein Festspielhaus.

* Siehe Band VI

Was man nicht hat, ist so viel und drum reicht's noch für'n Pflanz,
Und wo eh ein Vulkan is, da mach mr an Tanz.
A Leich' muß doch schön sein, man stirbt für die Kultur . . .
Sich so zu verstell'n, na da g'hört was dazur!

»Die Welt steht auf kein' Fall mehr lang«*
(Der böse Geist Lumpazivagabundus oder
Das liederliche Kleeblatt)

Die Sterne oben, wie S' bei Nacht sie sehn,
Die sind ja lang schon keine Koryphän.
Die haben ja doch gar kein' Glanz und Rang –
Was ist das gegen unsere Ministerbank!
Der große Wagen, das muß ich schon sagen,
Wär' hier herunt' das fünfte Rad am Wagen,
Und selbst der Stier, das können S' glauben mir,
Der ist bei weitem nicht so stier wie wir.
Uns strahlet manch glücklicher Stern in der Nacht,
Der Seipel hat uns die Sanierung gebracht.
Der Mars, der kann zuspirrn mit allen seinen Gaben,
Seit wir für das Fach den Vaugoin haben.
No und der Kienböck, der Schmitz und der Frank –!
Und die ganze Ministerbank bank bank bank bank
Die ganze Ministerbank.

Was sind die Sterne, wenn man sie entgegenstellt
Den Stars der irdischen Kulissenwelt!
Neben der Berber, die ein Stern doch erster Größe,
Gibt sich die Venus nebbich manche Blöße.
Die Kassiopeia, ah da schaurija,
Ist längst erbleicht vor'm Ruhm der Jeritza.
Der große Hund, der ist ein Prominenter und
Der Pallenberg is schließlich auch ka Hund.

---

* Siehe Band VI

Die Stern' haben das Pech, daß sie über uns stehn,
Und sie haben auch die Niese als Knieriem gesehn.
Und sie halten sich für Künstler, weil sie nun einmal
Gleichfalls engagiert sind in ei'm Nachtlokal.
Und wegen dem bisserl Sphärengesang!
Was is das gegen unser Amüsemang mang mang
mang mang mang
Was is das gegen unser Amüsemang!

Legende

L. ward beleidigt, ward ein L. genannt
und die Verleumder wollten, daß er klage.
L. aber ließ sie schlau in solcher Lage,
und selbst entlief er ihr gewandt.
Weil sie so in der eignen Schlinge sich fingen,
konnt' ihnen nicht der leiseste Nachweis gelingen,
daß L. das sei, was sie ihn laut genannt.
Die Verleumder blamierten sich fürchterlich:
der Kläger ließ sie völlig im Stich.
Eh es ihnen gelang, zu Gericht zu gelangen,
ist er leicht als Sieger hervorgegangen;
ihre Niederlage erschien einfach kläglich,
denn sich selbst zu belangen, war gleichfalls unmöglich.
Die Folge war leider Eklat und Skandal.
Es tuschelten alsbald alle Zungen,
der Beweis gegen L. sei gänzlich mißlungen,
und als Lohn blieb höchstens die Moral:
Das kommt von lauter solchen Sachen,
am besten wird, wer zuletzt lacht, lachen.
Und also las man's sogar im Journal.

Der Harden'sche Text

»Er hat seine Meinung zum Bessern gewandt.«
»So? Hat er vielleicht Ihnen selbst es gekündet?
Wie haben Sie's erfahren? Wie haben Sie's ergründet?
Wie kann man es wissen? Wie ward es bekannt?
Wie läßt sich's erweisen? Wie mag man's erheben?
Wie kann man's erkennen? Wie läßt es sich merken?«
»Ich versteh' nicht das Fragen. An seinen Werken!
Die sind doch erschienen!« »Drum frag' ich eben!

Ich habe sie jetzt und vorher schon gelesen.«
»Nun also und angesichts dieser Erscheinung –
was meinen Sie zu seiner jetzigen Meinung?«
»Es kann sein, daß es immer dieselbe gewesen.«
»Sie reden in Rätseln, der Sinn scheint verhext.
Läßt sich denn nicht Ihre Meinung ergründen?
Sie müssen doch einen Unterschied finden –
Sie sagen, Sie lasen –«
»Den Harden'schen Text!«

Der Wechselbalg

Dieser jüdische Schmock, er schaut ja gleich
der Lage der Deutschen in Österreich!
Dieser deutsche Mann hat direkt einen Ton
von einer jüdischen Redaktion!
Wenn er bei einem Pogrom sich taubstumm stellt,
geht zweifellos er hervor als Held.
Doch tät' er ein einziges Wörtel nur sagen,
so würd' er todsicher totgeschlagen.
Am besten, er bleibt bei dieser Lage
in der Redaktion an solchem Tage.

Bahr am Sonntag

Unter Larven die einzig fühlende Brust,
steht er mitten in irdischer Hatz
und fällt, dieses Treibens unbewußt,
direkt aus dem Rahmen des Blatts.

Intimes, Klatsch und Theaterspott
und Sport und Welt und Skandal,
Gespräche mit Slezak und mit Gott
für das Neue Wiener Journal.

Seit jener göttliche Regisseur
dort erschaffen sein Welttheater,
geht in die eigene Kirche nicht mehr
der gute Himmelvater.

Wo er hinblickt, steht ein Dramaturg
und gibt den sakralen Stempel.
Doch was tut Gott? Nicht um die Burg
betritt er mehr diesen Tempel.

Die Plätze gleich vorn beim Hochaltar
sind reserviert für die Fremden,
dort kann man am besten auch sehn, wie der Bahr
wechselt die Büßerhemden.

Und täglich betet ihm nach jeder Schmock,
wenn von Kultur sie schmocken:
Herr, gib uns unser täglich Barock!
Und da läuten die Kirchenglocken.

Mit dem Zirkus ist das Geschäft vorbei,
jedoch mit der Kirche gelungen,
drum gloria in excelsis sei
von der Presse dem Reinhardt gesungen.

Zu dieser Hofmannsthal-Premier'
wallen Büßer von allen Enden,
die Kirche leiht die Kulissen her,
die Presse tut Weihrauch spenden.

Es empfangen die heilige Sensation
aus Wien die Premierenbekannten,
die Pfarrer tun es um Gottes Lohn
und lehren die Komödianten.

Nein, was sich im Sommer in Salzburg tut,
da erblick' ich eine Soutane,
die Sonne brennt und bei dieser Glut
steckt drin, par Dieu, der Kahane.

Mit Zungen reden die Frommen heut
über Gottes und Reinhardts Walten.
Am stärksten wird dieser gebenedeit
von dem ganz inspirierten Salten.

Die Wohlgemuth ward auferweckt,
ein Wunder ohnegleichen;
andere beteten wieder direkt
zur Moissi der Schmerzensreichen.

Die Seele lechzt nach dem Gnadentrunk,
Miserere wird das Geseres,
die Valuta aus tiefster Erniedrigung
ringt nach Hebung des Fremdenverkehres.

Von Calderon ein mystischer Hauch:
man verspricht sich von diesem Genre,
speziell jedoch von Hofmannsthal auch
eine Zugkraft für Amerikaner.

Sich läutern lassen ist ihnen noch neu,
aber gut für die spätere Reise.
Man steht ihnen bei, damit Ehre sei
Gott in der Höhe der Preise.

Und unter heiligem Schutze gedeiht
der Hotel- und Theaterhandel,
man bemerkte u. a. die Persönlichkeit
der Berta Zuckerkandl.

Sie fühlt sich entrückt und von Olbrich erbaut
und da kann man wieder nur sagen,
die Kirche, die selbst das verdaut,
hat einen guten Magen.

Ganz eingeweiht die Monstranz übernahm
Hochwürden die Preßkanaille.
Die Muttergottes dafür bekam
die Tapferkeitsmedaille.

Doch da noch verzückt an der Kirchentür
sie zu Prominenten beten,
entschloß sich der liebe Gott, eben hier
auf der Stelle auszutreten.

Die Psychoanalen

Man färbt jetzt die Bäume,
wir töten die Träume,
wir treten durchs Tor.
Es welken die Wiesen,
es gibt Analysen,
uns macht man nichts vor.

Was immer Sie schaffen,
wir werden es erraffen,
wir kennen den Leck.
Wie Sie immer sich wenden,
in unseren Händen
ist alles ein Dreck.

Dort unter der Schwelle,
dort machen wir helle
und leuchten euch heim.
Was immer sonst schön is,
von uns anders gesehn is
und gibt einen Reim.

Geht wo eine Minna
vorüber, bitt Ihna,
wir kennen sie gut.
In Kenntnis des Falles
läßt reimen sich alles,
was sich da tut.

Der dort und die do
haben eine Libido,
wir wissen es wohl.
Er reicht ihr ein Messer,
wir wissen es besser,
es war ein Symbol.

Muß eine stets niesen,
da ist bald bewiesen,
wie sie dazu kam.
Sie war als Säugling im Zimmer,
als der Großvater immer
die Großmutter nahm.

Und gar zu verdammen
sind vollends die Ammen
mit ihrer Brust.
Herzblättchen vertreibt sich
die Zeit und beweibt sich,
doch unbewußt.

Wie die Kinderchen spielen,
die lieben Nekrophilen,
das ist uns ein Fest.
Doch wenn die Mutter am Leben,
so kann es ergeben
einen schönen Inzest.

Da kann jeder drin wühlen
und im Infantilen
wird er Fachmann und Fex.
Weil ihm viel dazu einfällt,
wenn er uns nur hereinfällt
auf den Vaterkomplex.

Selbst vom Neffen zum Ohme
sind häufig Symptome,
die uns nicht entgehn.
Der Komplex ist ganz mächtig,
wers nicht sieht, ist verdächtig,
man wird doch da sehn.

Zwar nicht kurieren,
doch aus dem Punkte studieren
läßt sich dieses Weh.
Wir sind die Gescheiten:
was soll es bedeuten,
wir wissen es eh.

Zwar gibts keine Wandlung,
aber eine Behandlung
oder wie man es nennt.
Wir können nicht hexen,
doch es hat an Komplexen
sein' Freud der Patient.

Er hat seine Beklemmungen
und hauptsächlich Hemmungen,
das gehört doch dazu.
Hat er eh einen Ekel,
so drückt ihn der Stekel
und nicht mehr der Schuh.

Ihn krank zu bewahren
bis in hundert Jahren,
es ist uns ein Spiel.
Sind Satyrn und Sylphen
Zwangshandlungsgehilfen,
bleibt er schön infantil.

Man glaubt, daß Gedichte
der Genius verrichte,
das ist blauer Dunst.
Privat onanieren
und für die Welt sublimieren,
no ist das eine Kunst?

Die dichterischen Nöte,
ich bitt Sie der Goethe,
Sie ahnen es nicht!
Was da schlecht verdrängt ist,
aber gut eingezwängt ist –
und das nennt man Gedicht!

Rief der Lehrling die Geister,
ward er naß, das beweist er,
bis auf die Haut.
Wer sich so aufgeführt hat
und hernach sublimiert hat,
wird als Meister durchschaut.

Wer schwach auf der Brust ist
und überhaupt unbewußt ist,
dem wird nichts geschenkt.
Wir sind da mit Neurosen,
denn mit alten Hosen
wurden schlecht wir verdrängt.

Haben Sie Unterbewußtes,
so gereicht uns zur Lust es,
was Ihnen zur Qual.
Aber Gott soll Sie hüten
vor Märchen und Mythen.
Es war einmal.

Wer nicht abreagiert hat
oder sonst sich geniert hat,
zahlt fürchterlich drauf.
Mit Traumen und Träumen
gilts aufzuräumen.
So wachen Sie auf!

Wenn wir ordinieren,
das Abreagieren
auf uns sich erstreckt.
Bei der Beichte wir büßen,
genießen und süßen
den eignen Defekt.

Durch Lupen und Linsen
läßt Kraft sich begrinsen
und was euch beseelt.
Und beim Analysieren
wird man weniger spüren,
woran es uns fehlt.

Wird von euch nichts bleiben
als etwas zum Speiben,
dann seid ihr wie wir.
Was unsereins verschreibe,
es ist doch beileibe
uns selbst ein Klystier.

Es bleibt unser Kodex:
der Mond ist ein Podex,
der Komet ist ein Glied.
Vom Plus ist zu zahlen
den Psychoanalen,
vom Bauch kommt das Lied.

Der neue Rezitator

> Und es tanzen Jakobs Töchter
> Um das goldne Kalb herum –
> Brumm – brumm – brumm –
> Paukenschläge und Gelächter!
> –
> Aron selbst wird fortgezogen
> Von des Tanzes Wahnsinnwogen,
> Und er selbst, der Glaubenswächter,
> Tanzt im Hohenpriesterrock,
> Wie ein Bock –
> Paukenschläge und Gelächter!

Was zuckt vor den Augen? Welch pochender Ton
will Einlaß in unsere Ohren?
Die Zeitung sagt, die Revolution
spritzt jenem aus allen Poren.

Er springt mit zappelnden Beinchen vor
und gebärdet sich überaus rührig
und reckt den Zeigefinger empor
und droht der Goetheschen Lyrik.

Widerstrebt auch der Vers der Persönlichkeit,
so pariert er sofort dem Rütteln
und ein Tausendsasa wird in kürzester Zeit
aus Gedächtnis und Ärmel ihn schütteln.

Man schüttle die Verse vor dem Gebrauch,
daß der Kainz sich geselle den Neidern,
und zu diesem Behufe empfiehlt es sich auch,
sie am Schlusse wie Honig zu schleudern.

Dem Männeken fließts, halli und hallo,
von der Waterkant und weiter südlich;
mit bitteren Einschlägen vorwiegend froh
läuft das deutsche Wort unerjüdlich.

Doch wie sie räuspert und wie sie sich schneuzt
die katarrhalische Menge,
da wird ihr gehörig eingeheizt
mit kabaretthafter Strenge.

Sie findet jeden Tadel am Platz,
auch an jenen, die unbesetzt bleiben.
Wer zu spät oder gar nicht kommt, der hats
sich selber zuzuschreiben.

Leibhaftig tanzt und hämmert brumm brumm
der Aron und dreht sich bacchantisch
und wie ein Bock vor dem Publikum
und durch und durch dilettantisch.

Und wie ein Bock – jetzt hab' ich es dick –
tanzt der Aron für Jakobs Töchter;
die Paukenschläge besorgt die Kritik,
ich liefere das Gelächter.

Wie es wallet und siedet und niemand zischt,
sondern dankt für die köstlichen Gaben:
wenn das Frohe sich mit dem Bitteren mischt,
man kann nicht genug davon haben.

Es ist über alle Maßen beliebt
und immer von neuem labend,
was der rarste Gast ihnen täglich gibt
an dem unbedingt letzten Abend.

Alles auswendig können, das ist eine Kunst;
wenn was fehlt, wird keinem was fehlen.
Denn inwendig ist es gleichfalls verhunzt
in den heutigen Vortragssälen.

Die Jugend entbrennt an dem brennenden Geist,
der aus freiestem Kopfe und Leibe
sich an Goethe und Pallenberg beweist
nebst anderem Zeitvertreibe.

Es ist die verkörperte Revolution,
und er ihr markantester Barde,
und ich übergebe mich vor dem Ton,
denn ich bin von der weißen Garde.

Goethe und Hofmannsthal

Will Hofmannsthal Goethes Entwicklung begleiten,
so wirkt es noch in die fernsten Zeiten.
Was immer auch dieser jenem leiht,
es reicht für beider Unsterblichkeit.
Müssen die, die späterhin beide lesen,
denn wissen, welcher der Ältre gewesen?
Die hundert Jahre, welche dazwischen,
werden weitere hundert wieder verwischen.
Nach tausend aber ist's schon egal,
ob Goethe oder Hofmannsthal.

Weimar in Wien

Was les' ich da? Er will mich »so belehren als ergetzen«?
Das ist er wohl hundert Jahr' schon gewöhnt.
So weit muß ich mich zurückversetzen –
was hör' ich da? Ein Posthorn ertönt.
Und mich gleich die Erinnerung überkam,
wie der Großherzog die Großherzogin nahm.
(Eine entfernte Verwandtschaft mag sich immerhin zeigen:
Iste schrieb das Tagebuch, ille den Reigen.)

Ein Verehrer

Wie? Bartsch ist für mich? Ein lustiges Stückel,
möchte ich meinen.
Er unterschreibt alle meine Artikel?
Bis auf einen!

Der Kampfhahn

Als er recht kämpfen wollte, jener Journaliste,
da sagte er, ich sei ein Journalist.
Nichts Ärgres weiß der Hahn auf seinem Mist,
als abzugeben von dem Miste.
Er hielt mich wohl für einen Hahn.
Ich aber stand bloß nebenan.

Psychoanalyse

Was ist's mit den Analysen?
Kann da ein Zweifel bleiben?
Die Methode ist bewiesen
an jenen, die sie treiben.

Daß man mit euch nur scherzte –
welch törichter Gedanke!
Im Gegenteil: die Ärzte
sind Kranke.

Großmann

– schon allein der Titel
ist doch ein Romankapitel.
Sag nicht, daß es zu viel Ehre
für den Namensträger wäre.
In naturgedrungnen Sätzen
ist nicht Raum fürs Überschätzen.
Leser, die am Stoff verweilen,
schreckt zuweilen der Geruch.
Stefan Großmann – nicht zehn Zeilen!
Großmann – mindestens ein Buch!

Satirisches Betrachten

Und wie ich passe und wie es mir paßt,
und wie es sich wendet, es fesselt mich nur,
ich folge der Spur und mich reizt der Kontur
und wie mein Blick das mich Fassende faßt,
und wie es lockt und ladet zu Gast,
sie läßt mich nimmermehr los die Figur
und es drängt die Natur zu der Halbnatur,
und ich fühle, ich bin in sie verhaßt.

Im fünfundzwanzigsten Jahr

Sollt' ich nicht endlich meinen Angriff dämpfen?
Feige ist gegen Wehrlose kämpfen.
Mir zu Leibe zu gehn, hemmt sie fremde Gewalt.
Und zu Geiste: die eigene Mißgestalt.

Religion der Liebe

Was werden sie drüben beginnen,
die vorzeitig Abgestorbnen
mit ihren verdorbnen,
mit ihren verrauchten
Gluten und Sinnen,
den unverbrauchten?
Man ist nur einmal tot.
Seht, wie Natur zerschellt
an jenem Lustverbot:
Erlaubt ist, was mißfällt.

Das tuberkulöse Kind

Der Kaiser hat meinem Vater befohlen,
früher zu sterben, als er hat müssen.
Das hat der Mutter das Herz zerrissen.
Drum hat auch sie früher, als sie hat müssen,
ins Gras gebissen.
Sie wußte nicht, wo Brot zu holen.
Der Bruder brachte ein Andenken mit,
er sagte, es war aus Ekrasit,
das hat den andern Bruder zerrissen,
weil er hat damit spielen müssen.
Die Schwester war als Hilfskraft im Feld
und schickte manchmal auch Geld.
Doch wurde sie von den Offizieren geneckt
und von einem außerdem angesteckt.
Weiß nicht, wie es ihr jetzt geht,
und weil ich klein bin, soll ichs nicht wissen.
Noch mangelt es dazu des Verstands,
so sagte neulich der Herr Katechet,
da er erwähnte dieses Falles,
doch es geschah ja alles,
sagt er, zu Ehren des Vaterlands.
Sie haben es, sagt er, bunt getrieben,
doch war es eine große Zeit.
Da bin ich im Wachstum zurückgeblieben.
Und habe kein Winterkleid.
Auch fehlt es an Kohlen,
den Feind, sagt der Katechet, soll der Teufel holen,
denn er, sagt er, hat es auf dem Gewissen.
Doch wenn wir auch sitzen bei einer Kerzen,
so haben wir doch alle den Kaiser im Herzen.
Bald komm ich fort aus diesen Finsternissen.

Ihr fielt und wir stehn auf demselben Boden,
wir schreiten vorbei an den mahnenden Malen,
wir wirken den Wechsel von Toden und Moden,
wir fachen das Fieber von Zahlen und Qualen.
Es waren Momente und Episoden.

Denn dies ist Entwicklung und Vorwärtsschreiten,
der Plumpsack geht um, aber schlank in der Mitten.
Wir sind das Modell dieser blutigen Zeiten,
die Welt ist in die Taille geschnitten.
Ihr strittet, wir teilen ohne Streiten,
andere Zeiten, andere Sitten.
Was liegt, kann uns keine Sorge bereiten,
wir haben es getan, ihr habt es gelitten.
So rasend wie wir vier Reiter reiten,
keine Post, keine Pest kam rascher geritten.

Es starben die Zahlen, wir leben die Zahlen.
Wir treten zu Tänzen, wir tanzen zu Toden,
dank Generalen und Kardinalen,
es welken die Herzen und Hirne und Hoden
im Heldenkampf und in Hurenlokalen.

Tango

Nichts trägt das Erinnern
den Kriegsgewinnern.

Alles fiel zu Gefallen
Hyänen, Schakalen.

Die Krone, die Leiche
dem Totentanz weiche.

Parfüm für die Nase
aus giftigem Gase.

Nach Leben sich sehnen
Schakale, Hyänen.

Hinweg, was gewesen.
Es tanzen Prothesen.

Das arme Leben

Tust du nicht unrecht diesen Freuden?
Verbergen sie nicht Gram und Qual?
Verzittert nicht das tiefste Leiden
in einem Tränenbacchanal?

Hat doch der Glaube sie zum Narren,
daß jeder Schritt ins Freie drängt,
wenn sie in diese Enge starren,
die sich nur immer mehr verengt.

Bange macht jedem jede Stunde,
die von ihm abnimmt Stück für Stück,
und jeder zieht mit einer Wunde
in sein Verhängnis sich zurück.

Wer fühlt das Leben nicht vertropfen
und wie es in den Tod verfällt!
Sie hören ihre Herzen klopfen,
und eben darum lärmt die Welt.

Jeglicher Blick verkürzt das Dauern
von der bemessnen Wartezeit,
und jeder Atemzug ist Schauern,
und jeder Gang ein Grabgeleit.

Wenn sie verrucht den andern nahmen
den zugeteilten Henkerschmaus,
es hat zum vorbestimmten Amen
der vollste Magen nichts voraus.

Heben vergebens ihre Hände,
eh sie vereint das letzte Band.
Sie reichen alle doch am Ende
einander eine Totenhand.

Offenbach

O Offenbach, von dessen Zaubergeige
das Wunder blaut wie jenes Ritters Bart,
du aller Welten holde Gegenwart,
von Lust und Schmerz unsagbar zarte Neige!

Auf deiner Erde war mir zu erschauen
das Farbenglück von allen Jahreszeiten
und Würdefall in alle Menschlichkeiten
und süßes Weh der gruftbefreiten Frauen.

O Offenbach, vor deinem Narrenchor
wie lahmt die Welt, die deinem Ton verschlossen!
Hab' einst ich ihren Mißton ausgenossen,
ich öffne Blaubarts Grabgesang mein Ohr.

Die Lerche

Im Schlaf wir alle? Und der Traum gemeinsam?
Wir träumten so? Wir wurden so geträumt?
Wer träumte so uns, daß die Traumgestalten,
wir selbst, den Druck, die bunte Wirrnis lebten
und traten aus dem Traum, ihn zu vollbringen?
Doch mit dem Träumer sind wir nun erwacht,
und wollen diesen Tag uns anders träumen,
und wollen, zwischen Mensch und Gottheit lebend,
nie wieder gegen Götter uns erheben
und dennoch lufthoch über Menschen sein!
Wofern sie diesen Traum mit uns geträumt,
so haben sie, wenn allzu irdisch Denken
aus andrer Luft ein Gleichnis noch empfängt,
in uns ihr Tun erkannt und daß Gewalt
den Raum der Welt erobernd nicht erfüllt,
nur leert. Nicht wollen wir, daß sie als Götter
uns ehren, aber sich als Menschen! Dies der Sinn
des Traums. Ein Spiel der Ängste jenes Traums,
den sie vergaßen. Möchten sie ihn so
behalten! Wenn ihr Tun Natur nicht stört,
so lieben wir sie. Schwester Nachtigall
sagt gute Nacht zu ihrer Liebe; ich,
die Lerche, bringe ihrem Tagwerk
den guten Tag. Sind anders sie – uns bleibt
die Schreckgestalt, die wir im Traum gesehn,
und etwas von dem Haß, den wir geträumt:
denn wir vergessen nicht im Flug, wie sie.
Bis wir es wissen, wollen wir sie fliehn
und bleiben, die wir sind, und unter uns!
Doch sei, was wir uns wünschen, ihnen selbst
gewährt, das Glück, vom Bösen frei zu sein.
So teilen wir uns in den Sinn des Spiels:
träumten wir euch, wir wollen es behalten:
träumtet ihr uns, behaltet es mit uns!

Wir sind erwacht. Behüten wir das Glück.
Wir träumten Macht. Wir leben Republik!
Frei lebt der Vogel, dankbar der Natur,
wir ziehn die neue, ziehn die alte Spur.
So heimzukehren, ist der größte Sieg;
so stehn wir auf zum Schwur: Nie wieder Krieg!
Laßt uns erneut an alte Lust gewöhnen.
Die Lerche steigt, die Gottheit zu versöhnen.
Beseligt weih' ich diesen Morgen ein.
Der Mensch ist fort. Die Luft ist rein!

WORTE IN VERSEN
VIII

MARY DOBRŽENSKÝ
gewidmet

Vergeltung

Tags dringt es tiefer mir in Aug und Ohr,
als Aug und Ohr tief darin eingedrungen.
So bleibt ein Rest von Leben, der geschlungen
sich bis ins Sinnendickicht mir verlor.

Ein Irgendwas entrann dem Stimmenchor,
der als Verhängnis meiner Stimme waltet,
Abriß von etwas, das noch ungestaltet,
und stellt sich mir am Tor des Traumes vor.

Ein Mißgestaltes hat mir mißgeklungen,
daß ich mich nachtwärts dieser Schöpfung schäme,
eh meine müden Sinne ausgerungen.

Und wie ich in das Schreckbild mich bequeme,
hat ein Geräusch mich in den Schlaf gesungen,
damit an Aug und Ohr es Rache nehme.

Das Kind

Die alte Miß schalt mit dem Kind,
und schweigend stand es diesem Walten.
Und Stille ward und nun erschallt
ein Vogelruf im nahen Wald.
Da sprach der Knabe zu der Alten
ein Wort, so kindlich hochgesinnt,
so klein und doch so wohlgestalt:
O Miß, die Vögel hier im Wald –
was werden sie von deiner Stimme halten?

Radio

Hat Menschengeist Natur so aufgestört,
daß er sie zwingt, von allem, was da tönt,
ins taube Ohr der Menschheit zu ergießen?
Welch mißgestimmtes Maß im Allgenießen,
wie sie Musik aus allen Sphären hört
und nichts von jedem Jammer, der da stöhnt!

O Trost und Trug der Trübsal, die vernimmt,
daß irgendwo die Unbeschwerten tanzen
und irgendwo das Leben ohne Last.
Sie selbst trägt auf dem Rücken ihren Ranzen,
und die das Schicksal an der Kehle faßt,
erfahren, daß die Sänger wohlgestimmt.

Verkehrter Fortschritt in die Weltenkluft,
den schmerzvoll die Natur zur Umkehr wendet,
auf daß die Sänger mit den Hörern tauschen.
Erfüllt vom Gram der Erde sei die Luft!
Auf allen Wellen sei das Weh gesendet,
daß alle Frohen allen Seufzern lauschen!

Mißton der Menschlichkeit, Choral der Qualen,
stürz in das grausam lustverwöhnte Ohr
und lasse den Diskant der Dinge hören!
Und was als Wehlaut sich ins All verlor,
soll an dem Tag, der diese Schuld wird zahlen,
erschallen euch als die Musik der Sphären!

Der Strom

Meines Geistes Quell entsprang
deiner Schönheit Höhe.
Wie er wild die Welt durchdrang,
ward ihm wind und wehe.

Und entreißend Stück um Stück
häßlichem Geschehen,
immer zog es ihn zurück
nach der Schöpfung Höhen.

Wirbelnd schuf des Stromes Kraft
Haß in solcher Nähe,
sehnend, daß es aufgerafft
abwärts stiller gehe.

Eh' es mündet, werd' ich spät
jene Schönheit sehen.
Wie vom Ursprung angeweht,
werden Sterne stehen.

Die Zeitung

Ein Wust von Wahnsinn, Höllenschlünde klaffen,
das Wort ist leer und es gebärt die Tat,
Gebild aus Zufall und Naturverrat.
So ward das Chaos aus der Welt erschaffen.

Die Sage

Die unsagbarste aller Heldensagen,
erlitten und vergessen heut und hier:
Als die Väter des Kaisers Rock ausgetragen,
waren die Windeln aus Zeitungspapier.

Begleit- und Folgeerscheinung

Salutieren:
vor Narren die Hand zur Stirne führen.
Kriegführende Tröpfe:
darob schütteln noch heut die Kranken die Köpfe.

Ganz einfach

Diplomaten belügen Journalisten
und glauben es, wenn es aufgeschmiert.
Nun fehlt noch, daß auch die Völker wüßten,
wie man sie regiert und in Kriege führt.

Der große Betrug

Ein Stahlbad, sagten sie, sei der Krieg,
ein wahrer Krafterneurer.
Da ward bis zum unabwendbaren Sieg
uns das Vaterland täglich teurer.

Wir haben ihm Gut und Blut gezollt,
um dies Gefühl zu beweisen.
Bald kam die Zeit, wo man uns für Gold
nur Dreck gab und kein Eisen.

Sie haben uns den Magen genährt
mit dem Trost der besseren Zeiten.
Bis dahin konnten sie ungestört
ein Diebstahlbad sich bereiten.

An einen Prälaten

Wie? Seelensanierung nach dem Kriege
betreiben die, die ihn betrieben?
Wenn nicht alles trügt, ist mit dem Siege
auch der Aufschwung der Seelen ausgeblieben!
Den sie zu einer Zeit uns verschrieben,
als wir Ungläubigen vor der Lüge
einer gottlosen Glorie von Dieben,
die ihren Nächsten zu lieben belieben
und ihm die Nahrung nahmen zur eignen Genüge,
schon spieben.

Je nachdem

Aus zwei Teilen besteht das Vaterland,
die nichts miteinander noch je verband,
und nichts wird sie je miteinander verbinden:
Wer nicht vorn steht, wird nur den Nachteil finden.

Anschluß

Wenn's zum Anschließen kommt, bleib' ich verdrossen
und laß meine Hände im Schoße ruhn.
Was hätte ich denn in Deutschland zu tun?
Ich bin an Österreich noch nicht angeschlossen!

Hindenburg

Das richtige Haupt für dieses Land,
jede andere Wahl war Lüge.
Kein deutsches Herz, das sich nicht erkannt
im Reglement dieser Züge.

Da gibt es nur Deutsche und keine Partei,
denn jegliche dafür einsteht:
nichts kann geschehn, solang fest und treu
ein Wachtmeister am Rhein steht.

Deutsche Natur

In der sächsischen Schweiz ist ein Wasserfall,
der nicht immer im Betriebe.
Wer sich erfreun will an seinem Schall,
vorerst eine Schiebstange schiebe.
Wirfst dann zehn Pfennig du hinein,
so wird die Naturkraft im Schwunge sein.
Und dazu spielt noch ein Grammophon,
daß in den Bergen die Freiheit wohn'.
Doch die sie genossen, beklagten zumeist,
sie wären von Feinden eingekreist.

Das Wunder von Ragusa

Wenn eine Madonna die Augen bewegt,
so ist das kein frommer Plunder.
Wo das käufliche Wort ein Kreuzel trägt,
da geschehn mehr Zeichen als Wunder.

Die Reichspost, die sich nicht fassen kann,
seit sie jene Kunde vernommen,
sie hält vor Schauder den Atem an –
das kann uns jedenfalls frommen.

Die Frommen staunen und stehen starr,
weil sich die Madonna bewegt hat.
Die Kunde klingt weit minder bizarr,
wenn man sie sich mehr überlegt hat.

Leicht nimmt das Volk als ein Wunder in Kauf,
was da wohl die Madonna behext hat.
In Wahrheit gehn ihr die Augen auf,
weil die Reichspost das Kreuz im Text hat.

Ja ist denn, was sie für Ragusa geglaubt,
in diesen Zeiten ein Wunder?
Die Muttergottes schüttelt das Haupt,
denn sie zweifelt an ihrem Funder.

Starker Gegensatz

Ich kehrte aus Deutschland soeben
zurück nach Österreich.
Dort gibt's kein schönes Leben,
und hier eine schöne Leich'.

Österreichs Beliebtheit

Es scheint uns wieder besser zu geraten,
nicht nötig ist's die Trübsal zu verlängern:
verdorben wurden wir durch Diplomaten,
gerettet von den Operettensängern.

Mit den zum Führerfach berufnen Fürsten
da hatten wahrlich wir zu wenig Glück.
Wenn schon vertreten von Hanswürsten,
dann, meint die Welt, gleich lieber mit Musik!

Selbst keinen Bismarck brauch'mr, fortgeführt
wird sein politisch garstig Lied zum Liedel:
was Schwert und Feder uns ruiniert,
das richtet man sich mit der Fiedel.

Nach Nestroy

(Der Zerrissene)

»Sich so zu verstell'n, na da g'hört was dazur«*

Wir hab'n einen kleinen, aber gemütlichen Staat,
Den saniert jetzt ein Kanzler, und der ist ein Prälat.
Als Prälat zelebriert er des öftern die Messe
Und als Kanzler verfolgt er dasselbe Intresse.
Doch halt ... man muß ja auch der Presse und vor allen
Den Juden, versteht sich den reichen, jetzt g'fallen.
Man gibt Gott, was Gottes, und daneben den Banken,
Was ihnen gebührt, und sie können Gott danken,
Der wieder den Kaiser erhalten soll in einer Tour.
So all's zu sanieren, na da g'hört was dazur!

»So gibt es halt allerhand Leut' auf der Welt«*

In Deutschland geht's zu – na wer weiß, ob es wahr,
Im Bräuhaus bezwang erst der Hitler den Kahr.
Doch gelang es dem Kahr, aus dem Bräuhaus zu gelangen,
Ja noch mehr, gleich darauf auch den Hitler zu fangen.
Nur leider hat man noch nichts davon gehört,
Ob der Hitler zugleich auch den Kahr eingesperrt.
Den Kronprinzen haben s' hinein, den Ludendorff hinaus
g'lassen,
Versteht sich gegen Ehrenwort, da ist nicht zu spassen,
Denn der Ludendorff hat die Ehre und der Stinnes das Geld.
So gibt es halt allerhand Republikaner auf der Welt.

---

* Siehe Band VI und VII

(Der Talisman)

»Da hab' i schon g'nur«*

Das Schicksal hat sich endlich dem deutschen Volk zugewandt.
Jetzt macht sich's: der Kronprinz ist wieder im Land!
Wie ein' Bissen Brot brauchen s' ihn und der Heimat zum Glück
Kehrt er endlich als schlichter Privatmann zurück.
Und für alle Fälle gibt er noch sein Ehrenwort dazur . . .
No is das net g'nur?

Wie soll man das neue Geld titulieren?
Die Krone? Gott beschütze! Den Frank? Nicht anrühren!
Vielleicht Ostmark? Bei Wotan, da faßt mich ein Graus,
Da gibt die Nationalbank kein Papiergeld heraus.
Ein' Stüber! Da halt' ich Tasche und Nas'n mir zur.
Da hab' i am Namen schon g'nur!

Jetzt hat er uns ganz schon saniert, das ist g'scheit
Und das freut seine Leut' und auch unsere Leut'.
Er hat es bis heut' so erfolgreich betrieben,
Daß ihm zum Sanieren nichts übrig geblieben.
So saniert er die Seel'n noch in einer Tour.
Aber jetzt hätt' mr g'nur!

Das Letzte, was uns nach dem Weltkrieg geblieben,
Die Ehre, die hab'n wir dem Teufel verschrieben.
Der lacht sich in Genf seinen Buckel voll:
Tu felix Austria stehst unter Kontroll'.
Jetzt tut s' auf die Herrn aller Länder harr'n –
Und kriegt erst einen Schmarr'n.

Sitzt wo ein Paarl in ein' Separee,
Da ist ganz gewiß die Polizei in der Näh.
Hat ein Madl geliebt, und sie fürchtet die Schand',
So ist der Staatsanwalt gleich bei der Hand.

---

* Siehe Band VI und VII

Rauben s' 'n Staat als a ganzer, macht die Augen er zur.
Denn das is wirkli net g'nur!

Wenn ich in der Woch'n recht aufhauerisch war,
Dann bet' ich am Sonntag aus'n Journal mit dem Bahr.
Gegen den ist der heilige Franziskus ein Schmock,
Und ich glaub' selbst an die Renaissance vom Barock.
Und Dorfkirchl schaut ihm halt alleweil zur –
Und hat no net g'nur!

Am Abend wird g'spielt, wenn niemand im Haus gleich,
Bei Tag, da ist Ausgleich, mit die Theater is's aus gleich.
Die Theaterrubrik handelt von Gerichtssaalsachen,
Das Publikum kriegt keinen Schlaf bei dem Krachen.
Ich bitt', sperren S' etwas geräuschloser zur.
Denn jetzt sind schon g'nur!

Er übertrifft ganz gewiß seine Vorgänger weit,
Frau Fanto trägt ein Ecru-Creme-Crepe-Souplekleid.
Sie sind alle erschienen, die Niedern und Obern,
Die Jugend will sich das Tanzrecht erobern.
Der Präsident der Concordia ist ein kreuzlustiger Bua;
Der hat no net g'nur!

Der Richard Strauß gilt als Wiens größte Geisteserscheinung;
Darüber hab' ich meine eigene Meinung.
Von mir heißt's, ich hab' nix und bild' mir was ein,
Als möchte von mir das »Schlagobers« sein.
Oder als wär' ich gar Hausherr im Belveder'.
Ja, da hätt' ich mehr!

Ein Liebling entschließt sich, einen Vortrag zu halten.
Das ist nicht so leicht, hic Rhodus hic Salten!
Da läßt sich gewiß gewinnen viel Ehr'.
Doch g'hören ein paar Leut' halt ins Stehparterre.
Zwei Grenadiere zogen zu ein' Rendezvous.
No is das net g'nur?

Zweihundert Vorträge hab' ich gehalten:
Das ging nicht hinein in die Zeitungsspalten.
Das Schweigen war das beredteste Zeugnis,
Sie war'n ja nur sprachlos vor dem Ereignis,
Was? Tot geschwiegen? Gar keine Spur:
Zweihundert is g'nur!

»Ja, die Zeit ändert viel«*

Fünf Jahr' sind's, da hatten aus Furcht vor dem Zorn
Des mißhandelten Volkes den Kopf sie verlor'n
Und auf den Knieen gedankt, daß das Volk ihn behalten
Und die Schmach nicht gerächt an den alten Gewalten.
Jetzt sind sie wieder frech und verachten die Hände,
Die sie leider bewahrt vor dem endlichen Ende.
Was gilt's – nach fünf Jahren sind sie wieder still!
Ja, die Zeit ändert viel!

Wie der Mortimer einst vor den Papst ist getreten,
Da verging ihm Hören und Sehen und Beten.
Wie ward ihm bei diesem besondern Begegnen,
Als jener daherkam, die Völker zu segnen!
Doch er hat sich derfangen und mit Interesse
Las ich neulich seinen Bericht in der Presse.
Denn die hat ja Gelegenheit beim Papst, wann sie will.
Ja, die Zeit ändert viel.

Ich denk's noch, es hat eine Zeit einst gegeben,
Da konnte man auch ein Theater erleben.
Längst ausgeträumt ist heute der Traum,
Selbst nicht für'n Schlaf hat die Raumbühne Raum.
Galgen und Radio sind der Sprache errichtet
Und kein Ohr vernimmt, was der Goethe gedichtet.
Der Zeit ihre Kunst, die die Herzen erfreut!
G'hört ihr schon, der Zeit.

* Siehe Band VI und VII

Ich hab' in meinem Leben viel Kämpfe geführt
Und hab' die Feinde nicht vor den Feinden blamiert.
Was kann die satirische Mühe denn nutzen?
Im nächsten Krieg wird die Schalek den Graben ausputzen!
Nur die bleiben gesund, die das Wort umgebracht,
Als Spiegelmensch jeder ins Fäustchen sich lacht.
Sie leben, sie treiben, sie schreiben ihren Stil –
Meiner ändert nicht viel.

Die Zeit ändert nix, dazu hat sie ka Zeit.
Drum änder' ich, was damals gesungen, für heut'.
Heut' säh' auch der Nestroy nur alles verschandelt
Und nichts hätt' sich außer'm Couplet ihm verwandelt.
Unverändert die Dummheit, nur schwarz umrändert,
Hier schwarzgelb und dort schwarzweißrot bebändert.
Eh die Zeit mich totschlägt, hab' ich eine Freud':
Ich vertreib' mir die Zeit!

(Der konfuse Zauberer)

Lied des Konfusius von der Treue

Wer ewig sich bindet, der werde geprüft,
Doch die Völkertreu' wird ausgebaut und vertieft.
Sie gehn in den Weltkrieg gemeinsam z'erst und
Sie gehn dann auch Schulter an Schulter zu Grund.
Und selbstlos sagt jed's, schuld der andere sei.
Meiner Treu, es geht nix über die Nibelungentreu'.

»Mit Gewalt muß der Mensch melancholisch da wer'n«

Die hat mich erheitert, daß ich tanzen grad möcht',
's is a schöne Erfindung, das schöne Geschlecht.
Wann einer das g'ringste geg'n die Frau'nzimmer sagt,
So hat er's mit mir z'tun. Gar mancher oft klagt,

Daß d'Weiber so schlimm sein, sie fahr'n ei'm in d'Haar,
Wann s' bös wer'n, ich glaub's nicht, o, das ist nit wahr,
Viele sagen, sie kratzen ei'm die Aug'n aus im Zorn,
Ah, so was tät' keine, 's ist ausg'sprengt nur wor'n.

Jodler, der abbricht
– Die Melancholie steigt herauf

Doch wann ich an mein Schicksal denk', 's is a stark's Stuck,
Da kommt mir die Melancholie wieder z'ruck.
Da tröst' mich kein Frau'nzimmer, all's is umsunst,
Denn was d'Weiber red'n, is nur blauer Dunst.
In der Mod' zeigt sich der Charakter vor all'n,
Von einem Extrem tun s' ins andere verfall'n.
Früher konnten die Ärmel nit weit genug sein,
Bei der Tür haben s' nur können nach der Seiten hinein,
Jetzt tragen sie s' ganz eng, ohne Falb'ln, ohne Kraus',
Mancher Arm nimmt sich wiar a Tabakröhrl aus.
D'Frisur war ganz g'schleckt auf chinesische Art,
Jetzt sein s' wieder auf unbändige Locken vernarrt.
Solche Locken, die decken oft 's ganze G'sicht zur,
's schaut nix als a langmächtige Nasen hervur.
Ja, so was zu sehn, sei es auch nur von fern,
Mit Gewalt muß der Mensch melancholisch da wer'n.

Trauerjodler, der abbricht
– Die Melancholie versinkt

Doch gibt es ja Gottseidank außer ein' Weib
In den heutigen Zeiten auch sonst Zeitvertreib.
Man kann sich bei Tag und bei Nacht jetzt zerstreu'n
Und sich täglich zweimal seines Lebens erfreu'n.
Die Welt steht am Kopf und der Papst hat a Freud'
Und gesagt hat er's einem von unsere Leut'.
Man muß sich's nur vorstell'n, so vergißt man es nie –
Die Freie Presse befreit von der Melancholie.

Jodler
– Die Melancholie steigt herauf

Drum les' ich die Zeitung; doch ich geh' in kein Stuck,
Sonst kommt mir die Melancholie wieder z'ruck.
Sitz' ich im Theater, da is alles umsunst –
So Theater zu spielen, das is schon eine Kunst.
Jetzt spiel'n s' ohne Kulissen; denn ohne Talent
Sie spielen zu sehn, das war man schon g'wöhnt.
Im Bühnenraum fallen sie durch und darum
Drehn sie ihn halt spielend in a Raumbühne um.
Das Kulturwandl g'wendet, is als a ganzer kein Rock,
Aber die Zeit hat ihre Kunst halt und die Zeitung ihr'n
Schmock.

Nach allem, was ich von dem Zauber gehört,
Soll er faul sein: die Herrschaften zaubern verkehrt.
Das is nix für mich, nein vor so was mir graust
Und ich bin ja ein Magier auf eigene Faust.
Doch zum Nestroy ins Burgtheater – glaub'n S', da geh ich
gern?
Mit Gewalt muß der Mensch melancholisch dort wer'n!

Trauerjodler
– Die Melancholie versinkt

Doch das politische Theater reißt mich wieder 'raus –
Da kann ich mich kugeln, da spend' ich Applaus!
Da gibt's noch a Hetz', da bedrückt uns kein Weh,
Und im rechten Moment haben s' die rechte Idee.
Is die Republik betteltutti, da wissen s' ein' Trost:
Sie geben ihr ganz einfach die Habsburger in Kost.
Da pumpert mein Herz, ich kann gar nicht sagen wie –
Sehn S', der Seipel saniert von der Melancholie!

Jodler
– Die Melancholie steigt herauf

Mir wird konfus bei dem Zauber, und wenn auf die Republik
Fällt mein Blick, kommt mir gleich die Melancholie wieder
z'rück.

Ich denk' mir, dafür hat's einen Weltkrieg gegeben!
Sie wollen, was sie erlebt hab'n, halt wiederum erleben.
Den aufg'wärmten Kaiserschmarrn möchten s' noch einmal
essen,
Aber daß er ihnen im Magen g'leg'n, das hab'n s' vergessen.
Ja, die Weisheit der Welt an dem Grundsatz sich spießt:
Aufs Gehabte gibt der Jud nix, dafür aber der Christ.
Zur Freiheit, sag'n s' selber, sind sie halt noch nicht reif,
Und ich muß offen gestehn, daß ich den Stolz nicht begreif'.
Denn ich glaub' halt und ich bin es zu sagen so frei:
Sie sind nicht einmal reif noch zur Sklaverei.
Durch Schaden werd'n s' dumm, können vom Krieg nicht
g'nug kriegen
Und das Volk, sagt der Nestroy, is ein Ries' in der Wieg'n.
Und der braucht einen Knirps halt zu seinem Herrn.
Mit Gewalt muß der Mensch melancholisch da wer'n!

Trauerjodler
– Die Melancholie versinkt

Trotz allem, ich g'freu mich, 's wird alles wie früher,
Der Tod und die Not waren schlechte Erzieher.
Zu was brauchen wir diese republikanischen Faxen?
So lass'n mr dem Doppelaar die Flügerln halt wachsen!
's is allerhöchste Zeit, daß er dasteht wie a Phönix.
Die hier harr'n des Kaisers, die drüben des Königs.
Krieg'n mr erst diesen Schirm wieder, is mit'n Mieterschutz
aus
Und bei die Hausherrn da zieht die Melancholie aus'm Haus.

Jodler
– Die Melancholie steigt herauf

Doch auf einmal verstummt nun das Freudengeschrei:
Der Wirt hat die Rechnung g'macht ohne die Partei!

Die blast ihm zum Rückzug und feuert Decharge
Und statt 'n Doppeladlermarsch spiel'n s' den Zinsgeier-
marsch.
Statt mit dem Friedenszins friedlich herauszurucken,
Werden die Pultdeckel geschlagen als wie eine Brucken,
Daß in dem Schlachtengetös vergeht Hören und Sehn
Selbst dem edlen Ritter dem Prinz Vaugoen.
Und mit Trommeln und Pfeifen, Trompeten und Tschinell'n
Spiel'n s' besser als die beste Militärkapell'n.
Die alte Musik war zur Begleitung der Toten;
Den Lebendigen spiel'n s' auf nach ganz anderen Noten.
Denn die woll'n nix als daß zu des Vaterlands Ehren
Die Mütter auch ferner in Schmerzen gebären
Und der Zins sei erhöht an Gut und an Blut.
Nein, da wird selbst dem Teufel melancholisch zu Mut!

Trauerjodler
– Die Melancholie versinkt

Bläst man manchmal auch Trübsal in dem Land aus Passion,
So pfeift's doch auch wieder aus ein' ganz andern Ton.
Da gibt man den Glauben an den Staat noch nicht auf,
Denn der hat a Justiz und die nimmt ihren Lauf.
Sie ruckt aus, von die großen Dieb' einen zu hängen –
Nein, da woll'n wir uns nicht in die Amtshandlung mengen!
Zwar, grad wie's ihn fangen woll'n, is er auf und davon,
Aber wann er zurückkommt, da kriegen s' ihn schon.

Jodler
– Die Melancholie steigt herauf

Ja, ein Frauenzimmer gibt es, die kenn' ich vor allen,
Die ist eine G'fallene, aber mir tut s' nicht gefallen.
Denn sie ist dem nur zu G'fallen, der von Rang und von Macht,
Und ich glaub', sie geht unbefugt aus bei der Nacht.
Sie ist nicht sehr schön und ist längst schon kein Kind,
Aber sie spielt blinde Kuh und hat vor d'Augen a Bind'.

Mit die Großen spielt s' Fangerl, aber die Kleinen tut s' fangen;
Manch ein Fuß bleibt jetzt frei, manche Hand hat heut Spangen.
»Ohne Ansehn der Person« – das is reiner Hohn,
Man sieht bloß, ohne Ansehn steht s' da, die Person!
Und seh' ich, wie sie's treibt im Namen der Republik,
Da kommt mir die Monarchie wieder z'rück.
Und der Castiglioni kommt z'rück und 's is alles gerührt
Und sie sagen Hab' die Ehre, wem Ehre gebührt,
Und der Staat kann ihn gern hab'n, wie er ihn hat gern.
Mit Gewalt muß der Mensch patriotisch da wer'n!

Trauerjodler

Der Mäzen

Er sitzt nicht in der Galeere,
er sitzt in der Galerie.
Die Justiz sagt Habe die Ehre
zu einem Finanzgenie.

Wer einen Schilling gestohlen,
erlebt ihren vollen Verdruß.
Doch erlaubt sie, zehn Rubens zu holen
mit etwas Spiritus.

Am allergeringsten Diebe
erstarkt ein schwächlicher Staat.
Mit christlicher Nächstenliebe
umfängt er ein Syndikat.

Stets steht er auf seinem Posten,
wenn wer ein Stück Fleisch stibitzt.
Dem wird's den Hals nicht kosten,
der ihn bereits besitzt.

Veruntreuung? Was denkt man!
Es spielt in höheren Rängen!
Die kleinen Sammler hängt man,
die großen läßt man hängen.

Nie wird die Gerechtigkeit handeln,
ohne durch die Binde zu sehn.
Unter Palmas ungestraft wandeln
gestattet sie dem Mäzen.

Und nach Italien reist er,
und sie nimmt vor ihm ihren Lauf.
Kehrt er heim, so hängt er die Meister
gleich über der Kassa auf.

Manch Tiepolo blickt hernieder
auf diesen Tatbestand.
Wo auf der Welt gibts wieder
ein so kulturvolles Land?

Manch Correggio glüht in Farben
von einer unsterblichen Scham,
daß Gottes Geschöpfe starben
und dieser ihn bekam!

Millionen Augen geschlossen
für solches Vaterlands Ehr'
und Gottes Schöpfung genossen
von einem Millionär!

Erstickt alles göttliche Sehnen,
kein Meister ruft es zurück.
Die Kunst gehört den Hyänen
und ihrem berufenen Blick.

Da fehlt ein Bild; vermißt es,
wo himmlische Gnade starb.
Ein Höllenbreughel ist es,
den sich diese Welt erwarb.

Aufruf

Nichts hab auf dieser großen Gotteswelt
ich mir mein Lebtag schwerer vorgestellt
als daß selbst sie, des holden Lebens Diebe,
getaucht ins tiefe Element der Triebe,
erleben den Moment des in der Lust Seins,
den einen, letzten, eines Unbewußtseins –
verwandelt, wie es da handelt und redt,
zu dem gottlosen Greuel: der Bürger im Bett.
Natur zu rächen, ruf ich die Naturen
zum Generalstreik der Mütter und Huren!

§ 144

Aufhebung des Verbots? Daß ich nicht lache!
Es bleibt immer eine halbe Sache.
Nichts hilft als vor dieser Schöpfung Nieten
die Fruchtabtreibung zu gebieten!

Derselbe

Die Geburt geschah hinterm Gitter,
ein Paragraph war die Zange.
Wird dieser Menschheit nicht bange
bei der Musterung der Mütter?

Derselbe

Von einem andern Schöpfungsfluche tät ich hören:
Mit Wut sollst du Kinder gebären!

Derselbe

Zu groß ist der staatliche Widerstand,
es wird alles beim Alten bleiben.
Den Müttern gedenkt einst das Vaterland
die Erwachsenen abzutreiben.

Derselbe

Bewahret euch vor dieser Zukunft Graus,
die Früchte werden's fürchterlich vergelten.
Treibt ihr sie nicht ab, sie wachsen sich aus
zu Richtern und Staatsanwälten!

Veränderung

Wie ich das Aussehn unsrer Themis finde?
Mir scheint, als ob sie sich verändert hätt'.
Sie hat vor den Augen keine Binde,
doch vor der Stirn ein Brett.

Eine heißt jetzt anders

Wenn eine der nicht befugten Damen,
um ihr Gewerbe weiter zu treiben
und dabei unerkannt zu bleiben,
plötzlich verändert hat ihren Namen,
in solchem Falle sagt sich, es sei
bedenklich, die Sittenpolizei.
In ebendemselben Sinne sei
gemeldet, daß eine von diesen Damen,
um ihr Gewerbe weiter zu treiben
und dabei unerkannt zu bleiben,
plötzlich verändert hat ihren Namen.

Die Schnüffler

Ein Griff – ein Bett! verheißt die Zeitung hinten,
sie, die um Geld noch jedes Schlaflied pfiff.
Und vorne schreibt sie mit ganz andern Tinten.
Liegt wer schon drin, so gilt: Ein Bett – ein Griff!

Bekanntlich

Wie's mit dem Lettern- und Lügenschall
der Presse in Wahrheit bewandt ist?
»Bekanntlich« sagt sie von jedem Fall,
wo ihr nicht das geringste bekannt ist.
Da macht sie sich wahrlich nicht allzuviel draus
und setzt, was nicht ist, als bekannt voraus.

Gerüchte

Warum man so viel mir nachsagen kann
und wie ich dennoch bin heil?
Etwas ist stets an den Dingen dran,
nämlich das Gegenteil.

Der Wicht

Kein wahres Wort hat der Wicht noch verloren,
er muß sich alles aus dem Finger lutschen.
Jetzt sagt er, ich sei mit einem Buckel geboren.
Ist es wahr, kann er mir ihn herunterrutschen.

Derselbe

Seht, wie er es aufdeckt, wie er alles erhellt
und die Dinge ins rechte Spülicht stellt.

Tempora, mores

Wie einer einst im Kinderzimmer,
was sich nicht schickt, hat angestellt,
dergleichen erlebt man zwar noch immer,
doch mehr publizistisch, vor aller Welt.
Der Lausbub hat sich aus dem Winkel gestellt.

Das Ideal

Es gehört zu der Welt allerseltsamsten Dingen,
daß Druckerschwärze dem Gedanken wird:
einer werde zerspringen.
Doch wie eben menschliches Streben irrt:
es wird nicht gelingen.

Das gute Gewissen

Ganz resolut, als ob's in Ordnung wäre,
verübt der Zeitungslump die Lumperei.
Kein Wertbestand, der ihm nicht einerlei,
das Schänden, scheint es, schafft die wahre Ehre.
Den ehrlichen Mann erfaßt ein Neid
vor dem guten Gewissen der Schlechtigkeit.

Das Infamilienblatt

Nein, keine Peitsche, sie vermehrt das Gfrett,
man muß da die Methode tauschen.
Geprügelt kroch der Köter unters Bett,
um das Geheimnis besser zu belauschen.

Austausch der Werte

Wie der Familie längst die Prostitution gelungen,
so ist der Bürgersinn auch ins Bordell gedrungen.
Die Tugend trägt viel Schmutz und Schlacken
und das Laster ist freudenhausbacken.

Der Heuchler

Gleich solchen, die da tugendlich prunken,
hab ich mich insgeheim entschädigt.
Ich habe Wein gepredigt
und Wasser getrunken.

Merkspruch für Eheleute

Gar manche Ehe wär' wieder verbunden,
hätten die Teile die Trennung vom Tisch gefunden.

Eifersucht

Wie er sie selbst in seine Arme nahm
und keinen Grund zur Eifersucht nun hatte,
ihn nichts so sehr wie diese überkam:
das war die Sicherheit, er sei der Gatte.
Und weit und breit war keine andre Seele.
In solchem Zweifelsfalle fand er Rat:
und so ertappt' er sich auf frischer Tat
und packte sich bei seiner eignen Kehle.

Perversität

Der Sinn der Sinnenlust: daß Leiber sich erlaben.
Weh dem, der sich vermißt, dabei noch Geist zu haben!

Die Anregenden

Als sie zu dir kam, ach wie warst du angeregt!
Du bist's und bleibst's, seit sie sich von dir fortbewegt.
Im Schatten ruht sich's gut des selbstgeschaffnen Lichts,
und nichts verlierst du, stellst du deine Sach' auf nichts.

Die Unentbehrlichen

Ohne Frau könnt' man nicht leben?
So lasse man sich begraben.
Mir soll sie die Kraft erheben,
bis ans Grab grenzt dies mein Streben,
denn wahrlich, man braucht sie eben:
ohne sie nicht gelebt zu haben.

Post festum

Schöner als in die Sonne zu sehn
ist es, vor ihr die Augen zu schließen.
Dann erst werden sie übergehn
und du wirst Farbenwunder genießen.

Gewitter im Winter

Allbekannt sind jene Blitze,
hergebracht vom blauen Dunst.
Wettern sie durch Sommerhitze,
ist's Natur und keine Kunst.

Aber wenn im Frost erzittert
jeglicher Naturbesitz,
welch ein Wunder, wie's gewittert!
Und den Winter traf der Blitz.

Du bist so sonderbar in eins gefügt

Du bist so sonderbar in eins gefügt
aus allem, was an allen mir behagte.
Du hast etwas von einer, die belügt,
und von der andern, die die Wahrheit sagte.

Du hast den Blick, der mir zum Glück genügt,
die Stimme, die es fühlte und nicht sagte;
begrenzt wie die, an die der Wunsch sich wagte,
unendlich an Erfüllung angeschmiegt.

Die Züge der Besiegten, die besiegt,
sind Spiegel aller Wonne, die mich plagte
und allen Zwistes, der am Herzen nagte,

und daß ich mich vergnügte und verzagte,
und wie ich im Gewinn Verlust beklagte
von Federleichtem, das ein Leben wiegt.

Am Kreuz

Du, die so grenzenlos im Ungefühl,
dich auszudenken wird ein Fluch dem Beter!
Zum Pfuhl des Abgrunds weitet sich ein Pfühl,
dein Gnadenblick wird zum Verräter.

Und diesen Weg, der weit von mir dich führt,
ihn wandelt meine Lust bis an das Ende,
wo jenes Feuer, das du aufgerührt,
verflackert an der Wahnsinnswende.

Dort steht ein Kreuz, das ich mir selbst erbaut
aus zwei Gedanken, die einander kreuzten:
ich hab dem Himmel Gluten angetraut,
die mir die Hölle überheizten.

Welch eine Sehnsucht hat mich aufgestürmt,
daß ich an der Erfüllung leide.
Weh, daß ich einen Reichtum mir getürmt,
um den ich als dein Bettler mich beneide!

Das Wunder

Als von tiefen Abendschatten ward mein armes Herz
verdunkelt,
sah ich plötzlich, daß ein Stern noch mir in deinem
Auge funkelt.
Und durch deine Züge zog ein Leuchten wie von
jenem Lichte,
als der Schöpfer sich erkannte in der Schönheit
Urgesichte.

Da ich schaudernd mich vermutet außer des Natur-
glücks Grenzen,
unvermutet übergoß mein armes Haupt ein
großes Glänzen.
Denn durch deine Züge zog ein Leuchten wie von
jenem Lichte,
und es standen Nachtgedanken strahlend auf als
Taggedichte.

So brauchst du niemand außer dir zu lieben
und liebst doch alle, liebt dich einer so.
Und länger weilt der Augenblick, wo hüben
dein Auge blickt, der Ewigkeiten froh.

Und Freudenfeuer brannten lichterloh,
als ich aus jenes Zweikampfs Kräftemessen
in deine unbesiegte Ohnmacht floh,
und Wissen sank in seliges Vergessen.

Sag mir die Landschaft, die dein Auge sah,
da du dir nichts und alles ließt gefallen,
und welcher Himmelskörper war dir nah?

Und welche Sphäre hörtest du erschallen?
Denn außer dir war nichts zur Liebe da,
und sie war nicht von einem, nur von allen.

Die Schauspielerin

Das Stichwort fällt, gleich trittst du auf,
es drängen Partner sich zuhauf,
und stets gebeten, nie bedankt
spielst du, was man von dir verlangt,
und wie den vielen es gefiel,
stehst du und alles auf dem Spiel,
und oft gespielt und immer neu
und jeder will, daß er es sei,
und jeder durch die Maske spricht,
der nicht erkennt das Urgesicht
der monotonen Vielgestalt
und Wechselblicks Naturgewalt;
blickst insgeheim dich um und um,
spielt mit das ganze Publikum
und jeder fragt, wer heut sie wär',
man flüstert, Eros sei Souffleur;
süß schwindet diese Stimme hin,
die sich verlor von Anbeginn,
es lebt sich, bis der Vorhang fällt –
Applaus, versunken ist die Welt.

Analyse

Löst es nur auf und unbefangen dringt
bis auf den Rest der Werte und der Sachen.
Verschont die Kunst nicht, der es doch gelingt,
aus der Lösung wieder ein Rätsel zu machen.

Die Sprache

Mit heißem Herzen und Hirne
naht' ich ihr Nacht für Nacht.
Sie war eine dreiste Dirne,
die ich zur Jungfrau gemacht.

Herrin und Magd

Die Sprache beherrschen? Das wär' mir recht;
spricht man nur laut, gleich ist sie still?
So beherrsch' ich die Sprache, die ihr sprecht –
die meine macht mit mir, was sie will!

Arbeit

Die Qual, sie läßt mich nicht zur Wahl?
Ach doch, zum Schluß wähl' ich die Qual.

Kunstgeschmack

Ein Greuel vor Gott wird seine Welt,
wenn über Gott und die Welt der Philister spricht,
der das Kunstwerk für eine Genußsache hält
und die Genußsache nennt ein Gedicht.

Die Freiheit, die ich nicht meine

Die Freiheit, die möcht' ich echt haben,
drum möcht' ich sie früher befrein
von solchen, die zwar recht haben,
doch ohne berechtigt zu sein.
Denn die, deren die sich erfrecht haben,
ist die Freiheit nicht, die ich mein'!

Polemik

Was immer drauf los mit dem Knüppel geht,
das sind keine Künstler, nur Knoten.
Satiren, die der Zensor versteht,
werden mit Recht verboten.

Die neuen Räuber

Ein freies Leben auf des Weltkriegs Särgen
besingt der neue Libertinerchor.
Nur fehlt den Schufterles und Spiegelbergen
ein Schweizer und zumal ein Moor.

Bekessys Sendung

Die Freiheit hat dem Auswurf erlaubt,
die Korruption zu verkünden.
Hoch trägt die neue Presse das Haupt,
auf dem die Butter zu finden.

Die alten Diebe waren bedacht,
den Raub in Ruhe zu teilen.
Sie haben damit kein Aufsehn gemacht,
sie stahlen zwischen den Zeilen.

Die Schmach, die unter die Sonne sich traut,
sie glänzt in den fettern Lettern.
Den hellen Mittag durchdringt der Laut
von den neuen Revolverblättern.

Die Sorte kennt ein Erröten nicht
auf ihren verbotenen Spuren.
Und stolz ruft sie der Scham ins Gesicht
das Bekenntnis: Mir san Huren!

Verlust des Adels

Der Staat will den Adel aberkennen,
als hätte er diesen bloß geborgt.
Vom Titel mag er getrost sie trennen,
die's mit dem Charakter selber besorgt.

Der Heros

Die Lorbeern riechen nach dem Rum der Taten,
ein Rauf- und Saufgraf findet seine Literaten.
Sie sagen, daß er rülpse? Keine Spur,
sie spüren nur die Renaissancenatur.

Die Journalisten

Wie unberufen bunt sie es doch treiben
mit der Berufsmacht und den Gottesgaben:
sie schreiben, weil sie nichts zu sagen haben,
und haben was zu sagen, weil sie schreiben.

Das Berufsgeheimnis

Viele würden in Redaktionen rennen,
bedürfte es nicht die spezialste der Gaben.
Es genügt nicht, keinen Gedanken zu haben:
man muß ihn auch ausdrücken können.

Ich weiß nicht, was soll es bedeuten

Für den Lebenslauf versorgt und mit List
ist ausgerüstet die Rasse.
Drum wenn einer von ihnen ein Trottel ist,
dem trau' ich nicht über die Gasse.

Die Stunde

Wenn sie stets dümmer und gemeiner haust,
wir haben dennoch keine Sorge drum.
Die Stunde kommt, wo's vor ihr selbst ihr graust,
und einmal wird sie sich zu dumm.

Die Ehrlichen

Man zeigt heute unverhohlen,
was einer dem andern stahl.
Und wer vor den andern gestohlen,
der gilt als Original.

Fortschritt

Mit Gänsekiel, vor Lampendocht,
und dennoch haben sie's vermocht
und waren deutsche Dichter.
Von euch wird, was nicht in euch drin,
diktiert in eine Schreibmaschin',
elektrisches Gelichter!

Verschiedene Sachlichkeit

Der eine Fall ein zweifach Bild dir mache
vom Unterschied zwischen Sein und Scheinen:
Ich spreche von mir und meine die Sache,
und sie von der Sache, um sich zu meinen.

Ersatz

Ihr schwiegt mich tot, ich kann's ertragen,
es wird mir einst um den Ersatz nicht Not sein.
Und bis dahin hab' ich euch tot geschlagen.
Es möchte kein Hund so länger tot sein!

Jedem das Seine

Ich darf wohl sagen, viel Feind viel Ehr',
an mir hat das Sprichwort nicht gelogen.
Ich hab', war der Haß gleich zentnerschwer,
mit Epigrammen ihn aufgewogen.

Produktion

Die Fülle meines Werks ist ungemein:
mir fällt zu jedem Dummkopf etwas ein.

Metamorphose

Ich muß dem Anlaß zu viel Ehre geben,
vergrößern das Winzige und das Versteckte.
Ist es geschehn, dann erst erkennt man eben
die Würdigkeit meiner Angriffsobjekte.
Und wenn ich's dann noch einmal getan,
hat jeder seine Freude dran.

Die Antwort

Sie vernichten mir den polemischen Zweck,
wenn sie sich stolz vernehmen lassen:
Wie kann einer nur mit solchem Dreck,
wie wir sind, immer sich befassen!

Ich als Stellvertreter

Mancher hat nicht viel, doch er hat's von mir:
das trägt mir noch weniger Dank ein.
Er haßt mich darob, denn wär' ich nicht hier,
so nähm' er gewiß meinen Rang ein.
Der Gedankengang, der sich richtig erweist,
läßt den Anspruch begreiflich erscheinen:
vielleicht hätt' er doch ohne mich mehr Geist;
da ich da bin, hat er ja keinen.

Meine Eitelkeit

Sie kennt nachgerade keine Grenzen:
ich bilde mir ein,
was ich bin, zu sein
und durch nichts, was jene sind, zu glänzen.

Der Unterschied

Sie schienen schwer den Unterschied zu fassen,
und aller Zwist war doch im Zweierlei:
Ich gab mein Herz dahin im Hassen,
sie wußten nicht, was Liebe sei.

Wann wird es auf dieser Welt einmal besser?
Wenn mit Gas nicht gekämpft wird bis auf das Messer;
wenn nicht mehr gedruckt wie gelogen ist
und auch sonst die Sanierung vollzogen ist;
wenn Wilhelm sich wieder nach Deutschland traut
und schon alles vertieft ist und ausgebaut;
wenn der Bolschewismus nicht einmal schleicht,
sondern endlich die Monarchie ist erreicht;
wenn Deutschland verschmäht viel Feind, viel Ehr
und Österreich hat einen Fremdenverkehr;
wenn der Papst nicht mehr durch die Presse segnet
und man Herrn Reinhardt in keiner Kirche begegnet;
wenn der Bahr sich wieder zum Freigeist häutet
und das Kreuz kein Inserat mehr bedeutet;
wenn der Kerr seine Sachen fortlaufend schreibt
und der Leser dennoch zur Stelle bleibt;
wenn in Berlin kein Ruf mehr wie Donnerhall braust
und der Werfel dichtet auf eigene Faust;
wenn von der Jeritza nichts mehr gedruckt wird
und auch sonst auf Kulissenaffären gespuckt wird;
wenn die Mädchen sich nicht für den Moissi zerreißen
und schlechte Schauspieler nicht Prominente heißen;
wenn die Beamten sich nicht ins Privatleben mengen
und die Hausmeister nicht mehr am Radio hängen;
wenn wieder die Trottoirs gereinigt
und man in keiner Kaserne Soldaten peinigt;
wenn an den Hochschulen mit Köpfen studiert wird
und nicht mit Kappen um sie herumspaziert wird;
wenn die Gerechtigkeit wieder ihr Ansehn mehrt
und ohne Ansehn der Person verfährt;
wenn der Ramsauer lehrt, wie man Kinder verhindert
und auch die Not der Erwachsenen lindert;
wenn man nicht die kleinen Diebe hängt,
sondern lieber den Castiglioni fängt;

wenn die Presse meinen Erfolg verstärkt
und mich unter andern auf ihrem Balle bemerkt;
wenn der Mietenausschuß einst nicht mehr tagt,
wenn die ›Stunde‹ einmal die Wahrheit sagt,
wenn die Schalek in Japan den Vortrag hält –
dann wird es besser auf dieser Welt!

Nach Nestroy

(Judith und Holofernes)

»Man findt's ganz natürlich und kein Hahn kräht danach«*

[Motiv: Biblische Wunder]

Wunder gibts keine mehr, 's wär' ein Wunder auf Ehr',
Wenn ein Beamter der Republik ein Republikaner auch wär'.
Aus 'n Geburtstag der Republik tun s' ein' Trauertag machen,
Denn fünf Jahr' sind grad um, seit die Monarchie tät
verkrachen.
Das ist 's letzte Wunder:
Es lebt toter Plunder.
Bunt treiben es die republikanischen Richter vom Bund,
Monarchistische Gesinnung ist Strafausschließungsgrund;
Und der Herr Bundeskanzler, er wünscht heut der Republik
Das Glück, daß er bald ihr könnt' abdrehn 's Genick.
Wo steckt er denn heut? Wie begeht er den Tag?
Er fährt zum Herrgott nach Salzburg und kein Hahn kräht ihm
nach!

Lebt einer in dem Land schon ein halbes Jahrhundert,
Da wär's wohl ein Wunder, wenn den noch was wundert.
Nicht genannt soll er wer'n, schweigt ihn tot bis ans End',
So hieß es im alten, im neuen freien Testament.
Was dort steht, das ist wahr,
Bis in hundert Jahr.
Und sie haben ein Vierteljahrhundert bereits,
Obgleich unentgeltlich, mit ihm halt ein Kreuz.

---

* Siehe Band VII

Doch finden außer diesem Zeichen noch statt
Auch Wunder – denn es wendet sich plötzlich das Blatt.
Es verschlägt mir die Sprache, stumm preiset den Herrn,
Jetzt reden die Stummen – genannt soll er wer'n!

(Eine Wohnung zu vermieten in der Stadt. Eine Wohnung zu vermieten in der Vorstadt. Eine Wohnung mit Garten zu haben in Hietzing)

». . . wenn man so den stillen Beobachter macht«*

Dann spazier' ich, wie man halt ins Spazier'ngehn gerät,
Ein bisserl übern Ring bis zur Universität.
Ja was ist denn da los? was ist denn geschehn?
Vor lauter Studenten ist keine Hochschul' zu sehn.
Zuerst denk' ich, die Jugend, die hat halt ein' Fleiß,
Ja, die weiß so manches, was ein Greis noch nicht weiß!
Da erfahr' ich, sie warten, das Kapp'l auf der Stirn,
Und studier'n, wie sie verhindern, daß die andern studier'n.
Und machen ein' Bahöll, daß ringsum alles kracht,
Während unsereins den stillen Beobachter macht.

Dann komm' ich zur Oper und ich krieg' eine Wut,
Denn da kann ich nur sagen: nein, was sich da tut!
Schon zu Mittag stehn s' da, na warum wissen S' eh:
Am Abend haben die Haifisch' Theater parée.
Ja sehn S', wie der Wandel der Zeit sich beweist,
Da erkennt man so recht den republikanischen Geist:
Sie wart'n nimmer auf die Hofwäg'n, nein, sie stehn heut, damit
Sie sehn vom Castiglioni den elastischen Schritt.
Es hat ihn sehr gefreut, es war sehr schön, er hat g'lacht,
Wie das Volk so den stillen Beobachter macht.

---

* Siehe Band VII

Die Welt liebt den Lärm und schon in aller Früh
Geht's los und ich denk' mir halt oft: tant de bruit
Pour une omelette, doch in den meisten Fällen, ich wett',
Ist am Ende mißraten die ganze Omelett'.
Man sieht kein Ereignis, aber man hört einen Schall
Und wenn s' das Gschrei dann noch drucken, so heißt man's Journal.
In der Kunstwelt zum Beispiel, da reißen s' was z'samm',
Der am wenigsten kann, hat die meiste Reklam'.
Ein andrer – na ich red' nichts, meine Stimm' ist heut schwach,
Es ist besser, wenn ich den stillen Beobachter mach'.

»Da ließ' sich viel sagen«*

Ein Staat ist im Elend, trägt würdig sein Weh,
Ein'n andern bringt das Betteln bei die Feind' in die Höh.
Saniert und in Herrlichkeit tut er jetzt leb'n;
Früher hat er nix g'habt, als was der Freund ihm hat geb'n.
Wie tut nun der Staat gegen den Freund sich betragen?
Sein Beileid und »da kann man halt nix machen« läßt er sagen.

Gar viel wär' zu sagen, aber das wissen S' bereits –
Mit der Justiz der Republik ist's ein recht's Hakenkreuz.
Die Justiz der Republik ist nicht blind, gar ka' Red,
Denn sie scheangelt sehr schön, wenn ein Monarchist vor ihr steht.
Doch kriegt sie einmal einen Republikaner beim Kragen –
Da nimmt sie sich zusammen, das muß ich schon sagen!

---

* Siehe Band VII

»Da bleibt man zeitlebens gern eine Partei«*

Es muß halt in allem eine Einteilung sein,
Gott schuf zuerst die Ämter und hernach die Partei'n.
Und damit sich die Welt diesbezüglich erhält,
So sind die Partei'n für die Ämter auf der Welt.
Hat aber der Herrgott bei die Ämter Schererei,
Da macht er halt eine Eingab' und nimmt für die Parteien
Partei.

(Die verhängnisvolle Faschingsnacht)

Lied des Holzhackers

Unser G'schäft ist zwar grob, doch von viel feine Leut'
Wird der Holzhacker oft um seine Arbeit beneid't.
Zehn Fräulein kommen in a G'wölb' und suchen was aus,
Lassen alles sich zeigen, kaufen nix, gehn wieder 'naus,
Da brummt dann der Kaufmann, in Resteln vergraben:
»Lieber holzhacken, als solche Kundschaften haben!«

Manches Fräulein rast um auf'm Klavier, ja, das geht
Net viel anderster, als wenn 's ein Holzhacker tät.
Der Lehrer sagt immer: »Ich bitt', nur Gefühl!«
Doch d' Mama sagt: »Meine Tochter kann spiel'n, wie sie will.«
Da seufzt der Klaviermeister oft nebenher:
»Lieber holzhacken, als Lektion geben bei der!«

A Putzgretel, die schon vor etliche Jahr'
Majorenn, notabene zum zweitenmal war,
Alle Tag' ihr'n Friseur bis aufs Blut fast sekkiert,
Weil d' Frisur nie so g'rat', daß ihr G'sicht reizend wird.
Da tut der Friseur oft im Still'n räsonieren:
»Lieber holzhacken, als so a Urschel frisieren!«

---

* Siehe Band VII

Im Operntheater geht's zu wie verruckt.
Da is g'hupft wie gesprungen, gesungen wie gespuckt.
Man schlägt sich, verträgt sich und kriegt es nicht dick
Und der tägliche Mißton der macht die Musik.
Da denkt man, es müßt' einer aufstehn und schrein:
»Lieber holzhacken, als Dirigent hier zu sein!«

Vor Hochschulen drängen sich heute in Massen
Studenten, um keinen hineinzulassen.
Weh, wenn sie da wen beim Studieren ertappen –
Ein Kopfstück für einen Kopf unter Kappen!
Und was hört man heraus, wenn sie so krawallieren?
»Lieber holzhacken, als auf der Hochschul' studieren!«

Der Adel, der hat zwar den Adel verloren,
Doch umso echter beweist er, wozu er geboren.
Ein Adel, so alt wie die Welfen und Staufen,
Verpflichtet zum Schimpfen und Raufen und Saufen.
Ein Holzhacker, der ein Gefühl hat für Ehr',
Der möcht' nicht, daß er Mitglied vom Jockeiklub wär'!

Einen Weltkrieg zu führen, das ist nicht so leicht,
Und mit Wilhelm dem Zweiten, da war's nicht erreicht.
Das Ende war dornig, die Krone verlor'n,
Und so lebt man halt jetzt auf ein' Landgut in Doorn.
Und da kann man höchstens ein Selbstgespräch führen:
»Lieber holzhacken, als noch ein' Weltkrieg verlieren!«

Das Holzhacken ist ein bescheidenes Brot,
Und besser lebt sich's als Lump und Idiot.
Das Holz dient der Menschheit zu Nutz und zur Zier,
Und allerdings auch zu Zeitungspapier.
Doch darin stimmt alles stolz überein:
»Lieber Holzhacker, als bei der Presse zu sein!«

Ein Holzhacker hat es mit Klötzen zu tun.
Ist die Arbeit getan, nachher kann er auch ruhn.
Doch sagt wer die Wahrheit und hofft durchzudringen,
Das kann mit dem gröbsten Keil nicht gelingen.
Er denkt: »'s ist ein Gfrett und es freut halt nicht jeden –
Lieber holzhacken, als wie mit Klötzen zu reden!«

(Lumpazivagabundus)

»Die Welt steht auf kein' Fall mehr lang«*

Wie still lebt so ein Stern in seiner Nacht,
Vergleicht man damit, wie's auf Erden kracht.
Und bei dem Lärm kommt gar nichts 'raus, nichts g'scheit's,
Am Himmel kommen s' aus ganz ohne Hakenkreuz.
Der große Löwe selbst brüllt nicht so laut
Und hätt' sich an den Hitler nie getraut.
Der Mars, ein Held wie Ludendorff, geht dort
Herum in Freiheit und ganz ohne Ehrenwort.

Die Stern' haben die Störung der Ruhe nicht gern
Und sie werden ganz dasig, wenn s' die Hiesigen hör'n
Und sie denken sich nur: Der Klügere gibt nach,
Wir überleb'n euern Kriegsruhm, wir überleb'n eure Schmach;
Es dauert gewiß nicht mehr lang,
Wir überdauern euern ganzen Gestank stank stank
stank stank stank
Wir überdauern euern ganzen Gestank!

Tut's auf der Erden drunter und drüber gehn,
Wir hab'n trotz allem doch den Vaugoen.
Der halt's noch z'samm, daß droben ganz neidig sein:
Wo hab'n s' am Mars denn einen Vaugoein!
Wer macht a so a Wehrmacht wie in Wien,
Am ganzen Himmel hab'n s' kein' Vaugoin.
Der Republiktag hat's ihm angetan,
Da spielt den Prinz Eugen der Vaugoan.

---

* Siehe Band VI und VII

Kommt die Zeit, zieht die Zita auf ihren eigenen Stern,
Wie gern hätten s' im Himmel dazu den Vaugo ern.
Er bekennt seine Farb' und drum sind sie ihm grün,
Denn so schwarzgelb kann der Himmel nicht sein wie der Vaugo ün.
Zu schlagen eine Brucken ihm gelang –
Noch vom Train der Vaugo en für'n Eugen hat einen Hang Gottseidank
Mit Klingklang der Vaugo ang ang ang ang.

Jetzt halt' mr bald so weit, daß wir was hör'n
Speziell vom Mars und von die bessern Stern'.
Sie selber freu'n sich, uns zu hören, und
»Wie spricht der Mensch?« frag'n s'; wir: »Wie spricht der Hund?«
Doch eh' sie noch vernehmen unsre Sprach',
Mach'n s' uns ak'rat schon fleißig alles nach.
Bei Tag sind jetzt schon weniger Stern' zu schau'n.
Warum? Sie fangen halt schon auch an, abzubau'n.

Sie wollen ein irdischen Leben jetzt führen,
Und kommen, um ihre Seel'n zu sanieren,
Vom Hund auf den Bund, und bald sind sie schon da,
Und im vorigen Sommer war der Mars uns ganz nah.
Und sein erstes Wort, was glauben S', welches war's?
»Habt's uns gern, uns am Mars Mars Mars Mars Mars Mars Mars Mars Mars
Habt's uns gern, uns am Mars Mars Mars Mars!«

Im Himmelstheater spiel'n s' auch bei Nacht,
Man hört schon, daß es oben wie unten kracht.
Mit'n Repertoire, da haben s' ein rechtes Gfrett,
Der kleine Bär spitzt auf die Operett'.
Die Musik der Sphären hat zu wenig Schlager,
Das Buch der Schöpfung ist als Text zu mager.
's ist unbegreiflich, wozu so viel G'schichten,
Statt gleich die Weltenraumbühn' einzurichten!

Das höchste Theater wird's im Himmel nie geben,
Die stell'n sich nicht vor, was wir täglich erleben.
Mit Radio und Kino, mit Sport und mit Mord
Erreicht jetzt die Erde den Weltrekord.
Und damit die Hölle frohlock',
Gibt der Papst seinen Segen durch den Schmock Schmock
Schmock Schmock Schmock Schmock
Gibt der Papst seinen Segen durch den Schmock.

Im Tierkreis oben hab'n s' zwar unser'n Stier,
Doch fehlt ein andres stadtbekanntes Tier.
Die Milchstraß'n ist so breit wie unser Graben,
Was nutzt das aber, wenn s' dort keine Ochsen haben.
Und wo die Ochsen fehl'n, da ist's fatal,
Da erscheint am Himmel all's, nur kein Journal.
Und sonst auch kann den Unterschied man spüren:
Sie lassen sich um keinen Preis sanieren.

Wie anders geht's zu, ach du himmlischer Vater,
Im siebenten Himmel, in unserem Prater.
Seine Seel' zu sanieren, ist kein Wiener zu faul,
Drum flieg'n ihm die gebratenen Ochsen ins Maul.
Dazu gibt's Zank und patriotischen Gsang,
Denn der Friede, der dauert schon z'lang lang lang
lang lang lang
Der Friede, der dauert schon z'lang.

Was denen droben fehlt und nicht seit heut,
Das ist, ich sag' es frei, die Sittlichkeit.
Der Lebenswandel ist rein fürchterlich:
Die Wandelsterne gehn am Himmelsstrich.
Die Venus trifft man auf der Milchstraß'n allein
Und kein Hund fragt sie nach ihrem Schein.
Aber was dort droben g'schieht, ist einerlei,
Herunt' hab'n wir zum Glück die Sittenpolizei.

Wie sie überall aufpaßt und überallhin lugt
Und nachschaut, ob eine zur Liebe befugt,
Und zur Vorsicht auch eine, die befugt ist, arretiert,
Damit ihr im Lebenswandel nichts mehr passiert!
Ja, sie erfüllt ihre Pflicht ohne Wank
Und da sag'n wir nix als Gottseidank dank dank
dank dank dank
Wir sag'n nix als Gottseidank.

Kastor und Pollux man zusammen nennt
Als solide Firma dort am Firmament.
Bei uns gibt's Sterne wie Castiglioni und
Der Bosel ist daneben auch kein Hund.
Noch untrennbarer aber wirkt die Kraft
Der beiden Kola, welche dioskurenhaft.
Doch auch um andre ist ein großes G'riß:
Sie leuchten alle in der Finsternis!

Das Himmelsgewölbe ist als Ganzes kein G'schäft
Neben dem, was in unserem Tierkreis man trefft.
Dort oben ist allweil das nämliche los,
Da gibt's keine Börs', keine Baiss', keine Hauss'.
Auf der Milchstraßen gibt's keine Bank
Und kein Fixstern verliert einen Franc Franc Franc
Franc Franc Franc
Und kein Fixstern verliert einen Franc.

Im Burgtheater spielen s' den Nestroy und
Man ist im Himmel, nämlich auf dem Hund.
Im Haus voll Würde und von stolzem Wuchs
Woll'n sie sich mit ihm machen einen Jux.
Und wenn s' den Z'riss'nen spiel'n in diesem Haus,
Kommt nur der Titel als a Ganzer 'raus.
Doch den Lumpazi bringen s' erst zu sich,
Denn den spiel'n s', wie sich's g'hört, ganz liederlich.

Die Leut hab'n a Freud' beim Nestroy sein' Schaden:
Der Leim der ist trocken und mit'n Zwirn hat's ein' Faden.
Beim Knieriem sein' Lied da wurde mir bang,
Bei dem Humor steht d' Welt auf kein' Fall mehr lang.
Doch ich hör' s' vor Begeisterung schrei'n –
Nein, die Welt fällt auf jeden Fall 'rein 'rein 'rein 'rein 'rein 'rein
Die Welt fällt noch lang lang herein.

Begleitmusik

Bei »Lumpazi« im Burgtheater spielt
das Orchester den »alten Drahrer«.
Das habe selbst ich als richtig gefühlt,
der wahren Werte Bewahrer.
Es war die Begleitung, ich fand sie gut,
zu dem, was grad Nestroy im Grabe tut.

Der melancholische Komiker

Man stellt Herrn Moissi meist sich melancholisch vor.
Er sagte, über alles lieb' er den Humor.
Das war nicht wahr, denn bald kam er in der Gestalt
des schlimmen Buben in der Schule Willibald.
So leidumflossen war Herr Moissi nie zuvor.
Als Hamlet, heißt es, hat er halt doch mehr Humor.

Die Prominenten

Was es bedeute, hat einer gefragt,
und was für Leute man heute so nennt.
Man nennt, versetzt ich, prominent,
die einst nicht hätten hervorgeragt.

Raumbühne

Das Instrument, geschaffen, daß wir wissen,
wie's zugeht hinter den Kulissen,
Raumbühne der Geist der Neuerung nennt's.
Der Komödiant stellt leicht sich darauf ein:
er muß von allen Seiten sichtbar sein,
nur nicht von der des Talents.

Pirandello

Ein schaler Witz zwischen Schein und Sein,
Rosinen schmecken nach Kuchen.
Der Autor aber bildet sich ein,
daß sechs Personen ihn suchen.

Kino

Noch läßt sich diese Menschheit nicht begraben,
noch kann's im Fortschritt weiter gehn.
Erst wenn sie sich ganz und gar im Film gesehn,
dann wird sie am Ende genug von sich haben.

Radio

Ein Weltfeind, wen dieser Fortschritt verdrossen:
Der Wiener Hausmeister an den Kosmos angeschlossen!

Theaterkritik

Man sieht sie im Parkett allesamt,
bezeichnet durch besondre Gaben.
Sie haben vor den andern das Amt,
gleichfalls keine Meinung zu haben.

Kerr

Warum er Absätze macht und sie peinlich zählt?
Daß kein Einfall ihm fehle, wenn er ihm fehlt.

Auf einen Polemiker

Vor solchem Helden hat es mir gegraut,
da wagt' ich höchstens diese wenigen Verse:
Er gleicht dem Siegfried durch die dicke Haut
und dem Achilles durch die Ferse.

Auf einen Kaffeehausbuddhisten

Wer dränge zum Ziel dieses mystischen Dranges?
Ein Joghi am Ufer des Müßigganges!

Empfang beim Papst

Im Himmel herrschet ein Frohgelock
über das, was ihm neulich begegnet:
der Papst hat durch einen Presseschmock
die gläubigen Völker gesegnet.

Im anno santo hat sichs geschickt
und die Engel freun sich nach Noten:
der Pius hat dem Benedikt
einen Herzensgruß entboten.

Der Grund zur Freude ist leicht durchdacht,
wenn man sich von Bedenken losmacht:
Der Papst, er hat es weit gebracht,
er verkehrt mit einer Großmacht.

Das Kreuz

Ein Eindruck ist's von einem eignen Reiz,
ein Anblick ist es wahrlich zum Entzücken,
wie nach Gemütsart und Geburt das Kreuz
ein jeder trägt auf seinem Zeitungsrücken.

Die Freie Presse, wer wär' nicht gerührt,
und mich speziell erfüllt's mit wahrer Wehmut,
sie seufzt: es ist ein Kreuz, doch wie's gebührt
trägt sie es mit der echten Christendemut.

Die Reichspost wieder windet sich und will
mit Judenlist des Kreuzes sich entheben;
die Last und Lästerung trägt sie nicht still,
man merkt: sie ist nicht lang noch bei dem Leben.

Doch niemand merkt das unscheinbare Kreuz
und keine Schande trägt's und keinen Schaden,
und gern trägt jeder, was es andrerseits
ihm trägt. Man ist mit Trost im Leid beladen.

Gemeinbürgschaft

Zur ›Stunde‹ kamen die Maitressen
und klagten bitter ob den alten Reichen,
die, weil sie reich sind, schwer sind zu erweichen
und, weil sie alt sind, allzu leicht vergessen.

Da meinte jene, ihr sei dessengleichen
ihr Lebtag bei dem Leben nicht passiert;
denn wer sich heutzutage prostituiert,
der hält sich besser an die neuen Reichen.

Doch stracks bereit zu einem Waffengange,
verfocht sie den verwandten Fall mit Lust.
Als Mensch ist man in seinem dunkeln Drange
des rechten Wegs sich wohl bewußt.

Vor Scham erröten und vor Furcht erbleichen?
Nein, Schulter stets an Schulter stolz am Strich!
Mit freier Stirne wird man fürchterlich
sowohl den neuen wie den alten Reichen.

Und wenn's erreicht, für die Maitressen
so kriegend was zu kriegen von den Reichen,
von Stund' an wollten sie, zum Dankeszeichen,
dafür auch für die ›Stunde‹ was erpressen.

Preisrätsel

Sag an, wer ist im Lande
der allerstärkste Mann?
Den keines Leumunds Schande
nicht überwinden kann.

Er trägt's, und wird bestimmter
gekündet, was er macht,
auf leichte Achsel nimmt er
die schwerste Niedertracht.

An meinen Drucker

Georg Jahoda zum 60. Geburtstag

Genosse einer zeitentfernten Welt,
wo Geben durch sich selbst den Dank erhält:
der, was er gibt, mit seiner Seele gibt
und Lettern hat für Worte, die er liebt;
der nie ermüdend für mein Schaffen schafft,
der fremdem Wesen dient mit eigner Kraft,
rastlos befaßt dem Wort dient mit der Tat,
Mitschöpfer, nicht bloß Wirker am Format;
der seiner Sorge keine Grenze kennt,
mitleidend mitlebendges Instrument,
dem Zweck verbunden, dem ich es vertraut,
werktreu bemüht um den geringsten Laut,
Du, dieses Übermaßes Hut und Hort,
Mitdiener Du am anspruchsvollsten Wort,
der aus dem Wirrsal der unheilgen Schrift
ein Wunderwerk der Worterscheinung trifft,
daß dem, der dem Erfinder nie verzieh,
der Druck erscheint als hellere Magie;
der glaubend, was ich glaubte, mit erschuf,
dem Handwerk treu im innersten Beruf,
der oft mit meinem Zweifel hat gebangt,
Arzt, der an meinem Fieber gern erkrankt:
Du Herz von gutem Schlag, sei mir bedankt!

Nicht wird am technisch vorgetäuschten Tag
der tausendfache Tod zum Leben langen.
Wo Hämmer schlagen für des Herzens Schlag,
beschleicht es ein Bangen.
Die eine Sonne, die alles vermag,
ist untergegangen.

Fünfundzwanzig Jahre

Ein größres Wesen hat mit mir geschaltet,
ich hab, was mir vertraut ward, treu verwaltet.
Was ihr von meiner kleinern Welt auch haltet,
mögt ihr sie schelten, dennoch ungespaltet
besteht sie, ihrem Innersten entfaltet
und heiß geboren, die am Tag erkaltet.
Und daß es Wort zu Wort sich mir gestaltet,
ward jede Nacht bestellt, die ich gealtet.

Vor dem Schlaf

Da weht mich wieder jene Ahnung an,
ein Federflaum von jenem großen Grauen,
ein Nichts, genug, um alles doch zu schauen,
was mir von allem Anfang angetan.

Und klopft ans Herz: Du bist in einer Falle,
versuch's und flieh! Dies hast du doch gemeinsam,
das einzig eine, worin alle einsam,
und keiner will und dennoch müssen alle.

Wer wird in jener Nacht nach diesen Nächten
bei dir sein, um den letzten Streit zu schlichten,
Endgültiges dir helfen zu verrichten,
damit sie dort nicht allzu strenge rechten?

Dies war ein Blick aus dem Dämonenauge,
das mich im Dämmern eingenommen hatte.
So prüft das Leben mich, das nimmermatte,
ob nun noch ihm zum Widerstand ich tauge.

Noch wart ich auf das Wunder. Nichts ist wahr,
und möglich, daß sich anderes ereignet.
Nicht Gott, nur alles leugn' ich, was ihn leugnet,
und wenn er will, ist alles wunderbar.

WORTE IN VERSEN
IX

HELENE KANN
gewidmet

Die ihr errungnes Gut geschändet habt,
bezwungnes Böses nicht beendet habt,
der Freiheit Glück in Fluch gewendet habt;
Hinaufgelangte, die den Wanst gefüllt,
vor fremdem Hunger eigne Gier gestillt,
vom Futtertrog zu weichen nicht gewillt;
Pfründner des Fortschritts, die das Herz verließ,
da Weltwind in die schlaffen Segel blies,
vom Bürgergift berauschte Parvenüs,
die mit dem Todfeind, mit dem Lebensfeind
Profit der Freiheit brüderlich vereint,
die freier einst und reiner war gemeint –
mein Schritt ist nicht dies schleichende Zickzack,
mein Stich ist nicht dies zögernde Tricktrack:
er gilt politischem Paktiererpack!

Zum Geburtstag der Republik

Die Republik soll ich zum Geburtstag feiern?
Daß wir sie haben, ihr beteuern?
Sie ist jetzt im Alter von acht Jahren.
Ich kannte Kinder, die begabter waren.
Es bleibt wohl die beste von ihren Gaben:
daß wir keine Monarchie mehr haben.

Disziplin

Wenn es in Reih und Glied auch glänzend steht,
das äußre Ansehn deckt nicht innere Schwächen.
Ohne moralisches Alphabet
kann man selbst nicht politisch sprechen.

Militarismus der Freiheit

Mit ganzem Herzen am Zweck beteiligt,
hab ich vom Mittel mich abgewendet.
Denn jener hätte wohl dieses geheiligt,
hätte nicht dieses jenen geschändet.

Halb und halb

Sie wollten einander auf halbem Weg
über meine Leiche entgegenkommen.
Doch war ich am Ende auch nicht träg,
trat ihnen beiden in den Weg
und hab den meinen ganz genommen.

Die Betrogenen

Zu mir hinauf nahm ich manchen mit,
der nie es bis zu sich selbst gebracht.
Und doch hat schließlich der Parasit
die Rechnung ohne den Wirt gemacht.

Tätige Reue

Nun hat er's satt, der nimmermüde Esser.
Er geht in sich, er wendet sich von hinnen
und sucht ein andres Land, um als Erpresser
ein neues Leben zu beginnen.

Die Wendung

Die Presse schwieg, es schwiegen die Parteien,
solang der Schuft im Land geblieben.
Da hab ich ihn vertrieben.
Nun fingen alle an: Hinaus aus Wien! zu schreien.

Der Rest ist Schweigen

Man merkt doch meines Wirkens Spur,
wie sich die Dinge wandten.
Der andre ging; nun gibt es nur
noch einen Nichtgenannten.

Die Presse bringt nur Neuigkeiten

Sie sagen, das wüßten doch längst alle Leut,
wer es gewann, wer es wagte.
Da wäre es doch keine Neuigkeit,
wenn es die Presse noch sagte.

Sachliches Genügen

Der Ruhm, der ist mir einerlei
und ob's mir selbst was nützt.
Genug, ich habe die Polizei
vor einem Verbrecher geschützt.

Gut Ding braucht Weile

Ein Steckbrief wäre noch zu erlassen?
Da gilt es halt in Geduld sich zu fassen.
Warum denn immer die Justiz bedrängen!
Die kleinen Diebe sind vorerst zu hängen –
hernach wird man den Steckbrief ihm erlassen.

Der Abschied

Wie man zu lügen doch nie unterläßt!
Er floh nicht, nein, er ging als Patriot:
er kannte die Gefahr, mit der er uns bedroht.
Mir hat er schließlich Tränen noch erpreßt.

Zugeständnis

Ins Lob, das sie der Obrigkeit gesungen,
soll sich kein Tadel mischen.
Es ist der Polizei gelungen,
den Bekessy nicht zu erwischen.

Die weiland Huren

Ich darf mein Argusauge nicht schließen,
solange sie Leben und Freiheit genießen.
Noch ist der volle Sieg nicht gewonnen;
noch brüsten sie laut sich: Mir san Nonnen!

Lucus a non lucendo

Die erste mußt du haben zu dem zweiten,
soll dieses jene dir bereiten.
Das Ganze leider pflegt jedoch den Leuten
das Gegenteil von beiden zu bedeuten.

Warnung

Ließest du alle in das zweite,
es ärgerte die Nachbarsleute.
Denn jeder, stolz in seiner Tugend Glanze,
bezeichnet jede einzeln als das Ganze.

Wendung

Ist er noch in dem frühen Alter,
dreht man ihn um und legt ihn drauf.
Im spätern Alter wird er ihr Verwalter;
den läßt man leider leichter aus dem Kauf.

Neun Buchstaben

Mit eins und zwei sollst wenden dich in Eil,
weil drei, vier, fünf und sechs der Wahrheit Gegenteil,
wovor man besser doch verschließt das Ohr.
Mit sieben fängt Unheil an, mit acht und neun wird's Ernst;
jedoch, wenn Rätselraten du erlernst,
dann gehst aus eins bis neun du heil hervor.

Alles ist gefährlich

Stets fragst du, was das erste macht;
meist hat es dich verdrossen.
Nimm vor dem zweiten dich in Acht:
dafür wird Blut vergossen.
Trau beiden nicht, denn über Nacht
verflossen dir Genossen.

Zwei Grade

Ist unreif noch die Frucht, so ist's der erste Grad.
Im höchsten aber ist's die Zeit nach Ernt' und Mahd.
Du fühlst es so, wenn so auch dir sich's endlich naht.

Rätselhafte Entwicklung

Das erste klingt wie heisres Schrein,
ein Wiener Lied sollt' anders sein.
Ins zweite kannst du kaum hinein;
und bald wird Wien das Ganze sein.

Ich bin es nicht

Ich bin es nicht, weil ich nicht Sklave bin.
Gibst eines du voran,
ist, was ich je begann,
noch immer nicht gemäß dem Ordnungssinn.
Noch eins: damit ich's noch nicht sei.
Denn von Geburt bin ich von der Verbindung frei.

Homonym

Gern neigt dem Wort der Gläubige sein Ohr;
doch mit dem Ding schwingt jeder sich empor.
Hier geht es hoch, dort bis zu Gottes Glanz;
hier wirkt die Kette, dort der Rosenkranz.
Traust du der Technik, traust du dennoch Ihm.
Zwei Welten paaren sich im Homonym.

Als Instrument dient vielfach es zum Klemmen.
Ein Zustand ist's von Drang und schwerer Not.
Es ist die Macht, die sich durch kein Gebot
der Menschlichkeit läßt hindern oder hemmen.

Nicht das Gesetz, nicht des Gewissens Mahnen
verkürzt der Willkür selbstverliehnes Recht,
und kein Tyrann hat jemals sich erfrecht
zu solchem Druck auf seine Untertanen.

Das droht am Abend, wenn der Tag geendet,
das sinnt auf Listen, bis der Morgen graut
und bis die Sonne Gottes nachgeschaut,
ob nicht dein Glück zerstört, dein Ruf geschändet.

Doch an den Druck gewöhnt, kannst nicht mehr leben
du ohne ihn, und stürbest du an ihm.
Der Teufel wirkt, denn er wirkt anonym,
und kann ja doch auch in den Himmel heben.

Dies ist ein Glaube, wirkend wahre Wunder
aus schwarzem Nebel, der am Horizont;
und alles wird auch anders noch gekonnt,
und jeder andre Glaube ward zum Plunder.

Ein Pack von Schächern, schadenfroher Miene,
gibt aller Wahrheit Ehre in den Kauf,
gebietet dem Verhängnis seinen Lauf,
und sitzt verborgen hinter der Maschine.

Als Instrument dient vielfach sie zum Klemmen.
Der Zustand ist's des Drangs und schwerer Not.
Es ist die Macht, die sich durch kein Gebot
der Menschlichkeit läßt hindern oder hemmen.

Der Führer

»... Der erste Taktiker seines Jahrhunderts! Er hat es mir selbst gesagt!«

Pariser Leben

Der Entwicklung Sehenswürdigkeiten
weist er als ein vielgewandter Führer.
Vorwärts, rückwärts, links und rechts zu schreiten,
all dies lehrt und klärt euch nach Gebühr er.

Wellenberge sind und Wellentäler,
vielverwickelt der Entwicklung Bänder:
vorgezeichnet zeigt er es dem Wähler
faktisch, praktisch, taktisch im Kalender.

Anders noch als jenen frommen Springern
muß im Zickzackkurs es uns gelingen.
Diesen Fortschritt darf man nicht verringern,
wenn zwei vor und drei zurück wir springen.

Daß der Feind heut frech, läßt sich erklären
und dazu noch mit Bestimmtheit sagen:
Wenn wir Sieger nicht besiegt nun wären,
könnten wir nicht einst ihn wieder schlagen.

Wie wir haben in der Hand die Massen,
ja da kann der Gegner sich verstecken:
blind gehorchen sie, wenn wir sie lassen
stracks und imposant die Waffen strecken.

Wißt ihr noch, ihr Herrn, wie nur erwogen
wir den Kampf, und schon ward er beschlossen.
Kaum war der Befehl zurückgezogen –
schon, ihr Herrn, gehorchten die Genossen.

Seht euch vor und kommt heran, ihr Herren,
da könnt ihr gleich wieder was erleben:
mögt ihr noch so dreist vom Siege plärren,
nun wohlan – wir werden uns ergeben!

Viribus unitis: weil beschieden
es hienieden und auch stets genügt hat,
daß am Wiener Hofe für den Frieden
die Partei entschieden obgesiegt hat.

Matsch, ja diplomat'sch wie diese Ahnen,
doch beiweitem weiser als die Kaiser
lenken wir die braven Untertanen,
aber eingedenk der Lorbeerreiser.

Geht es gut, wir werden vorwärts schreiten!
Kommt es anders – nun, Sie werden lachen,
denn dann kommt aus längst verklungnen Zeiten
auch der Trost: Da kann man halt nix machen!

Was da ist, ihr Herrn, es ist gegeben;
so und so: es ist diktiert vom Datum.
Die Doktrin läßt vielen Spielraum eben
noch fürs alte österreich'sche Fatum.

Hat's auch weiland weidlich uns verdrossen,
heute nehmen wirs beiweitem lauer.
Denn man schafft doch Klarheit, ihr Genossen,
sagt man sich: Das ist was andres, Bauer!

Einem sozialdemokratischen Würdenträger

Republikanische Regel sei's:
Soll's dir in allen Lagen gelingen,
gelang nicht in jede;
geh nicht aufs Eis,
wo sie die Kaiserhymne singen;
spar deine Rede.
Hast du von Natur den elastischen Schritt,
nimm ihn nicht mit.
Bist aber urban du und konnivent,
sei's bis ans End.
Ziehn alle den Hut
vor einem Schemen,
so ist's nicht gut,
ihn nicht abzunehmen.
Männerstolz vor Königsthronen
zeig lieber, den Festen nicht beizuwohnen,
woselbst sie errichtet
und wo man trachtet, wie der Kernstock gedichtet.
Ist jene zu stürzen dir nicht gelungen,
bleib fern dem Platz, wo ihr Lob wird gesungen;
bei Gespenstern, die wir nicht konnten verjagen,
soll's dem, der es wollte, nimmer behagen;
laß dich dort, wo du nichts als die Schlacht hast verloren,
nicht bemerken unter Honoratioren.
Läßt aber du durchaus dir's nicht nehmen,
sollst ihren Sitten dich anbequemen
und unter Penklubpatronen und Ballpatronessen
niemals deren Sitten vergessen.
Machst du mit den Alfanz,
tu's voll und ganz.
Denn erscheinst unter Bürgern du als Meister,
so mußt du kleben mit ihrem Kleister.

Die Bundeshymne

Wie sinnreich, daß man das alte
Lied ihnen wieder gewährt:
sie wünschen, daß Gott erhalte,
was definitiv zerstört.

Noch blieb vielleicht so viel Grütze
und Liebe zum Vaterland:
zu wünschen, daß er auch beschütze
der Untertanen Verstand.

Entschädigung

Der Wahn ist unsterblich,
für den ihr gestorben.
Er ist nicht mehr erblich,
er wird erworben.

Die neue Macht

Mit Bürgersinn die Bürgerhabe wollen?
Kein neues Stück? Wir tauschen bloß die Rollen?
Da ist das Publikum vielleicht betrogen
und hätt, wenn man's gefragt hätt, vorgezogen
im prominenten Fache die bekannten
Komödianten diesen Dilettanten!
Wie aber kam's, daß es den Wechsel litt?
Noch lauter als, die das Theater füllen,
vermögen die, die oben stehn, zu brüllen,
und jene unten spielen vielfach mit.

Sozialdemokratie

Sie wissen jeweils die Richtung zu nehmen,
sie sind halb von dem, halb vom anderen Schlage,
und erleiden ihn von beiden Extremen,
indem sie trotzdem je nachdem sich bequemen:
halbschlächtig mit ganzer Niederlage.

Revanche

Herr Schumy sprach von einem Karl Kraus.
Wie soll ich mich rächen?
Ich warte, bis die Geschichte aus:
sie wird von keinem Schumy sprechen.

Der Parteiredakteur

Er sagt die Wahrheit, jedes Wort ist echt,
und was er meint, ergibt sich dem Gefühl.
Wenn er es anders meint, sträubt sich sein Stil,
und muß er lügen, schreibt er schlecht.

Der Journalist

Die Zeitung ein Mittel,
um etwas zu künden?
Es gilt, zum passenden Titel
das Ereignis zu finden!

Einem Raubvogel

Tief in mein Innres reichen seine Krallen:
er stiehlt schon, was mir noch nicht eingefallen.

Der Unterschied

Den Zeitungsmann erfaßt der Neid,
wie wir uns unterscheiden.
Ich hatte so oft Gelegenheit,
sie zu vermeiden.

Die Sachverständigen

Daß du nicht merkst, woran man darbe,
verpraßt man es in einemfort:
Die Blinden reden von der Farbe,
die Tauben reden von dem Wort;
die Lahmen lehren, wie man tanze,
die Huren, wie man Andacht treibt.
Kurz, Rezensenten gehn aufs Ganze
und können sagen, wie man schreibt.

Konkurrenz für Kritiker

Spieglein, Spieglein an der Wand:
Wer ist der dümmste im ganzen Land?

Tirolienne

Höher geht's nimmer, glaubt man,
als bisher es ging:
Es empfing Gerhart Hauptmann
den Lippowitzring!

Sommernachtstraum

Ein wilder Zauber wob durch die Nacht:
das Unkraut wurde lebendig gemacht.
Man vergaß, daß man im Theater saß:
bis vorn an die Rampe wuchs echtes Gras.
Und nichts war von Pappe bis auf die Leute,
die nicht wußten, was ein Vers bedeute.
Man hat, wie Zauber die Sinne umflicht,
vor lauter Wald nicht gehört das Gedicht.
So ward jahrhundertaltes Geisteserbe
gerettet durch Regie und Kunstgewerbe.

Schloßtheater in Eisenberg

Zwar hat's die Zeit, doch nicht der Raum vergessen:
Gestern sind hier in den Nischen Komtessen,
u. a. jedoch dazwischen indessen
auch Goethe gesessen.
Rang und Parterre sind bald gesichtet,
die Bühne vorzüglich eingerichtet.
Er machte zum Spiel die gnädigste Miene.
Oben ist eine Versenkungsmaschine.

Operette

Mehr Logik will ich, als die Welt kann fassen;
drum leb ich lieber, wo sie fehlt: im Traum.
Am Tag jedoch wehrt ihr die Welt den Raum
und just den Traum will sie ihr überlassen.

Heillose Wissenschaft zerrt an dem Saum,
verpöbelnd das Geheimnis vor den Massen,
die dort, wo Zweck ist, kläglich ihn verpassen
und dort, wo Grund ist, ihn berühren kaum.

Doch jeder weiß, wenn nur zu ahnen wäre,
und jeder wähnt, wenn er zu denken hätte,
und Wahn berechnet, Plan ist im Gebet.

Das Chaos ohne die Kausalität!
Die Bühne wär' es, die ich lang entbehre
und die die Welt nicht träumt: die Operette.

Die Wegweiserin

Offenbach / Meilhac und Halévy: »Die Briganten«)

Erst zur Rechten, dann zur Linken,
Wendest wo die Wipfel winken,
Du dich hin zur Flucht.
Dann gelangst du in die Enge
Und du gehst die ganze Länge
Durch die Felsenschlucht.
Dann auf deinen weitern Wegen
Rauscht im Wald dir bald entgegen
Ein beliebter Bach.
Doch du schreitest ohne Weilen auf dem steilen Steg
der Nase nach.

Aber um dich auf dem engen
Steilen Steg nicht anzustrengen,
Steig halt nicht hinauf.
Sondern nimm die andre Richtung,
Dann kommt links gleich eine Lichtung
Und du hemmst den Lauf.
Dann gehts auf bequemer Strecke
Rechts gleich um die nächste Ecke
Glatt und grade aus.
Dort kann jedes Kind dir sagen, wie du kommst schon
nach paar Tagen z'haus.

Die kleinen Soldaten

(Aus Offenbach-Millaud: »Madame l'Archiduc«)

Jede Schlucht,
Jeden Steg,
Jede Bucht,
Jeden Weg,
Jeden Wall,
Jedes Schloß,
Jeden Stall,
Jedes Roß,
Jeden Rain,
Jeden Strauch,
Jeden Wein,
Auch den Schlauch,
Jeden Baum,
Jedes Brett
Und den Raum
Wo ein Bett –

Selbst bei Sturm
Jedes Schiff,
Jeden Turm,
Jedes Riff,
Jedes Zelt,
Jedes Haus,
Jedes Feld,
Jede Maus,
Jedes Loch,
Jeden Schrank
Und dann noch
Jede Bank,
Eh sie kracht,
Und den Staat
Überwacht
Der Soldat!

Dies Gesicht, das ich erfasse,
wenn es in den Traum mir dringt:
Zeit, du Scheusal, das ich hasse,
hier erscheinst du ungeschminkt.

Diese Welt ist Teufels Wunder,
Rampenlicht erhellt die Nacht,
und das Leben wurde Plunder,
und das Nichts ward aufgemacht.

Alle Maße sind verschoben,
groß ist klein und kurz ist lang,
und das Ohr vernimmt ein Toben
zu des Wortes Untergang.

Bis zu aller Dinge Wende
ist die Schöpfung durchgeführt.
Hier ist die Natur zu Ende
und der Mensch ist avanciert.

Jetzt und jetzt: gehetzten Ganges
letztes Ziel ist, daß er rennt,
und ein Ding geringsten Ranges
morgen nennt sich's prominent.

Im Betrieb zeigt jedes Rädchen,
was die Menschmaschine kann:
jeder Knabe ist ein Mädchen,
jedes Mädchen ist ein Mann.

Kritikaster, unberufen,
drängen unten sich zuhauf;
oben steigt auf Zwischenstufen
rastlos die Entwicklung auf.

Das sind so Berliner Bräuche:
oben tobt die Mißgestalt;
unten muntert es die Bäuche,
und sie nennen es geballt.

Das sind so Berliner Sitten:
klafft im Bühnenraum die Kluft,
ramponiert man die Soffitten,
und sie nennen es gestuft.

Nicht so wie bei arme Leute,
alles da, wie sich's gehört.
Für die Pferdediebe heute
rackern sie das Musenpferd.

Koofmichs, die mit Neustem neppen,
haun die Kunden übers Ohr,
und mit Würfeln und mit Treppen
täuschen sie ein Weltbild vor.

Und sie nennen Atmosphäre
Gasluft, wo kein Gras gedieh.
Mangels eines Felds der Ehre
führt der Korporal Regie.

Alles schiebt und stampft besessen
und die Wirkung ist enorm,
nichts bleibt als das Wort vergessen
in des Rhythmus Uniform.

Alles rennt in wilder Hetze,
was ist los, nanu, wo brennts,
sie zertrampeln schon die Sätze –
Tempo statt des Temperaments.

Seelenreste ohne Reue
raffte dieser Drang dahin.
Verse wirft man vor die Säue
und ihr Grunzen ist Doktrin.

Ich, der Heimat treuer Hasser,
will aus dieser Gegend weg –
blau war nie das Donauwasser,
doch die Spree hat noch mehr Dreck!

Mein Widerspruch

Wo Leben sie der Lüge unterjochten,
war ich Revolutionär.
Wo gegen Natur sie auf Normen pochten,
war ich Revolutionär.
Mit lebendig Leidendem hab ich gelitten.

Wo Freiheit sie für die Phrase nutzten,
war ich Reaktionär.
Wo Kunst sie mit ihrem Können beschmutzten,
war ich Reaktionär.
Und bin bis zum Ursprung zurückgeschritten.

Falter der Nacht mit traumentbundnen Schwingen,
wie irrst aus deinem Dunkel du ans Licht!
Und langst nach Lust um größeren Verzicht,
und dieser Taumel wird den Tod dir bringen.

Starr staunt die Runde. Doch der Retter nicht
ersteht, der aus dem schauerlichen Ringen,
verwirrtem Schwingenschlag und Ampelklingen,
bewahrt dein gottgegebenes Gesicht.

Noch einmal faltest, Falter, du die Flügel.
Kein Menschenblick mehr bleibt dir zugewandt.
Und diese Lampe ist dein Grabeshügel.

Doch eine Stimme dringt zu dir empor –
ein Knabenherz, vom Schauspiel übermannt,
ruft bang dir nach: Le papillon est mort!

Annie Kalmar

gestorben in Hamburg am 2. Mai 1901

Sie schwand dahin, daß man ihr Bild ersehne.
Mit ihrer süßen Stimme brach ein Stern,
unirdisch mild, und klang so hoch und fern.
In ihrem Aug war alle Erdenwonne.

Als ob es gestern war, daß eine Sonne
hinging in Nacht, noch gnadet sie dem Blick,
und einen Schimmer ließ sie ihm zurück,
die Abschied in die Dunkelheit genommen.

Wie war Natur an jenem Tag beklommen,
da sie den heißen Atem aus der Not
befreite und so still zu stehn gebot
dem Herzen, das sich an ihr selbst verbrannte.

Wie sich die Schöpfung in dem Bild erkannte,
so brannte sie danach, zurückzunehmen
das Wunderwerk aus einer Welt von Schemen,
um es erbarmungsvoller zu umarmen.

Denn Lust ist ohne Dank, und ohn Erbarmen
vernichtet sie die Schönheit, ihr gespendet,
erstickt den Glanz, der Menschliches geblendet,
und kehrt befriedigt in die Niederungen.

Mir ist ein Lied von irgendwann verklungen,
ein Himmelskörper hat mit letzter Gnade
beschienen diese dunklen Erdenpfade,
und jenem Glück erwies ich Dank und Denken.

Und immer wieder will es hin mich lenken,
wo es gelandet, nah bei einem Hafen,
und herbstlich war's, bald wird die Welt entschlafen,
und krank erklang die Stimme der Sirene.

Und wie ich mich in ferne Tage wähne,
so ist's, als ob's Antonias Stimme sei,
sie schwand dahin mir bis zum Tag des Mai,
und alle Pracht versank für eine Träne.

Wiedersehen des Tages

Wann hab zuletzt ich den Tag gesehn?
Ich mußte an einem Grabe stehn.
Dann ging ich ins Leben weit und breit
und es war, als wär es ein letztes Geleit,
leidtragend ging es den Ring entlang
und jegliches Ding den letzten Gang,
dahin, wo sich alle versammelt haben,
wie je und je, zum Graben, zum Graben.
An den Häusern und Läden war alles erneut,
die Waren lebendig, verblichen die Leut,
kein Gefühl, kein Gedanke, kein wirkender Wille,
nur Kinolarven mit starrer Pupille,
viel irdische Hülle auf allen Wegen,
kein Hinterbliebner kam mir entgegen;
du lebst noch? schienen sie zu fragen
und um Lebendiges zu klagen,
im Zeitlupenmaß erstarrte der Fuß,
doch die Hand erhob sich zum letzten Gruß.
Von einem Grabe ging ich zum Grab,
da ich den Tag gesehen hab.

Hexenszenen

(Macbeth)

Ein freier Platz. Donner und Blitz. Drei Hexen.

Erste Hexe

Sagt, wann treffen wir drei zusammen:
Wenn Donner krachen oder wenn Blitze flammen?

Zweite

Wenn verzischt des Schlachtbrands Funken,
Wenn die Erde Blut getrunken.

Dritte

Eh die Sonne noch versunken.

Erste

Wo der Ort?

Zweite

Die Heide dort.

Dritte

Dort hört Macbeth unser Wort.

Alle drei

Schön ist häßlich, häßlich schön.
Wir weichen wie Wolken und Windeswehn.

(Sie verschwinden.)

Die Heide. Donner und Blitz. Die drei Hexen.

Erste Hexe

Schwester, sag an, was hast du vollbracht?

Zweite

Hab Säue gewürgt bis in sinkende Nacht.

Dritte

Schwester, was du?

Erste

War auch nicht faul.

Ein Schifferweib hatte Pflaumen im Maul
Und fraß und fraß und wurde nicht satt.
»Will fressen«, sprach ich, »an deiner Statt«.
»Pack dich, du Hexe!« die Vettel schreit.
Ihr Mann ist nach Aleppo heut.
Da schwimm ich nach in einemfort
Und geh als Ratte dann an Bord
Ihn plagen, plagen, plagen!

Zweite

Ein gutes Werk!

Dritte

Ein Werk des Heils!

Erste

Ich werde tüchtig meinesteils
Dort nisten, necken, nagen.
Dann sei nicht am Tag und nicht in der Nacht
Keine Ruh, und kein Auge ihm zugemacht.
Aber meines sieht, wie die Gestalt
Immer welker wird und runzlig und alt.
Das Kähnlein, geht es schon nicht unter,
Dreht es sich doch um sich selber munter!
Pflückte ein Pfand mir fürs Gelingen.

Zweite

Ei, laß sehn, was tätst du bringen?

Erste

Ei, es befühlt sich weich wie Pflaumen.

Dritte

Weis her, es wässert mir schon der Gaumen,
Weis her, laß sehn!

Erste

Eines Wuchrers Daumen.
Ein fetter Fang, den ich mir fing,
Ich lutschte an dem dicken Ding,
Als er getrost am Galgen hing.

Dritte

Soll dir frommen früh und spat.

(Trommelschall.)

Hört die Trommeln! Macbeth naht!

Alle drei

Schwestern, die durch Meer und Land
Leichten Fußes umgewandt,
Macht die Runde Hand in Hand,
Macht die Runde um und um,
Krumm ist grad und grad ist krumm,
Legt den Bann und schlingt das Band!

(Macbeth und Banquo treten auf.)

Versuch der Erinnerung

Was hab ich nur heute geträumt?
Noch spür ich, wie ich im Schlaf
ohne Schwanken das Richtige traf,
und das Ding gehorchte aufs Wort.

Nicht war zwischen hier und dort
die letzte Entscheidung schwer.
Jetzt schwank ich, ob es nicht mehr
den Zweifel gab oder noch nicht.

Nichts hatte und alles Gewicht
und federleicht alle Last.
Noch fühl ich, wie es sich paßt,
noch mess ich mit anderem Maß.

Und weiß schon, daß ich's vergaß.
Und nur, daß es glich jener Lust,
bevor ich ins Leben gemußt,
und jener, wenn es vorbei.

Dazwischen ist alles versäumt,
und alles ist einerlei.
Wenn ich nur wüßt, was es sei,
wovon ich heute geträumt!

O daß nimmer mir der Mut versage,
jenen Duft zu suchen, unverloren
fühl ich ihn im Traum und wie dem Tage
dringt das Traumgefühl in alle Poren.

Und an allem haftet diese Endung
und umrahmt den Tag mit Finsternissen.
Wie es nun sich nähert der Vollendung,
noch ein Schritt nur, und ich werde wissen.

Aufzudunkeln die vergilbten Nächte,
bis zu dem Ereignis vorzudringen,
bann ich eingemischte Lebensmächte,
daß sie mir die Spuren nicht verschlingen.

War's vom Weib? War's von dem Ungeteilten?
Wo entbrach dies wunderbare Dünsten?
Die vom ersten Erdenfall begeilten
Götter brannten so in ihren Brünsten.

Winkt mir eine jener frühen Huren
aus des Lebens holder Seitengasse?
Ahnend nah ich mich der Wachsfiguren
sinnbetörend fehlerloser Rasse.

Zirkus und Panoptikum im Prater,
immer, wo der Zugang war verboten,
um die Türe zum Provinztheater
schwebte mir die Gnade der Eroten.

Dringt Natur, daß sie in Nichts versinke,
nicht gelingt dem Sinn die Unterscheidung.
Ach wie schön am Antlitz war die Schminke
und am Wuchs wie wonnig die Bekleidung!

Wirklichkeit, geschaffen zu verschimmeln;
Moderduft bricht aus lebendigen Munden.
Ach wie wäre ich in allen Himmeln,
nicht mit Käthchen, nur bei Kunigunden!

Doch auch ihr hab ich die Treu gebrochen,
als Olympia mir einst begegnet.
Denn die hat nach jenem Duft gerochen,
womit Eros meinen Traum gesegnet.

Eines Nachts erfuhr ich's, und im Traume
tritt die Welt als Chaos aus dem Bette,
und kein Band hielt mich an Zeit und Raume,
als ich nachlief einer Marionette.

Angelangt, stand ich vor bösen Bürgern
und sie flehte mich, daß ich sie rette –
aber schon verfiel sie ihren Würgern,
denn es war Marie-Antoinette.

Oftmals noch galante Abenteuer,
mehr als in der Weiberwelt vorhanden,
hab in Gegenden, wo nichts geheuer,
hab im Grenzenlosen ich bestanden.

Losgelöst von Tätigkeit die Triebe,
blieb die Vorstellung mir unveraltet.
Luft aus Schweiß und Schierling war die Liebe
und dazu hab ich die Frau gestaltet.

Phantasie, die sich im Schaffen steigert,
leiht der Kreatur lebendigen Odem,
die ihr dankbar nimmer noch geweigert
als ein Opfer diesen heißen Brodem.

In den Orkus flucht ich die Minuten
jeder leib- und leidhaften Verbindung.
Zur Naturgestalt sich durchzubluten:
welches Wehsal der Gedankenwindung!

Vor der festgeformten Unbedeutung,
vor des Nichtseins fleischbewußtem Stolze!
Wo der Geist nach eigner Zubereitung
sich die Lust holt von weit echterm Holze.

Kann er solche Form schon nicht entbehren,
bieten sich bordellhaft ihm in Gruppen
schöner doch bekleidete Chimären,
stolzer doch gestreckte Gliederpuppen.

Welches Weib hat dieses dunkle Düften,
das mir nach verlornen Liebestaten
reicht vom Urbeginn bis zu den Grüften?
So nur, weiß ich, riechen Automaten!

Geheimnis

Gewidmet dem Andenken an
Else Cleff
(Paris, Bensberg bei Köln)
† 31. Dezember 1928

Da ich vom Traum das Geheimnis habe,
dem Leide zur Labe, dem Liede zum Lohn,
so entfuhr ich der Frohn, so entglitt ich dem Grabe,
ohne Gut, ohne Gabe flog ich davon.

Und ich vergaß, daß ich selbst mich verschließe,
daß bitter ich büße, was jene getan,
fern über dem Plan schon verfließend in Süße,
das Leben es ließe von neuem mich nahn.

Lange noch, lange noch zieh ich durch Zeiten,
schon längst aus den Weiten herniedergekehrt;
was stets ich begehrt in dem irdischen Streiten –
noch glaub ich zu gleiten – o wär' es gewährt!

Lange umfangen, genoß ich die Labe
der göttlichen Gabe und sog an dem Saum.
Und weil ich vom Traum das Geheimnis habe,
entschweb ich dem Grabe in rosigen Raum.

Reflex der Eitelkeit

Die Welt, die im Gewande lebt,
nach Genuß und Gewinn und nach Würden strebt,
an der Macht und am Schein, an der Meinung klebt,
ihr Nichts erhebt und vor nichts erbebt
und sich dünkt der Schöpfung Scheitel –
sie sagt, weil ich sah, wie sie, diese Welt,
sich täglich mit sich zufrieden stellt
und sich weitaus besser als mir gefällt,
der sie nicht für die beste der Welten hält:
ich sei eitel.

Da du, fast Greisin, starbst, war ich ein Knabe –
und nun strahlt mir zurück dein holdes Leben,
als hätte einst ein Mann ein Weib geliebt,
und trüge ihren Glanz durch seine Zeit.
So voll von allem, was Natur und Geist
in Frauenzüge jemals einverleibt,
so unvergänglich standest du dem Sinn
und ließest Rücklauf aller Phantasie.
Denn das Geschaffne lebt in andrem Maß
als dem der Zeit und lebt im Schaffen weiter
und weiter schafft ein voller Augenblick,
ein Strahl, ein Klang, ein Etwas von dem Wunder,
das einst erlöschend mich entzündet hat.
Was war es nur, daß zwischen all den Formen
von hoher Fraulichkeit, ja vor der Wolter,
der himmelragend schönen Höllenflamme,
du das Vermächtnis warst, die treue Botschaft
für mich und durch mich an die leere Zeit?
Was war es nur, daß deine edlen Reste
die jungen Sinne freier aufgetan
als alles ganze Glück der gleichen Jugend?
Im Sieb der irdischen Vergänglichkeit
war damals wenig, weniger ist heute
nachlebendem Bewußtsein anvertraut:
und dennoch, welche Fülle von Geheimnis,
die in die Tage deines Aufgangs reicht!
Ich sah dich jung, und das war deine Kraft.
Ich seh dich jung, und das ist meine Kraft:
bis an den Tag hin, wo die trübe Welt
so freundlich schien und richtig eingeteilt,
als dich dein Landsmann, der Gascogner, freite.
Das war wohl Benedicts, das war Petruchios
Sieg über Beatrice, Katharina.
Nie schwirrte so ein Pfeil wie deine Zunge,
nie klirrten Messer scharf wie deine Lippen,

zum Schluß und Kuß doch Petschaft deines Herzens.
Und wie verband sich Anmut dem Verstand,
der die Regentin, der die Gräfin Terzky
staatsmännisch führen und verführen ließ.
Doch nie zuvor, nie wieder, waren Bretter
so voller Rausch und Reiz der großen Welt
wie damals, da die Dame Gabillon
mit Blick und Laut auf ihnen Leben sprühte.
Und Herzogin und Gräfin und Marquise
mit dem vom Vorbild unerreichten Adel
war eine deutsche Jüdin, Fräulein Würzburg;
sie und ihr Partner Adolf Sonnenthal
das bessere Nachbild einer Wirklichkeit,
die solchem Werk zulieb des Daseins würdig
und sonst nur ihrer Scribe und Pailleron.
Aus Bühnentagen, wo Persönlichkeit
zum Leben sprach und oben stärker war
als unten, und aus unverarmtem Schatz
der lebensbildend frühen Eindrucksfülle;
mit dem Gedächtnis, das dem Traum gehört,
als Ahnung rückerobert und den Tag
vor Trug und Mißton schützt, werb' ich um dich:
zeitloser Anmut unversehrtes Bild,
von allen Rahels liebenswerteste –
und wär's durch siebzig Jahre, wären's Tage!

Der kleine Kapitän

(Aus Offenbach-Millaud: »Madame l'Archiduc«)

Kürzlich da wir in Kavalkade
Trabend in eine Stadt gelangt,
Alle Herzen schlugen Chamade,
Die uns schon lang entgegengebangt.
Fortgerissen auf allen Wegen,
Drängten die jungen Damen nach vorn
Und alle kamen uns entgegen,
Heller zu hören unser Horn . . .
Hört die Fanfare in der Weite,
Die uns Soldaten gibt das Geleite,
Ich bin der kleine Führer im Streite
Mit heiterm Sinn,
Ich bin Cherubin!

Von unserm Schall erdröhnte die Erde
Und das Getöse war enorm;
Wir aber saßen hoch zu Pferde
In unsrer herrlichen Uniform.
Dann als wir mußten die Stadt verlassen,
Drängten die Schönen wieder nach vorn,
Blaß vor Gram, durch Gassen und Straßen,
Um noch zu hören unser Horn . . .
Hört die Fanfare in der Weite,
Die dem Soldaten gibt das Geleite,
Schon ist er fort, der Führer im Streite
Mit heiterm Sinn,
Ich bin Cherubin!

Brief der Perichole

(Aus Offenbach / Meilhac und Halévy: »Perichole«, nach L. Kalisch)

Geliebter, o glaub mir, ich schwöre,
Meine Liebe zu dir ist groß.
Ach! nicht kleiner jedoch die Misere,
Die uns leider beschieden das Los.
Du selber, du mußt es erkennen,
So kann es doch weiter nicht gehn.
Wir müssen ein wenig uns trennen,
Um froher uns wiederzusehn.
Bedenke doch, was von uns bliebe,
Wenn der Zustand noch weiterhin währt:
Am Ende kriegt satt nur die Liebe,
Wer vergebens zu essen begehrt.
Ich bin Weib, und ich weiß, es ist Schwäche,
Aber eben das ist doch ein Grund;
Glaub mir, daß die Wahrheit ich spreche:
Kein Stück Brot nahm ich heut in den Mund.
Ich fühl, wie dich schmerzt dieses Schreiben.
Was ich tue, ich kann nichts dafür.
Ich werde die Deine stets bleiben
Im Innern – das glaube mir.
Ja, ich tue zu unserem Wohle,
Was ich muß und was Klugheit mir rät.
Lebe wohl! – Deine Perichole,
Die vor Liebe und Hunger vergeht.

Entfernte Betrachtung

Angetan durch Teufels Tücke
ist der Schöpfung eine Lücke.
Willenswoge, Tatenwelle,
alles drängt um diese Stelle.
Alle Werke, alle Worte
wirken, weben zu der Pforte.
Kraftgewinn aus dem Geheimnis,
Kraftverlust durch das Versäumnis.
Doch den Ausfall zu versüßen,
läßt sich Lust und Lücke büßen.

Wie in Zeit und Streit ihr schaltet,
dieses Spiel ist unveraltet.
Enkel bleiben wie die Ahnen
dieses Reiches Untertanen.
Sitte, wenn sie sich entrüstet,
rüstet ab, wenn es gelüstet.
Staatendinge, Heldenhandlung,
alles unterliegt der Wandlung.
Tags droht des Tyrannen Stirne,
nachts entspannt von einer Dirne.

Einst ersahst du ihre Züge,
da erfuhrst du seine Lüge.
Blieb aus dieses Lebens Rissen
nichts als wie es ist zu wissen:
kannst in deinen späten Tagen
du vom Glück der Liebe sagen.
Angetan durch Teufels Tücke
ist der Schöpfung eine Lücke.
Laß, den Ausfall zu versüßen,
sie zu deiner Lust sie büßen!

Zeitkunst

Sagt, was ist in der Zeit enthalten,
das da reifte zu einem Kunstgestalten?
Wie immer und wo ich's ihr abgelesen:
Verrat an Natur und an Kunst war ihr Wesen.
Drum bleibe auch ich ihrem Eindruck bereit,
und wirke als Künstler gegen die Zeit!

Kritik

Wie kam's, daß sie so heftig auf mich schalten?
Sein Teil wird jedem nach Gebühr.
Sie hielten nichts von mir?
O nein! Ich hab von ihnen nichts gehalten.

Reisetrieb der Neuen Freien Presse

Ausflüge? Wie sie sich selbst betrügt!
Ausflüchte jene heißen könnten.
In den letzten Zügen, in denen sie liegt,
sitzen die Abonnenten.

Wahl des Titels

Ein neues Blatt? Ich schlag als Titel vor: »Die Lüge«;
der Kopf der Zeitung zeige ihres Wesens Züge.
Es gibt nur einen Grund, daß er ihr nicht behagt:
weil selbst im Titel doch kein Blatt die Wahrheit sagt.

Weg mit den Fremdwörtern!

> Bessere Zeiten werden erst kommen, wenn man statt Weekend wieder Schabbes sagen wird und statt Girl wieder Chonte.
>
> Berliner Theaterwitz

»Wann gehen wir entgegen bessern Tagen?«
so fragte einer, der es wissen kann;
und wies den Weg: »Wenn einst statt ›Weekend‹ man
wird wieder einfach Schabbes sagen.«
Ein Prominenter, der's nicht wen'ger wissen konnte,
ergänzte: »Und statt ›Girl‹ wieder Chonte.«
»Da fehlt noch«, meinte ich, »zum guten End,
daß man auch Tineff sagt statt ›prominent‹.«

Die Würdenträger

Was doch die Würdenträger einander vormachen!
Mit Dank und ohne Bedenken,
mit Würde und ohne zu lachen
tragen sie die Sachen,
die sie einander schenken,
und vor einander machen.

Sprachliche Skrupel

Ein Würdenträger sprach zum andern:
Nichts würd ich, wollt ich, weniger werden,
würd ich zurück die Laufbahn wandern,
als solch ein Standbild mit Gebärden,
bedrückt von Zierde wie von Bürde,
und Träger einer fremden Würde.

Wenn Ehren bloß die Mehrzahl wäre
von dem, was in der Einzahl fehlt,
ich hätte an der einen Ehre
genug, die mehr als alle zählt.
Dann wäre Würde nicht allein
ein Schein und ein bedingtes Sein.

Die Erneuerung

Gern schlöss' ich mich an, und zwar sogleich
ans Vaterland, ans teure.
Doch wäre die Wirkung nichts für euch,
von wegen meiner Säure.
Die Freud' aber an einer schönen Leich'
ist eine ungeheure.
So wünscht man gleich lieber, daß Österreich
sich durch Lippowitz erneure.

Umsturz

Nicht mehr vom Militär behext –
die Zeiten sind vorbei!
Die Stelle, wo kein Gras mehr wächst,
hat heut die Polizei.

Akrostichon

Freiheit erstand uns, seit Du uns erstanden,
Es tagt, ein Retter wies den sichern Port.
Laß Dank Dir zollen, Dank in allen Landen,
O nimm der alten Heimat Dankeswort!
Nie wankte Deine Treu', sie wirkte fort
In Taten, die befreit uns aus den Banden.
Es dankt die Treue Dir, der Pflichten Hort.

Das Schoberlied

Ja das ist meine Pflicht,
bitte sehn S' denn das nicht.
Das wär' so a G'schicht,
tät' ich nicht meine Pflicht.
Auf die Ordnung erpicht,
bin ich treu meiner Pflicht.
Wenn ein Umsturz in Sicht,
ich erfüll' meine Pflicht.
Die Elemente vernicht'
ich bezüglich der Pflicht.
Doch wenn einer einbricht,
hätt' ich auch eine Pflicht.
Nur erwisch' ich ihn nicht,
wie es wär' meine Pflicht.
Da genügt ein Bericht
hinsichtlich der Pflicht.
Der ist schon ein Gedicht,
das nur handelt von Pflicht.
Denn stets Wert und Gewicht
leg' ich nur auf die Pflicht.

In Gemäßheit der Pflicht
hab' ich's manchem schon g'richt'.
An's Licht, hinter's Licht
führ' ich alles nach Pflicht.
Man glaubt mir aufs G'sicht,
da is nix drin als Pflicht.
Schon mein Auge besticht,
denn es spricht nur von Pflicht.
Und mein Herz ist so schlicht
und schlagt nur nach der Pflicht.
Das Geschwornengericht
hat verletzt seine Pflicht.
Wenn's Verschworne freispricht,
ja wo bleibt da die Pflicht.

Daß ich aufs Amt nicht verzicht',
das gebietet die Pflicht.
Wohl wagt's mancher Wicht
und verkennt meine Pflicht.
Doch vors G'richt geh' ich nicht,
das ist nicht meine Pflicht.

Gespenst am Tag

Und immer wieder warnt es mich: Gib acht,
daß du das Lachen nicht verlernst,
das wach dich macht fürs Leben Nacht um Nacht.
Denn wenn hernach der Tag mir's hinterbracht,
war alles wahr, was ich erdacht, gemacht,
und alles, was ich ausgelacht,
war ernst.

Stillt solch Erfüllen, mir noch unbekannt,
nicht endlich diesen Drang und Durst?
Unwirkliches, das ich zum Sein erfand,
Unüberwindliches, das mir erstand,
wie fang ich dies noch, eh's mich überwand,
wie bann ich ihn, der mich gebannt:
Hanswurst!

So lern es kennen, was du noch nicht kennst,
begreife, was dir scheinen mag
ein Schein und was du so allein benennst.
Die offne Tür ist zu, die du berennst –
ob laut du lachst, ob du verzagend flennst,
es spottet deiner ein Gespenst
am Tag.

Krieg

Ich armer Sohn einer Mutter
Es will mir nicht in den Sinn,
Daß ich Granatenfutter
Im Schützengraben bin.
\- - - - - - - - - - - - - - - - - -
Die uns zum Vormarsch trieben,
Die lachten der Gefahr.
Wo sind sie nur geblieben,
Als plutze Kehraus war?
\- - - - - - - - - - - - - - - - - -

Alfred Kerr, 1929.

Ich armer Leser der Pressen,
Es will mir nicht in den Sinn,
Daß man so schnell vergessen
Den Kerr vom Kriegsbeginn.
Ich trug ja kein Verlangen
Nach Menschenmord und Graus;
Als Gottliebs ihn besangen,
Wuchs mir's zum Hals heraus.

Es stob und wob uns allen
Der Scherl'sche Dreck ins Haupt;
Daß ihm der Krieg gefallen,
Wir haben es geglaubt.
Und wer bei Hagelschüssen
Den Blut-Tribut gezollt,
Der hat dran glauben müssen;
Der Scherl hat es gewollt.

Die uns zum Vormarsch trieben,
Die lachen ihrer Schuld.
Der Kerr, zurückgeblieben,
Rief stramm in den Tumult.

Ubi bene, patria ibi:
    Bei Scherl schiß er den Mist.
Bei Mosse zum Alibi
    Ist er prompt Pazifist.

Wie je nach den Interessen
    Sich wendet fix der Sinn:
Dafür hat man die Pressen;
    Das preist man in Berlin.
Dort spürt man nicht die Schande,
    Wie anders heut es ruft.
Man lauscht im ganzen Lande
    Dem allergrößten Schuft!

Uferlos

Gedanken sind doch nicht verboten;
so denk ich mir halt ab und zu:
ich halt ihn für den größten Idioten
und für den mittelmäßigsten Filou.
An diesem Rätsel läßt sich lange raten,
denn jeder hat wohl seinen Wicht;
jedoch grad dieser ist es nicht,
und mein Gebiet umfaßt zwei Staaten.

Zwei Dichternamen

Wenn Männer erzählend die Zeit uns begleiten,
indem sie deren Probleme verwässern,
so gehören sie bestenfalls zu den bessern,
die da liefern weibliche Handarbeiten.
Zwei, nicht zu verwechseln, sollt ihr unterscheiden:
was die Namen trennt, das vereint die Gestalten;
der Unterschied ist in beiden enthalten,
und was gemeinsam in keinem von beiden.

Der Konsonant

Wenn sie hier mit Waffen wütet,
zieh ich gerne aus dem Land.
Was zurück zieht, wird verhütet,
tritt dazu ein Konsonant.

Jene will nicht, daß dies bange
Fühlen fortan mich verzehrt.
Weh dem Heim, das solchem Drange
lange noch mit Waffen wehrt!

Teil und Ganzes

Das erste führt dich zu Land und Leuten;
das zweite läßt besser die Welt oft beschreiten.
Im ersten sind wahre Unendlichkeiten
vom Ganzen enthalten, das will ich nicht streiten,
doch wird mir in problematischen Zeiten
das Ganze, das Teilchen, weit mehr bedeuten
als der Teil, den sie als ganzes bereiten.
Ein rätselhaftes Rätsel ist es, weil
das Ganze bildet einen Teil vom Teil.

Reihenfolge

Wie geht's verkehrt doch bei des Lebens Tanze
  und dennoch folgerichtig her:
Da sie das erste war, war sie das Ganze;
  als zweites ist sie's längst nicht mehr.

Verkehrt ist richtig

Ein Wirrsal ist's, solang es währt,
du tappst darin, als wär's verkehrt,
und in dem Dunkel da und dort
erkennst du nur das Rätselwort.

Alles in Ordnung

Wie's erste ist, wünscht mancher manche Habe;
am zweiten haben seine Sinne Labe.
Zusammen gibt es Leiden, doch auch Gabe,
durch die Talent hat leider jeder Knabe.

Ablaut der Liebe

Hast du die erste, wird sie dich bedrücken.
Dich zu befreien, mag der zweiten glücken.
Die dritte hast du, wieder dich zu bücken,
bis du erliegst unendlichem Berücken.

Sonderbare Erscheinung

Es kommt vom Zahn des großen Tiers.
Ein Traum, den ich geträumt,
worin mit Elfen ich die Zeit versäumt,
er sagte in der Mehrzahl mir's.

Rätsel

Bald ist's von dieser, bald von jener Sorte:
dort gilt's der Silbe, hier gilt es dem Worte.
Leicht läßt es dich in alle Ferne schweifen,
wiewohl grad nur das Nächste zu ergreifen.
Bescheiden steht's und wartet in der Ecke,
bis du den Sinn holst aus dem Wortverstecke.
Wenn endlich dir die Lösung glücken soll,
sei zu bedenken dieses dir gegeben:
gelöst wär' nur dies eine eben,
jedoch fast jedes Ding im Leben,
es bleibt dir leider dessen voll.
Ja mehr als das – ich wag es auszusprechen
und will dich warnen, ehe es zu spät –,
dies eine selbst, es lohnt kein Kopfzerbrechen:
denn Rätsel bleibt es, wenn man's auch errät.

Kopflose Welt

Ungleicher Kampf hat keinen Sinn:
die Welt ist stärker als ich es bin,
kann über den Kopf mir wachsen.
Vor solchem Ende hat die Natur
sie bewahrt: wenn's hoch kommt, komm ich ihr nur
über die Haxen.

Wie man's macht, ist's nicht recht

Kamele zu schlucken, davor möchten seit Jahren
mich die Mücken bewahren.
Und Mücken zu seigen, da warnt meiner Seel'
mich jedes Kamel.

Erweis ich dem Übel zu viel Ehre,
hofft jedes, daß es das kleinere wäre;
und alle fürchten, ich vermöcht' die Gestalten
nicht auseinanderzuhalten.

Doch weil ich am wenigsten kann vertragen,
daß Pharisäer, was ihnen gesagt ist, sagen,
und weil überhaupt ich hab meine Mucken:
so pfleg ich Kamele zu seigen und Mücken zu schlucken.

Liebe

Sie gab ihm viel: er fühlt' sich arm;
er wollte alle ihre Gaben.
Ihn hieß der heiße Herzensharm
nach den verborgnen Schätzen graben.
Ein Leben war's, daß Gott erbarm:
Der Arme! Was muß sie gelitten haben!

Ohnmacht

Ich muß mehr, als ich habe, schenken.
Wenn ich was kann, so kann ich nichts dafür.
Und was ich will, mißlingt: mich abzulenken.
Denk ich an dies und das, um nicht zu denken,
es denkt in mir.

Der Widerspruch

Was fiel mir ein,
mir altem Hasser?
Ich predigte Wein,
und trank dazu Wasser!
Um noch besser den Widerspruch zu bemerken,
gehn sie hin, sich an meinen Weinen zu stärken.

Grabschrift

Wie leer ist es hier
an meiner Stelle.
Vertan alles Streben.
Nichts bleibt von mir
als die Quelle,
die sie nicht angegeben.

Du rufst es an, schon ist es fort;
verloren die Tat, verloren das Wort.
Es ist da und dort, und wo immer es sei,
ist es immer dabei und nie dabei.
Es ist ein Ding, und du greifst Luft;
du schreitest: weit und breit ist Kluft.
Umgebend Nichts um lebendiges Sein,
und alles um dich, der du allein.
Und alles verbindet dich ohne Band
und widersteht ohne Widerstand.
Wenn du es stößt, bleibt's angeschmiegt,
und wie es weicht, bist du besiegt.
So ist es halt, so ohne Halt
und wo es steht, hat es Gewalt.
Von seiner Schwäche, nicht deiner Kraft
ist dieses Hiesige hingerafft.
Und was ich auch tat und wie ich sprach –
Es war zu weich, es gab nicht nach!

Rückblick der Eitelkeit

Mit hundert Stimmen tönt der Mund des Tags:
Mißton zur Missetat und muntre Kunde,
wenn die Natur aus hundert Wunden blutet.
Der, der allein steht gegen diese Wut,
ihr ausgesetzt im unentschiednen Kampf,
den nicht der Tag entscheidet, gilt für eitel,
weil er das Wort vor solchem Anspruch hütet.
Ihm ist es Ware nicht, ihm ist es Waffe,
die Waffe nicht allein, vielmehr der Wert,
nicht das womit nur, nein, wofür er kämpft.
So dinglich Tun, der eitlen Welt entgegen,
ergreift der Weltbegriff von Eitelkeit.
Denn es erhob sich diese eine Stimme
so hell und hoch, wie die Natur gewährte,
die Schuld der Zeit zu rächen und ein Beispiel
ihr vorzustellen, als der eigne Sänger
von einem Kampfe, den kein andrer kündet;
denn jeder andre spricht zum Mund der Zeit.
Der aber anders spricht, spricht nicht von Sieg,
und keine Wende, keinen Ruhepunkt
gewährt der Sturm des dreißigjährigen Krieges.
Doch ziemt dem Abschnitt solchen Mißerfolges
die Rechenschaft: das Fazit nach Verlusten
ist meine Macht, der Übermacht zu spotten,
ich bin vorhanden, vae victoribus!
Nicht Schranken sind errichtet, nur ein Maß.
Und nicht von mir, bloß durch mich; weil ich bin,
nicht weil ich es bestimme. Solchen Wahns
verwäge und vermesse ich mich nicht
und maße mir nicht an, das Maß zu geben,
der längst erfuhr, wie gegen seinen Willen
die Welt läuft und wie seines Wirkens Spur
unkennbar wird im Fortschritt dieser Zeit.
Doch hebt die Spur sich ab vom Gegenteil,

im Negativ der Menschlichkeit bewahrt.
Vorhanden bin ich, und es hat sich vieles
an mir entschieden, da es von mir schied.
Nicht standzuhalten meiner Gegenwart
war die Bestimmung der Umgebenden,
und Rettung vor der Stimme, die sie anrief:
ein abgeredet Schweigen, das da wähnt,
ich sei nicht auf der Welt. Wie Angst im Wald,
sich Mut zu machen, schreit vor einem Feind,
der nur vermutet ist, so schweigen sie
laut auf vor dem, der immer gegenwärtig
und spürbar wirkend ihre Zeit durchquerte.
Am Wort, am Weib hat er, ein Mann ein Wort,
des Dienstes nie gefehlt; nicht unvergolten
blieb Gottesfrevel an Natur und Sprache,
und niemals ließ er unvollstreckt den Sinn
der Rache, die die Elemente treibt,
wenn sich der Weltsinn allzu frech vermaß.
Geläng' es diesem, einen Feuerberg
mit technischen Praktiken stillzulegen,
nie würde über ein Empörerherz
ihm ähnlicher Triumph, nie kommt die Zeit,
wo sich der Geist dem Zeitgeist unterwirft!
Unsühnbar Walten zeigt ihn unversöhnlich.
Im Hochgenuß des reinsten Kunsterlebens,
entrückt vom Wonnerausch an Wort und Ton,
hat er die Händel dieses Tags bewacht
und hat den Schein der Streitsucht nicht gescheut,
um dieses bürgerliche Vollbehagen,
das in so andern Regionen schwelgt,
so lustlos fern der schöpferischen Freiheit,
mit dessen eigener Gesetzlichkeit
zu konfrontieren, durchaus dort und da
das Zweifelhafte zweifellos zu stellen.
Die Sache wills, und mannigfache Sachen,
vor deren jeder es der Sache gilt,
erzwingen so den Einsatz der Person,

daß all ihr Tun persönlich scheint und eitel.
Dies Stigma hat die Ohnmacht der Gewalt,
die nichts als Geltung will im Lebensraum,
nichts als Verbindung sucht und Selbsterhaltung,
an den vergeben, der als letzten Lohn
erstrebte, was in diesem Jahrmarktstreiben
die Selbstvernichtung ist: den Weltverzicht.
Verzicht aufs Leben selbst, ja auf den Tag,
der doch auch Sonne bringt und nicht bloß Dunkel.
Zu meinem Tag ward jede Nacht gemacht,
der halbe Tag dazu, durch all die Jahre:
für Werte, die nicht wägbar sind, nicht tragbar,
um Sorgen, die nicht Qual, nicht Glück bedeuten
dem Zeitvertreiber, niemals Schlaf und Stirn
bedrückt ihm haben, nicht den Tag ihm kreuzen
und nicht den Traum, wofern er Träume hat.
Wofür ward es getan? Der Geltung wegen
vor denen, gegen die es gelten soll?
Ist's glaubhaft denn, sie selber könnten glauben,
ich sei wie sie und wende zu dem Zweck,
den jeder hat, das falsche Mittel an,
durch Aufstand die Verbindung herzustellen?
Und weiß ich nicht, daß, könnt' es so gelingen,
ihr größrer Haß mir die Verbindung wehrt?
Der Haß, der sie bis zu dem Mißgriff treibt,
mir das höchsteigne Brandmal zu verleihen,
läßt fraglich nur, wofür sie mehr mich hassen:
ob für das bloße Sein, ob für das Können.
So oder so, ich habe mir's verscherzt.
Wär' ich ein anderer, wär' alles anders,
und könnt' ich weniger, wär' meine Leistung
in allen schmutzigen Mäulern dieses Tags.
So muß zum Tun die Rede selbst ich führen,
die auch dem Dümmsten doch in einem Punkt
erfaßbar wurde: daß ich eitel bin.

Sonst wissen sie ja weiter nichts von mir
und selbst dies eine meist vom Hörensagen,
indem sie mich nicht selber sagen hörten,
nur solches von mir, was die andern sagen,
in einer Stadt, die von Gerüchten lebt
und wo Ereignis dem Gerücht entstammt,
wiewohl sie hinreichend gesichert scheint,
da jeder zweite Mann ein Polizist ist.
Da aber jeder andre Journalist ist,
so ist sie preisgegeben, denn die Feder
hat noch mehr Macht und Ansehn als der Knüppel,
und öffentliche Meinung ist Gerücht.
Dafür genügt auch mir die Vorstellung
von einer Stadt, von der ich sagen hörte,
sie spreche nie von sich, verstecke sich
vor Fremden, niemals habe noch ein Wiener
von sich gesagt, daß er ein Wiener sei,
dagegen stets, uneitel wie er ist,
sein Mütterlein als Wienerin verleugnet.
Der Schreibtisch läßt sich zwar nicht übersiedeln
in eine Welt, die frei von dem Problem,
doch spart er die persönliche Berührung
mit einer Sorte kompetenter Tadler,
die, wär' ich ihresgleichen, staunen sollten,
wie ich dann ganz und gar nicht eitel wär'.
Und so bescheiden bin ich, zu bekennen:
wär' vollends das Talent mir angeboren
der Männer, deren Meinung hier gedruckt wird,
ich wäre nie damit hervorgetreten,
vielmehr ein Handlungsreisender geworden;
und wollte dann wohl als ein Leser glauben,
was jene öffentlich zu meinen pflegen.
Mein Werk ist der Beweis: die Presse lügt,
weil Drucken gleichbedeutend ist mit Lügen.
Mein bessres Werk und Wohltat an mir selbst:
daß, wo nur Blätter noch die Welt bedeuten,
ich jene Werte, die die Zeit verdarb,

ersetze und dem Unwert, den sie hegt,
entgegensetze; trotzend ihrem Fluch,
hab ich gezeigt, daß es noch Bretter gibt,
ihr den verlornen Zauber anzuzaubern.
Wenn's wahr ist, daß ich mit dem Requisit
des Zeigefingers eine Szene fülle
mit Akrobaten, die den Teller drehn,
dann hat die Bühne, die es nicht vermag,
weil die Regie das Element nicht herstellt,
ihr Spiel verloren, und die Presse lügt,
die allem Firlefanz Kolumnen öffnet,
doch vor dem Wesentlichen darum schweigt,
weil sie den Träger haßt um die Erkenntnis
von ihrer Lüge. Daß er seinen Fall
als sichtbarste Bestätigung erlebt,
so in der Kunstrubrik nie größere Lüge
als dieses Schweigen war, es führt ihm schließlich
ein Wörtchen zu: das von der Eitelkeit.
Doch keiner prüft, ob sie denn unberechtigt;
und ob ein Walten, das so infernal
Privathaß fälscht zu öffentlicher Meinung,
nicht eigensüchtiger sei als das des Künstlers,
der wohl zum eignen Worte steht, doch lieber
dem fremden Werke dient, zu dem er steht;
und der noch nie das Wertmaß an der Kunst
verwirren ließ von einem Blick nach außen.
Was ist denn Eitelkeit? Ein Tauschgeschäft
von Wert und Geltung. Wo wird Wert geopfert?
Doch von der Welt! Wo Geltung?
Doch wohl von jenem, den sie eitel nennt!
Wie sollte ich es sein, da sie bis heute
mir keinen anderen Gedanken dankt?
Und in der Schlinge fehlerhaften Zirkels
faß ich das Phänomen, das Dummheit heißt.
Mit einem Hohn, dem die Kulturgeschichte
nicht seinesgleichen stellt – und wenn sie mich
darob des Größenwahns beschuldigen sollte –,

steh ich vor dieser Zeitgenossenschaft,
von der ich glaube, daß sie Sport und Technik
ins Grenzenlose führt, doch im Bezirk
des geistigen Erlebens so beschränkt hat,
daß es der Sau graust, die es unternähme,
ein Zeitungsblatt zu lesen, oder tollkühn
etwa ein Schauspielhaus betreten wollte.

Der Händler, dem das Leben ganz gehört,
hat eure Phantasie in Pacht genommen.
Er läßt euch Radio hören, Fußball werfen,
gewährt euch die politische Bewegung
mit Einschluß der Befugnis, frei zu sein,
erlaubt den Zeitvertreib, der euch das Denken
erspart, und fördert auch die schönen Künste,
wofern sie nicht, Lebendiges und Totes
berührend, seelenstürmend Umsturz künden,
den wahren: der das Werk der falschen Freiheit
bedroht und gegen allen Staatsbetrug
im unverjährten Anspruch der Natur
verkehrt die umgekehrte Lebensordnung
bis zu dem Ursprung hin, an dem gesetzt ist:
Der Mensch sei nicht das Mittel, doch der Zweck!
Nun ist die Welt dem Händler untertan,
und nichts gilt, was sich nicht prostituiert.
Und nur die Frau bleibt Freiwild, und die Freiheit,
sie animiert den schuftigen Büttel Shakespeares
zu schnöderm Zugriff im Revier der Lust.
Nie haben Amtsmoral und Bürgersinn,
weit mehr als sonst dem Weltgeist prostituiert,
mit frechrer Pharisäerstirn geheuchelt,
und niemals hat sich jener Männerstolz,
der Königsthronen nicht mehr opfern wollte,
so allem Handel preisgegeben. Alles
darf heute huren, nur die Huren nicht!
Verabscheut wird, wer daran Anstoß nimmt,
mit ihm gemieden alle, die ihm folgen,

die Lepra der Erkenntnis zu verbreiten.
Die Welt will leben und in Ruhe töten,
und wehe jedem, der es weiß und sagt!

Und gibt es solche Zweifler, die vielleicht
zu fühlen noch vermöchten, daß dies Leben
dem Sinn des Lebens widerstrebt, sie halten
die Ohren festverschlossen der Gefahr,
in reinere Region verführt zu werden,
und offen nur dem widrigen Gerücht,
das einen Weckruf zum Skandal entstellt;
und schleichen sich davon wie Egmonts Bürger.
Kein Machtgriff wäre denkbar, den am Rufer
die frisch errungne Freiheit nicht erlaubte.
Zwar wo die Macht Funktion hat, steht sie tatlos
vor seiner Tat, und in das Nichts zerfiel
der Popanz der fragwürdigen Würdenträger;
denn Feigheit ist die oberste Funktion.
Jedoch die Freiheit ward an mir zur Phrase
und sichtbar wird die Fratze der Gewalt.
So dem Bekenntnis abtrünnig zu sein
der Lippe, die man aufwirft gegen mich,
vermehrt den Haß; die Lüge, der man dient,
heischt immer neues Opfer, ach und wie
sichs mit mir auseinandersetzt, es setzt sich
so auseinander, daß nichts übrig bleibt,
bevor ich noch ein Wort dazu gesprochen.
Da hindert mich Erbarmen, es zu tun.
Ists mein Gelingen oder das der andern:
daß nichts so leicht gelingt wie der Effekt,
an mir sich zu blamieren? Und daß selbst noch
wer die Erkenntnis hatte: das Verhalten
zu mir sei Maßstab für den Wert des Manns,
sich einmal doch an mir blamieren muß!
Verhängnisvolle Gabe der Natur,
durch nichts als durch den eigenen Bestand
die andern zur Veränderung zu zwingen!

Ein kleines Ich vermag nicht durchzustehen,
gewandet es sich auch ins große Wir.
So unerfüllbar ist der Welt mein Maß,
daß sie noch weniger gibt, als sie vermag,
mit allem, was Partei und Presse bieten;
ob alt, ob jung, ein Rest bleibt unbeglichen
und tiefgefühlt: man zahlt mit Hysterie.
Dem stets genährten, nimmer satten Drang
zu mir hin, um von mir hinwegzukommen,
bleibt das Problem: Wie wird man mit mir fertig,
dem Zeitgenossen, der so unbequem
selbst die Genossenschaft der neuen Zeit
mit ihr das Faulbett zu genießen hindert?
Wie wird man mit dem Friedensstörer fertig,
der sich vermaß, Parteien nicht zu kennen,
vielmehr sie alle gegen sich zu einen?
Des Ohr die Phrase hört, was sie auch meinte;
des Blick den frischen Vorwand blank durchbohrt,
um antiquiertes Wesen zu erkennen;
des Wittersinn im neuen Weltgeschiebe
die Morgenluft nur der Gespenster wittert,
nicht mitgeht bis zum Trauerpossenschluß:
Trug ohnegleichen, wie der Fortinbras
von dem, was faul im Staate, profitiert!
Ein Revolutionär mit Ruhgehalt,
doch hat er vor der Stirn die Barrikade,
die er mit Taktik nicht betreten muß.
Wie wird man mit dem Zeitungsleser fertig,
der den Kontrast bemerkt vor dem Lassalle:
des Vorbild ausgesteckt wird, während hinten
der Ausbeuter des Proletariats
die Wünsche jeglichen Geschmacks erfüllt
und selbst zum Fest das Pathos parodiert!
Wie wird man mit dem Eigenbrötler fertig,
der es verschmäht zu heulen mit Hyänen
nach einem Krieg, weil er beiweitem lieber
vor solchem Greuel zu den Wölfen flieht!

Nichts ist verändert, alles bloß vertauscht;
wie einst geht hoch die Hefe der Kultur,
doch Umsturz ist: sie nennt sich prominent.
Zum Frieden fehlt nichts weiter als der Kaiser;
der aber findet vielfachen Ersatz,
denn aufgeteilt ist die Verlassenschaft
von Wahn und Würde, Macht und Majestät,
und Rückstand dient mit Formen und mit Fahnen,
daß uns der Knecht des Fortschritts kujoniert.
Wie wird man fertig mit dem Mißvergnügten,
der's nicht vermag, den Schmerz zu überwinden,
daß das Gesicht der umgestürzten Welt
die Winkelzüge zeigt der Bürgerfratze,
unüberwindlich: an den Überwindern!
Frontal mir zugekehrt, der sie erkannt hat;
und aller Haß von jeder Art von Bürger
geht darin ein, bestätigt die Erkenntnis,
drückt aus: als Bürger hast du mich erkannt,
nun bin ich Bürger jenseits der Partei,
durch dich und gegen dich bin ich ein Bürger!
In diesem Zeichen, gegen solchen Feind
ruht aller Hader, und von rechts zu links
schickt schweigendes Verständnis die Stafetten.

Nur noch ein zweites Beispiel kennt die Zeit,
wo sich die Niedertracht als Eintracht zeigt
vor einem, der den Rücken ihr gekehrt –
doch da macht sie zum Liebesdienst Gebrauch.
Denn dieser zog den Blick der Bürgerschaft
in eine Rosenlaube; der verschmäht es,
sie kämpfend zu bezwingen. Nie hat er
den Stoff, durchdringend bis zum Geist,
erlebt, erlitten, und er hat das Leid
des Kampfes sich erlassen wie der Welt,
die solche Abkehr ihm, solch ein Verzichten
aufs höchste dankt und für die Hieroglyphen,

die er in eingeräumter Ferne zeichnet,
ihn heiligspricht. Nichts als Zeremoniell,
und eins mit Formen der Alfanzerei,
wie kein Tyrannen-, kein Erlöserkult
vordem gekannt, steht zwischen ihm und ihr,
die sich aus dem Getrieb erhoben fühlt,
wenn sie bequemer Weltflucht Ornamente
bestaunen darf. Wo sieben Siegel sind,
glaubt sie an Offenbarung, den vergötternd,
der in dem Tempel wohnt, woraus es nie
zu treiben galt die Händler und die Wechsler,
nicht Pharisäer und die Schriftgelehrten,
die drum den Ort umlagern und beschreiben.
Profanum vulgus lobt sich den Entsager,
der nie ihm sagte, was zu hassen sei.
Und der das Ziel noch vor dem Weg gefunden,
er kam vom Ursprung nicht. Stefan George:
ehrfürchtig raunt vielfältige Gemeinschaft,
der Hader ruht auch hier von rechts und links,
doch mit der Andacht, die die Ruhe ist,
die jener, Gott sei Lob, der Welt gegeben.
Daß ich dagegen aus dem Teufelswerk
des Tags den Geist beschwor, daß ich den Sprachgeist
antworten hieß dem Widerpart, ist nichts
dagegen. Immer bleib ich einverleibt
dem Stoff der Zeit, den ich durchdringen konnte,
und dieser spricht, wenn überhaupt er spricht:
Was gilt uns einer, der mit uns sich abgibt?
Wer sind wir schon, und wie ist's möglich denn,
daß Kunst sich von dem Teufelsdreck bedient,
von ihm die Formen bildet und den Sinn
des Lebens einem Widerspiel entnimmt?
Wer sind denn wir, die jener seines Angriffs
für würdig hält? So sprechen sie geduckt,
Vorbilder der Bescheidenheit für den,
des selbstgefällig Tun sie tadeln müssen

und der, von ihrer Weisung unbelehrt,
sich stets der kleinsten Themen hat vermessen.

Doch tun sie unrecht, daß sie alle sich
so unterschätzen, denn zusammen sind sie –
und bloß zusammen sehe ich sie alle
und jeden immer als den ganzen Haufen –
gigantisch groß und bilden eine Zeit.
Und diese schmerzt es, daß auch sie mich haßt
und nicht vermag, dem Haß Gestalt zu geben
gleich mir, und daß ihr Geist nicht reicht, den Rächer
erstehn zu lassen: den zu strafen, der
den Geist an ihr gerächt. Und weit und breit
bleibt ihr kein andrer Ausdruck als Gewalt.
Hier lockt vielleicht das Beispiel des Rebellen,
des Bauerndoktors, den sie rasend machten
und dann erschlugen: weil er Armen half
und Satte störte; weil er Müttern beistand,
doch den erwachsnen Sohn errettet hatte
vom Vaterland. Er starb den Heldentod:
die Troglodyten haben ihn erschlagen.
Auf diesem Weg – sonst hätten sie ihn längst
zu mir gewagt – erscheint der Haß gehemmt;
mich schützt die Sprache, die sie nicht verstehn,
nicht populär genug für solches Ende.
Mit anderer Gewalt, die sie vermag,
hofft diese Zeit den Todfeind zu besiegen.
Da sie mit mir nicht fertig wird, so denkt sie,
ich würde selber fertig bald an ihr.
Sie hat die Quantität, um zu ersticken,
sie hat den Tag – das Grausen tausendfach,
das über Kopf und Herz zusammenschlägt,
die für die ahnungslose Menschheit leiden,
wie diese Pest der Presse in ihr wütet
und überdauert ihren Untergang.
Voran war sie der Furie des Kriegs
und folgt ihr auf dem Fuß. Geräusch der Mißwelt,

das weiland Botschaft war von dem Verenden,
tönt täglichen Triumph; und nichts beugt tiefer,
als sich erinnern, daß die Zeit vergaß
ein Zwischenspiel, worin Millionen starben.

Doch hab ich Atem noch, es ihr zu sagen,
und steh dem Haß, der diesen Mut vergilt,
als einer, dem die Kraft wächst mit der Last.
Noch hält der Glaube, daß ein Beispiel frommt
dem Rest von Menschheit, der den Glauben rettet
aus dieser Schmach. Nur mein Vollbringen sei
das Vorbild, nicht mein Werk; daß ich's gewagt,
und daß ich Heerschau halte über Heere
von solchen, die einander Todfeind sind,
doch gegen mich verbündet, alle, alle;
und nichts als Zweikampf: Würger gegen Würger!
Ein Menschenalter lang und nicht entschieden.
Noch fernere Jahre stör ich diesen Frieden.
Hier Kämpfer, Künstler, Narr, und dort die Bürger!

Man frage nicht

Man frage nicht, was all die Zeit ich machte.
Ich bleibe stumm;
und sage nicht, warum.
Und Stille gibt es, da die Erde krachte.
Kein Wort, das traf;
man spricht nur aus dem Schlaf.
Und träumt von einer Sonne, welche lachte.
Es geht vorbei;
nachher war's einerlei.
Das Wort entschlief, als jene Welt erwachte.

ANHANG

Nach seinem zweiten Aufsatzband, *Die chinesische Mauer* von 1910, und seinem zweiten Aphorismenband, *Pro domo et mundo* von 1912, ist Karl Kraus einige Jahre lang mit keinem Buch mehr hervorgetreten. (Wobei die 1914 erschienene »Luxusausgabe« des Aufsatzes *Die chinesische Mauer*, mit Lithographien von Kokoschka, füglich außer Betracht bleiben kann.) Als dann mitten im Kriege, 1916, im eben erst gegründeten »Verlag der Schriften von Karl Kraus« doch ein neues Buch erschien, da war es keins von denen, auf die ein Leser der *Fackel* mit guten Gründen rechnen konnte: weder einer der mehrfach angekündigten Aufsatzbände (*Kultur und Presse* und *Untergang der Welt durch schwarze Magie*) noch auch die Sammlung der seit 1912 in der Zeitschrift veröffentlichten Aphorismen (*Nachts*). Es war auch nicht die Tragödie *Die letzten Tage der Menschheit*, aus der Karl Kraus im Oktober 1915 den Schluß eines Aktes mitgeteilt hatte (F 406-412, 166f.).* Statt alles dessen kam im Frühjahr 1916 unter dem Titel *Worte in Versen* ein Buch mit Gedichten heraus. Wenn das Erscheinen dieses Buches die Leser der *Fackel* gleichwohl nicht unvorbereitet getroffen hat, dann darum, weil sie fast alle Gedichte, die es enthielt, schon zuvor, eben in der *Fackel*, hatten lesen können. Auf dieselbe Weise waren ja auch die vier Bände der *Ausgewählten Schriften*, zwischen 1908 und 1912, zustande gekommen.

Den Anfang der Reihe macht, gerade zehn Jahre vor dem Erscheinen des Buches, im März 1906 ein Spruchgedicht, das sich unter den ersten Aphorismen von Karl Kraus findet und dem 1908 und 1909, wieder unter Aphorismen, weitere fünf solche Gedichte folgen. Sie alle werden in das erste Aphorismenbuch, *Sprüche und Widersprüche*, übernommen und bilden in *Worte in Versen* dann, zusammen mit einigen Epigrammen aus späteren Jahren, die *Inschriften* in der Mitte des Buchs.[1] Eine zweite Art vershaften Sprechens begegnet gleichfalls schon in der *Fackel* der Vorkriegszeit: die Blankversrede, in der nach einigen Versuchen innerhalb von Prosastücken die Gedichte *Tod und Tango* und *Mein Weltuntergang*, beide aus dem Jahre 1913, gehalten sind.[2] Auch diese Gruppe ist später erweitert worden und nimmt

* Zitate aus der *Fackel* werden in der Form »F 351-353, 77« nachgewiesen. Über Jahr und Jahrgang des Erscheinens kann man sich anhand der Tabelle 2 in Friedrich Jenaczeks *Zeittafeln zur »Fackel«* (München 1965) unterrichten. Abgekürzt zitierte Literatur (»Schick 1965«, »Kerry«) findet sich mit vollständigen Titeln (wenn nicht im Literaturverzeichnis des vorliegenden Bandes) bei Sigurd Paul Scheichl (*Kommentierte Auswahlbibliographie zu Karl Kraus*. München 1975) sowie bei Jens Malte Fischer (*Karl Kraus*. Stuttgart 1974) aufgeführt. Die letzte Ziffer bezeichnet immer die Seitenzahl.

dann in *Worte in Versen* rund die Hälfte des Buches ein. Die dritte und letzte Gattung schließlich, das Strophenlied, tritt in der *Fackel* erstmals 1915 auf den Plan – wenn man absieht von dem Sonderfall des Dialoggedichts *Der sterbende Mensch* von 1913, das außerdem den Gattungen der Blankversrede und des Spruchgedichts nahesteht. In der Sammlung von 1916 finden sich diese eigentlich ›lyrischen‹ Gedichte, die Kraus der Begegnung mit Sidonie Nádherný verdankt, fast alle am Schluß des Bandes.[3]
Den Plan, seine bis dahin entstandenen Gedichte in einem Buch zu vereinigen, hat Kraus wahrscheinlich im Herbst 1915 gefaßt – nachdem Ende Juli die Redaktion von *Untergang der Welt durch schwarze Magie* abgeschlossen und die Ausarbeitung der *Letzten Tage der Menschheit* begonnen war und im August, den Kraus bei Sidonie Nádherný auf Schloß Janowitz verbrachte, allerlei neue Gedichte, die meisten für das Drama, entstanden waren. Eine erste Zusammenstellung, die sich erhalten hat, führt die bis Dezember 1915 in der *Fackel* veröffentlichten Gedichte schon in der Reihenfolge des Buches auf.[4] Nach brieflicher Beratung mit der Freundin sind bald darauf die Gedichte *Aus jungen Tagen* und *Sendung* beigefügt und die Ortsangaben zu *Wiese im Park* und *Vor einem Springbrunnen* nachgetragen worden. In dieser zuletzt noch um zwei weitere Gedichte (*Heroischer Vers* und *Sonnenthal*) ergänzten Fassung ist das »Bekenntnisbuch«, wie Kraus es einmal nennt (BSN 1, 255), im April 1916 erschienen.
Für Herstellung und Ausstattung seines ersten Buches hat der »Verlag der Schriften von Karl Kraus« keine Mühen und Kosten gescheut. Es wurde von der renommierten Offizin Drugulin gesetzt, auf bestem Papier (zum Teil auf Bütten) gedruckt, in Ganzleinen (zum Teil in Ganzleder) gebunden, mit einem Lesebändchen versehen – und war mit alledem gewiß eines der ›schönsten‹ Bücher, die mitten im Krieg herausgekommen sind. Kraus selbst scheint darauf nicht weniger stolz gewesen zu sein als der Verleger Kurt Wolff. Daß er gleichwohl mit der Leistung der Leipziger Druckerei eher unzufrieden war, bezeugen die Worte, mit denen er dem Drucker der *Fackel* ein Exemplar des Buches zugeeignet hat:[5]

> Herrn Georg Jahoda, nicht als Vorbild des Drucks, sondern zum Dank für den seinen, gewidmet von
> Wien, im Juni 16 Karl Kraus

Als Kraus diese Worte schrieb, waren in der *Fackel* bereits so viele neue Gedichte erschienen, daß er eine zweite Sammlung ins Auge fassen konnte. Tatsächlich kamen in den folgenden Jahren erst in kürzeren, dann bisweilen auch in längeren Abständen nicht weniger als acht weitere Gedichtbücher heraus – gleichen Umfangs und gleichen Formats und unter nun erst numerierter Wiederholung des Titels. *Worte in Versen II* wurde vereinbarungsgemäß wiederum von Drugulin gedruckt, die übrigen Bände dann aber von Jahoda & Siegel;[6] bis zum V. Band erschienen sie weiterhin im »Verlag der Schriften von Karl Kraus«, nach dessen Auflösung dann im eigenen »Verlag ›Die Fackel‹«.[7] An Bestand und Zuschnitt der Bände hat sich vom ersten bis zum letzten, zwischen 1916 und 1930, nur wenig geändert. Die drei Gattungen, denen Kraus gegen Ende der zwanziger Jahre einmal selbst seine *Worte in Versen* zugewiesen hat: dem epigrammatischen, dem lyrischen und dem Zeitgedicht, sie sind in allen neun Bänden vertreten, und alle neun Bände stimmen auch darin überein, daß sie Gedichte enthalten, die Kraus zunächst für seine größeren oder kleineren Dramen, meist als Rollenlieder, geschrieben hat. Beibehalten bleiben außerdem die spiegelsymmetrische Anordnung der Gedichte (die sich aber je später desto mehr zur Geltung bringt)[8] und die (wenn auch bisweilen kryptische) Zueignung der Bände an Frauengestalten aus Kraus' privatem Lebenskreis.[9] Abgesehen davon, daß wie zunächst die Kriegs-, so später die Nachkriegszeit den Gegenstands- und den Wirkungsbereich auch der gedichtförmigen Satire zunächst der *Fackel* und dann der *Worte in Versen* bildet, unterscheiden sich die späteren von den früheren Bänden hauptsächlich darin, daß sie auch Proben aus Kraus' rezitatorischem und übersetzerischem Werk enthalten: die später eigens zusammengefaßten »Zeitstrophen« *Nach Nestroy* (VI-VIII) und die Nachdichtungen von Szenen Shakespeares und Liedern Offenbachs (IX).

Nach dem Erscheinen des IX. Bandes, am 11. Oktober 1930, hat Karl Kraus in der *Fackel* nur noch wenige Gedichte veröffentlicht: die Gedenkverse auf Annie Kalmar (F 852-856, 48), die aber schon in jenem Band enthalten waren; einige »Zeitstrophen«, Nachträge zu der Anfang 1931 erschienenen Sammlung (F 857-863, 65-69; F 868-872, 54-58); Proben aus der Nachdichtung von Shakespeares Sonetten (F 885-887, 52-64), die Anfang 1933 als ganze erschien; schließlich das Gedicht »Man frage nicht« in dem einzigen *Fackel*-Heft des Jahres 1933 (F 888, 4). Da außerdem nur wenige Gedichte aus den letzten Jahren unveröffentlicht geblieben sind (vgl. S. 674), wird man sagen dürfen, daß Kraus sein lyrisches Œuvre mit dem IX. Band der *Worte in Versen* im wesentlichen abgeschlossen hat.[10] Wie es scheint, ist seine dichterische Energie in der Zeit um 1933, wie zuvor schon gutenteils, nun völlig in den Dienst der Nachbildung fremder Werke getreten. Zwischen 1930 und 1935 kamen nicht weniger als sechs Bücher mit Übersetzungen von Libretti Offenbachs und Einrichtungen von Dramen Shakespeares sowie der Nachdichtung von dessen Sonetten heraus, und für seine

Vorlesungen hat Karl Kraus in diesen Jahren noch allerlei andere Stücke, wieder von Offenbach und Shakespeare und außerdem von Nestroy, übersetzt oder eingerichtet. Hinzu kamen die Sammlung der *Zeitstrophen* (zu Nestroy und Offenbach) und die *Auswahl* aus den Büchern von Peter Altenberg. Dazu paßt: daß Kraus seit Mitte 1930 noch seltener als in den Jahren zuvor als Rezitator »Eigener Schriften« aufgetreten ist und die letzten 150 seiner 700 Vorlesungen so gut wie ganz der Darbietung lyrischer und vor allem dramatischer Werke anderer Autoren, von Shakespeare bis zu Bertolt Brecht, vorbehalten hat.

*

Anders als die Aphorismen- und die Essaybücher von Karl Kraus übernehmen seine Gedichtbücher den Wortlaut ihrer Texte in aller Regel unverändert aus der *Fackel* und behalten ihn in dieser Fassung dann auch von einer Auflage zur nächsten bei.[11] Die einzigen durchgreifenden Änderungen betreffen die Orthographie. Kraus' Abneigung gegen die Reform von 1903, der unter anderem das »h« in Wörtern wie »Athem« und »Thal« zum Opfer gefallen ist, bekundet sich im I. Band der *Worte in Versen* außer in der beredten *Elegie auf den Tod eines Lautes* auch stillschweigend darin, daß in einem Fall erst das Buch die ältere Schreibung restituiert: im letzten Vers des ersten Gedichts, das nun mit »Thräne« statt wie in der *Fackel* mit »Träne« schließt.[12] (Vgl. auch BSN 1, 257.) Gerade umgekehrt ist Kraus in den nach 1921 erschienenen Ausgaben und Auflagen der Gedichtbücher verfahren: in denen sich die ältere Schreibung nur noch innerhalb weniger Gedichte (besonders: dem *Gebet an die Sonne von Gibeon*) und im übrigen allenfalls bei dem Wort »Thräne« beibehalten findet.[13] Sonst aber unterscheiden sich die Ausgaben letzter Hand kaum je von den Erstdrucken in der *Fackel*. – Dieser im Werk von Karl Kraus ziemlich singuläre Sachverhalt wirft ein Licht auf das Motiv seiner Hochschätzung gerade der *Worte in Versen*. Hier meinte er wohl einem sprachkünstlerischen Gewissen, das im allgemeinen kaum je durch das Imprimatur zu beruhigen war, mit der einmal beschlossenen Gestalt Genüge getan zu haben – sei's weil die metrisch gebundene Rede für Alternativen weniger Spielraum bot als selbst die konzentrierte Prosa des Aphorismus, sei's weil das Gedicht Interessen und Anlässen weniger verpflichtet war als die nur in Einzelfällen zu ähnlicher Selbständigkeit gelangte Glosse.

Desto weniger konnte Kraus mit der Resonanz zufrieden sein, die seine Gedichtbücher in der Öffentlichkeit fanden. Nur die ersten fünf Bände sind in größeren Abständen mehrfach aufgelegt worden;[14] von den letzten vier ist keiner über das erste Tausend hinausgelangt; im Jahre 1936 waren alle noch lieferbar. Um die Zurückhaltung zu erklären, mit der auch viele Leser der *Fackel* den Gedichten ihres Herausgebers begegnet sind, wird man auf den hohen Grad und auf die besondere Art der Traditionalität dieser Gedichte verweisen müssen. Denn nicht genug damit, daß die Lyrik von Karl Kraus sich an den Auflösungen und Erneuerungen der hergebrachten Formensprache, wie sie zur selben Zeit im Zeichen des Expressionismus vor sich gehen, nicht beteiligt, dienen ihr vorzugsweise gerade solche Erscheinungen der Überlieferung zum Muster, die im Bewußtsein der Gebildeten nicht zu gleichem Ansehen gelangt sind wie besonders das klassische und das romantische Lied: die juvenalische Strafrede, Goethes Spruchdichtung, das Nestroysche Couplet. Daß eine so weitgehend satirisch gestimmte Lyrik auch solche Leser nicht leicht gewinnen konnte, die es eher mit George und Rilke als mit den Neutönern hielten, ist kaum verwunderlich. Und was die im engeren Sinn des Wortes ›lyrischen‹ Gedichte betrifft, an denen es ja in keinem Band der *Worte in Versen* fehlt, so dürften sie dem traditionalistischen Geschmack vor allem darum nicht sonderlich zugesagt haben, weil sie weniger vom Gefühl als vom Gedanken – oder eigentlich: von der Sprache regiert zu sein scheinen. Charakteristisch ist schon die zurückhaltende Überschrift: *Worte in Versen* – verglichen mit so ansprechenden und eingängigen Titeln wie *Das Stundenbuch* oder *Der Stern des Bundes*.[15] Erst recht aber die bisweilen geradezu wortspielerische Fassung lyrischer Motive in Versen wie:

Die vielen Glockenblumen! Horch und schau!

oder:

Und es hat die eigne Dichtung
mir nicht, mich nicht angehört!

Man hätte umlernen müssen, um sich an diesen Ton zu gewöhnen, und dazu waren unter den Jüngeren offenbar nur wenige, wie Berthold Viertel und Werner Kraft, bereit oder imstande.[16]

Kraus selber hat seiner Lyrik auf allerlei Weise Geltung und Wirkung zu sichern gesucht. Im Sommer 1920 erschien, wieder im »Verlag der Schriften von Karl Kraus (Kurt Wolff)«, ein schlichter und schmaler Band mit *Ausgewählten Gedichten* – zusammengestellt aus den Bänden I-IV der *Worte in Versen* und ergänzt um einige Stücke, die wenig später im V. Band erscheinen sollten. Die meisten Gedichte sind ›lyrischen‹ Charakters; doch fehlt es auch nicht an einigen Epigrammen sowie an Zeitgedichten aus den *Letzten Tagen der Menschheit*. Nur die meist satirischen oder polemischen *Inschriften* sind in dieser Sammlung ganz beiseite gelassen.

Ansätze zu einem zweiten solchen Versuch finden sich gegen Ende der zwanziger Jahre, wahrscheinlich schon bald nach dem Erscheinen des VIII. Bandes der *Worte in Versen* (Herbst 1925), in einem Konvolut von Blättern, auf denen die Gedichte der acht Bände fortlaufend nach Gattungen verzeichnet sind.[17] Die Initialen »L«, »Z« und »E«, mit denen Kraus die drei Rubriken überschrieben hat, dürften für »Lyrisches«, »Zeitgedichte« und »Epigramme« stehen – passend zu einer Verteilung, welche die erste Reihe mit *Verwandlung*, die zweite mit *Mein Weltuntergang* und die dritte mit »11 Inschriften« (alle aus Band I) beginnen läßt. Übergangen sind nur die Strophen *Nach Nestroy*. Einzelnen Titeln hat Kraus erst im zweiten Durchgang ihren definitiven Platz angewiesen – wobei vor allem Gedichte der ersten Rubrik (»L«) durch ein nachgestelltes »Z« in die zweite gerückt worden sind. (So schon *Sonnenthal* aus Band I.) Über den Zweck dieser Aufstellungen hat Kraus nichts verlauten lassen.[18] Wenn sie aber dazu gedient haben sollten, eine neue Ausgabe der Gedichte vorzubereiten, in drei Bänden gemäß den drei Rubriken, dann wäre diese Absicht schon im Herbst 1927 wenigstens zum Teil erfüllt worden: mit der Publikation des Buches *Epigramme*, das eine umfangreiche Auswahl aus den in der dritten Rubrik verzeichneten Gedichten enthält. Viktor Stadler, der sich Kraus schon durch eine Auswahl von Goeckingks Gedichten (1923) empfohlen hatte, war mit der »Zusammenstellung« betraut worden (F 781-786, 67). Er hat die zumeist als *Inschriften* in den Bänden I bis VIII der *Worte in Versen* sowie 1926 und 1927 in der *Fackel* zusammengefaßten Epigramme offenbar nach dem Vorbild der Aphorismenbücher von Karl Kraus (zumal des letzten: *Nachts*) kapitelartig angeordnet – wobei als Überschrift jeweils ein (auch typographisch hervorgehobenes) Epigramm dient (*Vergleichende Erotik*, *Zwei Läufer*, *Die Zeit*, *Mein Widerspruch*, *Der Grund*).[19] Das Buch ist Else Lasker-Schüler gewidmet. – Was die unter der Chiffre »L« zusammengestellten Titel betrifft, so braucht nur an das Zeugnis Leopold Lieglers erinnert zu werden, das sich im Nachwort zu der von ihm 1939 herausgegebenen Sammlung der *Ausgewählten Gedichte* von Karl Kraus findet:[20]

> Es war für Karl Kraus in der letzten Zeit seines Lebens ein Herzenswunsch, seine rein lyrischen Gedichte gesammelt herauszugeben. Der Tod hat ihn über diesen Plan nicht hinauskommen lassen.

Wiederum anders verhält es sich mit den Zeitgedichten unter der Chiffre »Z«. Die in dieser Rubrik gerade übergangenen Strophen *Nach Nestroy* hat Kraus 1931 in die Sammlung seiner »Zusatzstrophen« zu Nestroy und Offenbach übernommen: die *Zeitstrophen*, deren Titel noch den ursprünglichen

Plan zu verraten scheint. Das Buch ist gewidmet »Adolf Loos / zum 60. Geburtstag / dem reinen Gegenbild / der hier abgebildeten Welt«.

Drei seiner »Zeitgedichte« hat Kraus auch einzeln verbreiten lassen: die *Ballade vom Papagei* als Notendruck (1919), die *Volkshymne* als Postkarte (1921), das *Schoberlied*, gleichfalls mit Noten, als Flugblatt (1928). Die Auflage belief sich im zweiten Fall auf rund 5000 (F 568-571, 42), im dritten auf mindestens 20000 (F 795-799, 29).[21] Die Erträge waren jedesmal für die Opfer der Gewalt – erst der Kriegs-, dann der Nachkriegszeit – bestimmt.

*

Viele seiner Gedichte hat Karl Kraus auch auf die Programme seiner Vorlesungen gesetzt. Das beginnt schon 1913 mit Rezitationen der ersten größeren Gedichte: *Der sterbende Mensch* (V 50), *Tod und Tango* (V 50), *Mein Weltuntergang* (V 62).[22] In den Kriegs- und Nachkriegsjahren bringen fast alle Vorlesungen, die Kraus ganz oder teilweise eigenen Schriften gewidmet hat, auch Gedichte zu Gehör,[23] die meisten zu wiederholten Malen, und in den letzten Jahren, von 1933 bis 1936, stehen in den seltenen Fällen, wo nicht allein fremde Schriften gelesen wurden, von den eigenen fast nur noch Gedichte auf dem Programm.[24] Mit den großen Rechenschaftsberichten *Nach zwanzig Jahren* (1919) und *Nach dreißig Jahren* (1929) ist Kraus zunächst vor seine Hörer und dann erst auch vor seine Leser getreten (V 142; V 500). Einige Gedichte hat er in seinen Vorlesungen »mit Musik« vorgetragen: unter Klavierbegleitung gesungen nach eigener oder fremder Komposition. Und obwohl Karl Kraus dem neuen Medium des Rundfunks zunächst nicht gewogen war, ließ er 1931 und 1932 doch mehrere seiner Vorlesungen, darunter zwei mit eigenen Gedichten (V 600 in Wien, V 604 in Berlin), über österreichische, reichsdeutsche und tschechische Sender verbreiten. Die einzige eigens für den Rundfunk gehaltene Vorlesung, am 9. November 1932 für das Prager »Arbeiterradio«, enthielt wiederum nur *Worte in Versen* (F 885-887, 15).[25] Außerdem hat Kraus seine Rezitationen von sechs Gedichten, darunter zwei Rollenliedern, zusammen mit der Prosasatire *Das Ehrenkreuz* schon 1930 auf Schallplatten erscheinen lassen. Eigens zu erwähnen bleibt schließlich die 700. Vorlesung vom 2. April 1936 – die seine letzte werden sollte und die noch einmal beinahe ganz im Zeichen seiner Lyrik stand. Das Programm dieser Vorlesung bietet (außer einem Lied Frank Wedekinds und zwei eigenen Prosastücken) eine schmale Auswahl letzter Hand aus allen neun Bänden der *Worte in Versen*:[26]

Preis des Programms 30 Groschen [Der Ertrag des Programms für die Winterhilfe.]

MITTLERER KONZERTHAUSSAAL, DONNERSTAG, 2. APRIL 1936, ¼8 UHR

700.

VORLESUNG KARL KRAUS

I

Einleitung
Mein Widerspruch
An den Bürger
Ich habe einen Blick gesehn
Radio
Das Kind
Dein Fehler
Imago (mit Musik)
Arie der Metella (nach Meilhac-Halévy und Carl Treumann, Musik von Offenbach)
Der Reim
Leben ohne Eitelkeit
Das Hiesige
Der Grund
Todesfurcht
Jugend

II

Die Welt der Plakate (1909)
Die Psychoanalen
Das Lied von der Presse } (mit Musik)
Diplomaten (von Frank Wedekind)
Die Raben
Reklamefahrten zur Hölle (1921)

Änderung und Kürzung vorbehalten.

Begleitung: Franz Mittler

Ende April, Anfang Mai dürfte ein Offenbach-Zyklus stattfinden (etwa: »Madame l'Archiduc«, »Perichole«, »Die Kreolin«, »Vert-Vert«).

I

Einleitung
Mein Widerspruch
An den Bürger
Ich habe einen Blick gesehn
Radio
Das Kind
Dein Fehler
Imago (mit Musik)
Arie der Metella (nach Meilhac-Halévy und Carl Treumann, Musik von Offenbach)
Der Reim
Leben ohne Eitelkeit
Das Hiesige
Der Grund
Todesfurcht
Jugend

II

Die Welt der Plakate (1909)
Die Psychoanalen (mit Musik)
Das Lied von der Presse (mit Musik)
Diplomaten (von Frank Wedekind) (mit Musik)
Die Raben
Reklamefahrten zur Hölle (1921)

1 Das erste (handschriftliche) Inhaltsverzeichnis führt die *Inschriften* noch als *Sprüche* auf. (Vielleicht in Erinnerung an die so überschriebenen Epigramme Richard Dehmels in F 300, 1-2.) Vgl. Abbildung 3.

2 Jambisch schon die Glosse *Beim Anblick einer sonderbaren Parte* (F 357-359, 30f.), in Blankversen dann der vorletzte Abschnitt des Aufsatzes *Eine Prostituierte ist ermordet worden* (F 378-380, 72; vgl. Abbildung 2 in S 4). Ansätze zu jambischer Regulierung finden sich auch am Schluß von *Der Neger* (F 384-385, 44) sowie an einer Stelle von *Erfahrung* (F 381-383, 44). Wenig später: am Schluß von *Das Denkmal eines Schauspielers* (F 391-392, 40). Fast alle diese ›Verse‹ hat Kraus später in seine Gedichte übernommen; man vergleiche in diesem Band S. 15f., 48-50, 90, 57.

3 Jedoch scheint diese Begegnung (am 8. September 1913) auch schon das Entstehen der Gedichte *Der sterbende Mensch*, *Tod und Tango* und *Mein Weltuntergang* wenigstens gefördert zu haben, die alle erst n a c h jenem Datum in der *Fackel* erschienen sind. Vgl. auch BSN 2, 113.

4 Nicht übernommen wurden nur einige lyrische Parodien; man vergleiche in diesem Band S. 656-662. In den späteren Bänden der *Worte in Versen* ist dieser Typus dann durch die Gedichte *Volkshymne* (S. 337f.) und *Krieg* (S. 616f.) vertreten.

5 *Kurt Wolff · Ernst Rowohlt*, 1987, 53 (Faksimile). Ebendort eine Abbildung des 1916 ausgegebenen Verlagsprospekts (S. 1).

6 Vgl. F 462-471, 88f. und F 474-483, 75f.

7 Die zwischen Karl Kraus und Kurt Wolff ausgemachten Bedingungen sind dem »Verlags-Vertrag« über die Publikation des II. Bandes zu entnehmen, der in *Kraus-Heft* 29, 1-2 veröffentlicht worden ist. Danach erhielt der Autor für die erste Auflage (das erste Tausend) des Bandes ein Honorar von M. 500. In § 5 des Vertrags ist bestimmt: »Ein Versand von Rezensions-Exemplaren an Zeitungen oder Zeitschriften findet nicht statt; ebenso werden unverlangt Rezensions-Exemplare oder Frei-Exemplare an Kritiker oder Schriftsteller nicht verschickt. Frei-Exemplare dürfen ausschließlich und ausnahmslos nur an von Herrn Kraus in Vorschlag gebrachte oder genehmigte Adressen versandt werden.«

8 Vom III. Band an ordnen sich um die meist gefüllte Mitte, gegliedert durch gleich viele Abschnitte mit *Inschriften*, Gruppen von jeweils gleich vielen Gedichten – mit mancherlei Entsprechungen auch darüber hinaus wie bei den Grabschriften im III. und bei den Stücken aus *Wolkenkuckucksheim* im VII. Band. Ausnahmsweise korrespondieren im V. Band dem langen Eingangsgedicht *Nach zwanzig Jahren* drei (insgesamt ebenso lange) Schlußgedichte. In den noch nicht ganz so streng komponierten Bänden I und II finden sich nur annähernd gleich viele Gedichte um die Achse der *Inschriften* gruppiert, jedoch auch hier schon mit markanten Entsprechungen wie zwischen *Verwandlung*, dem ersten, und *Sendung*, dem letzten Gedicht des I. Bandes. Näheres zum Aufbau der Gedichtbücher bei Liegler 1920 und (nicht immer zutreffend) bei Bauer 1974 und 1976.

9 Die Widmung des I. Bandes an Sidonie Nádherný (der auch die kryptischen Widmungen der Bände II bis VI gelten) hatte in der Erstausgabe von 1916 noch gelautet: »Sidonie Freiin Nadherny von Borutin / zu eigen«. Die für die späteren Auflagen (1919, 1925) vorgenommene Verkürzung des Namens entspricht der von der

Republik Österreich verfügten Abschaffung der Adelstitel. (Anders Bauer 1974, 88.)

10 Ich sehe ab von zwei scherzhaften Distichen innerhalb einer *Glosse* von 1913 (vgl. S. 669) sowie von den spielerischen Kreuzungen zweier lateinischer Hexameter in der *Fackel* vom Juli 1934 (F 890-905, 58) – die Kraus wohl alle nicht in einen X. Band der *Worte in Versen* aufgenommen hätte.

11 Eine der wenigen Ausnahmen teilt Kraus bei Erscheinen des V. Bandes in der *Fakkel* mit; vgl. F 557-560, 42f. Sonst haben nur einige Epigramme, die in den I. Band übernommen worden sind, mehr als geringfügige Änderungen erfahren. Das frühe Gedicht *Tod und Tango* (S. 17-21) hat Kraus nur unter Tilgung der dem Erstdruck (F 386, 18-24) beigefügten Angaben und Zitate, sonst aber unverändert in das Buch übernommen.

12 Die Schreibung »Träne« in der Zweiten Auflage des Bandes geht auf eine Eigenmächtigkeit der Druckerei zurück. Die Entschuldigung des Verlags (vom 11. Juli 1919) hat sich im Kraus-Archiv erhalten.

13 Jedoch steht selbst in einem so ›lyrischen‹ Gedicht wie *Annie Kalmar* im IX. Band (und später in der *Fackel*) an exponiertester Stelle: »Träne«. In der gleichzeitigen Dritten Auflage des IV. Bandes sind auch alle anderen früheren th-Schreibungen (»Athem«, »aufgethaut«, »Thal« usw.) wieder aufgehoben.

14 Bei den »Zweiten Auflagen« der Bände III bis V handelt es sich offensichtlich um Titelauflagen. Vgl. auch F 557-560, 43.

15 Allerdings enthält der Titel *Worte in Versen* nach österreichischer Aussprache eine Alliteration. Man vergleiche auch das Epigramm *Auf einen Polemiker* (S. 559), wo »Verse« mit »wagt« und »wenigen« alliteriert und sich auf »Ferse« reimt.

16 Vergleichsweise lebhaft war hingegen das Interesse, das einige Komponisten der Wiener Avantgarde – Josef Matthias Hauer, Anton von Webern, Ernst Křenek – an Kraus' Gedichten genommen haben. Vgl. das Verzeichnis der Vertonungen in *Kraus-Heft* 46 sowie zu *Karl Kraus und Arnold Schönberg* den Aufsatz von Friedrich Pfäfflin 1975.

17 Insgesamt zwölf von Kraus eigenhändig numerierte Blätter. – Kraus-Archiv der Wiener Stadt- und Landesbibliothek, Handschriftenabteilung, Signatur IN 176.038.

18 Diese Listen sind auch darum von Interesse, weil Kraus an zwei Stellen die Absicht bekundet hat, bei Gelegenheit der vorgesehenen Neuausgabe kürzend einzugreifen. Zu *Elysisches* aus dem II. Band, hier unter »Z« gestellt, findet sich in Klammern die (schwer begreifliche) Bemerkung: »ohne die letzte Strophe«, und zu *Heldengräber*, aus dem IV. Band, erst unter »L« gestellt, dann mit einem nachgetragenen »Z« versehen, ist ebenfalls in Klammern angemerkt: »8 Strophen«. (Gemeint sind offenbar die ersten 8 Strophen.)

19 Simon (AW 4, 493) gibt irrtümlich eine Zweiteilung der Kapitel *Zwei Läufer* und *Die Zeit* an.

20 *Ausgewählte Gedichte*, 1939, 129. – Liegler konnte auch nach dem Zerwürfnis von Anfang 1925 durch die gemeinsame Freundin Helene Kann über Kraus' Pläne unterrichtet sein.

21 Geplant, aber wohl nicht gedruckt, war eine »Massenauflage« von »100000 bis 200000« Exemplaren. Vgl. Wagenknecht 1988, 8f.

22 Mehrfach (V 58-V 60) wurde *Tod und Tango* unmittelbar vor oder nach der Prosasatire *Der Neger* gelesen – die am Schluß in Verse übergeht. Vgl. S. 662f.

23 Einen Sonderfall bildet die Münchner Vorlesung vom 29. Januar 1920 (V 159) im »Kurt-Wolff-Haus vor geladenem Publikum«, deren I. Teil allein solche Stücke enthielt, die bald darauf (Mitte 1920) in den *Ausgewählten Gedichten* erscheinen sollten. Die engere Auswahl, die Kraus für diese Vorlesung im Haus seines Verlegers getroffen hat, umfaßte die Gedichte (F 531-543, 35): »Abenteuer der Arbeit / Vor einem Springbrunnen / Verlöbnis / Der Reim / Jugend / Vor dem Einschlafen / Traum vom Fliegen / Wiedersehn mit Schmetterlingen / Unter dem Wasserfall / Ich habe einen Blick gesehn / Der Bauer, der Hund und der Soldat / Gebet.«

24 Allerdings ist über die Rezitationen »Aus eigenen Schriften« in einigen der späten Vorlesungen (V 664-V 667, V 671) nichts Näheres bekannt.

25 Auswahl und Abfolge der Gedichte stimmen in den drei Vorlesungen (im folgenden bezeichnet mit »W« für Wien, »B« für Berlin und »P« für Prag) im großen und ganzen überein. Gelesen wurden die Gedichte: *Zum ewigen Frieden* (W, B, P), *Vor einem Springbrunnen* (W, B, P), *Wiese im Park* (P), *Todesfurcht* (W, B), *Jugend* (W, B, P), *Das Kind* (W, B), *An meinen Drucker* (W, B), *Dein Fehler* (B), *Wiedersehn mit Schmetterlingen* (W, B), *Der Reim* (W, B), *Leben ohne Eitelkeit* (W, B), *Offenbach* (B, P), *Der Grund* (W, B, P), *An den Bürger* (P), *Radio* (W, B), *Die Raben* (W, [B], P).

26 Den maschinenschriftlichen Ergänzungen zufolge, die sich z. B. auf dem Exemplar des Innsbrucker Brenner-Archivs finden, hätte Kraus als »Einleitung« das Gedicht *Silvesterruf an die Welt* und das Gedicht *Mein Widerspruch* »mit einem Nachwort« gelesen. – Die Aufnahme von Wedekinds *Diplomaten* in das Programm einer Vorlesung, die sonst nur »Eigene Schriften« bot, hat wohl mehrere Gründe – neben der allgemeinen Hochschätzung des Dichters (»der einzige freie Geist der neudeutschen Welt«, F 890-905, 16) die besondere gerade dieses Gedichts, das durch einen glücklichen Zufall denselben Titel führt wie eine (fast gleichzeitige) Satire von Karl Kraus (vgl. S 5, 104-108). Im übrigen war Frank Wedekind einer der ersten Bewunderer der *Worte in Versen* – was Kraus, in dieser Hinsicht nicht eben verwöhnt, gewiß nicht vergessen hat. Aus Wedekinds letztem Brief an Kraus (16. September 1917; F 521-530, 134f.): »Ihre Gedichte waren mir eine schöne große Überraschung. Inhalt und Form halten einander die Wage durch Würde und künstlerische Vornehmheit. Seit drei Wochen lese ich sie mit gesteigertem Genuß. So aktuell viele von ihnen sind, stehen alle außerhalb und über der Zeit. Sie haben sich eine eigene lyrische Form geschaffen; manches erinnert an den ›Westöstlichen Divan‹. ›Aus jungen Tagen‹, ›Abentheuer der Arbeit‹ sind mir bis jetzt die liebsten, aber vielleicht wirken andere Gedichte noch stärker, wenn ich ihnen näher gekommen bin. ›Der Ratgeber‹ und ›Gebet‹ erscheinen mir von einer Plastik, Innigkeit und Größe, die an Beethovensche Musik gemahnt. Soviel ich den beiden Sammlungen bis jetzt an Genuß und Erhebung verdanke, ich lese immer wieder mit neuer Freude darin. Mit meinem Dank sende ich Ihnen die herzlichsten Glückwünsche zu Ihren ›Worten in Versen‹. Die Bescheidenheit dieses Titels steht in prachtvollstem Gegensatze zu der Monumentalität der Form und der Wucht ihres Inhalts.«

Einige Gedichte, die Kraus zwar in der *Fackel* veröffentlicht, nicht aber in die *Worte in Versen* übernommen hat, werden im folgenden – der Vollständigkeit wegen und weil sie ein Licht auf die Gesichtspunkte der Auswahl werfen – als Paralipomena mitgeteilt.[1]

Aus der Glossen-Reihe *Saubengels* (1908):

Demokratie.

Der Gott, der Eisen wachsen ließ,
das ist mir schon der rechte!
Er segnete die Parvenüs,
er wollte keine Knechte.

Scheint einem die Gesellschaft mies,
er wechsle nur die Stelle:
Das Himmelreich den Parvenüs,
dem Edelmann die Hölle!

(F 249, 20. Vgl. S 8, 461.)

*

Aus dem gegen Maximilian Harden gerichteten Artikel *Eulenburg* (1908) die »dem deutschen Volk« gewidmete »neue Nationalhymne«:

Lieb Vaterland, halt hoch den Kopf,
Fest steht und treu die Wacht am Topf!
Durch Nacht zum Licht, man prüft und sagt:
Ich habs gewagt!

Nun sind es fünfundzwanzig Jahr,
Und doch ist es erweislich wahr!
Es braust ein Ruf aus Heldenbrust:
Ich habs gewußt!

(F 251-252, 48)

*

Drei Glossen aus dem Jahre 1913 mit lyrischen Parodien:

Aufgewachsen bei

Windischgraetzdragoner.

Generalfeldmarschall Josef Graf Daun
Möcht' gern den Feind in Stücke haun.
Siebenmal auf die Höhn bei Kolin
Ließ der Große Fritz seine Blitze sprühn;
Jetzt, Daun, Du Zauderer, müßtest Dus wagen,
Nicht abwehren blos: angreifen und schlagen!

Und der Reiteroberst, Regiment von Ligne,
Kühn sprengt er vor den Feldmarschall hin:
»Excellenz, ich bitte, mein Regiment,
Ganz junges Volk, es glüht, es brennt,
Ich höre sein Blut in den Adern brausen.
Laß uns auf den Feind herniedersausen!«

Lacht Daun: »Die Frechheit macht mich starr!
Mit den Grünschnäbeln willst Dus richten, Du Narr,
Mit den Milchgesichtern, rosig und zart,
Mit den Mädellippen ohne Bart
Gegen die Knasterbärte des Großen Fritzen!«
»Ich bitt', Excellenz!« »Nun Gott mag Euch schützen!«

Und sie preschen nieder, Donner und Blitz!
Die Windsbraut versteckt sich, es kehrt sich der Fritz,
Von oben Kartätschen, hier Säbelgeflitz,
Sie lassen nicht locker! Das ist kein Witz!
Sie brüllen Hurra und die Rosse keuchen,
Sieg, Sieg! Und der Große Fritz muß weichen!

Das war eine Schlacht! Vierzehntausend Mann,
Erprobte Soldaten, glaubten daran;
Und viele Fahnen und schweres Geschütz
Fehlten am Abend dem Großen Fritz.
Jetzt staun', Graf Daun! 's thuns nicht blos die Alten!
Er nickt: »Hätts nicht für möglich gehalten!«

Einst Ligne, jetzt Windischgraetzregiment,
Kein Österreicher, der die Dragoner nicht kennt:
Sie tragen noch heut keine Schnurrbärte nicht
Und tragen sehr stolz ihr glattes Gesicht:
So wollen sie glatt in den Feind einreiten.
Und so soll es bleiben in Ewigkeiten!

Prag. Hugo Salus.

Dieses Gedicht steht in der ›Zukunft‹, die uns, von Suse bis Paul Wilhelm, schon manches Kleinod der Empfindungpoesie gebracht hat, schon manche für den Ästhetensinn des im Wirkunggebiet deutscher Staatskunst Thronenden zeugende Reimfolge. Warum nicht? Wenn ein Zuckerl ein Gedicht sein kann, warum soll nicht ein Gedicht ein Zuckerl sein? Aber anderseits muß man doch sagen: wie kommt Salus unter die Windischgraetzdragoner? Nun, bei solchem Tyrtäus wird ja gewiß alles gut ablaufen; denn:

Das war ein Gedicht, potz Donner und Blitz,
Das war eine Schlacht, das war kein Witz!
Mit Hurra, Kartätschen und Niedergepresch:
Das war ein Gemetzel, das war kein Gewäsch!
Knasterbart und die Windsbraut (gute Partie):
Das war eine Hochzeit, jeden Früh!

Lacht der Feind: Das ängstigt mich mit nichten!
Mit den Lyrikern will es Österreich richten?
Mit dem Frauenarzt Salus, rosig und zart,
Der Sehnsuchten hat ganz anderer Art?
Ein Nachdenklicher nebbich macht uns nicht bangen,
Uns wird er nicht einfangen, soll er sich Stimmungen einfangen!

Doch der Zweifel konnt' ihm den Mut nicht rauben.
Er sang es den Tauben, sie mußten dran glauben.
Man konnte die Hoffnung sogar nicht verhehlen,
Bei der Bilanz würden viele Fahnen fehlen.
Einem reisigen Schmock, feudal wie nur Salten,
Gelingt's. Hätts nicht für möglich gehalten!

Man hörte schon in den Adern das Blut.
Man hatte den Eindruck, und er war gut.
Da half kein Zaudern, da gab's keine Faxen:
Er war bei Windischgraetz aufgewachsen.
»Ich bitt', Exzellenz!« »Marsch! Um keine Schlacht zu verlieren,
Müßt ihr glatt mit Salus dem Feind salutieren!«

(F 370-371, 11 f.)

Pfleget den Fremdenverkehr

(Lesestücke über den Fremdenverkehr.) Auf Anregung des Ministeriums für Kultus und Unterricht veranstaltete der Landesverband für Fremdenverkehr in Wien und Nieder-Österreich im Juni 1912 ein Preisausschreiben für die besten, zur Aufnahme in die Lesebücher der Volks- und Bürgerschulen geeigneten Lesestücke, welche in anziehender Form der Schuljugend die Bedeutung des Fremdenverkehres für die Allgemeinheit darlegen und geeignet erscheinen, die Jugend in Dorf und Stadt zu freundlichem Entgegenkommen den Fremden gegenüber zu erziehen. An der Preisausschreibung konnten alle in Nieder-Österreich ansässigen, zur Lehrtätigkeit an öffentlichen Schulen befugten Personen beiderlei Geschlechtes teilnehmen. Es wurden zuerkannt: erster Preis (100 Kronen in bar nebst einer Plakette): dem Volksschuldirektor in Loosdorf bei Melk Alexander Ohm-Januschovski Ritter von Wischehrad für das Lesestück »Ein Goldstrom«; zweiter Preis (50 Kronen in bar nebst einer Plakette): dem Lehrer in Gföhl Adolf Goldnagel für das Lesestück »Der Fremdenverkehr«; dritter Preis (ein Landschaftsbild): der Volksschullehrerin in Perchtoldsdorf Else John für das Lesestück »Pfleget den Fremdenverkehr«. Außerdem wurden mehrere Arbeiten zur Aufnahme in die »Mitteilungen des Landesverbandes für Fremdenverkehr in Wien und Nieder-Österreich« empfohlen.

Die wir heute unter dem Fluch, im Zeichen des Fremdenverkehrs zu stehen, vorzeitig altern, können uns manchmal noch vor der Wichtigkeit des Hotelportiers in ein Logis der Erinnerung retten. Dann dringt, nicht greifbarer als ein Sonnenstrahl im Staub, ein Tanz von Stimmen, Farben und Gerüchen ein, ein toter Tag schlägt seine Augen auf, und wir ertappen uns beim Einsagen, beim Zuspätkommen, beim Nachsitzen. Wir memorieren Lesestücke, sie waren von Pfeffel, Hölty, Kopisch und vor allem von Hey, und ferne klingt es wie: Bei einem Wirte wundermild, und: Hinaus in die Ferne . . . Und dennoch, es galt nicht dem Fremdenverkehr. Was wird euch Kindern der Zeit nach dreißig Jahren durch den Traum ziehen? Das Bäumchen, das andere Blätter hat gewollt, wird längst zu Zeitungspapier verdorrt sein, aber eine Welle des Lebensfrühlings trägt euch die Mahnung zu: »Pfleget den Fremdenverkehr!« . . . Und wisset ihr auch, wer der wackere Fremdling war? fragte der Lehrer. Wir wissen es, antworteten die Schüler. Es war Pierpont Morgan. Und nicht mehr hieß es: »Gebet den Armen!«, sondern: »Nehmet vom Reichen!« Und die Klasse sang:

A a a, der Fremde der ist da.
Die stieren Zeiten sind vergangen,
Der Fremdenverkehr hat angefangen,
A a a, der Fremde der ist da.

E e e, Euer Gnaden wissen eh.
Fesch das Zeugl, fesch die Madeln,
Gstellt vom Kopf bis zu die Wadeln,
E e e, Euer Gnaden wissen eh.

I i i, wir wurzen wie noch nie.
Seids net fad, ruckts aus mit die Maxen,
Reiß'n ma aus der Welt a Haxen,
I i i, wir wurzen wie noch nie.

O o o, wie sind die Wiener froh.
Mir werns euch schon einigeigen,
Laßts euch das Wiener Blut nur zeigen,
O o o, wie sind die Wiener froh.

U u u, nun hat die Seel' a Ruh.
Wien ist und bleibt die Stadt der Lieder,
Bitte beehren uns bald wieder,
U u u, nun hat die Seel' a Ruh.

So merkten sie sich die Vokale. Und nur so ergab sich: Austria erit in orbe ultima. Denn nur ein Volk, das es versteht, in seine Idylle hineinzutölpeln, erträgt einen staatlichen Reformeifer, der die Kinder des Landes zu Lohndienern erziehen möchte. Und nur ein Volk, das den Unterschied der Geschlechter durch die Merkmale des Blitzens und des Wurzens ein für allemal festgelegt hat, erträgt den schamlosen Witz, der Kinderseelen für die Zwecke einer tollgewordenen Volkswirtschaft präpariert und in den Kindermund Mitteilungen des Landesverbandes für Fremdenverkehr in Wien und Nieder-Österreich stopft. Und nur eine Tradition, die es für ihre letzte Lebensbedingung hält, ihre Basalte den Fremden zu apportieren, versinkt nicht in Grund und Boden bei der Vorstellung, daß der Staat aus der Schnorrerei einen Unterrichtsgegenstand macht. Eine Staats- und Volksfaulheit, die nicht das geringste dazu tut, um den Einheimischen das Leben erträglich zu gestalten, fiebert seit Jahren in Sehnsucht, Fremde zu entzücken. Das von Feuilletonisten viel berufene »österreichische Antlitz« ist die Visage eines schwitzenden Hoteliers, der überall selbst Hand anlegt, sich unaufhörlich vor leeren Tischen verbeugt und Leben in die Bude bringt, indem er die Kaisersemmeln untereinander auswechselt. Die Kellner warten mit Hangerl und Bangerl der Entwicklung, und ihrer zwölf kommen auf einen Fremden. Darum bleibt er vom Mahle fern, nach dessen Beendigung es ihm doch geschehen könnte, daß ihm die zwölf auf die Gasse nachstürzen und ihn an eine nicht angesagte Semmel erinnern. Nachdem dies geschehen ist, ruft ihm noch der Hotelier nach, daß er den Lift im Hause und beileibe nicht daneben habe. Mit solcher Erlebnisfülle vermag das Bewußtsein, daß die Volksschüler des Landes gut präpariert sind, kaum zu versöhnen. Die Kinder sollen dazu abgerichtet werden, die Verdrießlichkeiten wegen schlechter Gasthofsitten, zuspätkommender und verschweinter Züge, teurer Automobile und elender Telephone auch ihrerseits durch Zudringlichkeit wettzumachen. Denn mir ham halt die Alpen. Die Schweizer haben schließlich auch eine Gegend und sind ein einig Volk von Hoteliers geworden, aber Wilhelm Tell hätte die Zumutung Geßlers, auf den Kopf seines Kindes Lesestücke über den Fremdenverkehr loszulassen, glatt abgelehnt. Kein Staat Europas läßt sich wegen des Fremdenverkehrs so graue Haare wachsen wie Österreich, jeder erwartet geduldig und ohne Aufregung, was der Sommer bringt. Man ist in England, Frankreich und Deutschland noch immer der Ansicht, daß es wichtiger ist, für die Einheimischen als für die Fremden zu sorgen, weil nämlich die Fremden von selbst kommen, wenn für die Einheimischen gesorgt ist. Nur am Kraterrand stehen Banditen, die einige Lire dafür verlangen, daß sie sie in Lava eintunken, und nur Völker, die auf einem Vulkan tanzen können, haben noch die Geistesgegenwart, dafür Entree einzuheben. Mögen die Europäer, die für Österreich Fremde sind, eine Generalversammlung einberufen und den Beschluß fassen, daß so lange Zuzug fernzuhalten sei, bis Österreich für den Einheimischenverkehr gesorgt habe.

(F 372-373, 16-18. Vgl. S 10, 105.)

Salus populi

›Die Zukunft‹ vom 29. März enthält das folgende Gedicht:

Österreichische Offizierballade.

Nach dem Kampf mit den wilden Banden
Unten in der Kriwoscie,
Sah man viel Krüppel in Österreichs Landen,
Armstumpf, Stelzbein und Humpelknie.
Da hat Eins das Volk verdrossen:
»Sind denn die Kugeln so wählerisch?
Nur das Volk war zu Krüppeln geschossen;
Der Offizier blieb heil und frisch!

Aber noch schlimmer als Kugeln sind Messer!
Wen ihre Kugel zu Boden warf,
Den verstümmeln die Pilaffresser
Mit ihren Messern; und die sind scharf!
Warum bloß unsere braven Soldaten,
Nie Offiziere?« Mich kränkt dies »Warum?«
Und so will ichs Euch gern verraten,
Denn ich weiß, die Scham macht Euch stumm.

Hört denn: die Wiener Herren wußten,
Diesmal gilts nicht die offene Schlacht,
Die unsere Truppen bestehen mußten:
Diesmal wird es ganz anders gemacht.
Grausamer Blutdurst ist zu erwarten,
Auf den Verwundeten stürzt sich die Gier,
Und was seiner für Gräuel harrten,
Das zu schildern, erlaßt Ihr mir.

Der Offizier, der mag selber entscheiden,
Ob ihm der Tod nicht lieber sei,
Als den Schimpf der Entmannung zu leiden
Durch das Messer der Barbarei.
Will er verstümmelt nicht weiterleben
(Also beschlossen die Herren in Wien),
Sei ihm die Hilfe gleich mitgegeben
In einer sicheren Pille Strychnin.

Nun überlegt: Sich verwundet zu wissen
Und in dem Schmerz und sickerndem Blut
Noch die Pille suchen zu müssen,
Dazu brauchts wahrhaften Heldenmut.
Stellt Euchs nur vor! Von all den Braven
Kam nicht einer als Krüppel zurück.
Mögen sie ruhig den Heldentod schlafen!
Seht Ihr: Ihr schweigt! Stumm senkt Ihr den Blick . . .

Prag. Hugo Salus.

Ja, nach dem Kampf mit den wilden Banden
Unten, gleich links, in der Kriwoscie,
Sah man viel Schmöcke in Österreichs Landen,
Die es besungen jeden Früh.
Rebussen lassen sich nicht erraten:
Sind denn die Messer so wählerisch?
Ausgerechnet nur die Soldaten?
Und der Salus blieb heil und frisch?

Aber zu Kugeln gehören auch Messer,
Deckt bei Tonello man den Bedarf,
Und die Verse der Kugelnfresser
Sind dann von Pfeffer immer so scharf.
Geschmalzene Reime sind zu erwarten,
Und das Essen ist ein Gedicht!
Kurz, was unser für Greuel harrten,
Das zu hören verlanget nicht.

Diesmal gibt es kein Zagen, kein Wanken,
Diesmal wird es ganz anders gemacht.
Diesmal möcht sich die Windsbraut bedanken;
Sieht sie den Knasterbart, wird ihr schlacht.
Drum soll den Frauenarzt Salus man bitten,
Der bei Entmannungen interveniert
Und beim Harden ist wohl gelitten,
Der nur, wo S-Laute sind, kastriert.

Der Leser der ›Zukunft‹ mag selber entscheiden,
Ob ihm der Tod nicht lieber sei,
Als die Lektüre des Salus zu leiden
Und überhaupt diese Schweinerei.
Ist er entschlossen, den Tod sich zu geben,
Sucht er schnell einen Reim auf Strychnin,
Und er wird also weiter leben
Unberufen nebbich in Wien.

Nun überlegt: Die Vers sind beschnitten,
Und ihr glaubt, die Armee sei kastriert!
Gott was hat so ein Dichter gelitten,
Wie haben die Serben ihn alteriert!
Stellts euch nur vor: Sich beteiligt zu wissen,
Das ist doch wahrlich keine Hetz.
Aber dabei noch dichten zu müssen –
Aufgewachsen bei Windischgraetz!

(F 374-375, 8-10)

*

Der Schluß des Aufsatzes *Der Neger* (1913) in rhythmischer Prosa:

[. . .] Der Neger macht sich dadurch auffällig, daß der Weiße unruhig wird. Manchmal aber exzediert auch der Neger, er, der zumeist gegen die ärgsten Pöbeleien der Zivilisierten seine Ruhe bewahrt. Da war einmal einer in Wien, Diener in einem Geschäftshaus. Er bekam Sehnsucht nach der Heimat und sein Herr schickte ihn zurück. Dort angelangt, bekam er Sehnsucht nach seinem Herrn und fuhr wieder nach Wien. Hier angelangt, kam er eben zum Begräbnis seines Herrn zurecht. Auf dem Friedhof kam es zu einem Negerexzeß, der die herumstehenden Weißen in starres Staunen versetzte. Mit seinen wilden Negerfäusten soll dieser Untermensch gegen die Unabänderlichkeit rebelliert haben, gestampft, getanzt, geschrien – matchiche macabre – so daß allen, die es sahen, der schwarze Schmerz das Grab zu überwachsen drohte, es zu verschlingen schien und sie, von Grauen gepackt, mit einem Pfui und ihrer bleichen Trauer zurück ins Leben flohn, in das Geschäft, weg von der Stätte wo Naturgewalten rauften und wo der Schwarze und der Tod sich's unter sich nun auszumachen hatten.

(F 384-385, 44. Vgl. S 4, 306f.)

*

Aus dem Aufsatz *Diplomaten* (1916), dem das Gedicht *Ein Shakespearescher König spricht* (S. 123) entnommen ist, die nicht ebenso leicht aus dem Kontext zu lösende Zwischenrede:

[. . .]

Ich hatte die Ehre, seit Ende Januar 1914 als k. u. k. Botschaftsrat in Berlin unter dem Befehle Sr. Exzellenz des Grafen Szögyeny-Marich zu stehen.

Näheres über die Zeit kurz vor Ausbruch des Weltkrieges zu sagen, liegt nicht in meiner Absicht, noch bin ich dazu berechtigt; ich möchte nur eine für den großen Staatsmann charakteristische und zugleich ehrende Episode erwähnen.

Es war am Abend der Kriegserklärung zwischen Serbien und der k. u. k. Monarchie.

Ich war, mit der Bitte um eine Unterschrift, noch um 1/2 9 Uhr abends zu Sr. Exzellenz aus der Kanzlei hinuntergekommen.

Der Botschafter war eben im Begriff, aus dem Eßzimmer in sein Schreibzimmer zurückzukehren.

(Ein Shakespearescher König wäre hier ungeduldig geworden und hätte etwa gesagt:

Bursche, mach's kurz. Armsel'ge Botschaft bringt,
Wer mit geschäft'ger Miene also anhebt.
Solch Augendrehn und Lippenmurmeln kenn' ich,
Und wind'ge Worte schlag ich in den Wind.
Bist du ein Botschaftsrat, so rat' ich dir,
Halt kurz die Botschaft; bringst du gute Zeitung,
So ist die Zeitung schlecht, der du sie bringst,
Und nur mein Ohr geschaffen, sie zu hören.
Wer viel zu sagen hat, sagt nicht so viel;
Zum Ernst der Tat paßt nicht der Rede Spiel.
– –

Was also geschah, als der Botschafter, eben im Begriffe, aus dem Eßzimmer in sein Schreibzimmer zurückzukehren, noch um 1/2 9 Uhr abends, also statt ins Schlafzimmer zu gehen, den Botschaftsrat empfing?)
[. . .] (F 431-436, 61 f.)

*

Aus dem Aufsatz *Schicksal der Silbe* (1921):

Ungescheut will ich es wagen, dies Wort dort so zu betonen
und zu negieren den Rest, der sich die Scheu noch bewahrt.
Wenn aber einer es scheut, weil »scheut« ihm mehr imponiert hat,
klappts mit der metrischen Scheu, aber er ist nicht gescheut.
(F 572-576, 46. Vgl. S 7, 322.)

*

Aus dem Aufsatz *Made in Germany* (1925):

[. . .]
Doch was will man von einer Kulturgemeinschaft haben, die sich weltumspannend im Schulter an Schulter der Begriffe »Mampe« und »Resitant« bewährt hat, deren Anschluß wohl auch von keiner Macht der Erde mehr zu verhindern sein wird. Daß zumal wir in Österreich von Goethe und Schiller wenigstens das wissen, was kein Goethe geschrieben hat und auch kein Schiller dicht', ist gewiß nicht wenig, und daß wir speziell jenem ein Zitat verdanken, welches geradezu die Grundlage unseres ganzen gesellschaftlichen Verkehrs bildet, darf gerechterweise nicht übersehen werden. Und im »Reich« haben sich die Dioskuren gewiß nicht über Vernachlässigung zu beklagen, wenn man bedenkt, wie es selbst einem Autor wie Heine ergeht, den die Nation dank ihrer außerordentlichen Beziehung zu ihren Sprachwerten doch für den größten Lyriker hielt und dessen Fichtenbaum ihr seit jeher hoch über allen Gipfeln Goethes geragt hat. Aber sie läßt ihn glatt durch Herrn Alfred Richard Meyer verdrängen und nichts könnte bezeichnender sein für die Selbstverramschung der deutschen Kultur als die Tatsache, die man aus dem Börsenblatt für den deutschen Buchhandel erfährt, aus dem man schon manches Wissenswerte erfahren hat: daß nun auch ein Verlag wie Hoffmann und Campe sich in die Welt begibt, die sich »Mampediktiner« zum Nationalgetränk erkor.

Hoffmann und Campe
Hamburg – Berlin W 35
Reichsbankpräsident Dr. Schacht
Hat noch nie so gelacht
wie die hunderttausend Leser unserer großen Neuerscheinung:
Der große Munkepunke
Gesammelte Werke von
Alfred Richard Meyer
lachen werden!

\- -

Habemus Poetam!
Deshalb führen wir – 97 Jahre nach Heines »Buch der Lieder« den
»Großen Munkepunke« in die Unsterblichkeit ein.
In Hütten und Palästen, im Studierzimmer und in der Boxkampfarena
wird man dieses Buch lesen, denn es ist der Sorgenbrecher aller Rentenmarks-
leidenden!

Der Verlag spricht:
Folgt, Collegen, unserm Winke,
Niemals kommt Ihr in die Tunke.
Denn die schönste Pinke-Pinke
Scheffelt Euch der »Munkepunke«.

Der Dichter spricht:
Auf dem Wannsee ticketackt die Muckepicke,
Seinem Weibe walkt der Mann die Hucke dicke,
Nur aus Liebe tut's der ehrliche Hallunke,
Nur aus Liebe harft der Dichter Munkepunke.

\- -

Der Leser spricht:

Munkepunke – sagt es allen Leuten,
daß sie wissen, was es soll bedeuten.
Ausgesungen ist das Buch der Lieder
und wir haben einen Dichter wieder.

Munkepunke heißt der Hochgedanke,
fest und treu die Wacht steht an der Panke.
Sitzen noch so tief wir in der Tunke,
made in Germany ist Munkepunke.

Scheffelt Geld uns, und daß es nicht stinke,
blinkt und klingt es uns als Pinke-Pinke.
Zwischen Goethe, Heine, Cotta, Campe
wählen Munkepunke wir und Mampe.

Hin zur Planke, wenn man noch so wanke,
Munkepunke steht auf jeder Planke.
Und wir dichten auf die Wand von Winkeln,
wenn wir auf die Dichterwerke pinkeln.

(F 697-705, 69-71)

*

Aus dem Aufsatz *Die Schändung von »Pariser Leben«* (gesprochen am 14. und am 25. November 1929) Kraus' Version der Briefarie der Metella:

Metella (liest)

Sie denken, liebe Kleine,
Noch manchmal, wie ich meine,
An Stanislaus Baron von Frascata,
Den man auf jedem Balle,
Blind für die Andern alle,
Wie Ihren Schatten Sie verfolgen sah.
Ich liebte Sie – und was ward mir zum Lohne?
Ward ich geliebt? Ich hab es nie geglaubt!
Sie sagten es – doch ach, mit einem Tone,
Der mir den Glauben an Ihr Herz geraubt.
Trotzdem ist's keine Frage,
Es waren schöne Tage,
Die wir in Lust und Scherzen zugebracht –
Wo beim Gekrach der Pfropfen
Sie die Champagnertropfen
Durch Ihren Witz noch köstlicher gemacht.
O schöne Zeit! Zwei Monde hoher Wonne –
Den Himmel träumt' ich hier auf Erden schon.
Anmutig strahlten Sie darin als Sonne –
O Reizende – doch schweigen wir davon . . .
Jetzt sieht es anders aus,
Ich leb' im Vaterhaus
Wie der verlor'ne Sohn, man glaubt es kaum.
Solid ist alles hier,
Im Geist nur zeigt sich mir
Ihr reizendes Boudoir im Nebeltraum.
O schöne Zeit, wo ich Sie täglich sah –
Voll Anmut plauderte Ihr kleiner Mund.

Dann trotzten Sie – doch ich vergaß beinah,
Was dieses Briefes eigentlicher Grund:
  Ein reicher Herr von Stande,
  Mir wert durch Freundschafts-Bande,
Baron von Gondremark reist ab von hier,
  Um nach Paris zu gehen
  Und sich dort umzusehen,
Sein einziger Reisezweck ist das Plaisier.
Er bat mich, ihn ein wenig einzuweihen,
Wo man sich dort am besten amüsiert.
Ich lächelte – Sie werden schon verzeihen –
Und hab' ihn an Metella adressiert.
  Ich kenne Ihre Güte,
  Ihr zärtliches Gemüte,
D'rum bitt ich, nehmen Sie sich seiner an!
  Wenn Sie die Zügel führen,
  Wird er sich amüsieren –
Tun Sie für ihn, was Sie für mich getan!
Ich schick ihn hier – doch haben Sie Erbarmen,
Und machen Sie den Mann nicht ganz verrückt!
Ich hör ihn schwärmen, seufzen schon, den Armen,
In Ihren Rosenbanden ganz verstrickt.
  Wie ich auf jedem Balle,
  Blind für die Andern alle,
An Ihre Reize mich gefesselt sah.
  Zum Schlusse noch das Eine:
  Gedenken, holde Kleine,
Sie manchmal Ihres Frascata.

(F 827-833, 58-60)[2]

*

Die französische Version des *Schoberlieds*, vorgetragen am 5. Mai 1930 in Wien – »ein für den Tag verfaßtes, scheinbar französisches, aber deutsch gedachtes (und ohne die deutsche Grundlage unverständliches) Couplet« (F 838-844, 126):

Das Schoberlied

Musik nach den Motiven: »Üb' immer Treu und Redlichkeit« und Radetzkymarsch

––– Ich kann wahrlich von mir sagen, daß ich mein ganzes Leben lang nichts als meine Pflicht getan habe, weil dies und nichts anderes meine Pflicht ist.

Ja das ist meine Pflicht,
bitte sehn S' denn das nicht.
Das wär' so a G'schicht,
tät' ich nicht meine Pflicht.
Auf die Ordnung erpicht,
bin ich treu meiner Pflicht.
Wenn ein Umsturz in Sicht,
ich erfüll' meine Pflicht.
Die Elemente vernicht'
ich bezüglich der Pflicht.
Doch wenn einer einbricht,
hätt' ich auch eine Pflicht.
Nur erwisch' ich ihn nicht,
wie es wär' meine Pflicht.
Da genügt ein Bericht
hinsichtlich der Pflicht.
Der ist schon ein Gedicht,
das nur handelt von Pflicht.
Denn stets Wert und Gewicht
leg' ich nur auf die Pflicht.

In Gemäßheit der Pflicht
hab' ich's manchem schon g'richt'.
An's Licht, hinter's Licht
führ' ich alles nach Pflicht.
Man glaubt mir aufs G'sicht,
da is nix drin als Pflicht.
Schon mein Auge besticht,
denn es spricht nur von Pflicht.
Und mein Herz ist so schlicht

La chanson de Schober

Musique d'après les motives: »Sois toujours fidèle et loyal« et la marche de Radetzky

Je peux vraiment dire de moi, que je fis toute ma vie rien que mon devoir, puisque cela et rien d'autre est mon devoir.

Cela c'est mon devoir
pouvezvous pas voir.
Cela serait une histoire,
si je ne ferais pas mon devoir.
Faisant l'ordre valoir,
je suis fidèle à mon devoir.
Une chutte à percevoir
je remplis mon devoir.
Etouffer est ma gloire
touchant le devoir.
Contre les brigands d'autre part
j'aurais aussi un devoir.
Mais je viens toujours trop tard
malgré le devoir.
Là suffit un mémoire
à l'égard du devoir.
C'est bien un poëme rare,
traitant seulement du devoir.
Car tout mon art et pouvoir
est devoué au devoir.

Selon mon devoir
j'arrange tout à vouloir.
De mes clients la plupart
je dupe d'après le devoir.
Sur ma mine il faut croire,
là est rien que devoir.
Séduisant le seul regard,
il ne parle que du devoir.
Et mon cœur bat à l'égard

und schlagt nur nach der Pflicht.	seulement par le devoir.
Das Geschwornengericht	Le jury ne veut rien savoir
hat verletzt seine Pflicht.	de juger conforme au devoir.
Wenn's Verschworne freispricht,	S'il acquitte les communards,
ja wo bleibt da die Pflicht.	où reste là le devoir.
Daß ich aufs Amt nicht verzicht',	La fonction toujours avoir,
das gebietet die Pflicht.	cela commande le devoir.
Wohl wagt's mancher Wicht	En effet ose certain gaillard,
und verkennt meine Pflicht.	méconnaître mon devoir.
Doch vors G'richt geh' ich nicht,	Mais procéder est un hasard,
das ist nicht meine Pflicht.	cela n'est pas mon devoir.

(F 838-844, 138f.)

*

Eine Glosse (1931) mit zwei scherzhaften Distichen:

Sonne im Herzen

hast du manchmal beim Anblick der Zeitung, die wie die Sonne dir strahlt, welcher sie Schober verglich. (Distichon!) Hoovers Botschaft – Österreich stimmt zu – Hausse an den Weltbörsen – Gelingen der Afrika-Expedition eines Wieners, der fast nur Völker mit hoher Intelligenz angetroffen hat, die sich photographieren ließen – Butler wird von Renner und Schober begrüßt – Buresch und Brüning wollen einander pflegen und vertiefen (obschon nicht mehr ausbauen) – Der Weltpessimismus wird nicht siegen – sie selbst macht ein neues Preisausschreiben und führt die Jugend – Rotarier sehen dich an – Salten und Werfel dagegen im Haag zum Pen-Klub-Kongreß eingetroffen – Reinhardt kommt heute nach Wien. Nichts fehlt mehr, alles wird gut ausgehn. Und im Abendblatt geht es wieder drunter und drüber und die Bodenständigen verprügeln auf der Universität solche, die studieren wollen. Außer daß Reinhardt tatsächlich eingetroffen ist, nichts, was den Optimismus stärken könnte.

Mies ist am Abend die Welt und müde verröchelt die Stimme,
die uns am Morgen geweckt. Nunmehr nur knurrt sie: Gebts Ruh!

(F 857-863, 36)

* *
*

Seine an Sidonie Nádherný gerichteten Gedichte hat Karl Kraus nicht in allen Fällen auch der Öffentlichkeit zugänglich gemacht. Soweit sie aber bisher publiziert worden sind, sollen sie auch hier mitgeteilt werden.[3] Eingeschlossen ist eine ältere (noch ganz privat gehaltene) Fassung des Gedichts *Schäfers Abschied* (S. 279f.) unter dem Titel *Klagelaute zum 25. Juni 1918.*

1916 [Gespräche]

I

Die beiden ließen sich durch mein Gespräch nicht stören.
Sie horchte auf, wenn er dazwischen sprach.
Es war so wichtig ihr, mir zuzuhören,
Daß sie mich, sagt sie, unterbrach.

II

*S*obald ich zu ihr sprach,
*I*hr Ohr gehörte jenem Frager dort.
*D*er gab so bald nicht nach,
*O*ft kam ich gar nicht mehr zu Wort.
*N*icht ließ er sich durch seinen Vormann stören.
*I*ch war so taktvoll, zuzuhören –
*E*s sprachen nun die beiden fort.

III

*C*hristlich Gespräche theilen, wäre gut.
*H*ab' ich einmal das Wort, so hab' ichs nicht;
*A*us ist's mit dem Gedicht.
*R*uft jener eine Frage schnell dazwischen,
*L*auscht ihm ihr Ohr, es läßt sich nichts entwischen.
*I*ch aber leiste still Verzicht –
*E*r sagte grad, in alles mische sich der Jud.

(BSN 2, 245f. Vgl. S. 102.)

1917 Ski und Fiedel

Dora, sie, die Lieder, sie, die Töne hat,
sieht die Dora, sieht sie, wie die Sidi,
die die Lieder liebt, durch Ski die Schöne hat,
die die Dora freuet wie die Didi?

Wäre Dora, wäre auch die Didi da,
tanzte sich's noch schöner auf dem Schnee dann,
höher wären Berg und Ton der Sidi da,
sänge, spränge selber die Maymay dann!

(Kraus-Heft 9, 1)[4]

*S*o stellt, zu noch viel lieblicherem Schein,
*I*n Ton und Wort sich heut' die Falte ein.
*D*och wünschen wir, daß unsre liebe Falte
*O*ft ihren Freunden von sich selber strahlte.
*N*ie mög' die Falte herb sich uns verschließen,
*I*hr Anblick soll uns Wort und Ton versüßen.
*E*s bleibt nur noch der Wunsch: daß man sie malte!

(BSN 2, 294)

Klagelaute zum 25. Juni 1918

*S*ind die Wiesenglocken mir
*I*n den Herbst verklungen,
*D*auert nur der Sommer dir,
*I*st ein Lied gesungen.

*S*ehnsucht macht den Dichter stark,
*I*rdisches Entsagen.
*D*arb' ich, so gedeiht dein Park
*I*n den Thränentagen.

»*S*emper idem« war das Pfand,
*I*mmer mir gegeben.
*D*ankbar fühlt' ich Frühlingsband
*I*n dem Winterleben.

»*S*emper idem«: stets bewähr'
*I*ch die Treudevise
*D*urch die Zeit, da ich nicht mehr
*I*n dem Paradiese.

*S*eit mir jener Tag verging,
*I*st es noch wie gestern.
*D*amals war ich Schmetterling,
*I*hr zwei Krankenschwestern.

*S*ommer war in Janowitz,
*I*ch im reichsten Hoffen.
*D*urch die Pappel hat ein Blitz
*I*n mein Herz getroffen.

*S*orge drückt mir auf die Brust:
*I*rrte so viel Liebe?
*D*eine Schafe, deine Lust –
*I*rgendwo sind Diebe.

*S*eh' wie ehmals Stern an Stern –
*I*nsel schwand und Schwäne.
*D*wořak bläst noch. Aber fern
*I*st mir Bobbys Mähne.

*S*ommernächte: wie erhellt
*I*st die Lust vom Lichte!
*D*eckung bietet uns das Zelt,
*I*ch mach' dort Gedichte.

*S*ieh, das war die schönste Zeit,
*I*ch vergeß sie nimmer.
*D*u trugst nachts ein grünes Kleid
*I*n dem blauen Zimmer.

*S*idis Gartenhaus: da muß
*I*ch selbst heut' nicht fasten.
*D*einer Gnade Hochgenuß
*I*st ein Leierkasten.

*S*eh' ich dich am Bettelstab,
*I*ch will mit dir gehen!
*D*och du müßtest bis zum Grab
*I*mmer Orgel drehen.

*S*ie sagt »Sie« und »man« zu mir –
*I*ch kann so nicht lieben.
*D*u, zu wenig hab' ich dir
*I*n dein Herz geschrieben!

*S*ei am Tage weltenweit
*I*hrem Mönch die Nonne;
*D*ringt doch aus dem süßen Leid
*I*n der Nacht die Wonne.

*S*pringbrunn, himmelhoch und hell,
*I*st er mir verflossen,
*D*aß dafür ein Thränenquell
*I*n die Welt gegossen?

*S*ucht' ich Abschied – Wiederkehr
*I*st es schon gewesen.
*D*ieser Wechsel gilt nicht mehr,
*I*st verkehrt zu lesen.

*S*ucht dein Aug' nach fernem Schnee,
*I*st dein Ohr nicht hörend.
*D*orten wartet schon Maymay,
*I*ch bin da nur störend.

*S*port war meine Sache nie,
*I*ch laß Berge grüßen.
*D*u gehst leichter auf dem Ski,
*I*ch auf Versesfüßen.

*S*o bin ich wohl auch nicht faul,
*I*ch gelang' zur Höhe.
*D*u erreichst sie mit Capaul,
*I*ch in deiner Nähe.

*S*onne schien in Alp Laret
*I*nnerstem Verlangen.
*D*aß mein Herz nicht untergeht,
*I*st sie aufgegangen.

*S*onnentrunkner, heißern Blicks
*I*rrt mit blauem Flügel
*D*urch Vallorbe, das Thal des Glücks,
*I*hre Lust zum Hügel.

*S*elig hat mich aufgethaut
*I*hr lebendger Wille.
*D*ringt mir noch ihr Klagelaut,
*I*st der meine stille.

*S*icher kommt es noch einmal,
*I*n den bessern Zeiten.
*D*orthin sei der Trennung Qual
*I*nneres Geleiten.

*S*egen deinem stolzen Schritt
*I*n die fernste Richtung!
*D*u nimmst meine Seele mit,
*I*ch bewahr' die Dichtung. (BSN 2, 294-297)

Aus Gewohnheit

*S*ie hat nur einmal Namenstag,
*I*ch habe täglich ihren.
*D*rum ist es mir Gewohnheit schon,
*O*b's auch im Ohr ihr klingen mag,
*N*ur so zu gratulieren.
*I*ch schick' ihr ein Akrostichon,
*E*s soll den Tag verzieren.

(BSN 2, 297)

Zum Namenstag

*S*chall und Rauch ist alles Glück,
*I*hr dürft drauf nicht wetten:
*D*ora spendet die Musik,
*I*ch die Cigaretten.

(BSN 2, 298)

1932

Der Gärtnerin

Blick um dich, wie das Leben leuchtet,
wenn sich dein liebend Auge feuchtet:
sieh, wie für dich das Herz der Erde loht!
In deines Gartens Heiligtume
betreust vergebens du den Tod:
wo deine Thräne fiel, blüht eine Blume.

(BSN 2, 380)[5]

1933

Immergrün

Hohes Amt, in Gottes Erde
spätrer Schönheit Samen senken,
dass Gewesenes immer werde,
sich der Geberin zu schenken.

Viele Kreaturen harren
deiner Wartung in der Runde.
Ziehst du mühvoll deinen Karren,
folgen dir zwei treue Hunde.

Und zwei treue Hände graben
zwischen Gräbern neues Leben.
Graut die Welt, so sollst du haben
Immergrün, von dir gegeben.

(BSN 2, 387)

* * *

Seinen Rezitationen einzelner (bisweilen auch mehrerer) Gedichte hat Karl Kraus in einer Reihe von Fällen »Vorbemerkungen« beigefügt. Diese werden im folgenden in zeitlicher Ordnung mitgeteilt.[6]

Zu »Sonnenthal« [V 164; F 544-545, 14]:

Hermann Bahr, ein Provinzschauspieler in Salzburg, hat kürzlich in der Neuen Freien Presse, die ja zu allem was mit Pietät zusammenhängt fähig ist, eine planmäßige Besudelung des alten Burgtheaters unternommen, deren Duldung ich selbst dem verkommenen Kulturgewissen dieser Stadt nicht zugetraut hätte, weil sie eben nur der absoluten kulturellen Ehrlosigkeit möglich ist, welche sich nichts draus macht, auch noch ihre bessere Vergangenheit prostituieren zu lassen. Damit die nichtswürdige Tat, mit ihrer nichtswürdigeren Duldung, nicht unbeachtet bleibe, will ich das Gedicht »Sonnenthal« vortragen, die Galerie von Stimmen des alten Burgtheaters, in der heute auch die der erlauchten Künstlerin Stella Hohenfels Platz finden würde, jene unvergeßliche Stimme, die Flor war im doppelten Sinne, einer von allen blühenden Dingen und der von allem Geheimnis, ein Musselin und darunter alle Süßigkeit der Natur. Auch diese Stimme hat der Sudler, eine Woche bevor ihr Mund an dem bösesten aller Übel verstummen mußte, dem Gelächter einer Generation preisgegeben, die überhaupt nicht weiß, was ein Schauspieler ist, und es ganz gewiß weniger aus der Kritik als durch die Persönlichkeit des Hermann Bahr erfährt.

Vorbemerkung zu »Apokalypse« [V 190; F 561-567, 80]:

Ich lese jetzt mein Gedicht Apokalypse, das bald nach seinem Erscheinen als Plagiat erkannt worden ist. Ein gewisser Albert Ehrenstein, unter den Schwachköpfen der neueren Literatur ein nicht ganz unbegabter, hat bekanntlich und sogar an der Hand einer überaus drastischen Gegenüberstellung nachgewiesen, daß in diesem Gedicht, welches 100 Verszeilen hat, nicht 14 ganz von mir sind, während alle andern aus dem

Vorstellungs-, ja Wortmaterial der Bibel, das heißt der Luther-Übersetzung der gleichnamigen Apokalypse des Johannes zusammengesetzt sind. Daß ich auch manches der van Essischen Übersetzung entlehnt habe, soll der Gerechtigkeit halber nicht verschwiegen sein.

Zu »Elegie auf den Tod eines Lautes« [V 220; F 588-594, 72]:

Aus Deutschland, wo die Leute ihren Nationalstolz dreinsetzen, ihre Sprache zu dezimieren, ganz so wie Ungarn mit der Verminderung seiner Einwohnerschaft prunkt, kommt die Nachricht, daß der Allgemeine Deutsche Sprachverein, eine Art sprachlicher Brachialtruppe unter der Führung eines Herrn Dr. Sarrazin – der es wohl wert ist, daß ihn bekämpft des Christen Schwert – beschlossen hat, nunmehr noch die letzten Dehnungs-h auszurotten, Vokale zu erwürgen und was dergleichen Schandtaten des Wortterrors mehr sind. Der Horthy der Sprachgurgelabschneider, ein Horty ohne h, propagiert als Kostprobe den Tell-Monolog in der neuen Fassung:

Durch dise hole gasse muß er kommen,
es fürt kein andrer weg nach Küßnacht u.s.w.

bis zu der Ur, die abgelaufen ist, was offenbar der deutschen Sprache zugerufen wird. Man traut seinen Oren nicht. Das letzte, was dem deutschen Volk geblieben ist, ist somit seine Ere. Ich habe schon vor sieben Jahren diesen Teufel in meiner »Elegie auf den Tod eines Lautes« an die Wand gemalt. Was damals Karikatur war, ist heute ein Bericht.

Zu »Wien« [V 229 / V 240; F 595-600, 71]:

[Als Überleitung zu jenem reineren Wien, dessen Gestalt der Nestroy-Vortrag am Mittwoch zeigen soll, lese ich das Gedicht »Wien«.] Die jüngst erst anläßlich einer monarchistischen Demonstration entstandene und noch ungedruckte Stigmatisierung meiner Stiefvaterstadt richtet sich erkennbarer Weise nur gegen die dort besonders furchtbare Oberschicht. Doch würde wohl, wenn ich hierorts [Berlin, Prag] wurzelte, meine Aversion kaum gelindere Formen annehmen. Viele spezifische Wiener Greueltermini werden hier unverständlich bleiben, aber gefühlt werden. »Rockenbauer« und »Resitant« (Gräßliches Wort!) sind zwei neuwienerische Unterhaltungslokale. Der Ausdruck »Kipper und Wipper« aber ist ebenso unbekannt wie deutsch; er bezeichnet so etwas wie die Valutenschieber, die im dreißigjährigen Krieg aus dem blutgedüngten Boden emporgesprossen sind.

Vorbemerkung [V 242; F 595-600, 76]:

Mit Absicht lese ich auch solche Verse, von anderen Autoren und von mir, die ich kürzlich in Wien vortragen gehört habe. Ich tue dies meinen Versen zuliebe, um auf diese eindrücklichste Art einem leider verbreiteten und mir täglich lästig sich aufdrängenden Mißverständnis zu begegnen, als ob nämlich die Erlaubnis des Vortrags und dessen Erwähnung auf meinem eigenen Programm – die lediglich der Förderung desselben wohltätigen Zweckes (der russischen Aktion) dienen sollte – gleichbedeutend wäre mit einer Patronanz, Anerkennung oder dergleichen mir vorweg so unähnlichen Haltung. Sie ist mir so fern, wie ich dem heutigen Theater- und Vortragswesen.

Vorbemerkung [V 244; F 595-600, 79]:

Ich spreche wieder mit Absicht solche Verse von mir, die mindestens ein Teil des Auditoriums aus anderem Munde gehört haben dürfte. Es geschieht aus Ehrgeiz: um es auch möglichst richtig zu machen. Bei den Gedichten »Sonnenthal« und »Jugend« möchte ich insbesondere noch darauf hinweisen, daß sie keineswegs jener Jugend zugedacht sind, die sich in diesen Junitagen für Herrn Moissi erwärmt.

Zum zweiten Sonett der Louise Labé [V256; F 608-612, 58]:

Sie trägt, wie man noch hörend sieht, die initialen O als eine Perlenkette der Tränen. In Rilkes Sachlyrik entbehrt sie dieses Schmucks, ist die Leidende der Liebe ein Aschenbrödel der Wortgnade, sich bescheidend auf »Blicke weggekehrt«, auf »Tage strahlend, aber ohne Wert«, und die schmerzensreiche Gewalt des »Tant de flambeaux pour ardre une femelle!« verkümmert zu dem schmerzhaften Kontrast: »ein brennlich Weib und lauter Flammen-Schwinger.« Von dieser Übertragung angeregt, die neben dem Original gedruckt erschienen ist, habe ich eine andere versucht.

Vor »Der neue Rezitator« [V 268; F 622-631, 113f.]:[7]

Mit diesem Epigramm werde ich einem der stärksten künstlerischen Mißeindrücke meines Lebens gerecht, einem Einbruch in meine Abgeschiedenheit und Zurückgebliebenheit, in der ich, so selten zum Glück solche Ausnahmen sind, immer nur staunen kann, was das Ohr dieser Zeit als Musik erträgt, und schaudern ob der Vorstellung, daß es die Empfänglichkeit derselben Jugend ist, die mein eigenes Wort berührt –

und würde dieses in fremdem Munde noch so grimmig verstümmelt und entstellt. Wenn ich solcher Vorstellung physisch beiwohne, so ist's mir, als spielte sich dies alles dreißig Jahre nach meinem Tode ab, wo der Autor vogelfrei ist; als wäre die Loge das Grab und ich drehte mich schon um wie jene andern, die dem Unglimpf nicht mehr wehren können. Aber als Toter ermangle ich auch jeglicher Sentimentalität für das aufstrebende Leben und bin pietätlos gegen Beweise der Anhänglichkeit; denn in Dingen der Kunst gibt es nur Würde und Wahrheit. Ich werde diesem Mißeindruck, der mir mit Goethes »Nachtgesang« die Ruhe stört – von einem Körper gespielt, auswendig, nicht inwendig gesprochen –, um so gerechter, als der Anlaß durch ein Mißverständnis, an dem ich leider Schuld trage, an Ausbreitung gewinnt und ich verpflichtet bin, entgegen einer urteilsverirrten Hörerschaft und der sie begleitenden Zeitungskritik zu sagen, daß ich augenblicklich keine ärgere Pein kenne – in Tat und Ruf nicht – als diesen Ohrenschall »froher Abende mit bitteren Einschlägen«, dieser letzten und unbedingt letzten Abende, die tagtäglich von noch einem Abend und noch einem letzten Abend und noch zwei Abenden und noch zwei Abenden und dann noch zwölf Abenden gefolgt sind.

Vorbemerkung zu »Inschriften« [V 275; F 640-648, 103]:

Nun einige Epigramme mit der Musik von Mechtilde Lichnowsky, einer Musik, die ich im Gegensatz zu der Meinung eines wohlmeinenden Musikers, der mein Sprachgebilde schützen zu müssen glaubt, ganz wie ihre unvergleichlichen Nestroy-Kompositionen für die absolute Tongestaltung des satirisch-gedanklichen Inhalts erachte, für jene unabänderliche Kongruenz, die mir an der rein lyrischen Wortkunst als ein minderndes Zuviel erscheint, aber am Epigramm als die durchaus angemessene und würdige Begleitung. Daß ich mich am Schluß der »musikalischen Fessel« entledige und die Sprechstimme die der Musik »unterdrückt«, erscheint dem Warner bezeichnend; aber mir bezeichnet es nur den Wert und die Eigenart dieser Anpassung, die dem sprachlichen Ausdruck allen Spielraum läßt. Einem ehrlich gemeinten Einwand gegenüber bin ich zu dieser Auseinandersetzung verpflichtet. Doch was da der Fachmann der Musik einzuwenden hat, mögen mit demselben Recht die Literaturfachmänner gegen meine Verse sagen, gegen das Hergebrachte ihres Wortmaterials und gegen das Unergründliche ihrer Banalität.

Vorbemerkung zu »An den Bürger« [V 277; F 640-648, 107]:

Bei Shakespeare ruft es ein Bürger gegen den Adel:

»Das, wovon sie schwelgen, würde uns nähren. Gäben sie uns nur das Überflüssige, ehe es verdirbt, so könnten wir glauben, sie nähmen sich unser auf menschliche Weise an; aber sie denken, so viel sind wir nicht wert. Die Abzehrung, die uns ausmergelt, unser Elend selbst ist gleichsam ein Verzeichnis, in welchem sie ihr Wohlleben lesen. Unser Jammer ist ihnen Genuß. Dies wollen wir mit unsern Spießen rächen, ehe wir selbst Spießgerten werden. Denn das wissen die Götter! Ich rede so aus Hunger nach Brot, und nicht aus Durst nach Rache.«

Jetzt ist der Bürger ein Coriolan, und ihm rufe ich es zu: – –

Vorbemerkung [zu »Mir san ja eh die reinen Lamperln« – V 278; F 640-648, 108]:

Ein Lied aus den letzten Tagen der Monarchie, als sie sich vor dem Weltgericht harmlos zu machen suchte.

Vorbemerkung [zu »Im Zeichen des Kreuzes« – V 289; F 649-656, 74]:

In Österreich ist ein Gesetz geschaffen worden, das die Zeitungen verpflichtet, bezahlte Notizen als solche deutlich erkennbar zu machen. Sie werden dieser Verpflichtung gerecht, indem sie unter die bezahlten Notizen ein Kreuz setzen.

Vorwort [zu »Bunte Begebenheiten« – V 300; F 649-656, 82 und 126f.; »ohne den Schlußsatz«]:

Das Ereignis

Gesprochen am 17. April

Während ich von Wien abwesend war, hat sich ein Ereignis begeben, das nachträglich mitzumachen mir eine Beschreibung ermöglicht, die ihm durchaus angepaßt erscheint. Es handelt sich um den Anbruch eines augustischen Zeitalters, um den Beginn jener Epoche, in der unter der Regierung Bosels die Wissenschaften, aber am Hofe Castiglionis die Künste blühten und mitten aus einem Barockzeitalter heraus, in dem wir uns ausgerechnet befinden, ein stilles, schlichtes Hoftheater entstand, wo man nachher warmes Essen bekommt und das sich auf dem raschesten Umweg von Salzburg über Weimar nach Wien, der Abkürzung halber, »Die Schauspieler im Theater in der Josefstadt unter der Führung von

Max Reinhardt« nennt. Der Theaterzettel stammt aus der Zeit, wo der Gottsched die Neuberin nahm, jener wird von Herrn Salten vertreten, diese findet Ersatz in der Zuckerkandl, während der Hanswurst noch nicht vertrieben ist, sondern in der Verkleidung Hermann Bahrs, also mit langem Bart und kurzen Hosen, auf den Spuren Reinhardts nach Wien zurückkehrt. Wogegen man gar nichts machen kann. Ich lasse deshalb meinem Gewährsmann im Neuen Wiener Journal das Wort.

Der große Abend ist vorüber. Das neu erstandene Josefstädter Theater hat seine Pforten geöffnet. Wer wissen wollte, was dieser Abend für die Theatergeschichte Wiens zu bedeuten hat, der brauchte nur zur Josefstädterstraße vor das Theater hinzugehen, um im Reflex der freundlich erhellten und erneuten Fassade des alten Baues den Aufzug des geistigen Wien in prunkvoller Prozession zu beobachten . . . .

Vor dem Theater.

Das war das äußere Kennzeichen des Ereignisses: Viele von denen, die sonst unbedingt zu denen gehören, die dabei gewesen sein müssen, bildeten neidvoll zu beiden Seiten der Straße Spalier, um aus den Reihen jener Glücklichen, die in den Besitz einer Karte gelangen konnten, ein Stückchen jenes Glanzes zu erhaschen, der das Ereignis kennzeichnete. Polizeileute sorgten für die Aufrechterhaltung der Ordnung. Automobil um Automobil fuhr vor. Und für diejenigen, die mit der Straßenbahn zum Theater kamen, war es geradezu lebensgefährlich, dem Waggon zu entsteigen und den Weg über die Straße zu nehmen. Was besonders merkwürdig war: die vor dem Theater angesammelte Menschenmenge zerstreute sich nur zum geringeren Teil, nachdem die Auffahrt beendet war. Die Mehrheit der Neugierigen harrte geduldig während der ganzen Vorstellung vor dem Theater aus.

Das Bild im Theater.

Die innere Erneuerung des Hauses ist eine Sensation. Einen ähnlichen Eindruck mögen jene unserer Urväter gehabt haben, die der Eröffnung des alten Burgtheaters beigewohnt haben. Alles von anheimelndster Intimität und doch von geradezu unglaubwürdigem Prunk. Es ist alles so alt und doch so neu . . . . Am Abend der ersten Vorstellung fand man kaum Zeit, sich mit diesen Einzelheiten zu befassen. Die Eindrücke des Hauses selbst gingen unter in der mit adliger Noblesse sich gebenden Bewegung der erschienenen Gesellschaft . . . Der erhebende Augenblick der Übernahme eines neuen Kulturbesitzes durch die geistigen Vertreter der alten Kulturmetropole erfuhr eine zutreffende Andeutung durch das Aufgehen des eisernen Vorhanges, der sich in geradezu feierlich langsamem Tempo in die Höhe hob.

Fast ohne Verspätung – die Teilnehmer der Eröffnungsvorstellung waren ausnahmslos rechtzeitig erschienen – kündigte der feierliche, von sanftem Klirren begleitete Ton des Gong den Beginn der Vorstellung. Ungemein stimmungsvoll, mit nach Sekunden abgewogener Langsamkeit wird der Zuschauerraum verdunkelt. Wie auf ein unhörbares Kommando wird es still im Zuschauerraum. Der Blick aller wendet sich zu der rechten Proszeniumloge, in der der scharf umrissene Kopf jenes Führers sichtbar wird, den das Wiener Theaterleben an diesem Abend hinzubekommen hat: Max Reinhardt ... Und dann beginnt die Vorstellung.

Die Gesellschaft.

Das gesellschaftliche Bild war, wie schon bedeutet, ein unerhört prunkvolles. Das Haus erwies sich naturgemäß als viel zu klein, um allen den Platz anzuweisen, der ihnen gebührt hätte. Und so begnügte sich mancher, der es sonst verschmäht, einen Sitz in der dritten Reihe Cercle anzunehmen, mit einem Platz in der vierten Reihe Balkon. Man befand sich demnach wie vor einem Wunder, daß das kleine Haus all jenen Raum zu geben vermochte, die das kulturelle Wien repräsentieren. Von den Anwesenden seien genannt: – – –

Man sieht, ich habe mehr davon, wenn ich die Ereignisse nicht unmittelbar erlebe, wenn ich »nichts aus dem Brunnen des Lebens, nichts aus dem Boden der Natur hole« und alles aus der Zeitung.

Vorbemerkung zu zwei Inschriften [»In eigener Regie« / »Immer feste druff!« – V 338; F 686-690, 46]:

Anläßlich der Wahl eines vazierenden Kriegsknechts zum Präsidenten der deutschen Republik spreche ich die folgenden Epigramme; das eine ist in der Kriegszeit, das andere nach dem Umsturz erschienen.

Vorbemerkung zu »Berliner Theater« [V 398; F 743-750, 76]:

Dem Eindruck der Neuinszenierung der »Räuber« im Berliner Staatstheater (unter der Hand eines gewissen Piscator), die ich in diesem Herbst mitgemacht habe, verdanke ich die folgenden Verse.

Vorbemerkung [V 502; F 811-819, 43]:

Trotz diesem Motto (Kierkegaards) spreche ich zum Gedenktag der Fackel nicht das in Wien gesprochene Gedicht »Nach dreißig Jahren«, sondern das hoffnungsvollere »Nach zwanzig Jahren«.

Zu den Vorlesungen der Verse »Geheimnis« [V 502 / V 504; F 811-819, 43]:

Der Reim ist so geführt, daß er den Vers nicht nur schließt, sondern, die Flugbahn des Traums begleitend, den Vers auch kreuzt.

Zur »Ballade vom Papagei« [V 608; F 868-872, 37]:

Sie beruht auf der Anekdote, daß in Wien ein Papagei entkam, der nichts rief als: »Der wird noch hundert Jahre alt!« – also ein wenig anders als Vert-Vert. Die findige Polizei, geführt von einem untäuschbaren Johannes, brachte alsbald heraus, daß der Vogel aus dem Belvedere entkommen sei, dem Wohnsitz des ungeduldigen Thronfolgers Erzherzog Franz Ferdinand, dessen Ermordung später die Welt in Brand gesetzt hat.

Einmal geht ein »Nachwort« allgemein auf die Resonanz der Gedichte ein.

Nach dem Vortrag von Gedichten [V 224; F 595-600, 65]:[8]

Ich muß denn doch einmal das folgende zur Aussprache bringen: Sie scheinen durch Ihren Beifall auszudrücken, daß Ihnen meine Gedichte gefallen. Ich teile Ihre Ansicht. Ich freue mich umsomehr, es zu erfahren, als das Publikum bisher auf keine andere Art dieses Wohlgefallen bekundet hat, sagen wir etwa durch den Ankauf meiner Versbücher. Von den zehntausend Menschen, die die Fackel kaufen und von den tausend, die mir immer wieder zuhören, wenn ich diese Verse spreche, besitzen nicht zweihundert die Bände und sicher weit weniger, als meine Photographie besitzen. Alle andern mögen ein für allemal zur Kenntnis nehmen, daß ich mir aus ihrem Interesse noch weniger mache als sie sich aus meinen Gedichten.

* *
*

Während die Auswahl aus den *Inschriften* der Bände I bis VIII, die Viktor Stadler für die Sammlung *Epigramme* (1927) getroffen hat, von Kraus nur gebilligt worden ist,[9] hat er die Auswahl seiner (meist) lyrischen Gedichte aus den Bänden I bis IV, für die *Ausgewählten Gedichte* (1920), selber festgelegt.[10] Über Bestand und Aufbau dieses Bandes unterrichtet das Inhaltsverzeichnis:

Vallorbe
Aus jungen Tagen
Vor einem Springbrunnen
Zwei Läufer
Verwandlung
Wiese im Park
Abschied und Wiederkehr
Grabschrift
Zwei Soldatenlieder
Vision des Erblindeten
Der Bauer, der Hund und der Soldat
Gebet
Wiedersehn mit Schmetterlingen
Flieder
Zuflucht
Abenteuer der Arbeit
Fahrt ins Fextal
Als Bobby starb
»Alle Vögel sind schon da«
Jugend
An einen alten Lehrer
Sonnenthal
Vor dem Einschlafen
Der Ratgeber
Bekenntnis
Der Reim
Der Irrgarten
Memoiren
Sehnsucht
Auferstehung
Verlöbnis
Phantasie an eine Entrückte
Wollust
An eine Falte
Halbschlaf
Suchen und Finden
Furcht
Ich habe einen Blick gesehn
Grabschrift für ein Hündchen
An den Schnittlauch
Mit der Uhr in der Hand
Absage
Der sterbende Soldat
Die Raben
Die weiblichen Hilfskräfte
Gebet an die Sonne von Gibeon
Landschaft
Der tote Wald
Zum ewigen Frieden
Es werde Licht
Der Siebenschläfer
Die Schwärmer
Rückkehr in die Zeit
Traum vom Fliegen
Slowenischer Leierkasten
Vor dem Schlaf
Bange Stunde
Leben ohne Eitelkeit
Magie
Traum
Der sterbende Mensch
Unter dem Wasserfall

(*Ausgewählte Gedichte*, 1920, 90f.)

* * *

Einige Rollenlieder, die Kraus aus seinen Dramen in die Gedichtbücher übernommen hat, sind bei ihrer ersten Publikation von Melodien begleitet worden. (Das *Schoberlied* aus den *Unüberwindlichen* erst im Einzeldruck des Gedichts.) Da diese Kompositionen alle in den Bänden 10 und 11 der vorliegenden Ausgabe wiedergegeben sind, braucht hier nur dem Sonderfall der *Ballade vom Papagei* Rechnung getragen zu werden. Das 1915 entstandene »Couplet macabre«, erschienen Ende 1918 im IV. Band der *Worte in Versen* und Anfang 1919 in der *Fackel*, kam Ende 1919 erstmals zusammen mit der ebenfalls 1915 entstandenen Melodie (F 508-513, 49) in einer selbständigen Publikation heraus.[11] Dieser Druck wird im folgenden (verkleinert) reproduziert.

Die Ballade vom Papagei

COUPLET MACABRE

(Entstanden 1915)

Worte und Melodie

von

Karl Kraus

WIEN 1919

IM VERLAGE DER BUCHHANDLUNG RICHARD LANYI

Der gesamte Reinertrag fließt dem „Zentralverband der deutschösterr. Kriegsbeschädigten" und dem Arbeiterverein „Kinderfreunde" zu.

Die Ballade vom Papagei.

Couplet macabre.

(Entstanden 1915.)

Text und Melodie von **Karl Kraus.**
Gesetzt von N.N.

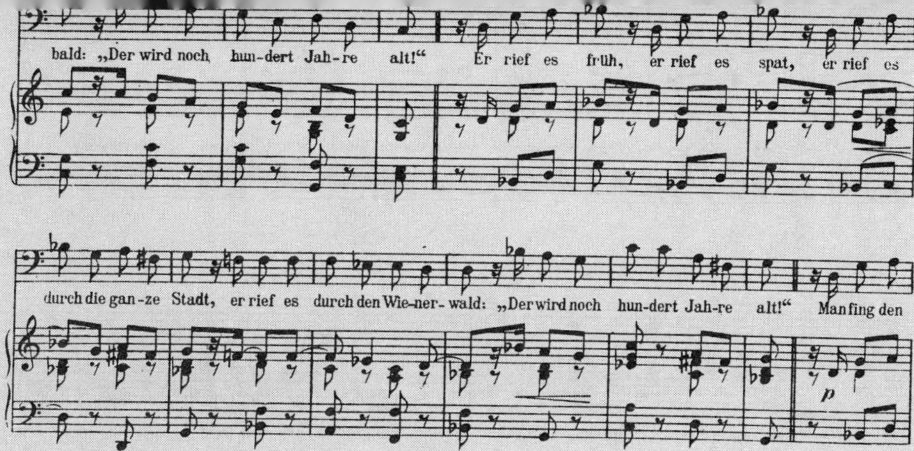
bald: „Der wird noch hun-dert Jah-re alt!“ Er rief es früh, er rief es spat, er rief es
durch die gan-ze Stadt, er rief es durch den Wie-ner-wald: „Der wird noch hun-dert Jah-re alt!“ Man fing den
p

R. F. 1.

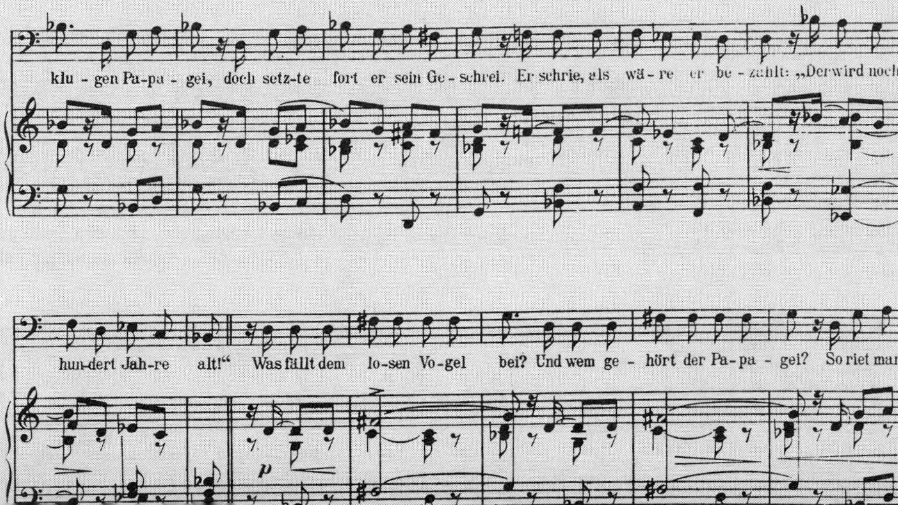
klu - gen Pa-pa - gei, doch setz-te fort er sein Ge - schrei. Er schrie, als wä - re er be - zahlt: „Der wird noch
p
hun-dert Jah-re alt!“ Was fällt dem lo-sen Vo-gel bei? Und wem ge - hört der Pa-pa - gei? So riet man

hin und riet man her, von wo er denn ent-flo-gen wär? Da brach-te man den Pa-pa-gei aufs Fund-bu-
reau zur Po-li-zei. Dort schrie er erst mit al-ler G'walt: „Der wird noch hun-dert Jah-re alt!“ Kaum daß er
p

die-sen Ruf ge - tan, sahn sich die Fund-be-am-ten an, so-fort ent-schied der Kom-mis-sär: „Der Vo-gel
g'hört ins Bel-ve-dere!“ Gleich fragt dort an ein Po-li - zist, ob man nicht so et-was ver-mißt. Er-freut sagt
f
mf

man, daßdem so sei, und es kehrt heim der Pa-pa-gei. Mit Un-ge-duld er-war-tet ihn schon längst die
Frau Erz-her-zo-gin. Und es ver-setzt Franz Fer-di-nand: „Ich bin vom War-ten ab ge-spannt! Wo warst du

R. F. 1.

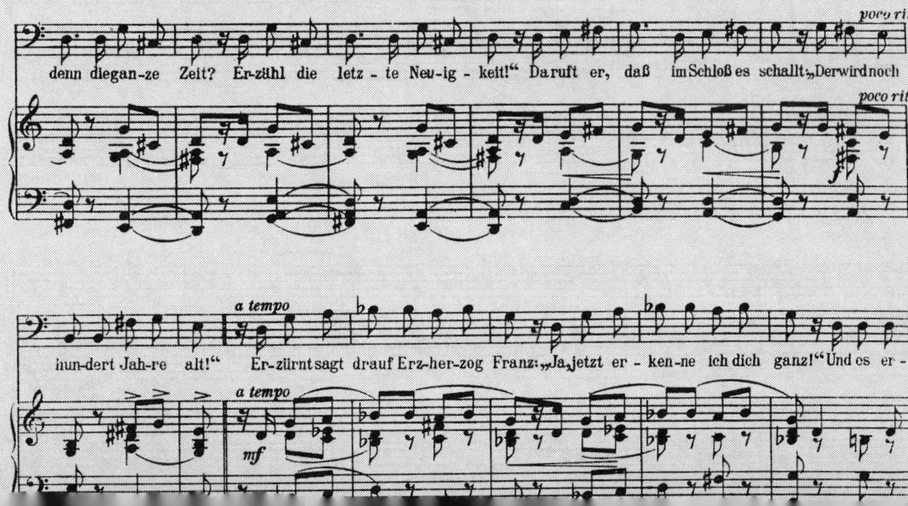
poco rit.
denn diegan-ze Zeit? Er-zähl die letz - te Neu-ig - keit!“ Da ruft er, daß im Schloß es schallt: „Der wird noch
poco rit.
a tempo
hun-dert Jah-re alt!“ Er-zürnt sagt drauf Erz-her-zog Franz: „Ja, jetzt er - ken-ne ich dich ganz!“ Und es er -
a tempo
mf

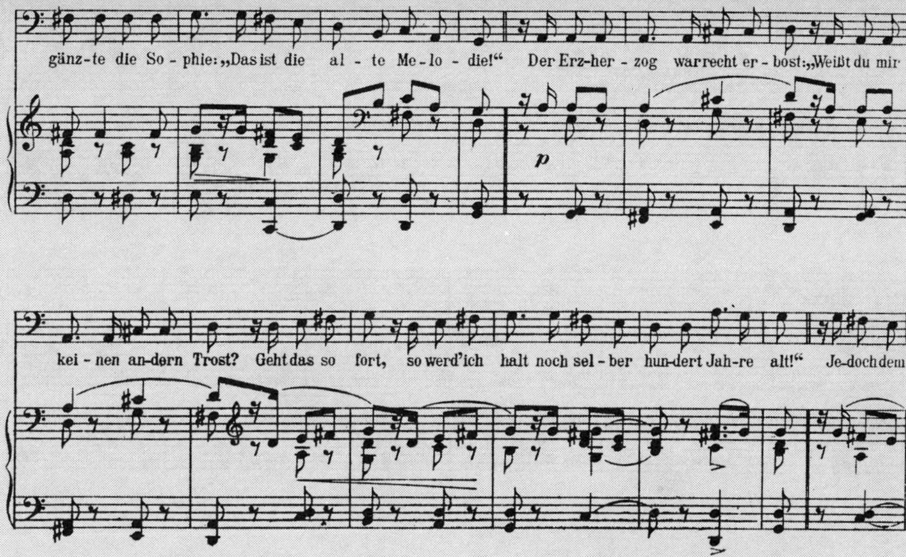
gänz-te die So - phie: „Das ist die al - te Me - lo - die!“ Der Erz-her - zog war recht er - bost: „Weißt du mir
p
kei - nen an-dern Trost? Geht das so fort, so werd' ich halt noch sel - ber hun-dert Jah-re alt!“ Je-doch dem

klu-gen Pa-pa - gei war die-ser Standpunkt ei - ner - lei. Er rief_die Wir - kung ließ ihn kalt: „Noch hun-dert
Meno mosso.
poco a
Jah-re wirst du alt!“ Er ü - ber - trieb. Denn um ein Jahr war die-se An-sicht nicht mehr wahr. Der Pa-pa-
f
p
poco a

a tempo
gei, stumm trauert er in dem ver-wais-ten Bel-ve-dere. Er schwingt sich auf_ was will er tun? Er ist schon
poco rall. e dim.
mf a tempo
fort_ schon in Schön-brunn. Mit der ihm eig-nen Kon-se-quenz fliegt er di-rekt zur Au-di-enz. Klar ists, daß
p

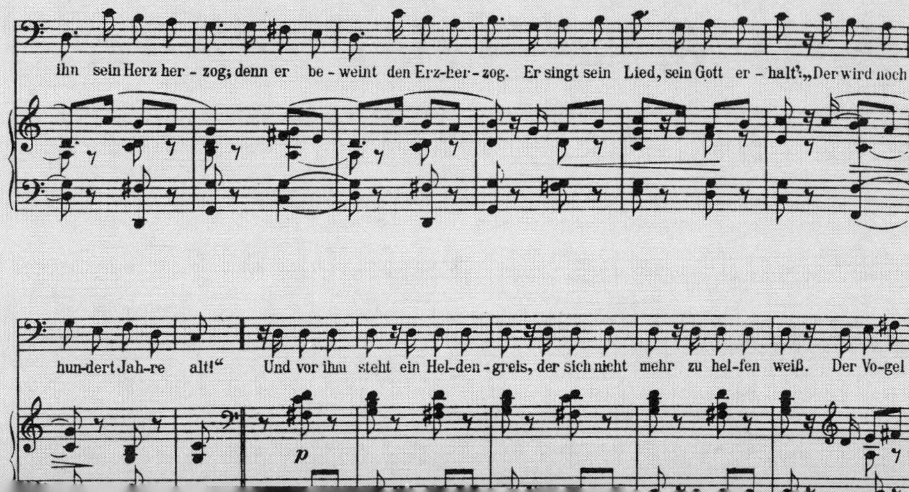
ihn sein Herz her - zog; denn er be - weint den Erz-her - zog. Er singt sein Lied, sein Gott er - halt'.„Der wird noch
hun-dert Jah-re alt!“ Und vor ihm steht ein Hel-den - greis, der sich nicht mehr zu hel-fen weiß. Der Vo-gel
p

kreischt um die Ge-stalt: „Der wird noch hun-dert Jah-re alt!“ „So schrei nur, bis du hei-ser bist!“ „Ich schrei, so-
mf
f
lang du Kai-ser bist!“ „Was ist denn das für ei-ne Art? Mir bleibt be-kannt-lich nichts er-spart. Trotz-dem hat
più f

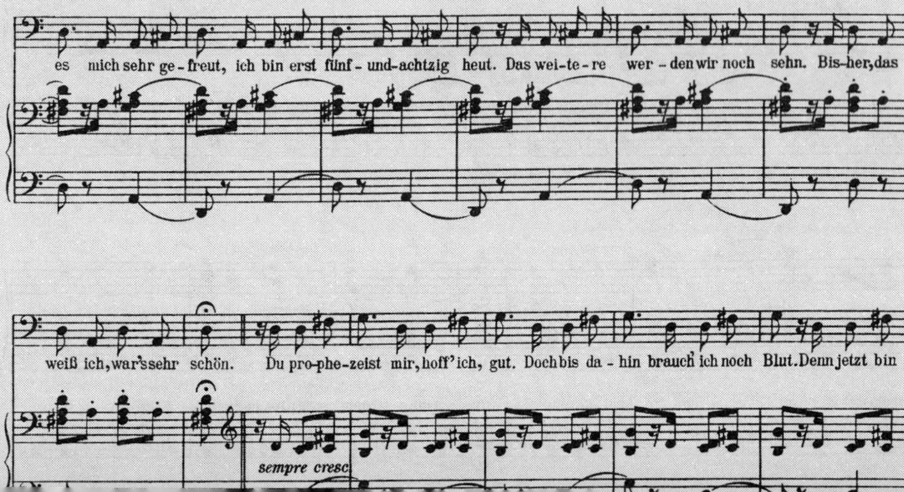
es mich sehr ge-freut, ich bin erst fünf-und-achtzig heut. Das wei-te-re wer-den wir noch sehn. Bis-her, das
weiß ich, war's sehr schön. Du pro-phe-zeist mir, hoff'ich, gut. Doch bis da-hin brauch ich noch Blut. Denn jetzt bin
sempre cresc.

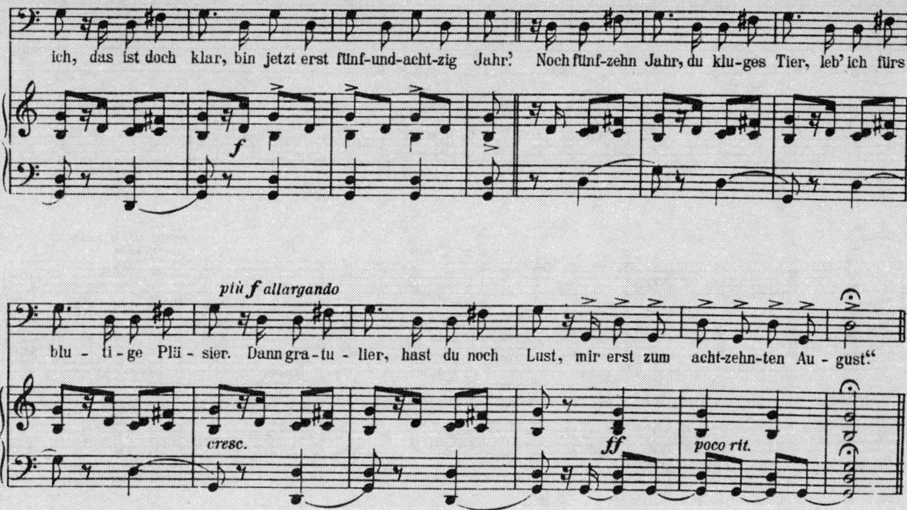
ich, das ist doch klar, bin jetzt erst fünf-und-acht-zig Jahr.' Noch fünf-zehn Jahr, du klu-ges Tier, leb' ich fürs
f
più f allargando
blu - ti-ge Plä - sier. Dann gra-tu - lier, hast du noch Lust, mir erst zum acht-zehn-ten Au - gust."
cresc.
ff
poco rit.

Molto meno mosso.
Da ward dem ar-men Vo-gel bang. Der Welt-krieg dau-ert ihm zu lang. Und er ver-ließ den grau-sen
pp
(sempre colla parte)
poco rit.
pdoloroso
Ort und sprach nicht mehr das al-te Wort. Die Jah-re gin-gen nach und nach. Es starb das Tier, von Al-ter
poco rit.
p
sempre rallent. e dim.

schwach. Es starb die Welt. Es starb die Zeit. Es starb das Lied. Es starb das Leid. Nur ei-ner blieb. Nur ei-ner
war. Nur ei-ner wur-de hun-dert Jahr! Und in des To-des Ei-ner - lei lebt fort ein Ur-groß-pa-pa - gei.
molto rit.
8va basso

Auf die zahlreichen Fälle, wo Karl Kraus fremde Verse dergestalt eingerichtet und angewendet hat, daß sie beinahe für eigene Gedichte gelten können, wie schon die Widmung des zweiten Essaybandes (aus Shakespeare) oder noch das Gedenken an Engelbert Dollfuß (in Strophen von Gottfried Keller), kann hier nur summarisch hingewiesen werden. (Vgl. S 2, 302 und F 912-915, 71 f.)[12] Gleichfalls nur zu erwähnen ist seine durch Ernst Josef Aufricht bezeugte Mitwirkung am »Eifersuchtsduett« der Brechtschen *Dreigroschenoper* (II, 3) – das erst Karl Kraus, 1928 während der Proben, um die zweite Strophe ergänzt haben soll.

---

1 Übergangen wird das *Räthsel* aus dem Jahre 1895 (FS 1, 215). Aufgenommen ist jedoch auch der in rhythmischer Prosa (vielmehr: in Blankversen) abgefaßte Schluß des Aufsatzes *Der Neger* – wohl die einzige Stelle dieser Art, die Kraus nicht in ein Gedicht überführt hat.

2 Später auch (mit entstellter Interpunktion) im Typoskript-Druck des Librettos: *Pariser Leben*. Berlin: Funk-Stunde (1931). 66f. Die Aufnahme einer Krausschen Rezitation der Briefarie hat sich erhalten. Vgl. S. 708 (Anm. 11).

3 Nicht aufgenommen sind ein Entwurf des Gedichts *Sendung* (S. 69) unter dem Titel *Wiederfinden im Diesseits* (BSN 2, 196) und eine vom Druck nur geringfügig abweichende Fassung des Gedichts *Sturm und Stille* (S. 397) unter dem Titel *An eine Unbekannte* (BSN 2, 340). Das von den Herausgebern irrtümlich für unveröffentlicht gehaltene Gedicht *Sylvester 1917* (BSN 2, 288) steht mit dem Titel *Silvester 1917* unter den »Inschriften« des IV. Bandes der *Worte in Versen* (S. 229). Von dem dreiteiligen Gedicht *Gespräche* hat Kraus, unter diesem Titel, nur den ersten Teil veröffentlicht (S. 102). – Wortlaut und Interpunktion sind anhand der Handschriften revidiert und gegenüber der Wiedergabe in BSN an einigen Stellen verändert.

4 Auf dem Typoskript gibt Sidonie Nádherný diese »Erklärung: Dora war Geigerin, Didi ihre Begleiterin. May-May war Miss Cooney's Name. Wir erwarteten Dora und Didi in St. Moritz. Nachahmung des Fiedelns (Geigens).« – *Kraus-Heft* 9, 1.

5 Dazu Sidonie Nádhernýs Notiz: »Geschrieben ein Jahr nach dem Tod meines Bruders.« – Werner Kraft: *Karl Kraus*. 1956. 351.

6 Übergangen sind nur zwei (kürzere) Doubletten. – Auch den Rezitationen einiger Rollenlieder aus seinen Dramen hat Karl Kraus bisweilen Vorbemerkungen beigefügt. Man vergleiche zum *Lied des Alldeutschen*: V 164; F 544-545, 13 sowie V 338; F 499-500, 6f.; zum *Couplet des Schwarz-Drucker* V 200; F 577-582, 70; zum *Schoberlied* V 537 und V 545; F 834-837, 23f. sowie V 551; F 838-844, 126 und V 600; F 864-867, 1-3.

7 Die Erklärung richtet sich (wie schon die Vorbemerkungen in V 242 und V 244) gegen den Rezitator Ludwig Hardt. Vgl. ferner F 561-567, 82f. und F 594-600, 80 sowie BSN 1, 545f. und 2, 335.

8 Ähnlich schon die Notiz in F 557-560, 43, anläßlich des Erscheinens des V. Bandes der *Worte in Versen*.

9 Zur Komposition des Buches vgl. S. 648. Von textkritischem Interesse ist vielleicht eine Variante in dem Epigramm *In eigener Regie* (S. 187), in dessen fünfter Zeile es hier »knöpfte« statt wie in allen anderen Drucken »köpfte« heißt.

10 Die einzige nennenswerte Textvariante findet sich in der 25. Strophe des Gedichts *Jugend* (S. 206), die in den ersten Auflagen von *Worte in Versen III* (1918) noch gelautet hatte:

Was ich vereine doch,
dort schien's gefunden,
und ihrem Scheine doch
Wesen entbunden.

In der späteren Fassung (ohne das wiederholte »doch«) hat Kraus das Gedicht auch auf Schallplatte gesprochen.

11 Bisher nicht aufzufinden war Kraus' Vertonung des Gedichts *Mir san ja eh die reinen Lamperln* (S. 241f.; vgl. F 521-530, 97). Seine Vertonung des Nestroyschen Couplets *Lied des Holzhackers* (S. 551) soll in der Neuausgabe der *Zeitstrophen* wiedergegeben werden.

12 In Sidonie Nádhernýs Sammlung von Autographen Kraus'scher Gedichte hat sich ein drei Blätter umfassendes Manuskript (datiert: »Janowitz, 21. Juni 1918«) mit einer Zusammenstellung von rund 60 Versen aus Goethes *Pandora* erhalten – ein Liebesgedicht in Gestalt eines ›Centos‹, das ein Licht wirft auch wohl auf die besondere Vorliebe, die der Rezitator Kraus gerade diesem Goetheschen Drama entgegengebracht hat. – Das Manuskript enthält (in dieser Abfolge) die Verse 117-119, 396-401, 461-462, 483-484, 487-488, 498-499, 650-652, 653-654, 655-660, 733, 741, 761-776, 784-788, 809-812, 817-818, 1053-1058.

Die in den neun Bänden der *Worte in Versen* gesammelten Gedichte sind größtenteils erstmals in der *Fackel* veröffentlicht worden. Da Otto Kerry die Erstdrucke in seinem »Register der Gedichte aus ›Worte in Versen‹« (KKB 1970, 121-154) so gut wie vollständig verzeichnet hat,[1] an derselben Stelle auch die weiteren Drucke in anderen Büchern von Karl Kraus, zumal den *Ausgewählten Gedichten* und den *Epigrammen*, brauchen die Erst- und Nachdruckverhältnisse hier nur summarisch charakterisiert zu werden. Eigens aufgeführt werden jedoch die aus den Dramen übernommenen Gedichte.[2]

Worte in Versen I (Anfang 1916)

Die *Inschriften* sind größtenteils in der *Fackel* der Jahre 1906 bis 1909 erschienen und dann in die Aphorismenbände *Sprüche und Widersprüche* (1909) und *Pro domo et mundo* (1912) eingegangen. Die übrigen Gedichte sind fast alle der *Fackel* der Jahre 1913 und 1915 entnommen.[3]
Den Mitte 1915 entworfenen und begonnenen *Letzten Tagen der Menschheit* gehören die gleichfalls in der *Fackel* (F 406-412 und F 413-417) veröffentlichten Reden des »Nörglers« an:

Die Leidtragenden	Vorspiel 10
Kriegsberichterstatter	II 10
Monolog des Nörglers	III 46
Grabschrift	II 29
Beim Anblick einer Schwangeren	II 18

Worte in Versen II (Juli 1917)

Die Gedichte sind (mit zwei Ausnahmen)[4] alle zuerst in der *Fackel* der Jahre 1916 und 1917 erschienen (F 418-422 bis F 454-456). Zwei Gedichte werden in den *Letzten Tagen der Menschheit* vom »Nörgler« in Vortragssälen rezitiert:

Mit der Uhr in der Hand	III 36
Gebet	V 28

Worte in Versen III (Ende Dezember 1917)[5]

Die Gedichte sind zum größeren Teil zwei Heften der *Fackel* von 1917 entnommen (F 462-471 und F 472-473), deren zweites nur *Epigramme und andere Gedichte* enthält. Die übrigen (24) erscheinen im Buch zum erstenmal; davon fünf später auch in der *Fackel* (F 484-498). Den *Letzten Tagen der Menschheit* gehören an:

Vision des Erblindeten	Epilog (Ein Erblindeter)
Die letzte Nacht	Epilog [Hyänen-Szene]

Worte in Versen IV (Ende Dezember 1918)

Die Gedichte sind teils den drei Heften der *Fackel* von 1918 entnommen (F 474-483 bis F 499-500), teils erscheinen sie im Buch zum erstenmal. (Die meisten größeren später auch in der *Fackel*: F 508-513.) Den *Letzten Tagen der Menschheit* (deren Epilog kurz zuvor erschienen ist) entstammen drei Gedichte:

Der sterbende Soldat	Epilog (Ein sterbender Soldat)
Lied des Alldeutschen	III 40 (Wahnschaffe)
Der Zeuge	Epilog (Ein Verwundeter)

Worte in Versen V (Anfang 1921)

Die Gedichte sind sämtlich teils der *Fackel* der Jahre 1919 bis 1921 (F 508-513 bis F 557-560), teils der inzwischen vollständig erschienenen Aktausgabe der *Letzten Tage der Menschheit* entnommen. Dem Drama gehören an:

Kaiserlied	IV 31 (Franz Joseph)
Der fliehende General	Epilog (General)
Chor der Offiziere	IV 10 (Die Offiziere)[6]
Die letzten Tage der Menschheit	V 55 [Schluß]
Der Totenkopfhusar	Epilog
Nowotny von Eichensieg	Epilog
Stimme vom Mars	Epilog (Eine Stimme von oben)

Worte in Versen VI (9. 12. 1922)

Die Gedichte entstammen größtenteils der *Fackel* der Jahre 1921 und 1922 (F 561-567 bis F 601-607). Von den erstmals im Buch erschienenen werden einige später (1923, 1924, 1925) auch in der *Fackel* veröffentlicht.[7] Den *Letzten Tagen der Menschheit* ist ein letztes Rollengedicht, der Literatursatire *Literatur*, 1921, ein Rollenlied entnommen:

Die drei gelegentlichen Mitarbeiter	Epilog (Drei gelegentliche Mitarbeiter)
Couplet des Schwarz-Drucker	Literatur II (Schwarz-Drucker)

Worte in Versen VII (14. 11. 1923)

Die Gedichte einschließlich der Strophen *Nach Nestroy* sind der *Fackel* von Ende 1922 bis Mitte 1923 entnommen (F 608-612 bis F 622-631). Eingeschaltet sind allerlei Rollengedichte aus *Traumstück* (1923) und *Wolkenkuckucksheim* (1923):

Imago	Traumstück
Die Psychoanalen	Traumstück
Das tuberkulöse Kind	Traumstück (Tuberkulöses Kind)
Der Gürtelpelz	Traumstück
Tango	Traumstück (Valuta und Zinsfuß)
Die Nachtigall	Wolkenkuckucksheim I (Prokne)
Flamingo von Fahnenfeld	Wolkenkuckucksheim III
Die Vogelstadt	Wolkenkuckucksheim II (Hoffegut)
Die Lerche	Wolkenkuckucksheim III

Worte in Versen VIII (24. 8. 1925)

Die Gedichte einschließlich der Strophen *Nach Nestroy* sind der *Fackel* von Anfang 1924 bis Mitte 1925 entnommen (F 640-648 bis F 691-696). Einige werden im Oktober 1925 nachgetragen (F 697-705). Eingeschaltet ist ein Rollengedicht aus *Traumtheater* (1924):

Die Schauspielerin	Traumtheater (Dichter)

Worte in Versen IX (11. 10. 1930)

Die Gedichte sind der *Fackel* von Oktober 1926 bis September 1930 entnommen (F 735-742 bis F 838-844). Von den wenigen erst im Buch erschienenen Gedichten hat Kraus *Annie Kalmar* 1931 auch in der *Fackel* veröffentlicht (F 852-856).[8] Eingeschaltet sind *Das Schoberlied* aus den *Unüberwindlichen* (1928) sowie einige Proben aus Übersetzungen und Bearbeitungen dramatischer Werke:[9]

Das Schoberlied	Die Unüberwindlichen IV (Wakker)
Die Wegweiserin	Offenbach, Die Briganten I 6 (Fiorella)
Die kleinen Soldaten	Offenbach, Madame l'Archiduc III 1 (Chor der kleinen Soldaten)
Der kleine Kapitän	Offenbach, Madame l'Archiduc I 10 (Fortunato)
Brief der Perichole	Offenbach, Perichole I/I 11 (Perichole)
Hexenszenen	Shakespeare, Macbeth I 1[10] (Drei Hexen)

Nachgedruckt wurden rund sechzig meist lyrische Gedichte aus I bis IV in den *Ausgewählten Gedichten* von 1920; die meisten *Inschriften* aus I bis VIII in den *Epigrammen* von 1927; die Strophen *Nach Nestroy* aus VI bis VIII in den *Zeitstrophen* von 1931. Das Gedicht *Peter Altenberg* (S. 310f.) hat Kraus auch seiner *Rede am Grab* (1919) angeschlossen und seiner *Auswahl* aus Altenbergs Büchern (1932) vorangestellt. Das Sonett *Meinem Franz Janowitz* (S. 177) eröffnet wenig später die Ausgabe von Janowitz' Gedichten (*Auf der Erde*, 1919). Außerdem sind drei Sonderausgaben einzelner Gedichte aufzuführen:

Die Ballade vom Papagei. [Text und Melodie.] Wien: Richard Lányi 1919. 9 S. 4°.

Volkshymne. [Postkarte.] Wien: Richard Lanyi (1921). 16°.

Das Schoberlied. [Text und Melodie.] Sonderausgabe der Fackel. Nr. 1. Wien: Verlag ›Die Fackel‹ 1928. 4 S. 4°.

Auf Schallplatten erschienen sind Kraus' Rezitationen der Gedichte: *Das Schoberlied*, *Das Lied von der Presse* [*Couplet des Schwarz-Drucker*], *Die Raben* [aus: *Die letzten Tage der Menschheit*, S. 331f.], *Todesfurcht*, *Jugend*, *Bunte Begebenheiten* (Berlin: Die Neue Truppe 1930). Erhalten hat sich ferner die Filmaufnahme einer Rezitation der Gedichte *Zum ewigen Frieden* und *Weg damit!* aus dem Jahre 1934.[11]

1 Übersehen sind wohl nur die Erstdrucke der Epigramme *Nach Goethe* (F 326-328, 46) und *Wozu der Lärm?* (F 531-543, 182) sowie des Gedichts *Beim Anblick einer sonderbaren Parte* (als Glosse: F 357-359, 30f.). Nicht nachgewiesen finden sich die Erstdrucke der Strophen *Nach Nestroy* – da Heinrich Fischers Neuausgabe der Gedichte (W 7), der Kerry folgt, diese Stücke nicht enthält. Auch sie sind alle in der *Fackel* erschienen (F 595-600; F 608-612; F 613-621; F 640-648; F 649-656; F 657-667; F 676-678; F 679-685; F 697-705) und dann mit allerlei später entstandenen (und den Zusatzstrophen zu Offenbach-Operetten) in die Sammlung *Zeitstrophen* (1931) übernommen worden.

2 Anfangs aus den *Letzten Tagen der Menschheit*, dann aus den späteren Dramen, zuletzt aus den Übersetzungen und Bearbeitungen. Von einigen Gedichten, die 1919 in der Aktausgabe des Weltkriegsdramas enthalten sind, ist es zweifelhaft, ob Kraus sie schon bei ihrem ersten Erscheinen in der *Fackel* (1915-1917) für diesen Zweck vorgesehen hat.

3 »Bisher ungedruckt sind: ›Sendung‹ und ›Heroischer Vers‹. In Versform neugeordnet – außer dem im letzten Heft veröffentlichten ›Eine Prostituierte ist ermordet worden‹ – die Stücke: ›Beim Anblick einer sonderbaren Parte‹ und ›Sonnenthal‹« (F 418-422, 54). Gleichzeitig mit dem Band erschienen in der *Fackel*: *Aus jungen Tagen* und *Sonnenthal* (F 418-422); Ende 1916 auch *Sendung* (F 437-442).

4 »Bisher ungedruckt sind die Inschriften: ›Zum Namenstag‹ und ›Drei‹« (F 462-471, 88). Sie sind auch später weder in die *Fackel* noch in die Sammlungen *Ausgewählte Gedichte* und *Epigramme* übernommen worden.

5 Die Ausgabe von 1925 gibt statt dessen »April 1918« an.

6 Dieses Stück erst in der Buchausgabe (1922). Vorabdruck in F 546-550.

7 Darunter auch die Strophen *Nach Nestroy* (F 608-612, F 613-621). Nur im Buch die Gedichte *Auf die wunderbare Rettung der Wunderbaren*, *Verlust* und *Sturm und Stille*.

8 Hier mit dem Vermerk: »(Aus ›Worte in Versen‹ IX)« sowie »mit einem Bild« (vgl. Abbildung 9). Zum Gedenken an den dreißigsten Todestag der Jugendgeliebten wird außerdem ein Brief von Peter Altenberg an Annie Kalmar mitgeteilt.

9 Im Druck erschienen *Madame l'Archiduc*: 1927; *Die Briganten*: 1930 (Typoskript); *Perichole*: 1931; *Macbeth* (in: *Shakespeares Dramen II*): 1935. Die *Hexenszenen* erstmals schon 1926: F 724-725.

10 Bei Shakespeare: I 1 und 3.

11 Alle diese Rezitationen (sowie die der Prosastücke *Das Ehrenkreuz* und *Reklamefahrten zur Hölle*) finden sich auch auf der Schallplatte *Karl Kraus liest aus eigenen Schriften* (Wien: Preiserrecords o. J.). Eine Neuauflage ist bei Zweitausendeins (Frankfurt a. M. o. J.) erschienen. – Kraus' Rezitation der Metella-Arie aus *Pariser Leben* (S. 666f.) ist neuerdings zu hören auf der Schallplatte *Karl Kraus liest Goethe – Shakespeare – Offenbach – Raimund* (Wien: Preiserrecords 1987).

ABBILDUNGEN ZUR DOKUMENTATION

— 136 —

Er zwang sie, ihr zu willen zu sein.

* * *

Um nicht auf lautes Herzklopfen Herein! zu sagen, dazu ist wahrlich die beste nicht gut genug.

* * *

Die wahre Eifersucht will nicht nur Treue, sondern den Beweis der Treue als eines vorstellbaren Zustands. Dem Eifersüchtigen genügt nicht, daß die Geliebte nicht untreu ist. Eben das, was sie nicht tut, läßt ihn nicht zur Ruhe kommen. Da es aber für Unterlassung keinen Beweis gibt und der Eifersüchtige auf einen Beweis dringt, so nimmt er schließlich auch mit dem Beweis der Untreue vorlieb.

* * *

Der Mann bildet sich ein, daß er das Weib ausfülle. Aber er ist nur ein Lückenbüßer.

* * *

Tragische Sendung der Natur! Warum ist diese lange Lust des Weibes nicht feststellbar wie der männliche Augenblick!

* * *

Verwandlung

Stimme im Herbst, verzichtend über dem Grab
auf deine Welt, du blasse Schwester des Monds,
süße Verlobte des klagenden Windes,
schwebend unter fliehenden Sternen —

raffte der Ruf des Geists dich empor zu dir selbst?
nahm ein Wüstensturm dich in dein Leben zurück?
Siehe, so führt ein erstes Menschenpaar
wieder ein Gott auf die heilige Insel!

Heute ist Frühling. Zitternder Bote des Glücks,
kam durch den Winter der Welt der goldene Falter.
Oh knieet, segnet, hört, wie die Erde schweigt.
Sie allein weiß um Opfer und Träne.

* * *

Abbildung 1

Das Gedicht *Verwandlung* (S. 9) im Erstdruck der *Fackel* (F 406-412, 136). Man beachte den Kontext des Erscheinens und vergleiche die Orthographie des letzten Wortes.

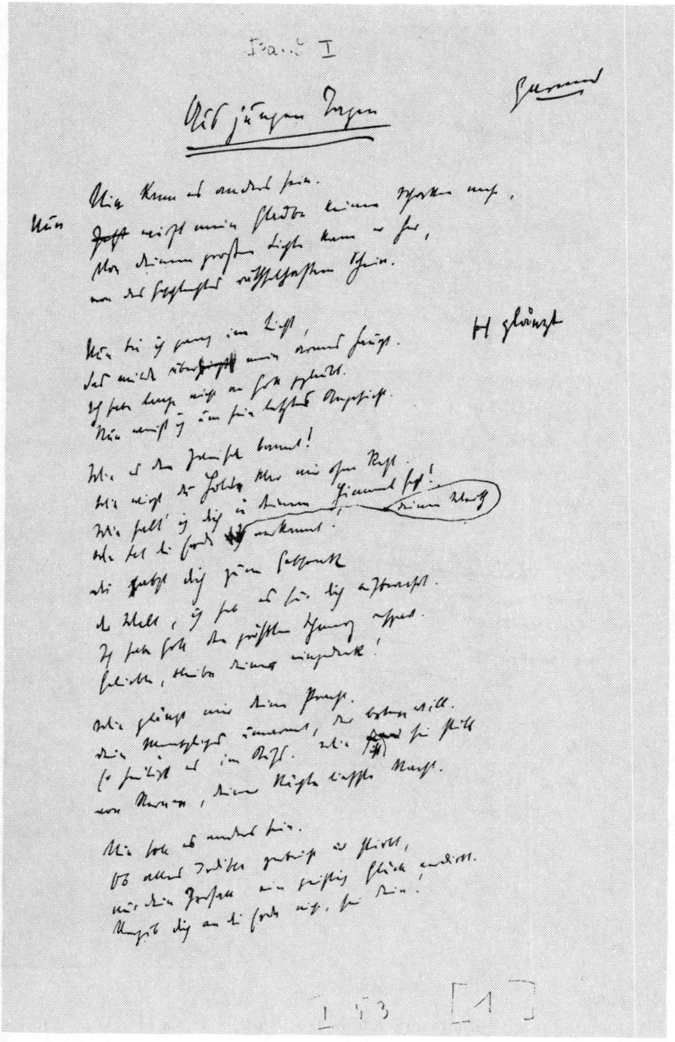

Abbildung 2

Eigenhändiges Manuskript des Gedichts *Aus jungen Tagen* (S. 61); Druckvorlage der Veröffentlichung in der *Fackel* (F 418-422, 59). Korrigiert sind: Jetzt > Nun; gießt > glänzt; dich > deinen Werth; sind > ist.

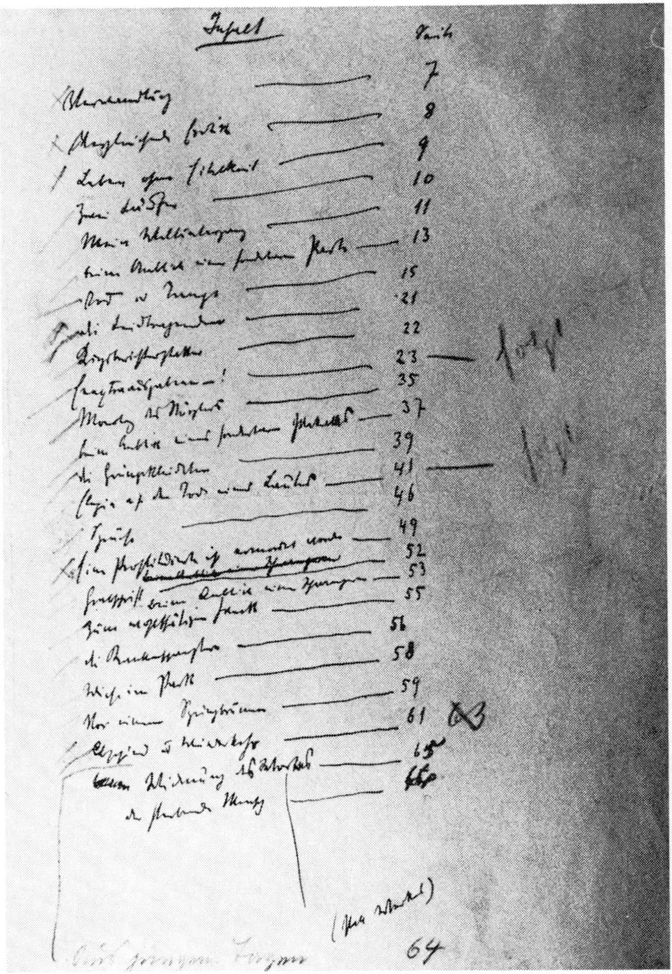

Abbildung 3
Das eigenhändige Inhaltsverzeichnis von *Worte in Versen* [I]. Von fremder Hand nachgetragen der Titel *Aus jungen Tagen*. Noch fehlen *Sonnenthal* und *Sendung*. Für die späteren *Inschriften* ist der Titel *Sprüche* vorgesehen.

KARL KRAUS

WORTE IN VERSEN

LEIPZIG

VERLAG DER SCHRIFTEN VON KARL KRAUS

1916

Abbildung 4

Titelblatt der Erstausgabe von *Worte in Versen* [I]. Die Numerierung fehlt (versehentlich?) auch auf dem Titelblatt der »Zweiten Auflage« von 1919. Sie findet sich aber dort (wie schon in späteren Bindequoten der Erstausgabe) auf dem Einbandtitel.

Sonnenthal

Faßt Mut zum Schmerz, daß seine Thräne nicht mehr fließt
und dieser große Chor der Jugendbühne stumm ist:
Die Glocke, die Charlotte Wolter hieß;
der Hammer, der mit Lewinskys Rede das Gewissen schlug;
und einer Brandung gleich die Stimme des Zyklopen Gabillon;
Zerlinens Flüstern; und Mitterwurzers Wildstroms Gurgellaune;
eine Tanne im Wintersturm jedoch war Baumeisters Ruf;
und schwebend, eine Lerche, stieg des jungen Hartmann Ton,
vermählt dem warmen Entenmutterlaut Helenens;
und Hagel, der durch schwülen Sommer prasselt, Krastels Sang;
und edlen Herbstes Röcheln Roberts Stimme;
und Sonnenthals: die große Orgel, die das harte Leben löst.
Und all der Sänger Stimme und Manier,
die noch verstimmt, von solchem Geiste war,
daß sie bewahrt sei gegen alles Gleichmaß,
womit die Narren der Szene und der Zeit
die lauten Schellen schlagen.

*

55

Abbildung 5
Eine Seite aus der letzten Auflage des I. Bandes der *Worte in Versen* (1925). Erst hier ist, im Druck durch Jahoda & Siegel, jeder Vers in eine Zeile gebracht.

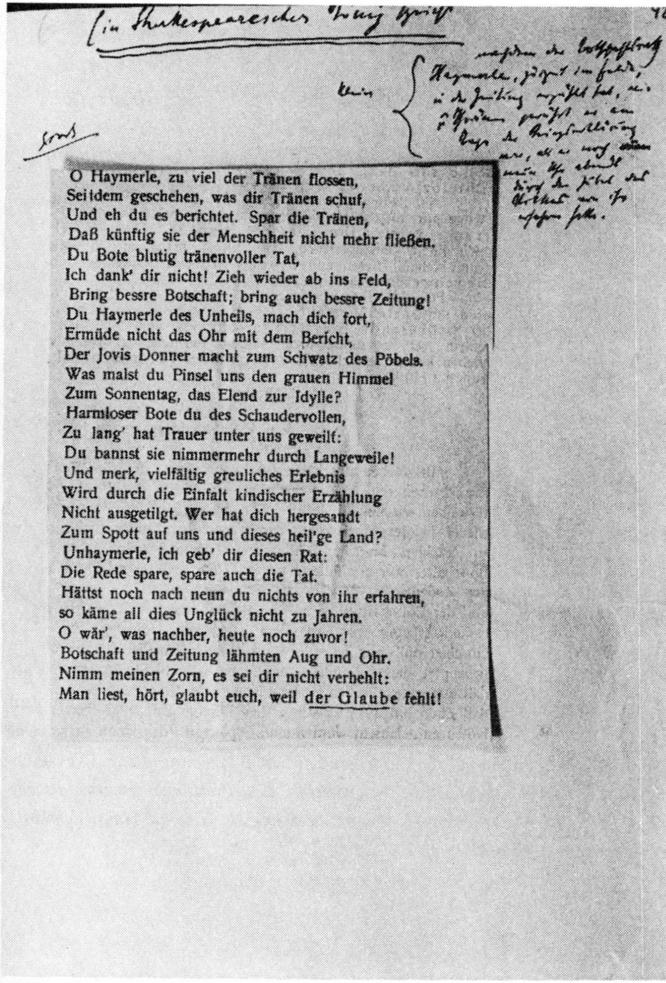

O Haymerle, zu viel der Tränen flossen,
Seitdem geschehen, was dir Tränen schuf,
Und eh du es berichtet. Spar die Tränen,
Daß künftig sie der Menschheit nicht mehr fließen.
Du Bote blutig tränenvoller Tat,
Ich dank' dir nicht! Zieh wieder ab ins Feld,
Bring bessre Botschaft; bring auch bessre Zeitung!
Du Haymerle des Unheils, mach dich fort,
Ermüde nicht das Ohr mit dem Bericht,
Der Jovis Donner macht zum Schwatz des Pöbels.
Was malst du Pinsel uns den grauen Himmel
Zum Sonnentag, das Elend zur Idylle?
Harmloser Bote du des Schaudervollen,
Zu lang' hat Trauer unter uns geweilt:
Du bannst sie nimmermehr durch Langeweile!
Und merk, vielfältig greuliches Erlebnis
Wird durch die Einfalt kindischer Erzählung
Nicht ausgetilgt. Wer hat dich hergesandt
Zum Spott auf uns und dieses heil'ge Land?
Unhaymerle, ich geb' dir diesen Rat:
Die Rede spare, spare auch die Tat.
Hättst noch nach neun du nichts von ihr erfahren,
so käme all dies Unglück nicht zu Jahren.
O wär', was nachher, heute noch zuvor!
Botschaft und Zeitung lähmten Aug und Ohr.
Nimm meinen Zorn, es sei dir nicht verhehlt:
Man liest, hört, glaubt euch, weil der Glaube fehlt!

Abbildung 6
Das Gedicht *Ein Shakespearescher König spricht* (S. 123; Schluß des Aufsatzes *Diplomaten*) im Druck der *Fackel* (F 431-436, 64) mit handschriftlichen Ergänzungen für die Übernahme in den II. Band der *Worte in Versen*.

Zu Abbildung 7

VII

L	*Z*	*E*
Die Nachtigall +	*Das Schandmal*	*Inschriften 12*
Imago +	*Definitionen*	*Inschriften 3*
Nächtliche Stunde +	*Goetheaffen*	*Inschriften 4*
Der Grund +	*(Flamingo von Fahnenfeld)*	*Inschriften 9*
In diesem Land Z	*Brunnenvergiftung* +	
An den Bürger Z	*Bunte Begebenheiten*	
Thyrsigeri . . . +	*Die Psychoanalen*	
Die Vogelstadt +	*Der neue Rezitator*	
Das tuberkulöse Kind Z	*Der Gürtelpelz*	
[Der Gürtelpelz]	*Tango*	
Das arme Leben +		
Offenbach +		
Die Lerche +		

Nicht verzeichnet sind die Strophen *Nach Nestroy*. Das Gedicht *Thyrsigeri multi, paucos afflavit Iacchus* ist der zweiten *Inschriften*-Reihe entnommen, die darum nur mehr drei Stücke zählt.

Die Kreuze hinter den Titeln der ersten Rubrik dürfte Kraus bei einer Auszählung des Bestandes angebracht haben, deren Ergebnis am Schluß der Aufstellung notiert ist (zunächst 130, dann nach Abzug der mit »Z« oder »E« versehenen Stücke: 105). Die Gedichte der zweiten Rubrik, denen ein Kreuz beigefügt ist, finden sich auf einem eigenen Blatt des Konvoluts (Blatt 10) noch einmal verzeichnet – wohl weil Kraus für diese durchweg besonders langen Gedichte eine vierte Rubrik in Erwägung zog. (Verzeichnet sind: *Tod und Tango / Eeextraausgabeee –! / Eine Prostituierte ist ermordet worden / Die Fundverheimlichung / Gebet an die Sonne von Gibeon / Hausmannskost / Nach zwanzig Jahren / Brunnenvergiftung.*)

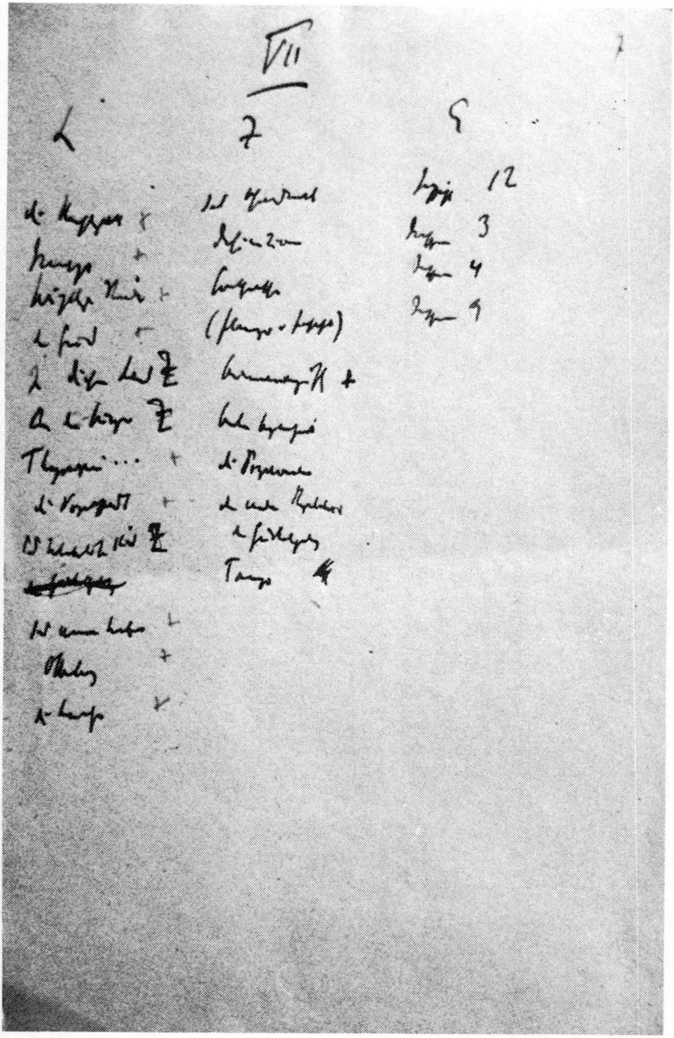

Abbildung 7
Ein Blatt aus dem S. 648 beschriebenen Konvolut mit dem Entwurf einer Rubrizierung der *Worte in Versen*. Man vergleiche die nebenstehende Transkription.

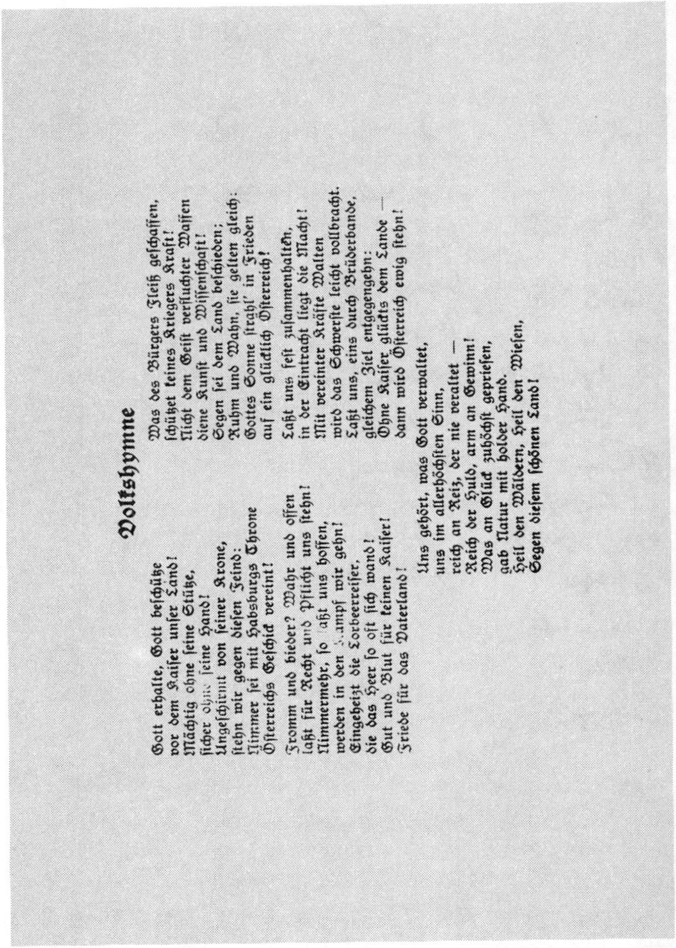

Volkshymne

Gott erhalte, Gott beschütze
vor dem Kaiser unser Land!
Mächtig ohne seine Stütze,
sicher ohne seine Hand!
Ungeschirmt von seiner Krone,
stehn wir gegen diesen Feind:
Nimmer sei mit Habsburgs Throne
Österreichs Geschick vereint!

Fromm und bieder? Wahr und offen
laßt für Recht und Pflicht uns stehn!
Nimmermehr, so laßt uns hoffen,
werden in den Kampf wir gehn!
Eingeheizt die Lorbeerreiser,
die das Heer so oft sich wand!
Gut und Blut für keinen Kaiser!
Friede für das Vaterland!

Was des Bürgers Fleiß geschaffen,
schützet keines Kriegers Kraft!
Nicht dem Geist verfluchter Waffen
diene Kunst und Wissenschaft!
Segen sei dem Land beschieden;
Ruhm und Wahn, sie gelten gleich:
Gottes Sonne strahl' in Frieden
auf ein glücklich Österreich!

Laßt uns fest zusammenhalten,
in der Eintracht liegt die Macht!
Mit vereinter Kräfte Walten
wird das Schwerste leicht vollbracht.
Laßt uns, eins durch Brüderbande,
gleichem Ziel entgegengehn:
Ohne Kaiser glückts dem Lande —
dann wird Österreich ewig stehn!

Uns gehört, was Gott verwaltet,
uns im allerhöchsten Sinn,
reich an Reiz, der nie veraltet —
Reich der Huld, arm an Gewinn!
Was an Glück zuhöchst gepriesen,
gab Natur mit holder Hand.
Heil den Wäldern, Heil den Wiesen,
Segen diesem schönen Land!

Abbildung 8

Die *Volkshymne* (S. 337f.) im Druck der 1921 verbreiteten Postkarte. Auf der Rückseite, ebenfalls in der seinerzeit populären Fraktur: »Karl Kraus, ›Volkshymne‹, aus der Fackel November 1920. / Der volle Ertrag wird den Kriegsblinden zugewendet. / Verlag der Buchhandlung Richard Lanyi, Wien.«

Abbildung 9
Die dem Abdruck des Gedichts *Annie Kalmar* (S. 593f.) in F 852-856 beigefügte Reproduktion einer Porträt-Photographie von Annie Kalmar.

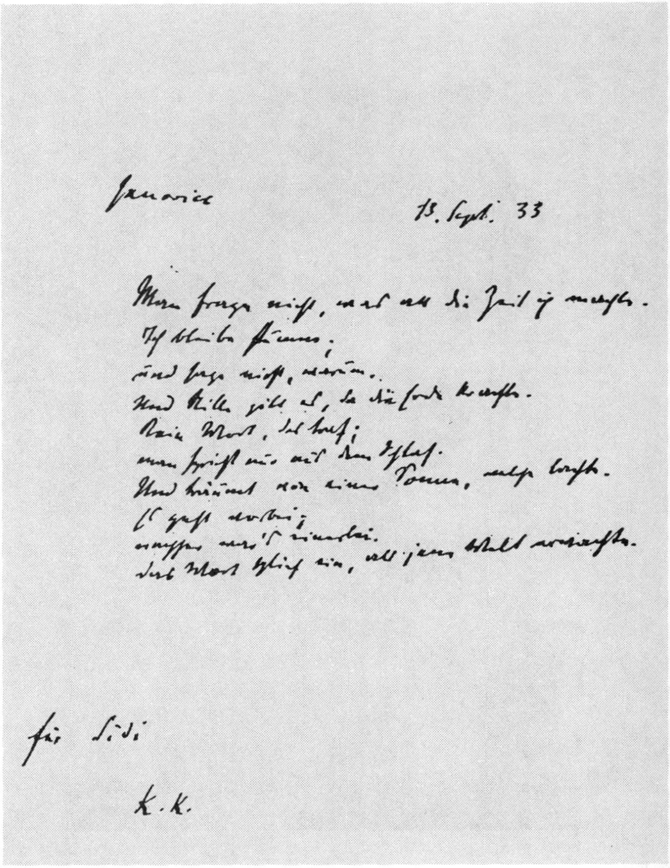
Janovice

13. Sept. 33

Man frage nicht, was all die Zeit ich machte.
Ich bleibe stumm;
und sage nicht, warum.
Und Stille gibt es, da die Erde krachte.
Kein Wort, das traf;
man spricht nur aus dem Schlaf.
Und träumt von einer Sonne, welche lachte.
Es geht vorbei;
nachher war's einerlei.
Das Wort schlief ein, als jene Welt erwachte.

für Sidi

K. K.

Abbildung 10

Eigenhändige Niederschrift des Gedichts »Man frage nicht« (S. 639), datiert: »Janovice 13. Sept. 33«. Die Widmung »für Sidi« gilt Sidonie Nádherný. Eine zweite Niederschrift, die als Druckvorlage gedient hat, bietet im letzten Vers statt »schlief ein« schon die endgültige Fassung: »entschlief«. Vgl. *Kraus-Heft* 1, 2-3.

LITERATURVERZEICHNIS

Ausgaben

Worte in Versen. Leipzig: Verlag der Schriften von Karl Kraus 1916. 72 S. gr. 8°.
– – – Zweite Auflage. Leipzig: Verlag der Schriften von Karl Kraus (Kurt Wolff) 1919. 72 S. gr. 8°.
– – – I. Drittes und viertes Tausend. Wien/Leipzig: Verlag ›Die Fackel‹ 1925. 69 S. gr. 8°.

Worte in Versen II. Leipzig: Verlag der Schriften von Karl Kraus 1917. 75 S. gr. 8°.
– – – Zweites und drittes Tausend. Wien/Leipzig: Verlag ›Die Fackel‹ 1924. 62 S. gr. 8°.

Worte in Versen III. Leipzig: Verlag der Schriften von Karl Kraus 1918. 85 S. gr. 8°.
– – – Zweite Auflage. Leipzig: Verlag der Schriften von Karl Kraus 1918. 85 S. gr. 8°.
– – – Drittes und viertes Tausend. Wien/Leipzig: Verlag ›Die Fackel‹ 1925. 86 S. gr. 8°.

Worte in Versen IV. Leipzig: Verlag der Schriften von Karl Kraus 1919. 77 S. gr. 8°.
– – – Zweite Auflage. Leipzig: Verlag der Schriften von Karl Kraus 1919. 77 S. gr. 8°.
– – – Dritte Auflage. Wien/Leipzig: Verlag ›Die Fackel‹ 1930. 78 S. gr. 8°.

Worte in Versen V. Leipzig: Verlag der Schriften von Karl Kraus 1920. 89 S. gr. 8°.
– – – Zweite Auflage. Leipzig: Verlag der Schriften von Karl Kraus 1920. 89 S. gr. 8°.
– – – Drittes und viertes Tausend. Wien/Leipzig: Verlag ›Die Fackel‹ 1927. 89 S. gr. 8°.

Worte in Versen VI. Wien/Leipzig: Verlag ›Die Fackel‹ 1922. 69 S. gr. 8°.

Worte in Versen VII. Wien/Leipzig: Verlag ›Die Fackel‹ 1923. 72 S. gr. 8°.

Worte in Versen VIII. Wien/Leipzig: Verlag ›Die Fackel‹ 1925. 69 S. gr. 8°.

Worte in Versen IX. Wien/Leipzig: Verlag ›Die Fackel‹ 1930. 75 S. gr. 8°.

Ausgewählte Gedichte. München: Verlag der Schriften von Karl Kraus (Kurt Wolff) [später: Wien/Leipzig: Verlag ›Die Fackel‹] 1920. 91 S. 8°.

Epigramme. Wien/Leipzig: Verlag ›Die Fackel‹ 1927. 107 S. 8°.

Zeitstrophen. Wien/Leipzig: Verlag ›Die Fackel‹ 1931. 207 und 20 S. 8°.

Worte in Versen. [Auswahl in Blindenschrift.] Wien-Hohe Warte: Blinden-Druckerei und Studienbibliothek 1924. 23 Bl. 2°.

Ausgewählte Gedichte. [Herausgegeben von Leopold Liegler.] Zürich/New York: Emil Oprecht 1939. 132 S. [Mit einer Abbildung.]
Worte in Versen. Herausgegeben von Heinrich Fischer. München: Kösel-Verlag 1959. 541 S. (= Siebenter Band der Werke von Karl Kraus.)
Aphorismen und Gedichte. Auswahl 1903-1933. Herausgegeben von Dietrich Simon. Berlin: Verlag Volk und Welt 1974. 507 S. (= Ausgewählte Werke Band 4.)

Karl Kraus: Briefe an Sidonie Nádherný von Borutin. 1913-1936. Hrsg. von Heinrich Fischer † und Michael Lazarus †. Redaktion: Walter Methlagl und Friedrich Pfäfflin. 2 Bände. Vollständige, neu durchgesehene Ausgabe. München: Deutscher Taschenbuch Verlag 1977 (= dtv 6072).
Kurt Wolff: Briefwechsel eines Verlegers. 1911-1963. Herausgegeben von Bernhard Zeller und Ellen Otten. Frankfurt a. M.: Scheffler 1966.

Übersetzungen

(Englisch)
Poems. Übers.: Albert Bloch. Boston 1930.
After the German of Karl Kraus. Übers.: Albert Bloch. In: Ders.: Ventures in Verse. New York 1947.
Selected Poems. Übers.: Max Knight, Karl F. Ross. In: Harry Zohn (Hrsg.): In These Great Times. A Karl Kraus Reader. Montreal 1976, Manchester ²1984.

(Japanisch)
[Gedichte.] Übers.: Osamu Ikeuti. Tokyo 1967.

Abhandlungen

Roger Bauer: Karl Kraus: Von der Prosa zum Vers. Bemerkungen zum ersten Band der »Worte in Versen« und zum Gedicht »Sonnenthal«. In:

Sprachthematik in der österreichischen Literatur des 20. Jahrhunderts. Wien 1974. 83-99.

Roger Bauer: Prolegomena zu einer Interpretation der »Worte in Versen«. In: Wissen aus Erfahrungen. Werkbegriff und Interpretation heute. Festschrift für Herman Meyer zum 65. Geburtstag. Tübingen 1976. 647-664.

Walter Benjamin: Karl Kraus. In: Ders.: Gesammelte Schriften. Hrsg. von Rolf Tiedemann und Hermann Schweppenhäuser. Frankfurt a. M. 1972ff. Band 2 (1977). 334-367 (Anmerkungen: 1078-1130).

Andreas Disch: Das gestaltete Wort. Die Idee der Dichtung im Werk von Karl Kraus. Zürich 1969.

Jens Malte Fischer: Karl Kraus. Studien zum »Theater der Dichtung« und Kulturkonservativismus. Kronberg/Ts. 1973.

Caroline Kohn: Karl Kraus als Lyriker. Paris 1968 (= Germanica Nr. 11).

Werner Kraft: Karl Kraus. Beiträge zum Verständnis seines Werkes. Salzburg 1956.

Werner Kraft: Bange Stunde. Über ein Gedicht von Karl Kraus. In: Philologica Pragensia 11 (1969). 165-170.

Kraus-Heft 29: »Worte in Versen«. Januar 1984.

Kraus-Heft 38: »Worte in Versen« (2). April 1986.

Kurt Krolop: Bertolt Brecht und Karl Kraus. In: Ders.: Sprachsatire als Zeitsatire bei Karl Kraus. Berlin (DDR) 1987. 252-303.

Kurt Krolop: Klopstock und Karl Kraus. In: Ders.: Sprachsatire als Zeitsatire bei Karl Kraus. Berlin (DDR) 1987. 177-191.

Kurt Krolop: Ebenbild und Gegenbild. Goethe und »Goethes Volk« bei Karl Kraus. In: Ders.: Sprachsatire als Zeitsatire bei Karl Kraus. Berlin (DDR) 1987. 192-209.

Elisabeth Kubasta: Karl Kraus als Lyriker. Phil. Diss. Wien 1950.

Leopold Liegler: Karl Kraus und sein Werk. Wien 1920.

Leopold Liegler: Die künstlerische Sprachform bei Karl Kraus. In: Agathon. Almanach auf das Jahr 46 des zwanzigsten Jahrhunderts. Wien 1945. 59-64.

Leopold Liegler: Eine Gedichtanalyse (»Der Tag« von Karl Kraus). In: Agathon. Almanach auf das Jahr 47 des zwanzigsten Jahrhunderts. Wien 1946. 25-33.

Sigismund von Radecki: Abgelehnte Gedichte. In: Ders.: Das Schwarze sind die Buchstaben. Köln 1957. 192-210.

Sigismund von Radecki: Über Karl Kraus' »Worte in Versen«. In: Ders.: Gesichtspunkte. Köln 1964. 89-93.

Dietrich Simon: Literatur und Verantwortung. Zur Aphoristik und Lyrik von Karl Kraus. In: Heinz Ludwig Arnold (Hrsg.): Karl Kraus. München 1975 (= Sonderband text + kritik). 88-107.
Kurt Wolff (1887-1963) · Ernst Rowohlt (1887-1960). Bearbeitet von Friedrich Pfäfflin. Zweite, durchgesehene Auflage. Marbach a. N. 1987 (= Marbacher Magazin 43/1987).
Christian Wagenknecht: Schober und Schubert. In: Kraus-Heft 46 (1988). 8-10.

INHALTSVERZEICHNISSE

Die Inhaltsverzeichnisse der neun Bände werden im folgenden nach dem Muster des letzten wiedergegeben: unter Verzicht auf die Einzeltitel der *Inschriften* (wie auch der Strophen *Nach Nestroy*), die in den Originalausgaben bisweilen einzeln aufgeführt sind. Das sich anschließende Register verzeichnet dann außer den Reihen- auch die Einzeltitel.

I

II

III

IV

V

VI

VII

VIII

IX

REGISTER DER ÜBERSCHRIFTEN UND ANFANGSZEILEN

Das nachfolgende Register verzeichnet auch die Überschriften und Anfangszeilen aller irgendwie ›selbständigen‹ Gedichte innerhalb von Reihen nach Art der *Letzten Nacht* im III. Band. Die Strophen *Nach Nestroy* sind unter den entsprechenden Refrain-Versen zusammengefaßt. Die Epigramme unter den Titeln *Derselbe* und *An denselben* sind auch unter den jeweiligen Bezugstiteln aufgeführt. Die als Paralipomena mitgeteilten Gedichte werden eingereiht.

EDITORISCHE NOTIZ

Die vorliegende Ausgabe der Gedichte von Karl Kraus folgt den jeweils letzten Auflagen der neun Bände seiner *Worte in Versen*. Anders als Heinrich Fischers Neuausgabe von 1959 bietet sie auch die Strophen *Nach Nestroy* (aus den Bänden VI-VIII) sowie das Gedicht »Man frage nicht« aus dem Jahre 1933 (nach dem Erstdruck in der *Fackel*). Kraus' übrige Gedichte werden, soweit sie in der *Fackel* oder aus dem Nachlaß publiziert worden sind, als Paralipomena mitgeteilt. Über die originalen Errata-Listen hinaus war kaum etwas zu korrigieren – abgesehen von einer Fehlschreibung (»Artur Schnitzler«) durchweg gemäß früheren Auflagen oder dem Erstdruck in der *Fackel*. Die seltenen Großschreibungen am Zeilenbeginn und die seltenen Einrückungen einzelner Zeilen werden auch in den Fällen, wo die Gründe dafür nicht zu erkennen sind, in der Neuausgabe nachgeahmt. Im übrigen weicht sie von den Originalausgaben typographisch in den folgenden Punkten ab. (1) Die Widmungen, die dort jeweils ein eigenes Blatt einnehmen, stehen hier auf den Rückseiten der Zwischentitelblätter. (2) Die Titel der Gedichte (und solcher Gruppen wie der *Inschriften*) erscheinen statt in größerer Schrift in Kapitälchen mit Versalien. (3) Die Sternchen am Ende jedes Gedichts und jeder Gruppe (sowie die kleineren innerhalb der Gruppen), die übrigens erst in den späteren Ausgaben und Auflagen außer der letzten des IV. Bandes zu finden sind, werden fortgelassen. Einen Eindruck vom Schriftbild der Originale vermittelt Abbildung 5. – Eigens anzumerken bleibt: daß in den Blankversreden ein neuer Absatz immer und allein durch eine vorangehende Leerzeile bezeichnet ist.

Göttingen, 1. März 1988 — Christian Wagenknecht

INHALT

GEDICHTE

ANHANG